BUCH EINS

DIE VERGESSENE RUINE

JASON ANSPACH
NICK COLE

Übersetzung: Philip Riesinger
Lektorat: Kerstin Fricke
Herausgegeben von Galaxy's Edge Press

Cover Art: Fabian Saravia
Cover Design: Ryan Bubion
Innendesign: Kevin G. Summers

TECHNISCHE BERATER UND SPEZIALISTEN FÜR KREATIVE ZERSTÖRUNG

Ranger Vic
Ranger David
Ranger Chris

Green Beret John "Doc" Spears

Ranger, weist den Weg!

KAPITEL 1

Ich wusste von dem Moment an, als ich anfing, auf Elbisch zu träumen, dass ich die Sprache beherrsche. Dann, als die Orkhorde eine der Gefechtsstellungen entlang des Sektors des Ersten Zugs auf der Ostseite der von den Rangern verteidigten Insel überrannte, wusste ich, dass wir die vertrauten Gefilde verlassen hatten. Die US Army hatte uns an einen Ort geschickt, an dem niemand zuvor gewesen war. Und es hatte allen Anschein, dass von dort auch niemand je wieder zurückkommen würde. Wir hatten nicht die geringste Ahnung, wo wir waren. Und wenn ich »wir« sage, meine ich uns Rangniedrigste der Ranger-Einheit, die die Aufgabe hatten, die am Boden liegende Boeing C-17 und ihre Besatzung zu verteidigen, bestehend aus dem Aufpasser, den uns die Regierung mitgeschickt hat – ich nenne ihn der Einfachheit halber mal *Deep State* –, und den wissenschaftlichen und technischen Mitarbeitern.

Auch ich gehörte zu dieser Einheit, die wiederum Teil einer größeren als »Joint Task Force Tarantino« bekannten Kompanie war.

An diesem Ort war ich allerdings noch nie.

Es war kurz nach 0300, als der Feind unsere Verteidigungslinien entlang der Westseite der großen Insel durchbrach, die umgeben von einem breiten Fluss in einem üppigen, grünen Tal lag. Ich war gerade in der Nähe des Kommandopostens des Ersten Zugs, kurz KP, just bevor sämtliche unserer Stellungen angegriffen wurden. Corporal Brocker, der mit seinem MG-Team das nördliche Ende der hundertfünfzig Meter langen Verteidigungslinie des Zugs sicherte, hatte die taktische Voraussicht, eine Infrarot-Leuchtrakete weit vor der Front gute hundert Meter hoch in die Luft abzuschießen. Der lächerlich kleine Fallschirm, an dem etwas befestigt war, das aussah wie eine dieser hässlichen IKEA-Lampen, schwebte wie in Zeitlupe über den träge dahinfließenden Fluss und die trostlosen Sümpfe auf der anderen Seite. Das hatte zur Folge, dass die gesamte Szenerie in sanftes Licht getaucht wurde, das zwar für das bloße Auge unsichtbar war, aber für uns alles taghell ausleuchtete, dank der an unseren Helmen montierten Doppelröhren-Nachtsichtgeräte.

Jemand in unserem Graben fluchte in der Finsternis. Ich glaube, es war Tanner. Alle anderen, mich eingeschlossen, verharrten mit ungläubigen Mienen in Deckung und versuchten, die Situation zu bewerten, da wir alle zu baff waren von dem, was sich da draußen im Fluss und in den Sümpfen dahinter abspielte, als dass wir sofort hätten reagieren können.

Was wir da gesehen haben? Nun, manchmal, wenn man lange genug durch ein Nachtsichtgerät schaut, kann das Infrarotlicht den Augen einen Streich spielen. Aber nicht so.

Nicht. Mal. Ansatzweise.

Eine ganze Horde Orks stürmte über den Fluss zu unseren Gräben am anderen Ufer. Sie kamen direkt auf uns zu.

Sie fragen sich wahrscheinlich, warum ich sie »Orks« nenne, oder? Na ja, weil sie verdammt noch mal genauso aussahen. Unsere Spähtrupps hatten sie bereits in den Tagen vor dem Angriff gesichtet, und wir hatten sie sogar auf dem ISR-Feed der Raven-Drohnen gesehen, die wir losgeschickt hatten. Haarige, unförmige Bestien in altertümlichen, fast bronzezeitlichen Rüstungen, mit Schwertern, übel aussehenden Äxten und federbesetzten Speeren. Reißzähne und Augen, die in den eh schon geisterhaften Nachtsichtbildern noch bedrohlicher wirkten.

Die Orks entlang des Flusses sahen im flackernden, fast übernatürlichen Licht der fallenden Infrarotrakete bläulich-schwarz aus, während sie mit ihren Speeren und Schwertern herumfuchtelten, Kampfschreie ausstießen und auf uns zustürmten. Für mich glichen sie Monstern. Aber ein Kerl in unserem Zug – Kennedy –, der sich mit Orks und Zauberern auskannte, weil er irgendein Spiel namens *Dungeons & Dragons* spielte, sagte, dass sie eher an die Orks in Ralph Bakshis Zeichentrickfassung von *Der Herr der Ringe* erinnerten als die in Peter Jacksons Filmepos. Sie bewegten sich schnell und lautlos durch den ruhigen Fluss. Wenn nicht jemand drüben in einem der vorderen Observationsposten des Ersten Zugs zufällig das Plätschern gehört hätte, als sie den Fluss betraten – die Schwerter, Krummsäbel und Speere schon gezückt –, wären sie schon Gott weiß wie viel näher gewesen, bevor wir endlich das Feuer auf sie eröffnet hätten. Dann wäre die Lage noch deutlich schlimmer gewesen, als sie es so schon war.

Der Zugführer des Waffentrupps war damit beschäftigt, die Stellung auszubauen, die bis dato lediglich aus einem Zwei-Mann-Schützengraben und einer Verteidigungsberme bestand. Er ackerte wie ein Besessener die ganze Nacht durch, aber so war Sergeant Kurtz eben. Dazu müssen Sie wissen: Ranger sind in der Regel sehr leistungswillig, außer wenn's ums Buddeln geht. Kurtz, dem Anführer der Einheit für schwere Waffen, waren solche Befindlichkeiten aber – gelinde gesagt – scheißegal.

Sergeant Kurtz brüllte Private Watt an, weil er die Orks, die kurz davor waren, uns umzubringen, nicht schon eher bemerkt hatte. Wir hatten nur ein Nachtsichtgerät pro Graben in Benutzung, um die Batterien zu schonen. Die *Forge*, unsere Universalschmiede in der C-17 auf dem Kommandoposten, war damit beschäftigt, so viel Munition zu produzieren, wie sie nur irgendwie konnte, und jemand, der sich mit der Technik auskannte, erklärte uns, wir könnten aus Effizienzgründen nicht gleichzeitig unsere Batterien aufladen. Das muss man sich mal vorstellen: die reichste Regierung der Welt mit der teuersten Armee der Welt, aber da wird gespart.

Wir rechneten damit, schwer getroffen zu werden, und keiner konnte einschätzen, wie lange wir kämpfen würden. Die Schmiede lief auf Hochtouren, seit der Captain die Entscheidung getroffen hatte, dass diese *Horde*… ja, er benutzte dieses Wort ausdrücklich, und ja, jeder – man konnte es im Kommandoposten förmlich spüren – dachte, die Verwendung sei ein wenig… zweifelhaft. Ein Ticken zu unprofessionell für die taktische Einsatzzentrale eines Ranger-Bataillons. Wie auch immer man es nennen mag; diese *Horde* kam direkt auf uns zu, zumindest daran bestand kein Zweifel. Der Captain hatte die Baroness und den Deep-State-Typen ignoriert und angeordnet, dass wir die Schmiede auf Munitionsproduktion umstellen.

Vielleicht wollten die ja nur »verhandeln«. O-Ton der Baroness.

Eigentlich war sie gar keine echte Baroness, sondern Wissenschaftlerin. Die Ranger fanden nur, dass sie wie die

Bösewichtin aus dem *G.I.-Joe*-Zeichentrickfilm aussieht, den jeder gesehen hatte. Der andere Kerl, Deep State, der offiziell als »ziviler Berater« dabei war, sagte doch tatsächlich: »Nur nichts überstürzen. Lassen Sie uns doch erstmal sehen, was sie wollen, bevor wir einfach drauflosballern.«

Der Captain ignorierte sowohl ihn als auch die Baroness und befahl seinem Trupp, sich zu verschanzen und auf die Defensive vorzubereiten.

Jeder von uns an Bord der C-17 hatte eine Grundausstattung an Munition dabei und noch ein paar Schuss extra. Und obwohl ich noch nie mit den Rangern im Krieg oder überhaupt im Einsatz gewesen war, wusste ich ebenso wie jeder andere Ranger in der Task Force, dass dieses Sparpaket wahrscheinlich nicht ausreichen würde, um dem, was uns bevorstand, Paroli zu bieten.

»Es ist nie genug«, sagte der einzige Bärtige in der Truppe. Er war auch der einzige Ranger, der meine Anwesenheit als Nicht-Ranger im Allgemeinen tolerierte. Alle nannten ihn Thor, und das nicht nur, weil das auf seinem Namensschild stand. Der Mann hätte vermutlich nach Hollywood gehen und Thors Stuntdouble in einem dieser Superheldenfilme spielen können. Das heißt, wenn er nicht bei uns gewesen wäre, kurz davor, in dem riesigen Fragezeichen zu sterben, das dieser bizarre Ort für uns darstellte, an dem Orkhorden in der Nacht die sandigen Strände an den Flussufern stürmen. Thor schaute durch sein Zielfernrohr auf die herannahende Meute. Er gehörte zu den besten Scharfschützen, die die Ranger zu bieten hatten. Und das will in der Welt der Scharfschützen wirklich etwas heißen.

Einer von Kurtz' MG-Schützen eröffnete aus seiner Grube heraus das Feuer mit Leuchtspurmunition. Ein heißer

Vorhang aus 7,62er-Geschossen schlug in die vorderste Linie der Orks ein, die über das Wasser kamen, und riss ein paar Speerträger an der Spitze des heranschwappenden Meeres an Körpern nieder. Eine Art Stammesführer ging auch zu Boden. Er trug Halsketten aus herabbaumelnden Zähnen und einen großen gehörnten Helm und verhielt sich im Allgemeinen elitärer als der Rest seiner Truppe, die gerade durch das Kreuzfeuer der 240er, unserer 240er-MGs, die sich durch ihre vorderen Reihen bohrten, ordentlich dezimiert wurde. Im Licht der herabfallenden IR-Fackel verloren die Monster zunehmend ihre Schemenhaftigkeit, und wir sahen sie mit schrecklicher Klarheit, während die Maschinengewehre sie weiter in der Mitte des Flusses in Stücke rissen.

Als die Leuchtrakete dann hinter den ersten Hügel fiel, begriffen wir erst, wie viele Orks es da draußen wirklich gab. Es waren Hunderte, wenn nicht Tausende, die direkt auf Bravo zu unserer Linken zustürmten. Mein Verstand wollte und konnte eine solche Zahl nicht akzeptieren. Wie war es möglich, dass sich so viele von ihnen so schnell und lautlos direkt an eine Spezialeinheit der US Army Ranger herangeschlichen hatten?

Das waren keine Laien, sondern gut trainierte Krieger. Ein solches Vorgehen erfordert ein gewisses Maß an Raffinesse.

Allerdings hätte die Salve der 240er ihrem Vormarsch eigentlich genau dort ein Ende bereiten müssen. Und sie hat sie auch tatsächlich kalt erwischt. *Hadschis* aus der Dritten Welt, die so auf freiem Feld überrascht worden wären, hätten sich zerstreut und wären weggelaufen. Aber. Dickes, fettes *ABER*: … Diese Was-auch-immer-sie-waren taten es einfach nicht. Plötzlich stürmte der Rest des wabernden, knurrenden, brüllenden Orkrudels an der Spitze der Haupthorde, die wir noch nicht mal in Gänze sehen konnten, auf uns zu, stieß schreckliche tribalistische Kriegsschreie aus und fuchtelte im Laufen mit den schwarzen Krummsäbeln.

Und die Hörner. Sie bliesen Kriegshörner, kein Witz. *ORUUUU ORUUUU ORUUUUUUuuuuuuuu.*

So hat es sich angehört. Lassen Sie mich ehrlich sein; das war mit Abstand das Surrealste, was mir je passiert ist. Mit großem Abstand.

Trotz allem hielt das niemanden im Ersten Zug davon ab, weiter mitten in die entgegenkommenden albtraumhaften Massen zu schießen. Obwohl albtraum*haft* eigentlich noch untertrieben ist; es war, als hätte ein Albtraum einen Albtraum gehabt, der sich plötzlich vor unseren Augen materialisierte. Aber es waren immer noch Ranger. Die Gelegenheit, einem entschlossenen Feind übermäßige Gewalt anzutun, hätte sich keiner dieser Männer entgehen lassen. Nie im Leben. Die MG-Schützen timten ihre einzelnen Feuerstöße untereinander, »kommunizierten« mittels ihrer Geschütze entlang der Verteidigungslinie des Zuges und beantworteten so die Schlachtrufe des Feindes mit ihrem eigenen Stakkato aus unerbittlichen Gewehrsalven, um unseren Angreifern die Aussichtslosigkeit ihres Vorhabens vor Augen zu führen. Reißzähne knirschten und weggeschossene Klauen, die teilweise noch immer ihre grausigen schwarzen Schwerter hielten, flogen durch die Luft. Unsere Geschosse schlugen erbarmungslos in ihre zerfledderten Lederrüstungen und verblichenen grauen Umhänge ein und sorgten dafür, dass mehr und mehr ihrer widerlichen Körper in das aufgewühlte Wasser des eigentlich ruhigen Flusses fielen. Manchen wurde an Ort und Stelle der unförmige Schädel in blutigen Explosionen vom Körper gerissen. Als die Infrarotfackel am Himmel verglühte, konnten wir gerade noch sehen, wie noch mehr Orks von der anderen Seite des Flusses ins Wasser rannten. Sie schlichen im schwachen silbrigen Mondlicht aus den Sümpfen und wateten geräuschlos durch die Silhouetten des Schilfs am anderen Ufer wie Raubtiere, die auf den nächtlichen Beutezug gehen.

»Rico!«, brüllte der Alpha-Teamleiter des Second Squad. »Verlagert das Feuer, wir müssen die Gräben des Third Squad sichern! Ich will die MGs singen hören, Männer!«

Specialist Rico hob mit der Unterstützung seines Hilfsschützen das gesamte Maschinengewehr, das Stativ und die Munitionstasche an und richtete es auf das neue Ziel aus.

»Geschütz zwei bereit«, rief Rico zurück, während er mit dem Visierlaser des Maschinengewehrs in die Flanke der Orkmenge zielte, die sich direkt vor den Gräben des Third Squad zu sammeln versuchte.

»Feuer fr…!«, lautete die einzige Antwort des Sergeant.

Noch bevor das Wort seine Lippen vollständig verlassen hatte, feuerte Rico bereits zyklische Salven auf die Gruppe von Orks, die sich durch das Wasser auf die Stellungen des Third Squad zubewegte.

Das sollte reichen, dachte ich leichtsinnig. Die Orks befanden sich jetzt im Kreuzfeuer, was nicht nur mehr Tote zur Folge hatte, sondern auch mehr Verwirrung beim Feind, der herauszufinden versuchte, von welcher Position aus auf ihn geschossen wurde. Speere, die aus kurzer Entfernung geworfen wurden, prasselten auf die Schützengräben des Third Squad ein, aber es war schwer zu erkennen, ob jemand getroffen wurde. Ein kurzer Schuss von Specialist Rico, gefolgt von einem *ka-TUNK*, signalisierte allen im Loch, dass Geschütz zwei gerade Ladehemmung hatte. »Geschütz zwei außer Gefecht!«, ertönte es wie eine bittere Anklage aus Ricos mit Kautabak gefülltem Mund.

»Schwach!«, rief Tanner, der bereits seine MK18 im Anschlag hatte. Einzelfeuer. Gute Treffsicherheit. Was will man mehr? Im selben Moment, als Rico begann, die Fehlfunktion zu beheben, hatte sich Sergeant Kurtz schon seinen M320-Granatwerfer geschnappt und begann, auf die Massen an Orks zu feuern, die jetzt auf Bravo zustürmten. Specialist Brumm, der SAW-Schütze, der unsere Position sicherte, kam heran und rief Sergeant Kurtz zu: »Schalte ein!« Dann entlud er die verheerende automatische Waffe in kurzen stakkatoartigen Stößen, während er den Lauf unten hielt und sicherstellte, dass der Schaden beim Gegner so brutal war, wie er sich in meinen Ohren anhörte.

In diesem Moment taten mir die Orks tatsächlich ein bisschen leid. Das Second und Third Squad schlachteten sie ab, während sie versuchten, den Fluss zu überqueren. Es war, – und das ist ein dummer Gedanke, den ich mitten im Geschehen hatte, aber ich denke viel, sorry –, es war, als ob die Orks nicht wussten, dass sie gerade in eine Schlangengrube voller tödlicher Vipern getreten waren und nun von den Besten der Besten eine tödliche Lektion erteilt bekamen. Einem Ranger-Sturmtrupp… Was soll ich sagen? Fakt ist, dass diese Männer die physische Manifestation des Ersten Reiters der Apokalypse sind, soweit es den Feind betrifft. Sicher, es kann etwas Widerstand geben, aber diese Bemühungen erweisen sich früher oder später als vergeblich.

Rückblickend betrachtet, nachdem ich etwas Zeit hatte, darüber nachzudenken – und jeder andere der Überlebenden hat garantiert auch schon mindestens einmal daran gedacht –, hätten wir in diesem Moment besorgt sein müssen. Sie wurden niedergemetzelt. Warum zur Hölle sind sie nicht eingeknickt?

Brumm, der sich hinter der Böschung hinter uns verschanzt hatte, um einen besseren Schusswinkel zu haben, feuerte weiter auf die dunkle Masse von Orks halblinks vor dem Third Squad. Die Kugeln zerfetzten die Monster und zeichneten silberne Schlieren in die Flussströmung.

In diesem Moment ging Corporal Brocker, dem Richtschützen des Third Squad, die Munition aus. Mit anderen Worten, er hatte alles verpulvert und nichts mehr übrig, was die Orks davon abhalten konnte, ihren Ansturm fortzusetzen. Sie wurden überrannt.

Die Orks hatten den dunklen Fluss inzwischen zur Hälfte überquert und drängten auf das Ufer zu, wo sich unsere erste Verteidigungslinie an der Ostseite der Insel befand. Ein M240-Bravo feuert etwa sechshundert Schuss pro Minute aus Hundertergurten, die aneinander gekoppelt werden können. Im Grunde hat man so zweitausend Schuss. Normalerweise ist das mehr als genug für ein paar Sekunden Feuergefecht gegen etwaige Aufständische.

Nur haben wir in diesen ersten Sekunden nicht gemerkt, dass dieser Überfall weit mehr war als das. Es war etwas Uraltes. Etwas, das so weit zurückreicht wie der Marathon und sich mit gleicher Regelmäßigkeit durch die Geschichte zieht. Gettysburg. Der Erste Weltkrieg. Allerorts und allenthalben waren Männer dazu bestimmt, in Scharen zu sterben und in völliger Anonymität zu verbluten.

Mittlerweile befanden sich locker sechshundert Orks im Wasser. Wahrscheinlich mehr. Das war schwer zu sagen in der Dunkelheit und dem Chaos des unerwarteten Feuergefechts. Und es kamen noch mehr aus den dunklen Wäldern auf der anderen Seite des Flusses.

Außerdem hatten wir noch keine Minen platziert.

Auf dem letzten Flug aus Dodge war der Platz begrenzt gewesen. Die Schmiede sollte die Arbeit aufnehmen, sobald wir am Boden waren, unabhängig davon, wo das sein würde. Wir befanden uns erst seit knapp drei Tagen hier in diesem Tal, wo auch immer »hier« war.

Keine Frage, das waren Ranger, die in den letzten Jahren im Nahen Osten, in Venezuela und an einigen anderen Brennpunkten in Lateinamerika gekämpft hatten. Aber niemand – und das garantiere ich Ihnen hier und jetzt, während ich das schreibe –, *niemand*, der an jenem frühen Morgen im Zwielicht der Morgendämmerung dabei war, hatte jemals einen Massenangriff erlebt, der vergleichbar war mit den Ereignissen am Chosin-Stausee im ersten Koreakrieg. Aber genau das war es, womit wir es zu tun bekamen.

Nur waren es Orks und keine Menschen. Darin waren wir uns alle einig.

Es war Private First Class Tanner, der es bei der Einsatzbesprechung nach der Sichtung der ersten Drohnenaufnahmen als Erster ausgesprochen hatte. Wer auch sonst. Für einen Ranger war er eigentlich ziemlich witzig. Und – deutlich überraschender – freundlich.

PFC Kennedy, der ewige Rangunterste des Trupps, betrachtete Tanner als seinen einzigen Freund. Zumindest war er der einzige Ranger, der mit ihm sprach. Eigentlich war es nämlich Kennedy, der zuerst sagte, dass es

»wahrscheinlich Orks« waren. Aber es war Tanner, der das an den Rest von uns weitergab.

Orks also.

»An die Arbeit, Talker!«, schrie Sergeant Kurtz, als der Kampf immer verzweifelter wurde. Er brüllte mich mitten im Getümmel an.

Er wollte, dass ich mitkämpfte. Aber deshalb war ich nicht dort. Zumindest nicht bis zu diesem Moment.

Okay, gut, ich hatte ein Gewehr dabei und eine Ranger-Ausrüstung. Als wir noch in Area 51 waren, hatte man mir eine RLCS-Montur verpasst. Aber eine aufgemotzte MK18 und eine Ranger-Ausrüstung machen noch keinen Ranger, wie ich mir mehr als einmal gesagt hatte. Ja, ich hatte ein abgespecktes RASP durchlaufen, um mich auf die Mission vorzubereiten – das Ranger Assessment and Selection Program. Aber in Wahrheit bin ich nur Linguist.

Der Aufnäher in Form einer Schriftrolle auf unserer linken Schulter, der uns als Ranger ausweist, bedeutete dennoch etwas, und das gilt selbst für einen einfachen Linguisten wie mich. Wie Sergeant Thor mir am ersten Tag in der Einheit sagte: »Das Ranger-Abzeichen heißt nur, dass du nicht durchs Training gerasselt bist. Die Schriftrolle ist eine Lebenseinstellung.«

Er besaß natürlich beides.

Ich war eigentlich als Verstärkung hierher versetzt worden. Obwohl ich also genug für diese Mission trainiert hatte, um auf dem Papier als Ranger durchzugehen, hatte ich zu großen Respekt vor dem, was sie taten, womit sie sich verdient gemacht hatten und wie sie es auslebten, um mich einfach als einen von ihnen zu betrachten.

Deshalb nannten sie mich auch Talker – weil ich gut mit Sprachen kann – und nicht Walker. Das ist mein richtiger Name, zumindest bis ich das RASP durchlief.

Ich war auch nur ein PFC und Kurtz ein waschechter Staff Sergeant Weapons Squad Leader. Und unter den Rangern zählt das tatsächlich etwas. Es hieß, Kurtz war eine Art Aufklärungs-Scharfschütze bei den Marines, aber er wurde rausgeschmissen, weil er zu brutal und angriffslustig für die Marines war. Oder vielleicht, weil er den Geschmack von Wachsmalkreide nicht mochte. Das war ein weiterer von Tanners Witzen, den er allerdings erst erzählte, wenn Kurtz außer Sicht- und Hörweite war.

Ich ging neben Brumm in Deckung, der »Fresst das!« schrie, während er in die Orkhorde feuerte, die jetzt die Böschung hinauf- und direkt auf den Third Squad zustürmten. Gleichzeitig forderte Kurtz sein Team auf, das Feuer zurück auf den Fluss zu verlagern, da er befürchtete, die Jungs des Third Squad in ihren überrannten Stellungen zu treffen.

»Feuer frei auf die zweite Welle, die gerade ins Wasser kommt.«

Specialist Rico kommentierte die Situation mit den Worten, sie sei beschissener als ein Dixi-Klo.

»Steel Eight One, hier ist One Four. Erbitte Feuereinsatz auf Zielreferenzpunkt Null-Acht-Null.« Kurtz forderte sowohl Unterstützung an als auch, das Feuer dorthin zu lenken, wo er die 240er haben wollte. »Wiederhole …«

»Lade!«, sagte Brumm ruhig, während er sich hinkniete und eine neue Munitionstrommel für die SAW aus der Nähe des Schützengrabens holte. Heißes Messing flog kreuz und quer durch die Luft, und auch ich feuerte auf die Orks, allerdings ohne wirklich auf etwas Bestimmtes zu zielen. Das brauchte man auch nicht. Sie standen so dicht, dass man sie gar nicht verfehlen konnte. Es gab diesen surrealen Moment, in dem ich das Gefühl hatte, eigentlich gar nichts zu tun, um zu helfen. Denn die Orks reagierten nicht auf die 5,56er-Patronen aus meinem Gewehr. Aber ich versuchte trotzdem, sie zu treffen.

»Brumm, Sie kommen mit mir«, rief Kurtz. »Wir spielen die Eingreifreserve und lösen den Third Squad ab. Talker, Sie auch, Sie nichtsnutziger Abschaum. Mir nach, und erschießen Sie keinen, der so angezogen ist wie wir.«

Ich habe die Grundausbildung mit einem Haufen anderer Hilfskräfte absolviert. Fort Leonard Wood. Köche. Lastwagenfahrer. Telefonreparatur-Spezialisten. Aber wie es in der Army heißt: Jeder ist ein Schütze. Und ich war ziemlich gut darin. So gut sogar, dass ich das Schießtraining auf Anhieb bestanden und dann erstmal Küchendienst gemacht habe, sodass diejenigen, die nicht schießen konnten, etwas mehr Zeit am Schießstand bekamen.

Aber als Kurtz mir sagte, dass wir eine schnelle Eingreiftruppe bilden würden, um die Stellung neben uns am Flussufer zu entlasten, wurde mir klar, dass ich keine Ahnung hatte, was ich da eigentlich tat. Als die ersten Mörsergeschosse von der Spitze des kleinen Hügels an der Nordspitze der Insel auf die andere Flussseite niedergingen, und zwar in der Nähe der Bäume, aus deren Schutz die Orks schwärmten, besaß ich zumindest die Geistesgegenwart, ein neues Magazin in meine Waffe einzulegen. Ich zog es aus der Brusthalterung, und hätte der verächtliche Blick töten können, den Brumm mir zuwarf, als er die SAW hochzerrte, um sich zum Gegenangriff bereit zu machen – ich schätze, mein Magazinwechsel war ihm nicht geschmeidig genug –, wäre ich auf der Stelle tot umgefallen.

Kurtz lief vor uns, als wir aus unserer Stellung vorstießen und uns zusammenkauerten, als würden wir Dschihadisten in Honduras flankieren. Die Orks waren furchterregende haarige Bestien mit Reißzähnen, Klauen, in dunkle Fetzen gehüllten Lederrüstungen und geradezu bösartig aussehenden Krummsäbeln, mit denen sie uns aufzuschlitzen versuchten. Aber Schwerter, so tödlich sie auch aussahen, konnten nicht zurückschießen. Sie hatten weder Maschinenpistolen noch Railguns. Daraufhin starteten wir einen dreiköpfigen Gegenangriff, um den Third Squad zu entlasten.

Dann fielen die Pfeile vom Himmel, und einer davon erwischte Brumm direkt in den Plattenträger. Ich hörte, wie er mit einem lauten *THOCK* statt dem üblichen *Thunk* einschlug. Allerdings schien er nicht durchzudringen, da Brumm ihn einfach lachend abbrach. Wir hatten die volle Kampfmontur an. Plattenträger. Knieschoner. Gefechtshelm. Aber es gab viele Stellen, an denen ein so großer Pfeil – und sie waren riesig und schwer zu sehen im Feuerschein der am anderen Flussufer herabfallenden Explosionen – seinen Weg in einen Körper finden konnte.

Ich hatte keine Angst.

Das muss ich klarstellen, denn ich hatte im Vorfeld schon lange befürchtet, dass ich Angst haben würde, wenn ich es tatsächlich zum Ernstfall kam. *Wann steht ein Linguist schon jemals an der Front?*, war ein Satz, der mir nicht mehr aus dem Kopf ging. Sicher, ich wusste, dass es eines Tages – wahrscheinlich nie – irgendwo in meiner Nähe auf einer mit Müll übersäten Straße in der Dritten Welt zu einem Kampf gegen Dschihadisten oder chinesische Freischärler kommen könnte. Aber Orks? Fehlanzeige. Damit hatte ich nicht gerechnet. Wie hätte ich auch?

Und doch stand ich da und unterstützte Sergeant Kurtz mit scharfer Munition. Pfeile regneten durch die Weiden herab und schlugen in die schlammige Böschung um uns herum ein, aber Kurtz trieb uns weiter voran. Dann ging einer durch seinen Unterarm und er fluchte. Einmal, dafür lautstark.

Keine Schimpftirade.

Nur ein einziges einsames »Fuck«.

Er brach den Schaft ab und zog ihn raus, dann rannte er unbeirrt weiter zum Graben von Bravo. Die Orks waren schon drin, und einer der Ranger lieferte sich einen Nahkampf mit einem von ihnen, wobei er sein Gewehr wie einen Knüppel schwang. Ich bemerkte einen zweiten Ranger am Ufer, der einen Tomahawk direkt in die Brust eines liegenden Orks rammte, auf dem er rittlings hockte. Er trug keinen Helm mehr.

»Nach rechts vorrücken, Brumm. Vorwärts!«, rief Kurtz und schoss mit seinem Gewehr auf die Orks in der Grube, wobei das Blut an seinem Arm herunterlief und auf den aufgewühlten Boden tropfte, über den wir stapften.

Ich hob mein Gewehr und traf einen der Orkkrieger, dessen Augen in der Dunkelheit leuchteten wie die von Satan höchstselbst. Augen, in denen kalte Bosheit glänzte. Er wollte mich tot sehen. Ich schoss ihm zweimal in die Brust, und er stockte kurz und knurrte, doch er schien die Kugeln locker wegzustecken, als hätten sie mir am Stützpunkt ein Luftgewehr in die Hand gedrückt. Er fletschte die grausigen Zähne und sah mich wütend an. Ich war mir nicht sicher, was ich tun sollte oder warum das geschah, aber es machte mich stinksauer. Wie aus dem Nichts schleuderte er auf einmal einen schwarzen Dolch auf mich. Wäre ich nicht in letzter Sekunde ausgewichen, hätte er sein Ziel nicht verfehlt. Als ich mich wieder umdrehte, hatte Kurtz ihm bereits den Kopf weggepustet und war auf dem Weg in den Schützengraben, um die 240er zu holen.

Der Ansturm von der anderen Flussseite war abgeklungen, während weiter unten weiter unbarmherzig die Mörser einschlugen. Tanner war wahrscheinlich dabei, das Feuer von unserer Kampfposition aus neu auszurichten.

»Finden Sie heraus, wer noch am Leben ist«, rief Sergeant Kurtz keuchend, während er eine Munitionskiste neben die 240er schleppte und einen neuen Munitionsgurt einlegte.

Brumm fluchte.

Es schien irgendwas in die Richtung von *»Was zum Teufel ist das?«* zu heißen.

Ich sah von den Leichen im Schützengraben auf. Nebenbei bemerkt: Man kann unmöglich feststellen, ob jemand einen Puls hat, wenn dein eigener abgeht wie ein Presslufthammer. Ich hatte keine Ahnung, wer da drin tot oder lebendig war. Aber da war eine Menge Blut, und zwischen unseren Leuten lagen auch tote Orks, die da unten vor sich hin bluteten. Sie bluteten übrigens nicht grün oder schwarz, falls Sie das denken. In der Dunkelheit sah es rot aus, soweit ich das erkennen konnte. Und es war ein einziges großes blutiges Durcheinander von Gliedmaßen und Armen. Außerdem stanken die Orks.

Und ich tat Folgendes. Das darf in meinem Bericht über die Ranger-Version der Schlacht von Alamo natürlich nicht fehlen. Na ja, im Grunde habe ich die mutmaßlichen Ranger-Leichen am Boden gefragt: »Alles okay, Kumpel?«

Erbärmlich.

Aber ich habe mein Bestes gegeben.

Habe ich eigentlich schon erwähnt, dass ich acht Sprachen spreche? Zwanzig sogar, wenn man gnädigerweise die dazuzählt, in denen ich einigermaßen zurechtkomme.

Und als Brumm sich über das, was er zu unserer Rechten auf der anderen Seite des Flusses sah, in einer Art düsterer Verwunderung aufregte, unterstrichen durch die Tatsache, dass der normalerweise schießwütige SAW-Schütze, der den Klang von Gewehrschüssen sämtlichen Songs auf seinem iPhone vorzog, plötzlich aufgehört hatte zu schießen, schaute ich unwillkürlich auf, um zu sehen, was die Aufmerksamkeit des Rangers erregt hatte.

Selbst der hartgesottene Sergeant Kurtz hielt inne.

Und das war der Anblick, der das verursachte.

Durch den nächtlichen Nebel und den sich lichtenden Qualm des Mörserangriffs schritt ein leibhaftiger Riese über das Feld auf den dunklen Fluss zu, direkt in unsere Richtung …

Ein Goliath. Bestimmt drei Meter groß. Massig und breit. Voller Muskeln.

Später sagte PFC Kennedy, der viel D&D spielt, dass es sich wohl um einen Bergriesen handelte. Dann gab er noch einen Haufen anderes Nerd-Zeug von sich, da hörte ihm allerdings schon niemand mehr zu.

In diesem Moment, als er durch das flache Wasser auf uns zukam, sah er nicht wie einer dieser freundlichen Riesen aus den Disney-Zeichentrickfilmen aus. Oder gar wie die unförmigen Höhlentrolle aus den Peter-Jackson-Filmen.

»Talker! In die Grube, sofort! Brumm, bringen Sie mir die Carl Gustaf!« Dann schoss Sergeant Kurtz dem bedrohlichen Riesen in dem wallenden schmutzig-grauen Kaftan mit der Eisenkappe auf dem Kopf eine ordentliche

Salve in den Torso. Die Geschosse zischten über das Wasser, während Kurtz versuchte, seine Entfernung zu ermitteln. Der Riese war alles andere als schwerfällig und mit einem massiven, mit Stacheln besetzten Streitkolben bewaffnet. An seinen Handgelenken baumelten schwere Ketten. Er fing an zu lachen und brüllte wütend, während er sich uns mit gleichmäßigen schnellen Schritten näherte, sodass er uns in Sekundenschnelle erreicht und überwältigt haben würde.

Das war das Beängstigende daran. Wie schnell er sich bewegte.

Die 7,62er-Kugeln aus der M240 machten ihn nur wütender. Das erkannte ich daran, dass er anfing, über den Fluss zu stürmen und seinen massiven Streitkolben mit den mächtigen, aufgedunsenen Fäusten über den Kopf zu heben, während sogar das Wasser des Flusses versuchte, ihm irgendwie aus dem Weg zu gehen. Ich hatte keinen Zweifel daran, dass der Streitkolben uns in den nächsten Sekunden mit einem einzigen Schlag zermalmen würde.

Kann sein, dass mir »Ich glaube, Sie haben ihn wütend gemacht!« rausgerutscht ist, während Specialist Brumm rief: »Lade Raketenwerfer!«

Sergeant Kurtz ignorierte mich und verheizte schweigend und mit zusammengebissenen Zähnen einen ganzen Munitionsgurt, während er versuchte, ein Wesen zu töten, das einfach nicht sterben wollte. Andererseits, ähnlich wie bei mir zuvor: Wenn Blicke töten könnten, dann hätte Kurtz' ihm in Sekundenschnelle den Garaus gemacht. Dieser Mann war der pure Hass.

Wenigstens wusste man immer, woran man bei ihm war.

Er hasste einen einfach.

Ich finde das erfrischend. Das ist einer der Gründe, warum ich mein altes Leben hinter mir gelassen habe und zum Militär gegangen bin. Ich mag Leute, die keine Spielchen spielen. Und ja, ich habe darum gebeten, Ranger werden zu dürfen, aber das höchste der Gefühle, was sie mir bei meiner Anmeldung zusagen wollten, waren Linguist und Luftwaffe. Außerdem sagte mein Rekrutierer, dass er mich mit einem ASVAB-Score wie meinem auf keinen Fall zur Infanterie gehen lassen würde. »Sind Sie nicht gut in Sprachen oder so?«, hatte der große Samoaner an dem Tag, als ich das Rekrutierungsbüro erneut betrat, mit Nachdruck gefragt. Jetzt, wo ich darüber nachdenke, muss er wohl irgendeinen Vorteil darin gesehen haben.

Jep. Acht Sprachen plus ein paar brauchbare Anmachsprüche in einem Dutzend weiterer, Kumpel. Ich habe den DLAB-Test ohne Fehler bestanden. Und das ist nur eine erfundene Militärsprache.

Wie auch immer, ich hatte gerade zu Brumm gesagt: »Ich glaube, Sie haben ihn wütend gemacht«. Hoffentlich habe ich das auch wirklich gesagt, denn vom Standpunkt eines Drehbuchschreibers aus gesehen ist das perfekt für das, was dann passierte. Eines Tages wollte ich ein Schriftsteller sein, der in der gemütlichen Sicherheit seines Sessel darüber schreibt.

Ich glaube, Sie haben ihn wütend gemacht.
Meine Worte.

Und dann rief Brumm, ohne auch nur eine Sekunde zu zögern oder zu mir herüberzuschauen, »Feuer frei« und schoss eine Ladung mit dem Carl-Gustaf-Werfer ab. Eine rückstoßfreie, direkt feuernde 84-mm-Waffe, die im Grunde genommen eine Artilleriewaffe in Miniaturformat ist und von der Schulter abgefeuert wird. Das Geschoss flog los wie eine unsichtbare Hornisse, die zu spät zu einem Drive-by kam.

Es gab keine Explosion. Keinen heftigen Rückschlag. Brumm wippte nur ein wenig zurück, als das Geschoss aus der Gustaf glitt. Meine Ohren dröhnten ohnehin schon von den unablässigen Schüssen, aber irgendwie hob sich das tiefe *Whooomp* der Waffe trotzdem deutlich vom Geschützfeuer und den Kampfschreien der Orks ab, die sich im Fluss tummelten.

Das Geschoss durchschlug den gewaltigen Riesen und trat am Rücken wieder aus, wobei man im Halbdunkel der Schlacht sehen konnte, wie es auf seinem Weg ein Potpourri an Eingeweiden und Knochen herausriss. Später fand ich heraus, dass es sich um ein Splittergeschoss handelte, das erst ein Loch in den Riesen gerissen und dann achthundert Wolframkugeln durch seinen Rücken gejagt und so die Innereien des Ungetüms zerfetzt hatte. Es war, als hätte man eine Schrotflinte abgefeuert – nur eben von innen.

Der Riese krümmte sich, stöhnte titanenhaft auf und taumelte zurück ans andere Ufer, wo er mit einem gewaltigen Platschen aufschlug und dabei noch einen Haufen seiner Kameraden zerquetschte.

In der Dunkelheit und plötzlichen Stille murmelte Brumm: »Schönen Gruß von Carl Gustaf.«

KAPITEL 2

Nach dem nächtlichen Gemetzel am Flussufer verschwanden die Orks in dem sich verziehenden kalten Nebel auf der anderen Seite des dunklen murmelnden Flusses. Wir waren nicht die Einzigen, die dieses Grauen miterlebten. Andere Ranger-Verteidigungsstellungen entlang der Kampflinien waren an verschiedenen Stellen der Insel, auf der wir uns befanden, ebenfalls angegriffen worden. Wie PFC Tanner zu dem Zeitpunkt bemerkte, als Command Sergeant Major Stone und Chief Rapp auftauchten, um eine Lageeinschätzung an unserem Kommandoposten vorzunehmen: »Wenn das eine Sondierungsmission war, möchte ich nicht wissen, wie es aussieht, wenn sie einen ernsthaften Angriff starten.«

Während in der Nähe die Verwundeten versorgt wurden, grummelte Brumm, der mit dem Mund voll Dip, wie die Ranger ihren Kautabak nennen, und der 249er im Anschlag Wache stand, in den dämmrigen Wald hinein: »Können sie ruhig versuchen. Carl Gustaf ist ein sehr entgegenkommender Gastgeber.«

Brumm war wie eine Art Möchtegern-Kurtz. Er sah jeder Gefahr ins Auge, nur um herauszufinden, ob sie blinzeln würde. Und dann war er froh, wenn sie es tat, denn das löste etwas in einem Ranger-Gehirn aus. Keine

Ahnung. Vielleicht ist das einfach Teil der Ausbildung. Oder sie rekrutieren neuerdings in Höhlen.

Chief Rapp, ein Sanitäter der Special Forces, der die Einheit bei den Reparaturarbeiten unterstützen und den Kommandeur der Einheit in Bezug auf Special-Operations-Taktiken beraten sollte, ging die Verwundeten durch, die aus dem Graben gezogen worden waren. Einer hatte eine tiefe Schnittwunde am Unterarm, weil er es geschafft hatte, seinen Arm hochzureißen, um sich gegen ein Schwert zu verteidigen. Das war immer noch besser als das, was hätte passieren können. Eine Fleischwunde am Arm war allemal erträglicher, als enthauptet zu werden.

»Der menschliche Körper liebt es, sich zu wehren, egal, was man ihm sonst noch so alles zumutet«, gluckste der gutmütige Rapp.

Chief Rapp nannte jeden beim Vornamen oder der Kennung. Niemand korrigierte ihn, denn er war ein Warrant Officer, und Chiefs waren nur ihren eigenen Vorgesetzten verpflichtet. Noch dazu war er Mitglied den Special Forces, was ihn auf der sagenumwobenen Befehlsleiter noch ein paar Sprossen höher stellte.

Aber vielleicht war das nur eine oberflächliche Überlegung. Möglicherweise lag der wahre Grund dafür, dass ihn niemand korrigierte, darin, dass er schwarz war, zwei Meter groß und gebaut wie ein Profi-Wrestler. Wenn ich mich festlegen müsste, würde ich behaupten, es lag daran, dass er nett war und Ranger dieses seltsame und fremde Gefühl nicht begreifen. Ich habe die Erfahrung gemacht, dass die Grünmützen – oder Green Berets, wie sie eigentlich genannt werden wollen – dazu neigen, positiv und optimistisch zu sein, während Ranger eine Art von enthusiastischem Fatalismus bevorzugen, der viele

Chancen und wenig Hoffnung voraussetzt. Daher haben sie sein freundliches Verhalten wahrscheinlich entweder aus dem Bewusstsein verdrängt oder mit ihrer Militärversion des Asperger-Syndroms überspielt.

Corporal Brocker war ebenfalls verletzt worden. Keine Schnittwunden am Arm, aber man hatte ihn bewusstlos geschlagen. In der Mitte seines Kampfhelms klaffte ein dicker fetter Riss, wo einer der Orks versucht hatte, ihn mit einer Axt zu spalten.

»Er hat eine Gehirnerschütterung, so wie es aussieht«, grübelte Chief Rapp im Dämmerlicht. Er ließ den Mann zur Beobachtung nach hinten führen, wo er sich ausruhen konnte.

Als der Sonnenaufgang näher rückte, konnten wir uns langsam ein besseres Bild von den Vorkommnissen machen. Offensichtlich war der 240er des Third Squad leer, nachdem die achthundert Schuss Munition in einem fast ununterbrochenen Rhythmus verbraucht worden waren, als sie versuchten, der entgegenkommenden Orkwelle zu trotzen, die geradewegs über den Fluss auf sie zuraste. Es gab auch keinen Magazinwechsel – dafür hatten sie schlicht keine Zeit gehabt, bevor die Orks über sie herfielen. Es war eine enge Kiste gewesen. Und dann hackten und schlugen die Orks auf sie ein, während der Hilfsschütze versuchte, einen weiteren Koppelgurt an die 240er anzuschließen, während der Rest des Teams auf die Sekundärwaffen wechselte und sich in letzter Sekunde verteidigen konnte.

Wenn ich jetzt so zurückblicke, ist der Angriff schneller passiert, als ich es in Erinnerung hatte. Schneller, als ich es für möglich gehalten hätte. An mehreren Stellen auf einmal entlang der Küste unserer Insel. Aber niemand wurde so hart getroffen wie der Sektor des Third Squad. Später erfuhr ich, dass es nicht nur knapp gewesen war … sondern geradezu unheimlich, und zwar in vielerlei Hinsicht. Seltsame Dinge waren geschehen. Und das machte alle, sogar die Ranger, ein wenig nervös.

Aber kein bisschen weniger entschlossen.

Es dämmerte längst, als Chief Rapp die Verletzten versorgt hatte. Zu diesem Zeitpunkt wurde ich von Sergeant Kurtz in den Graben beordert, um mit ihm Wache zu halten, während der Rest des Teams entweder von Chief Rapp zusammengeflickt wurde oder zurück zur C-17 lief, um mehr Munition zu holen. Kurtz erhielt eine ordentliche Ladung Antibiotika, und sein Arm wurde eingepackt. Der Pfeil hatte zwar ein Stück Fleisch herausgerissen, aber die Muskeln und Knochen verfehlt. Ob es wehgetan hat, wollte Kurtz nicht sagen.

Ich wette, es schmerzte höllisch. Es sah jedenfalls stark danach aus.

Kurz vor der Morgendämmerung war es stockdunkel draußen auf dem Fluss. Man konnte kaum etwas sehen, weil der Mond bereits unter-, aber die Sonne noch nicht aufgegangen war. Sergeant Kurtz saß einfach nur in der Stille, hatte sich das Nachtsichtgerät aufgesetzt und suchte die andere Seite des Flusses nach Anzeichen des Feindes ab. Als wäre er den Orks noch etwas schuldig. Als ob er nicht nur erwartete, dass sie zurückkamen, sondern es sogar *wollte*. Er hatte noch etwas für sie in petto.

Ich konnte es in der kalten Luft zwischen uns spüren.

Die Feindseligkeit, die von ihm ausging, fühlte sich gefährlich an, sodass ich nichts sagte, weil er wahrscheinlich einen Weg gefunden hätte, mich in die Pfanne zu hauen, während wir auf den nächsten Angriff warteten. Und das will bei mir schon etwas heißen, denn normalerweise versuche ich, mit jedem ins Gespräch zu kommen. Sagen wir mal, ich habe mir meinen Spitznamen Talker nicht nur aufgrund meiner Sprachkenntnisse verdient. Aber ich hielt mich zurück, da am Gruppenführer des Trupps für schwere Waffen ein unsichtbares und doch unübersehbares »Bitte nicht stören«-Schild hing.

So war Kurtz einfach.

Meinetwegen. War wahrscheinlich auch besser so. Wahrscheinlich waren alle ziemlich aufgekratzt von diesem Kampf – und erfreut, dass sie nicht zu Tode gehackt worden waren von Kreaturen, die es bisher nur in Spielen und alten Romanen von Oxford-Gelehrten gegeben hatte. Ungeheuer. Orks. Äxte und Schwerter.

Aber ein Teil von mir fragte sich schon …

Was wäre passiert, wenn sie durchgekommen wären? Was hätten sie mit den Gefangenen gemacht? Ich tippe auf Kannibalismus. Sie hätten uns gefressen. Auch wenn es technisch gesehen kein Kannibalismus ist, weil es keine Menschen sind. Es sind Orks.

Macht es das irgendwie besser?

Das sind die Dinge, über die ich im Dunkeln nachdachte, während ich darauf wartete, dass mir plötzlich ein nebelhafter Nachtgoblin die Kehle aufschlitzte oder eines der anderen lächerlichen Horrorszenarien eintrat, mit denen PFC Kennedy alle in Angst und Schrecken versetzte. Was hier alles lauern konnte. Wo wir möglicherweise gelandet waren.

Nichts davon ergab einen Sinn. Und doch waren wir hier. Überwachten unsere Sektoren und warteten auf den nächsten Angriff.

Zehn Minuten vor Sonnenaufgang sah Kurtz zu mir herüber, als würde er meine Ausrüstung begutachten und feststellen, dass jedes einzelne Teil davon – mich und meinen schmächtigen Linguistenkörper miteingeschlossen – für einen Krieger, der sich in der besten Kampftruppe der Army, den Rangern, befindet, erbärmlich mangelhaft ist. Er nahm meine MK18 und entfernte einige der Ausrüstungsgegenstände, die ich als Teil des SOPMOD-Upgrade-Pakets erhalten hatte, das uns in der Waffenabteilung in der Area 51 übergeben worden war. Nachdem er den Rest der Ausrüstung durchgesehen hatte, nahm er mir schließlich das Specter-Zielfernrohr ab, auf dessen erfolgreiche Anbringung und Justierung ich ziemlich stolz gewesen war.

»Benutz es einfach so«, sagte er nicht ganz so grimmig, wie er aussah, und drückte es mir wieder in die Hand.

Von nun an würde ich also das holografische Reflexvisier benutzen. Wie ein richtiger Ranger!

Wir saßen noch ein wenig länger in der Dunkelheit, und obwohl es ein schrecklicher Kampf mitten in der Nacht gewesen war und die Leichen der Orks immer noch langsam den Fluss hinuntertrieben oder an Felsen, Ästen oder am Ufer hingen, fingen bereits die ersten Vögel an, zögerlich den neuen Morgen zu besingen. Zaghaft. Vorsichtig. Nur ein paar Töne. Als wollten sie zum Ausdruck bringen: »Wir sind noch da. Seid ihr schon fertig?«

Alle Vöglein sind schon da, kam mir albernerweise in den Sinn.

Die Sonne ging langsam im Osten auf, aber im Moment war es entlang des Flusses noch ruhig, und man konnte ein weiches, ja, fast versöhnliches Licht am Himmel im Westen sehen. Und die dunklen Schatten entlang des stillen Flusses, den wir beobachteten.

Vielleicht war es deshalb so schön, weil wir noch am Leben waren.

Wissen Sie … ich übe mich im Schreiben mit diesem Tagebuch und dem Mont-Blanc-Füller, den meine Mutter mir zum Abschluss der Grundausbildung geschenkt hat. Ab und zu versuche ich immer noch zu ergründen, ob das ein nettes oder ein sarkastisches Geschenk war. Eine Stift-gewordene Bemerkung darüber, dass ich dem, wofür ich so hart gearbeitet habe, den Rücken gekehrt habe, um etwas so Banales wie Dienst für das Vaterland zu leisten. Das war jedenfalls ihre Meinung.

So wie ich sie kannte, war es sarkastisch gemeint.

Sergeant Kurtz meldete sich über Funk und befahl, ich solle mich im Kommandoposten zurückmelden. Er sagte mir ohne viel Aufhebens, ich solle »abdampfen«, obwohl wir zusammen einen Haufen Bösewichte umgelegt hatten. Na ja, eigentlich hatte *er* sie alle getötet. Ich war einfach nur dabei und habe geholfen. In der Zwischenzeit kamen Brumm und Tanner mit weiteren Munitionskisten für die 240er zurück.

Als ich später zu der C-17 zurückkehrte, die uns als taktischer Kommandoposten diente, nachdem der Pilot es gerade noch geschafft hatte, den Fluss zu überqueren und auf einem langen Feld zu landen, war das Morgenlicht zwischen den skelettartigen Bäumen auf der Insel grau und fahl. Draußen im Wald und auf dem Feld war es still. Das Einzige, was ich hören konnte, war das Geräusch meiner eigenen Stiefel, unter denen das trockene Totholz und das taufeuchte Gras knirschte.

Als ich an Bord des Flugzeugs ging, fand ich ein ausgewachsenes Meeting vor, an dem alle hohen Tiere des Kommandostabs und der Führungsebene teilnahmen. Da ich ein Niemand war, setzte ich mich einfach auf einen der Sitze und hörte zu. Wenn sie wissen wollten, wie man »beschissen« in einer der Sprachen sagt, die ich beherrsche, konnte ich mich vielleicht nützlich machen.

Command Sergeant Major Stone war damit beschäftigt, den Captain unserer Einheit zu instruieren. Der Sergeant Major war mit uns gereist, als wir Area 51 verließen. Unser Colonel und drei weitere Einheiten befanden sich als Teil einer größeren Joint Task Force auf anderen Flügen. Der Plan sah vor, dass wir uns alle zusammenschlossen, wenn wir am Zielort ankamen. Stattdessen landeten wir hier, wo auch immer das war.

In den wochenlangen Vorbereitungen vor der Operation gab es nur wenig Informationen darüber, wohin wir eigentlich unterwegs waren. Und da ich ein Private First Class Linguist bin, ist sowieso niemand verpflichtet, mir irgendetwas zu sagen. Aber neugierig war ich trotzdem schon immer. Ich wusste, dass es um etwas Ungewöhnliches ging, als ich mich damals in der Area 51 für zwei bis fünf Jahre in der Zukunft verpflichtete. Aber ich dachte damals an den Iran. Nicht an das beschissene Gondor.

Der Captain hier vor Ort befand sich in einer Position, die normalerweise dem Rang eines Major, also dem Kommando über eine Ranger-Kompanie, entsprechen würde, und der Sergeant Major mit seiner jahrelangen Erfahrung im Töten von Menschen in Übersee an exotischen Orten fungierte praktisch als dessen rechte Hand. Nachschub. Planung. Aufklärung. Dass wir den Sergeant Major hatten, war wahrscheinlich unser größtes Glück. Alles, was wir nicht wussten, wusste er. Und er hatte wahrscheinlich vieles vergessen, was wir nie erfahren würden. Die Art von Kerl eben. Verstehen Sie?

»… werden wir nicht getroffen, Sir«, sagte der Sergeant Major. Er hatte eine tiefe Stimme, und es war ihm nie ganz gelungen, seinen texanischen Akzent loszuwerden. »Zumindest nicht für den Rest des Tages. Das ist meine Vermutung, Sir. Diese … Kräfte, mit denen wir es zu tun haben … Sie haben uns bereits eindrucksvoll bewiesen, dass sie in der Nacht angreifen. Ich schätze, uns bleibt der ganze Tag, um uns vorzubereiten, aber sie werden nach Einbruch der Dunkelheit zurück sein. Bis dahin schlage ich vor … anstatt alle zusammen hier zu bleiben … verschanzen wir uns, verlegen Minen und stellen ein paar Reaper-Teams zusammen, damit wir asymmetrisch vorgehen können. Etwas Kreativeres als das, was diese Kreaturen letzte Nacht gesehen haben. Die Ranger verteidigen, indem sie angreifen, Sir.

Das vorhin war eine Sondierung. Ganz klar. Sie werden heute Abend zurückkommen, und zwar besser aufgestellt. Sie sind der ranghöchste Bodentruppenkommandant, Captain, und haben mein vollstes Vertrauen. Es ist Ihre Entscheidung. Ich bin nur hier, um dafür zu sorgen, dass die Mannschaft sich rasiert und die Ärmel nicht zu weit hochkrempelt, Sir.«

Dann setzte sich der Sergeant Major hin und nahm einen Pappbecher mit Kaffee in die Hand, um zu signalisieren, dass das Treffen beendet war. Er hatte ein Kindle auf dem Knie, aber er las nicht darin. Sein Blick war so abwesend, dass man nicht sagen konnte, ob er hier war oder irgendwo im Irak, wo er vor zwanzig Jahren einen Haufen Leute umgebracht hatte.

Die Zugführer waren auch anwesend. Der Detachment Commander war da. Der First Sergeant ebenfalls. Und die Baroness und Deep State. Sowie der Techniker der

Schmiede. Ich hatte mir seinen Namen noch nicht gemerkt. Der Pilot der C-17 war auch da. Aber seine erste Offizierin, ein wirklich süßer Lieutenant mit blondem Pferdeschwanz, fehlte. Was sehr schade war. Ich hatte ihr vor einem Tag ein Lächeln entlockt und wollte meinen Stand bei ihr mit ein paar geistreichen Redewendungen auf Italienisch verbessern.

Wenn sich jemand nutzloser fühlte als ich, dann war es wohl der Pilot. Dass er uns hier lebend auf den Boden gebracht hatte, war sein einziger Beitrag zu unserer Situation. Beim Landeanflug ist ein Teil des Fahrgestells draufgegangen, und es war sein Verdienst, dass das Flugzeug nicht in Tausend Teilen über die Felsen im Fluss verstreut war und in den Bäumen ausbrannte. Mit der C-17 gab es kein Entkommen von dieser kleinen Flussinsel. Das hier war vorerst unser Zuhause. Die Schmiede wog ungefähr drei Tonnen, sodass wir hier festsaßen, bis wir einen Weg gefunden hatten, sie ohne das Flugzeug zu transportieren.

Der Captain ist jemand, über den ich nicht viel sagen kann. Er war immer beschäftigt und sah ständig aus, als ob er sich den Magen verdorben hätte. Sein Haar war schon vorzeitig ergraut, aber er trug eine Ranger-Schriftrolle auf der rechten Schulter, und das machte ihn in dieser Einheit zu jemandem.

Die Schriftrolle ist, wie Sergeant Thor erklärte, eine Lebensweise, eine Art Leistungskultur, jeden Tag, in allen Bereichen – sie endet nie. Jeder Tag ist eine Prüfung. Der einfachste Tag im Regiment, so wurde mir erklärt, ist der Tag, an dem man das RASP abschließt; danach wird es sehr schwer, weiter mitzuhalten. Wenn man keine Resultate erzielt, fliegt man raus. Für junge Soldaten gelten der Besuch der Ranger-Schule und die Erlangung des Abzeichens als

Standard – wenn man versagt, ist man raus. Sergeant Thor hat mir erzählt, dass seine Schützlinge großartige Jungs seien, aber solange sie kein Abzeichen trugen, waren sie nur Platzhalter. Austauschbar und nichts wert in den Augen der Ranger. Danach kann man seinen ersten Führungsposten als Gruppenführer antreten, und dann, so Thor, »finden sie langsam heraus, worum es hier wirklich geht.«

Theoretisch ist jeder, der im Laufe der Zeit die verschiedenen Ranger-Orientierungsprogramme durchlaufen hat, ein Ranger. Aber erst, wenn man sich das Ranger-Abzeichen, den *Tab*, verdient hat, gilt man als qualifizierter Ranger. Ausgezeichnet – buchstäblich. Und wie ich schon sagte, das ist schon etwas.

Aber der Captain war mehr als nur etwas. Er war ein Offizier, hatte eine Kampfschriftrolle und befehligte eine Kompanie in einer Position, die normalerweise den Majors vorbehalten ist. Und falls das noch nicht genug ist, möchte ich noch Folgendes hinzufügen: Kompanieführer können nur Offiziere werden, die bereits erfolgreiche Einsätze als Zugführer im Regiment hatten – eine sehr kleine Gruppe. Wenn fünfzig Männer erfolgreiche Zugführer im Ranger-Regiment sind (und das sind nur 0,0001 Prozent der Infanterie-Zugführer in der Army), dann werden weniger als zehn von ihnen zum Kompaniekommandant ernannt. Es gibt weniger Ranger-Kompaniekommandanten als Quarterbacks in der NFL.

Kurz gesagt, um in diesen Rang aufzusteigen, muss man praktisch das Beste sein, was die Army hervorbringen kann.

Der Captain dankte dem Command Sergeant Major für seine Einschätzung und wollte gerade Befehle erteilen, als der Deep-State-Typ in seinen Jack-Wolfskin-Abenteurer-Golfer-Klamotten aufstand und das Wort ergriff.

»Hey, Captain Harwood«, sagte Deep State.

»Nur zu, Volman«, erwiderte Harwood.

»Ich möchte an dieser Stelle gerne anknüpfen und … Sie wissen schon … ein paar Dinge beitragen, bevor wir anfangen. Nur ein paar … Anregungen. Ich hoffe, dass ich die allgemeine Stimmung und die Synergie verbessern kann, die wir in dieser nächsten Phase der … äh, na ja … der Operation hier vor Ort erreichen müssen. Wir hatten eindeutig einen schlechten Start mit den … ähm … Einheimischen. Einer von Ihren Männern, ein PFC Kennedy, glaube ich, einer Ihrer Ranger, hat mir gesagt, dass es sich seiner Meinung nach um … Orks handelt.«

»PFC Kennedy«, unterbrach der Command Sergeant Major ihn, »ist ein bedauernswertes Spielkind, das ich in eine erstklassige Tötungsmaschine verwandeln werde, und wenn es das Letzte ist, was er tut.« Das war eine Tatsache. Eigentlich eher eine uralte, in Stein gemeißelte Wahrheit.

In der kurzen Zeit, in der ich dem Trupp angehörte, wusste ich, dass alles, was aus dem Mund des Sergeant Majors kam, einem unumstößlichen, in Granit geschriebenen Gesetz glich, das die Grundlage all unserer Existenzen bildete. Sogar der Deep-State-Typ Volman schien zusammenzuzucken, als der ranghöchste Unteroffizier ihn unterbrach und anfing, Worte abzufeuern, die wie der langsame, aber sichere Knall einer entfernten Artillerie auf einen zukamen. Ohne Gnade. Meteore, die vom Himmel fallen. Riesige Weltraumfelsen, die einen zerquetschen können.

Stone war ein guter Nachname für den Command Sergeant Major, denn das *war* er. Ein Ding, das schon da war, ehe irgendwer mit irgendwelchen Plänen und Ideen auftauchte. Und das noch da sein würde, lange nachdem er die Erde über dem flachen Grab jenseits des Feuergefechts, bei dem man gerade ums Leben gekommen ist, zugeschüttet hat. Das Feuergefecht, in dem ausgefallenen Ideen und Pläne durch die kalte Realität von verbrauchter Munition, schlechtem Timing, mangelnder Vorbereitung oder schlichtem Pech zunichte gemacht wurden.

All die Dinge, die man entweder nicht einkalkuliert hat oder für die man zwar ein »System« hatte, wie jeder x-beliebige Zocker auf dem Weg nach Vegas, nur um ein weiteres Mal alles zu verlieren.

Der Command Sergeant Major gab einem das Gefühl, nur vorübergehend da zu sein. *Außer* … Na ja, außer, man hielt sich daran und erkannte die Weisheit in seinen Worten. Und dann … vielleicht – nur vielleicht – sah man am nächsten Tag doch noch mal die Sonne aufgehen.

Vielleicht.

Deep State erholte sich noch von der plötzlichen scharfen verbalen Attacke des Command Sergeant Majors. Er ließ zu, dass Emotionen in sein vom Präsidenten ernanntes Gesicht traten, die uns anderen in der Grundausbildung ausgetrieben worden waren. Drill Sergeant Ward hätte diesen Kerl in der Pfeife geraucht, bis er müde geworden wäre. Und das nur wegen seiner Miene als Reaktion auf das, was der Command Sergeant Major gesagt hatte.

Und wie Drill Sergeant Ward zu sagen pflegte: »Ich werde nicht so schnell müde.«

Nichtsdestotrotz blieb Volman hartnäckig, obwohl er sich der Situation und der Leute, mit denen er es zu tun hatte, anscheinend überhaupt nicht bewusst war. Er lächelte weiter, ein schiefes Lächeln, aber dennoch ein Lächeln, das auf sein fahles Zivilistengesicht gekleistert war. Als ob er das Ganze noch zum Guten wenden und den Deal für einen nagelneuen BMW abschließen würde. Jetzt bräuchte er nur noch Ihre Unterschrift auf der gestrichelten Linie. Bar oder mit Kreditkarte?

»Wie dem auch sei«, fuhr der Scharlatan des Monats Deep State Volman fort. »Sie … was auch immer sie sind … nennen wir sie Orks. Sie sind die Einheimischen und wir sind hier die Gäste. In ihrem Territorium. Meinen Sie nicht, wir sollten versuchen … Sie wissen schon … zuerst mit ihnen zu reden, Captain Harwood?« Er sprach jetzt direkt zum Captain. Er versuchte nicht, das Publikum für sich einzunehmen, wie es sein ursprünglicher Ansatz gewesen war, bis der Sergeant Major seine rhetorische Position wenig feinfühlig mit Verbalfeuer überzog und ihn dazu brachte, an seinem nicht ganz so soliden argumentativen Fundament zu zweifeln.

Der Captain starrte Deep State an, wie ein Stadtsheriff den Dorftrottel ansieht, der sich gerade zu einer neuen betrunkenen Eskapade hat hinreißen lassen, bei der ihm die Hose bis zu den Knöcheln herunterhängt, während er steif und fest behauptet, dass zwei plus zwei ein Schnitzel sind und dass er, der Dorftrottel, in der Tat der lange verschollene Ururenkel des Großzaren Nikolaus des Zweiten sei, während die Hilfssheriffs sich darauf vorbereiten, einen weiteren Verrückten in Handschellen zu legen und in die Irrenanstalt zu bringen.

Volman entschied sich für ein märtyrerhaftes Nicken, als er feststellte, dass sein grandioser Schachzug, die vermeintlichen ASVAB-Versager zu manipulieren, für die er uns hielt, nicht so funktionierte wie geplant. Ranger werden auf ihre Motivation und Aggressivität hin überprüft.

Außerdem schneiden sie, wie alle Spezialeinheiten, beim Intelligenztest des Militärs, dem ASVAB, hervorragend ab. Sie ziehen es einfach vor, sich dumm zu stellen, weil sie glauben, dass das härter wirkt. Und hart ist eine Art von cool, unabhängig davon, was auf irgendeiner Beta-Männchen-Website darüber steht, ob man andere Männer mit seiner Freundin schlafen lassen sollte.

Dann, und das war für mich der lustige Teil, der Höhepunkt der bisherigen Reise, wagte Volman den Versuch – Betonung auf *Versuch* –, ihm den Rang abzulaufen. Einem Ranger Captain.

Uff.

»Hören Sie, Captain«, fuhr Volman fort. »Ich will nicht über Ihren Kopf hinweg handeln. Aber die Entscheidungen, die Sie hier treffen, hier und jetzt, in dieser Situation, ich meine … Bewaffnete Soldaten da draußen an der Front, die mit Sprengstoff spielen und wahllos jeden umbringen, der ihnen zu nahe kommt. Einheimische. Höchstwahrscheinlich eine Minderheit oder sogar eine Opfergruppe irgendeiner Art. Wir wissen es nicht. Und Ihre Leute tun so, als ob sie die Spielregeln selbst festlegen könnten. Und zwingen den Kerl, der die Forge leitet, mehr und mehr *Patronen* zu produzieren. Ist das Ihre oberste Priorität vor Ort, Captain Harwood? Korrigieren Sie mich, wenn ich falsch liege. Aber wir wissen nicht … ob das jetzt Orks oder was auch immer sind … Wir wissen nicht, ob sie von Anfang an Feinde waren, oder ob Sie sie erst zu Feinden gemacht haben, als sie eigentlich nur mit uns kommunizieren wollten. Und dank Ihnen und Ihren Rangern werden wir es wohl nie erfahren. Aber vielleicht … nur vielleicht … Vielleicht haben wir noch eine Chance, das zu tun, was ich ganz am Anfang gesagt habe, und es mit einem Gespräch zu versuchen. Ihnen auf Augenhöhe zu begegnen. Die Anführer kennenzulernen. Sehen, was sie brauchen. Schauen, was wir ihnen geben können, damit sie unsere Freunde und Verbündeten werden. So etwas hat in Afghanistan und im Irak funktioniert, und es kann auch hier funktionieren. Wir sind Gäste in ihrem Land, wo auch immer dieses Land ist. Und um schonungslos ehrlich zu sein … Ich bin direkt von Ihrem Commander-in-Chief ernannt worden, vergessen Sie das nicht, Captain. Mit anderen Worten … Was ich sage …«

Ich glaube, er wollte hinzufügen: «… *gilt*«.

Aber da hatte der Captain schon genug.

Er hob die Hand und sah aus, als kämpfe er gegen plötzliche Magenbeschwerden an. Die Hand, die er hochhielt, wirkte wie ein Messer, und als man sie hochkommen und dort verharren sah, hatte man das Gefühl, dass sie wahrscheinlich im nächsten Moment eine Halsschlagader durchstoßen und einen auf der Stelle töten würde. Und dass es nicht der erste Einsatz der Messerhand wäre.

»Gestatten Sie mir, dass ich Sie an dieser Stelle unterbreche, Mister Volman«, sagte der Captain knapp und abgehackt. Er hatte seine Wut unter Kontrolle. Und das nicht nur gerade so. Es war Selbstkontrolle auf absolutem Profi-Niveau. Als ob ein Werwolf in einem Nobelrestaurant kellnern würde und einem meisterhaft ein Glas Rotwein einschenkt, anstatt einem Herz und Lunge herauszureißen, während die Tischnachbarin mit offenem Mund zusieht, wie ihrem Gegenüber die Brust geöffnet wird. Aber die Wut war deutlich zu spüren. »Dies ist eine militärische Operation. Es gelten die No-Tomorrow-Regeln. Bis also eine rechtmäßige Regierung eingesetzt wird … bin *ich* die

Regierung. Ich bin Ihr Commander-in-Chief. Derjenige, auf den Sie sich beziehen … besagter Oberbefehlshaber, Mr Volman, Sir … ist seit etwa zehntausend Jahren tot, wenn unser Pilot mit seinen astrologischen Berechnungen bezüglich unserer aktuellen Position und der Anzahl der Jahre, die wir in die Zukunft gereist sind, richtig liegt.«

Deep States Gesicht verlor jegliche Farbe.

Der Captain ließ seine Messerhand wieder sinken und kam um den Schreibtisch herum, den er in der Nähe der hinteren Frachtdeck-Tür der C-17 eingerichtet hatte.

»Also, die Lage ist wie folgt …«

KAPITEL 3

An dieser Stelle muss ich wahrscheinlich innehalten und Ihnen erzählen, wie genau wir eigentlich hierhergekommen sind. Umzingelt von Orks. Glauben Sie mir, eine Erklärung dessen, was Captain Messerhand als Nächstes zu sagen hatte, wird angesichts der jüngsten Ereignisse viel rationaler und vernünftiger wirken. Andernfalls würde das alles nur verrückt klingen.

Und ob Sie es glauben oder nicht, so verrückt waren die Dinge zu dem Zeitpunkt noch gar nicht, im Vergleich zu dem, was noch kommen sollte. Ein verrückter Tag wäre ein ruhiger und guter Tag gewesen angesichts dessen, was uns bevorstand.

Lassen Sie mich Sie in die Zeit vor meinem Army-Beitritt entführen. Ich hatte eben meinen sechsten Master-Abschluss in Sprachen gemacht, diesmal in Farsi. Letzten Endes waren sieben Abschlüsse nötig, um endlich zu erkennen, dass ich die akademische Welt hasse und dass ich den unbändigen, wenn auch unvernünftigen Wunsch verspüre, Soldat zu werden. Ich wollte ein Abenteuer erleben. Ein richtiges Abenteuer. Nicht nur in ein anderes Land reisen, ein paar Selfies machen, das lokale Essen probieren und das alles auf Instagram festhalten.

Ich wollte etwas aus meinem Leben machen, bevor der Tag kam, an dem ich nichts mehr tun kann, außer mir zu wünschen, ich hätte etwas anders gemacht. Also wandte ich mich an die Rekrutierer , und als sie herausfanden, dass ich viele Sprachen spreche, waren sie ganz angetan und boten mir alle möglichen lustigen Optionen an – ob sie das alles ernst meinten, kann ich auch retrospektiv nicht so wirklich beurteilen. Boni. Freie Standortwahl … »Hätten Sie Lust, nach Hawaii zu ziehen?« Nichts davon war wirklich wichtig für mich. Ich glaube, die Rekrutierer haben nicht wirklich verstanden, was sie an mir hatten. Was man mit Sprachen wirklich tun kann. Sie schickten mich einfach zur Grundausbildung und dann ans Defense Language Institute in Monterey.

Erst dort in Monterey beim DLI wurde man auf mich aufmerksam. Ich meldete mich beim Chinesisch-Kurs an, einem achtzehnmonatigen Lehrgang, und bestand zwei Tage später die Prüfung. Um ehrlich zu sein, war das nicht fair. Ich konnte bereits Chinesisch. Dann starteten wir ein lustiges Spiel, bei dem ich die meisten der anderen angebotenen Sprachkurse durchlief und auch dort im Handumdrehen jede Prüfung bestand.

Danach herrschte einige Wochen lang eine Art Game-Show-Atmosphäre. Es kam sogar ein General, um mir zuzuschauen. Da hätte ich eigentlich schon merken müssen, dass etwas nicht stimmte. Der Kerl war vom SOCOM – dem Special Operations Command – und über und über mit Abzeichen dekoriert, außerdem sah er aus wie Captain Messerhands älterer, wütenderer Bruder.

Nach der Grundausbildung hatte ich bereits die Fallschirmschule absolviert. Und nachdem man den Lehrern im DLI unmissverständlich klargemacht hatte, dass sie mich nicht haben konnten, wurde ich zu einem verkürzten dreiwöchigen RASP geschickt, das speziell für mich und ein paar andere Geheimdienst-Äffchen gedacht war, die man zwar erst später brauchen würde, aber dennoch schon mal die Grundlagen des Ranger-Daseins lehren wollte. Dann folgte eine zweiwöchige geheimdienstliche Schulung, die völlig inoffiziell war. Im Grunde genommen bestand sie aus mir und einem Typen, der mir sagte, ich könne ihn John nennen und dass das nicht sein richtiger Name sei. Kein Witz. Das Ganze fand in einem Best Western Hotel am Flughafen in Las Vegas statt. Dem nicht gerade schönen Teil der Stadt. Dann fuhr er mich zur Area 51 und setzte mich am provisorischen Hauptquartier der Ranger-Einheit auf dem Flugplatz ab.

Und obwohl ich die letzten sechs Monate in einer isolierten Trainingsblase verbracht hatte, wusste ich ein bisschen darüber Bescheid, was draußen in der Welt so vor sich ging. Die Dinge gerieten aus den Fugen, und man merkte, dass die Lage diesmal ernst war, da die Medien nicht viel darüber berichteten. Der Typ im Weißen Haus war schließlich ihr Mann, und sie wollten nicht, dass er schlecht dastand.

Aber dank Twitter und dem Internet kann man sich mittlerweile recht gut selbst mit Informationen versorgen, wenn es einem nichts ausmacht, ein bisschen zu recherchieren und den richtigen Leuten zu folgen.

Außerhalb meiner kleinen Militärblase geschahen seltsame Dinge. Überall, aber hauptsächlich in den Randgebieten der Dritten Welt. Weniger neugierige Menschen wären die Zusammenhänge vermutlich gar nicht aufgefallen. Aber ich bin gut darin, Muster zu erkennen, und sehr neugierig. Irgendetwas passte für mich nicht zusammen, als ich anfing, das Gesamtbild zu betrachten.

In China fielen die Maschinen auseinander. Und zwar nicht wegen der üblichen schlampigen Fertigung in den staatlichen Fabriken. Autos. Flugzeuge. Sogar brandneue Flugzeuge, die einfach vom Himmel stürzten oder über dem offenen Meer verschwanden, ohne Überlebende. Die Inder und die Pakistani waren in den Krieg gezogen, hatten es aber zumindest geschafft, keine Atomwaffen gegeneinander einzusetzen. Es existierte sogar ein frühes Video, in dem die beiden Streitkräfte mit Knüppeln und Schwertern aufeinander losgingen und ein Mann sogar Pfeil und Bogen benutzte. All dies geschah während eines Grenzkonflikts in Kaschmir. Überall gab es eine Menge ungeklärter Morde. Und dann waren da noch die Sichtungen von Mothman, Bigfoot und Außerirdischen sowie ein Sammelsurium an Verschwörungstheorien und Vermutungen. Oh, und die Blutsauger-Sekten. Dinge, die zu verrückt – und ehrlich gesagt zu seltsam – klangen, um wahr zu sein. Die Art von Dingen, über die seit Jahren in der Klatschpresse, im Radio und an Lagerfeuern geflüstert wurde. Und sicher, es gab Videos, aber es gibt auch Deepfakes und Leute mit zu viel Zeit, die sich einen Spaß daraus machen, andere Leute zu verarschen. Was war also wahr? Was nicht? Alles musste mit Vorsicht genossen werden. Oder mit Misstrauen. Vielleicht wollte man auch einfach nicht einsehen, dass die Pandemie tatsächlich so schlimm war, wie sie sich ankündigte. Als etwas viel Schlimmeres.

Allerdings gab es durchaus einen gewissen gesamtgesellschaftlichen Gruselfaktor. Die Menschen benutzten immer öfter das Wort *Monster*, um zu beschreiben, zu welchen Taten sich andere Menschen hinreißen ließen.

In den USA war die Situation größtenteils noch ziemlich entspannt. Aber eben nicht das, was man als normal bezeichnen würde. Es herrschte eine allgemeine tiefgreifende Angst. Die Gewaltverbrechen nahmen stark zu, und es gab Berichte über Kleinstädte im Nordwesten, die wie ausgestorben waren. Die Leute verschwanden und jemand tauchte nach zwei Wochen auf und fand eine moderne Roanoke-Kolonie vor. Wenn Sie nicht wissen, was das bedeutet, schlagen Sie es nach. Es ist ein Stück amerikanischer Geschichte, das in Vergessenheit geraten ist. Aber andererseits hat wahrscheinlich jeder, der das hier liest, keine Ahnung mehr, wie man etwas nachschlägt. Dieses zivilisatorische Niveau existiert derzeit nicht mehr. *Bitte werfen Sie eine neue Münze ein.*

Die Märkte brachen ein, und reiche Leute setzten sich plötzlich mit ihren privaten Jets auf ebenso private Inseln ab und hätten die Startbahn am liebsten hinter sich hochgerollt. Die Filmproduktionen kamen ins Stocken. Mit anderen Worten: Die Leute machten sich aus dem Staub. Die Stars hatten keine Zeit mehr, um Filme zu drehen. Sie saßen bereits in ihren Flugzeugen und flogen zu den Inseln, auf die man nicht gelangt, wenn man nicht dazugehört.

Es war klar, dass die Mächtigen wussten, dass etwas direkt auf sie zusteuerte. Auf uns alle. Ein Zivilisationsvernichter. Sie wussten nur nicht, in welcher Form. Und wenn sie es gewusst hätten, wäre ihnen der Rest von uns trotzdem egal gewesen.

So saß ich also da, zusammen mit dem Rest des Ranger-Bataillons und all den anderen Gruppen, die die JTF, die Joint Task Force, bildeten, zusammen mit mehreren anderen Spezialeinheiten aus beinahe allen erdenklichen Bereichen.

Wir waren alle in einem dieser riesigen supergeheimen Hangars draußen in der Wüste in der Area 51 versammelt. Genau, *die* Area 51.

Es wurde so surreal, dass es irgendwann anfing, sehr real zu wirken.

Dann erfuhren wir die Wahrheit. Mit voller Wucht. Ob es uns gefiel oder nicht.

Die Welt wurde von einer Seuche heimgesucht. Es bestand keine Möglichkeit, sie aufzuhalten. Also sind wir in die Zukunft gereist.

Jep.

In die Zukunft, zusammen mit unseren Waffenschmieden und Wissenschaftsteams, zum Wiederaufbau einer Regierung.

»Wie weit?«, fragte jemand.

»Unbestimmt. Wir streben zwei bis drei Jahre an.«

»Wie?«, wollte ein anderer wissen.

»Man bezeichnet es als Quantensingularitäts-Tachyonen-Tor. Kurz: QST. Wenn wir da hindurchgehen, kommen wir ein paar Jahre in der Zukunft wieder raus.«

»Und das funktioniert?«

»Es funktioniert … halbwegs«, gestand die Frau, die für das Briefing zuständig war. Die Baroness saß neben ihr. Sie gehörte zu ihrem Team. »Wir wissen, dass es irgendwo hinführt, und wir sind in der Lage, eine Signalverbindung aufrechtzuhalten, bevor das Singularitätsfenster auf der anderen Seite kollabiert. Danach gibt es keine Möglichkeit mehr, zurückzukommen.« Sie machte keinerlei Anstalten, das Ganze zu beschönigen. Es war eine Reise ohne Wiederkehr. »Aber wenn Sie hier bleiben, fallen Sie wahrscheinlich der Seuche zum Opfer.«

»Was für eine Seuche ist das eigentlich genau?«

»Wir nennen es die Nano-Pest. Sie zerstört Maschinen und technische Geräte. Sie kann auch die DNA verändern oder sogar töten.«

»Was meinen Sie mit … die DNA verändern?«

Monster.

»Das ist Verschlusssache.«

»Was ist mit unseren Familien? Was ist, wenn wir nicht gehen wollen?«

»Dann gehen Sie nicht. Sie bleiben hier und sehen der Gefahr ins Auge. Aber wenn Sie dieses Land und alles, wofür es steht, retten wollen, dann brauchen wir Sie, um weiterzumachen und die Regierung und die Rechtsstaatlichkeit wiederherzustellen. Nichts Geringeres wird von Ihnen erwartet. Wir schätzen, dass die Welt in sechs Monaten eine gesetzlose Ruine sein wird. Dort, weiter vorne auf der Zeitachse und auf der anderen Seite der Seuche, wieder Fuß zu fassen, könnte die einzige Chance sein, die Ihre Familien und Ihre Liebsten haben werden, wenn sie so lange überleben können. Das Gleiche gilt für dieses Land und die Welt. Dies ist die einmalige Chance auf eine bessere Zukunft. Die einzige Chance.«

Kommen Sie, Lady. Sie müssen es niemandem hier schmackhaft machen.

»Sie sind in der Lage, diese Mission zu erfüllen. Aber es ist Ihre Entscheidung. Bleiben Sie und tragen Sie die Konsequenzen. Oder gehen Sie und versuchen Sie zu retten, was noch zu retten ist. Die Seuche wütet so oder so, und es gibt nichts, was wir tun können, um sie aufzuhalten, sonst hätten wir es schon getan.«

»Wird die Seuche in zwei Jahren vorbei sein?«

»Laut Aussage unserer Experten ja.«

Alle im Hangar, die eine Uniform trugen, waren Menschen, die wirklich an solche Dinge glaubten. An die Selbstaufopferung und den Dienst am Vaterland. Und sie glaubten nicht nur daran … Sie lebten es auch. Das konnte ich sehen. Normale Menschen hätten angefangen, zu weinen, wütend zu werden, anderen die Schuld zu geben und zu leugnen, dass ihnen das alles wirklich passiert. Ich glaubte auch daran, auch wenn ich bislang noch nie mein Leben für mein Land riskieren musste. Jedenfalls war ich mir ziemlich sicher, dass ich daran glaubte, und jetzt wusste ich auch, warum sie einen Linguisten, der viele Sprachen beherrschte, dabeihaben wollten. Die Menge an Zeug, das man durch das QST-Tor schicken konnte, war knapp bemessen. Sie wollten den Platz nicht für einen Haufen Linguisten verschwenden, wenn sie nur einen mit vielen Sprachkenntnissen mitnehmen konnten. Außerdem verfügen viele Mitglieder von Spezialeinheiten bereits über eine ausgezeichnete Sprachausbildung. Ich war höchstwahrscheinlich ein redundanter Stichwortgeber.

Und ich war von Leuten umgeben, die das alles schon erlebt hatten. Sie haben unzählige Leben gerettet, wenn nicht sogar die Welt. Für sie war das nichts als Alltag. Zugegeben … ein ziemlich wichtiger Alltag. Aber sie waren die Art von Menschen, die dorthin gehen, wo normale, sicherheitsliebende, nicht risikofreudige Menschen nicht hingehen wollen. Die Art von Leuten, die von kleinen schwarzen Hubschraubern auf müllübersäten Straßen abgesetzt werden, in der Unterzahl, aber fest entschlossen, einen abgestürzten Piloten in Sicherheit zu bringen. Sie gehen auf die Explosionen zu, während alle anderen weglaufen.

Ich bin überzeugt davon, dass sie alle so gedacht haben.

Später erklärte mir einer der smarteren Typen aus der Truppe das Ganze ein wenig anders. Er sagte, es sei so was wie der Ruf der Leere – Sie wissen schon, das Bedürfnis, von einer Klippe zu springen. Eine Art Verlockung. Wenn man erst einmal dieses Niveau erreicht hat, ist man immer auf der Suche nach einer neuen Klippe, von der man runterspringen kann. Oder einfach nach *irgendeinem* Kick, denn man war ja jetzt irgendwie süchtig danach. Nach dem Springen.

Klingt cool. Aber es war auch ein Problem. Denn was passierte, wenn man nicht mehr die Welt retten musste und sich trotzdem dabei ertappte, dass man spät in der Nacht die Balkontür des Hotels öffnete und sich auf das Geländer stellte? Den Blick auf den Abgrund gerichtet, sich selbst herausfordernd, einfach zu springen. Nicht etwa, weil man sich umbringen will, sondern weil auch das ein gewisser Kick ist, unabhängig davon, ob man einen Fallschirm hat oder nicht.

Man wurde darauf trainiert, in den Abgrund zu springen. Für sein Land.

Also ist man immer auf der Suche …

Im Zivilistenleben gibt es alle Arten von Abgründen. Sucht. Verbrechen. Selbstjustiz. Rache. Beziehungen, die man nicht unterhalten sollte, und Orte, an denen man nichts zu suchen hat. Abgründe gibt es im Überfluss, wenn man weiß, wo man suchen muss.

Gelegenheiten zum Springen.

Er sagte mir, dass er in der Nähe von Klippen vorsichtig sein muss. Denn da war dieser eindringliche Sirenenruf, es einfach zu tun. Eine innere Stimme, die ihm sagte, er solle springen. Den ersten und letzten Schritt in die Leere zu tun, um zu sehen, ob es eine andere Seite gibt. Etwas, das auf ihn wartet und das noch niemand gefunden hat. »*L'appel du vide*« – wie es die Franzosen so klangvoll nennen. Ich schätze, wenn man aus genug Flugzeugen gesprungen ist, denkt man nach einer Weile so.

Fallschirmspringer nennen es den Todestrichter. Man kann überleben, oder auch nicht. Das Gefühl, es auf die andere Seite zu schaffen, ist etwas, das kein Apotheker über den Tresen schieben kann.

Und das war der größte Kick von allen. Der härteste Kick, der gefährlichste aller Abgründe, der potenziell tödlichste aller Trichter. Beim supergeheimen Area-51-Hangar-Briefing wurde man nicht müde, diesen Punkt den Junkies, die um mich herumstanden, deutlich zu machen. Der goldene Schuss. In die Zukunft reisen und eine zerstörte Erde retten. Ich glaube nicht, dass irgendjemand in diesem Raum – nach dem obligatorischen internen Dialog mit dem superverrückten, wahnwitzigen Ich, das wir alle haben und von dem niemand sonst weiß. Das ist der Ort, an dem man ganz ehrlich zu sich selbst ist, wenn es um all die völlig verrückten Dinge geht, die man tun möchte. Die meisten der hochqualifizierten und hochmotivierten Leute bei der Besprechung versuchten gerade herauszufinden, wie sie ihren Partnern sagen sollten, dass sie gehen würden.

Auf Nimmerwiedersehen, Schatz.

Außerdem gab es noch Typen wie PFC Tanner und wahrscheinlich noch eine ganze Reihe anderer wie ihn. Er sagte, dass keine der beiden Stripperinnen, die er geheiratet hatte und von denen er sich im letzten Jahr hatte scheiden lassen, ihn sehr vermissen würde, wenn er ging. Und auf dem Truppenstützpunkt Lewis-McChord war ihm ein Verfahren wegen Trunkenheit am Steuer anhängig, über das sich der befehlshabende Sergeant Major »ziemlich geärgert« hatte. Also warum nicht?

Wir waren alle dabei. Niemand hat mich gefragt, ob ich mitkommen wollte oder nicht. Wahrscheinlich haben sie deshalb die schlaue Taktik angewandt, es uns allen dort im Hangar zu sagen. Es gab niemanden, bei dem man sich hätte melden und sagen können: *Hey, das ist nichts für mich. Ich habe mich nur rekrutieren lassen, um etwas Geld fürs College zu verdienen und vielleicht die Welt zu sehen. Viel Erfolg für die Zukunft und so. Ich hoffe, es klappt. Bin dann mal weg. Würde beim Weltretten sowieso nur stören. Aber danke für das Angebot!*

Alles Sätze, die man von diesen Leuten nie hören würde.

Nicht einmal von den Piloten und dem Rest der Flugzeugcrew. Auch sie waren gut ausgebildet und hatten eine Menge interessante Dinge erfahren. Das versicherte mir die nette Co-Pilotin.

Es gab fünfzig derart zusammengesetzte Teams. Fünfzig C-17, die in die Zukunft fliegen würden, um die Regierung wieder aufzubauen. Und wie? Das werde ich Ihnen gleich erzählen. Es ist recht unspektakulär, bis man begreift, dass man gerade gegen alle Regeln von Masse, Energie und Zeit verstoßen hat. Irgendwie.

In der darauffolgenden Woche bekam ich meine Ausrüstung, wurde geimpft, trainierte mit den Rangern und wurde dem Command Sergeant Major zugeteilt, der mich fragte: »Was machen Sie eigentlich genau, PFC?« Er hatte meine nicht gerade dicke Aktenmappe vor sich liegen. Ich sagte ihm, ich sei nur Linguist. Er nickte. Dann meinte er in seinem rauen, ruhigen Tonfall, während er sein

Kindle in die Hand nahm, um weiterzulesen: »Versuchen Sie, niemandem im Weg zu stehen, Junge.«

Er übergab mich für einen Tag an Sergeant Kurtz, der mich und den Rest seines Teams in die Pfanne haute, indem er mit uns dreimal über den Flugplatz rannte, nur um allen zu zeigen, dass er jeden gleichermaßen hasste. Am nächsten Tag ging ich zu den Scharfschützen, um sie kennenzulernen, und sie waren ziemlich entspannt. Sie glaubten nicht, dass man durch schnelles Laufen ein besserer Schütze wird. Sergeant Thor erzählte mir vom Surfen in Patagonien. Ich glaube, der Sergeant Major schickte mich zu den anderen Abteilungen, damit ich mich mit ihnen vertraut machen konnte, um dann in zwei Jahren mit ihnen zusammenzuarbeiten und das zu tun, was wir tun sollten, wenn wir morgen Abend dort eintrafen.

Und was genau sollten wir tun? Wir wussten es nicht. Aber wenn einer beim Weltuntergangs-Bingo »Gegen eine Orkhorde auf Leben und Tod kämpfen« stehen gehabt hätte … Nun ja, dann hätte er wahrscheinlich den Hauptgewinn abgeräumt.

Dass es allerdings keinen Hauptgewinn geben würde, hatte nicht einmal unser Fachidiot PFC Kennedy vorausgesagt.

am nächsten Abend standen alle fünfzig C-17 auf der Rollbahn, und wir beluden sie für den Abflug. Für mich sah alles wie eine Invasion aus. D-Day Reloaded. Und am Ende der längsten Start- und Landebahn befand sich etwas, das aussah wie eine Requisite vom Stargate-Set. Dieser alte Film, Sie wissen schon. Abgesehen davon, dass unsere Version ganz unspektakulär nur aus ein paar Metallelementen bestand, die miteinander verbunden waren und zwischen denen sich nichts befand. Was ich damit sagen will ist: Nichts. Kein Nachthimmel, auch keine seltsam schillernde Masse wie im Original. Nur leerer Raum. Es bereitete einem Kopfschmerzen, wenn man zu lange dort hineinschaute. Also ließ man es bleiben. Als wir schließlich reingeschickt wurden, ging alles schnell. Offenbar würden wir abheben und direkt hineinfliegen. Und dann, nicht einmal eine Sekunde später, zwei Jahre später wieder rauskommen.

Tanner saß neben mir in der C-17. Wir befanden uns in unmittelbarer Einsatzbereitschaft und hatten die überladenen Rucksäcke zwischen den Knien. Das bedeutete, dass jeder Ranger sein taktisches Tragesystem, die ESAPI-Panzerplatten, Leichtpanzerungseinsätze, das ballistische Kampfhemd, die Schulterpolster und den Kampfhelm trug sowie Waffen und Magazine mit so viel Munition, wie wir uns nur hätten wünschen können. Und noch einiges mehr befand sich im Gepäck. Wir waren auf dem Weg in die Zukunft, und wir wollten so viel wie möglich mitnehmen. In diesem Flugzeug hätte kein Bleistift mehr Platz gehabt.

Gut, die Schmiede beanspruchte natürlich auch eine Menge davon.

Wir hatten eine Erklärung der Schmiede und ihrer Einsatzmöglichkeiten bekommen. Vor allem konnte sie allerlei praktische Dinge auf der anderen Seite herstellen. Tanner nannte sie eine eierlegende Wollmilchsau. Trotzdem nahmen wir mit, was wir konnten. Captain Messerhand beschloss, eine riesige Menge an Munition für jedes Waffensystem einzupacken. Er war der Meinung, dass wir bei unserer Ankunft möglicherweise direkt in medias res landeten – mitten in irgendeinem blutigen Massaker –, und er wollte nicht, dass wir in dieser Situation den Kürzeren zogen. Wenn ich auch hier mal kurz übersetzen darf: Wir sollten weiterhin in der Lage sein, alles und jeden zu töten.

Ich hatte ein gutes Gefühl bei seiner Entscheidung.

Später fühlte ich mich sogar noch besser. So wie wir alle.

Wir rollten auf die Startbahn zu, wohlig warm im passgenauen Gefängnis unserer schweren Ausrüstung, als Tanner zu mir sagte: »Ich habe gestern Abend einen Test des QST gesehen. Sie haben den ersten Vogel mit einem SEAL-Team durchgeschickt. Er löste sich einfach in Nichts auf, sobald er durchflog.«

Einer der anderen Ranger fragte wie ein eingeschnapptes Kind auf dem Spielplatz, warum die SEALs zuerst aufbrechen durften.

»Ihr PR-Agent hat das wahrscheinlich für den Film-Deal eingefädelt, verbunden mit einer Lesereise für ihre Motivationsreden«, scherzte Tanner.

Alle lachten. Weil es stimmte.

Nach dem Abheben durch das Tor zu fliegen war … nichts. Im wahrsten Sinne des Wortes. Wir sind mitten in der Nacht gestartet, und als die Räder gerade den Boden verlassen hatten, sahen wir einen plötzlichen Stroboskoplichtblitz, der einem durch Mark und Bein zu gehen schien, dann fiel bereits grelles Tageslicht durch die wenigen Fenster, die es gab. Natürlich konnte niemand von uns aufstehen und aus den Fenstern schauen. Aber wir wussten es. Wir wussten, dass wir, was auch immer wir gerade getan hatten, es gründlich gemacht hatten.

Wir waren ungefähr sechs Stunden lang in der Luft, bis man uns schließlich sagte, dass wir auf einem geeigneten Feld landen würden und dass uns schwierige Bedingungen erwarteten.

Eins sage ich Ihnen; Das Beunruhigendste daran, dass wir bei dem Versuch zu landen fast ums Leben gekommen wären, waren die Triebwerke, die ständig sprunghaft die Drehzahl änderten und indes eine Art bizarres Klagelied von sich gaben. Doch dann setzten wir zur Landung an und es war hart. Ich vermute, dass wir in einem Teil des Flussbetts gelandet sind, bevor wir auf die Insel rollten und in einem von Bäumen gesäumten Feld zum Stehen kamen. Es gab einen heftigen Ruck, bei dem sich offenbar das Fahrwerk verabschiedete, wahrscheinlich für immer. Aber wir hatten es geschafft. Wir waren hier.

Wo auch immer hier ist.

KAPITEL 4

»Also, die Lage ist wie folgt …« sagte Captain Messerhand, bevor ich so einen weiten Bogen schlagen musste, um zu erklären, was auf der Vorgeschobenen Operationsbasis Hawthorn, wie sie offiziell hieß, eigentlich so vor sich geht. Das Ranger-Alamo. Niemand sprach es aus, aber es fühlte sich langsam so an, wenn man mal kurz Zeit hatte, über die gegenwärtigen Ereignisse nachzudenken. Wir standen im Frachtdeck der C-17, die als Kommandozentrale der Einheit diente. »Diese Operation war von vornherein als JSOC-Brückenkopf unserer Streitkräfte geplant. Diese Order ist immer noch in Kraft, auch wenn wir noch keinen Kontakt zu anderen Elementen der Task Force aufnehmen konnten. Unsere Mission steht nach wie vor. Wir sind in die Zukunft gereist, um eine sichere Ausgangslage zu schaffen, von der aus die Regierung wiederhergestellt werden kann. Aber derzeit …«

Mit dem nächsten Satz zielte der Captain genau auf Deep State. Mitten ins Gesicht natürlich, denn direkt zwischen die Augen ist etwas für Pedanten und Angeber. Nicht, dass er dazu nicht in der Lage gewesen wäre.

»… ist unsere Position nicht sicher«, fuhr Messerhand fort. Niemand nannte ihn so, nur ich tat es in Gedanken. Aber ich wette, sie alle dachten es. »Sobald das der Fall ist und wir uns mit anderen Einheiten und Kommandos zusammenschließen, dürfen gerne jene mit einer höheren Gehaltsstufe als meiner entscheiden, was als Nächstes zu tun ist und wie wir auf die aktuellen Bedrohungen reagieren. Doch bis dahin ist dies eine militärische Operation, und genau so behandeln wir diese Situation auch. Unsere letzte Aufklärungsdrohne von vor zwei Stunden verfolgt eine ungeordnete Ansammlung von Infanterietruppen, und ich verwende diesen Begriff nur sehr vage, denn was wir hier sehen, ist mit nichts zu vergleichen, womit wir es je zu tun hatten.

Sämtliche feindlichen Einheiten bewegen sich derzeit aus mehreren Himmelsrichtungen direkt auf unsere Position zu. Es wäre äußerst naiv zu glauben, dass sie uns in den nächsten zwölf Stunden nicht angreifen werden, und zwar mit allem, was sie haben. Die Zahl der feindlichen Truppen wird auf über fünftausend geschätzt. Wir sind zweihundert Ranger und Spezialeinsatzkräfte, plus die Pilotencrew und drei Zivilisten.

Ich muss Ihnen das nicht sagen, aber ich werde es tun, denn oft verstehen Zivilisten aus der Regierung und der Wissenschaft nicht ganz, was das Militär zu leisten imstande ist und was nicht, unabhängig davon, was Sie glauben, das Spezialeinheiten leisten können. Die Aussichten sind schlecht, und außerdem ist das kein Film, und meine Männer und diese Flugbesatzung sind keine Actionstars mit unbegrenzter Munition, mit der sie alle möglichen lächerlichen Dinge anstellen können.

Ferner agieren Ranger eher im Sinne eines Überfallkommandos, wir sind Raider. Was wir jedoch nicht sind, ist eine Verteidigungseinheit. Wir führen Angriffe durch. Wir schlagen hart zu und verschwinden dann wieder. Doch die Natur dieser Mission und das wertvolle Gut, das es zu schützen gilt – die Schmiede –, zwingen uns in eine defensive Rolle. Und wir werden diese Rolle nach bestem Wissen und Gewissen ausfüllen. Geben Sie sich deswegen keinen Illusionen hin. Die Ranger haben einen Auftrag erhalten, und den werden wir erfüllen oder bei dem Versuch sterben. Das ist das Beste, was ich Ihnen bieten kann. Das ist unser erklärtes Ziel, bis sich die Situation ändert.«

Er schaltete einen kleinen Projektor ein und zeigte die neuesten Drohnenbilder von der Insel auf einer Leinwand, die an einer Seite des Flugzeuginnenraums angebracht war.

»In den nächsten acht Stunden werden wir die vorderen Gefechtsstellungen am Rand der Insel weiter ausbauen. Wir werden uns auf die Deckung konzentrieren, um uns vor feindlichem Pfeilfeuer zu schützen. Von den Zugführern erwarte ich, dass Sie das, was der Sergeant Major und die Flugzeugbesatzung für entbehrlich halten, zusammensammeln und zur besseren Deckung Ihrer Truppen in Ihren Stellungen verwenden.

Wir platzieren Trittfallen entlang dieser Wasserzugänge an den flachen Stellen des Flusses und der Sandbänke auf der Ost- und Westseite. Die westlichen Sandbänke werden zusätzlich noch mit Claymores verstärkt. Sie haben uns heute Morgen von Osten her angegriffen, also können wir davon ausgehen, dass nach Einbruch der Dunkelheit eine beträchtliche Anzahl von Einheiten aus der entgegengesetzten Richtung kommen wird.

Scharfschützen- und Mörserteams befestigen weiterhin den Hügel am Nordrand der Insel. Das wird unsere letzte Verteidigungslinie sein, falls wir unsere Stellungen um das Flugzeug herum evakuieren müssen. Sobald der Hauptangriff beginnt, werden zwei Trupps unter der Leitung des Command Sergeant Majors als Reaper eingesetzt. Einer davon hat die Aufgabe, ein bestimmtes strategisch wertvolles Ziel zu eliminieren. Der andere wird versuchen, den Hauptverband des Angriffs zu destabilisieren, indem er die feindliche Nachhut angreift und an den Flanken Hit-and-Run-Operationen durchführt. Mein Ziel ist es, dass wir heute Abend siegreich vom Feld gehen, auf dem wir um unser Leben kämpfen. Die Prioritäten liegen darin, den Kommandoposten hier am Flugzeug zu schützen. Sollte das nicht gelingen, werden wir uns auf meinen oder den Befehl des Sergeant Majors hin auf den Hügel zurückziehen und die Insel im Morgengrauen zurückerobern.«

Der Captain ließ die Projektion laufen und trat ins Licht, um sich davor zu stellen. Die Bilder zeichneten sich wie Geister auf seinen Gesichtszügen ab. Er musterte die Männer, die er anführte, dunkle Schatten, die außerhalb des hellen Projektorlichts saßen.

Ich konnte nicht sagen, ob er zufrieden war. Der Captain war nicht leicht zu durchschauen. Dennoch erinnerte er mich ein wenig an Braveheart, als er seine letzten Worte zur bevorstehenden Schlacht sagte.

»Wir machen keine Abstufungen. Wir stellen keine Fragen. Wenn wir entscheiden, dass es sich bei jemandem, der sich unserer Verteidigungslinie nähert, um einen Feind handelt, werden wir ihn töten und die, die er kannte, in Angst und Schrecken versetzen, damit sie glauben, dass wir sie als Nächstes erledigen.«

KAPITEL 5

Die Briefing-Runde löste sich auf, und der Sergeant Major kam direkt auf mich zu. Eigentlich hätte ich es besser wissen müssen, als herumzustehen und so auszusehen, als hätte ich nichts zu tun.

»Mitkommen, Junge«, murmelte er, ohne seinen langbeinigen, pfeilschnellen Stechschritt auch nur eine Sekunde lang zu unterbrechen.

Wir verließen die C-17 und machten uns auf den Weg zum Hügel am Nordende der Insel. Er bewegte sich fast geräuschlos durch das abgestorbene und nasse Gras. Ich eher weniger. Als wir außer Hörweite waren, ließ er mich wissen, was wir vorhatten.

»Talker, Sie begleiten heute Abend die Reaper. Sergeant Thor wird nach Einbruch der Dunkelheit mit einem Trupp außerhalb des Kontrollbereichs unterwegs sein. Sie werden ein hochrangiges Ziel verfolgen. Sie gehen mit, weil Sie mein einziger Informationsgeber sind, und sobald sie das Ziel aufgespürt und ausgeschalten haben, sammeln Sie alles an Informationen zusammen, was Sie finden können, und bringen es unverzüglich zu mir. Verstanden?«

»Jawohl, Sergeant Major«, brachte ich gerade noch heraus.

Acht Stunden später würden die sechs Ranger, die das Reaper-Team des Sergeant Majors bildeten, zusammen mit mir in das dunkle Wasser des Flusses gleiten und versuchen, das Ostufer zu erreichen. Es war düster und still, und die Wälder entlang der Ufer glichen einem schwarzen Gewirr, das sich anfühlte, als würde man in einem Schlangennest schwimmen.

Sergeant Thor, der Scharfschütze, führte unser Team an, das aus verschiedenen Trupps zusammengestellt worden war. Jeder Trupp hatte jemanden für unser kleines Reaper-Team abgestellt. Die einzige Person, die ich kannte, war Brumm. Die anderen vier waren Sergeant Kang, Specialist Lucke und die Privates Brasher und Gomez.

Aber lassen Sie mich lieber noch drei Stunden zurückspulen, als wir den Einsatzbefehl und das Briefing an einem improvisierten Sandkasten abhielten, den Sergeant Thor aus verschiedenen Lebensmittelverpackungen und Besteckteilen zusammengeschustert hatte. Die Nachmittagssonne versank gerade hinter den hohen Bäumen, und ein paar einsame Vögel riefen aufgeregt durch den Wald. In der Ferne hörten wir Trommeln, und immer wieder ertönte dasselbe seltsame Stammeshorn.

Oruuu Oruuu. OrOruuuuuuuuuuuu.

Unser Feind bereitete sich auf den Krieg vor.

Sergeant Thor half mir, mich einsatzbereit zu machen, indem er meine Montur prüfte und sich vergewisserte, dass ich die Grundlagen des Patrouillierens beherrschte, dass meine Ausrüstung leise war und dass ich mich darin bewegen konnte, ohne zu viel Lärm zu machen. Dann haben wir in aller Kürze ein paar grundlegende Patrouillentechniken und Handzeichen aufgefrischt. Und nun, da sich das gesamte Team auf dem Hügel formierte, wo die Scharfschützen ihre Beobachtungspunkte und Verstecke eingerichtet hatten, ging Thor noch einmal mit uns durch, wie wir uns dem

Ziel nähern und wie wir vorgehen würden, wenn wir dort ankamen. Sammelpunkte, Führung und Signal.

Und dann erzählte er uns von unserem Ziel.

Erinnern Sie sich, wie ich sagte, dass die Dinge immer verrückter wurden? Nun, hier hatten wir die Stelle erreicht, wo der Verrückte in der Gummizelle von nebenan anfängt, wirr vor sich hinzubrabbeln …

Ich muss wohl noch ein bisschen weiter zurückspulen, denn ich sollte erklären, dass ich in der Nacht zuvor zum Third Squad geschickt worden war, weil der Kommandoposten in den Minuten vor dem Angriff den Kontakt zur Abteilung für schwere Waffen entlang der Front an genau diesem Punkt verloren hatte. Der Sergeant Major befahl mir, dorthin zu gehen, Sergeant Kurtz zu finden und ihm zu sagen, dass die Verbindung schlecht sei. Als ich dann dort auftauchte, ging natürlich alles schief, weil die Orks versuchten, den Fluss zu überqueren und allen die Kehle durchzuschneiden.

Wie wir die Funkverbindung eigentlich verloren hatten? Gute Frage. Offenbar war unsere Zielperson irgendwie dafür verantwortlich, dass unsere Kommunikation in den Momenten kurz vor dem Angriff gestört wurde. Zumindest glaubten das alle und schickten ein Reaper-Team los, um sie zu schnappen.

Denn als der feindliche Ork-Schwarm die Bravo-Grube am östlichen Rand unserer Verteidigungslinie angriff, hat eine unserer Drohnen – kein Hunter-Killer, sondern eigentlich nur ein taktisches Hochgeschwindigkeitsmodell, das von den Kampfpiloten bedient wurde – dort draußen in der Dunkelheit etwas Interessantes aufgeschnappt. Die Crew und der Sergeant Major hatten die Videoaufzeichnung gesehen. Was sie dort beobachteten, war so seltsam, dass beschlossen wurde, es PFC Kennedy zu zeigen, dem Einzigen, der zu wissen schien, was vor sich ging, oder der zumindest eine vage Ahnung hatte, wie man die Kreaturen nennen sollte.

Und dann sahen wir es auch auf Sergeant Thors Smartphone. Es wurde von der Wärmebildkamera der Drohne aufgenommen und zeigte den Hauptverband der feindlichen Truppen, die den Fluss überquerten, während die Drohne umkehrte und über dem Wald jenseits des Ufers kreiste, von dem aus der Feind angriff. Sogar der Riese war zu sehen, dessen am Ostufer liegender Kadaver inzwischen sicher zu stinken begann.

Die Drohne kreiste über dem Wald und erfasste dabei eine einzelne Gestalt auf einer einsamen Lichtung, weit entfernt vom eigentlichen Angriff. Das Wesen fuchtelte mit den Händen herum und sah fast so aus, als würde es etwas auf die Insel werfen. Etwas Unsichtbares. Wie ein Anime-verrücktes Kind, das im Wohnzimmer an seinem Kamehameha arbeitet. Einen Moment lang ruckelte die Wärmebildübertragung, als diese unsichtbaren Kugeln die Hände der einsamen Figur verließen und in Richtung der Insel flogen, auf der sich unsere Verteidigungsanlagen befanden.

Die Gestalt tanzte im Kreis, streckte die Arme fast zeremoniell in die Höhe und fing dann an, noch wilder zu gestikulieren, während er noch mehr … was weiß ich … heraufbeschwor, die, wenn sie »geworfen« wurden, die Thermosensoren der Drohne an einigen Stellen störten. Jedes Mal, wenn die Zielperson die Hände bewegte — und es waren eindeutig die Hände eines Menschen, nicht die eines Orks oder anderweitiger Monster —, wurde die

Übertragung für ein paar Sekunden gestört. So geringfügig, dass man es nur bemerkte, wenn man genau hinschaute.

Laut Thor geschah dies zeitgleich mit den Störimpulsen bei den Stellungen von Alpha und Bravo.

»Jetzt passt mal auf«, sagte er, als wir uns alle um sein Handy auf Sniper Hill versammelten, wie wir den Hügel nannten, auf dem die Scharfschützen Position bezogen hatten. Inzwischen fühlte es sich an, als würden wir an einem Lagerfeuer Gruselgeschichten lauschen. Was um alles in der Welt lauerte da draußen?

Das Video begann von vorn, diesmal in der Nachtsichtversion. Das Graugrün des Waldes war ziemlich klar, die Auflösung der Bilder besser als alles, was ich bisher im Nachtsichtmodus gesehen hatte. Blätter und Baumstämme besaßen separate Texturen. Der Boden konnte entweder als Erde oder als Gras identifiziert werden. Als die Drohne über der Orkhorde kreiste, die das Wasser überquerte, konnte man sogar die Wellen auf der Wasseroberfläche sehen, und die Ausrüstung der Bestien hob sich deutlich vom Rest ab. Dolche und Äxte. Die entstellten Masken, die ihre knurrenden Gesichter für uns waren, sahen in diesem Modus noch furchterregender aus als aus der Nähe. Eher Richtung Ralph Bakshi. Als ich es jetzt aus dieser Perspektive sah, war ich überrascht, wie viele von ihnen letzte Nacht tatsächlich da draußen auf uns losgegangen waren. Die grellen Leuchtspurgeschosse aus Corporal Brockers 240er flogen über das Wasser und prallten gegen zurückweichende Monster oder surrten auf die andere Seite des Flusses, wo sie sich in den Bäumen verloren. Das Nachtsichtgerät der Drohne hat den Riesen erneut dabei gefilmt, wie er sich in der Dunkelheit mit einer kleineren Bande zusammenkauert. Er war bereit, weiterzumarschieren und abermals zu sterben.

Dann schwebte die Drohne über einem Meer aus Bäumen. Bäumen, die sich sanft auf dem graugrün-schwarzen Bild bewegten. Im kalten Hauch der Nacht schwankten sie vor sich hin. Wie ich schon sagte, war die Auflösung sensationell gut. Dann kam die Lichtung im Wald in Sicht. Dort, wo unser Rumpelstilzchen, das wie ein Verrückter herumfuchtelte und aussah, als würde es mit einem Unsichtbaren Fangen spielen … eigentlich hätte sein sollen.

Aber da war es nicht.

Ich fluchte leise. Die Kreatur war verschwunden.

Thor stoppte das Video. »Ziemlich cool, was?«

»Er ist … unsichtbar?«, fragte ich.

Thor zuckte mit den Schultern. »Was auch immer er ist, man kann ihn ohne Wärmebild nicht sehen. Wie dem auch sei, der Captain und der Sergeant Major sowie die Piloten glauben, dass dieses Ziel das indigene Äquivalent eines Störsenders ist. Deshalb haben wir kurz vor dem Angriff die Verbindung verloren. Darum will der Sergeant Major, dass wir rausgehen und den Kerl heute Nacht angreifen, wenn der Angriff beginnt. Ruht euch aus. Wir brechen kurz vor Einbruch der Dunkelheit auf.«

In der darauf folgenden Stille des Nachmittags sagte Private Brasher kleinlaut in die Runde: »PFC Kennedy meint, es ist ein Zauberer. Wahrscheinlich wirkt er irgendwelche Zaubersprüche.«

»Was? So wie Harry Potter?«, fragte Kang.

»Das war genau meine Frage. Er meinte, es sei noch viel schlimmer.« Wir bekamen zwei Stunden Schlaf und genug Zeit, um etwas zu essen. Sergeant Thor beschloss, vor dem Ausrücken eine heidnische Zeremonie abzuhalten, und fragte, ob ich oder jemand anderes daran teilnehmen wollte. Ich entschied mich dagegen, und ich vermute, dass die Privates nur teilnahmen, weil er ihr Sergeant war. Über einem kleinen Feuer – Grenadiere und Scharfschützen durften ein Lagerfeuer machen – bereitete er Kuchenteig aus einigen seiner Fertigmahlzeiten, hauptsächlich Schokolade und Erdnussbutter mit Sahne vermischt, und backte dieses Machwerk dann auf einem Stück trockenem, rauchendem Totholz, das er gefunden hatte. Während sie die »Kuchen« aßen – es waren de facto Kekse –, hielt Thor seine beiden Tomahawks in den sich verdunkelnden Himmel und atmete den Rauch des kleinen Feuers ein, als würde er ein uraltes Reinigungsritual durchführen. Danach ging er zu seinem Rucksack und machte sich daran, das Gewehr zusammenzubauen, das er für den Abend brauchen würde.

Ich sah zu, wie er andächtig ein CNVD-T-Wärmezielgerät an seiner MK11 anbrachte und den Schalldämpfer überprüfte.

»Wärmebildvisiere sind bis zu einer Entfernung von dreihundert Metern gut, aber ich glaube, ich muss das gute Stück hier aus der Nähe benutzen«, sagte er im fröhlichen Singsang eines Selbstgesprächs, während er mit seiner Ausrüstung hantierte. Er war im Dienst, aber im Gegensatz zu jedem anderen Ranger schien er sich zu amüsieren, egal, womit er es zu tun bekam.

»Du hältst das für verrückt, nicht wahr, Talker?«, fragte er nach einem Moment und nickte in Richtung des rauchenden Bretts über der Feuerstelle und der paar Kekse … sorry … Kuchen, die dort noch lagen.

»Ich habe grundsätzlich keine Meinung über die Religion anderer, Sar'nt«, antwortete ich.

Normalerweise hätte ich mir einen Keks nie entgehen lassen, aber ich hatte einen kleinen Nervenzusammenbruch. Wir waren auf dem Weg hinter den Schutzzaun, die Verteidigungslinie. Dort, wo die wilden Ranger wohnen, direkt im Herzen des Feindes. Als Linguist war ich am besten dafür geeignet, hier auf dieser Seite der Absperrung zu bleiben und durch ein Megafon zu rufen, dass sie, die Feinde, ihre Position überdenken könnten, bevor ein paar Ranger rübergingen, ihre Sachen kaputt machten und sie umbrachten. Aber jetzt ging ich mit den Rangern da raus, um genau das zu tun. Das alles hatte etwas erdrückend Reales an sich, verbunden mit einer Frage, die mich seit dem Tag beschäftigte, an dem ich das Büro des Rekrutierers betreten hatte.

Konnte ich durchhalten?

Lass dich darauf ein, sagte ich mir und versuchte, die Nervosität zu verdrängen, die sich nicht so leicht abschütteln ließ. Es wurde zu einem nicht gerade lustigen Spiel, vornehmlich der Tatsache geschuldet, dass man nicht gewinnen konnte.

»Ich habe grundsätzlich keine Meinung über die Religion anderer, Sar'nt.« Das hab ich gesagt, genauso. Ich hatte irgendwann in der Mitte des RASP damit angefangen, *Sergeant* zu sagen, wie die Ranger es taten. Nur zu Gehaltsstufen E-7 und darunter, versteht sich. Ich hatte keine Ahnung, warum. Manchmal scheine ich gewisse Dinge nicht so gut zu verstehen oder nicht so viel zu wissen, wie es die Tests nahelegen. Gelegentlich kommt es mir so vor, als tue ich nur so, als ob ich etwas wüsste. Sogar bei Dingen, die ich tatsächlich weiß.

Als ich in dieser Nacht die Verteidigungsanlagen verließ, stellte ich alles infrage.

Sergeant Thor schaute sich um. Nachdem er sich vergewissert hatte, dass uns niemand zuhörte, lehnte er sich dicht an mich heran.

»Damals … du weißt schon, vor Area 51 und dem Stargate-Kram … Ich wechselte nur zum Paganismus, damit sie mir erlaubten, mir einen Bart wachsen zu lassen. War ziemlich schnell erledigt. Ein Lacher, mit dem sie mich davonkommen lassen würden, wenn ich es ehrlich meinte, oder? Also habe ich allen möglichen Wikingermüll nachgeschlagen und sie glauben lassen, das sei mein Ding. Ich änderte sogar meinen Nachnamen in Odinson. Und sie mussten mich gewähren lassen. Hör mal, die Mädels stehen auf Bärte, Talker. Den Hattrick, Ranger und Scharfschütze zu sein *und* einen Bart zu haben, der nach Meinung aller der epischste aller Zeiten ist, lasse ich mir nicht entgehen. Niemals. Also bin ich konvertiert. Macht doch Sinn, findest du nicht auch, Mann?«

Ich pflichtete ihm bei, dass es in gewisser Weise Sinn ergab.

»Aber dieser Ort …« Sergeant Thor Odinson blickte von seinem Gewehr auf, das er bald in die Finsternis tragen würde, um damit Dinge zu töten. Er starrte in die zunehmende Dunkelheit des Waldes unter uns und beobachtete die Schatten des späten Nachmittags, in die wir ausziehen würden. »Dieser Ort ist … mein Zuhause. Ich weiß nicht … wieso. Aber …«

Er atmete tief ein und schüttelte den Kopf. Es lag ein angenehmes, zufriedenes Lächeln auf seinem Gesicht, als ob er seine Gefühle gar nicht in Worte zu fassen brauchte. Es zu wissen, reichte ihm. Als wäre es etwas Neues und Unerwartetes, aber dennoch Vertrautes.

Er legte das Gewehr auf seinen Poncho und nahm die beiden Tomahawks, die er bei seiner Zeremonie benutzt hatte.

»Dieser Ort ist etwas, das älter ist als alles, was wir je erlebt haben. Ich weiß, dass es die Zukunft sein soll, Talker, aber es ist wie ein verlorenes Zeitalter der Legenden und Mythen und … und Helden. Verstehst du, was ich meine?«

Der Moment, wenn einen der blauäugige Killer mit zwei Tomahawks in den Händen und Dutzenden von Kerben auf dem Gewehr, das er *Mjölnir* nennt, fragt, ob du weißt, was er meint …

Kleiner Tipp: Die Antwort lautet: »Ja. Klar, absolut.«

Du bist der Neue, dachte ich mir. Was hat der Sergeant Major gesagt? *Versuch, niemandem im Weg rumzustehen*, Junge.

Ich tat mein Bestes.

Später, als es dunkel wurde, machten wir uns mit den improvisierten Flößen, die wir aus unseren Regenponchos gebastelt hatten, auf den Weg zum Fluss. Wir wollten in einen tieferen Teil der langsam fließenden Strömung nördlich der Insel. Die Hauptzugänge über das Wasser waren jetzt vermint und wurden zweifellos von feindlichen Spähern aus dem Dunkel der Wälder heraus beobachtet, aber im Norden war der Fluss auf beiden Seiten dicht bewachsen. Wir paddelten schnell auf unseren Ponchoflößen über den Fluss, da es eiskalt war, anschließend packten wir unsere Ausrüstung aus, zerlegten die Flöße, verteilten für die Mission notwendige Utensilien und überprüften noch ein letztes Mal die Kommunikationskanäle.

Als wir in dem schummrigen Gewirr aus Bäumen und Ästen kauerten, wo wir an Land gegangen waren, konnten wir bereits den Rauch ihrer Feuer und Fackeln riechen, der durch den mittlerweile fast stockdunklen Wald waberte. Immer lauter hörten wir den fieberhaften Rhythmus ihrer Trommeln, während die grausigen Rufe ihrer Stammeshörner aus allen Winkeln des Waldes ertönten.

Sie waren im Anmarsch.

Wir saßen da, gewöhnten uns an die feindliche Umgebung, durch die wir uns bewegen würden, und horchten in sie hinein. Dann nickte Sergeant Thor, und lautlos machten wir uns in Kolonne auf den Weg zu unserem Ziel. Sergeant Kang bildete das Schlusslicht, Specialist Lucke lief an der Spitze.

Mit offenen Augen durch die Dunkelheit, auf der Suche nach Monstern, die wir ausschalten konnten.

KAPITEL 6

Sergeant Thor war mit dem Drohnenpiloten im Gespräch. Das Ziel befand sich erneut auf der Lichtung und schien vorzuhaben, heute Nacht wieder seine übliche Routine durchzuziehen. Wir befanden uns jetzt weit im Landesinneren und bewegten uns langsam durch einen düsteren Wald. In der Zwischenzeit hatten die Orks drüben auf der Insel den östlichen Rand unserer Verteidigung unter Beschuss genommen, und von Westen her verdeckten in den Feuchtgebieten vis-a-vis des schweren Waffenteams Hunderte von versteckten Bogenschützen den Nachthimmel mit Pfeilen, die sich bizarr im Mondlicht bogen, bevor sie herabregneten. Wir konnten die Bogenschützen hören, eine Art Chor von klagenden, hohen Schreckensrufen hallte durch die Nacht. Durch die Lücken in den Bäumen rechts von uns konnten wir sie manchmal sehen, wie ihre Schwärme unerwartet über den kalten frühen Abendhimmel zogen. Das heißt, wenn wir unsere Nachtsichtgeräte ausschalteten und nach oben klappten. Was ich zugegebenermaßen auch tat. Der Rest der Ranger behielt die NVGs unten, – sprich an – , während wir unsere Patrouille fortsetzten.

Wir folgten dem Lauf eines kleinen, langsam fließenden Bachs, wobei unser Tempo nicht viel schneller war als das des trägen Wassers, da wir keine Ahnung hatten, ob diese

Orks über ihre eigene Version von Antipersonenminen oder Sprengfallen verfügten. Irgendetwas, das sie für uns liegen ließen, damit wir reinfallen oder drauftreten. Das Beste war, sich langsam und sicher zu bewegen, während wir uns unserem Ziel näherten.

»Nur keinen Lärm machen«, flüsterte Sergeant Thor in regelmäßigen Abständen über Funk, während wir unserem Kurs zum Ziel folgten, taktische Probleme lösten, uns durch die verschiedenen Geländeformationen bewegten, die sich uns boten, und jede Herausforderung entlang der Route meisterten. Nadelöhre. Offene Schussfelder. Frisch benutzte Trampelpfade. Kurz, Orte, die prädestiniert waren für einen Hinterhalt.

Als wir uns gerade aufmachten, eine steile, mit Sträuchern und Wurzelwerk bewachsene Böschung hinaufzuklettern, um zwischen die Bäume rings um die Lichtung vorzudringen, hob Specialist Lucke eine Faust, um zu signalisieren, dass er die Präsenz des Feindes ausgemacht hatte, woraufhin wie an Ort und Stelle verharrte. Sie bewegten sich denselben schmalen Bach hinunter, an dem wir entlanggingen.

»Eiliger Hinterhalt«, ordnete Thor leise über Funk an und bedeutete uns per Fingerzeig, wo er uns haben wollte. Wir positionierten uns in einer L-Form entlang einer leichten Flussbiegung, wobei Brumm und seine SAW uns Deckung gaben. Ich wurde bei Brumm platziert, und wir kauerten hinter einem toten Baumstamm, der im plätschernden Wasser lag, während der Rest des Teams im Gebüsch auf der rechten Seite verschwand.

Es kam mir wie eine Ewigkeit vor, während wir einfach nur dalagen und warteten. Und dann, als ich durch mein Nachtsichtgerät über den Baumstamm spähte, sah ich sie direkt auf uns zukommen. Diesmal waren es keine Orks. Zugegeben, sie schauten ähnlich aus, waren aber kleiner. Sie hatten große Flatterohren, die ständig zuckten wie die eines Hundes. Mit großen leuchtenden Augen tasteten sie die Dunkelheit ab, während sie langsam neben dem Bachlauf hertrabten. Keine Fackeln. Keine Lampen. Sie murmelten untereinander, und das, was ich aufschnappen konnte, klang vertraut. Vielleicht gab es etwas in der Struktur ihrer Sprache, das einer der Sprachen ähnelte, die ichbeherrschte oder zumindest kannte.

Sie waren mit gekrümmten Knochendolchen und mit Federn besetzten Speeren bewaffnet. Abgesehen von zerlumpten Lendenschurzen und Zahnketten trugen sie kaum Kleidung oder Schmuck, als hätte eine Gruppe von Jägern und Sammlern aus der Bronzezeit irgendwann einmal einen Hai am Strand gefunden.

Brumm wartete auf das Signal, um den Angriff aus dem Hinterhalt zu starten, als die zappeligen kleinen Kreaturen plötzlich, noch bevor sie die vordere Mündung unserer Killzone erreichten, auf alle viere fielen und wie schnelle Spinnen aus dem Bachbett kletterten, die Nase – oder Schnauze oder was auch immer – dicht am Waldboden. Im Nu waren sie zwischen den dunklen Bäumen verschwunden, als wären sie gar nicht da gewesen.

Thor ließ sie entkommen, und wir warteten einen langen Moment in der neuen Stille, lauschten und versuchten, sie trotz des fernen Geschützfeuers zu hören, das von der Insel herüberhallte. Eine neue Runde von Mörsereinschlägen wummerte, und die Kriegshörner der Einheimischen, die jetzt weiter entfernt schienen, riefen weitere Truppen zum Kampf auf.

Das Ranger-Alamo hatte eine unbequeme Nacht vor sich.

»Einheit Marsch«, befahl Sergeant Thor leise, als er sicher war, dass wir uns bewegen konnten. »Weiter zum Ziel. Laut Kommandoposten ist das Ziel immer noch aktiv und beeinträchtigt den Kampf.«

Was als Nächstes geschah, verlief eigentlich genau so, wie es sein sollte … zumindest so lange, bis es den Bach runterging. Danach wurde es wild. Sozusagen vom plätschernden Flüsschen direkt in die Stromschnellen.

Wir bogen auf die Böschung und in den Wald ein, der die versteckte Lichtung und den Standort unseres strategischen Ziels umgab. Die Bäume dort rochen feucht und modrig, die Äste waren ineinander verschlungen wie Schlangen, die in ihrer Umklammerung erstarrt waren. Dies war ein Wald, der schon sehr viel Zeit zum Verwildern gehabt hatte. Und hier war es kühler als unten am Bach, und das erschien uns irgendwie falsch.

»Spürst du das?«, fragte Brasher, als ich ihm in Richtung der seltsamen Brise folgte.

Ich antwortete nicht.

»Fühlt sich nicht gut an, oder, Talker?«, fuhr er trotzdem fort.

»Ich weiß nicht, wovon du sprichst«, behauptete ich und tat so, als ob das die Wahrheit wäre.

Brasher grunzte nur.

Vielleicht ist die Lufttemperatur anders, gestand ich mir ein. Aber damals wollte ich nicht zugeben, dass sich das, worauf wir zusteuerten, einfach … nicht richtig anfühlte. Wie Brasher sagte. Vermutlich wäre es eine Art Kontrollverlust gewesen, wenn ich zugegeben hätte, dass die Dinge auf einer grundlegenden Ebene keinen Sinn ergaben. Und wenn ich mir wirklich so etwas Simples eingestanden hätte wie, dass sich das *einfach nicht richtig anfühlte*, dann hätten Dinge wie »oben ist unten« zur neuen Normalität werden können. Es war, als würde man die Büchse der Pandora öffnen, und welche Übel auch immer dort herauskämen, man könnte sie nicht einfach so wieder zurückstopfen, wie sehr man es auch wollte.

Einen Moment später hielt uns Specialist Lucke auf dem Weg zum Ziel an. Im Wald vor uns lichteten sich die Bäume, und der Platz war in intensives silberblaues Mondlicht getaucht, dass eine Art Windhose aus staubigem Licht, Glühwürmchen und tanzenden Partikeln sichtbar wurde. Eine strahlende Säule aussanftem jenseitigem Licht, die uns hier inmitten der düsteren Bäume in einem Zustand fast pechschwarzer Dunkelheit zurückließ.

Ich musste daran denken, dass dies der Ort war, an dem sich ein Raubtier am liebsten aufhielt. Aus dem Schutz der Dunkelheit ungesehen beobachten. Und heute Abend waren die Ranger die Raubtiere. Wir waren gekommen, um zu jagen. Die Dunkelheit war fortan unsere Welt.

»Wartet mal …«, sagte Thor, der sein MK11 hochgezogen und das Wärmebildvisier aktiviert hatte und die Dunkelheit vor uns absuchte. Ich beobachtete all das, ohne zu wissen, was eigentlich geschah. Die übrigen Ranger scannten ihre jeweiligen Sektoren und starrten auf einem Knie hockend in die Finsternis ringsum. Ich setzte mein Headset ab und lauschte.

Da war irgendein Geräusch.

Ich hielt eine Hand hoch und flüsterte in das Funkgerät, um ihnen mitzuteilen, was ich hörte. Jemand murmelte etwas in leisen, weihevollen Lauten. Ich fügte nicht hinzu, dass es sich bedrohlich und äußerst unheimlich anhörte.

Aber so war es. Die fortschrittliche Geräuscherfassung an unseren Helmen und in unseren Ohrenschützern hätte es auffangen müssen. Aber das tat sie nicht. Und das hatte ich bereits vermutet. Genau wie der Kerl, der auf allen Geräten unsichtbar war, außer auf der Wärmebildkamera. Er war lautlos und unsichtbar, elektronisch gesehen.

»Ich kann den Kerl noch nicht einmal mit der Wärmebildkamera sehen«, murmelte Thor zähneknirschend. »Hat schon irgendjemand Sichtkontakt zum Jackpot? Irgendetwas auf der Nachtsicht?«

»Jackpot« ist Rangersprech, offiziell heißt es HVT – *High Value Target*.

Negativ, auf allen Kanälen.

Da das Wärmebildsystem der Drohne unser Ziel angezeigt hatte, sollte das Wärmebildgerät, das Sergeant Thor bei sich trug, dasselbe tun. Zumindest in der Theorie. Aber Thors verbittertes Fluchen deutete darauf hin, dass das Zielfernrohr, das er benutzte, nur hochpreisiger Ramsch war. Jetzt saß er da und starrte in die vor ihm liegende Dunkelheit, suchte mit seinen kalten blauen Augen das nüchterne Mondlicht ab.

»Er ist da«, flüsterte er. »Die Drohne hat ihn geortet.«

Ich wusste, was er in diesem Moment dachte. Er dachte, dass wir auf das Pendant eines unsichtbaren Schwertkämpfers treffen würden, den Endgegner sozusagen. Ja, das ergab keinen Sinn. Aber das spielte keine Rolle. Im Moment war der Hauptteil unserer Task Force mit einer Horde wilder Orks beschäftigt, die sie überrennen und ihnen zwecks ein paar Bonuspunkte die Kehle durchschneiden wollte. Offensichtlich waren Vernunft, Logik und Sinnhaftigkeit auf unserer Reise in die Zukunft nicht mit durch das QST-Tor gekommen. Das hier – der Kampf gegen Orks und

Riesen und unsichtbare »Zauberer« –, das war hier die Realität, unsere neue Normalität. Das bedeutete aber auch, dass der Sergeant eine Lösung finden musste.

»Jagen wir ihn in die Luft«, murmelte er in der Dunkelheit so leise, dass man es kaum hören konnte.

Keiner sagte etwas. Nach einem Moment erläuterte er die Planänderung über Funk.

»Gomez und Lucke. Ihr übernehmt die rechte Seite und rückt langsam und dicht auf. Bis an den Waldrand dort drüben. Sobald ihr in Position seid, rücken wir in einer Kette vor. Setzt eure Granaten auf mein Signal hin ein. Nachdem sie detoniert sind, wird uns Specialist Brumm mit der SAW volle Deckung geben, verstanden Brumm? Dann werden wir in Formation die Lichtung stürmen. Mit unserer überlegenen Feuerkraft sollten wir das ohne Probleme schaffen. Wenn ich Artillerie hier hätte, würde ich damit einfach das Rasterquadrat ausradieren, aber wir haben keine, und deshalb sind wir hier. Roger, Reapers?«

Zustimmung von allen Seiten.

Drei Minuten später waren Lucke und Gomez in Position und bereit, Granaten auf die Lichtung zu werfen, um den Startschuss zu geben.

Und genau in diesem Moment geriet der Plan völlig aus den Fugen.

Gomez warf die erste Granate, und es war ein guter Wurf – wie er später sagte – genau in die Mitte der Lichtung. Aber als sie sich dem oberen Ende ihres Bogens näherte, prallte sie einfach an einem – na ja, was soll ich sagen? – an einer Art unsichtbarem Schutzschild ab. Und flog direkt zu ihnen zurück.

Ich wiederhole.

Abgeprallt. Von einem *unsichtbaren Schild*. Fuck.

Willkommen im Irrenhaus. Vorne rechts bitte, jeder nur eine Zwangsjacke.

Lucke, der blitzschnell reagierte und selbst eine scharfe Granate in der Hand hielt, packte Private Gomez und fiel auf ihn drauf. Sie hatten keine Ahnung, wo die Granate gelandet war, die sie geworfen hatten. Einen Moment später detonierte sie in einem nahe gelegenen Waldstück, aber zu diesem Zeitpunkt wussten wir nicht, ob einer der beiden verletzt war. Lucke besaß die Geistesgegenwart, die scharfe Granate in eine sichere Richtung, weg von uns und der Lichtung, zu werfen. Er schleuderte sie in Richtung des Flusses, und sie detonierte gefahrlos.

Der Plan sah vor, dass sie mindestens zwei weitere Granaten werfen sollten, bevor Brumm mit der 249er das Feuer eröffnete. Stattdessen teilte jetzt Lucke Sergeant Thor über Funk mit, dass es eine Art unsichtbare Barriere gab.

»Eine was?«, blaffte Brumm, der mithörte. Dann fluchte er und schoss trotzdem mit der SAW. »Angriff weiterführen!«, rief er.

Ein Schwall heller Feuerblitze schoss auf die mondbeschienene Lichtung hinaus, als der Specialist die ratternde Waffe über den kleinen offenen Raum schwenkte und mit mehreren Salven unter Beschuss nahm. Die Barriere schimmerte durch Dutzende von Einschlägen und brach dann mit einem hörbaren *Plopp* zusammen.

Sergeant Thor rief »Habe Sichtkontakt. Feuer!« und drückte den Abzug. Eine Sekunde später starrte er durch das auf seiner MK11 montierte Wärmebildgerät und scannte das Schussfeld. Dann: »Warte … Was?!«

Ich war völlig verunsichert und hätte zu gern gewusst, was das zu bedeuten hatte. So viel hatte ich bis jetzt über Kampfeinsätze gelernt: Es war wirklich verwirrend, darauf zu achten, was wichtig war, weil eigentlich alles eine Bedeutung hatte. Und um mich herum gab es viele laute Explosionen, die etwas die Konzentration beeinträchtigen.

Ich schaute hinaus ins Mondlicht. Da stand tatsächlich ein Mann in der Mitte der Lichtung. Genauer gesagt waren es mittlerweile sechs Männer, die sich dort tummelten. Alle trugen diese Bambushüte, die man in ganz Südostasien findet. Auf Chinesisch nennt man sie *dǒulì*. Was ganz unspektakulär *Bambushut* bedeutet.

So leisten die Linguisten ihren Beitrag zu den nächtlichen Schlachten zwischen Rangern und unsichtbaren Zauberern. Falls irgendjemand Detailwissen über die Hutmode des Feindes brauchte, schlug meine große Stunde.

In diesem Moment erinnerte mich mein Gehirn daran, dass das Gemurmel, das ich gehört hatte, vage wie Chinesisch klang. Wie ein Hui-Dialekt mit etwas Persisch und Arabisch.

Sergeant Thor feuerte seine schallgedämpfte MK11 erneut ab. »Schallgedämpft« ist allerdings ein Euphemismus, sie war immer noch laut, zumal ich meinen Gehörschutz abgenommen hatte in dem Versuch, das Genuschel des Kerls zu verstehen, das nicht von unseren elektronischen Sensoren aufgefangen wurde. Das war allerdings so gut wie unmöglich, denn die Granaten explodierten und das M249 dröhnte. Brumm wechselte jetzt von Munitionsgurt auf eine Trommel, während der Rest des Teams versuchte, den Mann, beziehungsweise die Männer auf der Lichtung zu treffen. Die Gestalten mit den Dǒulì-Hüten, teleportierten sich scheinbar von Ort zu Ort, tauchten auf und verschwanden wieder, in der einen Sekunde hier, in der nächsten dort. Sie wissen schon … damit uns nicht langweilig wurde.

Die Gestalten auf der Lichtung waren ein und derselbe Mann. Das wussten wir alle. Derselbe chinesische Bauer mit Bambushut und dunklem Gewand. Er bewegte die Hände in fast ballettartigen Schwüngen. Alle sechs tauchten mal hier auf und mal da , während die Ranger versuchten, sie ins Visier zu kriegen. Bei jedem Blinzeln waren sie einfach so verschwunden. Das war das Merkwürdigste, was ich je gesehen hatte … bis dahin, versteht sich.

Denken Sie ruhig mal darüber nach, wie oft Sie so etwas schon außerhalb eines Videospiels gesehen haben. *Teleportieren*, dass ich nicht lache …

Die Männer, oder der Mann, wie auch immer, sie fuchtelten mit den Händen herum, waren wahrscheinlich im Begriff, etwas zu tun, das uns alle im nächsten Augenblick in Rauch und Feuer aufgehen lassen würde. Die wilde Energie, die in der Nachtluft lag, war spürbar, und mit einem Mal regten sich die Bäume, als ob etwas Unsichtbares dort oben war und sich durch die Baumkronen schlängelte.

In diesem Moment wurde mir klar, dass alle dem streberhaften und zu Unrecht verpönten PFC Kennedy mehr Aufmerksamkeit schenken sollten. Wir hätten sein Nerdwissen viel mehr verinnerlichen müssen. Stattdessen hatte der Sergeant Major ihm jede noch so undankbare Aufgabe nahe der C-17 aufgehalst, die es zu erledigen gab. Hauptsächlich bestand sein Dienst allerdings darin, eine Latrinengrube in der Nähe des Flugzeugs auszuheben. Seit unserer Ankunft hatten wir drei Tage lang nichts als Fertiggerichte gegessen. Früher oder später würden wir diese Latrinengrube dringend brauchen.

Plötzlich wirbelte Nebel vom Boden auf, und alle sechs stroboskopartig flackernden Männlein, die wie Figuren auf einem Kinderkarussell aussahen, drosselten ihr Tempo, bis nur noch eins übrig war. Doch da hatte der Nebel die mondbeschienene Lichtung bereits verschluckt und wir standen vor einer dichten Nebelwand, durch die wir absolut nichts mehr sehen konnten.

»Feuer einstellen!«, brüllte Thor und fluchte laut. Er schaute ernst in den Nebel und brummte, dass die Wärmebildkamera trotz Rauch, Nebel oder Staub funktionieren müsste.

»Neues Magazin ist drin!«, rief Brumm. »Soll ich die Lichtung noch einmal ein bisschen umpflügen, Sar'nt?« Er war gerade dabei, das schwere M249 hochzuheben, als plötzlich brennende Schweifgeschosse aus dem Nebel auftauchten und den SAW-Schützen trafen. Sie schlugen in die ESAPI-Platten ein, die er in seinem Brustpanzer trug, und versengten ihn wie weißglühendes Phosphor. Brumm schälte sich so schnell er konnte aus seiner Ausrüstung, um den winzigen Höllenfeuern zu entkommen, die sich immer tiefer hineinbrannten.

Einen Moment später überkam mich die schlimmste Sinusitis, die ich je hatte. Ganz plötzlich und wie aus dem Nichts. Die Art, bei der Nase und Ohren plötzlich verstopft sind und man sich auf einmal ganz dumm fühlt. Ich hatte das Gefühl, als hätte jemand gerade einen Gürtel um mein Gehirn gelegt und diesen enger geschnallt.

Nicht nur, dass jetzt überall Nebel war, mein Gehirn steckte auch noch in einer mentalen Wolldecke. Wenn ich jetzt zurückdenke, hätte ich, wenn man mich in diesem Moment nach meinem Namen gefragt hätte, wahrscheinlich nicht sagen können, wie ich heiße. Ich hätte ihn nicht einmal erraten können.

Zu meiner Rechten konnte ich sehen, wie der Rest des Teams blindwütig auf die Lichtung feuerte. Aber alles war irgendwie langsam und unscharf. Wie wenn das Bildmaterial einer Kamera unterbelichtet ist. Als ob ich nur jedes zweite Bild sehen konnte. Die Explosionen der Waffen schienen weit weg und irgendwie fern zu sein, woanders eben, nur nicht hier.

Weiter rechts – dort, wo Lucke und Gómez hingegangen waren, wie ich mich später erinnern würde, aber in diesem Moment war ein solcher Gedanke, eigentlich jeder Gedanke, schwer zu greifen –, sah ich einen plötzlichen Lichtblitz krumm und stechend durch den Nebel rasen. Und dann folgte ein gewaltiger Donnerschlag.

Als würde mein Gehirn langsam wieder hochfahren, soufflierte es mir Gedanken, die es vor dem Neustart gehabt hatte: »Hey, der Typ ist eine Art Zauberer!«

»Feuer einstellen!«, rief Sergeant Thor zu meiner Linken, der sich nicht im Geringsten darum kümmerte, ob die Zielperson Merlin höchstpersönlich war. Aber er sagte es in Zeitlupe, wie unter Wasser, als hätte man uns in Honig eingelegt. Zumindest verarbeitete mein Verstand die ganze Sache so.

Ich schaute nach links. Es dauerte ewig, bis ich den Kopf dorthin bewegen und sehen konnte, was ich sehen wollte. Dieser Zauberer hatte definitiv etwas mit mir gemacht. Thor hatte sein Gewehr fallen lassen und seine M18-Pistole und eins der Tomahawks gezogen, die er bei sich trug. Ich verpasste ein paar Bilder von dem, was als Nächstes passierte, weil mein Kopf so verwirrt war, aber ich sah, dass er in den Nebel hineinlief, mit der Pistole im Anschlag das Terrain vor ihm absuchend, das Tomahawk wartete gesenkt auf seinen Einsatz. In meinem völlig zugedröhnten Zustand dachte ich, dass er wirklich wie ein Actionheld aussah, der in die Schlacht zieht. Der heidnische Kriegsherr, zu dem er sich hochstilisiert hatte, nur damit er beim Freigang Weiber aufreißen konnte. Er würde es wahrscheinlich wirklich schaffen, in Hollywood groß rauszukommen.

Darüber habe ich nachgedacht, als wir fast getötet wurden.

Vielleicht aber auch an das, was er mir auf dem Hügel zu sagen versucht hatte, als wir uns auf den Einsatz vorbereiteten. Dass dieser Ort seltsam sei. Und dass er, Thor, es auf gewisse Art und Weise ebenfalls war. Das dachte ich auch, denn im selben Moment tauchte links von uns ein anderer Sergeant Thor auf. Er erschien ganz unvermittelt zwischen den dunklen Bäumen. Ich drehte mich um und wollte beobachten, wie der Rücken unseres Sergeant Thor gerade in der Nebelbank vor uns verschwand. Dann riss ich den Kopf wieder nach links, aber das dauerte eine Ewigkeit, und ich spürte, wie meine Zunge und mein offener Mund versuchten, den Vorsprung aufzuholen. Wie ein Schauspieler, der den Dorftrottel in einer Schmierenkomödie spielt. Ich war nur der einfältige Idiot in diesem Stück.

Ein Actionheld war ich nicht.

Und da war wieder Sergeant Thor zu meiner Linken.

Er ging direkt an mir vorbei, mit einem seltsamen und bösen Lächeln auf dem Gesicht, schritt schnurstracks auf Brumm zu, der aufgestanden war, nachdem er sich aus seiner Rüstung befreit hatte, die 249 wieder im Anschlag hielt und die rechte in Nebel getauchte Flanke absuchte.

In diesem Moment fand ich es dann doch sehr merkwürdig, dass der neue Sergeant Thor große, lange, dämonische Klauen besaß, die ihm bis unter die Knie reichten. Und dass seine Schritte … eher roboterhaft wirkten. Als würde etwas nur eine menschliche Haut wie eine Hülle tragen, ohne die Bedienungsanleitung gelesen zu haben. Oder zumindest den Abschnitt, wie ein Mensch zu gehen hat.

Der neue Sergeant Thor sagte etwas zu Brumm, und die Stimme klang genau wie Thors. Aber das konnte auf keinen Fall der Sergeant sein. Ich wollte das nicht glauben.

In dem Moment lichtete sich der Nebel in meinem Kopf. Einfach so. Als würde man plötzlich aus der Dunkelheit ins Licht treten. Nur, dass sich die Augen nicht umstellen mussten. Sie mussten sich nur daran erinnern, was Sehen bedeutet.

Ich habe den neuen Thor sofort als das erkannt, was er war. Und er war eindeutig nicht der Sergeant oder auch nur vage menschlich, abgesehen davon, dass er zwei Beine hatte. Er war groß und dämonisch. Seine Haut war eine gesprenkelte Mischung aus Blässe und roten Flecken, wie bei einer äußerst giftigen Spinne, mit der man sich nicht anlegen sollte. Dazu ein pochendes, freiliegendes Gehirn und Augen wie aus einer Horrorshow, in denen sich ein stumpfes Verlangen widerspiegelte.

Ich spürte, wie Brumms Geist die sich nähernde Kreatur als Sergeant Thor einstufte, ungeachtet dessen, was ich gerade sah. Ich konnte Brumms Gedanken in meinem Kopf hören. Oder vielleicht las ich sie ihm auch nur im Gesicht ab. Er dachte nicht einmal bewusst *Das ist der Sergeant* oder so. Sein Geist akzeptierte einfach, dass das Wesen, das auf ihn zukam, Sergeant Thor war.

Und während ich nichts tat, anders als jeder Actionheld, dachte ich … *Das ist nicht der Sergeant, Brumm.*

Und …

Das Ding wird dich angreifen und dir die Gurgel herausreißen, mit diesen Klauen, die sich bereits öffnen und schließen wie die Kiefer eines bösartigen Raubtiers aus einer Grube, die niemand je hätte betreten dürfen …

Ich hörte, wie Brumms Geist meine Gedanken hörte, und ich spürte, wie er »Whoa« dachte, als er die Kreatur als das erkannte, was sie war. Seine geistigen Augen hatten sich geöffnet.

Vielleicht hatte er meinen Gesichtsausdruck gesehen?

Ohne zu zögern zog Brumm den rechten Arm zurück, wuchtete die schwere Waffe hoch, die er nach dem Treffer durch die Kometendinger wieder in die Hand genommen hatte, und feuerte eine einzige Salve direkt auf die abscheuliche Kreatur mit dem Hirnkopf ab. Die heranrasenden Kugeln rissen den gewölbten Brustkorb des Wesens in Fetzen. Das Monster warf die schlaksigen Arme in die Höhe und brüllte wie ein dämonisches Kleinkind, aber da ging es bereits zu Boden.

Brumm trat unbeeindruckt zu ihm hin und schoss noch ein paar Mal darauf, wie ein Ladenbesitzer, der den Dreck der letzten Nacht vom Bürgersteig abspritzt. Das Ding zuckte und zappelte, und der Ranger füllte es mit Blei, vielleicht um sicherzugehen, dass die Monster überhaupt sterben konnten.

In der darauf folgenden Stille starrten wir in den Nebel und hörten nichts. Und dann begannen die Schüsse. Es hörte sich an, als würde jemand schnell seine Handfeuerwaffe abfeuern, und dazu brüllte Sergeant Thor wie der Wikingerkrieger, als der er sich seinen Vorgesetzten gegenüber ausgegeben hatte, nur damit er sich einen epischen Bart wachsen lassen durfte.

Wieder folgte eine kurze Stille, dann hörten wir jemanden grunzen und keuchen.

»Sar'nt Thor!«, rief Brumm. »Wie ist Ihre Position? Ich bin bereit, Ihnen Feuerschutz zu geben!«

Es kam keine Antwort.

Aber einen Moment später trat Sergeant Thor bereits aus dem sich auflösenden Nebel und hielt den blutigen Kopf des Zauberers, diesmal ohne Bambushut, in den Händen. Die Augäpfel des kleinen Männleins waren in den ledrigen Schädel zurückgerollt, sodass man nur noch das Weiße sehen konnte. Ein schlaffer grauer Schnurrbart hing ihm über die mit sinn- und bedeutungslosen Symbolen und Zahlen vollgekritzelten oder tätowierten Wangen. Der Mund stand offen vor Entsetzen über das, was man seinem Besitzer angetan hatte.

Das dachte ich zumindest.

Später, in der surrealen Wärme meines Mumienschlafsacks, wusste ich, dass der Schrecken, der in diesem Gesicht geschrieben stand, nicht dem galt, was ihm angetan worden war, sondern dem, was noch kommen würde.

KAPITEL 7

Noch vor dem Morgengrauen überquerten wir den Fluss und erreichten unsere Insel. Den Rest der Nacht beobachteten wir, wie die feindlichen Angriffe unaufhörlich gegen unsere Verteidigungsanlagen am Ufer des Flusses brandeten, während sich die seltsame dunkle Macht aus dem mitternächtlichen Wald, mit der wir es gerade zu tun bekommen hatten, ins präzise Kreuzfeuer stürzte, das die Ranger von ihren befestigten Stellungen aus abgaben. Von unserem Aussichtspunkt aus, der direkt im feindlichen Gebiet lag, hatte es den Anschein, als würden wir gewinnen, als wäre die Verteidigung der überschaubaren Flussinsel einfach und unsere Seite würde diese titanenhaften Angriffe mühelos abwehren, die über die verschanzten Ranger hereinbrachen.

Drei verschiedene Einheiten der Orkhorde schafften es, trotz des massiven Beschusses nahe genug heranzukommen, um sich in den Nahkampf zu stürzen. Aber sie mussten dazu buchstäblich über Leichen gehen, – nämlich ihre Toten und Verwundeten –, um über den dunklen Fluss und durch die hellen, sich überschneidenden Lichtfäden des Kreuzfeuers vorzustoßen und mit Speeren und Äxten anzugreifen. Sie mussten den Kampf bis ans Ufer und direkt in die von den Rangern besetzten Gräben hineintragen. Nur um dann sofort wieder zurückgedrängt zu werden.

Derweil waren die Mörserteams damit beschäftigt, das Feuer auf die Ansammlungen im Wald abzugeben, die zweifelsohne von den Aufklärungsdrohnen ausgemacht worden waren. Das Dröhnen der mächtigen Barretts der Scharfschützen war von der Hügelkuppe am nördlichen Ende der Flussinsel noch deutlich zu hören. Bei jedem Schuss sagte Sergeant Thor andächtig zu uns anderen, die wir uns im dunklen Gewirr am Flussufer versteckt hielten: »Da hat's noch einen erwischt.« Als ob er den Schuss vor seinem geistigen Auge sehen konnte. Wie jemand, der die Geometrie des Schicksals beobachtete und in ihrer Schönheit schwelgte, oder ein Sportler auf der Auswechselbank, der das Spiel seiner Mannschaft trotzdem gebannt verfolgt.

Nach dem zu urteilen, was wir von der Schlacht da draußen in der Dunkelheit sehen und hören konnten, *schienen* wir zu gewinnen. Aber basierend auf dem, was wir über Funk hörten und was die Teile des Kampfes offenbarte, die wir nicht sehen konnten, war offensichtlich, dass wir *nicht* gewannen. Wir hielten bestenfalls die Stellung. Stellten sicher, dass die Linien, die nicht überschritten werden durften, nicht überschritten wurden.

Andererseits war nicht zu verlieren schon ein Sieg in dieser langen Nacht.

Würde man die Ranger fragen, würden sie sagen, dass »Aufgeben« nicht in ihrem Wortschatz vorkommt. Das war also schon mal keine Option.

Auf der Westseite der Insel wurden die Verteidigungsanlagen, die wir aus dem Unterholz unseres Verstecks aus nicht sehen konnten, schwer getroffen. Sehr schwer. Es gab Verwundete. Zwei Gefallene kurz nach Mitternacht, und das war nur ein Vorbote für all die schlimmen Dinge, die noch kommen sollten. Ein Versprechen der knurrenden Orks, dass ihre Hörner und Kriegstrommeln siegen und uns am Ende überwältigen würden. Sie waren in der Überzahl. Und erst diese Entschlossenheit! Drei Stellungen wurden gegen 0200 überrannt. Die Ranger, angeführt vom Captain persönlich, eroberten sie gewaltsam zurück. Einer der Zugführer wurde dabei getötet.

Keinem der Soldaten war mehr nach Scherzen zumute, als wir in der Dunkelheit saßen und abwarteten.

Wir bauten unsere Ponchoflöße erst im letzten Moment, für den Fall, dass wir unsere Ausrüstung und Waffen brauchten, aber als wir sie dann fertig hatten, schlüpften wir wieder in das dunkle kalte Wasser und versuchten, nicht flussabwärts zu schauen, wo die Strömung uns hintrieb. Dort unten, wo das Wasser im Halbdunkel vor der Morgendämmerung mit den Leichen toter Orks übersät war. Dort, wo der verwesende Riese noch immer am Ufer lag. Große Wölfe waren aus dem Wald gekommen, um ihn zu zerfetzen.

Ich verbrachte viel Zeit in dieser Nacht damit, über die »Informationen« nachzudenken, die ich von unserem HVT erhalten hatte. Dem toten Magier. So hatte PFC Kennedy den Mann genannt, den wir in der Nacht da draußen getötet hatten. Ja, Kennedy hatte »Zauberer« gesagt, nicht »Magier«. Wo lag da die Grenze? Ich grübelte über Wortbedeutungen und -herkünfte, -verwendungen und -ableitungen nach. An meinem Wohlfühlort, weit weg von hier.

Vielleicht war es an der Zeit, sich das zu eigen zu machen, was der kleine Nerd PFC Kennedy allen vom Grund des Latrinensplittergrabens aus zu sagen versuchte, in den man ihm ständig aktuelle Ereignisse hineinwarf, damit er sie verdauen, kommentieren und Licht in die Sache bringen konnte. Wie eine Figur aus einem Joseph-Heller-Roman. Eine düstere Komödie über Krieg und Schlacht und die Ansichten von jemandem, der im Großen und Ganzen nichts zählte und am Ende getötet werden würde, obwohl er von Anfang an mit allem recht hatte.

Der Narr in jedem Shakespeare-Stück.

PFC Kennedy versuchte, uns zu verstehen zu geben, dass wir irgendwie in einer anderen Welt gelandet waren. Einer Fantasywelt mit Monstern und Goblins, wie aus *Der Herr der Ringe* oder einem aufwendigen MMO-Spiel. Dass wir aufwachen und dem Hexenkessel voller Mühsal und Ärger ins Auge blicken sollten. Dass dies vielleicht etwas Gefährlicheres war als Aufständische und Hadschis mit Panzerfäusten. Und dass es, auch wenn es fantastisch schien, wahrscheinlich das Beste war, nicht um den heißen Brei herumzureden, bevor wir das Zeitliche segneten, nur weil wir nicht wussten, womit wir es zu tun hatten.

Rüstig! Rüstig! Nimmer müde;
Feuer, brenne! Kessel, siede.
Etwas Böses naht sich hier.
Nur herein, wer's mag sein.
Wer auch immer klopft bei mir.

Ich hatte manchmal Shakespeare-Übersetzungen in anderen Sprachen als Lernkarten benutzt, um mein Sprachverständnis zu verbessern. In jener Nacht in der Welt der Feinde stachen diese Zeilen hervor und klangen in meinem Geist nach, während ich dem Kampf und der Dunkelheit um uns herum am Fluss lauschte. Während anderswo Ranger starben. Überrannt von Phantasmen mit spitzen Reißzähnen, scharfen Messern und gezückten Kriegsäxten. Für die sterbenden Ranger in ihrer Todesstunde war das wahrscheinlich alles andere als fantastisch. Kein Buch, kein Spiel.

Für sie war das alles äußerst real.

Und so konzentrierte ich mich auf die wenigen Informationen, die ich über die kopflose Leiche des Zauberers von Oz – oder Saruman höchstselbst, oder welche Rolle auch immer er hier an diesem Ort hatte – herausfinden konnte. Der, bei dem Thor voll in den Wikinger-Berserkermodus geschaltet hatte, um ihn einen Kopf kürzer zu machen.

Komm zur Army, hatten sie gesagt. *Nur dort kannst du im fahlen Mondlicht die Leichen toter Zauberer durchsuchen*, hatte ich innerlich hinzugefügt, als ich seinen leb- und kopflosen Körper untersuchte. Ich glaube, das hätte jeden Rekrutierungsslogan der Armee, den sich das Verteidigungsministerium oder das Pentagon je als Marketinginstrument ausgedacht haben, weit in den Schatten gestellt. Wahrscheinlich sogar *Call of Duty*.

Die offensichtlichste Information war ein Buch. Ein … *Seufz.*

Hör auf damit, sagte ich mir. *Akzeptiere es.*

Ein *Zauberbuch.*

Zumindest sah es so aus, wie ich mir ein Zauberbuch vorstellte. Ich hatte noch nie eins von PFC Kennedys Spielen mit seltsamen kleinen Würfeln oder auf einem Computerbildschirm in einem Internetcafé gespielt. Ich war nie ein großer Gamer gewesen. Das war nicht mein Ding, und ich hatte PFC Kennedy vor Area 51 noch nie getroffen. Aber ich kannte Leute auf dem College, die so etwas spielten, und sie versuchten immer, mich zu ihren imaginären Abenteuern zu überreden. Ich schätze, sie dachten, dass die Bücher, in denen ich meine Nase ständig steckte, eine Art Schnittmenge zwischen uns bildeten. Dass ich, wenn ich schon nicht zum Clan gehörte, so doch zumindest ein entfernter Cousin war.

Sprachen und ihre Geschichte, die Ursprünge und Wurzeln von Wörtern und die Zivilisationen, die sie verwendeten, das war mein Ding. Mein kleines Spiel. Meine Welten, die es zu erforschen galt. Ich hätte nicht gedacht, dass ich etwas anderes brauchte, bis ich eines Tages vom Gegenteil überzeugt wurde. So kam ich zur Army.

Jedenfalls hatte ich immer abgelehnt. Ich habe nie eines dieser improvisierten Fantasyspiele selbst gespielt.

Aber ich habe Filme gesehen. Filme wie das Remake von *Tanz der Teufel*. In diesem Film gab es etwas, von dem ich annahm, dass es ein Zauberbuch sei. Das Necronomicon. Und dieses Ding, das ich der enthaupteten Leiche auf der dunklen Lichtung irgendwo nach Mitternacht aus den Händen gerissen hatte, war diesem Requisit aus dem Film ziemlich ähnlich.

Es war in die Haut von irgendetwas gebunden – etwas, das sich nicht wie das geschmeidige Leder aus der Ralph Lauren Home Collection anfühlte, mit dem meine Mutter ihre »Hütte« in Upstate New York eingerichtet hatte. Hätte man mir gesagt, es sei die Haut einer Elfe, eines Minotaurus oder irgendeines anderen mythologischen Wesens, das zu dunklen und thaumaturgischen Zwecken gehäutet wurde, ich hätte es wahrscheinlich geglaubt. Es war andersartig, nicht normal, und ich saß einfach nur da und starrte das Ding im nassen Gras der Lichtung an, während Gomez mir eine rotlinsige Stirnlampe gab, damit ich alles untersuchen konnte. Die Nebelschwaden über dem Boden verzogen sich langsam, und Sergeant Thor und der Rest des Reaper-Teams waren immer noch dabei, die Umgebung des Zielorts zu sichern.

Die Goblins, die wir im Bach fast überfallen hatten – wir hatten beschlossen, sie als Goblins zu bezeichnen; bei dieser speziellen Klassifizierung brauchten wir PFC Kennedys Hilfe ausnahmsweise nicht –, hätten nahe genug sein müssen, um das Feuer von Brumms 249er zu hören. Und die Drohnenaufklärung war laut Kommunikation für den Moment außer Betrieb. Während die anderen also die Umgebung absicherten, wurde Gomez beauftragt, mir bei der SSE zu helfen. Sensitive Site Exploitation. Auf Deutsch: Informationsbeschaffungsmaßnahme.

Und alles, was ich am Körper eines toten, kopflosen Zauberers finden konnte, war definitiv Information.

Kommt zur Army, Jungs.

Finde dich damit ab, redete ich mir ein. Wie die Spezialeinheiten immer sagen: »Schluck den Druck.« Jetzt sprach ich mir selbst Mut zu, dass ich die Situation, diesen immensen Druck, so hinnehmen musste, wie sie sich mir bot. Ob ich es nun akzeptieren wollte oder nicht, ich war nicht bloß wegen einer Teilnehmerurkunde hier. Das war keiner von uns. Das war »der Druck«.

Akzeptiere die Fantasy, lautete die Devise.

»Glaubst du, er ist mit einer Sprengfalle versehen?«, flüsterte Gomez, als wir über den kopflosen Körper im nassen Gras gebeugt waren.

Nein, dachte ich. *Jedenfalls nicht, bis du mich gerade daran erinnert hast, dass er mit einer Sprengfalle versehen sein könnte.* Und die Version einer Sprengfalle eines Zauberers würde uns wahrscheinlich in die x-te Dimension verbannen, wo Zeit keine Bedeutung hat und jeder Tag die Hölle ist. Mit anderen Worten: Grundausbildung für immer.

Ich war ohnehin schon total nervös, weil ich mitten in der Nacht eine kopflose Leiche auf einem dunklen andersweltlichen Schlachtfeld durchsuchen musste. Jetzt musste ich auch noch befürchten, dass magische Sprengsätze vor meiner Nase explodierten und mir das Fleisch wegbrannten oder mich in einen Wassermolch verwandelten. Wirklich lustig. Ist die Tinte auf meinem Vertrag eigentlich schon trocken?

»Ich denke nicht …« begann ich, wobei ich mir nicht sicher war, ob ich überhaupt *dachte*, aber ich versuchte abzuwägen, ob dieser seltsame kopflose Mann mit einer Art magischem Sprengstoff ausgestattet sein könnte. »Ich meine, Thor hat ihm den Kopf abgeschlagen«, sagte ich schließlich so leise, dass die haifischzahngeschmückten Goblins mit ihren Knochendolchen und Speeren uns nicht hören konnten. Uff. »Jeglicher … Sprengstoff … wäre dann doch detoniert. Stimmt›s, Gomez?«

Als ob Ranger PVT Gomez plötzlich ein Bombenexperte wäre.

In meinem Kopf hörte ich mich schon erklären, warum ich die Mission nicht abgeschlossen hatte. *Tut mir leid, Sergeant Major. Ich kann keine Informationen liefern, weil ich Angst vor magischen Sprengfallen hatte. Sie kennen das doch bestimmt.*

Ungefähr eine Minute später wäre ich mit PFC Kennedy dabei gewesen, Latrinen zu schaufeln. Wenigstens endlich etwas, für das ich qualifiziert war.

»Keine Ahnung«, meinte Gomez achselzuckend, und ich beobachtete, wie der rote Kreis, den Gomez‘ Stirnlampe auf den Boden warf, größer und das Licht schwächer wurde. Er war wohlweislich ein oder zwei Schritte zurückgewichen.

Gut, sagte ich mir und begann, die Leiche zu durchsuchen, überzeugt davon, dass ich gleich in die Luft fliegen würde oder dass mir plötzlich die Hände von etwas abgerissen würden, wie in dem alten John-Carpenter-Film, wo der Brustkorb des Mannes einklappt und ein riesiges, mit Reißzähnen besetztes Maul seinem Opfer mit einem Happs die Hände abbeißt.

Was für ein Spaß! Ich war mir nicht einmal mehr sicher, ob ich zehntausend Jahre in der Zukunft überhaupt dafür bezahlt wurde, so etwas zu tun. Würde mir jemand einen Orden verleihen?

Akzeptiere. Die. Fantasy.

Ich fand das Zauberbuch in einer großen Umhängetasche, die der Zauberer um seinen Körper trug, obwohl ich mir sicher bin, dass er es nicht »Umhängetasche« nannte, als wäre er ein metrosexueller Bohème-Filmkritiker, der sie sich in irgendeinem Luxusladen auf der Fifth Avenue gekauft hatte.

Vor zehntausend Jahren.

In der abgenutzten Tasche entdeckte ich als Erstes ein Zauberbuch aus getrocknetem Drachenfleischleder oder etwas in der Art. Ich tippe mal, dass Drachenleder für ein Zauberbuch die einzige valide Option ist, oder? Druck geschluckt, Sergeant Major. Ich legte das Buch zur Seite. Ich hatte es geborgen, und nichts in den Worten des Command Sergeant Majors hatte darauf hingedeutet, dass ich es auch aufschlagen musste. Ich war neugierig, aber nicht dumm. Genauso wird man in eine Kröte oder Schlimmeres verwandelt. Gibt es Schlimmeres? Ja, gibt es. Mit an Sicherheit grenzender Wahrscheinlichkeit.

Deshalb habe ich auch nicht reingesehen.

Ich legte das Buch beiseite auf das Ponchoquadrat, das ich ausgelegt hatte, und fand dann ein paar Bogen Pergament. Mystisches Papyrus aus alten Zeiten, dachte ich, und war schon ganz im Spiel. Vergilbt. Bröckelig. Uralt. Auch das legte ich beiseite. Ich stellte fest, dass sich auf einer Seite eine ziemlich genaue Karte der Insel befand, aber keine eindeutigen Markierungen, die auf unsere Verteidigungsanlagen hinwiesen. Nur ein paar gekritzelte Symbole, die mir vage bekannt vorkamen.

Das war interessant.

Als Nächstes stieß ich auf ein paar eklige Sachen. Befehl ist Befehl, also nahm ich etwas heraus, das wie Molchaugen und Fledermausschwänze aussah, dazu Gläser mit übel riechendem Staub. Eine kleine Kristallphiole war mit etwas gefüllt, das aussah wie noch nicht geronnenes Blut, und ein paar Beutel enthielten etwas, von dem ich annahm, dass es sich entweder um das getrocknete Hirn kleiner Säugetiere oder um schwammartige schwarze Pilze handelte, die einem wahrscheinlich den Verstand rauben würden.

Rumpelstilzchen hatte natürlich auch einen Zauberstab. Klar, was auch sonst. Gomez fand ihn in der Nähe im Dreck. Er bestand aus dunklem Holz, wie das Mahagoni, das ich in einigen der kostspieligen Anwaltsbüros meines Vaters gesehen hatte. Ein Stabende war zum Kopf eines Drachen geschnitzt, dessen Schnauze breit und bösartig aussah, mit geschnitzten Augen, die finster und zerstörerisch funkelten. Sogar das Holz selbst hatte etwas Beunruhigendes, seine Maserung und Schnörkel wirkten eher wie andere Orte als bloße Texturen. Welten und verborgene Räume, wenn man nur genau genug hinsah. Das war mein Gedanke, aber gleichzeitig kam mir noch eine andere Idee. Nämlich, dass das *keinen Sinn ergab*.

»Ziemlich schwer, das Ding«, stellte Gomez fest, als er es aufhob.

Ich schaute nur kurz von meiner Arbeit an der Leiche auf. Die übrigens immer noch Blut und andere Körperflüssigkeiten in eine erstarrte Pfütze im nassen Gras abgab. Ich hatte meine Oakley-Assault-Ranger-Handschuhe an, aber sich nicht die Finger schmutzig zu machen, erwies sich trotzdem als unmöglich. Viele der Ranger trugen genau aus diesem Grund Mechanix-Handschuhe. Gomez reichte mir ein paar chirurgische Gummihandschuhe, die er in den Wadentaschen seiner Einsatzhose aufbewahrte.

Der Zauberer trug einen Beutel voller seltsamer Münzen bei sich, die alle mit verschiedenen Stempeln und Worten versehen waren. Einige glänzten wie Gold. Andere waren matter wie Kupfer oder Silber. Ich war mir ziemlich sicher, dass ich einige der Sprachen darauf lesen konnte, aber ich bräuchte eine bessere Beleuchtung, um sie genau zu untersuchen. Mit dem Nachtsichtgerät konnte ich nicht so viele Details erkennen. Die reliefartigen Bilder auf den Münzen waren menschlich. Und das … das war irgendwie tröstlich. Als gäbe es irgendwo in dieser verrückten Welt, in der wir gelandet waren, noch andere menschliche Wesen, die existierten. Besser noch: Menschen, die sich gegenseitig mit Geld bezahlten. Grundlegender Handel kann etwas sehr Tröstliches sein. Vor allem, wenn man dachte, die Welt wäre untergegangen, während man im Heck einer C-17 durch die Zeit gereist ist.

Menschen existierten also, oder hatten zumindest existiert. Einst.

Dann erinnerte ich mich daran, dass dieser kopflose Leichnam, den ich gerade anfasste, ebenfalls ein Mensch gewesen war. Oder zumindest menschlich aussah. Genau wie das Ding, das auf Brumm losgegangen war. Eine Kopie von ihm, die sich nur als Mensch verkleidet hatte, um uns die Kehlen aufzuschlitzen. Ich brauchte PFC Kennedy nicht, um zu wissen, wie man dieses Monster nannte. *Doppelgänger.* Eines der schöneren Lehnworte, die wir Amerikaner uns aus dem Deutschen geklaut haben. Ein gängiges literarisches Mittel in bestimmten Kulturen, meist Altweibermärchen. Sie waren nie gutmütige Wesen, immer echte Ungeheuer. Ein Mythos, der die menschliche Angst ausnutzt, dass etwas Bekanntes und Vertrautes nicht das sein könnte, wofür man es hält, sondern etwas anderes. Etwas mit bösen Absichten. Und vielleicht, so dachte ich, als ich dort im Gras kniete, war dies nicht so sehr die Zukunft, sondern eher die Vergangenheit, die sich nach einer kurzen und unangenehmen Unterbrechung durch unsere moderne Zivilisation wieder durchgesetzt hatte. Die, die wir verlassen hatten. Die, die von einer außer Kontrolle geratenen Nanopest überrollt worden war. Etwas, das aus einem Militärlabor in China entkommen war und nie hätte erdacht, geschweige denn hergestellt werden dürfen.

Es sollte einen besonderen Platz in der Hölle für die echten Monster geben, die rumsitzen und sich so etwas ausdenken. *»Hoppla, mein wissenschaftliches Experiment hat gerade die Welt vernichtet«* ist eine ziemlich schlechte Ausrede.

Als ich die Hände des Zauberers überprüfte, erinnerte ich mich an die tief hängenden Krallen des Doppelgängers. Keine Krallen. Der tote Zauberer hatte menschliche Hände. Aber … da war ein Ring an einem Finger.

Ich zog kräftig daran und renkte ihm den Fingerknöchel aus, um den Ring von seinem kalten, steifen Träger zu löse. Dann betrachtete ich ihn. Er war aus mattem Silber, aber wie der Stab fühlte er sich schwerer an, als er hätte sein sollen. Viel schwerer.

Als ich den Rest des Leichnams abgetastet hatte, meldeten wir Sergeant Thor, dass wir bereit waren. Eine Minute später entfernten wir uns alle vom Zielort und nahmen einen anderen Weg zurück. Wir gingen weiter flussaufwärts, weg vom Gefecht, da wir wussten, dass wir dort draußen in der Dunkelheit auf Flankeneinheiten stoßen könnten.

Während wir uns auf dem Weg zum Treffpunkt befanden, setzten die Orks auf der Insel die östlichen Verteidigungsanlagen unter Druck. Als sie auf die auf den Sandbänken verlegten Minen trafen, drangen sie durch ihre schiere Zahl durch, ohne Rücksicht auf die Stahlkugeln und Splitter der Minen oder die fliegenden Körperteile ihrer Kameraden. Von unseren Linien aus wurden Infrarot-Leuchtfeuer abgefeuert, die gespenstische Schatten warfen und die Farben auf unseren Nachtsichtgeräten veränderten. Das Beleuchtungsfeuer ging so oft hoch, dass ich auf mein gutes altes analoges Nachtsichtgerät umstieg – meine Augen. Wir saßen zwanzig Minuten lang da und gewöhnten uns an die wechselnden Lichtverhältnisse, dann setzten wir unseren Weg auf dem Wildpfad fort, der uns zu unserem neuen Übergangspunkt führen sollte.

In der Ferne schnatterten die 240er den Tod herbei. Sie unterhielten sich miteinander über das Gebrüll und Getöse der wimmelnden Orkhorde hinweg, die wieder einmal vorpreschte, als könnten sie es sich leisten, eine halbe Garnison zu verheizen, nur um zehn Meter näher heranzurücken. Ihre Stammes-*Oruu-Oruus* klangen immer eindringlicher, als wollten sie betonen, dass jetzt die Chance gekommen war, die sie ergreifen mussten.

Heute Nacht geht es um Leben und Tod, Jungs, mag sicherlich irgendein Ork-Unteroffizier auf Orkisch zu seinen Untergebenen gebrüllt haben. Als ob dies ihre Sparversion der Schlacht bei den Thermophylen wäre. Ihre beste Stunde.

Ich fragte mich … Was passiert, wenn sie die Insel einnehmen? Was, wenn es für uns nichts gibt, wohin wir zurückkehren könnten? Was dann? Was machen wir sieben, wenn alle anderen tot sind?

An diesem Punkt wäre die Mission wohl vorbei gewesen. Es würde nur noch ums Überleben gehen. Und wie lange könnte das dauern? Wie hoch war der Highscore, den wir schlagen mussten?

Wir saßen lange Zeit heimlich, still und leise in der Nähe unseres Übergangspunkts. Versteckt im nassen Schlamm und in den verworrenen Bäumen lauschten wir dem Kampf da draußen in der Dunkelheit auf der anderen Seite des Flusses. Irgendwann gegen drei Uhr nahm der Kampflärm kurz zu, ebbte dann aber wieder ab. Eine Stunde später gab es einen letzten Vorstoß des Feindes, der sich aber ziemlich schnell erschöpfte. Als ob die Ork-Offiziere diesmal einfach nicht mit ganzem Herzen bei der Sache gewesen wären. Oder sie waren alle getötet worden, und der letzte Angriff war nur noch Formsache und nicht mehr von taktischer Bedeutung.

Schließlich war es an der Zeit, wieder hinüberzugehen. Wir bastelten unsere Ponchoflöße und ließen uns abermals ins kalte Wasser gleiten. Die Strömung hatte zugenommen, und wir wurden ein Stück flussabwärts getragen, während wir paddelten, um die Überquerung des Flusses innerhalb unserer Grenzlinie zu schaffen. Wir ruderten so erbittert, wie wir nur konnten, als Brumm keuchte: »Seht euch das da drüben an.«

Das erste Licht des fernen Morgens stand am Himmel und drang durch die skelettartigen Bäume im Osten. Zu unserer Linken, südlich entlang der östlichen Verteidigungslinie, erschienen ein Pferd und ein Reiter, ganz in Schwarz – vielleicht sahen sie im kahlen Licht der Morgendämmerung einfach nur so aus –, über die verminten seichten Stellen, in denen die Leichen der toten Orks trieben. Der Reiter hatte eine Hand erhoben und rief unseren Truppen etwas zu. Ich konnte ihn von hier aus kaum verstehen.

»Klingt so«, sagte Thor und paddelte neben mir her, »als würde er die ursprüngliche Einsatzparole verwenden. Vom ersten Tag.«

Jetzt konnte ich hören, wie jemand aus der Waffensektion dort unten in jenem einschlägigen Ranger-Pitbull-Bellen das Kontrollwort brüllte. Zweifellos mehr als willens, den dunklen Reiter nach einer Nacht wie der, die wir gerade hinter uns hatten, ins Fadenkreuz zu nehmen. Wahrscheinlich war er ganz hibbelig vor entladener Wut und am Ende seiner Kräfte, als das Adrenalin des Kampfes im ersten Licht der Dämmerung abebbte. Überall in den Schützengräben lagen Haufen aus verschossenem Altmetall. Aber das Kontrollwort zur Parole musste unser Pferdemann richtig beantwortet haben, denn als wir ans Ufer gelangten, sahen wir, wie der Reiter sein Pferd mit erhobenen Händen ebenfalls aus dem Wasser führte, während die Ranger ihm mit ihren Gewehren zu Leibe rückten.

KAPITEL 8

Wir meldeten uns beim Sergeant Major, und er sorgte dafür, dass wir an einer Station, die er in der Nähe der Verletztensammelstelle eingerichtet hatte, ein paar Fertigmahlzeiten aufwärmen konnten. Dann sagte er mir, ich solle die Informationen für mich behalten und dass wir uns später zusammensetzen würden, um das vertrauliche Material zu sichten. Der Rest des Reaper-Teams wärmte seine Rationen auf und machte sich auf den Weg zurück zu den zugewiesenen Positionen in der Verteidigungszone, aber ich saß noch eine Weile einfach nur da, nicht wirklich so interessiert an den Dingern, die sie uns als Chicken Nuggets verkaufen wollten, wie ich es normalerweise gewesen wäre. Ich war immer noch mit Zaubererblut besudelt, und selbst die kleine Tabascoflasche machte es nicht besser. Der Gedanke an das Blut … machte das Ganze eigentlich nur noch schlimmer.

In der Nähe flickte Chief Rapp die Verletzungen der Ranger zusammen, die sich stöhnend über die erstklassige Behandlung beklagten, die ihnen zuteilwurde. Sie brüllten und fluchten, als das, was auch immer der Chief als Desinfektionsmittel benutzte, großzügig auf die Wunden gespritzt wurde, um sie zu reinigen. Danach grummelten sie nur noch und ließen es über sich ergehen. Nach dem jähen Schmerz der Säuberung kam ihnen danach vermutlich alles harmlos vor. Na ja, einer von ihnen würde wahrscheinlich eine Hand verlieren. Er sah die Sache bestimmt anders.

Es wird nie langweilig in so einem Lazarett.

Der Sergeant Major kam in seinem typischen langbeinigen Marschschritt von irgendwoher zurück und riss mich in seinem Kielwasser mit durch das knappe Kommando »Mitkommen.« Als wir alle anderen hinter uns gelassen hatten, fügte er hinzu: »Sie müssen sich etwas anhören und beurteilen.«

Wie bitte? War es tatsächlich an der Zeit, dass ich mich und meine Sprachkenntnisse einbringen konnte? Hatten sich die Einsicht und Vorausplanung von jemandem im Pentagon endlich bezahlt gemacht? Ich konnte mich kaum beherrschen. Es war ganz gut, dass ich todmüde war, sonst wäre ich vielleicht zu aufgeregt gewesen, dass ich etwas Besonderes tun durfte.

»Haben Sie einen Bösewicht geschnappt, Sergeant Major? Welche Sprache? Wie hört sie sich an?«

Gut, ich geb's zu: Ich hatte den emotionslosen, toughen Rangersprech immer noch nicht gemeistert. Das bedeutete im Grunde, mit einem Mund voller Kautabak vor sich hin grübelnd in den Wald zu starren, während man sich entweder alle Möglichkeiten ausmalte, wie man getötet werden konnte, oder sich neue Arten ausdachte, wie man denjenigen, der einen töten wollten, zuvorkommen würde.

Im Prinzip setzt man sich hin und träumt von Rache. Rangern für Anfänger.

Aber auf dem Weg zum Briefing hoffte ich einfach, dass die Sprache eine war, die ich beherrschte. Doch selbst andernfalls konnte ich mit genügend Zeit wahrscheinlich alles verstehen, was jemand faselte.

»Wir haben eine Zielperson zu verhören, Talker.« Der Sergeant Major ging zügig vor mir durch die Bäume zurück zum Kommandoposten in der C-17. »Aber hier geht es um etwas anderes. Ein Mitglied einer anderen Einheit kam heute Morgen über die Zonengrenze, ungefähr zu der Zeit, als eure Einheit zurückkam. Ich möchte, dass Sie den Mund halten und nur zuhören, was er zu sagen hat. *Comprehende?*«, fragte er auf Tejas-Englisch. Als Partytrick hätte ich ihm auf etwa zweihundert Kilometer genau sagen können, in welcher Grenzstadt er das aufgeschnappt hatte. Aber das war im Moment nicht wichtig.

Ich war am Lernen.

Zehn Minuten später begann das Briefing im KP. Nur war es kein Briefing. Es war eher eine Anhörung. Wir hörten uns Informationen an, anstatt sie wiederzugeben. Anwesend waren der Captain, der stellvertretende Commander, den ich bisher noch nie gesehen hatte, der Sergeant Major natürlich und der Pilot. Chief Rapp, der mehr als nur ein Sanitäter war, kam ein paar Minuten später. Er war ein Green Beret, oder was die Ranger gerne als Grünmütze bezeichneten, ein Berater der Operationsleitung. Und diesmal würde ich ihn bei einer Aufgabe beobachten, bei der es nicht darum ging, Pflaster, Wasserflaschen und Morphium zu verteilen.

Captain Messerhand hatte getrocknetes Blut auf der Stirn. Vermutlich von jemand anderem. Aber das nur nebenbei.

Und dann stellten sie die Person vor, die befragt werden sollte: Chief Petty Officer McCluskey vom Marine-Sondereinsatzkommando … besser bekannt als Navy SEALs. Offenbar war er der dunkle Reiter, den wir bei unserer Rückkehr kurz vor Sonnenaufgang über die sandigen Flachgründe am Fluss reiten gesehen hatten.

Es stellte sich heraus, dass es nicht nur das Licht war, das ihn dunkel erscheinen ließ. Er war auch im Halbdunkel des Frachtdecks der C-17 noch eine düstere Figur. Wäre da nicht das unheimliche Blau in McCluskeys Augen gewesen, hätte sein Gesicht nur aus weißen Streifen und schwarzer Schmiere bestanden. Eine Art Nachttarnung, die er aufgetragen hatte. Sein Haar war dunkel und lockig. Und lang. Definitiv nicht kurz wie bei einem Ranger. Ich schätze, SEALs sind anders. Ich habe sie immer nur in Filmen gesehen, wo sie gespielt von Schauspielern wurden. Also keine echten SEALs.

Er trug hohe schwarze Stiefel und eine Rüstung aus schwarzem Leder, geschmückt mit dunklen Ringen. Wie ein Schausteller auf dem örtlichen Mittelaltermarkt. Der Typ, der den Bösewicht bei der Fechtvorführung um vier Uhr in der Nähe des alten Amphitheaters gibt. Ich habe mal eine Frau gedatet, die gerne Hexen und andere wunderbar unzüchtige Weiber spielte. Das war eine tolle Erfahrung. Wilder, als ich es mir für eine Gruppe von Leuten vorgestellt hatte, die sich gerne verkleideten, vor sich hin fabulierten und komisch redeten. So verwendete sie zum Beispiel ständig den mittelalterlichen Pluralis Majestatis. Es hielt nicht lange zwischen uns, auch, weil sie mich irgendwie nervös machte. Sie schlief mit einem Dolch unterm Kissen und hatte Albträume, wo sie wild um sich schlug, an die sie sich aber nicht erinnern konnte.

Chief McCluskey war in einen schwarzen Umhang gehüllt, dessen Kapuze er nur knapp über sein dichtes Haar gezogen hatte. Aber an einem Ohr konnte ich einen silbernen Ring sehen, wie ihn ein Pirat tragen würde.

Ich schätze, bei der Navy ist auch das kein Problem. In der Army würde man ungespitzt in den Boden gerammt werden, wenn man mit so etwas am Ohr zum Morgenappell auftauchte. Ungeachtet der Tatsache, dass der First Sergeant wahrscheinlich einen Herzinfarkt erleiden würde, müsste unser Pseudopirat trotzdem den Rest seines Lebens Liegestütze machen. Der silberne Ohrring bestand aus zwei ineinander verschlungenen Schlangen, die bei jeder Bewegung das Licht einfingen.

Also, wenn ich mich richtig erinnerte, gab es bei der Weltuntergangsbesprechung vor weniger als zwei Wochen auf dem Flugplatz von Area 51 niemanden, der so aussah. Aber, na ja, irgendwie auch vor zehntausend Jahren. Daher ergab es in den ersten Sekunden der Besprechung für mich keinen Sinn, dass dieser Kerl zu einer unserer Einheiten gehören sollte, aber praktisch so aussah, als wäre er einer dieser tolkienesken Spinner. Keiner sah mehr nach dem krassen Gegenteil eines Rangers aus als dieser Typ.

Und wenn ich das schon sage …

Chief Rapp untersuchte ein großes Schwert, das noch immer in seiner schicken Mittelaltermarkt-Lederscheide steckte. Er hielt es in den Händen wie das sagenumwobene Schwert eines Königs. Fast ehrfürchtig. Schwarzes Leder mit silbernen Ornamenten und Mondzierrat. Ich schätze, sie haben es ihm abgenommen, bevor sie ihn in den Kommandoposten ließen. Es war wie etwas aus einem Film. Eine echte Profi-Requisite.

Ich richtete den Blick wieder auf Chief Petty Officer McCluskey, den SEAL.

Wie? Das habe ich mich im Hintergrund des Briefings in der kleinen Kommandozentrale des Captains gefragt.

Ich hatte eine Menge *Wie*-Fragen über den SEAL. Und auch viele *Warum*-Fragen.

»Zwanzig Jahre«, begann Chief McCluskey, während ich dasaß und mich wunderte. »So lange sind wir nämlich schon vor Ort, Leute. Ich weiß ja, dass ihr euch das fragt.«

Leute. Es waren drei Offiziere und ein Sergeant Major anwesend. Und ein Chief Warrant Officer. Die meisten von ihnen waren Ranger. In der Navy liefen die Uhren tatsächlich anders. Würde jemand Sergeant Kurtz so ansprechen, hätte Kurtz ihn mit einem stumpfen Plastiklöffel umgebracht, auch wenn wir gerade mitten auf dem Schlachtfeld gewesen wären.

Die Stimme des SEALs war angenehm. Freundlich. Er war der gute Kerl in der Truppe, den jeder mag und mit dem man leicht auskommt. Der böse Junge in der Schule, der eigentlich gar nicht so böse ist, sondern nur ein Rebell, der sich gerne amüsiert. Der einem Bier besorgen kann, ohne auf gefälschte Ausweise zurückgreifen zu müssen. Einer, auf den die *Mädels* stehen, auch wenn sie irgendwie wissen, dass er der Fehler ist, den sie nicht begehen sollten, was sie aber trotzdem tun. Der Typ Mann, der wahrscheinlich ein Cabrio und ein paar Dirt Bikes besitzt, die er von Posten zu Posten mitumzieht, und der an einem Footballteam hängt wie ein katholischer Priester an seinem Glaubensbekenntnis. Ganz anders als alle, die ich während meines Studiums in den sprachwissenschaftlichen Instituten der Elfenbeintürme kennengelernt hatte. Er konnte wahrscheinlich einen Vergaser reparieren.

So lautete meine erste Einschätzung, aber vermutlich war das nicht das, was der Kommandostab von mir hören wollte. Und es würde auch niemandem etwas nützen. Aber, hey, so bin ich nun mal. Warum dagegen ankämpfen?

»Wir sind vor zwanzig Jahren an der Küste der Normandie gelandet«, fuhr McCluskey fort. »Dort befinden wir uns aktuell, falls ihr es noch nicht herausgefunden habt.« Er starrte uns an und forderte uns mit seinen Blicken förmlich heraus, ihn Lügner zu schimpfen oder ihm das Gegenteil zu beweisen. »Das ist Europa, etwa zehntausend Jahre in der Zukunft, soweit ich … soweit *wir* das beurteilen können. Es gibt einige Dinge, die sich verändert haben. Zum Beispiel …« Seine Augen suchten die Decke des Flugzeugs ab. »England und Kontinentaleuropa sind jetzt durch eine Landbrücke verbunden. Aber das hier ist mit Sicherheit das Europa der Zukunft. Es hat eine Weile gedauert, bis wir das herausgefunden haben. Und bevor ihr fragt … über Amerika habe ich keinerlei Informationen.«

»Und Sie gehören zu …?«, fragte Captain Messerhand. Er schrieb das alles auf, als wäre es McCluskeys Bewerbungsgespräch bei der Zulassungsstelle. Als ob der geheimnisvolle SEAL wegen einer einfachen Stelle bei der Verwaltung gekommen wäre, um ein Delikt zu melden oder um ein letztes Gespräch mit dem Bewährungsausschuss zu führen. Rein administrativ.

»Erste Gruppe, Team Fünf. Unter dem Kommando von Lieutenant Commander Rudd. Aber … es hat ihn im ersten Jahr erwischt. Das QST ist also nicht so akkurat, wie unsere Wissenschaftler dachten, was, Jungs?« Er lachte. Niemand tat es ihm gleich. Ranger und SEALs haben einen unterschiedlichen Sinn für Humor. SEALs kennen wahrscheinlich Stammtischwitze, die jeder lustig finden würde. Ranger tendieren eher zu einem gewissen staubtrockenen Fatalismus. Bei den Witzen, die sie erzählen, würden die Leute in einem Flugzeug die Plätze tauschen.

»Wir sind in der Nacht vor eurem Abflug gestartet«, berichtete McCluskey weiter, »aber wir sind zwanzig Jahre früher wieder rausgekommen. Stellt euch das mal vor. Zeitreisen sind seltsam. Das übersteigt meine Gehaltsklasse bei Weitem. Jedenfalls flogen wir durch das QST und waren über dem Wasser, als wir einen Moment später wieder herauskamen. Der Pilot beschloss, nach Osten zu fliegen, und wir landeten an der französischen Küste in der Normandie, obwohl wir das zu dem Zeitpunkt natürlich nicht wussten. Wir gingen direkt am Strand runter, als wäre es ein zweiter D-Day. Aber wie gesagt, das alles ist zwanzig Jahre her, und seitdem hat sich einiges getan. Eine ganze Menge sogar. Aber keine Sorge. Wir sind keine Wilden geworden oder so.«

Er lachte erneut auf, schien dabei aber nicht zu bemerken, dass niemand sonst es lustig fand.

»Und was haben Sie in der Zeit so gemacht, Chief?«, fragte der Captain, als gäbe es auf dem imaginären Formular, das er gerade ausfüllte, eine Frage, die genau diese Information verlangte und die richtig eingetragen werden musste, weil sonst die Sonne am nächsten Tag nicht mehr aufgehen würde.

»Das, was wir immer tun. Wir sind SEALs. Die Ersten, die kommen, und die Letzten, die gehen. Strategische Aufklärungsoperationen. Die Situation vor Ort ausloten. Ich persönlich war schon im Osten, in einer Region nördlich der Türkei, die man jetzt Umnoth nennt. Ein übler Ort. Ziemlich übel sogar. Oh, und übrigens, das Schwarze Meer ist Geschichte. Ein großer Meteorit brach vor ein paar tausend Jahren auseinander und schlug dort und an einigen anderen Orten ein. In der Zwischenzeit hat sich die Topografie stark verändert.«

In der Zwischenzeit.

Er hielt inne, damit der Captain das alles aufschreiben konnte. Niemand sagte etwas, nur Chief Rapp bewegte sich auf seinem Stuhl. Dieser ächzte und stöhnte als Reaktion, weil Rapps Beine den Umfang von Baumstämmen hatten. Ich übertreibe nicht. Selbst seine Muskeln hatten Muskeln. Der Mann war eine Maschine.

Der Captain schrieb wie ein Verwalter, dessen Leidenschaft äußerste Präzision war. Detailgenau. Fokussiert. Scharfsinnig. Er analysierte die Welt in den Worten, die er niederschrieb, ganz genau, um sicherzugehen, dass er alles so festhielt, wie es sein sollte. Die unangenehme Stille, in der er arbeitete, störte ihn nicht im Geringsten. Ich hatte keinen Zweifel daran, dass alles genau so auf dem Papier stand, wie es weitergegeben werden sollte.

Das war das Skurrile an Captain Messerhand. Er konnte den Feind grausam erledigen und dann alles so aufschreiben, als wäre es nur ein Aktenvermerk eines Verwaltungsbeamten zur Arbeitsstatistik. *»Der Betreffende gab Würgegeräusche von sich und weinte kurz, während ich ihn von hinten manuell erdrosselte. Das Zungenbein brach zweiundzwanzig Sekunden nach Einleiten des Strangulationsvorgangs. Eintritt des Todes: eine Minute und sieben Sekunden später. Attentat erfolgreich abgeschlossen.«* Ich konnte mir gut vorstellen, wie er diese Art von Bericht schrieb. Er war der Inbegriff von Kaltblütigkeit. Er war programmiert zu töten, wie ein Roboter. Einer, der einen umbringt und anschließend von der globalen Gesamtbilanz abzieht.

Die harten Jungs in den Trupps wollten alle wie der Captain werden. Und sie hatten Glück. Sie hatten die Art von Offizier bekommen, die sie sich ersehnten.

Ich überlegte, was passiert wäre, wenn ich das Angebot des Anwerbers, zur OCS zu gehen, angenommen hätte, anstatt Linguist zu werden. Offiziersanwärterschule. Uff. Wenn ich das Kommando bei dieser Operation gehabt hätte, wären am dritten Tag alle tot gewesen oder hätten sich gegenseitig aufgefressen, um eine anständige Mahlzeit zu bekommen. Ich habe nicht das geringste Vertrauen in meine Fähigkeit, für irgendwen den Anführer zu spielen. Bis zum Ende der Woche wäre alles wie in Mad Max gewesen. Dem Captain gab ich ungefähr einen Monat geben, bevor wir auf uns auf den Kannibalismus verlegten, was unter meiner Führung deutlich schneller passiert wäre.

Man muss in diesen Dingen ehrlich sein.

Der Captain schniefte und forderte den SEAL auf, fortzufahren.

McCluskey gehorchte.

»Vor drei Tagen hörte ich Gerüchte unter den Stämmen, dass ein großer Vogel hier draußen am westlichen Ende des Loire-Tals abgestürzt ist. Dort befinden wir uns. Wir, die Menschen, haben hier früher Wein angebaut. Aber die Stämme nennen diesen Fluss jetzt den Niederfluss und das Tal Fang. In ihrer Sprache. Orkisch. So nennen wir die Wesen, die da draußen tot im Fluss treiben. Orks. Weil … Nun, ihr habt die Filme gesehen. Wie aus dem Gesicht geschnitten. Hab ich recht, Leute?«

Somit war es also nicht nur PFC Kennedy, der das so sah. Komisch, dass sich manche Dinge oft von selbst benennen. Niemand muss entscheiden – man weiß es einfach, wenn man es sieht. Ork. Riese. Waschmaschine. Wirklich neue Wörter, sogenannte echte Neologismen, kommen außerhalb von Marketingabteilungen viel seltener vor, als man denkt. Meistens recyclen wir einfach die Wörter, die wir bereits haben, und verwenden sie neu. Oder sie verwenden sich selbst neu, entwickeln sich von allein weiter.

Ich fragte mich, wie McCluskey wohl die Goblins nannte.

»Jedenfalls«, fuhr er fort, »wusste ich, was das bedeutet. Die Sache mit dem *großen Vogel*. Ich wusste, dass einer der unseren endlich durch das QST gekommen war. Zumindest hatte ich das gehofft. Daraufhin bin ich auf mein Pferd gestiegen und zu euch geritten. Zu diesem Zeitpunkt waren die Orkstämme bereits mit Spähern in den Wäldern unterwegs, um nach euch zu suchen. Innerhalb von vierundzwanzig Stunden wart ihr umzingelt. Ich nahm einige der Orks gefangen und fand nach einem kurzen Verhör heraus, was ich wissen musste. Dann machte ich mich in aller Ruhe auf den Weg über die Grenzlinie und hoffte, dass die Parole, die wir damals ausgemacht hatten, noch gültig war. Ich habe sie nie vergessen. Niemals. Wir wussten, dass ihr eines Tages auftauchen würdet, und wir wollten bereit sein. Und jetzt … seid ihr hier. Versteht ihr, was ich meine, Leute?«

Leute.

»Wo ist der Rest Ihres Teams?«, fragte der Sergeant Major unverblümt.

McCluskey lehnte sich zurück. Bis jetzt hatte er immer recht schnell gesprochen. Mit wachen Augen. Klare Gedankengänge. Jetzt lehnte er sich auf seinem Stuhl nach hinten und blickte nach links oben, als würde er überlegen, was er als Nächstes sagen sollte.

John, der Typ, dessen Name nicht wirklich John war, hatte drei Stunden unserer zwei Wochen in dem billigen Hotel in Vegas damit verbracht, mir alles zu erzählen, was er über das Thema »Lügen erkennen« wusste. Und wenn die Dinge, die Nicht-John mir beigebracht hatte, stimmten … dann war dieser Typ drauf und dran, uns allen eine ziemlich fette Lüge aufzutischen.

»Das Team versammelt sich«, antwortete McCluskey. »Wir haben eine Botschaft über ein Kommunikationssystem gesendet, das wir eingerichtet haben. Wenn sie die Nachricht früh genug erhalten – und denken Sie daran, dass die Dinge hier in der Zukunft ein wenig steinzeitlicher sind –, aber wenn sie sie erhalten, werden sie bereit sein, uns zu helfen. Ich kann bei Einbruch der Dunkelheit ein Signal geben, damit wir herausfinden, ob sie schon da draußen sind.«

»Über welche Waffen und Mittel verfügt Ihr Team noch?«, wollte der Captain wissen.

»Nun«, erwiderte Chief McCluskey, beugte sich vor, als ob er nachdenken wollte, und ließ die Hände zwischen den lederbekleideten Beinen baumeln. »Wir haben nicht so eine tolle Ausrüstung wie ihr. Eine MK18 oder eine MP5, auf die ich so stehe, habe ich schon sehr lange nicht mehr gesehen. Und das werdet ihr auch nicht, zumindest nicht mehr lange. Waffen, also Ausrüstung, alles, was mechanisch und technologisch über ein bestimmtes Niveau hinausgeht … das geht hier nach einer Weile kaputt. Ihr werdet es zuerst bemerken, wenn eure Kameras ausfallen. Dann, ein oder zwei Monate später, fangen die Waffen an, regelmäßig zu versagen. Es wird so schlimm, dass man keine fünf Schuss mehr ohne Ladehemmung schafft. Das ist Stillwater am westlichen Rand von Crow's March zum Verhängnis geworden. Das ist das ehemalige Deutschland übrigens. Ich kann euch eine Karte zeichnen, wenn wir den Kampf hinter uns haben. Gibt ein paar interessante Dinge, die ich euch zeigen kann. Also …«

Er sah sich um und entdeckte den Sergeant Major.

»Ich würde die Ranger hier auf den Kampf mit Äxten und Schwertern vorbereiten. Denn darum geht es von jetzt an. Sobald eure Waffen versagen, ist alles vorbei. Ihr müsst euch anpassen oder ihr landet im Kessel. Versteht ihr, was ich meine? So funktioniert die Welt jetzt. Eine andere Möglichkeit gibt es nicht.«

Er lachte darüber vor sich hin, ging aber nicht weiter auf das Thema ein.

»Wie sieht die geopolitische Lage aus, Chief McCluskey?«, fragte der Captain sachlich.

Der SEAL lachte erneut, klopfte sich leicht auf das Knie und sagte süffisant: »Nicht vorhanden.«

Jetzt wurde mir klar, was mich an diesem Kerl störte. Und es konnte auch nur an mir liegen, daher wusste ich nicht so recht, wie ich mit dem umgehen sollte, was mir derartiges Kopfzerbrechen bereitete. Aber … Folgendes: Ich hatte den größten Teil meiner sehr kurzen Militärkarriere in der Ausbildung verbracht und war wahrscheinlich nicht allzu vertraut damit, wie die verschiedenen Zweige miteinander umgingen. Aber selbst ein Neuling wie ich konnte nicht umhin, die Tatsache zu bemerken, dass Chief Petty Officer McCluskey von den Navy SEALs zu keinem Zeitpunkt den Rang von jemandem benutzte oder vorgesetzte Offiziere mit dem ihrem Dienstgrad gebührlichen Respekt ansprach. Dinge, die mir vom ersten Tag meines Militärdienstes an eingebläut worden waren.

Jeder bei der Einsatzbesprechung – abgesehen von mir – war ranghöher als er. Chief McCluskey schien das allerdings nicht zu bemerken, aber es machte sich auch niemand die Mühe, seinen ungeheuerlichen Protokollbruch zu korrigieren.

Und das fand ich auch merkwürdig. Dass keiner ihn darauf ansprach.

Ich habe nur darauf gewartet, dass der Command Sergeant Major dem SEAL auf die Füße steigt und McCluskey das Rückgrat herausreißt, sodass er ihm zeigen kann, wie es aussehen sollte, wenn man Captain Messerhand mit dem Respekt anspricht, der seinem Rang als Kommandanten gebührt.

Aber vielleicht sind die Dinge in den Schattenwelten der Sondereinsatzkommandos anders. Die Ranger hatten sicherlich eine besondere Leidenschaft für Rang und Respekt. Wenn es moderne Spartaner gab, die von nichts anderem als Hass, Kaltblütigkeit und einem grimmigen Todessinn erfüllt waren, dann waren es die Ranger. Selbst rangniedere Ranger wurden mit diesem Titel angesprochen. Sie hatten es sich redlich verdient angesichts der Herausforderung, die ein Ranger-Bataillon darstellt, und das wurde auch so zur Kenntnis genommen. Jedes Mal. Es sei denn, man gehörte zu einem inneren Zirkel, der mir bisher völlig fremd war.

Aber hey … Ich war noch ein Neuling. Also hörte ich weiter zu. Und hielt den Mund.

Wenn ich etwas in die Richtung gesagt hätte wie »*Aber Sergeant Major, er hat Ihren Rang nicht verwendet*«, hätte Kennedy eine Minute später beim Ausheben von Latrinen Hilfe bekommen.

Da war noch etwas anderes. Etwas, das ich in McCluskeys Verhalten sah und hörte, stach mir als sonderbar ins Auge. Es war fehl am Platz. Vielleicht hatte das Geschöpf, das uns beim Angriff auf den Zauberer in den Wäldern attackiert hatte, mich verwirrt, aber … für eine Sekunde … erinnerte ich mich an das Ding, das wie Sergeant Thor aussah.

War das etwa auch ein Doppelgänger?

Ich schaute mich um, um herauszufinden, ob sonst noch jemandem etwas Seltsames aufgefallen war. Später wurde mir klar, dass der Captain es auch bemerkt hatte. Er war sehr subtil vorgegangen und hatte McCluskey immer wieder mit dem Rang des Mannes angesprochen, als wollte er ihn daran erinnern, wie die Dinge vor zehntausend Jahren liefen, als wir alle den Eid, zu beschützen und zu verteidigen, abgelegt hatten. Aber Chief Rapp, der Command Sergeant Major und sogar der Pilot waren erstarrt wie die Touristenattraktionen auf der Osterinsel, während sie die Anhörung verfolgten. Sie saßen einfach nur da und hörten zu, ohne etwas preiszugeben.

Daher tat ich dasselbe, saß da wie ein Stein und sperrte die Ohren auf. Ich speicherte alles für später ab, für den Fall, dass irgendjemand tatsächlich so ideenlos war und tatsächlich zu mir kam.

»Es sind also keine anderen Trupps durchgekommen, seit Sie und Ihr Team hier sind, Chief McCluskey?«, erkundigte sich der Captain.

»Negativ. Wir haben in den letzten zwanzig Jahren zu niemandem Kontakt aufgenommen, und wir haben auch keine Hinweise darauf gefunden, dass ein anderes verbündetes Einsatzkommando durch das QST gekommen ist.« Dann fügte er noch ein pflichtschuldiges *Sir* hinzu. Zum ersten Mal. Als hätte er meine Gedanken gelesen und alles, was ich in den Sekunden zuvor gedacht hatte. Oder als ob das Vortragen eines offiziellen Berichts und die Verwendung des Wortes »*negativ*« etwas Uraltes in ihm geweckt hätten. Etwas, das er in den zwanzig Jahren als gesetzloser Raubritter vergessen hatte. Eine Erinnerung daran, wie es war, noch dabei zu sein. Zu seiner Verteidigung, dachte ich, hatte er in den letzten zwanzig Jahren wahrscheinlich wenig bis gar keinen Anlass gehabt, militärische Etikette zu verwenden.

Vielleicht *war* das seine Ausrede und man musste sie in Betracht ziehen. Wenn auch nur, um fair zu sein und eine gewisse Unvoreingenommenheit zu wahren. Möglicherweise war das hier zu seiner Heimat geworden, obwohl er behauptet hatte, dem wäre nicht so. Wahrscheinlich wusste er nicht einmal, dass es so war. Wie sagt man immer? Ein Verrückter weiß nicht, dass er verrückt ist.

Das war auch nicht anders zu erwarten. Hier heimisch zu werden, meine ich. Er war es schließlich, der hier saß und aussah, als wäre er vom Set von *Game of Thrones* ausgebrochen. Das war die neue Normalität. *Wir* waren hier fehl am Platz. Aus der Zeit gefallen. Nicht in unserem Element. Er hatte es selbst gesagt. *Wir müssen uns anpassen.* Oder sterben.

»Es ist nichts mehr übrig, wenn Sie das meinen, Sir«, sagte der neue McCluskey, der sich plötzlich seines Ranges bewusst war. »Nirgendwo gibt es menschliche Zivilisationen oder Kolonien. Nirgendwo. Oder zumindest keine, die wir gefunden hätten, Sir. Nur ein paar Dörfer und Enklaven an sehr, sehr unzugänglichen Orten, und meistens ist sowieso nicht mehr viel Menschliches an ihnen. Alles, was Sie kennen … ihr alle«, er sah sich um, als wollte er uns herausfordern, doch seine blauen Augen blickten direkt durch uns hindurch, »ist jetzt einfach weg. Schon lange vorbei, vergangen oder tot. Und was ich euch jetzt sagen werde, mag verrückt klingen – das tut es selbst für mich – aber …«

Wie gesagt, seine Art war so sympathisch und locker, auf eine gewisse Weise mitreißend, dass man ihm glauben wollte. Man wollte sein Freund sein. Er wirkte patent. Und er verströmte diese gewisse subtile Kompetenz, die man sonst von Einsatzleitern kennt. Man wollte ihn auf seiner Seite haben. Vor allem, wenn man mit dem Rücken zur Wand stand. Und das Ranger-Alamo fühlte sich langsam wie eine Wand an, die immer näher rückte. Wenn nicht heute Nacht, dann würde sie uns doch irgendwann zerquetschen.

»Diese Welt …«, fuhr McCluskey leise fort. »Sie ist jetzt voll von großen, bösen und vor allem echten Monstern. Nichts als Ungeheuer. Die Menschen sind fast alle verschwunden. Vereinzelt gibt es sie noch, aber wir haben nichts mehr mit ihnen gemein. Sie sind an das gewöhnt, was wir als die Monster und die Magie dieses Ortes bezeichnen würden. Was ihnen fremd ist, sind wir mit unserer Hightech und unseren Waffen, unseren altmodischen Sitten und unserer Kultur. Hier gibt es keine Genfer Konvention, keinen Kriegsgerichtshof in Den Haag. Wenn du der Feind bist, versuchen sie, dich mit allem zu töten, was sie haben. Und zwar uns alle. Kriegsgefangene? Abkommen? Waffenstillstand? Nein, so etwas gibt es hier nicht. Das Beste, worauf man hoffen kann, ist die Chance, ein Sklave zu werden, bis sie in einem harten Winter die Kalorien brauchen. Und … Spoiler-Alarm, wie wir früher sagten … Jeder Winter hier ist ein harter Winter. Und dann geht's ans Eingemachte.«

Er hielt inne. »Am nächsten an uns dran, was Werte und Zivilisation angeht … vielleicht … und sie sind immer noch seltsam … sind die Elfen. Wenn – und das ist ein großes Wenn – man sie finden kann. Was meistens, vor allem dann, wenn man sie braucht, nicht der Fall ist. Sie leben alle entweder unter der Erde oder verstecken sich in den Wäldern und Höhlen. Es gibt auch Zwerge, zumindest nennen wir sie so. Nicht so wie Gnome, sondern eher wie die in den Filmen mit Frodo und Sauron. Die Zwerge sind zwar keine Verbündeten, aber sie mögen die Orks genauso wenig wie wir. Außerdem sind die Orkstämme und ihre Angriffe nur euer viertgrößtes Problem hier in der Ruine. So nennen sie ihre Welt … unsere Welt. Die Ruine.«

Der SEAL schien die kurze dramatische Pause zu genießen; alle Augen waren auf ihn gerichtet. »Kommen wir zu Problem Nummer drei. Das wäre Crow's March – die Krähenschanze, wie wir sie nennen. Vampire. Werwölfe. Geister. Ich mache Ihnen nichts vor, Sir. Und ja, ich weiß, es klingt verrückt. Aber es ist wie …« Er suchte die Dunkelheit über seinem Kopf nach der passenden Formulierung ab. »Sehen Sie es mal so. Es ist, als ob sich Stalins Sowjetunion mit Nazi-Deutschland zusammengetan hätte, nur mit Beelzebub höchstpersönlich als neuem Führer. Ein sehr, sehr dunkler Ort. Sie werden von einer Gestalt regiert, die sich selbst – das wird euch gefallen – der Schwarze Prinz nennt.«

Du bist schwarz gekleidet, Psycho, dachte ich und beobachtete dann, wie McCluskeys blaue Augen für eine halbe Sekunde zu mir hinüberhuschten. Als hätte ich es laut ausgesprochen, anstatt es im Stillen zu denken.

»Das ist also Problem Numero drei. Die Krähenschanze. Problem Nummer zwei sind die Sauren. Sie sind eine Rasse von – und ich weiß, dass ich mich dabei wahrscheinlich sehr salopp anhöre, oder … wie sagt man … blasiert … aber das liegt einfach daran, dass das schon so lange meine Realität ist. Aber die Sauren sind eine Rasse von Echsenmenschen. Sie haben etwa tausend Jahre, nachdem wir von der Bildfläche verschwunden sind und die Nanopest die menschliche Zivilisation ausgelöscht hat, die Herrschaft übernommen. Ist so weit alles klar? Schön mitschreiben, ja? Jedenfalls, die Sauren halten sich im Süden auf, in der Gegend um das alte Ägypten. Sagen wir einfach, sie schlafen im Moment. Sie haben obskure Pläne und Prophezeiungen, die ganze Ruine für immer zu versklaven und ein Dunkles Jahrtausend einzuläuten. Richtig übel.

Aber euer größtes Problem hier ist ein … Wesen. Und ich benutze dieses Wort, weil ich nicht glaube, dass es von dieser Welt ist, wenn auch nur die Hälfte der Geschichten, die wir gehört haben, entfernt der Wahrheit entsprechen. Betrachtet dieses Wesen eher als … na ja, so ähnlich wie dieser Sauron aus *Der Herr der Ringe*. Ich denke, er ist ein Alien aus einer anderen Dimension oder so. In den Erzählungen und Aufzeichnungen der verschiedenen Schamanen, denen ich begegnet bin, taucht er etwa zur gleichen Zeit auf, als der »Himmel einstürzte«, wie sie hier in ihren mündlichen Überlieferungen sagen. Das war, als der Meteor auseinanderbrach und in Westeuropa und Nordafrika einschlug. Wie auch immer, dieses Wesen – für alle hier, auch für mich, das Hauptproblem – wird der Netherzauberer genannt. Und diese Viecher, die Orks, die euch letzte Nacht da draußen in der Dunkelheit die Kehle durchschneiden wollten, die versuchen, euch auszulöschen, die arbeiten im Grunde genommen für den Netherzauberer. Obwohl die meisten von ihnen das vermutlich anders sehen.«

Der Captain schrieb eifrig weiter, und wir saßen alle da und lauschten dem Kratzen seines Bleistifts auf dem Blatt Papier. Das Formular, das er ausfüllte, mit dem er verhinderte, dass die Zeit, wie wir sie kennen, plötzlich ihren Lauf änderte und uns alle vom Planeten schleuderte.

McCluskey beugte sich vor, und seine schwarze Lederrüstung knarzte leise in der Stille.

»Und da ist noch etwas … und ich sollte ehrlich zu euch sein, ganz unverblümt und ohne Umschweife … aber durch diese Seuche, die uns alle damals, vor zehntausend Jahren, erwischt hat, wurden wir verändert. Sie hat alles aus den Fugen geraten lassen … alles. Sie macht immer noch Dinge mit den Menschen. Aber ich denke … in gewisser Weise hat sie ihr Werk getan, oder zumindest ist ihr der Saft ausgegangen. Aber ihr solltet etwas über mich wissen, wenn wir in Zukunft zusammenarbeiten wollen. Ich bin nicht böse oder so was. Ich bin auch kein Monster wie die Kreaturen da draußen, die euch umbringen wollen. Ich bin immer noch Mike McCluskey aus Michigan. Ich war bei der Navy und besuchte die Special Warfare School in Coronado, BUDS Klasse 299. Habe im Iran und im Irak gedient. Aber … Tja … Jetzt bin ich wohl das, was man einen Vampir nennt.«

KAPITEL 9

»Was soll das heißen … ein Vampir?«

Es war der Pilot, der die Frage stellte, die jedem von uns auf der Zunge lag. Nur war der Rest von uns wie versteinert. Sogar ich.

Hey, vielleicht wird aus mir doch noch ein Ranger!

Somit saß ich einfach nur da, so wie das ganze Kommandoteam während dieser verrückten Anhörung. Nur, dass sie angesichts der aktuellen Ereignisse eigentlich gar nicht so verrückt war. Oder doch, nur in einer Welt, die vor zehntausend Jahren oder so den Verstand und die Menschheit gleich mit verloren hatte. Schwer zu sagen. Und das ist keine Untertreibung. Aber für alle anderen, die um mich herum saßen, war es, als hätten sie so etwas schon einmal gehört. Oder Nuancen davon. An all den anderen dunklen Orten, an die sie im Laufe ihrer Karriere zum Sterben geschickt worden waren. Sie kannten den Wahnsinn, weil sie ihm alle schon begegnet waren. Und sie wussten, dass, wenn die Regeln, nach denen man spielen sollte, verrückt waren, es ratsam war, sich so früh wie möglich darauf einzulassen.

Chief McCluskey nickte nachdenklich und erzählte, wie er zum Vampir wurde. Ein Teil von mir kam sich in Anbetracht der absurden Tatsachen, die mir hier präsentiert wurden, wie ein Idiot vor, der andere Teil konnte nicht widerstehen, alles zu hören. So sehr, dass ich mir an manchen Stellen unauffällig mit dem Ärmel über den Mund fuhr, um sicherzugehen, dass er geschlossen war.

Und dennoch … Es fühlte sich an wie eine Inszenierung, die zum tausendsten Mal aufgeführt wurde, auf jeden Fall zu oft. Der aus dem Mittelaltermarkt ausgebrochene SEAL kannte die Abläufe alle ein wenig zu gut. Alle Gags wirkten irgendwie zu abgedroschen. Und während ich ihm zuhörte, konnte ich mich des Eindrucks nicht erwehren, dass es kaum mehr als eine halbherzige Drehbuchlesung für einen schlechten Amateurstreifen war, von dem ich nie zugeben würde, ihn mir angesehen zu haben.

Und doch habe ich als Rangletzter einfach die Klappe gehalten und mir das ganze Durcheinander einfach angehört.

Langer Rede kurzer Sinn: Er und sein Team sind in Crow's March eingedrungen. Dem Ort, der laut seiner Aussage das ehemalige Deutschland war. Genauer gesagt, Bayern. Sie, sein SEAL-Trupp, befanden sich in einer menschlichen Siedlung in den Alpen, hoch oben in dem, was man mittlerweile die Zähne des Riesen nannte. So viel kann man über die neue Weltordnung sagen: Die Ortsnamen waren etwas schillernder. Drei aus ihrem Team wurden beim Exfiltrieren, also beim Verlassen des Dorfes der lebenden Toten, verletzt. Untote, bitte notieren. Sie erlitten Bisswunden. Innerhalb von dreißig Tagen, nachdem sie den verschneiten Ort, den sie im Morgengrauen brennend verlassen hatten, wiesen die drei Verletzten Anzeichen einer virulenten Infektion auf, die sie mit den vorhandenen Medikamenten nicht in den Griff bekamen. Sie wurden von Tag zu Tag schwächer. Schon bald war offensichtlich, dass sie an einer Art von Schwindsucht litten.

Der Sanitäter des Teams diagnostizierte eine extreme Anämie. Massiver Eisenmangel. Und die infizierten SEALs vertrugen kein Tageslicht mehr. Sie bekamen schwere Verbrennungen dritten Grades, selbst wenn sie nur dem schwachen Winterlicht ausgesetzt waren, durch das sich das Team kämpfte. Dann kam das Verlangen nach tierischen Proteinen, zumindest dachten sie das zunächst. Bald wurde aber klar, dass die sterbenden SEALs auf Blut aus waren. Als das Team das herausfand, passten sie sich an und überwanden so dieses Hindernis.

»Aber es gab auch einige Vorteile«, erklärte McCluskey.

»Zum Beispiel?«, fragte Chief Rapp aus dem Schatten des Besprechungsraums heraus. Er war interessiert. Wahrscheinlich, weil er eine psychologische Evaluierung durchführte. Das war zumindest meine Vermutung.

»Es ist wirklich, und ich meine wirklich, wirklich schwer, mich zu töten«, antwortete McCluskey. »Ich weiß nicht mal, ob ein Pflock ins Herz ausreichen würde. Aber ich bin schon auf jede erdenkliche Art und Weise aufgespießt, aufgeschlitzt oder niedergestochen worden, die man sich vorstellen kann. Ich war ein paar Mal ‚tot‘, wie es der Sanitäter ausdrückte. Ich verfalle dann in eine Art Stase, und wenn man mich aus dem Tageslicht heraushält, komme ich nach einer Weile wieder zu Bewusstsein. Ich fühle mich dann zwar, als wäre ein Laster über mich drüber gerollt … aber das ist besser, als endgültig tot zu sein, versteht ihr, was ich meine? Ich kann auch ohne Mond mitten in der Nacht alles so sehen, als wäre es gerade Mittag. Und ich bin stärker, als ich es damals in Coronado war. Ich weiß nicht, wie viel ich stemmen kann, aber einmal habe ich ein Schlachtross hochgehoben und über eine Steinmauer geworfen, weil wir unten in Skeletos von Grabtrollen gejagt wurden. In Griechenland, meine ich. Skeletos ist das damalige Griechenland. Mann, das Wort habe ich schon lange nicht mehr ausgesprochen … Griechenland. Und schnell bin ich auch. Schneller als je zuvor … Es ist schon lange her, dass ich eine Waffe zerlegt und wieder zusammengebaut habe, aber damals im Training mit der MK18 waren vierunddreißig Sekunden meine Bestzeit. Zerlegt und zusammengebaut in knapp einer Minute. Ich habe seit etwa zwanzig Jahren keine Schusswaffe mehr benutzt, aber ich wette, mit etwas Zeit könnte ich meinen alten Rekord jetzt leicht übertreffen. Da bin ich mir ganz sicher. Hier – gebt mir mein Schwert. Ich zeige euch einen Trick, wenn ihr Lust habt.«

Chief Rapp sah unsicher aus, aber Captain Messerhand nickte einmal. Seine Augen waren wachsam und müde zugleich. Der Command Sergeant Major saß regungslos im hinteren Teil des Raumes. Er sah alles und nichts. Ich konnte nicht sagen, ob irgendjemand McCluskey die Geschichte in diesem Moment komplett abkaufte, aber als ich so in ihre Gesichter schaute, musste ich mich fragen, was sie in der Army machten. Mit so einem Pokerface hätten sie genauso gut in jedem Casino der Welt die Tische leerräumen können.

Dann fiel mir ein, dass die Welt, die wir kannten, jetzt nicht mehr existierte. Und dass es keine Casinos oder All-you-can-eat-Shrimp-Buffets mehr gab. Wenn man Shrimps wollte, musste man sich ein Ruderboot besorgen und sie selbst fangen. Und dann herausfinden, wie man Butter herstellt. Und wahrscheinlich gab es jetzt auch Meeresorks und Langustentrolle unten im Ozean. Die Möglichkeiten, auf die man sterben konnte, wuchsen scheinbar jedes Mal exponentiell an, wenn ich darüber nachdachte, in welchem Schlamassel wir gelandet waren, zehntausend Jahre zu spät für unsere Mission, die Welt zu retten. Das – das alles – verlor schnell an Reiz. Und es gab noch viel mehr beunruhigende und ungestellte Fragen, die sich aufdrängten und darauf lauerten, dass das unmittelbare Überleben keine Rolle mehr spielen würde. Wofür kämpften wir eigentlich? Galten die Konditionen unserer Verpflichtung noch, die im Grunde genommen schon vor neuntausendneunhundertsechsundneunzig Jahren abgelaufen war?

Gab es noch Kaffee?

Zugegeben, die letzte Frage war eher persönlicher Natur als von großer taktischer Bedeutung. Aber meiner Meinung nach nicht weniger dringlich. Ich saß gerade auf sechsunddreißig Päckchen Instantkaffee. In einem Land ohne Kaffee war ich der Einäugige unter den Blinden oder etwas in der Art. Ich wusste nur, dass ich über diesen Vorrat verfügte, und das war für einen echten Kaffee-Junkie nicht mal ansatzweise genug. Ich brauchte so viel Kaffee, wie ich kriegen konnte. Nur dann konnte ich mich entspannen und versuchen, nicht daran zu denken, von Meeresorks oder etwas ähnlich Bizarrem getötet zu werden.

Chief Rapp erhob sich halb und reichte dem selbsternannten Vampir in unserer Mitte sein Schwert, mit dem Griff voran und in der Scheide. Der SEAL lehnte sich auf seinem Stuhl zurück, die Hände lässig auf den Knien abgestützt, als wäre er der unbekümmertste und entspannteste Mittelaltermarkt-Schausteller der Welt.

Was dann geschah, passierte schnell. Blitzschnell. Schneller als alles, was ich je gesehen hatte.

Chief Rapp, ein großer und mittlerweile erschöpfter Mann, war kaum halb aufgestanden, um Chief Petty

Officer McCluskey das Schwert über den Tisch hinweg zu reichen. Der riesige Special-Forces-Sanitäter hatte eindeutig die Absicht gehabt, sich einfach wieder auf seinen Stuhl zurückplumpsen zu lassen und zuzusehen, was als Nächstes geschah. Den Trick, den McCluskey uns zu zeigen versprach. Man konnte an seiner Körperhaltung erkennen, dass dies der nächste Schritt in Chief Rapps Kopf war. Er war müde von zwei Kampfnächten und einer Menge Hackfleisch-OPs. Das war durchaus verständlich.

Aber in der nächsten Sekunde war McCluskey in einem Wimpernschlag hochgesprungen, hatte das Schwert so schnell aus der Scheide gezogen, dass es nicht das geringste Geräusch machte, und die Klinge blitzschnell wieder nach vorne geführt, wo sie mit ihrer rasiermesserscharfen Schneide direkt am Hals des Chiefs landete, und zwar mit beunruhigender Präzision.

Zumindest musste es so gewesen sein, wenn man sich das Endergebnis ansah und durch induktives Denken herausfand, wie wir in die Situation gekommen waren, dass McCluskey mit einer leichten Bewegung seines Handgelenks eine Vene in Chief Rapps Kehle öffnen konnte.

Keiner sagte ein Wort. Die Stille war überwältigend. Und McCluskey stand einfach nur da, die Klinge am Hals des Chief Warrant Officers. Auf dem Gesicht des SEALs lag ein hungriges Lächeln, seine Augen suchten nach Anerkennung, denn er wusste, dass der Trick, den er gerade vorgeführt hatte, ziemlich raffiniert war und obendrein noch gut aussah. Und es war offensichtlich, dass er es genoss, der Beste in etwas zu sein. Das war sein großer Moment.

Dann, in die fassungslose Stille hinein, begann Chief Rapp zu lachen. Was hätte er auch sonst tun sollen? Er war wirklich ein gutmütiger Mann, selbst wenn man ihm ein schwarzes Schwert mit einer ziemlich scharfen Klinge direkt an die Halsschlagader hielt. Er gluckste vor Lachen und setzte sich wieder hin.

Ach ja. Das Schwert war schwarz. Schwarze Rüstung. Schwarzes Pferd. Schwarzes Schwert. McCluskey hatte definitiv eine Vorliebe für Schwarz. Dazu kam, dass er offenbar ein Vampir war, und schon hatten wir einen echten *Charakter*.

Das ist das Wahrste, was ich Ihnen über Ranger sagen kann; Sie können solche Charaktere nicht ausstehen.

Das ist ihnen unangenehm. Und alles, was Rangern Unbehagen bereitet, endet in der Regel mit einem Todesfall. Ein Sergeant in der Grundausbildung, genauer gesagt der Sergeant, der dafür sorgte, dass ich durchkam, hat mir das erklärt. Er erkannte meine überschwängliche und aufgeschlossene Persönlichkeit und die Probleme, die sich daraus in einem Ranger-Bataillon ergeben könnten, und er nahm mich beiseite und sagte mir, was Sache war. Ich hörte auf ihn und erkannte die Klugheit seiner Worte.

McCluskey andererseits …

Er wollte unbedingt den Bösewicht spielen, auch wenn er dafür im falschen Team war. Er würde es wahrscheinlich trotzdem tun.

»Also.« Der SEAL setzte sich wieder. »Ich bin sehr schnell.« Er steckte das Schwert lässig in die Scheide und ließ es auf dem Tisch zwischen allen liegen, wo er es leicht erneut ergreifen und uns alle ganz schnell töten konnte, wenn er wollte. Es war ja nicht so, dass wir ihn aufhalten konnten. Er war wirklich unglaublich schnell. Botschaft angekommen. Denn genau so fühlte es sich an. Wie eine Botschaft. Im Nachhinein umso mehr.

Vor diesem Treffen hatte ich viel mehr Vertrauen in Captain Messerhand gehabt. Ich hielt ihn für einen fähigen Soldaten und einen skrupellosen Killer, der uns mit allen Mitteln durchbringen würde. Was auch immer nötig war, er würde es tun. Ich hatte auch keinen Zweifel daran, dass der Command Sergeant Major aufregendere Orte besucht und interessantere Menschen auf grausamere Weise getötet hatte als jeder andere in der Einheit. Aber jetzt … war ich mir nicht mehr sicher, was ich wusste. Jedenfalls was sie betraf. Nicht völlig zumindest. Es war nicht so, dass ich sie plötzlich als falsche Götzen erkannte und meine fragile persönliche Sicherheitsreligion, die auf ihnen basierte, als Schwindel entlarvt worden war. Vielmehr war ich unsicher wegen dem Wesen, das wir gerade verhörten. McCluskey. Als ob in den eh schon trüben Gewässern, in denen man sich befand, auch noch ein Hai in der Nähe herumschwimmen würde. Man wusste nicht wirklich, wo er war, aber irgendwo war er auf jeden Fall. Viel Spaß beim Baden.

Daran denkt man nicht, wenn man im Meer schwimmt. Aber genau dort sind die Haie. Dort leben sie. Wenn man das erste Mal an Haie denkt, die im selben Wasser schwimmen wie man selbst, kann man sich nur schwer wieder von diesem Gedanken lösen. Ist das Bild erst einmal auf der persönlichen Festplatte gespeichert, geht man wesentlich seltener schwimmen.

McCluskey war ein Hai. Und er saß mir direkt gegenüber am Tisch. Lauernd.

Ich schätze, wir, oder vielleicht auch nur ich, hatten gehofft, er sei ein freundlicher Hai. Denn er war definitiv eine Art Raubtier, und wir befanden uns jetzt in seinem Ozean. Selbst mit all unseren Rangern, Waffen und Hilfsmitteln gehörte diese Welt ihm. Er schwamm schon seit zwanzig Jahren darin. Daher die dunkle Rüstung, das unheilvolle Schwert und die vorteilhaften Fähigkeiten eines Vampirs.

Wie würden *wir* alle in zwanzig Jahren aussehen? Sofern wir dann noch lebten.

»Also … wie … versorgen Sie sich … wenn Sie Blut oder Plasma brauchen?«, fragte der Chief, der sich wieder auf seinen Stuhl gesetzt hatte.

McCluskey hatte wieder die gleiche lässige, wehrlose Haltung mit herabhängenden Händen eingenommen. Das war nur Show. Er wollte uns eine Lektion erteilen. Oder uns überzeugen. Oder lügen. Uns anlügen. Dass er nicht wirklich ein Hai war.

Das Problem war nur, dass er gar nicht anders konnte.

»Mit dem Blut meiner Feinde«, murmelte er mit einem triumphierenden Lächeln. »Ich habe auf dem Weg hierher etwas getrunken. Jetzt brauche ich nur noch ein bisschen Schlaf, bis es dunkel wird. Und dann kann ich entweder bleiben und euch helfen – wenn ihr mich lasst –, oder ich schleiche mich durch die Reihen der Angreifer zurück und schließe mich meinem Team an. Wir werden ein paar nützliche Verbündete zusammentrommeln und den Feind von hinten angreifen, um ein bisschen Druck von euren Stellungen zu nehmen. Es ist eure Entscheidung, Leute. Wie ist die Lage …? Dachte ich mir.«

Er schaute uns nacheinander an und verharrte beim Captain. Dann, so schnell, dass vielleicht nur ich es bemerkt habe, ließ er den Blick in den vorderen Teil des Flugzeugs schweifen, wo die Schmiede damit beschäftigt war, mehr

Munition für uns zu produzieren, die wir dann in der Nacht verheizen konnten, wenn die Orkhorde zurückkam, um ihre Mission zu beenden.

Doch er hatte auch mich dabei ertappt, dass ich ihn ertappte, wie er sich eine geistige Notiz zum Standort der Schmiede machte. Sein Blick fiel auf den Stab, den ich seit der Rückkehr von der Mission bei mir trug, er begutachtete ihn kurz und wandte sich dann wieder der Zuhörerschaft zu.

»Also …«, begann der Chief erneut. »Das Tageslicht verbrennt Sie, aber … Sie waren heute Morgen draußen, als Sie die Absperrung passierten. Und das Licht fällt immer noch durch die hintere Ladeklappe und ein paar Fenster herein. Wie kann es sein, dass Sie das im Moment nicht stört, Chief McCluskey?«

»Nun«, erwiderte der SEAL und fuhr sich mit der Hand durch sein dichtes lockiges Haar. »Die Wahrheit ist … Es bringt mich um. Aber Sie werden noch früh genug herausfinden, dass diese Welt Ihnen zwar die Waffen wegnimmt, Sie dafür aber mit allerlei lustigen Trostpreisen entschädigt. Allen voran die Magie, Chief. Echte Magie. Das hier …«

Er deutete auf den ineinander verschlungenen Schlangenring in seinem Ohr. Das Schmuckstück, das ihn wie einen Piraten aussehen ließ. Zumindest in meinen Augen.

»Das hier ist ein magischer Talisman. Er mildert einige der schwerwiegenderen Auswirkungen des Tageslichts. Mein zusätzliches Schutzsystem ist dieser Umhang. Die Elfen des Karwalds nennen ihn den Mantel der Finsternis. Wenn ich die Kapuze aufsetze, ist es für mich Mitternacht. Selbst am helllichten Tag. Und das …« Er tippte die

Schwertscheide auf dem mit Karten bedeckten Tisch an. »… das ist *Frostfeuer*. Ich habe es dem Schattenkönig abgenommen, in der Unterwelt tief unter den ehemaligen italienischen Alpen. Die Klinge ist die schärfste, die ich je zu spüren bekam. Wenn man damit geschnitten wird, heilt die Wunde nicht und tut noch lange Zeit danach unglaublich weh. Wie eine Mischung aus Erfrierung und Verbrennung dritten Grades. Alles andere als eine Wohltat, das kann ich euch versichern.«

Er lächelte, und in diesem Moment konnten wir die markanten Eckzähne sehen. Als hätte er gelernt, sie zu verstecken und nur bei Bedarf zu zeigen. Was er nun tat.

»Aber trotz all dieser Tricks muss ich dem Tageslicht fernbleiben. Ich fühle mich im Sonnenlicht hundeelend. Diese Gegenstände helfen mir gerade so viel, dass es ‚nur‘ so aussieht, als ob ich mit der schlimmsten Grippe aller Zeiten zu kämpfen hätte. Aber wenn es Nacht wird … Verdammt, dann kann die Party losgehen, versteht ihr, Leute?«

Er sah mir direkt in die Augen und fragte sich zweifellos, was zum Teufel ein PFC hier im Kommandoposten zu suchen hatte. Warum durfte ich zuhören? Was war meine Aufgabe? Das schien ihn einen Moment lang zu irritieren. Ein vielsagender Ausdruck huschte über sein Gesicht.

Der Captain lehnte die subtile Einladung ab, dem SEAL unsere Truppenaufstellung zu erläutern. Somit wusste ich, dass beide Seiten einander noch nicht vertrauten. Captain Messerhand war immer noch so misstrauisch wie eh und je. Und ich spürte, dass das auch dem SEAL nicht entgangen war.

»Ruhen Sie sich etwas aus, Chief«, sagte Captain Messerhand. »Der Sergeant Major wird Ihnen eine

Unterkunft zuweisen, die Ihren … Bedürfnissen entspricht. Wir besprechen dann später das weitere Vorgehen, und dann sage ich Ihnen, was wir von Ihnen und Ihrer Einheit brauchen. Wir wissen Ihre Mitarbeit zu schätzen.«

Die Anhörung wurde beendet, und der Sergeant Major nickte mir zu, damit ich in der Nähe blieb, während er den SEAL in einen Raum zwischen einigen gestapelten Containern brachte, in dem es offenbar dunkel genug war.

Ich wartete ein paar Minuten vor dem Flugzeug und wollte schon weggehen, als der Deep-State-Typ aus dem stillen Wald auftauchte. Es sah so aus, als käme er vom Sniper Hill. Oder er war auf der Strecke am Flussufer unterwegs gewesen. Auf jeden Fall schaute er jetzt ins Flugzeug, ging aber nicht hinein.

»Was ist da drinnen los, Private First Class?«, schnauzte er mich an.

Ich zuckte mit den Schultern. Das ist eine besondere Fähigkeit der PFCs. Eines Tages würde ich der Gehaltsstufe E-4-Mafia beitreten und all die Myriaden Methoden des Schwindelns erlernen. Aber im Moment hielt ich es für das Beste, einfach nicht zu verraten, was ich gehört hatte. Ich wollte lieber nichts mit diesem Kerl zu tun haben. Er war dumm. Das konnte man schon von Weitem erkennen. Intelligent und doch irgendwie einfältig. Jemand hatte den Fehler gemacht, ihn wegen seines großen Gehirns und der guten Schulen, die er besucht hatte, als etwas Besonderes zu behandeln. Und das war ihm prompt zu Kopf gestiegen. Er glaubte tatsächlich, er sei besser als alle anderen. Davon hatte ich in meinem früheren Leben in der akademischen Welt eine Menge gesehen. Smarte Einfaltspinsel. Kombiniert mit einer zu großen Portion

Selbstsicherheit und Egozentrik machte sie das für alle zu einer ernsten Gefahr.

Mein Private First Class- oder PFC-Achselzucken hat ihn nicht im Geringsten abgeschreckt. Man sah ihm an, dass er Menschen, die er als minderwertig betrachtete, nicht wirklich wahrnahm. Sie existierten für ihn nicht. Er sah nur die Leute, die über ihm standen, die, denen er sich für Lob und Beförderungen anbiedern konnte. Jeder andere war nur ein Ding für ihn, das von ihm benutzt wurde, um *ihn* weiterzubringen.

»Hey, PFC«, sagte er ernst, als ob er mich jetzt tatsächlich sehen würde, obwohl er das offensichtlich nicht tat.

Das ist eine weitere Fähigkeit, die diese Typen besitzen. Sie sind davon überzeugt, dass sie sich mit »Normalbürgern« wie mir identifizieren können. Er wandte sich von dem Versuch ab, einen Blick darauf zu erhaschen, was im Flugzeug vor sich ging, und stand mir im Wald gegenüber, wobei er ein freundliches Gesicht aufsetzte. Vielleicht hatte Captain Messerhand ihn vor dem Treffen hinausgeworfen, weil die Besprechung eine militärische Angelegenheit war?

»Das ist ein schöner, äh … Spazierstock. Wie geht's unseren Jungs?«, fragte Deep State scheinheilig. Kein »Deep State Volman« mehr. Eher … Kamerad und Kumpel Volman.

Im Ernst?

Wie geht's unseren Jungs?

Wen wollte er verarschen? Dieser lahme Versuch der Betroffenheit war lächerlich. Die *Jungs*. Warum nicht »Genossen« oder »Kumpel« oder gar »Kollegen«. Jedes dieser Wörter wäre für einen echten Soldaten genauso unpassend und fehl am Platz gewesen wie die

Formulierung, die er gerade benutzt hatte. *Die Jungs*. Ich sollte es wissen; ich verkleidete mich schon als Soldat, seit ich bei der Einberufung die rechte Hand gehoben hatte. Eines Tages, sofern ich nicht von einem Werwolf oder einem Drachentroll getötet wurde und wenn ich weiterhin mit den Rangern Ranger-Sachen machte, konnte ich ein echter Soldat werden. Zumindest hatte ich so das Gefühl.

Dieser Kerl würde nie im Leben schaffen.

»Keine Ahnung, Sir«, antwortete ich ihm. »Ich bin nur der Linguist, und es gibt niemanden, mit dem ich mich in einer der Sprachen unterhalten kann, die ich beherrsche. In diesem Sinne, *arrividerci*.«

Wörtlich bedeutet das »Auf Wiedersehen« auf Italienisch, aber wer schon mal in ein hitziges Gespräch mit einem Italiener verwickelt war, kann bezeugen, dass es richtig betont auch genauso gut »Verpiss dich« heißen kann.

Er täuschte ein Lachen vor, als hätte er verstanden, was ich damit ausdrücken wollte.

»Das ist die Army für Sie, nicht wahr, Private?«, fragte er, mit dem Mund und nicht mit den Augen, als würde er sich auf mein altes Ich beziehen. Seinen neuen Klassenkampfkameraden. Nicht wirklich eine Aussage, nicht wirklich eine Frage. Eigentlich gar nichts. Das war wahrscheinlich seine Superkraft. Er schaffte es, nie etwas zu sagen, wofür man ihn am Ende in die Pfanne hauen konnte. Man merkte ihm an, dass er bisher nur mit Politik zu tun hatte, was beim Militär allerdings ein Fremdwort war. Irgendwo gab es so etwas sicher. Weiter oben. Und es gab hier bestimmt auch eine Art von Politik. Aber nicht diese Art. Auf jeden Fall nicht nach allem, was ich bisher mitbekommen hatte. Und schon gar nicht im Ranger-Bataillon.

An seinen Augen konnte ich ablesen, dass er mit mir fertig war. Ich war nicht rekrutiert worden, um ihn zu informieren und auf seiner »Seite« zu stehen. Außerdem konnte ich nichts für ihn tun. Ich war nur das fünfte Rad am Ranger-Wagen, mit dem er nichts anzufangen wusste. Nutzlos für ihn und seine Machtspielchen, die er zweifellos im Schilde führte. Was wollte er denn tun? Meutern? Den Captain über die Planke gehen lassen? Ich besaß kein Ansehen bei den Männern, das ihm hätte dienlich sein können, und seinem Blick nach zu urteilen, bevor er sich umdrehte, eine flüchtige Verabschiedung murmelte und wegging, hatte er das mittlerweile auch realisiert. Ich sah ihm noch kurz hinterher und dachte, dass er definitiv so wirkte, als ob er noch mehr Wichtiges zu tun hätte.

Arrivederci, Arschloch.

Ein paar Minuten später kam der Sergeant Major vom Frachtdeck, ging direkt an mir vorbei und zog mich wieder mit sich, während er zwischen zusammengebissenen Zähnen herauspresste: »Kommen Sie schon, Talker. Wir haben was zu erledigen. Sofort, mein Junge.«

KAPITEL 10

Der Sergeant Major führte mich durch den Wald zu einem kleinen Platz zwischen den Bäumen, den er für sich selbst eingerichtet hatte. Eine Art inoffizieller Kommandostand, wo die Unteroffiziere, aber keiner der Jungoffiziere ihn zu finden wussten. Es gab ein winziges rauchendes Feuer und eine blaue Percolator-Kaffeekanne, die noch zwischen den orange glühenden Kohlen stand.

Dieser Ort war das genaue Gegenteil vom Rest der Insel.

»Kaffee?«, grummelte der ranghöchste NCO.

In freudiger Erwartung holte ich meine Feldflaschentasse hervor. Wenn es um das heilige Gebräu geht, brauchen Sie mich nicht zweimal zu bitten. Ich bin ein bekennender Kaffeesüchtiger, auch wenn ich den Leuten oft erzähle, dass ich nur ein Genießer wäre, und so tue, als ob ich immer nur zufällig über Kaffeehäuser mit den neuesten Pour-over-Methoden stolpere. Das ist alles nur Show. Wie ein Alkoholiker, der so tut, als wüsste er etwas über Wein. Die Wahrheit ist, dass ich sogar auf Amtskaffeeautomaten zurückgreife, wenn ich verzweifelt genug bin, wie bei Pausenraum-Donuts, die drei Tage nicht gegessen wurden. Ich verurteile niemanden. Kaffee ist eine gierige Geliebte, die es zu bedienen gilt, und ich bin nicht allzu stolz darauf, zu welchen Mitteln ich teilweise dafür greifen muss. Ich hatte den unschönen Verdacht ignoriert, dass es auf dieser Welt keinen Kaffee mehr gab und dass meine sechsunddreißig Päckchen Instantkaffee und was wir sonst noch an Nahrungsmittelvorräten mitgebracht hatten, alles waren, was uns noch blieb. Für immer. Das ist wahrer Horror. Als würden wir auf einmal aufwachen und feststellen, dass wir den Flugzeugabsturz gar nicht überlebt hatten, sondern schon die ganze Zeit in der Hölle schmoren.

Was ich damit sagen will, ist, dass ich nicht wählerisch bin, wenn es um Kaffee geht. Schon gar nicht in so einer Situation.

Wir setzten uns auf ein paar größere Steine ans Feuer.

Ich beobachtete, wie der Sergeant Major den Geräuschen auf der anderen Seite der Insel lauschte. Seinen Rangern, die weitere Bäume für die Verteidigungsanlagen fällten. Dem Knurren und Kreischen der Kettensägen, damit möglichst viel Arbeit vor Einbruch der Dunkelheit erledigt wurde. Dann Stille, nachdem die dünnen, blattlosen Riesen mit lautem Krachen und einem finalen Aufschrei im toten Gras zusammengebrochen waren.

»Sie werden heute Nacht zurückkommen«, bemerkte der Sergeant Major, während er auf seinen Kaffee pustete und den Metallbecher dicht an seine grauen Augen hielt, den stillen Wald beobachtete und vor seinem geistigen Auge schon die Schlacht sah, die wir heute Nacht erneut dort ausfechten würden.

Er hatte mich nicht um meine Meinung zu diesem Thema gebeten, sondern nur gesagt, was passieren würde. Um ehrlich zu sein bin ich mir nicht einmal sicher, ob ich an dem Gespräch teilgenommen habe. Wahrscheinlich hat er eher mit sich selbst geredet. Er erinnerte sich daran, was als Nächstes kommen würde. Und ich habe den Mund gehalten. Entweder, weil ich nicht wusste, ob das, was er sagte, der Wahrheit entsprach, oder … und was ich eher vermute … weil ich nicht wollte, dass es wahr war.

»Also gut, Junge«, sagte der Sergeant Major und sah mich an, nachdem er die Arbeiten und die Positionen, die er von seinem kleinen selbstgemachten Beobachtungsposten aus sehen konnte, überprüft hatte. »Zeigen Sie mir mal die Informationen, die Sie letzte Nacht gesammelt haben.«

Ich holte die Tasche des Zauberers hervor. Das Buch mit den Zaubersprüchen. Die grausigen »Zutaten«, in Ermangelung besserer Beschreibungen. Die Dokumente, und mit Dokumenten meine ich Blätter aus brüchigem Pergament, die mit seltsamen Kritzeleien bedeckt waren. Der Stab, den ich mit mir herumtrug, seit wir den Wald durchquert hatten und auf unsere Seite des Flusses zurückgekehrt waren. Und während der gesamten Einsatzbesprechung mit SEAL McCluskey. Ich hatte auf ihn aufgepasst, wie es mir befohlen worden war. Als ich dem Sergeant Major sagte, er sei schwer, schwerer als mein Gewehr, meinte er, ich solle ihn weglegen, aber er machte keine Anstalten, ihn anzufassen. Stattdessen holte er ein Benchmade-Klappmesser hervor und begann, das Zauberbuch zu untersuchen. Er öffnete den Einband vorsichtig mit der Klinge, während ich die Dokumente daneben ausbreitete. Wir saßen eine Zeitlang da und sahen uns alles an. Oder besser gesagt, der Command Sergeant Major sah sich alles an. Ich saß einfach nur da und versuchte, mir etwas Sinnvolles dazu zu überlegen. Es war alles ziemlich … verrückt. Offen gesagt ergab nichts von alledem einen Sinn. Die Schrift im Zauberbuch war nicht lesbar. Es sah für mich eher wie ein Code aus, der aus seltsamen Symbolen und Zahlen bestand, die ich allerdings nicht zuordnen konnte. Ab und zu tauchten chinesische Schriftzeichen auf, die ich kannte. Erde, Wind, Wasser und Feuer. Und dann gab es noch ein fünftes, das ich nicht kannte, das aber eine Einheit darzustellen schien, eine Kombination aus all diesen Wesenszeichen. Die Quintessenz, wenn man so will.

Nichts davon war in unserer aktuellen Situation von Nutzen, zumindest nicht aus militärischer Sicht. Die Ranger-Alamo-Situation, wie ich sie in meinem Kopf zu nennen pflegte, wenn ich dazu kam, darüber nachzudenken, wie tief wir in der Scheiße steckten. Mit etwas Zeit – und einem schönen warmen Raum mit einem Feuer für winterliche Lernsessions, wie damals in den Bibliotheken der Elfenbeintürme, die ich besuchte, wo das Standard war – könnte ich dieses Zeug wahrscheinlich entschlüsseln und übersetzen. Nein. Nicht wahrscheinlich. Ich könnte es. Auf jeden Fall. Ich wollte nur bescheiden sein. Aber in diesem Moment hatte ich all das nicht. Kein Feuer. Keinen unbegrenzten Kaffee. Keinen Elfenbeinturm. Keine Zeit.

Von allen Seiten versuchte etwas, uns zu töten, und das Damoklesschwert der einbrechenden Nacht hing über uns. Das war alles, was wir hatten.

Es gab keine Pläne, keine Befehle, keine Strategien, keine Signale … nichts. Selbst die Karte des Zauberers war nur eine grobe geografische Skizze dessen, wohin der Feind geschickt worden war, um uns anzugreifen.

Eines der losen Pergamentstücke könnte ein Brief an jemanden sein. Das war aber nur eine Vermutung. Auf jeden Fall befand sich am unteren Ende ein amtliches Siegel. Schwarzes Wachs. Eine Heugabel und der Buchstabe T. Nicht amtlich im Sinne von Regierung, aber eindeutig jemand mit irgendeiner Art von Autorität in dieser verrückten, chaotischen Welt. Der Inhalt des rätselhaften Briefes war jedoch verschlüsselt, und es gab keine offensichtliche Möglichkeit, den Code zu knacken, während uns das Tageslicht durch die Finger rann und mit Einbruch der Nacht eine weitere Schlacht bevorstand.

Schließlich, nach einer langen stillen Pause, befahl mir der Sergeant Major, alles einzupacken und aufzubewahren.

»Oh.« Auf einmal erinnerte ich mich an eine letzte Sache, die ich vergessen hatte, ihm zu zeigen. »Der Typ hatte diesen Ring … an … seinem Finger …«

Ich suchte in meinen Cargotaschen danach.

Dann fand ich ihn.

Und ohne nachzudenken, steckte ich ihn an, nachdem ich ihn herausgezogen hatte, wobei der Lippenbalsam, den ich in der Tasche trug, alles rutschig und glitschig machte.

»Äh … Talker?«, fragte der Sergeant Major langsam. Im breitesten Texanisch. Dann stand er auf. »Wo zur Hölle sind Sie hin?«

»Äh … Ich sitze genau hier, Sergeant Major«, antwortete ich nervös-enthusiastisch. Sie wissen schon, wie der Typ, der versucht, positiv zu bleiben, bevor der Arzt ihm die sehr schlechten Laborergebnisse mitteilt, von denen er weiß, dass sie kommen werden.

Ich nahm den Ring vom Finger und hielt ihn dem Sergeant Major zur Inspektion hin.

Der wiederum zuckte zusammen und fluchte.

»Was zum Teufel haben Sie da gerade getan, Junge?«

»Äh … Ich weiß nicht genau, was Sie meinen, Sergeant Major. Ich habe gar nichts getan.« Ich sah mich um. Alles schien normal zu sein. Das schwache Sonnenlicht drang durch die Baumkronen. Die Ranger nahmen mit ihrer

Kettensäge einen weiteren Haufen spindeldürrer Fichten drüben am Wasser in Angriff, und der Lärm hallte zu uns herüber.

»Sie sind einfach verschwunden und wieder aufgetaucht, Talker. Entweder das, oder es meine alte Kopfverletzung aus Kandahar macht mir wieder zu schaffen.«

»*Was*?«, quiekte ich, und danach setzte mein Herz ein paar Schläge aus. Ich bin mir nicht sicher, ob ich tatsächlich wie ein verängstigtes Kind geklungen habe. Aber wahrscheinlich schon. Das war genau das, wovor ich mich hier fürchtete. Das Verschwinden. Ich hatte mir nicht *exakt* dieses Schicksal ausgemalt, aber ich war mir sicher, dass mir etwas völlig Unerwartetes, Unerklärliches, Übernatürliches, Schlimmes und/oder Schreckliches zustoßen würde, trotz intensiver Selbstschutzmaßnahmen.

Dann fiel mir ein, dass ich den Offizier nicht mit seinem Dienstgrad angesprochen hatte. »Ich meine … äh … Sergeant Major. Ich bin … Was ist passiert? Sergeant Major.«

Ich stotterte eine Weile vor mich hin, bis er mich unterbrach.

»Talker. Als Sie nach dem Ring geangelt haben, den Sie gerade in der Hand hatten … sind Sie verschwunden. Ich konnte Sie hören, und unter größter Anstrengung konnte ich auch ein bisschen sehen, wie Sie sich bewegt haben. Oder vielleicht war es nur das Dämmerlicht. Aber das waren nicht Sie. Es war eher wie in diesem Schwarzenegger-Film, wo sie in Südamerika sind. *Predator*. Das Alien, das sie jagt.«

Ich kannte dieses Meisterwerk noch nicht. Aber ich war nicht dumm. Trotz der kühlen Nachmittagsluft brach mir der kalte Schweiß aus. Und … ich wusste, was ich als

Nächstes zu tun hatte. Ich nahm den Ring in eine Hand und steckte ihn auf den Finger zurück, auf dem er zuvor versehentlich gelandet war, als ich versuchte, ihn aus der Tasche zu holen.

Der Sergeant Major stieß einen leisen Pfiff aus.

»Sie haben es gerade wieder getan, Talker. Sie sind einfach verschwunden, Junge. Na, leck mich am …«

»Ich bin noch da, Sergeant Major.« Dann die Erkenntnis; *ach du Schande* … Was, wenn das hier wie der Ring in den Frodo-Filmen war? Ich schaute mich um. Ich sah keine Nebelwelt aus Geistern und Dämonen, die hinter mir her waren. Oder ein brennendes Riesenauge am Himmel. Alles sah genauso aus wie ohne den Ring.

Ich nahm ihn ab und merkte, dass ich den Atem angehalten hatte. Und dass mein Herz wie ein Güterzug raste.

Der Sergeant Major hielt mir seine Hand hin. Ich reichte ihm den Ring, und er betrachtete den kleinen Metallkranz andächtig. Er drehte ihn immer wieder um, während er ihn musterte.

»Also …«, begann er langsam. »Dieses Ding funktioniert wie eine Tarnvorrichtung. Aber auf einer individuellen Ebene.« Er sprach fast zu sich selbst, als ob er über etwas nachdachte. »Ich nehme an, das spielt jetzt keine große Rolle, aber wir hatten etwas Ähnliches in Delta. Nicht so effektiv, so elegant. Na ja, nicht so gut eben. Aber … mit etwas Zeit … hätte die Entwicklungsabteilung so etwas sicher entwickeln können. Könnte ich mir zumindest gut vorstellen.«

Er starrte immer noch darauf, als er mich fragte: »Haben Sie sich damit wohl gefühlt, Talker?«

Ich antwortete nicht. Ich war immer noch dabei, zu entscheiden, ob ich Angst hatte. Mein Herz raste wie wild, aber ich war mir ziemlich sicher, dass es sich nur um Angst handelte.

»Hat es in Ihren Kopf irgendetwas durcheinander gebracht?«, fuhr er fort.

»Nee … «, antwortete ich und versuchte kurz, seinen toughen Rangertonfall zu imitieren, bis ich mich daran erinnerte, dass ich mit dem Sergeant Major sprach. Dem befehlshabenden Stabsoffizier eines Ranger-Bataillons. Ja, ich hatte eine Art besondere Vertrauensstellung erlangt, aber das sollte ich nicht als gegeben hinnehmen. »… gativ, Sergeant Major. Scheint sicher zu sein.«

Er starrte den Ring noch einen Moment länger an, und sein wettergegerbtes Gesicht war wie eingefroren, während sein Blick die Oberfläche abtastete und er das matte Silber des Rings studierte und über etwas nachdachte. Dann drückte er ihn mir wieder in die Hand.

»Behalten Sie ihn erst einmal, Junge.«

Und das war's. Ich hatte einen Ring, der mich unsichtbar machte. Wie Frodo oder einer der Hobbits. Der andere, der ihn zuerst hatte. Frodo erst später. Es war eine Ewigkeit her, dass ich die Bücher gelesen oder die Filme gesehen hatte, aber ich kannte Kollegen aus der Linguistikfakultät, die sich in einer der von Tolkien erfundenen Sprachen unterhielten und miteinander kommunizierten. Ich kannte ein paar Wörter. Eigentlich hatte ich immer vorgehabt, bei diesem kleinen Spielchen einmal mitzumachen, aber …

»Die Männer drüben in der Waffenstation haben letzte Nacht einen gefangen«, wechselte der Sergeant Major das Thema. Er trank den letzten Schluck Kaffee aus seiner Tasse. »Sie müssen dorthin gehen und mit ihm reden.

Sehen Sie zu, dass Sie ihn verstehen und herausfinden, was er über die gegnerische Streitkräftedisposition weiß.«

Er scannte den Wald noch einmal, als ob er voller unsichtbarer Feinde wäre, die nur darauf warteten, von ihm getötet zu werden. Allein der Anblick des Sergeant Majors auf der Suche nach Feinden machte mich nervös.

»Äh … Sergeant Major?«, begann ich.

Der Sergeant Major antwortete nicht. Nach dem letzten Jahr der militärischen Grundausbildung war ich es gewohnt, auf die Erlaubnis der Unteroffiziere zu warten, wenn ich mit selbigen sprechen wollte. Ich schätze, das hatten wir mittlerweile hinter uns gelassen.

»Ich bin eigentlich kein Verhörspezialist, Sergeant Major«, sagte ich.

Der alte NCO stellte seine leere Feldtasse auf einen Stein neben die blaue Kaffeekanne und lehnte sich dicht an mich heran.

»Das weiß ich, Talker. Aber … *John*. Er hat Ihnen die Grundlagen beigebracht. Sie hatten doch den Kurs bei ihm, richtig?«

Woher konnte er das wissen? Ich hatte in meinen Unterlagen nachgesehen, und der zweiwöchige Aufenthalt in einem billigen Motel in Las Vegas war nur durch eine alphanumerische Zahlen- und Buchstabenfolge gekennzeichnet gewesen. Bedeutungslos und unentzifferbar, selbst für jemanden aus der Personal- und Verwaltungsabteilung. Irgendwo in irgendeinem Regierungscomputer bedeutete sie etwas für jemanden, der diese spezielle Sprache lesen konnte. Jemand, der wusste, was das hieß. Aber ich hatte keine Ahnung. Ich wusste nur deshalb, wofür es stand, weil ich wusste, was in diesen zwei Wochen in Vegas in einem Hotel passiert war, an das niemand je wieder einen Gedanken verschwenden würde. Auf den meisten Militärschulen stand in den Akten in der entsprechenden Zeile so etwas wie *Grundausbildung. Acht Wochen abgeschlossen.* Oder *Luftwaffenausbildung. Drei Wochen. Fort Benning. Abgeschlossen.* Der Sergeant Major hatte sich also nicht nur meine Akte angesehen, sondern auch noch herausgefunden, was diese mysteriöse Zahlen- und Buchstabenfolge zu bedeuten hatte? Und er wusste …

»Nennt er sich immer noch John?«, fragte der Sergeant Major.

Ich nickte stumm.

»Gut«, murmelte der Sergeant Major. »Also … Sie wissen, was zu tun ist. Wie man Verhöre führt, um Informationen zu erhalten.«

Ich nickte wieder.

Es wurde viel genickt. Wir betraten nun eine bestimmte Welt. Eine Welt, von der *John* mir erzählt hatte. Er hatte mir einmal in einem Gespräch, von dem ich dachte, es sei nur eine Pause zwischen den Unterrichtsstunden, von dieser Welt berichtet. Aber später wurde mir klar, dass es sich um eine weitere Lektion gehandelt hatte. Manchmal, so hatte er mir gesagt, wenn man über Dinge redet, über die man nicht offen spricht, nickt man einfach nur viel. Man verwendet Wörter, die nicht das zu bedeuten scheinen, was sie eigentlich bedeuten, um die Drastik der dunklen Begriffe zu vertuschen, die man zum Vermitteln wertvoller Informationen verwenden muss.

Damals hatte ich keine Ahnung, wieso das Teil meiner Ausbildung war, aber anscheinend gehörte diese Art von Verhalten dazu. Geheimdienstliches Zeug. Ich hatte ein paar Spionageromane gelesen und war mir ziemlich sicher, dass man mich darauf vorbereitete, entweder »Joes zu treffen« – ein Ausdruck von John le Carré – oder einer zu sein. Spionagekram auf sehr niedrigem Niveau, da war ich mir sicher. Beobachten und berichten. Nicht wie bei James Bond, falls Sie das denken.

Ich erinnere mich daran, dass John und ich eines Abends in einem Diner Rührei aßen. Auf der Südseite von Vegas. Niemand sonst war in diesem billigen Lokal. Ich hielt Ausschau nach der Kellnerin, die eine schreckliche Narbe an der Kehle hatte, wo sie vor langer Zeit einmal aufgeschlitzt worden war. Aber sie würdigte mich keines Blickes.

John sagte leise, während eine Jazz-Instrumentalversion des Songs »Goin' Out of My Head« über die schlechten Lautsprecher lief: »Es ist folgendermaßen …« Er legte seine Gabel beiseite. »Wenn die Mafia wissen will, ob man beruflich Leute umbringt, dann fragen sie einen, *ob man Häuser streicht*. Genau so. So lautet die Frage. Und manchmal, wenn Sie gebeten werden, etwas zu tun, ich sage nicht Mord, ich sage nur … einige der Fähigkeiten anzuwenden, die ich Ihnen beigebracht habe, dann wird indirekt verlangt, indem man einen Code-Satz benutzt, von denen ich Ihnen einige beibringen werde. Denn das sind Dinge, die nicht offen kommuniziert werden können. Dinge, die nicht offiziell sein dürfen. Man darf sie nicht wissen. Verstehen Sie das? Dazu haben Sie sich verpflichtet.«

Das verstand ich irgendwie. Damals. Dachte ich zumindest.

Ich meine, jetzt mal im Ernst! Ich war in Vegas in einem Schnellimbiss im absolut falschen Teil der Stadt und bekam eine inoffizielle Geheimagenten-Unterweisung, bevor man mir befahl, wer-weiß-wohin zu gehen und wer-weiß-was zu tun. Es war alles sehr unwirklich und gleichzeitig sehr aufregend. Wahrscheinlich, weil es nicht real war. Und wenn Sie denken, dass ich das mit der Area 51 und den zehntausend Jahren in die Zukunft auch nur im Entferntesten antizipiert hatte, dann überschätzen Sie mich gewaltig. Ich dachte bis kurz vor der Abreise noch, ich wäre auf dem Weg zu irgendeiner Botschaft in Deutschland, wo ich Schlösser von Regierungsaktenschränken knacken würde, womit wir die meiste Zeit während der zwei Wochen in Vegas verbracht hatten. Die anderen Sachen waren eher nach dem Motto »*Ach ja, wenn Sie mal jemanden verhören müssen, so macht man das*«. Sie wissen schon … beiläufig, unverbindlich. Als ob ich es wahrscheinlich nie wirklich tun müsste.

Oder vielleicht habe ich mir das in diesen zwei Wochen auch nur eingeredet, denn es wurden einige Dinge vermittelt, die … sagen wir mal … moralische Flexibilität erforderten.

Ich nickte über die Rauchschwaden des Lagerfeuers hinweg, und der Sergeant Major faltete die großen, wettergegerbten Hände, während wir einfach nur dasaßen. Hände, die wahrscheinlich schon etliche Menschen ermordet und in verlassenen Wäldern, ähnlich wie in meiner jetzigen Umgebung, zurückgelassen hatten. Er starrte ins Feuer, und ich konnte nicht erkennen, ob er nachdachte oder einfach nur zusah, wie die sterbende orangefarbene Kohle langsam grau wurde, während der Nachmittag sich dem Ende zuneigte.

Ich beschloss, das Thema zu wechseln.

»Hey, dieser Typ vom Ministerium …«

Die grauen Augen des Sergeant Majors schnellten hoch. Sonst bewegte sich nichts an seinem großen, kräftigen Körper.

»Er hat mich gefragt, wie es uns geht«, beendete ich meinen Satz.

Ich wartete auf eine Reaktion des Sergeant Majors. Die kam aber nicht. Ich musste mich also klarer ausdrücken.

»Er benutzte das Wort … *Jungs*. Wie in: *Wie geht's unseren Jungs?* Wissen Sie, was ich meine, Sergeant Major? Es kam mir … seltsam vor. Als ob er etwas vorhätte.«

Der Sergeant Major dachte einen Moment lang darüber nach. Seine Augen schienen durch den tänzelnden Rauch der Kohlen hindurch in die Ferne zu sehen.

Ich kippte gierig den letzten Rest meines Kaffees hinunter und signalisierte damit, dass ich nichts dagegen hätte, wenn es noch mehr gäbe.

»Zeigen Sie mir Ihre Waffe, Talker«, brummte der Sergeant Major unvermittelt.

Okay, sagte ich mir und fragte mich, ob ich gerade einen Fehler begangen hatte, der mich in ein flaches Grab in der Nähe befördern würde. Ich stellte meine leere Feldtasse ab und zog meine Waffe, warf das Magazin aus, entlud das Patronenlager und reichte sie dann weiter.

Der Sergeant Major legte meine Waffe auf einen Felsen und zog seine Pistole. Es war die gleiche wie meine. M18. Wir hatten in den Area 51-Waffenlagern alle eine M18 als Zweitwaffe erhalten. Er reichte mir seine, und da sah ich den Unterschied zwischen seiner und meiner. Sein Lauf hatte ein Gewinde. Meiner nicht.

John hatte mir etwas darüber erzählt. Eines Tages, als wir eine lange Fahrt in die Wüste östlich von Vegas unternahmen.

Der Sergeant Major griff in seinen Rucksack und holte ein eingewickeltes Bündel heraus. Grünes Tuch und dann Luftpolsterfolie. Er reichte es mir über das Feuer.

»Er muss aus dem Weg geräumt werden«, murmelte er, während er sich zurücklehnte. »Der Kerl ist ein Risiko, das wir nicht gebrauchen können.«

Ich wickelte das Tuch aus und wusste schon, was ich dort finden würde. Ich wusste, dass der Sergeant Major genau verstanden hatte, was ich über Volman andeuten wollte. Auch wenn ich genau genommen gar nichts gesagt hatte. Aber irgendwie ja schon. Vielleicht hatte ich einfach eine andere Lösung erwartet. Eine Standpauke. Oder einen Schlag ins Gesicht.

Stattdessen blickte ich auf einen Schalldämpfer hinab.

»Früher nannten wir das R&R, Talker. John sagte wahrscheinlich ‚saubermachen‘, wie sie es in der Agency tun. Bei uns hieß es noch, man solle einem Kerl zum R&R mitnehmen. Manche dachten, es bedeute *Rest and Relax*.«

Ich hatte eigentlich nur darauf gehofft, ein paar Schlösser an Aktenschränken zu knacken. Darin war ich richtig gut geworden. Aber ich kannte auch das Codewort, das der Sergeant Major gerade benutzt hatte, und wusste, was es bedeutete. Ich hätte nur nie gedacht, dass es jemals jemand benutzen würde.

»Das ist aber nicht so, Junge. Es bedeutet *Roughly Retire* – Zwangspensionierung. Nur, damit wir uns richtig verstehen. Kapiert, was ich meine?«

Saubermachen. Das ist das Codewort für einen Mordauftrag. Auf Russisch heißt es *ubiystvo*. Auf Koreanisch *amsal*. Und bei uns: *umlegen*.

Nein, Verzeihung: Zwangspensionierung.

Ich Dummerchen.

KAPITEL 11

Auf dem Weg zum Gefangenen, den Kurtz' Sonderkommando – das für schwere Waffen – erwischt hatte, begegnete ich zwei Rangern aus einer der Schützengruppen. Der eine hatte das typische Alter eines Ranger. Anfang zwanzig. In diesem Alter besitzen sie das Optimum an Wut und körperlicher Leistungsfähigkeit. Außerdem konnten die Jüngeren das ständige Trauma eines Ranger-Daseins gut wegstecken. Der andere war hingegen ein Mann jenseits des mittleren Alters. Untypisch für einen Ranger. Und außer dem Command Sergeant Major und dem Captain war niemand auch nur annähernd so alt. Nicht einmal der First Sergeant. Ich hatte den Kerl noch nie hier gesehen. Hier lief niemand mit grauen Haaren und gebeugt und hinkte wie ein alter Mann. Weder in Area 51 noch hier auf der Insel.

Sie saßen auf gegenüberliegenden Baumstämmen entlang des Weges, dem ich zu diesem Bereich der Verteidigungsanlagen gefolgt war. Als wären sie aus der anderen Richtung gekommen und hätten angehalten, um zu plaudern. Aber anscheinend war ihnen nicht nach Plaudern zumute. Der alte Mann sah aus, als falle ihm das Atmen schwer.

Ich hielt an, um mich zu erkundigen, ob ich helfen konnte.

»Alles okay bei euch?«, fragte ich. »Kann ich was für euch tun?«

Der Ältere hob eine Hand, bevor er sprach. Seine Hand zitterte, und die Haut war faltig und hatte Leberflecken, als hätte er sein ganzes Leben lang in der Sonne gearbeitet und fand, Sonnencreme sei eine Verschwörung der Regierung, um unsere Gedanken zu kontrollieren. Er hatte seine Kampfhandschuhe, oder einen der anderen Handschuhe, die die Ranger trugen, wenn sie ihre Hände an unangenehme Stellen steckten, entweder weggeworfen oder verloren. Wie ich schon sagte, bevorzugten viele von ihnen eine Marke namens Mechanix. Ich hatte nur die Handschuhe, die wir bei der Verteilung der Grundausrüstung bekommen hatten. Und es würde wahrscheinlich nie wieder einen Laden geben, in dem ich die anderen Handschuhe kaufen könnte. So viel dazu …

»Ihm geht's nicht so gut«, sagte der andere Ranger. Er trug ihre beiden MK18-Gewehre.

»Was ist passiert?«, fragte ich.

»Das Schlimmste, was ich je gesehen habe«, antwortete der Jüngere. »Letzte Nacht, gegen 0330, waren wir gerade neu positioniert worden, um ein Maschinengewehrteam zu unterstützen. Bravo war zuvor schwer getroffen worden. Wir waren also in der Kommandostation und warteten darauf, vorzurücken, und diese … ich nenn sie jetzt einfach mal so … diese *Hexe* – so sah sie zumindest aus –, sie kam einfach aus der Dunkelheit entlang unserer Flanke und zeigte direkt auf Sims …«

Sims, der alte Mann, begann wie auf Kommando zu husten, und seine Lunge gab ein veritables Todesröcheln von sich.

»Sie ist verschrumpelt und alt, hat eine große krumme Nase und scheint nur einen Sack anzuhaben«, fuhr der andere Mann fort. »Aber so was wie ihre Augen hatte ich nie zuvor gesehen. Als ob man in einen Ozean schaut, der keinen Grund hat … Verstehst du, was ich meine?«

Das tat ich. Und das war mir unheimlich. Aber weiter im Text …

Der Mann, der die Geschichte erzählte, tastete in einer seiner Cargotaschen nach einer Zigarettenschachtel. Er zündete eine an und gab sie Sims. Ranger rauchen nie im Einsatz. Nur, wenn sie trinken. Wenn sie im Dienst sind, ist nur Kautabak erlaubt. Die beiden mussten also gehörig Schiss gehabt haben, wenn sie die wohlgehütete Schachtel auspackten, die sie in der Hoffnung mitgebracht hatten, irgendwo in der postapokalyptischen Zukunft eine Bar zu finden.

Sims hustete sich zwar gerade die Lunge aus dem Leib, griff aber trotzdem nach der Zigarette. Ein echter Ranger kennt keinen Schmerz, wie man so schön sagt. Ich persönlich fand übrigens, dass Sims weniger eine Kippe als vielmehr eine eiserne Lunge gebraucht hätte. Oder ein ganzes Team von Geriatrie-Spezialisten, so wie er aussah.

Sims inhalierte leicht und hustete, als würde er versuchen, etwas Hartnäckiges aus der Lunge zu bekommen. Ich war mir ziemlich sicher, dass er kurz nach dem Höhepunkt seiner Hustenattacke auf der Stelle tot umfallen musste. Aber das tat er nicht.

Dann bemerkte ich, dass der andere Ranger mir auch eine Zigarette hinhielt.

Ich nahm sie. Ein guter Zeitpunkt, um sich anzupassen, sagte ich mir. Eigentlich habe ich zwei Jahre vor dem Eintritt in die Army aufgehört. Aber hey … Rauchen ist wie Fahrradfahren und so. Oder wieder aufs Pferd zu steigen – je nachdem.

»Ich habe seit Honduras keine mehr geraucht, und das Zeug da unten ist das einzig Wahre«, sagte der Ranger, der die Zigaretten austeilte. Ich merkte, dass auch seine Hände ein wenig zitterten. Im Wald um uns herum war es ganz still. Ich vermutete, dass einige der Ranger in Schichten schliefen, solange sie das noch konnten. Wir hatten jetzt schon zwei Nächte nicht mehr geschlafen. Drei Tage ohne sind das zulässige Maximum für Ranger.

Die Zigarette beruhigte Sims' Hustenanfall, aber er hielt sein wettergegerbtes, altes Gesicht weiterhin auf den Boden gerichtet. Einen Moment später nahm er seinen Helm ab, und ich konnte sehen, dass sein Haar nicht nur grau geworden war. Es war weiß. Weiß wie Schnee. Als hätte er einen Geist gesehen.

»Ich bin Sims, und das ist Matthews«, sagte der alte Mann zu mir, und wir saßen einfach im ruhigen Wald da und rauchten. Ab und zu hustete Sims leise. Dann murmelte er: »Ich liege im Sterben, Mann.«

»Also, diese … Frau …?«, hakte ich vorsichtig nach. Weil ich neugierig war. Und ängstlich. Irgendwann mal habe ich festgestellt, dass Wissen ein sehr gutes Mittel gegen Angst ist. Ich muss mich immer zurückhalten, einen Überlebenden oder einen meiner Freunde nicht nach den Symptomen zu fragen, die jemand, den sie kannten, vor dem Tod aufwies. Selbst ich weiß, dass das egoistisch ist. Egoistisch im Sinne von eigennützig. Ich frage ja auch nicht. Aber in dieser Situation wollte ich es unbedingt wissen.

»Das war keine Frau«, murmelte Matthews. »Das war 'ne Hexe, ganz sicher. Ich komme aus den Appalachen und habe genug über sie und ihre dunklen Verstecke gehört, von denen man sich fernhalten sollte, um zu wissen, wann eine direkt vor mir steht. Reyes hatte recht. Absolut. Nur nannte er sie eine *brujita*. Das ist Ricano für Hexe, weißt du?«

Mit *Ricano* meinte er vermutlich puerto-ricanisches Spanisch meinte. *Brujita* kannte ich. Was für eine Überraschung: Ich spreche auch Spanisch. Das war ein Kinderspiel. Italienisch, Französisch und Spanisch sind quasi dieselbe Sprache, nur anders ausgesprochen.

Bruja. Hexe oder Zauberin.

Von da an übernahm der alte Sims. »Sie kam aus der Dunkelheit«, keuchte er. »In der einen Minute ist sie nicht da und wir haben die Nachtsichtgeräte an und alles. Im nächsten Moment taucht sie aus dem Nichts vor mir auf und richtet ihren hässlichen Finger auf mich …«

Sims zeigte auf sich und tippte mit einem seiner gekrümmten, knochigen Finger auf seinen Plattenträger.

»Ich habe das Feuer auf sie eröffnet, aber in der nächsten Sekunde war sie schon wieder weg.« Er hustete. »Ich schieße in nichts als Rauch. Und …«

Er nahm einen langen Zug von seiner Zigarette und murmelte etwas, das ich nicht verstehen konnte. Vielleicht hat er nur vor sich hin geflucht.

»Wie bitte?«, fragte ich.

Sims blickte verärgert zu mir auf.

»Ich sagte … Ich kann sie immer noch lachen hören. Ich dachte, es wäre gestern Abend im Wald und im Gefechtslärm gewesen, aber … es ist immer noch in meinem Kopf, Mann. Ich kann sie lachen hören, als wäre sie in meinem Oberstübchen. In einem alten Schaukelstuhl. Sie wippt langsam vor und zurück und lacht mich aus. Das ist echt bescheuert. Dafür habe ich mich nicht verpflichtet, Leute. Das wäre mein letzter Einsatz gewesen, danach wäre ich nach Kalifornien gegangen und Schauspieler geworden oder so. Mehr …«

Er fing wieder an zu husten.

»Mehr hab ich nicht zu sagen«, setzte er nach, nachdem der Anfall vorbei war.

Der Wald lag still da, nur eine Krähe flatterte von einem Baum zum anderen. Ihre Flügel erzeugten ein ledriges Rauschen, und als sie in einem Baum in der Nähe landete, beobachtete sie uns einfach, als wüsste sie, was passieren wird, und dass wir nichts dagegen tun konnten.

Okay, jetzt hatte ich offiziell eine Gänsehaut.

Sims sah mich an, dieses Mal nicht wütend, sondern so, als würde er mich bitten, ihm zu glauben. Ihn zu verstehen. Etwas zu sagen wie: »*Oh ja. Das ist mir auch schon passiert, Mann. Das ist gar nichts. Wird bald wieder besser.*«

Das emotionale Äquivalent dazu, wenn der Arzt einem rät, einfach irgendeine Creme draufzuschmieren. Kein Grund zur Sorge. Geht bald wieder weg.

Das war es, was Sims in diesem Moment hören wollte.

Aber ich saß nur da mit meiner halb gerauchten Zigarette und hörte zu. Und dachte über Hexen nach, die einen verfluchen und rapide altern lassen können. Einfach so. Das hätte definitiv meine Chancen bei der süßen Co-Pilotin geschmälert. Von einer Sekunde auf die andere in einen alten Mann verwandelt zu werden, meine ich.

»Sie sagte …«, röchelte Sims, den Stummel seiner Zigarette in den nassen Wald schnippend. »*Para … Malda-City* oder so. Dann … *Hilly Peuers*. Und dann, ganz plötzlich, fühlte ich mich, als hätte ich die Grippe und einen Herzinfarkt auf einmal bekommen.«

Matthews mischte sich ein. »Wir haben erst bei Tagesanbruch bemerkt, was passiert ist. Als Kurtz uns aufforderte, Wache zu halten, bis seine Leute mehr Munition besorgt hatten. Da konnten wir sehen, dass Sims zu einem alten Mann geworden war. Daher bringe ich ihn jetzt zum Chief, damit er sich das mal ansieht. Was denkst du, was mit ihm los ist? Meinst du, die haben noch was anderes als Ibuprofen für so was? Ich meine, das ist doch total bekloppt, Alter. Er ist erst zweiundzwanzig!«

Sims fing wie zur Bestätigung erneut an, sich die Lunge aus dem Leib zu husten.

Die beiden sahen mich an.

Im Gegensatz zu ihnen wusste ich, was die alte Frau gesagt hatte. *Para … Malda-City oder so. Dann … Hilly Peuers.*

Para maldecirte, gilipollas.

Verflucht seist du, Bastard.

KAPITEL 12

Ich habe ihnen nicht gesagt, was es bedeutet. Oder was die Hexe gesagt hatte. Die *Brujita*, wie ein anderer Ranger sie genannt hatte. *Kleine Hexe*. Ich stand einfach im stillen Wald und dachte über die Folgen des Ganzen nach, während wir unsere Zigaretten zu Ende rauchten.

Sims, der alte Mann, und Matthews, der junge, brauchten das nicht zu wissen. Sie hatten auch so schon genug Sorgen angesichts der doppelten Portion Ranger-Alamo, die wir gerade serviert bekamen. Alles deutete darauf hin, dass wir uns in den kommenden Nachtstunden einen Kampf um unser Leben liefern würden, das spürte man deutlich in der Luft. Sie mussten nicht noch über Flüche und Hexen nachdenken, die sich in Rauch verwandeln, wo es Zeit für die dritte Runde war.

Noch ein Nachschlag?

Ich sagte ihnen, dass Chief Rapp sehr wahrscheinlich irgendeine Spritze hatte, die helfen würde. Das gefiel ihnen allerdings gar nicht. Die Ranger waren der Meinung, dass es wahrscheinlich ziemlich schlimm stand, wenn jemand eine Spritze bekommen musste. Ich konnte es in ihren Augen sehen. Es grenzte an abergläubische Paranoia. Ich fügte hinzu, dass vielleicht eine Tinktur schon ausreichen würde, um Sims wieder aufzurichten, und sie schienen sich daran festzuhalten wie ein Ertrinkender an einem Stück

Treibgut in dem Fluss der Angst, in dem wir uns gerade befanden.

Für mich hatten die Details mehr Bedeutung als das, was auf der Hand lag. Zunächst einmal … Spanisch. Diese Hexe, die zumindest menschenähnlich aussah und die Angriffe jener Ork-Monster als Stoßtrupp unterstützte, sprach Spanisch. Und zwar Festlandspanisch, keinen der latein- oder südamerikanischen Kolonialdialekte. Sie benutzte nicht *bastardo*, was viel üblicher war.

Sie verwendete *gilipollas*.

Die Castellano-Version des Wortes *Bastard*.

Kombiniert mit unserem Zauberer, der eine Art Hui-Dialekt sprach, wurde die Sache für mein militärisch-professionelles Spezialgebiet langsam interessant. Sprachen. Die chinesischen Schriftzeichen auf den sichergestellten Dokumenten und die Tätowierungen auf seinem abgetrennten Kopf waren ebenfalls auffällig.

Schon klar, wir waren alle kurz davor, hier beim Ranger-Alamo die Kehle durchgeschnitten zu bekommen, aber trotzdem war die Sache mit der Sprache faszinierend. Zumindest für mich. Wahrscheinlich nicht für Captain Messerhand oder den Command Sergeant Major. Oder für den Rest der Ranger.

Aber ich … ich war wie gebannt davon. Wie elektrisiert.

Vielleicht würde PFC Kennedy die Feinheiten zu schätzen wissen …

Nachdem ich langsam einen besseren Überblick über unsere Gesamtsituation bekam, machte ich mich wieder auf den Weg zu Sergeant Kurtz und der Einheit für schwere Waffen. Das wirklich Aufregende an der ganzen Sache war, dass ich hier, zehntausend Jahre später als geplant, vielleicht doch noch etwas zu tun bekam. Einen Weg, wie ich in diesem luziden Albtraum einer Fantasy-Welt, die mit allen Mitteln versuchte, uns so schnell wie möglich den Garaus zu machen, von Nutzen sein konnte. Bis zu diesem Moment hatte ich mich stets gefragt, ob wir vielleicht an einem anderen als unserer Welt gelandet wären. Ob die Sprachen hier so anders waren, dass alle meine Kenntnisse unbrauchbar wurden. Kein Problem, ich könnte eine neue Sprache lernen, sagte ich mir dann. Es ist alles nur ein Code, und es gibt überall Tricks und Eselsbrücken. Und das ist auf eine ganz eigene Art und Weise aufregend. Aber …

»Talker«, bellte Sergeant Kurtz. Als wäre meine mittlerweile semi-offizielle Rangbezeichnung ein Schimpfwort, das für die Unreinen reserviert war, die nicht den Rangern oder der Luftwaffe angehörten. Das berühmte Frontlinienfußvolk.

»Ja, Sergeant!«, antwortete ich so schnell ich konnte und riss mich aus meiner Tagträumerei darüber, wie ich hier in der Zukunft wohl den Rest meines Lebens verbringen würde. Ich war offen gesagt ziemlich begeistert von dem Gedanken, mich nützlich zu machen.

»Er ist da unten in der Senke!«, rief der Sergeant, bevor er sich wieder seiner Arbeit am Schützengraben widmete. Sie schleiften Bäume und sonstiges Totholz quer über den ganzen Platz, um in der wenigen Zeit, die sie noch hatten, ihre Stellungen zu verstärken. »Sagen Sie Tanner, er soll bei Ihnen bleiben und nicht zu nahe herankommen!«, rief er über die Schulter. Und abschließend: »Das Viech hat einen Satz Zähne, mit denen es wahrscheinlich jemanden zerfleischen könnte. Nur, damit Sie es wissen …« Er drehte sich zu mir um und richtete seine eigene Version der Messerhand auf mich. Ich schätze, er übte sich heimlich darin, eines Tages ein ebenso unnachahmlicher Killer zu sein wie der Captain. »Er ist gefährlich, Talker. Nehmen Sie sich in Acht. Ich habe Sie gewarnt.«

Das ernüchterte mich ein wenig.

Ich machte mich auf den Weg zu der Grube hinter dem Maschinengewehrstand der Truppe. Im Grunde genommen war es nichts weiter als ein trockener Teil des Flussbettes, der irgendwann in der Vergangenheit vom Fluss abgetrennt worden war. Er war mit lockerem Sand und Felsen gefüllt, und in der Mitte der Freifläche lag ein riesiger Holzhaufen. An einen Baumstamm war mit Panzertape, Kabelbindern und einer Kette ein Goblin gefesselt …

Genau wie die, die wir in der Nacht zuvor gesehen hatten.

Kleiner als die Orks. Grün-graue Haut. Große Ohren. Augen wie Halbmonde. Seine Klauen öffneten und schlossen sich und scharrten herum, als ich mich näherte. Wir beunruhigten uns gegenseitig. Der hier hatte nicht die gleiche Lendenschurz-und-Speer-Aufmache wie die anderen, sondern trug eine Art plumpe Rüstung. Einen ledernen Brustpanzer, einen zerschlissenen Kilt, überdimensionale Stiefel. Er beäugte mich ängstlich, als ich näher an ihn herankam.

Tanner, der etwas weiter unten mit gezogener Waffe am Rand der Senke gelehnt hatte, ging auf Abfangkurs, um mir den Weg abzuschneiden, bevor ich ihm zu nahe kommen konnte.

»Er ist …«, begann der Ranger-Private.

Ich hob eine Hand. »Ich weiß … gefährlich. Kurtz hat es mir … zugeschrien.«

Tanner hielt sich zurück und beobachtete, wie das kleine Wesen versuchte, herumzuspringen und sich zu wehren, als wir uns ihm näherten. Es war höchstens eineinhalb Meter groß. Wenn überhaupt.

Ich sagte Hallo. Und zwar auf Spanisch.

Das Wesen legte den Kopf schief und sah mich neugierig an. Aber es wurde schnell klar, dass es mich nicht verstand, obwohl ich es fünf oder sechs Mal wiederholte.

Dann versuchte ich es mehrmals auf Chinesisch. Ich arbeitete mit den Sprachen, die wir bis jetzt angetroffen hatten Das schien ein guter Ausgangspunkt zu sein.

Tanner sah mich an, als wäre ich ein Geisteskranker, und ehrlich gesagt fühlte ich mich einen Moment lang auch wie einer, als ich so dastand und versuchte, mit einem …

Akzeptiere es einfach, sagte ich mir.

… einem Goblin zu sprechen.

Entweder das oder ein *haarloser kleiner bösartiger Affe*.

Ich versuchte es in ein paar anderen Sprachen, aber erst, als ich ein paar Sätze auf Türkisch sagte, bekam ich eine Rückmeldung.

Die positive Reaktion des Wesens trat ein, als ich es fragte: »Wie heißt du?« Ich habe es schnell gesagt, weil ich gerade ein paar Phrasen ausprobiert und es auf nichts reagiert hatte. Aber als ich es halbherzig auf Türkisch nach seinem Namen fragte – *Adın ne?* –, antwortete es ohne Arglist und schien mindestens genauso überrascht wie ich.

Offenbar war sein Name Jabba. Und mit Hilfe von etwas Deutsch, Türkisch, Arabisch und einer Sprache, die ich gerade erst zu entdecken begann, nämlich … nun, Jabbas Beschreibung dafür lautete *Kampforksprech* … schafften wir es dann doch noch, eine einigermaßen ausführliche Unterhaltung zu führen.

KAPITEL 13

Hier also mal eine grobe Übersetzung dessen, was zwischen dem kleinen Goblin und mir gesprochen wurde. Zuerst ging es nur langsam voran, aber als er begriff, dass ich ihn und das, was er sagte, verstehen konnte, und als ich ihn eine der kostbaren Colas probieren ließ, die ich auf den Flug geschmuggelt hatte, ging es schnell bergauf. Ich hatte einen Karton mit zweiunddreißig Dosen in meinem Seesack. Nach einem Gespräch mit dem Sergeant Major hatte ich drei davon zum Verhör mitgenommen.

John, dessen richtiger Name nicht John war, hatte mir verraten, dass diese einfache Technik oft besser funktioniert als erwartet und angewendet werden sollte, bevor der Spaß mit den Gummischläuchen und dem Schlafentzug losging.

Schlafen Goblins überhaupt?

»Wie heißt du?«, fragte ich es. Ihn.

Seltsamer Blick, aber dämmernde Erkenntnis. Das Wesen quakte mehr, als dass es sprach, als ob es irgendwie zum Teil ein Frosch wäre.

»Ich Jabba. Ich Jabba. Ich Jabba. Du kennen Jabba. Ich Jabba«, antwortete er. Immer wieder.

Ich schrieb das unverändert auf. Fürs Protokoll, und weil es irgendwie lustig war.

»Dein Name ist Jabba«, sagte ich.

»Ich Jabba. Ich Jabba. Ich Jabba. Du kennen Jabba. Ich Jabba. Jabba ich.«

An diesem Punkt hoffte ich wirklich inständig, dass es mehr konnte als *Ich Jabba* und die daraus folgenden Abwandlungen. Ich hielt inne. Der Sergeant Major hatte verlangt, dass ich es verhöre und herausfinde, was es weiß. Ich hatte vor zehntausend Jahren in einem schäbigen Motel in Ost-Vegas einen Kurzlehrgang zum Thema Verhörmethoden absolviert … Ich war also absolut qualifiziert für so etwas. Ein Monsterverhör.

Keine Monster.

Akzeptiere die Fantasy, musste ich mir in Erinnerung rufen. Lass dich darauf ein, oder wir werden alle im Ranger-Alamo sterben. Offenbar gibt es Dinge, die du hier in dieser vergessenen Ruine einer Zukunft tun kannst, also fang damit an. Fang an, dich nützlich zu machen. Sprachen. Du beherrschst Sprachen, und Sprachen sind nichts anderes als der kodierte Austausch von Informationen. Also tu das. Hol ein paar nützliche Informationen aus diesem Kerl raus. Fang an, zu reden, Talker. Fang an, zu helfen.

»Warum du …«, begann ich und stockte an diesem Punkt, als ich feststellte, dass er die Sprache, in der wir begonnen hatten, nicht ganz verstand. Durch systematisches Ausprobieren nutzte ich etwas Deutsch und Arabisch, um die Kommunikation zu vervollständigen. »Angreifen. Uns.«

»Warum du angreifen uns, Jabba?« Das Endresultat war schließlich ein Mix aus drei Sprachen.

Der Goblin sah ernsthaft brüskiert aus, als wir endlich einigermaßen die gleiche Sprache sprachen. Oder vielleicht wollte er, dass ich denke, er sei wirklich entrüstet über das, was ich gerade gefragt hatte. Ich hatte keine Erfahrung mit der Körpersprache der Goblins, die mir als Grundlage dienen konnte. Aber ich hatte das Gefühl, dass er ein wenig mit mir spielte.

So gut es ging, scharrte er mit den Krallen auf dem Boden und miaute wie eine kranke Katze. Er legte unterwürfige Gesten an den Tag, indem er den Kopf tiefer hielt als den Hintern. Ich nahm zumindest an, dass es Unterwerfung sein sollte, denn ich hatte einmal etwas Ähnliches in einer Naturdoku gesehen.

»Warum angreifen du Insel, Jabba?«, fragte ich.

Jabba nickte auf einmal energisch.

»Attacka …«

Okay. Sein Vokabular war nicht gerade akademisch. Gelinde gesagt. An dieser Stelle sollte ich noch erwähnen, dass ich im Sinne der besseren Lesbarkeit, und um Sie nicht unnötig zu überfordern, so frei war, sein Pidgin-Patois »rauszukürzen« und Ihnen eine bereinigte Abschrift zur Verfügung zu stellen. Mir erschien das geboten, nachdem ich merkte, wie viel absurder sich die eh schon absurde Unterhaltung sonst liest.

Und ja, ich weiß: Wer bin ich, um zu kritisieren, wie dieser Goblin seine eigene Sprache spricht? Ich war immerhin der Fremde hier – und das beschreibt es nicht einmal ansatzweise –, der Bestandteile toter Sprachen zusammenschusterte und zehntausend Jahre alte Aussprachen verwendete. Meine *akademisch perfekte Sprache* war Jabbas *Patois* und umgekehrt. Aber so hat er sich für mich angehört, und umgekehrt war es wahrscheinlich auch nicht besser.

»Attacka Inselland, weil Befehl von Großork der Guzzim Hazadi«, murmelte der kleine Goblin. »Sagen … Jabba, alle Jabbas … gehen zu Inselland. Schneiden Kehlen durch und machen Feuer, um euch zu verbrennen. Nicht

Attacka du. Okay? Attacka Inselland«, endete der kleine Plagegeist mit den großen Augen ganz unschuldig.

Sie hatten nicht mich persönlich angegriffen, wollte er wohl sagen. Sie hatten »Inselland« angegriffen.

Offensichtlich war dies für ihn ein schwerwiegender Unterschied. Wir drehten uns im Kreis, und ich wurde ein bisschen wütend, weil das, was er sagte, keinen Sinn ergab. Wenn die Befehle des »Großorks« von Guzzim Hazadi, was eine Art Über-Ork-Stamm zu sein schien, gelautet hatten, Kehlen durchzuschneiden, wie konnte man dann die Kehle eines »Insellands« durchschneiden?

Jabba zuckte angesichts dieser Logik mit den knochigen Schultern und stellte sich eine Zeitlang einfach dumm. Und das machte mich noch wütender.

Dann erinnerte ich mich plötzlich daran, dass ich mich mit einem Goblin stritt, der selbst für seine Verhältnisse eine Art Idiot von niedrigem Rang in der Hierarchie der Monster dieser Welt darzustellen schien. In diesem Moment holte ich meine Colas heraus und zeigte sie Jabba. Ich gab Tanner eine und behielt eine für mich, wir öffneten jeweils eine Dose und tranken sie direkt vor seinen Augen. Natürlich spuckte Tanner seinen Kautabak-Dip davor nicht aus, denn er war immerhin ein Ranger, und die machen das nun mal so. Ich hatte mir das noch nicht angewöhnt. Betonung auf *noch*. Und ich freute mich ehrlich gesagt nicht besonders darauf. Aber wenn das nötig war, um von den Rangern akzeptiert zu werden, und ja, ich hatte diesbezüglich durchaus Ambitionen, dann würde ich es eben lernen.

Ich sammle gerne Erfolge und neue Fähigkeiten.
Das sollte inzwischen klar sein.

Jabba beobachtete jede unserer Bewegungen. Ich hatte den Eindruck, dass er das, was wir taten – eine Limo-Dose zu öffnen und daraus zu trinken –, für das Erstaunlichste hielt, was er jemals gesehen hatte. Er versuchte, auf und ab zu springen, aber er war immer noch an das riesige Holzstück gefesselt, das ein paar Tonnen wiegen musste.

»Noch mal!«, krächzte er aufgeregt.

Ich nahm noch einen Schluck.

Und dann bellte und lachte er, und das war ein schrecklicher Anblick.

Ich öffnete die dritte Dose und stellte sie vor ihn hin. Als ich näher kam, wich er zurück.

»Sei vorsichtig, Mann«, warnte Tanner.

»Bin ich.« Ich stellte die Cola auf den Boden und wich ein paar Schritte zurück.

Jabba beäugte die Dose misstrauisch und versuchte, sie zu umkreisen, soweit es seine Fesseln zuließen. Jedes Mal, wenn er daran schnupperte, nahmen wir einen langsamen, tiefen Schluck, damit er wusste, dass es ungefährlich war. Schließlich ließ er sich auf alle viere fallen, wobei mir auffiel, dass seine Rüstung, obwohl sie in schlechtem Zustand war, keinen einzigen Laut von sich gab. Ich war mir ziemlich sicher, dass er eine Art Spion sein musste. Vielleicht galt das sogar für alle Goblins. Auf keinen Fall würden sie das Gleiche anrichten können wie die größeren, grausameren Orks da draußen. Sie stürmten Welle um Welle todesverachtend gegen das heftige Trommelfeuer aus Schüssen und Mörsergranaten. Aber irgendwie hatte sich seine kleine Mannschaft in dem Chaos bei uns eingeschlichen und war nahe genug an die Schützengräben herangekommen, um gefangengenommen zu werden.

Ich musste ihn nach seinen Waffen und den Umständen seiner Gefangennahme fragen. Aber jetzt war nicht der richtige Zeitpunkt dafür.

Jabba schnupperte an der Dose, und dann, flink wie eine Schlange, hob er sie mit einer Klaue auf und kippte sie in einem Zug runter. Sein dünner Hals arbeitete, sein riesiger Adamsapfel wippte auf und ab, und er verschlang die Limonade gierig. Dann tauchte eine lange Zunge auf und leckte die Reste weg, die ihm ins Gesicht gespritzt waren.

Sein Blick war einen Moment lang skeptisch. Er blickte nach oben, sah aber nichts Bestimmtes an, sondern wartete eher darauf, dass etwas passierte. Dann rülpste Jabba … und das ist noch eine Untertreibung.

Es war weniger ein Rülpsen als vielmehr das Brüllen eines kleinen, wilden Raubtiers aus dem Pleistozän.

Der Goblin lachte krächzend und versuchte erneut, auf und ab zu springen, wobei er an den Seilen zerrte, mit denen er gesichert war. Er lachte manisch und zerrte an den Kabelbindern, als hätte ihm die Limonade einen unglaublichen Kraftschub und gute Laune verliehen.

»Ist es möglich?«, fragte ich Tanner, während wir das Wesen beobachteten. »Dass er sich befreit, meine ich?«

»Nein«, sagte der Ranger und sah zu, wie das kleine Wesen zitternd herumsprang. Ich bemerkte, dass Tanner seine MK18 entsicherte.

Dann zerriss Jabba die Kabelbinder um seine Handgelenke und fuchtelte mit den knorrigen Armen wild herum, wobei er die Krallen bewegte, die sich in einer Art seltsamem Goblin-Triumph öffneten und schlossen.

Jabba schrie, er sei der Mondgott. Auf Arabisch.

Tanner hatte sein Gewehr mittlerweile auf die Kreatur gerichtet, die von Sekunde zu Sekunde unberechenbarer und gefährlicher wirkte. Als Jabba eine Weile später wieder einigermaßen zur Ruhe kam und die Waffe sah, warf er die Hände in die Luft, als wolle er plötzlich um Gnade bitten.

In mehreren Sprachen, die er in Windeseile runterbetete, gab er zu verstehen, dass er sich noch nie so lebendig gefühlt habe. Und ob er bitte noch mehr haben könnte von … wie nannte er noch gleich den Trank des Zauberers? Jabbas Wort für Zauberer war *Sāhir*. Aus dem Arabischen.

»Mehr Trank. Jabba wollen mehr Trank. Trank! Zaubertrank! Zaubertrank! Jabba Mondgott jetzt!«

»Ich glaube nicht, dass es eine so gute Idee war, ihm Koffein und Zucker zu geben, Talker«, bemerkte Tanner und verfolgte den tanzenden Goblin durch das Visier seiner MK18.

Ich hatte keinen Zweifel daran, dass Tanner, wenn es dem wilden Jabba gelungen wäre, noch einen Kabelbinder zu zerreißen, sein kleines Goblingehirn über die Flusskiesel verteilt hätte.

»Vielleicht«, sagte ich zu ihm, während ich Jabba im Auge behielt. »Oder vielleicht … Jabba. Jabba! Jabba! Jabba wollen mehr Trank?«

Was dann geschah, war unschön. Im Grunde genommen bettelte und flehte Jabba wie ein Hund um, wie er es nannte, »mehr Mondgott-Trank!«

Ich deutete an, dass er mehr Mondgott-Trank bekommen könnte, wenn er sich beruhigen und mir sagen würde, was ich wissen wollte.

Er stimmte zu und plauderte munter drauflos, bevor ich die wichtigen Fragen überhaupt gestellt hatte. Zum

Beispiel: *Wie viele von euch gibt es? Wer sind eure Anführer? Und wann werdet ihr als Nächstes angreifen?*

Wie viele?

»Viele – mehr als alle Sterne!«

Und die Anführer?

»Skorum, Anführer von Goblinleuten. Azar, Anführer von Orks. Viele andere noch, und aaaarme durstige Jabbas kennen nicht Hexenvolk oder Trolle oder alle anderen von Crow, aber Crow kommen – äh – jetzt, um Trankspender holen und töten. Mehr Trank jetzt, bitte. Jabba Mondgott wollen! Jabba Mondgott brauchen!«

Wann würden sie als Nächstes angreifen?

»Nachtdecke kommen, dann wir euch kriegen. Töten alle. Töten dich. Jabba sorry. Mondgott wollen mehr Trank, bevor Trankspender sterben.« Dann krächzte er und brach zu einem erschöpften Häufchen zusammen, das einfach nur armselig wirkte.

Ich dachte darüber nach und schlürfte den letzten Rest meiner Cola. Jabba beobachtete dies mit einem offenen Auge, so, wie ein Junkie zusah, wie das letzte Heroin verteilt, gekocht oder gestreckt wird, um es an sich zu reißen und dann zu verschwinden. In seinem aufgerissenen Auge lauerte die Gier.

Sergeant Kurtz war über den Hügel gekommen und hatte gerade rechtzeitig in die Senke hinuntergeschaut, um zu sehen, was ein paar Minuten zuvor passiert war, als Jabba die erste Begegnung mit einem bekannten Markensoftdrink durchlebte. Ich fragte mich, ob die Schmiede, von der man uns gesagt hatte, sie könne alles herstellen, mehr Coca-Cola für Vernehmungszwecke produzieren konnte.

Es war jetzt Nachmittag, und das schwache Sonnenlicht drang von Westen durch die skelettartigen Bäume. Ein einsamer Vogel stieß einen Schrei aus, und ich konnte den Fluss auf beiden Seiten der Insel hören.

Nachtdecke kommen, dann wir euch kriegen. Töten alle. Töten dich.

Wie lange konnten die Ranger durchhalten? Jabba sagte, sie seien *mehr als alle Sterne*, und wer wusste schon, was das bedeuten sollte. War das eine genaue Zahl oder nur eine Übertreibung aus dem Reich der Stammesmythen und -legenden? Propaganda aus der Bronzezeit sozusagen.

Worauf warteten wir noch? Auf irgendjemanden, der kam, um uns zu retten? Es waren keine anderen Einheiten bekannt, die uns helfen konnten. Keine unbemannten Drohnen zur Unterstützung. Keine Artillerie, die wir anfordern konnten. Keine Nachhut, zu der wir uns zurückziehen würden. Wir befanden uns seit fünf Tagen in dieser Schlacht, und bereits nach Tag zwei war uns klar, dass so bald kein Ende in Sicht sein würde. Der Munitionsbedarf würde bald die Kapazitäten der Schmiede übersteigen und unsere Reserven aufzehren. Was also sollten wir tun? Uns ordentlich verschanzen und das Tomahawk bereithalten.

Dafür lebten die Ranger.

Aber taten sie das wirklich?

Ich hatte tatsächlich Angst, dass wir bald herausfinden würden, ob das auch dann der Fall war, wenn wir keinen Ausweg aus diesem unerbittlichen Vierfrontenkrieg finden würden.

»Wie lange, Jabba? Wie lange sie angreifen? Warum kommen Goblins, Orks, Hexen und Trolle?«, fragte ich.

Und wie lange kann das Ranger-Alamo durchhalten? Das habe ich nicht gefragt, aber ich konnte nicht aufhören, darüber nachzudenken.

Jabba lächelte nur verschmitzt und erwiderte in einem unheimlichen Flüsterton: »König Triton sagen: *Niemals nie nie nie nie* aufhören. Triton Befehl. Jabba … gehorchen.«

KAPITEL 14

Ich eilte vom Verhör durch die hereinbrechende Dämmerung des späten Nachmittags zurück. Die Luft auf der vom Fluss umgebenen Insel war angespannt und still. Es waren nicht viele Ranger unterwegs, als der Tag sich dem Ende zuneigte und wir uns auf eine wahrscheinlich lange brutale Nacht vorbereiteten.

Ich war beunruhigt.

Irgendetwas, das der kleine Goblin namens Jabba gesagt hatte, störte mich wie ein unerreichbarer Juckreiz und ich wäre der Erste gewesen, der zugegeben hätte, dass das, was mich störte, dumm klang. Wirklich dumm.

Aber sagen wir einfach, dass die Beweislage und die Vernunft mir geboten, nach den Spielregeln von PFC Kennedy zu spielen und mich endlich vollends auf diesen Fantasy-Kram einzulassen. Endlich da kratzen, wo man nicht hinkommt. Es gab Goblins und Orks, Riesen und Magie. Wenn das die Regeln waren … dann war es an der Zeit, mehr über sie zu erfahren.

Es war weniger als eine Stunde vor Einbruch der Dunkelheit, als ich zum Flugzeug zurückkehrte. Im Inneren der Maschine hatten sie bereits auf taktische Einsatzbeleuchtung umgeschaltet, und ich fand ging zum Command Sergeant Major. Dann dachte ich noch einmal über das nach, was ich sagen wollte, nur um sicherzugehen, dass es nicht so dumm war, wie es mir vorkam. Denn das war es wahrscheinlich. Aber er ließ mich nicht zu Wort kommen, bis wir uns vom Flugzeug entfernt hatten und unter dem Außenbordmotor auf der rechten Seite der notgelandeten C-17 standen. Zurück in der Stille des Waldes und des Feldes auf der kleinen vom Fluss eingeschlossenen Insel. Im Osten zog die Dämmerung auf, das Blau ging langsam in Violett über. Die Luft wurde kühler. Ich fröstelte. Unser Atem kondensierte beim Sprechen.

»Was haben Sie herausgefunden, Talker?«, fragte der Sergeant Major, als wir außer Hörweite der anderen waren.

Ich gab Jabbas Gespräch wieder und konzentrierte mich auf die wichtigen Informationen, wie John es mir beigebracht hatte. Allerdings war es nicht besonders viel, wie ich im Nachhinein feststellen musste. Sie, diese Horden der Finsternis, waren hinter uns her. Und es waren viele. Sie würden nie aufhören.

Keine wirklichen Überraschungen oder Gamechanger.

Ich hatte Jabba gefesselt zurückgelassen und war zur Basis geeilt, bevor Sergeant Kurtz irgendeine Hiwi-Arbeit fand, die er mir aufhalsen konnte. Zum Beispiel benutzte Patronenhülsen polieren oder aus den übrig gebliebenen Essensrationen und Plastikgabeln Sprengfallen bauen. Irgendein Last-Minute-Bastelprojekt, das uns noch ein paar Sekunden Zeit verschaffen konnte, bevor uns die Kehlen von schmutzigen Messern aufgeschlitzt würden, geschwungen von grünen Krallen.

Von Monstern der Nacht.

»Da ist noch etwas anderes, Sergeant Major«, unterbrach ich meinen eigenen Bericht.

Der Sergeant Major bat mich um eine Erklärung.

Ich hielt mich selbst davon ab, mit den Worten »Das klingt vielleicht dumm, Sergeant Major« anzufangen, und beschloss, zu meiner Vermutung zu stehen. Während der Anhörung des SEALs Chief McCluskey hatte sich ein gewisses Bauchgefühl bei mir breitgemacht. Und als ich eine vage Bestätigung durch etwas bekam, das der kleine Goblin gegen Ende des Verhörs fallen gelassen hatte, wurde aus diesem Bauchgefühl ein nagender Zweifel, eine Ahnung, die ich nicht mehr loswurde.

Es war wirklich dumm, glauben Sie mir. Aber kennen Sie das, wenn Sie einen Roman lesen und eine Figur einen Fingerzeig darauf bekommt, wer der eigentliche Bösewicht in der Geschichte ist oder was die große Wendung sein wird, und der Autor hofft, dass es so vage ist, dass Sie es übersehen, aber Sie riechen es natürlich hundert Meter gegen den Wind und der Rest des Buches ist völlig ruiniert und Sie hassen die Figuren, weil sie alle dumm sind, da sie den offensichtlichen Aufhänger nicht erkennen. Dabei ist es nicht mal ihre Schuld, da der Autor sie praktisch so schreiben musste, einfältig und blind für die Wahrheit, dass sie es nicht sehen …

Kennen Sie das? Genauso fühlte sich das hier an.

Also habe ich nicht lange um den heißen Brei herumgeredet und bin direkt zur Sache gekommen, nachdem mir die nicht ganz so vage Idee nicht mehr aus dem Kopf gehen wollte. Ich erzählte dem Sergeant Major, was meine Vermutung war. Und wen ich verdächtigte. Sollte ich mich irren, dann war ich ein größerer Idiot als PFC Kennedy. Und das bedeutete für mich, ab in die Latrinengrube. Wahrscheinlich für immer.

»Sie wissen doch noch, dass wir beide ein … ungutes … um nicht zu sagen seltsames Gefühl bei diesem SEAL … McCluskey hatten, Sergeant Major?«

Der Sergeant Major ließ den Blick über den dunkler werdenden Wald schweifen und sah dann wieder zu mir, wobei er nur einmal nickte, um mir anzuzeigen, dass er mich verstanden hatte. Wusste, worauf ich hinauswollte.

Wir waren wieder beim Nicken angelangt.

»Okay«, fuhr ich fort. »Bei der Gefangenenbefragung erwähnte der Goblin nur eine konkrete Person. Er hat ihren Anführer identifiziert, soweit ich das beurteilen kann. Womit wir es zu tun haben, scheint eine gemeinsame Anstrengung verschiedener Akteure zu sein, die uns angreifen. Und warum? Keine Ahnung, Sergeant Major. Das lag wahrscheinlich jenseits seiner Gehaltsklasse. Aber der Name, den das Subjekt während des Verhörs nannte, lautet ‚König Triton‘.«

Ich habe Luftanführungszeichen gemacht, und in diesem Moment wurde mir einmal mehr klar, dass sich das, was ich sagte, in der Tat ziemlich dumm anhörte. Aber dumm zu klingen, hatte mich bisher noch nie aufgehalten. Da können Sie jedes x-beliebige Mädchen fragen, mit dem ich mal ausgehen wollte.

»Okay …« Ich holte tief Luft, um dem Sergeant Major erst ein wenig griechisch-römische Mythologie zu vermitteln, damit ich danach andeuten konnte, dass Chief McCluskey tatsächlich einer von ihnen geworden und in die Rolle eines Warlords geschlüpft war, der sich wahrscheinlich als König Triton bezeichnete. Ein dummer Gedanke. Ich weiß. Aber fragen kostet ja …

»McCluskey ist ein SEAL, Junge«, unterbrach mich der Sergeant Major, bevor ich überhaupt richtig angefangen hatte. »Wenn ein SEAL sich einen Fantasienamen ausdenken müsste, wäre König Triton wahrscheinlich recht weit oben auf der Liste.« Seine Stimme war tief und diskret, und er ließ den Blick seiner grauen Augen über die stille Lichtung am Rande des Feldes schweifen, auf dem wir mit Mühe und Not gelandet waren. »Mitkommen.«

Zu Befehl.

Ich wusste, dass die Lage ernst war, als der Sergeant Major seine Waffe zog, ehe wir die hintere Rampe betraten und an den beiden SAW-Schützen vorbeigingen, die das Flugzeug absichern sollten. »Mir nach, Jungs«, knurrte er den beiden Schützen mit zusammengebissenen Zähnen zu. Er war offensichtlich in der Stimmung, Unfrieden zu stiften.

Wir steuerten direkt auf das lichtdichte Nest zu, das der Sergeant Major für den Chief gebaut hatte, damit unser selbsternannter Vampir in aller Ruhe das Tageslicht aussitzen konnte. Zu diesem Zeitpunkt überlegte ich bereits, ob ich meine M-18 ziehen sollte, aber angesichts der beiden Artilleristen hielt ich meinen Beitrag zu der bevorstehenden Schießerei entweder für überflüssig oder unzulänglich, für den Fall, dass ich der Letzte wäre, der noch stand.

Und, Trommelwirbel, wer hätte das gedacht – sein Lager war leer, McCluskey und seine gesamte Ausrüstung waren verschwunden. Sein Pferd draußen im Wald war ebenfalls weg. Keiner hatte ihn rausgehen sehen.

Ein paar Minuten später fanden wir heraus, dass man in einer der Gefechtsstellungen beobachtet hatte, wie er den Fluss weiter stromaufwärts überquerte, gerade als die Sonne im Westen hinter den Bäumen verschwand. Das Zwielicht holte sich die Welt zurück.

Draußen war es dunkel geworden. Es wurde immer kälter. Und auf der Insel und im Wald herrschte Totenstille. Keine Trommeln. Nicht einmal der Geruch von Rauch von irgendwo dort draußen in den Wäldern.

Aber man konnte spüren, dass etwas im Busch war. Man merkte, wie die lange Nacht, die uns bevorstand, einen noch größeren Schatten vorauswarf, sodass wir dachten, wir würden die Sonne nie wiedersehen.

Es lag förmlich in der Luft, dass sie bald kommen würden. Dass sie hinter uns her waren. »König Triton« beorderte seine Truppen in die Schlacht, versammelte sie und sagte ihnen, wo genau sie uns angreifen sollten. Ein dunkler Mann auf einem dunklen Pferd, der in den Schatten der Nacht hin und her ritt, um sich zu vergewissern, dass alles nach seinen Vorstellungen lief, jetzt, wo er sämtliche Informationen hatte, die er brauchte.

Jetzt, wo er uns genau da hatte, wo er uns haben wollte.

KAPITEL 15

Ich wurde zu der Besprechung bestellt, die etwa eine Stunde, nachdem wir bemerkt hatten, dass Chief McCluskey sich außerhalb des Grenzzauns abgesetzt hatte, stattfand. Der Sergeant Major und die Zugführer erhielten dreißig Minuten später von Captain Messerhand eine Planänderung. Dann wurde ich zum Fluss geschickt, um herauszufinden, was genau passiert war, als sie den SEAL mit seinem Pferd gesichtet hatten.

Es gab nicht viel herauszufinden. Die Schützentruppe, die immer noch ihre Stellungen ausbaute und sich um ihre Vorräte kümmerte, erzählte mir, dass Chief McCluskey einfach mit seinem schwarzen Pferd zum Ufer geritten war, den Fluss überquert hatte und dann in der Dunkelheit der Bäume dort drüben verschwunden war.

Als ich zur C-17 zurückkehrte, um dies zu melden, wurde ich beauftragt, mich bereitzuhalten und abzuwarten, wo ich heute Abend gebraucht werden würde. Eine Zeitlang hörte ich dem allgemeinen Gemurmel in der Kommandozentrale des Hauptquartiers zu und verstand nach und nach, wie der neue Aktionsplan aussehen würde, um der heutigen Bedrohung adäquat zu begegnen. Der Sergeant Major und der Captain sowie Chief Rapp, der zuhörte und kommentierte, wo er meinte, etwas beitragen zu können, trauten Chief McCluskey nicht im

Geringsten. Keiner von ihnen. Sie mochten ihn nicht, und sie hatten alles registriert, was auch mir aufgefallen war. Nur waren ihre kritischen Einschätzungen wahrscheinlich aufschlussreicher als: »*Aber Sergeant Major, er hat Sie nicht mit Ihrem Rang angesprochen.*«

Der allgemeine Konsens lautete, dass der Marineoffizier höchstwahrscheinlich irgendwie kompromittiert war. Oder er war einfach verrückt geworden. Chief Rapp stellte fest, dass McCluskey auffallend wenig nützliche Details zur taktischen Einschätzung der Lage rausgerückt hatte. Er war offensichtlich auf der anderen Seite unserer Demarkationslinie gewesen und hatte vom Feind kontrolliertes Gebiet durchquert. Warum dann keine Truppenverteilungen oder Möglichkeiten zur Störung der feindlichen Operationen preisgeben? Und was war mit dem Rest seines Teams geschehen? Was geschah mit ihrer Schmiede in ihrer C-17, die laut dem zuständigen Techniker Josh Penderly speziell gegen die Nanopest hier in der Zukunft geschützt war? Im Gegensatz zu allen modernen Technologien – Waffen, Smartphones und Thermomix – sollte sie immer noch funktionsfähig sein. Warum war McCluskey dann angezogen wie ein bronzezeitlicher Kriegsfürst?

Diese Einschätzung stammte übrigens von jemand anderem. Der Teil mit der *Bronzezeit*. Meiner Meinung nach läge sein technisches Niveau irgendwo im finstersten Mittelalter. Aber eigentlich war das ja auch egal.

Jedenfalls hatten sie auch bemerkt, dass McCluskey sich sehr für den genauen Standort der Schmiede an Bord unserer Maschine interessierte, allerdings sehr unauffällig. Alles in allem hatte er bei jedem einen ziemlich schlechten Eindruck hinterlassen, und niemand traute ihm so recht. Mit etwas mehr Zeit hätte das Kommandoteam vielleicht Vertrauen in ihn fassen können. Stattdessen hatte er angesichts eines drohenden feindlichen Angriffs die Verteidigungsanlagen verlassen und war direkt in Feindesland zurückgekehrt. Daher war man sich einig, dass er höchstwahrscheinlich mit dem Gegner kooperierte, der uns aus bislang unerfindlichen Gründen zusetzte.

»Er gehört ab jetzt zu den Bösen und ist auch so zu behandeln«, erklärte Captain Messerhand.

Mehr Worte brauchte es nicht, damit die Ranger ihn beim ersten Sichtkontakt erschießen würden. Das war der sicherste Weg zum Ziel, und alle hielten es für einen Bonus, dass er ein SEAL war.

Nach Einbruch der Dunkelheit begab sich der Captain zu den südlichsten Stellungen am Rande der Insel. Die Einsatzleitung rechnete damit, dass man uns heute Nacht dort angreifen würde. Nur aus dieser Richtung hatte uns der Feind noch nicht zugesetzt. In der ersten Nacht gab es nur Sondierungen entlang der Ostseite. Letzte Nacht dann die Großoffensive von Westen her. Die Nordspitze der Insel, direkt unter dem wachsamen Blick des Scharfschützenhügels – Sniper Hill, wie wir ihn nannten –, wurde von einer Flussgabelung bewacht, wo das Wasser schnell, dunkel und tief war. Der Feind konnte nicht von der anderen Seite herüberkommen. Außerdem war der Scharfschützenhügel zu steil, um ihn vom Flussufer aus leicht erklimmen zu können. Oder aus irgendeiner anderen Richtung, um genau zu sein. Wir hatten Serpentinen stechen müssen, um uns einen Weg nach oben zu bahnen und Ausrüstung und Munition dort hinauf zu transportieren.

Im Beisein der Zugführer, Zugunteroffiziere und Gruppenführer – und mir irgendwo im Hintergrund – legte der Captain kurz vor seinem Abgang unseren neuen Schlachtplan dar.

Der Command Sergeant Major würde den Kommandoposten übernehmen. Die beiden Zivilisten, Volman und die Baroness – Letztere schaute nur zu und schüttelte ab und zu mit einem bitteren Lächeln den Kopf, bevor sie sich wieder ihrer Arbeit an ihrem Notebook widmete –, waren zusammen mit dem Techniker der Schmiede, Penderly, der Flugbesatzung und den beiden SAW-Schützen mit der Sicherung des Kommandopostens im Umfeld des Flugzeugs betraut. Und ich. Aber ich sollte als Läufer eingesetzt werden, falls die Kommunikation wieder aus noch ungeklärten Gründen ausfiel. PFC Kennedy war vom Latrinenschaufeln abgezogen worden und sollte den Platz eines Gefallenen in der Schützenlinie einnehmen.

Volman war mit all dem nicht einverstanden und gab an, dass er sich viel wohler fühlen würde, wenn eine allgemeine Abstimmung aller »Überlebenden« durchgeführt werden könnte, damit »ein Interims-Führungskomitee gebildet werden kann«, um diese aktuelle Krise zu bewältigen.

Seine Worte.

Als der Sergeant Major dies von Deep State hörte, schaute er völlig ungerührt drein und erlaubte dem bürokratischen Possenreißer, die Sitzung zu unterbrechen und Captain Messerhand vor allen Anwesenden ein paar Minuten lang zu nerven, während die Einsatzbefehle erteilt wurden. Ich war mir ziemlich sicher, dass die ausdruckslose Miene das Killergesicht des Sergeant Majors war. Leer.

Unpersönlich. Er wollte ihn am liebsten so schnell wie möglich umbringen.

Dann fiel mir ein, dass er das bereits getan hatte.

Besser gesagt, er hatte mir befohlen, es zu tun. Ich sollte unseren guten Volman mit der Zweitwaffe und dem Schalldämpfer des Sergeant Majors ermorden. *Zwangspensionieren. Saubermachen.* Nennen Sie es, wie Sie wollen. Ich tastete nach dem Schalldämpfer in meiner Hosentasche, nur um sicherzugehen, dass er noch da war, und als ich aufblickte, starrte mich der Sergeant Major direkt an, während Volman weiter darüber schwadronierte, wie die von ihm gewünschte Abstimmung durchgeführt werden und wer die Ergebnisse auswerten sollte, damit eine neue Regierung hier auf der Insel gebildet werden konnte.

Ferner war er der Meinung, dass die aufgedunsenen feindlichen Leichen, die im Fluss trieben, ein großes Problem darstellten und ein deutliches Zeichen dafür waren, wie schlecht die Dinge liefen.

Der Captain unterbrach ihn abrupt. »Das können Sie im Augenblick vergessen, Mr Volman. Wir kämpfen heute Nacht. Ich schlage vor, Sie machen sich zusammen mit dem Chief und den Sanitätern nützlich. Es wird Verwundete geben.« Dann fuhr der Captain mit seinem Plan fort.

Das brachte Volman zum Schweigen. Er wandte sich seinem iPhone zu und begann, wütend darauf einzutippen. Zweifellos bereitete er eine Art Bericht vor, in dem er jeden anklagen würde, der nicht mit ihm übereinstimmte, wenn erstmal »die Regierung« gebildet sein würde. Ich hatte keine Ahnung, wem er seinen Geheimbericht geben wollte. Ebenso wenig wie alle anderen. Aber er schien zuversichtlich, dass die allmächtige bürokratische Ordnung bald wiederhergestellt sein und dass Captain Messerhand im Anschluss an das Gerichtsverfahren am nächsten Baum aufgehängt werden würde.

Manche Leute wollen die Welt einfach nur brennen sehen. So ist das eben. Andere wollen ein Komitee organisieren, das zusieht, wie die Welt brennt – und dafür sorgt, dass alle mit ihr in Flammen aufgehen.

Als das Treffen zu Ende war, machte Volman eine große Show daraus, seine sündhaft teure Sharper-Image-Umhängetasche zusammenzuklappen und zu etwas Wichtigem zu eilen, statt Chief Rapp Unterstützung anzubieten, wie es vorgeschlagen worden war. Ich fragte mich, was genau er sich unter »wichtig« vorstellte. Denn das galt eigentlich nur für diesen Ort. Das Frachtdeck der C-17 war der einzige Ort, der gerade wichtig war. Das taktische Operationszentrum des Kommandopostens, der heute Nacht das Zentrum eines Kampfes um unser aller Leben sein würde. Der Rest der Insel war mit Kampfstellungen und mordlustigen Rangern gespickt.

Er wäre wirklich dumm, wenn er seine »*Hey, lasst uns alle den Captain stürzen, Jungs*«-Spielchen da draußen an der Front versuchen würde. Aber so dumm wäre nun wirklich niemand.

Doch dann fiel mir ein, dass er sehr wohl dumm genug zu sein schien, es tatsächlich zu versuchen.

Jetzt wäre wahrscheinlich ein guter Zeitpunkt gewesen, ihn in den Ruhestand zu schicken oder aus dem Weg zu räumen. Aber als ich das Flugzeug verließ, war er schon weg, verschwunden in der Dunkelheit des Waldes. Ich stand einen langen Moment lang allein da, eingewickelt in die Kälte der Nachtdecke, wie Jabba sich ausgedrückt hätte. Eigentlich hätte ich irgendwo den verhaltenen Ruf eines Nachtvogels hören sollen, der sein erstes Lied anstimmt, aber ich hörte nichts. Und irgendwie ließ das die kommenden Stunden noch bedrohlicher erscheinen.

Drei Leichensäcke lagen nicht weit vom Flugzeug entfernt, und ich ertappte mich dabei, wie ich sie einfach anstarrte, während die Nacht die Insel vollends einhüllte und die Trommeln auf der anderen Seite des Flusses abermals ihr dröhnendes Lied anstimmten. Noch weit weg im Wald auf der anderen Seite. Aber sie würden kommen.

Ich beobachtete, wie die Pilotencrew herauskam und kurze Zeit später ihre aufgeregt surrende kleine Drohne in den Himmel schickte. Dann war es still, und ich beschloss, heute Nacht nicht zu sterben, während ich die reglosen, schemenhaften Gestalten in den Leichensäcken betrachtete. Aus dem Weg geräumt. Vom Krieg gefressen. Und dennoch nicht vergessen.

KAPITEL 16

Die Schlacht, die wir in dieser Nacht zu schlagen hatten, sollte eine Kriegsumkehr darstellen. Die Ranger waren es leid, einfach nur auf ihren Positionen darauf zu warten, vom Feind überrollt zu werden. Die Orkhorden und andere verrückte Bestien und Monster, die die gegnerischen Verbände bildeten, griffen uns an, wann und wo immer sie wollten.

Wie Captain Messerhand richtig erkannt hatte, war das nicht die Art der Ranger. Wenn Chief McCluskey zur anderen Seite übergelaufen war – und auch hier hatten wir keine Ahnung, was diese Seite genau war, außer dass diese Kreaturen einfach aufgetaucht waren und beschlossen hatten, unsere Stellungen jede Nacht unerbittlich anzugreifen –, dann war diese wahrscheinlich aus einem bestimmten Grund hier. Und die einzige Sache, hinter der sie möglicherweise her sein konnten, war ich mit meinen enormen Sprachkenntnissen. Offensichtlich. Ich war eine wahre Fundgrube an wahrscheinlich toten Sprachen. Der Jackpot, nicht wahr?

Kleiner Scherz.

Es musste die Schmiede sein. McCluskey und der Kult, den er hier in dieser fantastischen Zukunft ins Leben gerufen hatte, wussten um den Wert unserer Allzweckwaffe, die endlose Mengen an Sprengstoff, Waffen und Technologie produzieren konnte. Es gab Vorlagen für alles. Ich hatte Penderly sogar gefragt, ob sie eine Atombombe herstellen könnte.

Er hatte nur stumm genickt und dabei nicht sonderlich begeistert gewirkt.

Daher hatte der Captain beschlossen, die feindlichen Horden einen hohen Preis dafür zahlen zu lassen, wenn sie auf die Insel gelangen wollten. Wir würden sie sogar kurz vor Sonnenaufgang die C-17 übernehmen lassen. Die Ranger würden zähneknirschend aufgeben und sich in Trupps auf vorher festgelegte Phasenlinien zurückziehen, um von dort aus ein Feuerwerk aus Claymore-Tretminen und anderen Sprengsätzen zu zünden, das ein paar der altgedienten Ranger im Angesicht der Massen vorbereitet hatten. Dank der indirekten Feuerunterstützung durch die Mörser würde allein der Versuch, näher heranzukommen, der dunklen Armee hohe Verluste einbringen. Die Ranger würden sich dann um den Scharfschützenhügel scharen und mit Chlorgas gefüllte Leichensäcke zur Explosion bringen, die die Schmiede gezaubert hatte. Da der Feind nur eine Möglichkeit hatte, nämlich von Süden her anzugreifen, und wir das Gas und diverse Ranger-Einheiten, die mit überwältigender Feuerkraft in die Todeszone am Fuße des Hügels schießen würden, auf engstem Raum konzentriert, hoffte Captain Messerhand, dass der Feind ernsthaft geschwächt werden würde. Es gab noch eine ganze Reihe anderer schmutziger Tricks, die wir anwenden konnten, aber die Zeit drängte, und die Schmiede war nicht besonders schnell. Allein das Befüllen der Gassäcke war schon eine heikle Angelegenheit, sogar für Ranger in Schutzanzügen.

Die Problematik der nächtlichen Angriffe beziehungsweise die Tatsache, dass der Feind ausschließlich nachts angriff, fiel ebenfalls ins Gewicht. Womöglich waren die Orks nur im Nachtkampf gut. Vielleicht waren sie auch wie Fledermäuse tagsüber blind oder irgendwie geschwächt, wie der Vampir McCluskey. Zweimal hatten sie sich bereits in der Morgendämmerung zurückgezogen und ihre Angriffe eingestellt. Wenn wir sie dazu zwingen würden, das Hauptziel, die Schmiede, zu halten, hätten wir, wenn sie erst einmal schwächer wurden, einen entscheidenden Vorteil. Im Morgengrauen würden die Ranger zum Gegenangriff übergehen und die Insel durchkämmen, um die Orks ins Mörserfeuer zurückzudrängen, beginnend am Südende der Insel. Die Insel und die Stellungen würden zurückerobert werden, und die Ranger bekämen noch eine Chance, eine weitere Nacht zu kämpfen. Und die Schmiede wäre wieder im Besitz der Heimmannschaft.

Die Angreifer hatten keine Chance, dieses Monstrum von Maschine ohne schweres Gerät von der Insel zu schaffen. Somit minderte das übermäßige Gewicht unseres technischen Wunschbrunnens das Risiko, sie für einige Stunden in die Hände des Feindes fallen zu lassen.

Die Nacht brach herein. Zwei Stunden später steigerten sich die Trommeln im Wald jenseits des Flusses zu einem fiebrigen Donnergrollen. Es war klar, dass die wimmelnden Massen da draußen im Schattenland jenseits des mit Leichen übersäten Flusses zu einer Art endgültigen Entscheidung gelangt waren. Als ob irgendjemand die Erlaubnis zum Angriff auf uns gegeben hatte. Wir konnten sehen, wie sie sich auf den Fluss zubewegten wie eine düstere Masse, die nicht aufhören würde, sich immer weiter zu vermehren und auszubreiten. Für immer.

Der Ausgang war entschieden.

Die Mittel gerechtfertigt.

Dann füllte sich der Nachthimmel mit flammenden Sternschnuppen. Der Feind da draußen in der Dunkelheit feuerte einen Hagel aus Feuerpfeilen ab, die erst einen hohen Bogen flogen und dann schnell auf die Insel und über unsere befestigten Stellungen herabprasselten.

Ich ging ins Innere des Flugzeugs, um mich vor dem Hagel aus brennenden Pfeilen zu schützen, der dort draußen entlang der Außenbezirke der Verteidigungsanlagen der Insel niederging. Es sah so aus, als hätte der Captain recht gehabt: Die meisten der lodernden Geschosse zielten auf die südlichen Teile unserer Defensive. Dort würden sie uns in Kürze angreifen. Die Kommunikation lief auf Hochtouren und verstummte dann, als die Ranger sich darauf vorbereiteten, den erwarteten Angriff abzuwehren.

Der Feed der Kameradrohne, oder das, was die Ranger »Kill TV« nannten, hielt fest, was als Nächstes geschah.

Während der Feuerregen in der grau-grünen Nachtsicht der Drohnenkamera anhielt, kamen die ersten feindlichen Truppen von zwei Punkten am anderen Ufer durch das reißende Wasser am Südende der Insel. Diese ersten beiden Schwärme waren Ork-Krieger. Gebogene und im silbernen Licht des Mondes schimmernde Krummsäbel. Speere mit langen blattförmigen Klingen, an deren Schäften kleine Schädel und Federn baumelten, wippten auf und ab, während sie erst durch die Strömung wateten und dann rannten. Die Vorhut trug schwerere Rüstungen. Es war eine Art Ork-Sturmtrupp. Sie erreichten die flachen Übergänge und wurden prompt von ferngezündeten SLAM-Minen in Stücke gerissen, die wir aus den Schützengräben zündeten. Massive Wassersäulen schickten die zerfetzten Körper der Orks in alle Richtungen. Sie wurden in die Gischt und das fahle Mondlicht da draußen geschleudert.

Ich lauschte gerade dem Funkverkehr, während ich zum Kommandoposten zurückkehrte, als der Captain den Mörsern befahl, das Feuer einzustellen, obwohl noch mehr Orks in den Fluss strömten und die Untiefen überquerten, um den Platz derjenigen einzunehmen, die von den im Wasser liegenden Sprengkörpern vernichtet worden waren.

Die ersten Ranger, die mit ihren Waffen das Feuer eröffneten, befanden sich auf der linken Seite des südlichen Ufers. Die Orks waren schon halb drüben, als Leuchtspurgeschosse in die vorderen Reihen einschlugen. Ein paar Explosionen. Dann eröffnete die Grube auf der rechten Seite das Feuer und riss ein Loch in die Formation und ihre Flanke. Das war kein 240er-Feuer. Das waren SAW-Schützen und Artilleristen. Jemand feuerte seinen Granatwerfer ab und platzierte die Geschosse entlang des Ufers, während unablässig weitere Orks ins Wasser strömten, um das Momentum ihres Angriffs aufrechtzuerhalten.

Die Drohne kreiste über der Insel, und wir bekamen einen erweiterten Blick auf das, was die Ranger an der Front zu tun hatten. Ich bin nicht gut darin, die Größe von Menschenmengen einzuschätzen, aber bei dieser ersten Welle waren es wohl mehrere Hundert. Der Drohnenpilot, der die Aufnahmen beobachtete, während seine Co-Pilotin die Drohne manuell steuerte, sagte, es seien weit über tausend. Und wie die Drohne so ihre Kreise über dem Geschehen zog, sahen wir auch die Oger kommen.

Zu diesem Zeitpunkt wussten wir noch nicht, dass es sich um Oger handelte, aber später war dies die allgemein akzeptierte Bezeichnung für diese massiven Kampfeinheiten, die nun gegen uns in die Schlacht zogen. Und natürlich segnete der allzeit weise PFC Kennedy den Namen ab, indem er beipflichtete: »Oh ja, definitiv Oger.«

Die Oger stürmten aus den Bäumen und in das aufgewühlte, mit Leichen übersäte Wasser. Sie stießen die Stämme der kräftigen Bäume wie Strohhalme beiseite oder hackten mit riesigen doppelschneidigen Streitäxten auf sie ein. Mit einem einzigen Hieb brachten sie uralte Riesen zu Fall. Tarnung war für diese grimmigen Ungetüme ein Fremdwort. Sie waren gekommen, um Krieg zu führen und zu kämpfen, nicht um sich anzuschleichen. Selbst aus der Perspektive der Drohne wirkte es ziemlich ehrfurchtgebietend. Man wollte kaum glauben, dass diese gigantischen, vor Wut schäumenden Bestien echt waren. Gefletschte Reißzähne, breite, muskulöse Brustkörbe, die sich wie Blasebälge aufblähten. Außerdem überragten sie die Orks um ein Vielfaches – sowohl hinsichtlich ihrer Körpergröße als auch in puncto Bösartigkeit.

Es war an der Zeit, an all das zu glauben. Es war real, und die Realität wollte uns alle umbringen. Es gab keine andere Wahl mehr.

Während ich all dies niederschreibe, ist es wichtig, etwas zu erwähnen, das mein Geist seither zu verdrängen versucht hat. Den Geruch. Zwei Nächte voller Gemetzel und schwerer feindlicher Verluste hatten auf der kleinen Flussinsel einen üblen Gestank hinterlassen. Die Gewässer waren mit Leichen und herumtreibenden Eingeweiden verstopft. Aufgeblähte Orkkadaver hatten kleine Dämme an der Westseite der Insel gebildet. Am Ostufer hatten sich die Leichen am gegenüberliegenden Ufer angesammelt, aber ihr Gestank trug immer noch zu dem allgemeinen, bei jedem Einatmen allgegenwärtigen Miasma bei. Den größten Teil des letzten Tages vor der vergangenen Kampfnacht waren die Ranger dazu übergegangen, ihre Shemag-Tücher vor dem Gesicht zu tragen, um den Gestank der feindlichen

Toten zu lindern. VapoRub wurde so inflationär verwendet, dass es irgendwann sogar als Handelsgut galt. Zehntausend Jahre in der Zukunft und die Wirtschaft der Ranger basierte jetzt auf Kautabak und Erkältungssalbe. Der Schokoriegel-Kurs fiel zwar, aber sie wurden immer noch gehandelt. Ein Gemischtwarenladen wie die, die es in jeder Kaserne gab, wäre hier in dieser unseligen fernen Zukunft voller Wahnsinn und Dunkelheit eine wahre Fundgrube an unermesslichen Schätzen gewesen.

Ich hatte nichts von alledem. Weder Dip noch VapoRub noch Süßigkeiten. Bei den meisten meiner Begegnungen im Laufe des Tages versuchte ich, heimlich den Vorrat an Instantkaffee für mich zu sichern. Ich wusste, dass es bald zu einer Verknappung kommen würde. Aber ich wollte gar nicht damit reich werden; ich wollte nur nicht auf der falschen Seite dieses Engpasses stehen. Auf der Nachfrage-Seite. Ich wollte Kaffee trinken und alles daransetzen, ihn zu bekommen. Alles. Wie ein anderer Koffeinjunkie einmal zu mir sagte: *Kaffee bringt dich durch eine Zeit ohne Geld. Aber Geld wird dich niemals durch eine Zeit ohne Kaffee bringen.*

Wie wahr. Und ich hatte Angst davor, was das in den nächsten Tagen für mich bedeuten würde. Sehr große Angst sogar.

Derselbe Typ meinte damals übrigens auch, das gelte auch für alle anderen Süchte.

Aber zurück zum Thema: Der Geruch war übel, und das kam von den Gemetzeln der letzten beiden Kampftage. Und schon in den ersten Minuten der dritten Nacht der Schlacht um Ranger-Alamo stellte die Zahl der Feinde, die uns bezwingen wollten, die der beiden vorangegangenen Nächte weit in den Schatten.

Der Knackpunkt war, dass es keinen unbegrenzten Vorrat an Munition gab. Die Schmiede stellte zwar Munition her, aber nicht besonders schnell. Und in diesem Moment, als ich sah, wie die riesigen Oger in den Fluss stürmten, wurde mir klar, dass die Chance, dass der Feind uns allein durch seine schiere Zahl aufreiben konnte, sehr groß war. Er würde warten, bis uns die Munition ausging, und uns dann in tausend Stücke zerhacken. Hatte McCluskeys Erkundungstour ausgereicht, um so viele Informationen zu liefern? Ich wusste es nicht und vermutlich auch sonst niemand. Hatte der SEAL in der Stille des Nachmittags, als er eigentlich schlafen und das Sonnenlicht meiden wollte, zufällig gehört, wie einer der SAW-Schützen während einer Einsatzbesprechung mit einem der Unteroffiziere seinen Munitionsvorrat erwähnte? Oder hatte er mehr zufällig die Berichte mitbekommen, die beim First Sergeant im Kommandostand eingingen und ihm genau mitteilten, welchen Bestand wir hatten und wo wir ihn einsetzen würden?

Denn wenn McCluskey tatsächlich dieser König Triton war, dann wusste er, dass er uns allein durch die schiere Mannstärke seiner Armee aufreiben konnte. Er wusste, wo er uns angreifen musste. Und dass wir bald keine Munition mehr haben würden, wenn seine Lakaien noch ein bisschen durchhielten.

Vor allem, weil die albtraumhaften Riesen, die diese gewaltigen Oger in unseren Augen waren, immer weiter in Richtung Fluss vordrangen. Was konnten wir tun, um sie auszuschalten?

Ich war fasziniert, als ich die Oger auf den Drohnenaufnahmen studierte. Sie waren im Grunde genommen größere, grimmigere Versionen der normalen

Ork-Fußsoldaten, mit denen wir es bisher zu tun bekamen. Riesige Köpfe und Reißzähne länger als Dolche. Massive, wulstige Muskeln auf grüner vernarbter Haut. Sie trugen nicht bloß die geflickten und gelegentlich etwas ramponierten Lederrüstungen der Orks, sondern fein gearbeitete Kürasse wie einst die römischen Legionäre. Nur dass sie aus dunklem Metall bestanden. Verbeult und unpoliert. Mitunter mit schwarzer Schmiere bedeckt. Wir konnten erkennen, dass in ihre Rüstungen reliefartige Muster eingestanzt waren, aber auf dem Drohnenbild waren die Einzelheiten dieser Muster nur schwer auszumachen. In der einen Hand hielten sie ihre unvorstellbar großen Streitäxte, während sie vorwärtsdonnerten, in der anderen Faust Speere, lang wie Sprungstäbe.

Und wenn ich *vorwärtsdonnern* sage, dann meine ich das auch so. Sie bewegten sich schnell wie das Donnergrollen eines Sommergewitters in einer heißen Augustnacht. Dafür, dass sie so groß waren, liefen sie unglaublich schnell. Enorme Beine, die ihre muskulösen, drallen und über drei Meter großen Besitzer schnell durch das dunkle Wasser brachten, während sie ohne Rücksicht auf Verluste über die Körper der kleineren Orks hinwegstapften, um so schnell wie möglich das andere Ufer zu erreichen, und das alles unter mörderischem Gefauche und Gebrüll.

Falls der Beschuss überhaupt etwas bewirkte, dann nur bei den Orks, die von den schweren Geschützen der Ranger, die dort in den Schützengräben standen, mit explosiven Feuerstößen haufenweise niedergestreckt wurden. Missgestaltete Köpfe explodierten, und die dazugehörigen Körper wurden ins Wasser geschleudert, wo der Fluss emsig seiner Aufgabe als Leichenwagen nachkam und sie alle flussabwärts transportierte. Aber die

Oger, und ich konnte sehen, wie die geisterhaften Streifen der Leuchtspurgeschosse sie trafen, schien der Beschuss überhaupt nicht zu kümmern. Ich sah, wie ein Oger ein Leuchtspurgeschoss direkt gegen den Kopf bekam und einfach weiterlief, als wäre nichts geschehen. Entweder war es nur ein Streifschuss gewesen, der eine brennende Spur am Schädel des Ogers hinterlassen hatte, oder der Oger rannte allein aus Wut und Wahnsinn weiter. Es war unglaublich.

Die Oger, die jetzt weniger als tausend Meter vom Flugzeug entfernt waren, schleuderten riesige Speere in die ersten Verteidigungsanlagen der Ranger am Flussufer. Die Drohne kreiste nun in südlicher Richtung, und wir konnten für einige Sekunden nur den Fluss sehen. Wir hatten keine Ahnung, ob die Speere ihr Ziel fanden, – die Ranger im Graben an der rechten Flanke –, aber der Captain befahl bereits, sich zurückzuziehen und die linke Flanke in der Zwischenzeit mit Feuerschutz zu decken. Dann kam die Drohne über unseren Teil der Verteidigungsanlagen zurück, und ich konnte erkennen, dass aus dem Zentrum, dem Trupp des Captains und dem Graben an der linken Flanke heraus geschossen wurde. Geisterhafte weiße Ranger evakuierten auf dem Drohnenbild die rechte Seite, während die weiß leuchtenden Oger, die durch eine Kombination von Nachtsicht und Wärmebildaufnahmen als solche zu erkennen waren, auf das Flussufer vorstießen und den Schützengraben stürmten, wobei sie mit ihren riesigen Äxten zum Schlag ausholten. Ringsum brannten noch immer Feuerpfeile in den Bäumen und entlang des sandigen Ufers. Sie glühten und phosphoreszierten, während sie Wolken aus öligem schwarzem Rauch abgaben.

Plötzlich rief jemand über Funk »Feuer«, und ein ganzer Schützengraben, der kurz davor war, überrannt und Ranger-frei gemacht zu werden, spie einen Flammenstrahl über die heranstürmenden Oger hinweg in den Fluss und hüllte weitere Orks ein, die zur Unterstützung des Angriffs nachkamen. Der brennende Treibstoff breitete sich wie schillernde Kotze über die feindlichen Linien aus.

Offensichtlich hatten einige Ranger mit Sprengmeister-Ausbildung mithilfe des Mannschaftsführers der C-17 Flugbenzin und andere Industrieflüssigkeiten zu einem Gel vermischt, das sich nach dem Entzünden in ein unauslöschliches Feuer verwandelte. *Impro-Napalm.* Als die Hohlladung des selbstgemachten Napalmkanisters gezündet wurde, waren die Oger mit brennendem Treibstoff bedeckt, der sich gierig über ihre Rüstungen ergoss. Er schmolz sie und röstete die vernarbte Haut darunter.

Einer der brennenden Oger schwang eine ebenso brennende Axt und zerschmetterte die obere Abschirmung der Kampfstellung.

Aber das gefräßige, gallertartige Feuer, das sich nicht so leicht löschen ließ, brachte jedes Lebewesen dazu, seine persönliche Motivation, Unheil anzurichten oder überhaupt irgendetwas anderes zu tun, außer seinen Zustand von »brennend« in »*nicht* brennend« zu ändern, noch mal zu überdenken.

Richtig?

Falsch.

Nicht, wenn es um Oger ging. Obwohl sie mit flüssigem Feuer bedeckt waren, schwärmten sie weiter aus und hackten und schlugen mit ihren massiven Äxten unerbittlich auf die Verteidigungsstellungen ein, während sie bei lebendigem Leib verbrannten. Kein Wunder, dass das bisschen Geballer von vorher sie nicht aufgehalten hatte. Sie waren wahnsinnig. *Berserker* ist, glaube ich, der richtige Ausdruck. Sie wurden getroffen und brannten, und vielleicht starben sogar einige von ihnen, aber ihre Wut und ihr Zorn ließen sie immer weiter drauflos schlagen und hacken, in der Hoffnung, wenigstens noch einen Ranger ins Oger-Walhalla zu befördern.

Einer brach schließlich zusammen, während die Flammen über ihn krochen und ihn verzehrten. Wahrscheinlich ist er durch den schieren Sauerstoffmangel erstickt. Die anderen verloren allmählich an Kraft und wurden von der Mitte des Schlachtfelds unter Beschuss genommen, bis einer der Ranger dem ersten Ansturm der Oger mit einer gut platzierten Granate ein jähes Ende setzte. Doch der Schützengraben war bereits zerstört worden und mit brennendem Napalm und Oger-Kadavern bedeckt.

»Es laufen immer mehr in den Fluss«, verkündete die Co-Pilotin, die die Drohne bediente. Ich sah zu ihr hinüber. Ihr Mund unterhalb der VR-Brille stand weit offen. Und es stimmte, es kamen tatsächlich noch mehr wilde Oger ins Wasser, die nicht weniger wütend waren als die ersten. Auch mehr Orks. Sie fuchtelten mit ihren Waffen und hüpften wild umher, immer auf der Suche nach einem Körper, in den sie ihre Äxte und Schwerter treiben konnten. Ich hatte keinen Zweifel daran, dass der Tod durch diese bösartigen, zustechlustigen Wesen sehr unangenehm sein würde. Es würde kein Pardon geben. Keine Kapitulation. Keine Gefangenen. Keine Gnade. Einfach in Stücke gehackt oder abgestochen, wahrscheinlich öfter als nötig. Vielleicht auch andersherum. Abgestochen und *dann* in Stücke gehackt.

Und im nächsten Augenblick schloss sich etwas … mehrere Etwas … noch größer als die Orks und die

Oger, wenn auch nicht so massig und ohne jedwede Bewaffnung, dem Angriff an. Später erzählte uns Kennedy, dass diese Wesen in seiner imaginären Spielwelt *Trolle* genannt werden. In der realen Welt waren sie wandelnde Albträume mit einer lebenslangen Garantie für nächtliche Angstzustände.

Die Ranger an der rechten Flanke, eine Schützengruppe, hatten sich bereits an der nächsten Phasenlinie des Rückzugs formiert, der uns alle zurück zum Hügel bringen würde. Danach hatte sich die linke Flanke nach hinten fallen lassen, während der Captain und sein Trupp die zusammenbrechende Front von der Mitte aus angriffen. Leuchtspurgeschosse flogen halbkreisförmig nach außen in alle Richtungen. Die Orks und die Oger wurden regelrecht niedergemäht, aber den vorrückenden schrecklichen Trollen, die sich im Rauch und Feuerschein abzeichneten, konnten sie nichts anhaben. Jemand aus dem Trupp des Captains trug eine 240er herbei und eröffnete damit das Feuer auf die Orks, die im Moment die Uferlinie am Flussrand hielten. Der plötzliche Beschuss erwischte die dort kauernden Orks unvorbereitet und riss sie in Stücke.

Über die Drohne konnten wir sehen, wie der Feind in Deckung ging und Handäxte auf die Ranger warf, die mittlerweile keine zwanzig Meter mehr von ihnen entfernt standen. Weitere Orks kamen durch das Wasser, als die nächste Welle von Ogern auf den evakuierenden linken Graben zustürmte und die Aufmerksamkeit der Ranger-Schützen auf sich zog. Ein Oger ging zu Boden, und der Rest drängte weiter. Die 240er konnten sie zwar verletzen, aber der Blitzkrieg, den diese Oger führten, verlief so viel schneller, als wir erwartet hatten oder erwarten konnten, dass das MG-Team bereits zurückgedrängt wurde.

Blitzkrieg—ein weiteres, wenn auch etwas fragwürdigeres deutsches Lehnwort, das es über den großen Teich geschafft hat. Wahrscheinlich in den Köpfen der tapferen Soldaten, die diese grausame wie effiziente Art des Krieges am eigenen Leib erleben mussten.

Und diese Monster waren die lebende Verkörperung dieses Konzepts in einer Weise, von der die Nazis nur hätten träumen können.

Selbst aus dem Flugzeug heraus war die Explosion ohrenbetäubend, als ein weiterer Napalmkanister gezündet und noch mehr Brennstoff über den Fluss und die wimmelnde Orkhorde verteilt wurde, die versuchte, sich einen Weg ans Ufer zu bahnen.

Einige der Oger wurden getroffen und viele der Orks in gierige Flammen gehüllt, aber zahlreiche Oger kamen ans Ufer, um den Brückenkopf zu unterstützen. Einer setzte einen gewaltigen Bogen ein, mit dem er auf die Ranger vor ihm schoss. Der Bogen war so groß wie ein Mann, und der Oger, der ihn spannte, feuerte damit Pfeile in der Größe von Eisenstangen in den Wald und auf die Ranger ab.

»Wir ziehen uns zurück«, ordnete der Captain ruhig über Funk an. »Waffensektionen, verlagert das Feuer und gebt uns Deckung, während wir die nächste Rückzugslinie etablieren.«

Captain Messerhands ruhige Nüchternheit war das Gegenteil von jedem Muskel in meinem angespannten unter Strom stehenden Körper. Ich hielt den Atem an, als ich den schnellen feindlichen Angriff beobachtete, der unsere Frontlinie nur ein paar Hundert Meter entfernt überwältigte. Da draußen an der Front musste das pure, anarchische Chaos herrschen. Mit Geschützfeuer und

Sprengstoff und Monstern, die einen in der Dunkelheit in Stücke hacken wollten. Es war wie …

… es gibt nichts, womit ich es vergleichen könnte. Ein lebender Albtraum. Vielleicht traf es das. Etwas, das eigentlich nur ein böser Traum hätte sein sollen. Aber das war es nicht.

Ich war froh, dass der Captain das Kommando über alles hatte.

Die Waffentrupps, die die Ost- und Westseite der Insel hielten, würden sich bereit machen, die vorrückende Horde unter Beschuss zu nehmen, während unsere anderen Einheiten die nächste Phasenlinie passierten. Dem Funkverkehr aus dem Kommandoposten konnte ich entnehmen, dass sie mit Feinden beschäftigt waren, die in ihre Sektoren eindrangen. Kleine Gruppen stürmten von verschiedenen Punkten an den gegenüberliegenden Ufern auf den Fluss zu. Wir wurden überall auf einmal angegriffen. Aber der südliche Front galt das Hauptaugenmerk des Feindes. So viel war offensichtlich.

In der Zwischenzeit gab der Captain den Befehl, die nur wenige Meter vom Südstrand entfernt platzierten Minen zur Detonation zu bringen. Eine ganze Reihe davon zerfetzte die sich dort aufhaltenden Orks und Oger, die noch immer in den überrannten Schützengräben herumstocherten und Speere und Pfeile auf die sich zurückziehenden Ranger abfeuerten, wodurch die Angreifer in Hackfleisch verwandelt wurden, das in alle Richtungen davonflog. Der ohrenbetäubende Knall der Explosionen erwischte die Angreifer mindestens genauso hart. Immer mehr stürmten an Land und in die Büsche.

Zu diesem Zeitpunkt eröffnete die östlichste Waffensektion unter der Leitung von Sergeant Kurtz das

Feuer in Richtung Süden, um diesen Teil der Insel unter heftigen Beschuss zu nehmen. Doch die westliche Sektion feuerte überhaupt nicht. Der Command Sergeant Major war am Funkgerät und versuchte, sie zu erreichen, aber sie antworteten nicht. Und da bekam ich ein ungutes Gefühl im Magen.

Jemand musste den Kommandostand verlassen und nach draußen gehen, um herauszufinden, was da los war. Und dieser Jemand war mit ziemlicher Sicherheit ich. Meine Hand fand den Ring unserer ehemaligen Zielperson. Der Unsichtbarkeitsring.

Alles geschah auf einmal, und ich konnte den Blick nicht vom Drohnen-Feed losreißen, auf dem einer der großen torkelnden Trolle mit langen Klauen und einem irgendwie eckigen, fast Frankenstein-artigen Kopf die Phasenlinie und eine Gruppe von Rangern angriff, die mit allem, was sie zur Verfügung hatten, auf ihn schossen. Er ließ sich nicht im Geringsten davon beeindrucken, packte unvermittelt einen Ranger und schleuderte ihn in den Fluss. Dann holte er mit seinen langen dämonischen Klauen weit aus und riss zwei weitere Ranger zu Boden. Einer der Team-Sergeants schoss aus nächster Nähe auf das teuflische Wesen, als es sich auf ihn stürzte. Später fanden wir heraus, dass 5,56er-Kaliber den Trollen nichts anhaben können.

Nahezu null Penetration.

Zur gleichen Zeit schoss einer der Scharfschützen vom Hügel aus, wobei der Spotter den Kommandoposten darüber informierte, dass sie das Feuer eröffnet hatten. Ich glaube, es waren Sergeant Thor und *Mjölnir*, die den Schuss abgesetzt haben. *Mjölnir* war ein M107 Scharfschützengewehr mit panzerbrechender Munition.

Eine tödliche Waffe, die schwere Kaliber-50-Geschosse auf extreme Entfernungen abfeuert.

Noch mal fürs Protokoll: Wir schauten einem unförmigen torkelnden Wesen, das ein bisschen aussahen wie ein hässlicher Baum, dabei zu, wie es auf die Ranger einhämmerte, die versuchten, ihm aus dem Weg zu gehen. Es war humanoid. Aber eben nur fast. Es war mager und schlaksig und sehr groß. Die gierigen Augen leuchteten im Nachtsichtgerät wie die eines tödlichen Raubtieres auf der Jagd. Es wurde einem schon schlecht, wenn man dieses Wesen nur auf den Drohnenbildern beobachtete. Als hätte es zu viele Gelenke, wo eigentlich gar keine sein sollten. Die Ranger, die dazu in der Lage waren, feuerten aus nächster Nähe unwirksame Geschosse auf das Ungeheuer ab. Doch diese Monstrosität lässt sich durch nichts aufhalten.

Bis Thor *Mjölnir* einsetzte.

Vielleicht erschien das schnelle Geschoss sogar im Feed, das sich mit einer Geschwindigkeit von ungefähr 850 Metern pro Sekunde bewegt. Das Projektil hatte bereits die Schallmauer durchbrochen. Der Schuss glich einem plötzlichen Hitzeblitz. Der Sergeant Major konnte nicht anders, als allen Beteiligten stolz zuzuflüstern, dass der Scharfschütze Geschosse vom Typ Raufoss MK 211 verwendet. Einer der hinteren SAW-Schützen erklärte mir, dass dies eine teure panzerbrechende Leuchtspurmunition sei, die gegen Bunker eingesetzt wird. Es handelt sich dabei um Kaliber-Fünfzig-Munition, die mit einem Wolfram-Penetrationskern versehen ist und explodiert. Und außerdem ist sie auch sowas wie ein Brandsatz. Sie hat einen kleinen Sprengstoffanteil, der die Sache »interessant« macht. Seine Worte.

Der randalierende Troll hatte sich diese besondere Aufmerksamkeit redlich verdient.

Wir konnten keine Details erkennen, aber die Kugel zwang den Troll auf ein missgestaltetes und seltsam bewegliches Knie. Der Treffer flammte in der Nachtsicht auf, als das Geschoss einschlug. Ich erkannte, dass Sergeant Thor erneut feuerte, denn es folgte ein zweites Aufflackern direkt auf dem riesigen flachen Schädel des Trolls, und dann kippte die Kreatur um, offensichtlich tot. Was er an Hirn hatte, sickerte in den Dreck, wo es alsbald Feuer fing und verbrannte.

Die Ranger hatten genug Platz und Abstand, um sich zur nächsten Phasenlinie zurückzuziehen, während jemand eine Rauchgranate zündete, um ihren Rückzug zu decken.

»Talker!«, rief der Sergeant Major, der versucht hatte, zum Team am Westufer durchzukommen, zu dem wir keinen Kontakt mehr hatten.

»Verstanden, Sergeant Major.«

Ich sagte meinem Magen, er solle die Klappe halten. Ich wurde gebraucht, konnte endlich etwas tun.

Er stand auf und bat den First Sergeant, zu übernehmen, während er mich zur hinteren Laderampe begleitete. Und dann drehte der Drohnenfeed durch und wir sahen die scharfen Klauen eines Geiers und den halbnackten Torso einer Frau, einer Megäre, einer Hexe, einer Drude, die in die Kamera kreischte, bevor die Drohne zerstört wurde. Wir hörten sie krächzen wie eine Krähe, der man die Kehle durchgeschnitten hatte.

»Junge«, sagte der Sergeant Major und lenkte mich damit von dem unfassbaren Schrecken ab, den wir soeben miterlebt hatten, von einer schrecklichen fliegenden Vogelfrau, der unsere Drohne zum Opfer gefallen war.

»Sie müssen zu Sergeant Jaspers Team durchdringen. Sie antworten nicht. Könnte wieder eine feindliche Störaktion sein. Nehmen Sie Kontakt zu ihnen auf, und sagen Sie ihnen, dass wir uns zur Phasenlinie Charlie zurückziehen. Kommen Sie nicht hierher zurück. Wir gehen raus. Bleiben Sie bei ihnen, und gehen Sie zu Charlie. Dann melden Sie sich bei mir auf dem Hügel. Verstanden, Talker?«

Ich bestätigte und machte mich bereit, überprüfte meine MK18 und vergewisserte mich, dass ein volles Magazin geladen und eine Patrone im Lauf war. Allerdings entsicherte ich es nicht.

»Talker«, fuhr er fort, als ich das Frachtdeck schon verlassen wollte. Ich drehte mich zum Sergeant Major um und war mir sicher, dass ich trotz der Kriegsbemalung, die wir aufgetragen hatten, um unsere Gesichtszüge zu verbergen, kreidebleich aussah.

»Sie wissen nicht alles über den Kampf, was es zu wissen gibt, mein Junge. Sie kennen nicht einmal die Spitze des Eisbergs. Tut mir leid. Das ist nicht Ihre Kragenweite. Aber bei den Rangern ist jeder ein Killer. Das ist ein akutes Problem, und ich brauche Sie jetzt da draußen, wo die Kacke am Dampfen ist. Daher ein Rat, von Soldat zu Soldat, Talker. Wenn Sie mit irgendetwas Grausamem da draußen in einen Kampf geraten …«

Er machte eine Pause, um sicherzugehen, dass ich den Teil verstanden hatte. Denn das war der wichtige Teil. Nicht der Teil, in einen Kampf zu geraten. Jeder Idiot kann das, an jedem beliebigen Tag, in jeder beliebigen Bar. Aber dieser Teil, das war der Teil, durch den ich überleben konnte, wenn ich gut zuhörte und ihn verinnerlichte.

»Seien Sie der Grausamere, Talker.«

KAPITEL 17

Wir reden hier nicht über große Entfernungen. Ich befand mich nicht auf einem zwölf Kilometer langen Gewaltmarsch in unbekanntes Terrain. Diese Flussinsel war nur etwa dreitausend Meter lang und tausend Meter breit. In den drei Tagen seit unserer Ankunft war ich das meiste davon schon zu Fuß abgegangen. Das große Feld, – auf dem wir gerade noch hatten landen können – war im Osten, Westen und Norden von spindeldürren Bäumen umgeben. Pappeln, glaube ich. Die Mitte der Insel war von Büschen und kleineren Baumgruppen bedeckt, durch die sich ein paar kleine ausgetrocknete Bachläufe zogen. Am nördlichen Ende der Insel befand sich ein hoher und steiler Hügel. Ich kann Höhenangaben nicht besonders gut einschätzen, aber dort oben war der höchste Punkt der Insel, etwa so hoch wie ein sechsstöckiges Gebäude, wahrscheinlich an die zwanzig Meter.

Als ich das Flugzeug verließ, um mich mit Sergeant Jaspers Abteilung in Verbindung zu setzen, zu der der Funkkontakt abgebrochen war, zog sich die gesamte Ranger-Truppe zurück. Die SAW-Schützen, die für die Umgebungssicherung zuständig waren, machten sich bereit, die Zivilisten und die Flugbesatzung zusammen mit den beiden ranghöchsten Unteroffizieren der Kompanie zurück auf den Hügel zu führen. Jeder holte sich Munition.

So viel er konnte. Ein Großteil der verfügbaren Munition und des Sprengstoffs hatte man bereits auf den Gipfel von Sniper Hill gebracht, aber eben nicht alles. Dazu hatte die Zeit nicht gereicht. Also nahmen sie alles mit, was noch irgendwie mitgenommen werden konnte. Trotzdem mussten wir eine Menge zurücklassen.

Volman sah nicht allzu glücklich darüber aus, dass er eine Kiste mit Granaten tragen musste. Er war plötzlich von einer seiner »wichtigen« Missionen zurückgekehrt. Aber man hatte ihm klargemacht, dass jeder jetzt seinen Beitrag leisten musste, wenn er überleben wollte. Und zwar unverzüglich. Die Baroness hatte zwei Bahren unter dem Arm und ein Computer-Notebook in einer Umhängetasche über der Schulter. Sie sah mich einen Moment lang mit diesem schrulligen sexy Lächeln an, als ich mich in die Dunkelheit aufmachte und über die Schulter zurück zum Flugzeug blickte. Ich fragte mich, ob ich es wohl wiedersehen würde, und versuchte, mir einzureden, dass ich nicht auf meinen Tod zusteuerte.

Es war noch nicht ganz dunkel. Aber dunkel genug.

Der Wald war voller kleiner Feuer, die nicht richtig lodern konnten, da wir uns in Frankreich befanden, im Loire-Tal, wie Chief McCluskey erwähnt hatte, aber es war Winter oder Spätfrühling, und die Wälder waren nass vom Regen. Aber die Feuer schwelten noch, und die Luft war erfüllt vom grauen Dunst, den nasses Holz erzeugt, wenn es verbrennt.

Ungefähr so weit ist es um das Ausmaß meiner Holzkenntnisse bestellt. Nasses Holz ergibt grauen Rauch.

Das Geräusch der Ranger, die südlich von mir auf dem Feld, auf dem wir gelandet waren, mit automatischen Waffen und Sprengstoff kämpften und sich von der aufgegebenen Front zurückzogen, war erratisch. Die Echos der plötzlichen Explosionen, die den Wald erschütterten, klangen wie große Wesen, die sich da draußen in der Dunkelheit bewegten. Die Detonationen übertönten sogar die Geräusche der brüllenden Stammeshörner und der heranrückenden dröhnenden Trommeln des Feindes. Ihre Bodentruppen bellten und riefen sich gegenseitig etwas in ihrer Sprache zu, während sie weiter voranstürmten.

Es ist sehr einfach, sich zur falschen Zeit am falschen Ort zu befinden.

Ich betrat gerade den Wald, als die Ranger dort unten eine Carl Gustaf auf einen der großen Trolle abfeuerten. Das Geschoss krachte aus dem Lauf, zischte in die Bäume und schlug in die dunkle, drohende Gestalt in der Ferne ein. Ich hatte keine Zeit, auf die Wirkung zu achten, denn ich musste unbedingt Sergeant Jaspers Team erreichen und die Kommunikation wiederherstellen und außerdem darauf achten, dass ich die Phasenlinie nicht hinter mir lasse.

Denn das wäre übel.

Das würde bedeuten, dass ich vor allen anderen meiner Kameraden wäre. Was wiederum bedeutet hätte, dass ich mich in einem vom Feind kontrollierten Gebiet befand. Allein. Mitten unter einem Haufen von Monstern, die mich wahrscheinlich am liebsten auffressen würden, und zwar absolut unabhängig davon, wie viele Sprachen ich sprechen kann. Kein noch so eloquentes Gerede würde mich aus dieser Situation herausbringen. Dessen war ich mir sicher. Meine Kampfstrategie beruhte also im Grunde darauf, mich nicht erwischen zu lassen.

Ich sah den dunklen Fluss vor mir und die Abteilung für schwere Waffen rechts von Sergeant Jaspers Team, die abwechselnd gegen dunkle Gestalten im Wasser und auf der anderen Uferseite kämpfte, wo weitere Orks versuchten, den Fluss zu überqueren. Leuchtspurgeschosse flogen in den Wald am gegenüberliegenden Ufer und erhellten die von Bäumen gesäumten Flure des dunklen Waldes und die Gesichter der knurrenden Bestien, die zum Ufer hinunterschwärmten. Die Zahl der Feinde auf dieser Seite, der Westseite der Insel, war zwar bei Weitem nicht so groß wie auf der Südseite, aber sie reichte aus, um die 240er auf Trab zu halten.

Die eigentliche Frage der Stunde lautete: Warum griff Jaspers Team nicht die feindlichen Elemente an, die von Süden her entlang des westlichen Ufers kamen? Warum »sprachen« die beiden 240er sich nicht ab, um ihr Verteidigungsfeuer zu koordinieren? Sie gaben den Rangern in der Mitte Deckung, während sie sich zurückzogen, um die Phasenlinie Charlie zu erreichen. Die zweite Reihe der Ranger-Defensive.

Ich kniete im Wald nieder und scannte das Flussufer vor mir. In der Dunkelheit hatte ich Probleme, den Schützengraben von Sergeant Jaspers Team zu finden. Ich schaltete auf Nachtsicht um, ruckte den Kopf nach vorne und ließ die Nachtsichtbrille so vor meine Augen fallen. Ein netter Trick, den mir Tanner beigebracht hatte. Auf diese Weise konnte ich die Hände an der Waffe lassen.

Das Nachtsichtgerät schaltete sich ein, aber es verwirrte mich schon nicht mehr so wie früher. Ich fühlte mich mittlerweile fast wohl damit. Da wir die Batterien schonen sollten, aktivierte ich weder den Ziellaser noch den Strahler. Ich konzentrierte mich eher auf weit entfernte Ziele statt auf *Krav Panim el Panim*, wie man bei den israelischen Streitkräften sagt – den Kampf von Angesicht zu Angesicht. Zwar war ich bei Räumungsaktionen nie derjenige gewesen, der die Tür eintritt, aber ich musste schon oft irgendeiner Spezialeinheit nachdackeln und mit den gefangenen Bösewichten sprechen. Um das Grundkonzept zu verstehen, hat die Grundausbildung aber schon gereicht.

Durch das Nachtsichtgerät konnte ich den Weg zur Gefechtsstellung erkennen, wo Jaspers Team sein sollte. Ich sah Leuchtspurgeschosse, die von einem anderen Team über den Fluss geschossen wurden und vor ihrer Position niedergingen. Die Waffensektion weiter oben am Ufer versuchte, diesen Teil des Flusses zu decken. Die Geschosse trafen auf das Wasser und die dunklen Gestalten, die sich darin bewegten. Mit dem Nachtsichtgerät erschienen die Schweife der Geschosse fast schillernd weiß. Die 240er schaltete sich ab, und ich konnte hören, wie jemand zum Magazinwechsel aufrief. Fünf Sekunden später warfen die M320-Schützen bereits Granaten ins Wasser und ans andere Ufer, um den Richtschützen und seinen Hilfsschützen zu decken.

Dann drehte sich einer der Büsche vor mir um und blickte direkt in meine Richtung. Helle Augen glitzerten in der Dunkelheit der Nachtsichtkamera, und ich erkannte, dass ich mitten vor mir, entlang des sandigen Pfades, der zu Sergeant Jaspers Trupp führte, einen zusammengekauerten Ork hatte.

Ohne mich zu bewegen, schaltete ich von Gesichert auf Halbautomatisch um, nahm meine MK18 hoch und drückte mit dem linken Daumen auf das vordere Drucktastenfeld, um den IR-Laser zu aktivieren. Ich konnte noch viele andere Laser sehen, die über das Feld entlang des Flusses vor mir tanzten. Aber da ich – mehr oder weniger – alleine war, sah ich nur meinen Laser den Weg auf und ab huschen.

Der Ork bemerkt ihn natürlich sofort. Ich konnte in der Nachtsicht erkennen, wie er mich anstarrte und den plumpen Kopf nach vorne reckte, wobei sich sein Kiefer öffnete und wieder schloss, als er versuchte herauszufinden, was er da eigentlich vor sich hatte. Er folgte dem Laser direkt zu mir. Dann richtete er sich auf, warf sich in die Brust, streckte die mit zwei Dolchen bewaffneten Arme aus und brüllte eine Warnung für andere seiner Art, die ich noch nicht sehen konnte. Der Ziellaser tanzte auf seiner Brust über einer Halskette aus kleinen Knochen. Massezentrum.

Der Ork hatte gerade noch genug Zeit, einen markerschütternden Kriegsschrei auszustoßen, bevor ich drei Schüsse in schneller Folge abgab. Ich weiß, dass ich ihn mit mindestens einem in die Brust getroffen habe, da er den Dolch, den er in einer Hand hielt, fallen ließ und auf die Knie sank. Schnell schloss ich auf, folgte dem Laser und drückte noch mehrmals ab. Ich hatte den Überblick verloren, wie viele Schüsse ich schon abgegeben hatte. Aber unter uns: Ich habe mindestens fünf weitere Male geschossen, bevor ich mir sicher war, dass es sich bei dem Klumpen im Gebüsch definitiv um einen toten Ork handelte. Aber ich war bei der Sache und fest entschlossen. Ich war überrascht, dass ich die wichtigen Teile richtig hinbekam, obwohl ich wusste, dass ich einige Schritte ausgelassen hatte.

Ich konnte fast hören, wie der Sergeant Major mir riet, ich solle der Grausamere sein, denn ein Teil von mir sagte sich, wenn sich dieser Ork hinter dem Schützengraben befand, auf den ich zusteuere, musste diese Kampfposition bereits überrannt worden sein. Und das bedeutete, dass ich in ein Gebiet eindringen würde, in dem der Feind schon überall war. Oder vielmehr war ich schon mittendrin. Mein gesunder Zivilistenverstand, an dem ich früher jede Aktion gemessen habe, riet mir, mich zurückzuziehen und jemanden zu holen, der mir in dieser Notsituation helfen konnte. Sie wissen schon … vielleicht die Polizei anrufen oder so.

»Hallo, ich möchte eine verdächtige Orkbande in der Nachbarschaft melden. Ja, Sie haben mich richtig verstanden. Orks, Officer. Fiese Orks. Sie sehen aus, als führten sie nichts Gutes im Schilde. Schicken Sie einen Wagen vorbei? Ja, klar. Ich bleibe einfach drinnen und schaue ab und zu durch die Gardinen. Danke, Officer.«

Aber das war eine andere Zeit. Ein anderer Ort. Das hier war nicht nur ein Notfall … Es war Krieg. Und hier war ich Soldat, auch wenn ich nur als Linguist mit einem Haufen Rangern unterwegs rumzog. Man hatte mich hierher geschickt, um herauszufinden, was mit einigen der Rangern passiert ist, die ich kannte und schätzte. Den Umständen nach zu urteilen, sah es nicht gut für sie aus.

Ich hielt meine Waffe auf den toten Ork gerichtet und senkte sie langsam, um das Ziel nicht aus den Augen zu verlieren, als ich mich näherte und mich durch das Gebüsch schlängelte, bis ich den zwanzig Meter entfernten Hügel sehen konnte, auf dem sich Sergeant Jaspers Team verschanzt hatte. Es handelte sich weniger um einen Hügel als um eine einfache Erhebung am Flussufer. Sie hatten ihn vermutlich errichtet, um etwas erhöht zu sein und ein weiteres Schussfeld zu haben.

Andere Orks hielten sich um die Stellung herum auf und schleppten die Leichen der Ranger aus dem Schützengraben, und ich wusste nicht, ob jemand tot oder lebendig war. Drei Orks schleiften einen der Ranger mit ihren Klauen hinter sich her. Doch als sie das Geschrei ihrer Wache und die Schüsse gehört hatten, waren sie erstarrt. Als ob sie darauf warteten, dass etwas passierte. Ihre weit aufgerissenen Nüstern zuckten, und sie schnupperten. Sie benutzten ihre anderen Sinne, um die Gefahr ausfindig zu machen. Mich.

Im Nachhinein, während ich das alles aufschreibe, wurde mir klar, dass Orks eine Art natürliches Nachtsichtvermögen haben müssen, das ins Infrarotspektrum abtaucht und sie unsere Laser sehen lässt. Aber damals war der tänzelnde Strahl meines Lasers durch das dichte Gestrüpp verdeckt, durch das ich mich gerade noch hindurchzwängen konnte, während ich mit dem Nachtsichtgerät alle drei Orks und einen vierten beobachtete, der über dem Graben stand und mit den Händen Bewegungen machte wie jemand, der eine Gruppe Betrunkener bei einer Comedy-Show zur Ruhe bringen will. Diese Art von sanftem Auf und Ab mit beiden Händen, die jeden auffordern, sich für den nächsten Akt zu beruhigen. Ruhe bitte. Machen Sie sich bereit für den besonderen Gast des heutigen Abends, nur heute hier für Sie.

Derjenige, der alle zum Schweigen bringen wollte, war kein Kämpfer. Kein Krummsäbel oder ähnlich grausame Hieb- und Stichwaffen. Kein Speer oder Bogen, um von nah oder fern jemanden aufzuspießen. Dieser Mann hatte nur einen kurzen knorrigen Stab in der Hand. Anstelle einer Rüstung trug er einen kruden Kaftan, wie ihn auch ein Taliban-Mullah anhaben könnte. Er hatte sogar einen Turban auf dem Kopf.

Im Graugrün der Nachtsicht glitzerten ihre Augen böse. Die drei anderen, die in der Dunkelheit nach mir suchten, waren wie Raubtiere, die Beute wittern. Mit neugierig zuckenden Nasenlöchern prüften sie die Luft und versuchten verzweifelt, mich zu finden, damit sie sich endlich auf die Jagd machen können. Aber der vierte, nennen wir ihn einfach das Ork-Äquivalent zu dem Zauberer, den wir in den Wäldern angetroffen hatten, vielleicht eine Art Stammesschamane; seine Augen waren voller Boshaftigkeit, und er starrte in die Dunkelheit, als wäre sie ein alter und sehr vertrauter Freund.

Drei Ranger lagen auf dem Boden außerhalb des Grabens, von dem aus Sergeant Jaspers seinen Kampf geführt hatte. Auch bei ihnen wusste ich nicht, ob sie tot oder lebendig waren.

Ich schoss auf den Schamanen, weil er der Einzige war, auf den ich schießen konnte, ohne das Risiko einzugehen, einen der Ranger zu treffen. Ich ging davon aus, dass sie noch nicht tot waren, bis ich das Gegenteil bestätigen konnte.

Die Schüsse erwischten den Schamanen und schleuderte seinen verhüllten Körper von mir weg in den aufgewühlten Schmutz am Flussufer. Er drehte sich und versuchte noch, zum Fluss zu laufen, um von mir wegzukommen, doch er wurde in den Bauch getroffen und musste würgen, während er sich den blutgetränkten Leib hielt.

Die anderen drei sahen mich schießen und ließen den Ranger fallen, den sie aus dem Schützengraben zu ziehen versuchten. Ich warf das Magazin aus und legte ein neues ein, drückte den Arretierbolzen hoch und feuerte auf den Anführer, der sich mit gezückter Axt auf mich stürzen wollte. Ich war immer noch auf Vollautomatik und deckte seinen ganzen Körper mit Kugeln ein, wobei ich in letzter

Sekunde noch zwei Treffer in seinem unförmigen Gesicht landete.

Dann spürte ich, wie der Bolzen nach unten zurückschnellte. Leer. Ich hatte soeben ein komplettes Magazin verschossen.

Mein Atem raste, meine Brust fühlte sich eng an. Einer der Orks war weggelaufen, der andere umkreiste mich links, mit gezückter Axt durch das Gebüsch rennend, um hinter mich zu gelangen. Klassische Raubtiertaktik. Diese Kreaturen jagten im Rudel, und das auf einem primitiven tierischen Niveau. Einer griff mich an. Einer lauerte, um mich von hinten niederzustrecken. Der andere holte Verstärkung.

Ich konnte den verbliebenen Ork einen Moment lang klar und deutlich sehen, aber das wusste er nicht. Ich wusste es zu dem Zeitpunkt auch nicht. Erst im Nachhinein wurde mir klar, dass ich den Vorteil eines Nachtsichtgeräts hatte. Andererseits hatten diese Wesen auch eine Art Nachtsicht, wenn sie den Ziellaser in der Dunkelheit erkennen konnten.

Und da war noch etwas.

Man konnte leicht dem Irrtum anheimfallen, dass sie wussten, was moderne Waffen sind. Das taten sie aber nicht. Wenn ich das alles Revue passieren lasse, was ich bis dahin gesehen hatte und in dieser Nacht noch sehen würde, hatte der Feind manchmal scheinbar keine Ahnung, welche Art von unsäglicher schwarzer Magie da aus unseren Gewehrläufen auf ihn einprasselte.

Derjenige, der uns umkreiste, hatte – Gott sei Dank – keine Ahnung, dass er in der Zeit, in der ich nachladen musste, seinem schusswütigen Widersacher wahrscheinlich dreimal eine Axt in den Bauch hätte rammen können. So gab mir seine Umrundung alle Zeit der Welt, das verbrauchte

Magazin auszuwerfen, ein neues herauszuholen, es reinzuschieben, den Bolzen wieder hochzudrücken und die nächste Patrone in die Kammer zu laden, sodass ich wieder feuerbereit war. Theoretisch hätte ich sogar noch Zeit gehabt, um auf Halbautomatik zurückzuschalten. Nur hatte ich ihn währenddessen in der Dunkelheit der Büsche, die entlang seiner Route wuchsen, aus den Augen verloren.

Dann eben kein Wechsel auf Halbautomatik.

Ich stand immer noch unter Strom.

Und wenn Sie wirklich glauben, dass ich es genauso gemacht habe, wie ich es aufschreibe … Vergessen Sie's. Meine Atmung ging schnell, meine Finger zitterten und waren fast taub, und das Magazin ließ sich auch nicht reibungslos einschieben. Mit Nachtsicht ist es noch schwieriger. Man merkt gar nicht, wie sehr man sich auf seine Augen verlässt, bis man sie nicht mehr hat. Da das Nachtsichtgerät auf Fernkampf eingestellt war, war alles im Nahbereich nur noch verschwommen zu erkennen.

Als ich den Strahler an meinem Lauf aktivierte, sah ich mein Ziel plötzlich wieder. Er kam direkt auf mich zugestürmt, die kleine Axt drohend erhoben und bereit, mir damit den Schädel zu spalten. Also feuerte ich. Wenn auch diesmal nicht das ganze Magazin leer. Aber genug, um auch ihn auszuschalten. In der Grundausbildung sagten die Ausbilder: »Schießt so lange auf sie, bis sie ihre Form verändern oder Feuer fangen.«

Ich stand da und wusste, dass ich denjenigen, der zum Fluss hinuntergelaufen war, verfolgen sollte. Aber ich atmete immer noch schwer und fühlte mich ehrlich gesagt, als würde ich an Ort und Stelle einen Herzinfarkt bekommen.

Verdammter Nahkampf.

Ja. Ich hatte im Laufe meiner Militärausbildung Schießübungen und Angriffskurse gemacht. Aber in der Grundausbildung war ich immer mit einem Haufen anderer Leute zusammen, die später LKW-Fahrer, Köche und Reparaturtechniker werden sollten. Einige von ihnen waren ziemlich gut, besaßen Fähigkeiten, die sie auf der Straße oder in den Wäldern gelernt hatten oder wo auch immer sie sich die Jahre davor durchgeschlagen haben. Aber die meisten Soldaten in der Grundausbildung waren ahnungslos, und das war auch gut so, denn so lernte man von Grund auf, wie man in der Army schießt, sich bewegt und kommuniziert und obendrein noch gut zielen kann. Keine antrainierten Fehler, die einem erst wieder ausgebläut werden mussten. So war es nämlich bei mir.

Ich hatte nie ernsthaft damit gerechnet, tatsächlich in einen Nahkampf zu geraten. CQB – *Close Quarter Battle*, wie man in der Army sagt. Ich besuchte den Einführungskurs im Schießhaus während meiner Grundausbildung. Ich erinnere mich noch daran, dass ich dachte, ich würde das nie wieder brauchen. Die echten Ranger würden das übernehmen. Ich würde nur mit den Gefangenen reden. Klar, ich hatte mir *vorgestellt*, dabei zu sein. Ich stellte mir vor, einer Infanterieeinheit angegliedert zu sein und nahe genug an einem Kampf zu landen, um tatsächlich eingreifen zu müssen, weil es unumgänglich war. Aber selbst dann sahen alle meine Fantasien mich im Beisein von vierzig bis an die Zähne bewaffneten Freunden, gut ausgebildeten Infanteristen, die damit ihren Lebensunterhalt verdienten und mir den Arsch retten würden.

Ich hätte mir nie vorstellen können, hier draußen ganz allein zu sein.

Sei der Grausamere, Talker.

»Okay«, murmelte ich zitternd in der Dunkelheit.

Ich spürte, wie mir am ganzen Körper der Schweiß ausbrach. Die Schlacht tobte jetzt auf der gesamten Insel. Weitere Explosionen und knatterndes schweres Geschützfeuer im Süden, näher als noch vor einem Moment. Granateneinschläge im Wasser, auf dieser Seite und im Süden, wo eine neue feindliche Streitmacht versuchte, von der Flanke her an Land zu kommen. Die Grube rechts von mir feuerte mit allem, was sie hatte, auf die dunklen Gestalten da draußen im Fluss. In anderen Sektoren schossen Sterngeschosse durch den Wald. Verirrte Leuchtmunition, deren sterbendes Licht die Schatten der Bäume dazu brachte, wie lebendige Wesen um mich herumzutanzen.

Ich klappte mein Nachtsichtgerät hoch und stand einfach nur da. Versuchte zu kontrollieren, was kaum zu kontrollieren war. Unmöglich. Mein Herz und meinen Atem. Ich wusste, dass ich etwas zu erledigen hatte.

Und dann … hörte alles auf und ich spürte, wie ich tief einatmete. Und losließ. Meine Finger warfen das Magazin meiner MK18 aus und holten ein neues aus dem Magazinhalter. Geschmeidig. Leicht. Es war der nächste logische Schritt. Das war nun mal die Lage, und ich hatte mich jetzt damit abgefunden.

Das war es, was ich tun musste.

Ich fühlte mich ruhig und kannte die Antwort bereits. Ich musste nicht erst darüber nachzudenken und sie später herausfinden, um sie in diesem Buch niederzuschreiben, das wahrscheinlich nie jemand lesen wird.

Seit ich diese knöchernen Bildungsanstalten verlassen hatte, die früher oder später zu verstaubten Gefängnissen geworden wären, in denen ich alt und tattrig wurde, habe ich über diesen Moment nachgedacht. Auch wenn ich es nicht wusste. Nahkampf. Ich fragte mich, ob ich wirklich das Zeug zum Ranger hatte. Oder eher zum *Rangern* – schließlich ist das Wort nicht nur ein Substantiv, sondern auch ein Verb, eine Persönlichkeitseigenschaft, eine Denkweise und so weiter und so fort. Niemand hatte mir je gesagt, dass ich es nicht schaffen würde. Sie waren zu sehr damit beschäftigt gewesen, sich darüber zu wundern, dass ich alles, wofür ich so hart gearbeitet hatte, aufgab, um etwas zu tun, von dem sie dachten, es sei unter …

… unter meiner Würde?

Nein. Unter ihrer Würde. Das dachten sie jedenfalls. In ihrer Unwissenheit.

Ich habe meine Gründe, warum ich zur Army gegangen bin und bei den Rangern bleiben durfte. Vielleicht schreibe ich sie, diese Gründe, eines Tages sogar auf. Hier. Aber ich war nie der Meinung, dass Soldat zu sein unter *irgendjemandes* Würde sei. Wenn überhaupt, dann habe ich mich immer als unwürdig betrachtet, einer zu werden. Und ich fragte mich, ob das stimmt. Ob ich es doch könnte. Bis zu diesem Moment, mit toten Orks überall um mich herum, hatte ich mich gefragt, ob dies nur ein kleines Spiel war, das ich spielte, aber nicht bezahlen konnte, wenn am Ende abgerechnet wurde. Wenn es an der Zeit war, alle meine Chips auf den Tisch zu legen und All-In zu gehen. Wenn es wirklich an der Zeit war, mit meinem Leben zu bezahlen, weil das Leben anderer auf dem Spiel stand. Als ich nicht mehr nur auf Panzerattrappen und Papptalibans schoss. Als es nicht wie in meiner Fantasie Ali Talker und die vierzig Ranger waren, die von einem M1-Abrams-Panzer, Artillerie auf Abruf und Luftangriffen unterstützt wurden, sondern nur ich und mein Gewehr.

Mit anderen Worten … als von anderen Leuten erwartet wurde, dass sie die anstehenden Kämpfe austrugen. Nicht nur ich, der mit ein paar Schüssen in die ungefähre Richtung des Feindes seinen Beitrag leistete.

Der Kampf von Angesicht zu Angesicht. QCB. Mittendrin.

Sei der Grausamere, Talker.

In einen Raum zu rennen mit nichts als einer Waffe, dem Training, das man absolviert hat, und der Einstellung, dass man heute als Gewinner vom Platz gehen wird.

Denn das ist es, was einen Kampf auszeichnet. Gewinner und Gefallene.

Es gibt keine Teilnahmeurkunde.

Nur die Sieger und die Toten.

Ich atmete jetzt wieder normal. Der Schweiß fühlte sich gut an. Fast reinigend. Als würde ich all die Zweifel ausschwitzen, die mich seit dem Tag begleitet hatten, an dem ich das Rekrutierungsbüro betrat, nur um mir selbst zu beweisen, dass ich es konnte.

Wenigstens das habe ich geschafft, sagte ich mir.

Okay … Neue Runde, neues Glück, wie Drill Sergeant Ward zu sagen pflegte.

Alles auf Anfang, und noch mal von vorn.

Genau wie die Sonne. Jeden Tag.

KAPITEL 18

Sie waren nicht tot. Staff Sergeant Jaspers Einheit war nicht tot. Keine Verletzungen. Oder zumindest keine frischen, die von kleinen gebogenen Schwertern oder langen Dolchen verursacht worden waren und bei denen das Blut nur so heraussprudelte. Auch keine stumpfen Traumata oder gebrochenen Knochen von ihren massiven Streitäxten. Das ganze Erste-Hilfe-Training während der Grundausbildung hatte ohnehin daraus bestanden, Wunden zu identifizieren und wenn nötig eine Bandage oder sogar einen Kompressionsverband anzulegen. Das war's dann aber auch. Schnittverletzungen durch Schwerter und Gehirnerschütterungen und Schädelfrakturen waren ein wenig jenseits meiner medizinischen Expertise.

Chief Rapp hatte einige von der Flugzeugbesatzung auf den letzten Drücker zu Sanitätern ausgebildet und zur Unterstützung seiner Verletztensammelstelle abgeordnet. Ich hatte zu mir selbst gesagt, dass ich dieses Training wahrscheinlich brauchen würde, damit ich im Ernstfall Unterstützung leisten konnte. Aber ich war zu beschäftigt gewesen. Jetzt musste ich mich auf meine Grundkenntnisse verlassen, was angesichts der ernsten Lage in diesem Moment erbärmlich unzureichend wirkte.

Lagebewertung. Das war der erste Schritt.

Der erste Soldat, dessen ich mich annahm, war nicht tot. Ich schüttelte ihn, und langsam, als ob er einen drei Tage langen Kater abschüttelte, kam er wieder ein wenig zu sich. Ich warf einen Blick über den Fluss und sah, dass das Feuer der 240er nördlich von uns aufgehört hatte. Als ich mich wieder in den Funk einklinkte, hörte ich, wie der First Sergeant allen Einheiten den Rückzug zur Phasenlinie Charlie befahl. Charlie lag rückseitig unserer jetzigen Position.

Ein Haufen dunkler Schatten tummelte sich am Fluss und überquerte ihn direkt vor uns. Orkschatten. Sogar der beständige Hagel der Granatwerfer hatte aufgehört, und es schien, als ob das Kampfgeschehen eine Pause machte, während beide Seiten nachluden und sich taktisch neu ausrichteten, um sodann mit dem gegenseitigen Töten fortzufahren. Unser Problem war unsere Position: Wir befanden uns vor unserer eigentlich vordersten Stellung von Verbündeten, anderen Rangern. Somit waren wir für die nächsten Stunden im gegnerischen Territorium gefangen.

Ich kümmerte mich um den nächsten Soldaten, der neben dem Graben lag. Jep, auch der machte nur ein Nickerchen.

»Kommt schon!«, wollte ich sie alle anbrüllen. »Steht auf!«

Doch ich sagte nichts, weil ich zu beschäftigt damit war, kauernd vom einen zum anderen zu eilen. Aber immerhin regten sie sich. Als ob sie gehört hätten, was ich dachte. Genauso wie McCluskey während der Einsatzbesprechung.

Was war das nur? Konnten alle anderen hier deine Gedanken hören? Oder lag's einfach nur an mir? Denn falls dem so wäre, dann würde mein nächster Versuch, der süßen Co-Pilotin der C-17 näher zu kommen, nicht gut für mich ausgehen.

»Was zur …«, begann Staff Sergeant Jasper, als er sich aufsetzte. Seine Erstwaffe war nicht zur Hand, also zog er so schnell es ging seine M18 und richtete sie hektisch und wahllos in die Dunkelheit, als wäre er gerade aus dem schlimmsten Albtraum erwacht, dazu noch mit einem Schuss akuten Deliriums, für die Extraportion Horror. Dann fragte er mich – nicht besonders höflich, möchte ich anmerken –, wer ich sei. Als ich ihm sagte, dass ich der Linguist bin, das jetzt im Moment aber nicht das Wichtigste wäre, wollte er wissen, was genau denn bitte dann das Wichtigste derzeit sei. Etwas schnippisch übrigens, aber es sei ihm verziehen.

»Der Sergeant Major sagt, dass wir uns zur Phasenlinie Charlie zurückziehen sollen, Sergeant Jasper«, sagte ich. »Wir haben den Kontakt zu Ihrer Einheit verloren, und er hat mich geschickt, um ihn wiederherzustellen. Aber ernsthaft, das ist gerade nicht unser größtes Problem, Sar'nt.«

»Aha. Und was wäre das?«, fragte er anklagend.

Die Ranger suchten nach ihren Waffen. Sie wühlten im Dreck und Sand und fanden sie schließlich irgendwo in der mittelbaren Umgebung.

»Der Feind umringt uns aus allen Richtungen, Sar'nt.« Ich deutete auf den Fluss, wo eine ungefähr kompaniegroße Einheit schleichend ans Ufer watete – so schleichend zumindest, wie es einer Einheit dieser Größenordnung möglich war.

Sergeant Jasper fluchte und zischte seine Befehle. Er wollte die SAW gefechtsbereit machen. Die MG-Schützen sollten sie »zum Qualmen bringen«, um unserem Rückzug die nötige Deckung zu geben.

Dann deutete ich auf die drei Trolle, die Bäume ausreißend über unsere südliche Flanke direkt auf uns zukamen. Begleitet von einer Infanterietruppe Orks. Sie bewegten sich langsam. Offensichtlich hatte Captain Messerhand ein paar nette explosive Überraschungen für sie hinterlassen, und sie waren zu misstrauisch, um zu schnell vorzustoßen. Eine dieser Sprengfallen detonierte und erwischte einen Troll, der aufgrund der hunderten Wolframkugeln, die sich in seine Lederhaut bohrten, ins Stolpern geriet. Aber dann lief er einfach weiter. Die toten Orks um ihn herum blieben regungslos liegen, zerrissen von der Explosion der pfeilschnellen Schrapnelle. Wie die Opfer eines Massakers, die sie ja auch waren, lagen sie am Boden.

»Abmarsch!«, raunte der Sergeant, jetzt offensichtlich mit einem neuen Plan.

Jeder in der Einheit schnappte sich, so viel er tragen konnte, und eine Minute später folgten wir dem Weg zur Mitte der Insel, um zu dem Pfad zu gelangen, der uns in den minenfreien Bereich und zurück zur Phasenlinie Charlie bringen würde.

Sergeant Kang sicherte uns nach vorne und Staff Sergeant Jasper nach hinten ab. Der Rest der Einheit trug die SAW und die restliche Munition. Ich blieb bei Kang und zeigte ihm, welchen Weg wir gehen mussten, als wir am Rand des Felds ankamen, auf dem die C-17 parkte. Bereits aus der Ferne konnte ich den schemenhaften massigen Umriss des Flugzeugs erkennen. Jemand zog sich dorthin zurück, und wir sahen zwei auf dem Boden liegende SAW-

Schützen, die Unterstützungsfeuer auf irgendetwas in den Wäldern abgaben, das näherzukommen drohte.

Einen Moment später stürmten die drei Trolle die Position, die wir gerade verlassen hatten. Sie rissen große Bäume aus dem Boden, als wären es Gänseblümchen, und zerstampften den Schützengraben am Flussufer. Die Artillerieeinheit im Norden griff sie an und verlangsamte sie durch anhaltenden Beschuss.

Es war ein bedrohlicher Anblick. Die riesenhaften Kreaturen bewegten sich durch die hohen Bäume, ihre gemeinen Augen funkelten vor Zorn, als sie nach etwas suchten, dem sie die Gliedmaßen einzeln ausreißen konnten. Dabei versuchten sie, sich vor dem hellen leuchtspurgeschossgeladenen Feuer der 240er aus dem Norden wegzuducken.

Sergeant Kang sah nach vorne, versuchte den Weg zu finden, den wir als Nächstes nehmen sollten, als ich eine Reihe Orks über das Feld in Richtung Flugzeug rennen sah. Sie hatten die Verteidigungslinie im Süden durchbrochen und stürmten jetzt auf den Kommandoposten zu. Dort warteten andere merkwürdige, bizarre Kreaturen, die sich mit dieser Infanterieeinheit des Feindes zusammenschlossen. Missgestaltete, gruselige Freaks. Ich hatte keine Idee, wie man sie in PFC Kennedys Spiel nannte.

Kang funkte den Sergeant des Zugs an. Er versuchte, unseren nächsten Schritt zu planen. Zurück konnten wir nicht, weil dort die Trolle waren. Vor uns vertrieb irgendetwas die Einheiten vom Kommandoposten. Und zu unserer Rechten wartete der Hauptverband des feindlichen Angriffs aus dem Süden.

Und es gab ein weiteres Problem, das gegen eine rückwärtige Bewegung sprach: Wir wollten nicht geradewegs in einen Hinterhalt oder Sprengfallen laufen.

»Flussbett in nordwestlicher Position. Da entlang, Kang. Achten Sie auf Stolperdrähte«, befahl Sergeant Jasper.

Kang seufzte, zuckte mit den Schultern und bückte sich unter dem Gewicht seines überladenen Rucksackes in die Büsche, verließ also den Pfad, dem wir bisher zurück Richtung Charlie gefolgt waren. Das kurvenreiche, sandbedeckte Flussbett, das sich durch die Mitte der Insel schlängelte, befand sich direkt zu unserer Linken. Es sah so aus, als würde es sich nur mit Flusswasser füllen, wenn das Wasser hoch genug stieg. Das war in den letzten drei Tagen seit unserer Ankunft auf der Insel allerdings nicht vorgekommen.

Nach zwanzig Metern im Unterholz fanden wir das Flussbett und ließen uns nacheinander hineinfallen. Kang und ich sicherten die Umgebung ab, während der Rest des Teams nach unten rutschte und Jasper der Einsatzleitung unsere Lage und Position mitteilte. Sie markierten unsere Stellung und befahlen uns, diese zu halten.

Eine Minute später flogen von vorne Granaten über uns hinweg. Die ersten landeten im Feld, durch das die Orks marschierten. Das hätte eigentlich jede Einheit bremsen und in die Defensive schicken oder zumindest zum Rückzug bewegen müssen. Aber nicht die Orks. Diese Kämpfer heulten, brüllten und bliesen in ihre Kampfhörner, bevor sie sich direkt in den tödlichen Malstrom hineinstürzten, der auf sie herabregnete. Die Scharfschützen auf dem Hügel nahmen sich die Trolle vor, die erstaunlich erfinderisch bei dem Versuch waren, dem Feuer der 240er zu entgehen. Für so große und ungelenk wirkende Kreaturen bückten und duckten sie sich erstaunlich behände hinter Baumstämmen hinweg und rutschten sogar wie Schlangen auf den Bäuchen vorwärts, um unsere Position zu erreichen.

Das hier sind nur Worte, die ich niederschreibe, obwohl sie wahrscheinlich nie jemand lesen wird, aber in diesem Moment, im Dunkel hinter den feindlichen Linien, als der Feind sich schneller als wir bewegte, war gehörte das zu den verrücktesten Dingen, die ich je gesehen hatte. Ich hatte im Feuergefecht vor zehn Minuten schon geglaubt, dem Tod geweiht zu sein, aber Trolle erfinderisch werden zu sehen, um Scharfschützen und Artilleriefeuer zu entgehen, verstärkte dieses Gefühl immens. Sie schienen unaufhaltbar zu sein. Einer schaffte es sogar, einen großen halbeingegrabenen Findling aus dem Boden zu ziehen, und warf ihn wie ein Profi-Pitcher im Baseball direkt auf den Hügel zu. Er zerfetzte auf dem Weg ein paar Baumkronen und schlug direkt in die aufgeschüttete Erde ein.

Einer der Ranger aus der Phasenlinie Charlie antwortete mit einer Carl-Gustaf-Granate. Sie tötete den Troll nicht, explodierte aber genau vor seiner Brust. Der Troll stolperte Richtung Fluss. Ob zum Sterben oder um sich zu sammeln, wusste ich nicht. Kennedy sagte mir später, dass Trolle in seinem Spiel Trefferpunkte regenerieren konnten.

Danach musste er mir erstmal erklären, was Trefferpunkte überhaupt waren.

Nach einer kurzen Einweisung seinerseits in die wunderbare Welt der Trolle konnte ich mir sehr gut vorstellen, dass es hier auch so war.

Oder auch nicht.

Wer weiß?

Jetzt, in diesem Moment, wurde aus der kompletten Frontlinie eine einzige chaotische Schlacht, und unsere im

Flussbett versteckte Einheit war umzingelt. Wir waren nur dreihundert Meter von der Phasenlinie Charlie entfernt, aber wir hätten genauso gut dreitausend Kilometer weit weg sein können, noch dazu mit leerem Tank.

KAPITEL 19

Die vorderen Truppen des Feindes attackierten unsere Stellung bei Phasenlinie Charlie jetzt schon auf mehreren Seiten. Sergeant Jasper hatte den Captain am Funkgerät, und unser Befehl lautete, unsere Stellung weiter zu halten, solange der Beschuss noch heftiger wurde. Orks strömten durch den Wald direkt über unseren Köpfen, während wir uns in der Senke so gut wie möglich wegduckten.

»Fresst Dreck!« rief der Sergeant, als plötzlich eine Reihe Granaten direkt vor beiden Seiten der feindlichen Linien einschlug.

Unten im Bachbett duckten wir uns unter die Feuerlinie, die von unseren Trupps entlang der hinter uns liegenden Position ausging. Der Beschuss zielte weg von uns in Richtung Flanke, aber wir zogen trotzdem die Köpfe ein. Specialist Mercer trug zusammen mit PFC Soprano, der als Unterstützungsoffizier agierte und die Reservemunition bei sich hatte, die SAW. Sergeant Kang sicherte mit mir unsere Rückseite ab, und Jasper und ein anderer Ranger deckten jeweils die Flanken.

Als der Feind nur Minuten später auf uns zustürmte, hatten wir effektiv die Taktik der »Verteidigung in umgekehrter Neigung« implementiert und kämpften nach ihren Vorgaben. Bevor ich zur Armee gegangen war, hatte ich ein paar Highlights militärischer Taktiken gelesen, um besser zu verstehen, auf was genau ich mich hier einlassen würde. Von was genau ich ein Teil sein würde. Ja, es lag über meiner Gehaltsstufe, aber ich war der Auffassung, dass zumindest ein wenig Wissen darüber zu haben dabei half, die Angst vor dem Unbekannten zu überwinden. Jetzt sah ich, wie das, was ich gelernt hatte, in der Realität umgesetzt wurde. Im Buch hatte es ein wenig anders ausgesehen.

Da wir unsere Köpfe nicht über den Rand der Senke heben wollten aus Angst, vom andauernden Beschuss unserer eigenen Verbündeten getroffen zu werden, mussten wir diesen Teil des Flussbetts um jeden Preis verteidigen und alles töten, was uns in die Quere kam, bis wir uns in Sicherheit zurückziehen konnten. Die SAW stand direkt am Beginn der Senke, weil wir erwarteten, dass der Feind von dort kommen würde, wenn er der Achse seiner Attacke folgte. Wir hatten auf Nachtsicht umgeschaltet und waren bereit, zuzuschlagen, als über unseren Köpfe Leuchtfeuermunition hinwegsauste und in der Nacht verschwand, die das Nachtsichtgerät immer als kristallklare Decke des Universums darstellte, egal in welcher Scheiße man steckte. Sergeant Kang hatte seinen Rucksack vor unsere Position gestellt, sodass er nach außen zeigte, und eine Claymore-Mine draufgestellt.

Wir konzentrierten uns auf unsere zugeteilten Bereiche. Natürlich beobachtete ich alles, da ich sicher war, dass man mir den am wenigsten wichtigen Bereich zur Bewachung zugeteilt hatte: unseren Fluchtweg nach hinten, zurück zur Phasenlinie Charlie.

Die SAW erwachte mit einem kurzen Knall zum Leben, und ich drehte den Kopf, um zu sehen, wie der Ziellaser schnelle Runden in der Nacht drehte. Er zerriss fünf Orks, die bösartig gebogene Schwerter und kleine Schilde trugen.

Scharfe 5,56er, die in die Köpfe der heranstürmenden Orks und in kräftige gepanzerte, grün vernarbte, mit Äxten und Rüstungen bestückte Körper einschlug. Weitere Orks erschienen direkt hinter denen, die gerade in Stücke gerissen worden waren. Ohne Zweifel konnten sie die Vertiefungen in der Landschaft sehen und versuchten, sich durch diese an den Feind anzuschleichen. Stattdessen bereitete Mercer ihnen eine böse Überraschung, als er den Abzug der SAW drückte und Soprano die Zielerfassung übernahm.

Sergeant Kang griff neben mir etwas an, das wie eine absurde Kreuzung aus einem kleinen Hund und einer Echse aussah. Zweibeinig. Irgendwie menschlich. Bewaffnet mit einem kleinen Speer und einem Dolch, der ein Zahn eines Megalodons, eines Riesenhais, hätte sein können. Ich hatte vor geraumer Zeit mal einen in einem Museum gesehen. Das Hund-Echse-Vieh landete im Sand der Senke, und Sergeant Kang, der den Erdsaum derselben in seinem Bereich bewachte, sah es hinunterfallen und neben dem SAW-Schützen und Private Soprano landen. Kang drehte sich auf dem Bauch liegend um, schoss zweimal auf das Wesen und jagte es in den Dreck. Als es landete, schoss er nochmal drauf und schrie mich an: »Bewachen Sie Ihren Sektor!«

Mein Sektor, der unseren Linien zugewandt war, glich einem schwindelerregenden Feld voller ausströmendem Feuer, das durch die schattigen grünen Bäume und die hellen Kristalle der Sterne schon, die ich im Nachtsichtgerät sah. Da gab es ziemlich viel zu verdauen. Vor allem die abprallenden Leuchtfeuerkugeln, die scheinbar nichts mehr mit dem Kampf zu tun haben wollten und im Universum verglühten.

Ich hörte Jasper und die anderen Ranger auf unserer Flanke das Feuer eröffnen, aber ich bewachte unseren Ausweg und ging sicher, dass wir nicht abgeschnitten waren, wenn der Zeitpunkt für den Rückzug kam. Die Kugeln flogen so schnell und dicht über unsere Köpfe hinweg, dass es sich anfühlte, als würden sie einem sofort den Schädel abreißen und einen für immer der fremdartigen Welt aus Sternen und Nacht zuführen, wenn man aufzustehen wagte. Ich grub mich tiefer in den sandigen Boden ein und wartete auf den Befehl zum Rückzug. Hoffentlich würde er bald kommen.

Drei Minuten dauerte der Kampf auf diese Art, das Töten von einer Handvoll Feinde, die angesichts des Beschusses von unserer Verteidigungslinie überwältigt waren, aber dann feststellten, dass ein paar Ziele im trockenen Flussbett warteten. Dann rief Mercer laut: »Lade nach!«

Die Ranger nahmen neue Positionen ein, um das Nachladen zu sichern. Ich wusste, dass das echte Knochenarbeit war oder es zumindest für mich gewesen wäre. Mir wurde befohlen, den Beschuss in Kangs Sektor zu übernehmen, während Kang nach vorne absicherte. Ich sah, dass Soprano ihm half. Es war leichter, als ich gedacht hatte. In dem Moment, in dem Mercer mit dem Nachladen fertig wurde, stürmte eine Kavallerie des Gegners donnernd auf uns zu.

Das waren keine Orks.

Es waren menschlich aussehende Reiter, gekleidet in Lumpen und Rüstungen. Wie Ringgeister. Mit von Kapuzen verhüllten Köpfen ritten sie magere graue oder schwarze Pferde. Der erste preschte in vollem Galopp in die Senke, indem er dem Flussbett aus dem Süden folgte, und drückte sich an den hageren Hals des Tiers, um dem Beschuss zu entgehen. Er kam ein Stück entfernt um die Kurve im trockenen Flussbett, und Mercer hatte gerade die Munitionskappe geschlossen, als der Reiter uns erblickte und auf uns zukam, als wollte er uns niederreiten, ein im Nachtlicht glänzendes Schwert schwingend.

Mercer entsicherte die Waffe und eröffnete das Feuer.

Kugeln schossen in das merkwürdige Pferd und seinen noch merkwürdigeren Reiter, aber obwohl das albtraumhafte Biest markerschütternd schrie, kam es weiter auf uns zu. Sergeant Kang griff einen Oger an, einen Hünen mit einem riesigen Bogen, der größer war als alles, was ich jemals gesehen hatte. Der Oger war durch die Bäume über uns gestützt und hatte sich offensichtlich über den Rand der Senke gelehnt, um zu sehen, was hier unten vor sich ging. Das Wesen war locker drei Meter groß und ziemlich schnell, es spannte den gigantischen Bogen mit kraftvollen Muskeln, um auf uns zu schießen. Es trug nichts außer einem fransigen Kilt und hohen, von Schlamm und Schutt bedeckten Lederstiefeln. Ein enormes Schwert, das allerdings kaum mehr als ein Stück geschlagenes Roheisen war, hing an seinem Gürtel.

Sergeant Kang schoss das ganze Magazin in die nackte Brust des Ogers. Die Kreatur schien es nicht mal zu spüren. Sie drehte sich um und feuerte den Pfeil ab, direkt auf Mercer, der fluchte und laut schnaubte, um den plötzlichen Schmerz zu kontrollieren.

Im dunklen Licht des Nachtsichtgerätes sah ich den geraden grünen Strahl meiner Zielerfassung auf den bedrohlichen buschigen Brauen des Ogers landen, als dieser eben einen weiteren riesigen schwarzen Pfeil anlegte. Ich hatte meine MK18 auf halbautomatisch gestellt, da ich nicht ausflippen und all meine Magazine im automatischen Modus verschießen wollte. Ich feuerte schnell, aber nicht zu schnell, um den Laser direkt auf dem Oberkörper des Ogers halten zu können.

Wieder einmal verschwamm in der Hektik des Kampfes alles, und während manches fast schon surreal wirkte, wusste ich eines doch ganz sicher: Der Pfeil hatte Mercer ins Bein getroffen und ihn auf den Boden genagelt. Ich konnte das erkennen, während ich auf den Oger feuerte, ohne dass ich durch das Zielfernrohr sehen musste, einfach nur, indem ich den IR-Strahl zur Ruhe kommen ließ, wenn ich den Abzug drückte. Ich erlaubte dem Ziellaser, die ganze Arbeit zu machen und die richtigen Ziele allein zu finden.

Währenddessen kamen der Reiter und sein knochiges Pferd immer noch auf den SAW-Schützen und Private Soprano zu. Mercer überwand den Schmerz wie ein echter Ranger und feuerte weiter, traf das schreiende Pferd und seinen dunklen Reiter, der versuchte, sich hinter dem vor Schreck verdrehten Pferdehals zu verstecken.

Im gleichen Moment feuerte ich auf den Oger, der einen weiteren Pfeil anlegte. Einen meiner Schüsse verzog es scheinbar von der Brust nach oben, denn plötzlich explodierte der Kiefer des Wesens und verteilte Knochenstücke und schillerndes Blut in der Nachtsicht. Die Monstrosität ließ den Bogen fallen und riss beide hammerartigen Fäuste vor das Gesicht, um dann nach vorn in die Senke zu fallen und sich das Genick zu brechen.

Jepp. Ich hörte es trotz der Kampfgeräusche um uns herum. Und zwar laut und deutlich. Wie, wenn jemand in einem ruhigen Wald an einem einsamen Winternachmittag auf einen trockenen Ast tritt. Einfach so.

Als ich zurückblickte, sah ich, dass Mercer zuerst das hagere Pferd und dann den in Lumpen und Knochen verhüllten Reiter zu Fall gebracht hatte. Das musste die Kavallerie des Feindes sein, oder seine Version von Spähern, denn auf einmal tauchten mehr Reiter in der Kurve der Senke im Süden auf, genau an der feindlichen Linie.

Die Reiter stürmten vorwärts, und Sergeant Kang aktivierte den Fernzünder der Claymore. Als ob er sagen wollte: Ich nehme eure Reiter der Apokalypse zur Kenntnis und erhöhe um eine M18A1 Claymore. Die Explosion zerstörte die ekelhaften Pferde und Reiter und schickte Stahlschrapnelle in die Körper der Tiere, der hageren Reiter und den Wald.

Dann kam endlich der Befehl zum Rückzug. Die Frontlinie verlagerte den Beschuss, und die Scharfschützen gaben uns Deckung. Damit wir uns deswegen nicht zu sehr in Sicherheit wogen, machte der Captain Sergeant Jasper deutlich, dass wir auf keinen Fall aus dem Schneider waren. »Der CO sagt, dass die ganze Senke direkt vor uns voller Feinde ist. Ihr müsst euch den ganzen Rückweg freischießen, Leute. Die Scharfschützen sichern euch.« Danach brachte uns Jasper in Reih und Glied in Bewegung.

Was als Nächstes passierte, waren dreihundert Meter Albtraum.

Immer mehr Reiter kamen in die Senke, und Soprano bediente nun die SAW als Schütze, während Sergeant Kang den verwundeten Mercer holte. Wir gaben unsere Verteidigungsposition auf und versuchten es durch den Hinterausgang.

Soprano feuerte kurze Salven in die Reiterstaffel, und Kang und ich trugen den verwundeten Mann hinter Jasper, der vorausging.

Sergeant Kang hatte es geschafft einen Notfall-Druckverband um Mercers Beinverletzung anzulegen; der Pfeil war an beiden Seiten abgeschnitten und in der Wunde gelassen worden. Bewundernswerterweise schaffte es Mercer, bei Bewusstsein zu bleiben und nicht vor Schmerz aufzuheulen, als sie ihm im Schnellverfahren die Abschnürbinde anlegten und etwas Gerinnungsmittel applizierten. Er versprach jedoch jemandem, dass er ihn eines Tages schmerzvoll und langsam umbringen würde.

Vor uns lag ein enger Durchgang zum nächsten Bereich der Senke, und wir bekamen Mercer gerade so durchgezwängt. Irgendetwas stieß gegen seine Wunde, und er verkrampfte den Hals und drückte den Rücken durch, und alles, was ich tun konnte, war, ihn festzuhalten, bis sein Körpers erschlaffte und er schließlich bewusstlos wurde, das Gesicht bedeckt von kaltem Schweiß.

Kang rief über die Schulter: »Private Soprano! Wir hauen ab! Los!«

Der kleine Schütze feuerte eifrig weiter. Eine lange Salve und dann, fast komisch, sagte er: »Ähm Sergeant! Warten Sie … Ich-äh komme.« Er sprach wie ein wirklich schlechter Schauspieler aus seiner eigenen Version eines schlechten Spaghettiwestern.

Wir hielten den bewusstlosen Mercer an der Wand der Senke aufrecht, und Kang befahl dem Schützen, sich zurückfallen zu lassen, als der dunkelhaarige, lächelnde Soprano sich an uns vorbeidrängte, als wäre es nur ein weiterer normaler Tag in der U-Bahn, anstatt dass flammende Pfeile auf uns herunterprasselten, während wir versuchten, durch das schmale Nadelöhr der Kampflinie zu entkommen, obwohl beide Seiten gerade mit allem aufeinander losgingen, was sie hatten.

Direkt neben uns war eine Art Balliste heraufgezogen worden, um auf den Hügel zu schießen. Der Scharfschützenhügel im Norden. Wir konnten das hohe merkwürdige Surren hören, als die grunzenden und brüllenden Soldaten sie abfeuerten, wieder neu beluden und dann erneut auf die Ranger auf dem Hügel schossen.

»*Scusa*«, murmelte Soprano fast schon höflich, als er sich ans uns vorbeidrängte, während wir den verwundeten Mann immer noch aufrecht hielten, und hob die SAW hoch. »Hey *Sergente* …, das hier gilt als Rangertraining, oder?« Er lachte im Vorbeigehen. »Weil – ich war ja dran zu gehen und so, *Sergente*, bevor wir hier gelandet sind an diesem … wie sagt man … verrückten Ort.«

Mercer stöhnte und wurde noch bleicher.

Sergeant Kang erwiderte kurz und abgehackt: »Nicht jetzt, Soprano. Sparen Sie sich den Akzent, und gehen Sie weiter. Sergeant Jasper braucht Sie.«

Ich konnte hören, dass Jasper und die anderen Ranger kämpften, aber nicht sehen, was vor sich ging. Dann verschwand der kleine Schütze mit dem Maschinengewehr, das aussah, als wäre es zwei Nummern zu groß für ihn.

Kang verpasste Mercer eine Ohrfeige – und nicht wirklich sachte.

»Komm schon, Ranger! Nicht ins Licht gehen!«

Aber Mercer interessierte das entweder nicht oder er war zu beschäftigt damit, sich zu fragen, was dieses Licht eigentlich bedeutete.

»Lass ihn los«, befahl mir Sergeant Kang, aber ich gehorchte nicht. Ich sagte allerdings etwas wirklich Saudummes, als wir plötzlich vor uns in der dunklen Senke hören konnten, wie Soprano heftig auf etwas feuerte, das wie die Horrorfilmversion eines Tentakelbiests aus dem

Sumpf schrie. Es war gigantisch und ohrenbetäubend laut, als Soprano es mit der SAW bearbeitete.

Ich sagte zu Sergeant Kang: »*Wir lassen ihn nicht zurück*!«

Was das Dümmste ist, was man zu einem Ranger überhaupt sagen kann.

Ich konnte Sergeant Kangs Blick nicht sehen, der Koreaner war, – und ja, ich spreche auch Koreanisch –, aber ich war mir sicher, darin lag purer Hass. Hätten Blicke töten können, wäre ich garantiert in einer Leichenhalle auf der falschen Seite der Stadt gelandet.

»Ranger lassen niemanden zurück«, murmelte Kang, als der bewusstlose Schütze gegen ihn sackte. Dann, in einer schnellen Bewegung, so perfekt, als wäre es eine einstudierte Choreografie, hob er den bewusstlosen Mercer hoch und mit einem Rettungsgriff auf seine Schulter.

Dann …

»In meiner Nähe bleiben«, grunzte er und richtete sein Gewehr nach vorn.

KAPITEL 20

Dreihundert Meter purer Albtraum lagen noch vor uns. Es war schon schwer genug, uns die Orks und Schattenreiter hinter uns vom Leib zu halten. Sie kamen immer näher, und nur Kang eröffnete das Feuer und ließ sich zurückfallen, während ich ihm Deckung gab, da er immer noch den bewusstlosen Mercer trug. Er war der Einzige, der sie davon abhielt, direkt hier in der Senke über uns hinwegzureiten. Ich tat, was Kang mir aufgetragen hatte, gab ihm Deckung und stellte sicher, dass unser Weg nach vorne frei blieb, während wir Sichtkontakt zum Rest von Sergeant Jaspers Team hielten. Der Gruppenführer und zwei andere Ranger schossen sich ihren Weg durch die Grüppchen von Orks, die es so weit geschafft hatten und sich auf ihre nächste Angriffswelle auf die Phasenlinie Charlie vorbereiteten. Das Letzte, was die Orks erwarteten, waren Ranger, die durch die Senke kamen und sie niederschossen.

Jasper hatte bereits »Magazin leer« gerufen und klar gemacht, dass er bei seinem letzten angekommen war. Über die Team-Kommunikation wurde eine schnelle Umverteilung organisiert. Und in dem Moment erreichte ich Soprano, der damit beschäftigt war, die letzte Munition in die SAW zu laden. Er kniete im Dunklen in einer Ecke der Senke, die voller gruseliger und verstümmelter Körper toter Orkkämpfer war. Ihre Gesichtszüge wirkten wie eingefroren, sogar im Tod hatten sie noch die Zähne gefletscht.

Sergeant Kang tauchte hinter uns auf, drehte sich um und gab kurze Salven ab, um die Verfolger zurückzuhalten, drängte dann zur nächstmöglichen Deckung vor. Plötzlich regneten Pfeile in die Senke. Diese brannten wenigstens nicht. Aber alles deutete darauf hin, dass sich die feindlichen Einheiten untereinander absprachen und dass jemand beschlossen hatte, unsere Gruppe zu markieren und aus mittelbarer Distanz zu beschießen. Als wäre dies eine Art Kriegssimulation am Computer. Nur so konnte mein Geist verstehen, wie sie es geschafft hatten, uns in der verwinkelten Senke unter Beschuss zu nehmen. Die meisten Pfeile landeten im Sand und in den herumliegenden Baumstämmen, die bei den letzten Unwettern hierher geschwemmt worden waren. Die Pfeile machten beim Einschlagen unterschiedliche Geräusche. Zuerst trafen sie mit einem leisen, fast flüsterhaften Surren auf dem sandigen Boden auf, als der Beschuss des Flussbetts losging. Danach schlugen sie mit lautem TSCHUNK gegen die Stämme. Inzwischen hatten wir uns so gut es ging unter den Baumstämmen versteckt, und Sergeant Kang warf Mercer auf den Sand und legte sich auf ihn, um den verwundeten Ranger zu schützen.

Einer der Pfeile bohrte sich in Sopranos Knieschoner und zerbrach mit lautem Knacken. Der alberne italienische Schütze erklärte: »Hey … Guck dir das an, *mi amico.*« Amico bedeutet Freund. Japp. Ich spreche auch Italienisch. Moment – ich glaube, das habe ich bereits erwähnt. »Ich hab einen Pfeil direkt ins Knie bekommen. Wie in dem Spiel. Jetzt kann ich mich zur Ruhe setzen und Stadt-*Guarda* werden!« *Guarda* bedeutet Wache. So viel war klar. Ansonsten hatte ich nicht den blassesten Schimmer, worüber er eigentlich redete.

Der Pfeilhagel ließ nach, und einen Moment später kamen ein Dutzend schwer bewaffnete Orks aus dem Süden des trockenen Flussbetts näher und warfen Speere auf uns. Ich war am leichtesten bewaffnet und der Erste, der aus der Deckung kam. Soprano duckte sich immer noch hinter das Totholz, hinter dem wir uns versteckt hatten, Kang kam gerade erst auf die Knie und lud seine Waffe nach, als die Orks mit gezogenen Äxten durch die Senke auf uns zurannten und dabei todbringende Schreie ausstießen.

Ich feuerte auf den Anführer, betätigte den Abzug der MK18, so schnell ich konnte. Dann war das Magazin leer und sie rannten immer noch auf uns zu. Ich drehte die Waffe um und rammte sie dem ersten Ork, der uns erreichte, gegen den behelmten Kopf, weil mir keine Zeit zum Nachladen blieb. Ich stieß mit dem Kolben der MK18 zu, und das genauso schnell, wie Drill Sergeant Ward es uns in der Grundausbildung damals beigebracht hatte. Ich traf ihn genau zwischen die Augen und auf das Nasenbein seiner hässlichen schwarzen Nase. Ihm haben auf jeden Fall die Glocken im Gehirn geläutet, aber zu Boden ging er nicht.

Ein weiterer der röhrenden Orks stieß einen Kampfschrei aus und schwang ein mit Kerben übersätes Schwert in meine Richtung. Es war kurz und schmal wie die, die die römischen Soldaten früher genutzt hatten. Ein Gladius. Das Kurzschwert traf meine Brustplatte und prallte davon ab, aber der Schlag nahm mir die Luft zum Atmen und ich stolperte zurück, ließ das Gewehr fallen und überlegte panisch, wie ich meine zweite Waffe ziehen sollte, sobald ich wieder atmen konnte.

Ich lag auf dem Hintern, zog die M18 und hatte eben das Feuer eröffnet, als der Ork, der mir am nächsten war, zu einem Hieb ausholte, der mich erledigen sollte. Zu dem Zeitpunkt hatte ich keine Ahnung, wie schwer ich getroffen worden war. Ob das Schwert durch meine Rüstung gedrungen war und in meinem Körper steckte … Ich wusste es nicht. Ich fühlte keinen Schmerz, aber vielleicht, sagte ein anderer Teil meines Hirns, vielleicht stand ich auch unter Schock, weil eine Arterie verletzt worden war. Es war möglicherweise ernst, aber ich dachte nur daran, dass es nicht das Klügste war, jetzt gleich zu sterben.

Vielleicht konnte mir jemand helfen, wenn ich den Kampf überlebte.

Ich feuerte weiter, entleerte mein Magazin in die Orks, die auf uns zukamen. Es waren jetzt drei, und ich kann nicht sagen, ob ich überhaupt einen getroffen habe, da mir die Augen tränten und ich wie gesagt Probleme beim Atmen hatte. Meine M18 verfügte über einen Ziellaser, aber den hatte ich nicht aktiviert. Es war die Waffe des Sergeant Majors, und ich erinnere mich, dass ich dachte – gerade als die letzte Kugel die Waffe verließ und der Bolzen wieder arretierte –, dass von mir erwartet wurde, Volman damit aus dem Weg zu räumen. Zwangspensionierung. R&R. Und das hatte ich bis jetzt noch nicht gemacht. Nun würde ich zerhackt und in kleine Stücke zerlegt werden von ein paar Monstern aus einem Fantasy-Spiel, das zu einem realen Albtraum geworden war.

Von all den Toden, die meine Mutter für mich vorausgesehen hatte, was ihre Art gewesen war, trotz ihrer altbackenen Erziehung mich zu lieben, hatte sie diesen bestimmt nicht vorhergesehen. Das Leben ist so verrückt und unerwartet. Und es ist kurz, wie manche sagen. Offensichtlich war der Tod nicht anders.

Dann eröffnete Soprano das Feuer, und ich beobachtete, wie direkt vor meinen Augen eine heftige Salve 5,56er-Geschosse in missgestaltete Köpfe einschlug, Gehirne explodieren ließ und Knochenmark überall in der Schlucht verstreute. Alles wirklich dicht vor mir und im Mondlicht verdammt plastisch. Seine Arbeit sollte wie die der anderen italienischen Meister im Museum ausgestellt werden, dachte ich, als ich sein Werk der Zerstörung bewunderte. Und dann realisierte ich: *Oh, so denken sie also*. Die Ranger. Gewalt ist eine Kunst. Für sie.

Ich griff nach meiner Waffe und atmete scharf ein, fummelte nach einem neuen Magazin, als Sergeant Kang, mit Mercer über der Schulter und das Gewehr immer noch in der Hand, mich auf die Beine wuchtete.

»Zweitwaffe laden, PFC«, schnauzte er mich an und ging weiter.

Soprano drängte die Orks mit der SAW immer noch zurück und hörte auch dann nicht auf, als wir einen weiteren Vorstoß wagten.

Dann wurde das Scharfschützenfeuer vom Hügel neu ausgerichtet, um uns bei der Flucht zurück zur Phasenlinie Charlie zu helfen. Ein paar neue Kreaturen, die wie kleine Drachen-Hund-Menschen aussahen, kamen mit *yip yip yip*-Geräuschen auf uns zu, schwenkten ihre kleinen gebogenen Dolche und riefen irgendwas Unverständliches, das wie »*Breeeeeyaaark*« klang.

Die Geschosse, die von *Mjölnir* auf dem Hügel abgegeben wurden, löschten diese Geschöpfe mit einem Schlag aus.

Ich folgte Kang um die nächste Biegung des Flussbetts, und wir stießen auf den Rest von Sergeant Jaspers Team zusammen mit dem Hauptverband, die uns durch die Linie ließen. Und gerade als Soprano hinter die improvisierte Stellung rannte, aus der die Ranger kämpften, die leere SAW tragend und wie ein Marathonläufer rennend, verlagerten die Flanken ihr Feuer auf die Senke und schlossen diese Route für unsere Verfolger ein für alle Mal. Das Mörserteam schoss sogar ein paar Salven weißen Phosphor ab, nur um sicherzugehen, dass die Gegner Feuer fangen würden. Ich schob schnell meine Nachtsichtbrille nach oben, als ich diese Dinger kommen sah.

Wir hatten es zur Phasenlinie Charlie geschafft. Gerade so.

Chief Rapp war da und sah sich Mercers Zustand an. Er hatte PFC Kennedy dabei. Obwohl Charlie kurz vorm Zusammenbruch stand und wir uns hinter den Hügel zurückzogen, legte Chief Rapp an Ort und Stelle eine Transfusion für Mercer und benutzte dafür PFC Kennedy als Universalblutspender. Das *Ranger-0-Negativ-Protokoll* war etwas, das man uns allen während der Grundausbildung beigebracht und antrainiert hatte: Es wies eine hohe Erfolgsrate auf, Tode in Schlachten zu verhindern. Identifizierte universelle Blutspender wie Kennedy trugen ein »Universal-Kit« mit sich, das den Sanitätern helfen konnte, auf dem Schlachtfeld in wenigen Minuten eine Nottransfusion zu legen. Chief Rapp war natürlich ein Meister darin. Die Jungs von den Special Forces waren nicht nur kompetent in ihrem Fachgebiet, sondern begnadet. Zuerst tropfte er Tranexamsäure in die Wunde, während Kennedy das Universalkit bereitmachte.

Sekunden später wurde Mercer abtransportiert und bekam gleichzeitig eine Transfusion.

Das war's dann für ihn mit dem Kämpfen. Zumindest vorerst. Für den Rest von uns …

Wer an dieser Stelle gedacht hätte, das wäre die größte Attacke gewesen oder alles, was sie drauf hatten … hätte falsch gelegen. Wir saßen auf dem Scharfschützenhügel am nördlichen Ende der Insel fest, und obwohl wir jeden kampfbereiten Ranger da oben hatten, der das Gewehr auf den Feind richtete, befanden wir uns immer noch im Kampf um unser nacktes Leben. Der Feind schickte alles, was er hatte, und es war klar, dass er uns entweder auslöschen oder bei dem Versuch draufgehen würde. Genau dann befahl der Captain uns, Gasmasken aufzusetzen, und brachte Säcke voller Chlorgas zur Explosion, während wir uns auf den Hügel zurückzogen.

KAPITEL 21

Die Verletzten wurden hinter der ersten Verteidigungslinie des Scharfschützenhügel gesammelt, die Schwerverletzten zur nächsten Sammelstelle auf halbem Weg hinaufgetragen und von einem großen Stein bewacht, der aus der steilen Anhöhe ragte. Hinter dem Stein lagen die Gräben, die man auf der Anhöhe des Scharfschützenhügels ausgehoben hatte und die von verschiedenen improvisierten Verteidigungsposten umgegeben waren.

Die Verteidigung des Hügels wurde dadurch erleichtert, dass es nur zwei begehbare Wege hinauf gab: die westliche Route und die östliche. Der Hügel war zu steil, um ihn abseits eines der Pfade sicher zu erklimmen. Andererseits hatten zumindest manche der Kreaturen, die uns umbringen wollten, Flügel.

Die Ranger, hauptsächliche die Scharfschützen und die Mörserteams, hatten diese Wege so gut es ging gegen den Hauptteil der Feinde – diejenigen, die nicht fliegen konnten – verstärkt. Den Hügel zu halten war Aufgabe einer Schützeneinheit auf ungefähr Viertelhöhe, während beide Artillerieeinheiten sich in die Schützengräben zu beiden Seiten des Hügels zurückgezogen hatten.

Darunter sammelten sich die Orks und anderen Monster bei den Ruinen der Verteidigungsanlagen an Phasenlinie Charlie, offensichtlich unsicher, ob wir uns zurückgezogen hatten. Die Scharfschützen zielten auf die schwereren Einheiten wie Trolle und Oger und streckten sie entweder nieder oder verletzten sie schwer. Ab und zu flogen ein paar große Steine durch die Nacht und landeten auf der Hügelseite, bevor sie wieder runterrollten. Sie verursachten bei uns kaum Schaden, dafür mussten sich die Orks, die unten im Wald und der Senke verblieben waren, jetzt mit ankommenden Steinen auseinandersetzten.

Durch unsere Gasmasken beobachteten wir, wie der Kampf plötzlich zum Stillstand kam, als der Feind sich mit dem unsichtbaren Chlorgas konfrontiert sah. Dank der Nachtsicht konnten wir sie straucheln sehen, und wir stellten das Feuer ein, um Munition zu sparen, und ließen das Gas so viele wie möglich erledigen. Zehn Minuten später gab es da unten einen Haufen Tote. Aber so plötzlich der chemische Tod aufgetaucht war, so plötzlich kam ein Windstoß aus dem Nichts und trieb das zurückgebliebene Gas in Richtung Westen. Es war kein natürlicher Wind, keine unerwartet aufziehende Nachtbrise. Dieser fühlte sich heiß und trocken an, wie Wüstenwind. Und er roch nach Schwefel. Man konnte trotz der Filter in der Maske fühlen, wie er in den Augen brannte.

Ich sah auf die Uhr. Es war kurz nach 2100, und ich befand mich bei Kurtz' Waffeneinheit. Niemand hatte mich irgendeiner Position zugewiesen, und der Sergeant Major war nicht aufgetaucht, also war ich einfach Tanner und dem Rest der Einheit auf dem östlichen Weg zur vordersten Verteidigungsposition gefolgt. Über uns befanden sich zwei weitere bewachte Engstellen, darüber der Gipfel des Scharfschützenhügels und die Mörserteams. Recht viel mehr Hügel zum Rückzug stand kaum noch zur Verfügung und gerüchteweise auch nicht mehr viel Munition. Der

First Sergeant kam vorbei und stellte sicher, dass wir alle einige Patronen hatten, verteilte das Wenige, das übrig war, um sicher zu gehen, dass jeder zumindest drei Magazine besaß. Ich versuchte, meine zwischen Tanner und einem anderen Ranger aufzuteilen, aber der First Sergeant bestand darauf, dass ich sie behielt.

Wir bekamen Freigabe via Funk und nahmen die Gasmasken ab. Manche beschwerten sich über Juckreiz und sagten, wenn wir uns gleich in die volle ABC-Ausrüstung geworfen hätten, wäre es besser gewesen. Andere erinnerten sie daran, dass Kämpfen in ABC-Ausrüstung ein einziges Drama war.

Zu dem Zeitpunkt nutzten wir alle in den Stellungen noch die Nachtsichtgeräte. Für das ungeschulte Auge müssen wir genau wie die Orks ausgesehen haben, die unten in der grau-grünen Dunkelheit lauerten, wie wir aneinander vorbeiliefen, uns Vorräte übergaben und in meinem Fall versuchten, uns tiefer in den Boden zu graben. Kurtz hatte mir ein Grubengrabgerät gegeben, damit ich unsere Stellung hinter die nächste Engstelle erweiterte.

Einige Minuten später eröffnete Specialist Rico oben mit der 240er das Feuer auf eine Gruppe Orks unter uns, die versuchte, den Felsen zu erreichen, den die Waffeneinheit hielt, während die letzten Verletzten nach oben getragen wurden. Die Salven des schweren Maschinengewehrfeuers schlugen in die Orks ein, die einen Vorstoß versuchten. Die Kugeln rissen sie in Stücke, und ihre leblosen Körper blieben überall auf dem Aufgang zum Vorsprung liegen. Dann schrie Kurtz mich an, weiter zu graben, während er einen neuen Gurt brachte, um die 240er des Teams zu füttern. Es waren nicht mehr viele 7,62er-Gurte übrig, und bald kam der Befehl von Captain Messerhand, Munition zu sparen und nur zu feuern, wenn sie direkt in die Gräben vorstießen.

Ich schaufelte Dreck und schippte ihn mit aller Kraft aus dem Graben hinaus, als die Feuerbälle von unten plötzlich überall in den Hügel einschlugen. Den ersten sah ich gar nicht, sondern hörte nur Brumm fluchen und rufen: »RPG!«

Nur, dass es keine Raketenwerfer waren, die typisch für jede noch so primitive Bande Hadschis in der Welt Standard zu sein scheinen, um ungepanzerte Fahrzeuge in die Luft zu jagen, genau wie Helikopter und Verteidigungspositionen. Das hier … Das hier war ein großer Feuerball. Ich sah, wie er über mich hinwegflog und in einige Bäume weiter oben einschlug. Die Explosion war schauerlich, und im nächsten Moment wurden die Bäume von einer expandierenden Flammenwolke verschlungen, die wie ein Atompilz aussah und eine starke Brise heißer Luft zu uns nach unten blies. Es roch nicht nach Benzin oder Sprengmittel., sondern nach Schwefel und verbrannter Kohle. Ein uralter und erdiger Geruch, der sich so alt wie die Zeit selbst anfühlte.

Ein weiterer Feuerball traf die westliche Seite des Hügels und verpasste den Waffentrupp nur um wenige Meter.

»Zieht die 240er runter!«, rief Kurtz, und Rico sorgte dafür, die Munitionsgurte zu bewegen, die er verbunden hatte. »Sie wissen, wo wir sind, und zielen auf uns. Ändert die Position und schützt die Gräben.«

Innerhalb von Sekunden hatten die zwei, Sergeant Kurtz und Specialist Rico, das MG neu in Richtung der Engstelle ausgerichtet, die Zugang zum Graben unten ermöglichte. Währenddessen nahmen Brumm und seine SAW die Position ein, an der die 240er gewesen war, und zielte nach unten. Die Ranger unter uns waren durch den vorstehenden Felsen geschützt. Orks in Rüstung und Oger mit Doppeläxten schwärmten auf die untere Stellung zu.

Ein Pfeil schlug in die Berme ein, wo die 240er gewesen war, und blieb zitternd stecken, und ich konnte sehen, dass die Federn ölig und dunkel wie die eines Raben waren.

Ungeschützt eröffnete Brumm das Feuer mit der SAW, um damit die Wellen von Angreifern zurückzudrängen und den Rangern dort unten zu erlauben, sich in den Graben zurückzuziehen und den Hang hinauf zu den Stellungen zu laufen. Tanner schmiss sich in den Dreck am Rand der Position und fing an zu feuern, während Kurtz das M320 aus seinem Holster zog und den Feind mit Granaten begrüßte.

Zwei Minuten später kamen die Überlebenden der Waffeneinheit an unserer Position an und rannten schnell nach oben, um die neue Verteidigungsposition zu besetzen. Der Feind benutzte jetzt so viele Feuerbälle, dass die Nachtsicht mit den Strahlen grellen, intensiven Lichts und den Feuern, die auf dem Hügel entfacht worden waren, überfordert war. Ich hatte keine Ahnung, wo sie herkamen oder wer sie zu uns schickte.

Die Luft war dick vom dichten, wabernden Rauch, und die Flammen kreierten Böen aus heißer Luft ringsum den Hügel.

Brumm kam gerade von der Feuerposition herunter, um seine letzte Trommel in die 249er zu laden, als Tanner bemerkte, dass der stoische Schütze von einem feindlichen Pfeil getroffen worden war. Aus Brumms Schulter ragte ein schwarzer Schaft mit Krähenfedern heraus. Das Holz war grau, und die Spitze verschwand in seiner Armeekleidung.

»Brumm … Ich glaube, sie haben dich getroffen, Mann«, bemerkte Tanner, als ob er nur beiläufig das Wetter kommentieren würde.

Brumm grunzte. »Ist nur ‚n Kratzer.«

Kurtz stand neben der 240er auf und richtete ein rotes Licht direkt auf Brumms Wunde. Er rief mir zu, die Position des Hilfsschützen neben Rico einzunehmen. Ich warf meine Waffe über die Schulter und legte mich in den Dreck neben Rico.

»Nee«, flüsterte Rico, als er seine Waffe kontrollierte, während er die enge Öffnung nicht mal fünfzehn Meter vor uns im Auge behielt, die zu unserem Graben führte. »Leg deine Waffe nah neben dich auf den Boden, damit du schnell aufstehen und reagieren kannst, wenn ich eine Fehlfunktion beheben muss.« Ich tat, was er mir sagte, und er zeigte mir genau, wie ich die Munition mit dem Einzug verbinden musste, damit die Waffe beim Schießen geschmeidig nachladen konnte.

»Sie kommen jetzt hoch!«, rief Tanner, der nun auf der ursprünglichen Kampfposition der 240er stand und bei jeder sich bietenden Gelegenheit Schüsse abgab.

Das war ab sofort unser OP, unser Observationspunkt, und er erlaubte uns, zu sehen, was der Feind unter uns tat.

Dieser konnte entweder versuchen, in den Graben zu gelangen, oder einfach so vorzuschreiten, dann allerdings ungeschützt vor unserem Feuer. Tanner stand aufrecht auf dem Rand des Grabens und schoss auf jemanden, während er die Situation evaluierte. Natürlich kamen direkt ein paar schwarze Pfeile auf ihn zugeflogen, und er ließ sich wieder auf den Boden fallen und gab uns einen kurzen Lagebericht.

Bevor er plötzlich sagte: »Sie kommen jetzt hoch!«

»Und da sind sie«, zischte Rico im gleichen Moment und fügte ein paar spanische Sätze hinzu, die präzisierten, was er von ihnen hielt. Irgendwas über Milch und Fäkalien und ihrer Mütter. Ich hatte die Sätze früher schon mal gehört, aber ihre Bedeutung nie verstanden. Vermutlich handelte es sich um eine kulturelle Eigenart.

Aber es war klar, dass Rico sich auf das nahende Zusammentreffen zwischen ihnen und seiner »Novia« freute. Das M240-Maschinengewehr, das er bedienen sollte.

Ich dachte über diese Worte nach, denn trotz ihrer Obszönität beruhigten sie mich. Sie zu analysieren und ihre Aussprache im Kopf durchzugehen, fühlte sich sicher an. Beruhigend. Denn das, was in den nächsten wenigen Minuten passieren würde, war das genaue Gegenteil davon.

Die Orks erschienen zuerst und warfen sich durch die enge Öffnung. Ihre weiten, fast froschähnlichen Münder waren von faulen Zähnen gespickt und voller dickflüssigem Speichel. Sie hatten kürzere Beine und rundere Oberkörper als die Orks, denen wir in der Senke begegnet waren. Ihre zerfledderte Rüstung war mit einer rostigen roten Faust versehen, die einen Dolch hielt.

Ich sah die blutige Faust absolut klar und deutlich, auch ohne das Nachtsichtgerät, das ich abgelegt hatte, als die Feuerbälle und die Flammen zu intensiv geworden waren und die Sicht beeinträchtigt hatten. Der Feuerschein erhellte genau diesen Abschnitt des Grabens so stark, als wäre es die Bühne eines schlechten Broadwaystücks.

Ob Rico die blutige Faust auf ihrer Rüstung bemerkt hatte, wusste ich nicht. Und es war sichtlich ihm egal. Ich weiß nur, dass er mit einer kurzen Salve das Feuer eröffnete, seine Zielerfassung für gut befand und sich dann daran machte, sie sorgfältig und methodisch auszuschalten. Das war der Traum eines Maschinengewehrschützen. Die grünen Wesen konnten nirgendwo hin außer durch die Engstelle in der Verteidigung des Hügels. Die Waffe bellte und spie eine lange Salve aus, die eine Welle plötzlicher Explosionen in die Reihen der ankommenden Orks schickte und die Wände des Grabens mit Blutspritzern, Knochen und Innereien verzierte.

Sie krächzten und brüllten; das unsäglichste Geräusch, das ich je gehört habe. Einer warf eine Axt, kurz bevor er starb, und sie schlug in die Seite des Grabens über unseren Köpfen ein. Er zuckte zusammen, als Rico ihn traf, als ob er gleich weglaufen würde, doch dann erwischte ihn der Specialist mit einer neuen Salve und jagte ihm eine Ladung ins Rückgrat. Die Kreatur sackte in sich zusammen und blieb reglos am Boden liegen.

Weitere kamen und nahmen ihren Platz ein.

Und noch mehr starben durch die auf kurze Distanz absolut unerbittliche 240er.

Ich konnte hören, wie Kurtz Tanner befahl, einige Ziele am Hügel in seiner Nähe anzugreifen. Es war klar, dass die Orks jetzt versuchten, uns sowohl vom Graben als auch vom Hang zu attackieren. Über das Donnern des MGs hinweg konnte ich das melodische Feuer der MK18 hören, während ich den Munitionsgurt durch meine Handschuhe laufen ließ, damit der Einzug der Todesmaschine rund lief. Ich stapelte die verbundenen Gurte rechts neben dem Maschinengewehr. Nach etwa einem Dutzend Schüssen schob ich den Stapel mit der rechten Hand nach unten und verteilte ihn, damit er nicht so hoch wurde, dass er den Auswurf behinderte und möglicherweise eine Fehlfunktion verursachte. Der Graben war so eng, dass die verbrauchten

Hülsen hin und her flogen und manchmal irgendwo landeten, wo sie nicht sein sollten. Wie beispielsweise in meinem Shirt, und sie waren so heiß wie ein Schürhaken.

Einige Sekunden später erhellten Lichter in allen Farben die Gräben. Wie eine Art Lasershow aus den 1960er Jahren. Ich dachte, ich hätte einen Schlaganfall, bis ich merkte, dass alle anderen sie auch sahen.

Einige Orks versuchten, wieder durch die Öffnung zu gelangen, und Rico verheizte gut einen halben Meter des 7,62-Gurts, womit er ihrem Vorstoß kurz Einhalt gebot. Ich überprüfte die Munitionskisten und sah, dass wir nur noch wenige hatten. Kurtz hatte schon sichergestellt, dass ein weiterer Gurt gekoppelt und fertig zum Abschuss war, und als die Zeit kam und er gebraucht wurde, legte Rico ihn ein und ich beobachtete ihn dabei, damit ich es in der Zukunft selbst machen konnte.

Ich hatte meine MK18 in der Hand und feuerte auf dem Bauch liegend. Ein Ork steckte den Kopf in den Graben, und ich schoss auf ihn, verfehlte ihn mit dem ersten Schuss, traf ihn aber mit dem zweiten. Er zog sich in die Dunkelheit zurück, und das Chaos und die Ablenkung durch die tanzenden Lichter gab ihm genug Zeit, von mir wegzukommen.

Als der nächste Ansturm kam, eröffnete Rico das Feuer, aber einer von ihnen warf eine Art Lehmcontainer voller Öl auf uns. In eins der Enden war ein brennendes Tuch gesteckt. Das Ding fiel vor uns über den Rand des Grabens, und brennendes Öl verteilte sich mit rasender Geschwindigkeit überall auf dem Boden.

Ich war so schnell auf den Knien, wie mir möglich war, und nahm den Klappspaten, den ich im Dreck hatte stecken lassen. Sofort schaufelte ich Erde auf die Flammen und schlug auf sie ein, um sie zu ersticken.

Im gleichen Moment wurde Kurtz von einem Stein getroffen. Er fiel zurück in den Graben und über meine Beine. Als ich mich von diesem Teil des Zugangs wegdrehte, sicherten wir ihn mit der 240er, um nach Kurtz zu sehen. Er starrte mich mit großen wässrigen Augen und rotem Gesicht an, das vor Wut und Zorn bebte. Er zischte etwas, aber ihm war durch den geworfenen Stein buchstäblich die Luft weggeblieben.

»Tanner!«, schrie Rico zwischen zwei Feuersalven. »Ich muss Talker beim Trommelwechsel helfen.« Ich sah hinüber und bemerkte, wie die Trommel der 240er leicht rot glühte und in der kühlen Nachtluft rauchte. Selbst ich wusste, dass das kein gutes Zeichen war.

Die Orks stürmten vor, knurrten und kreischten, als sie über ihre Toten vor uns hinwegstiegen und direkt in unser Geschützfeuer hineinliefen. Auf dem Hügel knallte ein weiterer Feuerball in die Kampfpositionen, und ich konnte die Männer laut schreien hören. Jemand stand in Flammen.

In diesem Moment hätte man mir nichts sagen können, um mich davon zu überzeugen, dass wir nicht gleich überrannt und in tausend Stücke gerissen würden. Sie griffen unsere Flanken mit allem an, was sie hatten. Die direkt vor uns trugen Säbel mit breiten rostigen Klingen. Und ich mache keine Witze, ehrlich, aber Blitze, echte Blitze, schlugen in unsere Kampfpositionen ein, und ihr Krachen zerstörte unsere Kopfhörer und FAST-Helme.

Tanner beugte sich über mich, und wir drei pressten uns in den Graben, der für eine Person gedacht war, und kümmerten uns um die neue Trommel, als der erste Ork, der uns erreichte, etwas schwang, das keine Axt war.

Später, als ich mich mit PFC Kennedy austauschte und die Schlacht aus unserer Perspektive durchging, sagte er mir, dass die Waffe vermutlich ein gebördelter Streitkolben gewesen war und normalerweise »1W6-Schaden« anrichtete.

Ich hatte nicht den blassesten Schimmer, was das bedeutete.

Ich wusste nur, dass dieser brüllende Ork, der plötzlich aus dem Rauch über den leblosen Körpern im Graben hervortrat, eine Waffe direkt auf Specialist Ricos Helm niederfahren ließ. Und weitere folgten.

Es gab ein blechernes »*Dunk*«, und ich ging fest davon aus, dass Rico gerade Sternchen sah. Der Schlag war so hart, dass er das Gesicht des Rangers direkt in die 240er drückte und ihm die Nase brach.

Kurtz kam von oben zu uns, rief Befehle, die wir nicht hören konnten, und feuerte auf die Orks, die nun den Graben vor uns fluteten. Kurtz hatte seine eigene Version der berühmten Winchester aus dem Ersten Weltkrieg gezogen und schoss den knurrenden Orks gnadenlos ins Gesicht.

Später fand ich heraus, dass fast jeder Ranger eine eigene persönliche Waffe mit auf diesen Ausflug gebracht hatte. Sie hatten alle gewusst, dass es eine Einbahnstraße in die Zukunft war, und etwas Rückendeckung für Nahkampf der merkwürdigeren Sorte eingepackt. Für Kurtz war das die mattschwarze kurzläufige Schrotflinte mit Raptor-Griff, die aussah wie aus einem Mad-Max-Film. Die Mossberg Shockwave, eine Vorderschaftrepetierflinte. Sie wird mit sechs Schrotflintenpatronen geladen und ging in schnellen, lauten, erschütternden Donnerstößen los, die das Geschrei der umliegenden Schlacht übertönten. Fünf Schüsse zerstreuten die Angreifer, als Sergeant Kurtz sich vorarbeitete und die Waffe so schnell abfeuerte, wie nur irgend möglich. In wenigen brutalen Sekunden war der gesamte Orkangriff vorbei und Kurtz gab die letzte Ladung einhändig auf den Anführer der Orks ab, der versuchte, vom Chaos weg und zurück in den Graben zu kriechen. Dann ließ sich der Sergeant zurückfallen und jagte noch mehr Schrot in die neue Kohorte Orks, die ihr Glück gegen uns versuchte.

Tanner griff nach Rico und hob ihn von der Waffe, während er mir zurief, das Feuer auf die nächste Welle zu eröffnen.

Ich hatte einmal eine 240er abgefeuert. In der Grundausbildung.

Und ernsthaft, damals, an dem Tag auf dem Schießstand vor ewig langer Zeit, hätte ich nie gedacht, dass ich mal wirklich eine bedienen müsste, denn alles, was wir Sprachwissenschaftler tun, ist, mit den Einheimischen zu reden und herauszufinden, was die Aufrührer verlangen. Doch hier war ich und tat nichts von dem, was ich geplant hatte.

Plan – darf ich vorstellen – Realität. Sorry, Plan. Du wurdest gerade überrumpelt.

Plötzlich fühlte ich mich lebendiger als jemals zuvor im Leben. In meiner kurzen Zeit auf dem Planeten hatte ich ein paar coole Dinge getan. Die Luftwaffenausbildung zum Beispiel war ein ziemlicher Spaß gewesen. Genauso war Sidra Paradides verrückt lustig und gefährlich gewesen, wodurch das Wochenende, das wir zusammen in Paris verbrachten, zu einem der zehn Erlebnisse wurde, über die ich noch nachdenken würde, wenn ich alt und gebrechlich war.

Einmal war ich in einem Porsche schneller als zweihundert Stundenkilometer gefahren. Das war verdammt cool gewesen. Und da war Sidra ebenfalls dabei gewesen. Die wildesten Geschichten hatte ich mit ihr erlebt. Sie hatte wie eine Verrückte gelacht, als wir durch den Nebel und Regen gerast waren und so getan hatten, als gäbe es kein Morgen mehr. Das »Jetzt«, über das sie immer geredet hatte, war damals alles gewesen.

All diese Dinge, die ich getan habe.

Sie waren aufregend gewesen … In einem anderen Leben.

Aber es hatte nie etwas in diesem aus meiner Sicht viel zu kurzen Leben gegeben, das sich auch nur halbwegs mit dem Abfeuern einer kompletten Salve aus einer M240er vergleichen ließ. Rock-and-Roll, Baby.

Es. Gibt. Nichts. Vergleichbares.

Das war die Unwirklichkeit der Situation. Wenn ich jetzt zurückblicke, war es zwar mehr als real, aber nicht die normale Realität wie Erinnerungen daran, dass man den Müll rausgetragen und irgendeinen majestätischen Ausblick bewundert hat. An diese Dinge erinnert sich nur das Gehirn. Das hier ist ein Moment, an den man sich mit jeder Zelle erinnert, wie ein uralter Instinkt. Da waren so viele tote Orks, die sich in dem Nadelöhr stapelten, und ein so enges Schussfeld, dass mir niemand auftragen musste, einfach weiter auf die restlichen Orks draufzuhalten, die durch diese Öffnung kamen.

Wie bereits festgestellt wurde, habe ich nicht nur einen Bleifuß, sondern auch einen bleiernen Abzugsfinger.

And ja. Ich schrie sie an. Tanner krümmte sich vor Lachen und sagte mir, ich solle »die ganze Bande auslöschen«, und von all den Dingen, die ich in der restlichen Zeit, die mir noch bleibt, noch erleben werde, war das der größter Ranger-Moment, den ich mir je zu erträumen gewagt hatte.

Es gab nichts Vergleichbares.

Wenn der Tod einem so nahe kommt und man ihm einfach ins Gesicht grinst und weiter den Abzug einer rauchenden und fauchenden Mordmaschine drückt.

Nach so einem Erlebnis gibt es kein Normal mehr. Es gibt kein Zurück. Später redete ich mit Sergeant Thor darüber. Dass das »Normal« weg war. Und das war seine Antwort.

»Es gibt kein Normal danach, Talker, aber es gibt das neue Normal. Normal ist relativ, so wie das, was für die Spinne normal ist, für die Fliege echter Horror darstellt. Seien Sie immer das Raubtier, Talker. Immer. Das ist für einen Ranger die Normalität.«

In kurzer Zeit war der Munitionsgurt verheizt und Kurtz, der immer noch seine gemeine Schrotflinte festhielt, kam zu mir und krächzte: »Feuer einstellen, Talker! Das war's.«

Ich glaube, er war vor einem geworfenen Stein am Hals getroffen worden. Seine Augen sahen immer noch wässrig und rot aus, und er schloss den Mund, als ob er einatmen wollte und nicht viel Luft bekam. In seinem Blick spiegelte sich reine Mordlust wider, und als ich die Waffe senkte und den Graben voller zerschossener Monster betrachtete, kam ich wieder zu mir. Ich versuchte, die schwere Maschinenpistole an Tanner zu übergeben, aber der ging nur einen Schritt zurück, den Munitionsgurt und die Kiste in den Händen haltend. Er war mir nach oben gefolgt und hatte mich beobachtet, wie ich lachend auf den Feind feuerte, ohne dass ich aufhören konnte.

Das war Irrsinn.

Kurtz nahm die 240er an sich, sanft, fast gütig, sah mir in die Augen und nickte kurz. Der Ausdruck von Mordlust war verschwunden.

»Nicht schlecht«, krächzte er. »Killer.«

Dieser Irrsinn.

Was für ein Spaß.

KAPITEL 22

Ich wurde zurück auf den Gipfel des Hügels geschickt, um mehr 7,62er-Munition zu holen. Der Sergeant Major leitete die Munitionsausgabe, und es gab nicht mehr viel, was noch verteilt werden konnte. Es war kurz nach Mitternacht. Die Verwundeten lagen im inneren Verteidigungsring auf dem schmalen Gipfel. Die Scharfschützen waren weiter oben auf dem Hügel postiert und schossen auf die weit entfernten Ziele, die sich unten in den zerstörten Bäumen und den brennenden Landschaften befanden, nachdem das Chlorgas abgezogen war. Die Horde von Orks und anderen Monstern kamen zurück, um uns zu holen. Ich drehte mich um und schaltete mein Nachtsichtgerät wieder ein, um herauszufinden, wie viel ich dort unten erkennen konnte. Angesichts unserer Munitionssituation wünschte ich mir kurz darauf, ich hätte es nicht getan.

Die ganze Insel wimmelte nur so von Orks und anderen merkwürdigen gruseligen Kreaturen. Die Seltsamste war eine Gruppe, die ich für *Zentauren* hielt. Halb Mann, halb Pferd. Sie feuerten Langbögen vom Fluss aus ab. Die Pfeile kamen gefährlich präzise auf uns zu, während die Pferdemenschen immer wieder in den Schatten zurückwichen und sich zwischen großen Steinen und umgefallenen Baumstämmen versteckten. Sie waren die Scharfschützenversion des Feindes. Und sie waren gute Schützen. Ihre Pfeile explodierten in gasähnliche grüne Feuerbälle. Die meisten ihrer Schüsse kamen bei der Mörsergrube herunter, wo Chief Rapp sich um eins der Schützenteams kümmerte. Er versuchte, die Folgen der chemischen Kampfstoffe zu behandeln, den Männern die Augen auszuwaschen und die Atemwege zu öffnen. Aber manche Pfeile verfehlten den Hügel und landeten nur harmlos im Fluss auf der anderen Seite.

Natürlich waren all diese seltsamen Kreaturen immer noch dort unten. Die Orks schwärmten wie Ameisen umher und stießen zusammen mit den Trollen, Ogern und schwerfälligen Riesen vor, die jenen glichen, die wir in der letzten Nacht getötet hatten.

Es gab keine Einheitlichkeit. Jede Kreatur war auf ihre eigene Art merkwürdig, und ihre Narben und Ausrüstung erzählten Geschichten, die jenseits des Kampfes der letzten drei Nächte stattgefunden haben mussten. Ich sah einen Riesen mit zwei Köpfen. Es hielt eine massive eiserne Kriegskeule von der Größe eines Geländewagens in den Händen. Und die nächste Welle von Riesen nutzte hauptsächlich große Schilde, obwohl sie eigentlich mehr wie Hauswände aussahen, die rausgerissen worden waren, um alles abzuwehren, was gegen ihre Träger geschleudert wurde.

Die Trolle und Oger versteckten sich hinter Bäumen und warfen große Steine auf uns, wann immer sie konnten, wobei sie immer näher kamen und mehr vom Hügel einnahmen, während wir uns in Richtung Spitze zurückzogen. Der Aufstieg würde kein Problem für diese Riesen darstellen. Für uns aber sehr wohl.

Eine neue Sorge überkam mich. Kreaturen, die so stark waren, würden kein Problem haben, die Schmiede einfach wegzutragen. Wir mussten sie alle umbringen, bevor das passierte.

Einer der Ranger in der Kampfposition benutzte eine Carl-Gustaf und schickte einen der Titanen, der gerade die Spitze des Hügels erreichte, wieder ans untere Ende. Dafür benutzte er hochexplosive Mehrzweckmunition. Sie durchschlug den Riesen und explodierte in einem Feuerball und schleuderte Flammen und Innereien über die Orks, die seine Attacke unterstützten. Im selben Moment schoss ein heller Strahl aus Leuchtspurfeuer von der Artillerieeinheit im Westen auf einen Troll, der riesige Steine wie Raketen auf uns geworfen hatte. Jemand feuerte eine 81mm-Salve auf den Troll und riss ihm das Bein ab, das Geschoss explodierte hinter ihm im Dreck und nahm wahrscheinlich noch zwanzig weitere Orks und Drachen-Hund-Kreaturen mit, die im Schutz von zwei Ballisten die untere Position am Hügel angegriffen hatten. Die 240er an dieser Seite der Schlacht schoss mehrfach auf den zu Boden gebrachten Troll und riss ihn in Stücke. Das albtraumhafte Monster zuckte und zappelte wie eine Python aus Baumstämmen in dem Versuch, sich mit den fuchtelnden Klauen vor dem Beschuss zu schützen.

»Das war die Letzte!«, rief der First Sergeant dem Sergeant Major zu. Was bedeutete, dass wir keine Munition mehr für die Carl-Gustaf hatten. Und das waren schlechte Nachrichten, denn ich konnte noch mindestens zehn bis fünfzehn weitere Riesen dort unten ausmachen, die zwischen den zerstörten Bäumen auf uns zukamen.

Blitze schossen irgendwo neben der C-17 hervor und schlugen in die Position der 240er auf der westlichen Seite des Hügels ein. Die Waffe war plötzlich ungewöhnlich still, und ich konnte das Gerede von Verwundeten über Funk hören, die Hilfe anforderten.

»Bringen Sie diese Kisten zu Sergeant Kurtz, Talker«, sagte der Sergeant Major, der dann PFC Kennedy anschrie, herzukommen, zwei weitere zu nehmen und mir zur vorderen Kampfposition unserer östlichen Flanke zu folgen.

»Oh, und Talker …«, rief der Sergeant Major über die Kampfgeräusche um uns herum. »Ihr Rucksack und Ihre Ausrüstung liegen da drüben.« Er zeigte auf die Stelle und hatte offensichtlich meine Ausrüstung aus dem Flugzeug geholt. »Nehmen Sie sie lieber mit; kann sein, dass wir jeden Moment einen *di di mao* hinlegen müssen.«

Ich spreche kein Vietnamesisch, aber der Satz war in der Army bekannt. Es bedeutete: *Raus aus der Schlacht. Und zwar schnell. Renn um dein Leben.*

So stand es um uns.

Ich legte die Trommel der 7,62er ab und holte meinen Rucksack. Der Zauberstab, den wir dem Zauberer abgenommen hatten, war immer noch mit einem 550er-Seil daran gebunden.

Mit Trommeln in jeder Hand folgte mir PFC Kennedy den Graben hinunter, der zu Sergeant Kurz' Waffenteam führte. Wir waren halb da und hatten so viel Munition dabei, wie wir tragen konnten, als plötzlich die gesamte Kakophonie und Lichtshow des Kampfes von einer plötzlichen gewaltigen elektrischen Eruption übertönt wurde, die unten von der Insel kam. Von der Stelle auf dem Feld, an der unser Flugzeug stand. Purpurnes Licht erstrahlte, beleuchtete die tiefhängenden Wolken und strömte über den Feind und uns alle auf dem Hügel.

Wie ein plötzlicher altmodischer Kamerablitz, aber in elektrischem Lila.

Das war der Moment – und das wird schwer zu beschreiben sein, aber ich tue mein Bestes – das war der Moment, in dem es sich anfühlte, als wäre alles, was nah ist, plötzlich sehr weit weg. Und im selben Moment war alles, was sehr weit weg war, plötzlich ganz nah. Ich konnte hören – und ich fand später heraus, dass wir alle das Gleiche gehört hatten –, wie etwas echote und sich gleichzeitig ein Tor öffnete, das wie eine dieser industriellen Türen aussah, die man in Schiffswerften findet, mit einem Geräusch wie ein Güterzug, der auf einmal mitten in der Nacht an einem unbemannten Bahnübergang auf einer einsamen Straße vorbeirollt. Oder vielleicht interpretierte mein Kopf das, was ich sah, auch nur so. Eine … Tür … eine Öffnung, die sich im Universum auftat. Das Geräusch von schweren Ketten, die eingerollt wurden. Hinzu kam, dass das Geräusch ätherisch und irgendwie präsenter war als der Kampf und das Getöse um uns herum. Die Ketten erinnerten an das Geräusch eines Ankers, der in die tiefsten Untiefen eines Ozeans heruntergelassen wurde, der keinen Boden hatte oder aber einen, an den man besser nicht dachte, außer man wollte völlig verrückt werden.

Es war aufregend, aber es bescherte einem auch ein übles Gefühl. Doch im selben Moment wusste ich, dass es weder das eine noch das andere war. Aber nur so konnte mein Hirn es verarbeiten. Das Licht. Der Lärm der Tür. Die ratternden Ketten. Das Gefühl, dass sich hier ein Tor öffnete, das zu einem weit entfernten Ort führte. Ein Anker, der herabgelassen wurde, und das Nahe wurde fern und das Ferne plötzlich nah. Als ob der Boden und der Horizont auf einmal den Platz im Universum getauscht hatten. Als ob das hier in dieser merkwürdigen Fantasy-Welt, wo Monster einen umbringen wollten und Zauberer unsichtbar werden konnten, tatsächlich möglich war. Und wo Schrecken aus dem siebten Kreis der Hölle aussehen konnten wie Menschen wie Sie und ich.

Ich erinnerte mich an den Ring. Der Ring hatte mich direkt vor dem Sergeant Major unsichtbar werden lassen. Wenn das hier schlecht ausging … dann war es das ultimative *di di mao. Raus hier. Der letzte Bus nach Fluchthausen.*

Außer, dass das Busticket nur für eine Person galt. In dem Moment, in dem ich diesen Gedanken hatte, schämte ich mich schon für ihn. Ich schämte mich, dass er mir überhaupt kam. Denn es war das Gegenteil von dem, was Sergeant Kang unten in der Senke getan hatte, als es ernst wurde und Mercer getroffen worden war.

»Ranger lassen niemanden zurück.«

Der Ring war ein Einzelfahrschein.

Der plötzliche purpurne Blitz, der an das Licht einer Nuklearwaffe erinnerte, fuhr durch alles und jeden auf dem Schlachtfeld hindurch …

Und in diesem Blitz sah ich alles, alle möglichen Ausgänge, hörte alle Geräusche und verstand, dass ich den Ring nie benutzen würde, um mich aus Schwierigkeiten zu befreien, solange ich mit den Rangern hier war. Wenn ich rangern wollte … dann würde ich an ihrer Seite in den Tod rangern.

Ich sah das.

Ich sah alles.

Jeden brüllenden Ork. Jeden wütenden Riesen. Jeden gemeinen Troll. Jeden sauren Oger. Die kleinen Hund-Drachen-Wesen, die die ganze Zeit umherrannten. Die

Zentauren, die ihre vergifteten Pfeile abschossen. Die schwarzen Schattenreiter, die unter diesen zerfetzten Lumpen und schattenhaften Kapuzen wahrscheinlich nicht mehr waren als ein paar Knochen. Eine Kreatur da unten sah aus wie ein kleiner entstellter Mensch. Große Nase, messerscharfe Zähne. Er und andere seiner Art trugen kleine Schwerter und vergiftete Speere mit sich.

Da waren zweibeinige gigantische Frösche, mannsgroß, die die ganze Zeit unten im Fluss gelauert hatten. Auf dem Grund des Flusses an den tiefsten Stellen. Sie waren immer noch dort, starrten uns von unterhalb der Wasseroberfläche an, und ich konnte ihren immensen Hunger und ihr Verlangen spüren, uns in ihr Unterwasserlager hinunterzuziehen wie Krokodile, die mit ihren Opfern zwischen den Zähnen abtauchen. Sie wollten uns lagern, bis unsere Körper aufgedunsen und verrottet waren. Dann wäre das Festmahl erst richtig gut. Die Froschkreaturen blubberten etwas, das mit dem Geräusch der ratternden Ketten zusammenzuhängen schien, die ich in die tiefen Brunnen der verloren Winkel des Universums fallen hörte. Winkel, an die wir uns nie begeben sollten. Orte, die niemand je zu Gesicht bekommen sollte.

Da war ein Schlangenmensch unten in den Bäumen. Nur eine gigantische Schlange mit menschlichem Oberkörper und Armen und einem Säbel mit breiter Klinge, die wie etwas aus *Tausendundeiner Nacht* aussah. Er trug goldenen Armreifen, die ihm einen hervorragenden Schutz gewährten. Eine gespaltene Zunge zuckte zwischen seinen mit tödlichem Gift gefüllten Fangzähnen heraus. Er befahl die Truppen, die ihn umringten. Sappeure. Kauernde Homunculi, die aussahen wie eine fehlgeschlagene Mischung aus Zwergen und etwas viel Dämonischerem.

Irgendwas in diesen tiefen dunklen Brunnen des Universums, das nie jemand hätte finden sollen.

Da unten waren weitere merkwürdige Zauberer. Dunkle Magier, die aus allen Winkeln dieser längst vergessenen Ruine einer Welt stammten. Sie sangen und murmelten eine Mutantensprache und Sätze, die nicht für menschliche Ohren gedacht waren, während sie zwischen den verkohlten Bäumen kauerten. Feuerten ihre Feuerbälle und Blitze auf uns ab, wann immer sie konnten. Flammende und säurebenetzte Pfeile. Wogen aus tanzenden Lichtern und unsichtbare Decken aus hypnotischem Schlaf. Ihre unsichtbaren Diener, die sich umsehen und berichten, in einem ständigen Vor und Zurück. Keiner wie der andere. Und keiner von ihnen sah aus wie der erste Zauberer mit dem chinesischen Bauernhut, der sich in dem Wäldchen auf der anderen Seite des Flusses versteckt hatte.

Es war ein Kamerablitz und fing alles vor meinem inneren Auge ein. Und nur für eine Sekunde konnte ich ihre Gedanken hören. Jedes Einzelnen. Und wenn es mehr als eine Sekunde angedauert hätte …

… nur einen Moment länger …

Dann wäre ich vollkommen verrückt geworden.

Es war ein Chor aus tausend Sprachen, die ich nie sprechen würde. Doch er hatte nichts Heiliges an sich. Es war Chaos und Verrücktheit und unstimmige Zerstörungswut. Fünftausend oder mehr Psychopathen, die miteinander auf ein gemeinsames Böses hinarbeiteten, wenn auch nur, weil sie vor etwas viel Größerem Angst hatten. Etwas, das ihnen ein Schicksal viel schlimmer als den Tod angedroht hatte.

Etwas Schlimmeres als *König Triton.*

Es gab ein Zentrum dieses schnappschussartigen magischen Lichtblitzes. Die lila Explosion von Licht und Universum ging vom Inneren der C-17 aus.

Und wurde diese imaginäre Ankerkette wieder eingezogen. Das Tor schloss sich unheilvoll. Und das lila Licht wurde aus der dunklen Atmosphäre des Kampfes gesogen.

Wir hatten es alle gehört. Alle gesehen. Und einige würden es nie verarbeiten. Andere taten es und wussten nicht, was sie damit anfangen sollten. Was sie tun sollten.

Die Dunkelheit und das Chaos des Kampfes gingen weiter, als ob die Unterbrechung vor wenigen Sekunden gar nicht passiert wäre, und all ihre mörderischen Gedanken verschwanden aus meinem Kopf. Sie verblassten und wurden vom Geräusch eines weiteren Schusses von *Mjölnir* überlagert, der ein massives Kaliber-50-Geschoss in den Kopf eines Riesen rammte. Sergeant Kurtz rief uns zu, uns zum nächsten Graben zurückzuziehen, als die wütenden Oger ihn und sein Team angriffen und umschwirrten, gewaltige Pfeile aus ihren riesigen Bögen abschossen und ihr wahnsinniges Gebrüll ausstießen, als ob sie den Rangern, die darauf aus waren, sie mit allem, was sie in die Finger bekamen, zu töten, mit Schallwellen beikommen wollten. Jemand rief »Friss das!«, und eine Granate landete genau in ihre Mitte.

Es war Tanner.

Ich hörte, wie ihre Verwünschungen in der plötzlichen Explosion der Granate untergingen und wie der Rest ihrer großen Horde uns den Tod versprach, jetzt, wo die wahre Arbeit getan war. Nun gab es keine Zurückhaltung mehr. Sie waren von einem schrecklichen und dunklen Blutschwur entbunden worden, der sie zu dieser Attacke verpflichtet hatte. Jetzt waren sie frei, uns all zu ermorden und uns den Tod zu bringen.

Das war ihre Belohnung für den Dienst, den sie dem Wesen, das das purpurne Licht kontrollierte und hinter der großartigen Magie stand, geleistet hatten.

Wir waren ihre Belohnung.

Das war der echte Kampf.

Und er ging gerade erst richtig los.

KAPITEL 23

Kurtz und seine Einheit hatten sich zur nächsten Verteidigungsposition zurückgezogen. Der letzten, die wir halten sollten, bevor wir uns zur finalen Position auf dem Hügel zurückzogen. Die 240er war stumm, als wir sie mit unserem Nachschub erreichten. Das Team kämpfte gerade mit den Zweitwaffen gegen die Orks im herauführenden Graben. Auf dem Hang daneben hielt Brumm sie mit der zerstörerischen SAW auf, aber er hatte fast keine Munition mehr und ließ das seinen Gruppenführer auch wissen. Bei diesem stoischen Schützen klang das wie ein echter Shakespeare-Dialog aus *Henry V.*

»So in dreißig Schuss bleiben uns nur noch harte Worte und schlechte Absichten, Sar'nt.«

Dann entlud der Specialist die letzten Ladungen mit voller Wut, schoss die SAW leer und erfüllte seine Prophezeiung, indem er dabei heftig fluchte. Wir, PFC Kennedy und ich, stellten gerade die Munitionskisten für die 240er ab, als es passierte. Offensichtlich versuchte der SAW-Schütze, etwas Wichtiges zu treffen, und hatte dafür sein letztes bisschen Munition verbraucht.

Brumm schüttelte die SAW-Schlinge ab und sprang zurück in den Graben, als eine Salve krähengefiederter Pfeile in den Hügel ringsum einschlug. Kurtz und Tanner waren damit beschäftigt, den Graben von kleinen Nischen aus zu halten, die sie in die Seiten gebuddelt hatten. Abwechselnd schossen sie auf die Angreifer, während die wütenden Orks versuchten, die nächsten zehn Meter des Grabens einzunehmen, den wir gerade noch halten konnten.

Ein weiterer plötzlicher Pfeilregen prasselte auf uns ein und bohrte sich in den Dreck an der Seite des Hügels über unseren Köpfen. Ihre Bogenschützen kamen immer näher und trafen immer besser.

Und dann tauchte der Kopf eines Riesen über dem Rand des Grabens auf. Er war riesig, kahl und hatte ein Auge, aus dem purer Hass brannte und das vor Bosheit strotzte wie bei einem Junkie auf der Suche nach einem Schuss. Auf seiner Stirn und seinen Wangen befanden sich kleine blutige Wunden. Besser gesagt *wirkten* die brutalen Einschläge von Brumms 249 auf dem verunstalteten Gesicht des riesigen hässlichen Giganten klein. Eine gewaltige Hand von der Größe einer Mülltonne kam ins Blickfeld und krallte sich an der Seite des Grabens fest, von dem aus die Ranger sich zur Wehr setzten. Der Riese zog sich den Hügel hinauf, wobei er unseren Schützengraben als Haltegriff benutzte, oder es zumindest versuchte; meistens riss er einfach ein riesiges Stück zerfurchter Erde weg und schlug eine große Lücke in den Schlitz, den die Ranger ausgeschachtet hatten.

Brumm zog eine Granate und warf sie in die Lücke, während er gleichzeitig nach seiner M18 griff und versuchte, an der Seite dessen, was von dem Graben, der nach oben führte, übrig war, Deckung zu finden.

»Deckung!«, rief er, als Kennedy und ich uns auf die Munitionstrommeln warfen. Vielleicht weil wir wussten, dass sie vor Explosionsschäden geschützt werden mussten. Oder vielleicht auch nur, weil sie da waren. Rico, der das

Bewusstsein wiedererlangt hatte, kippte um und schützte sich mit seinen Armen.

Die Granate detonierte direkt unter dem krabbelnden, kletternden Riesen. Das Wesen brüllte wie ein heulender Dämon in der Nacht, sein Gezeter hallte bis in den Wald und die fernen Hügel hinunter. Brumms M67-Pille war offenbar das Heilmittel gegen einen Giganten, wenn sie aus nur wenigen Metern Entfernung verabreicht wurde. Das machte seine Nacht definitiv nicht besser.

»Hatten Sie vor, uns irgendwann von dem Riesen zu erzählen?«, schrie Sergeant Kurtz den Schützen an.

Brumm sah einfach nur mörderisch aus, als er sich darauf vorbereitete, sein Magazin aus nächster Nähe in die hässliche Fratze des Riesen zu entleeren.

Weiße Sterngranaten schossen über die Hügelkuppe und überschatteten den gewaltigen Giganten, der sich durch die Explosion, die seinen Hals und seine Brust mit heißen Granatsplittern überzogen hatte, aufbäumte. Dann wurde der Riese vollständig enthüllt, als sich die Leuchtgeschosse über die an den unteren Hängen wütende Schlacht ausbreiteten. Er ragte über uns auf wie ein Koloss aus einem verlorenen Zeitalter. Zorniges Gebrüll im schwindenden Sternenlicht.

Außer den MK18 und ein paar Granaten war nicht viel übrig, um ihn zu bekämpfen.

Und er war stinksauer.

»Talker … Wir brauchen mehr Wumms.«

Kennedy kauerte direkt neben mir. Wir lagen auf den Knien, und Kurtz schleppte fluchend 7,62er-Munition in Richtung der 240er. Er hoffte, sie geladen zu bekommen, bevor der Riese seine beiden Metzgerfäuste auf uns niedersausen ließ.

»Talker«, sagte Kennedy im Halbdunkel der herabfallenden weißen Sterngranate. Der Riese stand jetzt aufrecht und ragte vor uns auf wie ein gewaltiges Gebäude, das plötzlich vor unseren Augen errichtet wurde. Es war fast unmöglich, seinen Anblick in diesem Moment zu begreifen.

Wie oft war mir der Tod heute Nacht schon nahe gewesen? Ich hatte aufgehört zu zählen. Vor dieser Mission hatte ich damit gerechnet, dass der wertvolle Linguist, als der ich dienen sollte, tatsächlich höchstens zwei, vielleicht drei Mal in Lebensgefahr geraten würde. Diese Art von Einsatz war etwas für Profis wie die Ranger. Meine Aufgabe bestand darin, »Wir kommen in Frieden« in drei verschiedenen arabischen Dialekten zu sagen. Aber jetzt hatte ich mein ganzes Kontingent an möglichen Todesarten in einer Nacht aufgebraucht, und selbst diese Nahtoderfahrungen verblassten im Vergleich zu dem Moment, der mir jetzt bevorstand, als der Riese, der Brumms kompetente Behandlung mit der SAW und anschließend einen direkten Granateneinschlag aus nächster Nähe überlebt hatte, sich über uns erhob und seine Titanenfäuste noch höher in die kriegsrot gefärbte Nacht reckte, um die winzig kleinen Ranger zu zermalmen, die er im kaputten Abschnitt des Grabens, von dem aus wir kämpften, entdeckt hatte.

Wir waren dumm und unbedeutend im Vergleich zu diesem gigantischen Albtraum.

Und ich dachte immer wieder: *»Jetzt sind wir fällig.«*

Und dann war da noch PFC Kennedy, der offenbar eine Idee hatte.

»Talker … Kann ich mal den Stab an deinem Rucksack sehen?«

Der Riese brüllte wie ein Kriegselefant aus einer längst vergangenen Zeit.

Der Stab war immer noch an meinem Rucksack befestigt. Der HVT-Zauberstab mit dem geschnitzten Kopf eines bösartigen Drachen. Der Stab, den wir dem kleinen Zauberer abgenommen hatten.

Der Riese war bereit, uns alle zu zerquetschen.

Ich nickte Kennedy stumm zu, der bereits ein Klappmesser gezückt hatte. Er schnitt das Seil durch und ergriff den Zauberstab mit einer einzigen flüssigen Bewegung. Irgendeine Leuchtrakete muss über dem Schlacht gezündet worden sein oder eine weitere Explosion ereignete sich, denn dort unten in der Dunkelheit des Grabens konnte ich PFC Kennedy sehen, wie er den Stab durch seine dicke Glas-VSB anstarrte. So nennen wir die von der Army ausgegebenen Brillen. Vergewaltigungsschutzbrille. Oder Empfängnisverhütungsbrille. EVB. Denn keine Frau wird diese Dinger jemals attraktiv genug finden, um einen anzugreifen, wenn man im EM-Club außerhalb des Postens unterwegs ist.

Im von der Schlacht abstrahlenden Licht beobachtete ich ihn, wie er den knorrigen Stab studierte. Vielleicht ließ mich meine Angst vor dem drohenden Tod durch Zermalmen alles auf verblüffende Weise begreifen, aber erst in diesem Moment bemerkte ich, dass PFC Kennedy Halb-Asiate war. Später sollte ich herausfinden, dass seine Mutter Koreanerin war. Sein Vater war Amerikaner und Richter, und Kennedy gab das Musterbeispiel eines Strebers ab. Knochig und hochgewachsen. Eckiges Gesicht. Verträumte Augen, die durch die Brille irrsinnig groß aussahen. Blasse asiatische Haut und helle Sommersprossen, die ihm die Gringo-Hälfte seiner Genetik eingebracht hatte. Und er spielte Spiele in imaginären Welten mit seltsam geformten kleinen Würfeln, wobei er in die Haut von Charakteren schlüpfte, die für die Spieler genauso real waren wie es echte Menschen im wirklichen Leben waren.

Rollenspiele.

Ein mindestens genauso wirksames Verhütungsmittel wie die Brillen der Army.

Plötzlich stand er mit dem Stab in beiden Händen da. Am Boden der Grube hockte Brumm und feuerte mit der M18 und dem Mund voll Dip, fest entschlossen, den Riesen so lange wie möglich zu quälen, bevor er ihn tötete. Er war das Gegenteil der überwältigenden Angst, die ich gerade verspürte. Das muss ich zugeben. Mein Netzwerk war ausgefallen. Bei mir war der Ofen aus. Aber Brumm und Kurtz strömten puren Hass aus, dem sie den Riesen direkt in seine große hässliche Fresse hämmerten, selbst wenn wir alle im Begriff waren, zerschmettert zu werden.

Kennedys Stimme ertönte, brüchig, weil er nicht der Typ war, der sie oft in dieser Lautstärke benutzte. Man merkte ihm an, dass er eigentlich ruhig und nerdig war, wahrscheinlich auch eigensinnig genug, um gelernt zu haben, dass es am besten war, den Mund zu halten. Man musste sich schon fragen, wie er bei den Rangern landen konnte. Aber jetzt schrie er dem Riesen, der uns alle überragte, direkt ins Gesicht wie ein Shakespeare-Schauspieler, der eine Rolle in einem schlechten B-Movie spielt, in dem es um einen Zauberer und eine Gruppe von Kindern geht, die versuchen, einen Drachen zu töten, der die Stadt bedroht.

»Ich bin Malendron! Smaragdmagier von Xathia!«

Genau an dieser Stelle überschlug sich übrigens seine Stimme, und ein kleiner Teil von mir fand das lustig genug, um es zur Kenntnis zu nehmen, obwohl das einzige Auge des Riesen auf uns herabstarrte und uns seine feste Absicht übermittelte, uns im nächsten Moment zu zerquetschen. Ich konnte sehen, dass das Monster an Dutzenden Stellen verletzt worden war, aber das schien ihm nichts auszumachen. Das Blut floss in Strömen aus all diesen Wunden, und seinem wahnsinnig bösartigen Geist war das völlig egal. Hätte ich raten müssen, was es in diesem Moment dachte, hätte ich auf »*Zermalmen!*« getippt.

Dann sah ich das lebendige Feuer, das zunächst wie kleine Glühwürmchen aussah und aus dem unteren Teil des Zauberstabs kroch, den Kennedy der Wundersame, oder wie auch immer er sich gerade nannte, unserem gewaltigen Zerstörer entgegenhielt. In einem Wimpernschlag verschmolzen die Glühwürmchen zu einem Seil aus lodernden Flammen, dann wurde das Seil auf einmal zu einer riesigen Peitsche, die nach dem Riesen schlug.

Jetzt war es kein Feuer mehr, sondern weißglühendes Plasma. Und als es den Riesen traf, explodierte es und schleuderte ihn von der Seite des Hügels hinaus in die Dunkelheit der Nacht, als wäre er eine Mücke, die gerade ausgemerzt worden war. Er wurde nicht nur zurückgeworfen, sondern buchstäblich weggefegt, wie in diesen Actionfilmen, wenn der Bösewicht vom Wolkenkratzer gesprengt wird und durch die Luft segelt, wobei er mit den Händen in Zeitlupe herumfuchtelt, während der Falltod unausweichlich und unmittelbar bevorsteht. Und das alles, damit der Held seinen entscheidenden Satz aussprechen kann.

Er ist tief gefallen.
Aber etwas Witzigeres als das. Etwas, das sich ein Team von überbezahlten Hollywood-Drehbuchautoren

zwischen Martini-Mittagessen und Treffen mit rehäugigen Filmsternchen einfallen ließ.

Ich wusste, dass der Riese gefallen war, denn nach etwa drei langen Sekunden in der Luft landete etwas Gigantisches auf der Erde unter dem Hügel und explodierte wie eine Bombe. Eine große Bombe. Die Mutter aller Bomben.

Im selben Moment stürmte eine Welle von Orks – sie trugen kleine Plänklerbögen – nach vorne, um die Bresche zu überwinden, schossen ihre Pfeile ab und zogen den nächsten, während sie sich trittsicher durch die Dunkelheit um uns herum bewegten. Selbst als der Boden noch bebte.

Kurtz war gerade dabei, die 240er aufzurichten und startklar zu machen. Brumm steckte ein Magazin in seine leere M18. Tanner hielt den Graben, weil sie immer noch von dort aus vorstießen, und ich … nun, ich saß einfach mit offenem Mund da, denn PFC Kennedys Trick, diesen Giganten vom Hügel zu schießen, war einfach unglaublich. Viel besser als alles, was ich in den CGI-Sünden der letzten Jahre gesehen habe.

Also bitte. Ein Riese war gerade geröstet und dann mitten in einem Feuergefecht von einem Hügel gepustet worden.

Das war ziemlich cool.

Dann standen die Ork-Plänkler am Rand des zerstörten Grabens, schossen und rückten vor, und gerade als die Pfeile in den exponierten Teil des Grabens fielen, zog PFC Kennedy den nächsten Trick ab.

Woher genau wusste er, wie man so etwas macht? Ich hatte keine Ahnung. Aber er richtete den Kopf des Drachen direkt auf den Schwarm der entgegenkommenden wilden Orks und wurde buchstäblich zu einem Flammenwerfer, der sich mit jeder Militärtechnik messen konnte. Schwarz-

Weiß-Aufnahmen von Marineinfanteristen, die während des Zweiten Weltkriegs auf irgendeiner Insel im Pazifik Höhlen räumten, blitzten in meinem Kopf auf, als eine brennende Stichflamme über die grausamen Orkgesichter hinwegtoste. Sie beugten sich über ihre Bögen und bewegten sich als geschlossene Einheit vorwärts, und in der nächsten Sekunde standen sie alle in Flammen und waren erledigt. Bis auf die Knochen geröstet. Ihr Fleisch … schmolz einfach.

Das gehörte zu den schrecklichsten Dingen, die ich je gesehen hatte.

Einige Orks im hinteren Teil versuchten zu fliehen. Ein paar feuerten ihre Pfeile ab, aber die züngelnden Flammen verbrannten auch sie. Wer näher dran war, hatte keine Chance.

Selbst Sergeant Kurtz stand staunend da und sah zu, wie PFC Kennedy – der Schoßhund des Ranger-Bataillons, der ständig Gefahr lief, aufgrund von Artikel 15 Disziplinarmaßnahmen erdulden zu müssen, nicht den Ansprüchen genügte der Letzte in der Hackordnung – nicht weniger als dreißig Orks und einen Riesen in nur wenigen Sekunden auslöschte.

PFC Kennedy. Er gackerte vor Vergnügen, als er die Macht des alten Stabes entfesselte. Genau wie machtbesessene Bösewichte in Filmen, wenn sie endlich das gesuchte Objekt in der Hand halten und beschließen, es nicht für das Gute, sondern für das Böse einzusetzen.

Völlig verzehrt von ihrer eigenen Ungeheuerlichkeit.

Im nächsten Moment schoss er etwa fünf riesige Feuerbälle auf die angreifenden Truppen entlang des Hügels, größer als alles, was gegen uns eingesetzt worden war. Wir konnten nicht sehen, was genau geschah, aber die

Explosionen waren gewaltig. Dann drehte er sich plötzlich mit einem seltsamen Gesichtsausdruck um, als wollte er etwas Interessantes sagen, und brach zusammen. Er fiel um, ohne auch nur den Versuch zu unternehmen, sich vor dem Aufprall auf den festgetretenen Boden zu schützen. So wie die Jungs in der Formation während einer Wachablösung, die scheinbar nie enden wollte, in Ohnmacht fielen. Der Drachenstab flog in die eine Richtung, Kennedy in die andere.

Ich fing den Stab auf.

Es kamen jetzt mehr Orks und Goblins auf den verwüsteten Teil des Schützengrabens zu. Steine und Pfeile regneten auf uns herab, und Brumm war mit seiner M18 aufgestanden und gab uns von der Seite Deckung.

Es war klar, dass wir diesen Teil der Verteidigungsanlage nicht länger halten konnten. Kennedy hatte uns lediglich etwas Zeit verschafft.

»Rückzug!«, rief Sergeant Kurtz.

Wir standen kurz davor, überrannt zu werden.

KAPITEL 24

Der letzte Vorstoß des Feindes war weniger ein Angriff als vielmehr ein finales Aufbäumen. Es gab nur noch eine Richtung, in die wir gehen konnten. Nur eine Richtung, in die wir gedrängt werden konnten. Und das war die Rückseite des sehr steilen Hügels hinunter und in den tiefen Teil des Flusses.

Mit Verwundeten und Zivilisten war das nicht zu schaffen.

Es sah nicht gut aus. Wir waren die ganze Zeit nur zurückgewichen. Das fühlte sich wie eine Niederlage an. Ehrlich gesagt war ich zu diesem Zeitpunkt überzeugt, dass wir *verloren* hatten. Es war vorbei. Aber nicht die Ranger. Für sie war es so, als hätten sie den Feind genau da, wo sie ihn haben wollten. Alles war getan worden, um den Feind in diese letzte perfekte Falle zu locken, aus der die Ranger Ziele aus jeder Richtung beschießen konnten.

Es war nach 0300. Ich wusste das, weil meine Uhr bei 0255 stehen geblieben war, und das war schon eine Weile her. Unsere Smartphones waren auch am Ende. Wir hatten sie an der Schmiede aufgeladen, die über ein kleines internes Kraftwerk verfügte, aber so langsam waren die Akkus leer. Das Gleiche galt für die Munition. Aufgrund der geringen Munitionsreserven war uns befohlen worden, nur noch mit Halbautomatik zu schießen, und wir griffen auf die letzten Reserven zurück. Einige Jungs hatten angefangen, feindliche Waffen aufzusammeln. Knorrige Äxte. Zackige Speere. Verrostete blutverschmierte Schwerter. Alles Waffen mit geringer Reichweite. Und natürlich waren auch die Tomahawks, die die Ranger bei sich trugen, einsatzbereit, als sich unsere Verteidigung um den Hügel, den alle Sniper Hill nannten und den ich als Ranger-Alamo betrachtete, zunehmend zusammenzog.

Ich bin Optimist. Wirklich.

Der letzte Vorstoß kam, und es herrschte der reinste Tumult. Ich ging zweimal zum Gipfel des Hügels, zuerst schleppte ich den reglosen Kennedy rauf, der zwar nicht tot war, aber so aussah, dann half ich dem benommenen Specialist Rico. Somit war ich bereits auf dem Gipfel, als Kurtz' Trupp, oder das, was davon übrig geblieben war, für die endgültige Verteidigung wieder hochkam. Die 240er wurde zur Seite geworfen. Sie war völlig leergeschossen und es gab auch keine Munition mehr für sie. Zu meiner Linken konnte ich die Scharfschützenteams, bestehend aus Schütze und Spotter, sehen, die weiterhin auf die wogenden Massen von Orks, Trollen, Goblins und anderen unbekannten Wesen feuerten, die sich ihren Weg den Berg hinauf bahnten, um uns zu holen. Die Monster wurden immer schlauer, wenn es darum ging, in Deckung zu gehen und sogar durch die Haufen ihrer eigenen Toten zu kriechen, damit sie nahe genug herankamen, um anzugreifen. Sie hatten herausgefunden, dass unsere »Knallstöcke«, wie sie sie wahrscheinlich nannten, gemieden werden mussten. Und die ganze Zeit über riefen sich ihre Trommeln und Hörner gegenseitig etwas zu, was darauf hindeutete, dass sie ihren letzten großen Angriff zeitlich abstimmten und koordinierten.

Die Luft war mit Spannung geladen. Man konnte sie spüren.

Und warum sollten sie uns jetzt nicht angreifen? Sie hatten das Schlimmste, was wir zu bieten hatten, bereits hinter sich, und ihre Motivation schien ungetrübt.

Das waren Kreaturen, Monster, auf ihre eigene Art Lebewesen, die wahrscheinlich vom ersten Moment ihres schrecklichen Daseins an um ihr Überleben gekämpft hatten. Sie waren nicht wie wir. Es gab keine Zivilisation, keine Krankenhäuser, keine Polizei und keine Notdienste, die sie beschützt hätten, als sie noch jung und keine Krieger waren. Wahrscheinlich waren sie eher wie Spartaner, die von Geburt an vernachlässigt und misshandelt worden waren, um bessere Krieger heranzuzüchten.

Sie kannten nichts anderes als Überleben und Konflikt.

Demzufolge waren sie mehr als wir daran gewöhnt, sich auf dem schmalen Grat zwischen Leben und Tod zu bewegen.

Aber das spielte für die Ranger keine Rolle. Nicht im Geringsten. Für die Ranger spielte es nicht einmal eine Rolle, dass wir nur noch ein paar Magazine hatten und keine Unterstützung oder Stacheldraht, hinter den wir uns zurückziehen konnten. Keinen Ort, an dem wir uns verstecken oder gar entkommen konnten. Keine Luftunterstützung, um Nachschub zu liefern. Das war's. Es war das letzte Gefecht am Ranger-Alamo, und die Männer um mich herum hatten keinen Zweifel daran, dass wir sie dafür *bezahlen* lassen würden.

Kurtz sagte das immer wieder, während er seine Verteidigung auf unserem Flügel des Hügels organisierte. »Dafür werden sie bezahlen, verdammt! Lasst sie bezahlen!«

Die Scharfschützen waren die Einzigen, die noch Munition hatten. Sie hielten das Feuer mit methodischer Intensität aufrecht, durchforsteten die feindlichen Linien nach den Zielen, deren Tod sie als vorrangig ansahen. Den großen Zielen. Den »Panzern« des Feindes. Den Trollen und Ogern. Den Anführern. Ich bemerkte, dass Sergeant Thor nie vom Visier des prächtigen *Mjölnir* ablies. Jedes Mal, wenn ich den gewaltigen Knall des Anti-Materie-Gewehrs hörte, wenn Trümmer plötzlich von der Explosionskraft weggeschleudert wurden, war er schon auf der Suche nach seinem nächsten Ziel. Ich hörte dem Spotter zu, der das Entfernungsmessgerät bediente. Erfassen und feuern. Kaum ein paar Atemzüge später töteten sie einen weiteren. Und noch einen. Und noch einen …

Und trotz des ganzen Tötens schien es keinen verdammten Unterschied in der Größe der dunklen Horde zu machen, die die Hänge hinauf auf uns zukam.

Der Sergeant Major erschien, musterte mich und ging wortlos weiter. Ich dachte, er hätte nichts zu sagen, doch dann: »Suchen Sie sich eine Waffe, Talker. Irgendeine von denen. Sie werden sie brauchen, Junge.«

Dann marschierte er weiter, um seine Truppen zu überprüfen. Die Mörserteams hatten keine Granaten mehr und bewegten sich auf die Linie zu, wobei sie ihre Magazine an Leute verteilten, die keine Munition mehr hatten.

Ich wusste, dass die Dinge schlecht standen, als Chief Rapp auftauchte, in voller Montur und mit all seiner Hochgeschwindigkeits-Special-Forces-Ausrüstung und seinen einsatzbereiten Waffen. Er war definitiv vom Lebensretter zum Todesengel übergegangen.

Wir befanden uns an der linken Flanke, also am östlichen Rand des Hügels. Die Abteilung für schwere

Waffen nahm den Zugangsgraben ein, der in den vorderen Hang mündete. Und Chief Rapp kam einfach auf uns zu, lässig, als würde er nur kurz vorbeischauen, um Hallo zu sagen, mit großen weißen Zähnen und einem Lächeln, das im Kontrast zu seiner dunklen Mississippi-Haut stand. Als ob alles gut werden würde, sobald wir die Sache erledigt hätten.

»Ich schätze, ich werde mit euch Jungs kämpfen«, meinte der Special Operator zu Sergeant Kurtz.

Kurtz nickte und fragte den Chief, was sein Team tun könne, um die Verteidigung zu verbessern.

Der Chief senkte sein Gewehr, ließ es am Riemen hängen, den Kolben auf der Brust, und schlug Positionen vor, die wir einnehmen sollten, um uns gegenseitig in der scheinbar aussichtslosen Lage zu unterstützen. Wir sollten uns auf dieser Seite des Hügels im Kreis aufstellen, und schleppten Kisten und Behälter auf einen Haufen, um etwas Deckung zu haben.

»Das ist unser Kreis, Jungs. Der Kreis des Vertrauens«, sagte der Chief mit seiner tiefen, sonoren Stimme, die in der Kälte der Nacht angenehm klang. »Regel Nummer eins: Niemand betritt den Kreis des Vertrauens.«

Ich konnte sehen, was er vorhatte. Solange wir diesen Kreis entlang unserer Flanke hielten, konnte der Feind die Scharfschützen nicht flankieren oder die Verwundeten im Zentrum der Verteidigung erreichen. Wenn der Kreis fiel, würde der Feind die Hügelkuppe durchkämmen und einen Abschnitt nach dem anderen einnehmen.

Captain Messerhand und der Executive Officer kamen kurz darauf hinzu. Der Feind war damit beschäftigt, Flammenbolzen von den Ballisten abzufeuern, die sie nicht auf den Hügel bringen konnten. Die massiven

Flammenspeere schossen durch die Luft, verfehlten aber den Hang. Es war zwar beeindruckend, aber taktisch bedeutungslos.

Der Captain betrachtete Chief Rapps Entwurf, nickte und machte sich schnell auf den Weg, um den Rest der Sektionen zu überprüfen. Er vertraute dem Special-Forces-Berater das wertvollste Gut eines Ranger Captains an: seine Männer, seinen Trupp. Mehr brauchte er nicht zu sagen. Am Plan des taktisch hochqualifizierten Operators, die Linie hier am östlichen Rand der Verteidigungsanlagen zu halten, gab es nichts mehr zu verbessern.

Zwanzig Minuten später versprach die Nacht, nur noch dunkler zu werden. Der Mond war verschwunden, und es war stockdunkel, als die Monsterhorde schreiend den letzten Hügel hinaufkam und ihren finalen Vorstoß unternahm. Das war ein Sturmangriff. Schlicht und einfach. Keine flammenden Pfeile. Keine Kriegstrommeln oder *Oruu-Oruu*-Hörner. Sie kamen schweigend und entschlossen herauf und hielten das Gebrüll bis zum Schluss zurück, als sie über die Toten kletterten und ein letztes Mal alles gaben. Sie hatten uns so weit getrieben; nur noch ein kleines Stückchen, und wir würden nichts mehr tun können. Man konnte sehen, dass das ihr Plan war.

Plan, darf ich vorstellen, Ranger.

Ich versteckte mich hinter einem Stapel Holzkisten, der bestenfalls unsolide wirkte. Im hinteren Teil des Kreises des Vertrauens. Das heißt, ich war nahe bei den Verwundeten. Ich hatte keine Ahnung, was mich erwartete, was wahrscheinlich auch das Beste war. Ich beobachtete einfach weiter meinen Sektor.

Andere entlang der Front schossen bereits, als ich die humanoiden Froschkreaturen hinter uns den Hang hinaufkommen sah. Ich meldete Ziele an und begann auf hundert Meter Entfernung mit Halbautomatik zu schießen und die mit Speeren bewaffneten Ochsenfrosch-Schamanen zu treffen. Denn ich hatte beschlossen, dass sie Schamanen sein mussten, dunkle heilige Priester, weil es ihnen einfach auf die Stirn geschrieben stand. Sie trugen zerlumpte Lendenschurze und Halsketten aus Zähnen – scheinbar eine beliebte Modeerscheinung hier draußen – und zuckten wie wild, als sie dort unten am Fuße des Hügels durch das Unkraut hüpften.

Ich verbrachte eine ganze Weile damit, sie zu töten, bis sie nicht mehr auftauchten. Während ich die Dunkelheit unter mir scannte, hörte ich, wie hinter mir heftiges Feuer ausbrach. Die Orks kamen aus den Schützengräben unterhalb des Hügels und brodelten herauf wie eine chemische Reaktion bei einem bizarren wissenschaftlichen Experiment. Versucht das nicht zu Hause, Kinder. Ihr kriegt die Flecken nie wieder raus, und es wird euch nicht gefallen, was die Orks mit den Teppichen anstellen.

Brumm hatte die MK18 von jemand anderem, wahrscheinlich von einem der Schwerverletzten. Er war damit beschäftigt, die Orks anzugreifen und sie daran zu hindern, aus dem Graben herauszukommen. Er richtete die Waffe auf sie und wählte neue Ziele aus, als wäre er Experte auf einem Schießstand voller Pappkameraden. Es war ihm egal, dass diese Pappkameraden einen bei lebendigem Leib zerfetzen würden, wenn sie nahe genug herankamen.

Es war unglaublich: Kaum hatte man einen erledigt, krochen zwei weitere heran, und wenn man auf diese beiden zielte, tauchten sieben weitere auf und schleuderten

Handäxte und Speere. Ich spürte, wie einer meinen Unterstand knapp verfehlte, und suchte einen Winkel, von dem aus ich auf den Ork schießen konnte, der gerade dabei war, eine weitere Waffe zu werfen. Ein sich schnell bewegender Goblin, der das geschafft hatte, wozu sechs seiner Kameraden nicht in der Lage gewesen waren – nah heranzukommen –, sprang durch Kurtz' Schusslinie, streckte seinen gebogenen Dolch aus und stürzte sich auf den Ranger-Sergeant. Er stach mit dem Dolch auf ihn ein, aber es war schwer zu sagen, wie tief die Wunde war.

Ein schwerer Fehler des Goblins.

Kurtz ließ sein Gewehr los – es hing an einem Riemen über seine Schulter – und erdrosselte das Wesen mit einer Hand. Dann rammte er das Tantō-Messer, das er an seinem Plattenträger trug, direkt in sein Gehirn. Der Goblin wurde schlaff wie eine Marionette, und Kurtz warf ihn beiseite, als wäre er ein Spielzeug, auf das er keine Lust mehr hatte, während er sein Gewehr wieder ins Spiel brachte und drei weitere Schüsse in schneller Folge abgab. Die Rauchschwaden der Schussbahnen endeten in den Brustkörben der Goblins und Orks.

Chief Rapp hatte eine ganze Front für sich allein. Im Grunde genommen den Teil des Hügels, der mit Kurtz' Sektor verbunden war und dann zu den Scharfschützen führte, die jetzt auf Ziele in der Nähe zu schießen schienen. Direkt unter dem Rand des Hügels, wo dieser am steilsten war und die Horde nicht direkt angreifen konnte.

Für einen Mann seiner Größe bediente der Chief sein Gewehr mit Leichtigkeit. Seine Treffsicherheit war unglaublich. Worauf er schoss, war tot und blieb tot. Die Orks hatten sich über den Rand des Hügels vorgearbeitet und kamen einen fast senkrechten Abschnitt des Hangs hinauf. Die Ersten, die das versuchten, starben, als der Chief ihnen aus zehn Metern Entfernung den Schädel wegpustete. Aber wie bei diesem Feind üblich waren sie in der Überzahl, sodass es für sie kein Problem darstellte, ein paar Dutzend zu verlieren, nur um ein paar Meter weiter zu kommen. So schien es zumindest. Es zählte vor allem, Fuß zu fassen. Sie hatten genug Kanonenfutter zu verheizen.

Schließlich ging ein Ork, der sich hinter einem Schild verbarg, mit einem anderen in Position, um ihre großen Eisenschilde zu verbinden und eine Verteidigungslinie zu bilden. Die Schilde waren schwer genug, um Geschosse abzuwehren. Ich wollte gerade eine Granate auf sie werfen, aber der Chief wartete nur auf eine Gelegenheit, konzentrierte sich auf das Zielbild am Ende des Gewehrlaufs, das sich von links nach rechts bewegte, als würde er ein Spiel mit ihnen spielen, um sie dazu zu bringen, ihre Deckung fallen zu lassen, und dann feuerte er. Völlige Konzentration, ohne Rücksicht auf Gewehrfeuer, Steine und Pfeile. Für den riesigen Special-Forces-Operator war es das Größte, einen Kopf abzuschießen oder eine Kugel in ein Auge zu jagen.

Die Schildmauer brach zusammen, als der Chief ihnen zeigte, dass ihr Plan nicht funktionieren würde. Aber das war den Orks egal. Sie rückten einfach weiter vor, um zu stechen und zu metzeln. Die Ranger kämpften jetzt im Nahkampf. Sie schlugen Tomahawks gegen bösartige kleine Kurzschwerter. Sie fegten feindliche Handwaffen beiseite und bohrten ihre Äxte wie wild in Schädel und Brustkörbe. Der Feind kam immer näher. Dies war sein großer Moment, und die Kreaturen wollten ihn nutzen. Als ob sie wüssten, dass Chief Rapp und der Rest von uns nicht mehr viel von unserer »Knallmagie« übrig haben konnten. Vielleicht war es das, was ihre eigenen Chiefs und Schamanen ihnen in den dunklen Gesängen mitteilten, die ich manchmal zwischen unseren Schusswechseln und den Explosionen der letzten Granaten hören konnte.

Ein Troll griff die rechte Flanke an, und ich sah, wie jemand, ein Ranger, hochgehoben und in zwei Teile gebissen wurde. Dann sprangen zwei andere Ranger die Tomahawks schwingend auf den Troll und schlugen mit ihren wendigen Äxten wie Presslufthämmer auf das Monster ein, an dem sie sich festhielten. Eine Sekunde später kippte der Troll auf den Rücken, und alle rollten in die Dunkelheit am Fuße des Hügels hinunter, wo sie polternd durch die heranstürmende Orkhorde rauschten.

Ich beobachtete, wie der Sergeant Major in der Nähe der Verwundeten mit seiner M18 aus nächster Nähe auf einen Oger und drei Orks feuerte, die sich irgendwie zwischen die Scharfschützen und die rechte Flanke geschlichen hatten. Er wich nicht zurück. Mit dem ersten Schuss traf er den Kopf des Ogers, wobei Blut und Gehirnmasse aus dem hinteren Teil des deformierten Schädels spritzten. Dann schoss er weiter auf ihn ein, obwohl der Oger im Fallen ein riesiges Zweihandschwert schwang und fast einen anderen Ranger damit traf.

Es gab einen hellen Blitz, fast wie eine Blendgranate, und ich konnte ein paar verzweifelte Sekunden lang nichts mehr sehen.

Ich schirmte meine Augen ab und scannte meinen Sektor. Eine Gruppe von Orks versuchte, denselben Weg wie die Froschschamanen zu nehmen. Ich suchte den Sergeant Major, aber er war verschwunden, und die drei Orks, die den toten Oger mit dem großen Schwert unterstützt hatten und auf die Verwundeten losgegangen waren, lagen jetzt tot am Boden.

Chief Rapp war neben mir und warf Granaten auf die Orks. Eine, zwei, drei. Die Orks am Fuße des Hügels in der Nähe der toten Froschwesen standen einfach nur da, als die Granaten explodierten. Sie wurden in Fetzen gerissen.

»Bleiben Sie hier, Talker«, sagte Chief Rapp ruhig. »Wir haben es fast geschafft. Das kann ich sehen.« Dann war er wieder zurück und schoss weitere Orks nieder, die über den Rand des Hügels kletterten.

Messer und Pfeile prasselten auf die Ranger und den Chief ein, und einige blieben stecken. Ob in der Rüstung oder im Fleisch, war unklar. Der Feind bewegte sich schnell, wie eine Kreuzung aus Spinne und Affe. Doch all das war dem Special-Forces-Operator an der vordersten Front egal. Er schoss weiter, bis sein Magazin leer war, und dann holte er ein neues heraus. Seine Bewegungen wirkten so langsam, so gelassen und so ruhig, als würde es ihn nicht im Geringsten beunruhigen. Fast machte es den Anschein, als würden sie ihn erwischen, bevor er wieder schussbereit wäre. Aber das war alles nur eine optische Täuschung. Seine Langsamkeit machte ihn geschmeidig. Und die Geschmeidigkeit machte ihn auf gewisse Weise unglaublich schnell.

Im Gegensatz zu mir, der immer noch jedes Mal nachdenken musste, wenn ich ein neues Magazin einlegte. Ach, übrigens …

Das war das letzte.

Ich wusste, was ich sagen sollte, obwohl es keine Bedeutung mehr hatte. In diesem Moment fühlte es sich an, als würde ich eine Niederlage eingestehen.

Aber ich sagte es trotzdem.

»Magazin leer!«

Ich tauschte das leere gegen das letzte volle Magazin aus, das ich noch hatte, und zielte mit meinem MK18-Gewehr auf weitere Orks. Sie kamen aus dem Graben heraus und versuchten, hinter uns zu gelangen. Ich schoss so schnell auf sie, wie sie auftauchten.

Dann passierte etwas. Und zwar Folgendes ... obwohl ich es damals nicht wusste. Ich kann erst jetzt darüber schreiben, nachdem ich es verdaut, es analysiert, in der Stille danach darüber nachgedacht habe. Ich habe es durchlebt und überlebt, um es in diesem Bericht, den niemand je lesen wird, aufzuschreiben.

Ich war verdammt wütend, weil ich nur noch mein letztes Magazin hatte. Und gleichzeitig war ich stolz auf diese Tatsache.

Magazin leer!

Keine Munition mehr. Ich hatte jede Patrone verbraucht, die man mir gegeben hatte, um den Feind zu töten. Ich hatte nur noch das letzte Magazin, das mir anvertraut worden war. Und das vermittelte etwas ... einen gewissen Stolz, der mir etwas bedeutete, das ich nicht ganz erklären konnte, weil ich wusste, dass ich am Ende meiner Munition war. Zu wissen, dass ich hier meinen letzten Widerstand leistete, zusammen mit allen anderen. Dass niemand abgehauen war. Dass ich es nicht getan hatte. Im Grunde war ich wütend, weil ich keine Munition mehr hatte, um weitere Feinde zu töten. Und das ist eine gute Art von Wut. Jeder Schuss in diesem Magazin hat gezählt. Ich ließ sie dafür bezahlen.

Dann fand ich ein kleines Schwert. Es war ein schmutziges, verbeultes, ramponiertes Ding. Mit Kerben und Kratzern übersät. Der Griff schmierig und stinkend. Es musste aus dem Sonderangebotsgang des Gebrauchtwarenladens stammen, wo es Second-Hand-Schwerter gab. Runtergesetzt, kauf zwei, zahl eins – was man eben auf dem Hügel um kurz nach drei Uhr morgens noch so finden konnte. Es war eine lange Nacht. Irgendwas zwischen Niemals und Morgengrauen.

Es war meins.

Jetzt, da die letzte Munition verbraucht war, würde ich es benutzen und sie mit dem Wenigen, das mir noch blieb, töten. Ich würde sie lehren, wie ich es mit all meinen Kugeln getan hatte, dass es ein Fehler war, mich jemals in der Dunkelheit zu treffen.

Sei der Grausamere, Talker.

Verstanden, Sergeant Major.

So etwas hatte ich noch nie gefühlt. Ich war weit weg von allem, was ich kannte ... und das war gut so.

Das muss es sein, was Krieger, echte Krieger, Ranger, jeden Tag empfinden. Das ist es, was sie zu Rangern macht. Ich spürte es einen Moment lang, als wir auf der Hügelkuppe umzingelt, von Pfeilschwärmen beschossen und vom Feind überrannt wurden.

Der Pfeilbeschuss hatte nicht aufgehört. Mehrere Ranger waren von schwarzen Pfeilen getroffen worden, die aus ihren Trägern, Oberschenkeln, Rucksäcken und anderen Körperstellen herausragten.

Ich hatte bis hierher getötet. Ich konnte noch ein wenig mehr töten.

Ich kochte vor Wut, als der dunkle Reiter den Hügel hinaufkam; sein Pferd bäumte sich auf und trampelte die Orks im Graben nieder, nur um zu Chief Rapp zu gelangen. Das Leichentuch und die Lumpen wurden beiseite geworfen. Darunter befand sich eine schwarze Rüstung, gut verarbeitet und staubig. Darin steckte ein Skelett. Ein Gerippe. Es war nicht menschlich und hatte einen Totenschädel. Als es aus dem Graben kam, schrie sein Pferd wie verrückt. Das Skelett attackierte uns mit seinem großen silbernen Schwert. Und es kamen noch mehr dunkle Reiter den Hügel hinauf und über die Kante sprangen, während die Ranger die letzten Orks niedermähten, den allerletzten Vorstoß wagten mit der Munition, die sie noch besaßen.

Die Reiter schrien, und der Schrei glich einem ätherischen Heulen und einem Zischen zugleich. Ein Reiter schwang sein Schwert nach einem Ranger und zerteilte ihn praktisch in zwei Hälften.

Geschickt wie eine Schlange drehte sich Sergeant Thor mit *Mjölnir* um und feuerte mit dem Barrett-Antimateriegeschütz vom Kaliber .50 direkt auf den Reiter, während dieser einen anderen Ranger angriff, der mit seiner letzten Munition eine Orkhorde bekämpfte. Jeder Schuss aus *Mjölnir* traf, hinterließ riesige rauchende Löcher, riss Teile der Rüstung ab und schleuderte schließlich das gerüstete Skelett vom Pferd. Das getroffene Tier starb schreiend.

Thor rückte vor und nahm den skelettierten Krieger ins Visier, der nicht tot war, oder zumindest nicht toter als von Anfang an. Das Skelett fegte seinen zerfledderten Umhang beiseite und ließ seine riesige silberne Klinge in einem weiten Bogen hervorschnellen, um jegliche Belästigung abzuwehren, während es wieder auf die Beine kam und sich zum Kampf bereit machte.

Thor feuerte einen Schuss auf den Schädel des Skeletts ab, und dieser explodierte in einer staubigen Wolke. Die Knochen fielen zu Boden.

Ich hielt mein Billigschwert in der Hand. Hinter mir hatte Kurtz einen Tomahawk und seine M18 gezückt. Zusammen mit Brumm stürmte er den Graben, schoss auf die Orks und schlug auf sie ein.

Der Feind machte kehrt und ging endlich, endlich zum Rückzug über.

Es war vorbei.

Wir hatten sie vom Hügel vertrieben.

Im Osten wurde der Himmel hell, und ich konnte hören, wie große Bestien durch die Nacht trampelten, Bäume umbrachen und niederrissen, während sie zum Fluss und in die dunklen Schatten der dahinter liegenden Wildnis flohen. Sie suchten Höhlen und dunkle Orte auf, von denen sie dachten, dass wir sie nicht betreten würden.

Wir hatten die Schlacht gewonnen.

Aber noch lange nicht den Krieg.

KAPITEL 25

Wir saßen in der Stille des frühen Morgens, als die letzten Schatten der Nacht im Licht der aufgehenden Sonne verschwanden. Die Morgendämmerung brach an, und unten auf dem Fluss, der an der kleinen Insel vorbeifließt, waberten Nebelschwaden. Das Ranger-Alamo. Das Licht war golden und färbte die Bäume auf der anderen Seite des Flusses in hellere pastorale Grüntöne, die an den Frühling erinnerten statt an das dunkle unheilverkündende, spätwinterliche Dickicht, das sie in den verzweifelten Tagen zuvor gewesen waren.

In den kurzen Pausen zwischen den endlosen Vorbereitungen auf den nächtlichen Ansturm hatten wir alle heftig darüber diskutiert, welche Jahreszeit eigentlich gerade herrschte und ob Jahreszeiten hier zehntausend Jahre in der Zukunft noch etwas bedeuteten. Wir hatten Area 51 Ende August verlassen. Überall auf der Welt war es drückend heiß gewesen, und viele unerklärliche Gewalttaten und Massenhysterien waren auf die verrückte Hitzewelle zurückzuführen gewesen, die in diesen endzeitlichen Tagen über den Globus hinwegfegte. Die alles buchstäblich und im übertragenen Sinne in Brand steckte. Als ob die Welt Fieber hatte. Als ob sie gegen etwas Schlimmes ankämpfte. Und verlor.

Es gab eine Menge zu verarbeiten. Und man wusste wirklich nicht, was man glauben sollte. Es gab sogar Gerüchte über plötzliche Ausbrüche von Massenblindheit. Die Situation war verrückt, und die Welt schien darauf bedacht zu sein, den Wahnsinn zu akzeptieren.

Jedenfalls waren wir im drückend heißen Spätsommer abgereist, in dem man sich die Kühle des Herbstes herbeiwünschte. Vielleicht sogar den ersten Hauch von Winter. Seitdem wir hier waren, schien es später Winter zu sein. Zehntausend Jahre in der Zukunft beklagten sich immer noch alle über das Wetter und über die unerbittliche Kälte. Es gab keinen Ort, an dem man sich aufwärmen konnte. Selbst in der C-17 war es ständig kalt. Es schneite zwar nicht, und morgens gab es keinen Frost, aber es war kalt, und wenn am frühen Morgen oder am späten Nachmittag Wind aufkam, nahm er einem die Wärme und ließ einen bis auf die Knochen frieren. Wie ein vergessenes Porterhouse-Steak, das zu lange in der Tiefkühltruhe lag.

Aber jetzt, hier oben auf dem Scharfschützenhügel, im ersten Licht eines neuen Morgens und umgeben von Haufen toter Monster, die schon zu Lebzeiten nicht besonders gut gerochen hatten, fühlte es sich an, als hätte gerade eine große Veränderung stattgefunden. Als hätten die Jahreszeiten, oder sogar die Mikro-Jahreszeiten, in der Nacht die nächste Seite im Kalender umgeschlagen, während wir bis zum Tod kämpften. Ohne Rücksicht auf unsere Scharmützel. Es sollte einer dieser schönen Tage werden. Das konnte man von Anfang an erkennen.

Die Dinge sahen jetzt anders aus.

Unsere Situation hatte sich verändert.

Oder vielleicht auch nicht. Das stand noch nicht fest. Aber es fühlte sich so an. Wenn auch nur, weil wir uns zu den wenigen Lebenden zählen konnten und nicht zu den vielen Toten, die die Spitze des Hügels, seine Seiten und die Insel und den Fluss darunter säumten. Wohin man auch blickte.

Die Unteroffiziere gingen herum und holten die ACE-Berichte ein, Lagerbilder zu Munition, Gefallenen und Ausrüstung, die nicht beschönigt wurden. Es gab Verluste, die Munition war praktisch aufgebraucht, und viele Ausrüstungsgegenstände waren entweder verschwunden oder beschädigt. Da gab es nichts zu beschönigen. Informationen machten die Runde. Zwölf weitere Gefallene. So viele hatten wir letzte Nacht nach dem Zusammenbruch der Phasenlinie Charlie verloren.

Ich versuchte, mich daran zu erinnern, wie viele ich mit eigenen Augen gesehen hatte. Der Ranger, der in zwei Hälften gebissen wurde. Die Jungs, die mit dem Troll in die Tiefe gestürzt waren – sie mussten doch tot sein, oder?

Der Versuch, mich zu erinnern, fühlte sich schnell bedrückend an. Wie eine Last. Ich ließ sie los, indem ich Macbeths »Morgen, und morgen, und dann wieder morgen«-Monolog in einer Sprache nach der anderen rezitierte. Aus! Kleines Licht! Alle waren völlig fertig. Selbst die sich unermüdlich vorbereitenden Ranger saßen ein paar Minuten lang einfach da, als der Tag vom Morgengrauen in die Dämmerung überging. Sie hielten immer noch ihre Waffen in der Hand und starrten die Toten an, als könnten sie sie noch einmal umbringen. Einige der hartgesotteneren Seelen verspeisten ihre Fertigmahlzeiten. Aber in diesen ersten Minuten der Morgendämmerung wurden keine Waffen gewartet, keine Leichen gesäubert und keine Stellungen ausgebaut.

Man schaute sich nur um, um herauszufinden, wer noch am Leben war. Man war froh, wenn man die Gesichter der noch Lebenden sah, oder traurig, wenn man sie nicht finden konnte.

Die Ranger hatten um ihr Leben gekämpft, und jetzt waren sie fertig, wenn auch nur für einen Moment. Selbst die Unteroffiziere spürten das und gingen ihrer endlosen Arbeit mit weniger allgemeiner Züchtigung als sonst nach. Sie waren ruhig und geschäftig, manchmal sogar ermutigend. Die Ranger hatten sich ein paar Minuten Ruhe verdient, und die Unteroffiziere sorgten dafür, dass sie sie auch bekamen. Sie mussten nur die Tatsache ignorieren, dass die kurze Ruhepause auf der Spitze eines mit Leichen bedeckten Hügels stattfand.

Für einige von ihnen war das nichts Neues. Diejenigen, denen es nichts auszumachen schien, erkannte man leicht. Wenn überhaupt, machte es sie glücklicher. Und steigerte ihren Appetit auf die geschmacklosen Rationen, die sie vor der Schlacht erhalten hatten. Einige aßen ihre Ration auf und fragten ihre Kameraden, ob sie noch was abhaben konnten. Als wollten sie damit zum Ausdruck bringen, dass Hunger keine Gefangenen kennt. Hunger ist Hunger.

Und man wusste nie, was als Nächstes kommen würde.

Bald sprach sich herum, dass Sergeant Jasper der Ranger war, den der Troll mitten im letzten Kampf in zwei Teile gebissen hatte. Später fanden wir heraus, dass Kang und Soprano noch am Leben waren. Das waren die beiden, die sich mit Tomahawks auf den Troll gestürzt hatten und dann mit dem riesigen Ungetüm den Hügel hinuntergerollt waren. Somit hatte ich mich geirrt, was den Tod der beiden Männer betraf.

Soprano war ausgeknockt worden und lag unbemerkt in einem Haufen toter Orks. Kang hatte sich nach unten abgesetzt und hinter den feindlichen Linien ein Blutbad angerichtet, indem er in der Dunkelheit Kehlen der Feinde durchschnitt. Als man ihn fand, war er blutüberströmt und aß eine Ration, die er bei einem anderen toten Ranger gefunden hatte. Er sprach ein paar Stunden lang nicht, kam aber bei Einbruch der Nacht wieder zu sich. Nicht, dass er vorher besonders redselig gewesen wäre. Das war keiner von ihnen. Zumindest nicht die Ranger.

Sogar ich war ein wenig wortkarger als sonst. Meine Kehle war trocken, und ich konnte mich nicht erinnern, wann ich das letzte Mal Wasser getrunken hatte. Geschweige denn Kaffee. Ich brauchte dringend einen Kaffee.

Ich mischte kaltes Wasser und Instantkaffee in meiner Feldflasche und saß da und trank meinen Cold-Brew, wie ich mir einredete. Es schmeckte nach Chlor. Ich redete mir auch ein, dass das die Idee des Rösters war. Die Macht der Gedanken.

Wenn man sich keine macht, ist es einem egal.

Alle waren sich einig, dass Sergeant Kang ein echter Ranger war. Hardcore. Der Sergeant Major sorgte dafür, dass Kang verarztet und mit Wasser versorgt wurde, und murmelte dann zum jungen Sergeant: »Übertreiben Sie es nicht so, Sergeant Kang. Sonst denken die Leute, der Rest von uns wäre faul.« Und dann machte er sich auf den Weg zu einer anderen Aufgabe.

Ich sah, wie Kang vor sich hin nickte, als der Command Sergeant Major wegging. Dann lächelte er ein wenig, als er sich einer weiteren Ration widmete und die verschiedenen Päckchen darin inspizierte. Er schaute sie an, ohne irgendwas zu sehen. Das konnte man deutlich erkennen.

Aber trotzdem kam er wieder auf die Beine. Alles, was es brauchte, war die Zustimmung eines ranghöheren Offiziers, dem er mehr als alles andere auf der Welt nacheifern wollte, und schon würde er zu seinen Ranger-Brüdern zurückkehren und zu vergessen versuchen, was er da unten allein in der Dunkelheit gesehen hatte.

Damals begriff ich, was Führungsqualitäten sind. Ich beobachtete die ganze Interaktion, während ich mich um die Verwundeten kümmerte.

Die Ranger warfen tote Orks vom Hügel und ließen sie den Abhang hinunter zum Fluss rollen. Es gab Punkte dafür, wie nah der geworfene Körper am Flussufer landete.

Die Vögel kamen kurz vor Sonnenaufgang heraus, aber sie waren ein paar Minuten lang zurückhaltend mit ihrem Gesang. Dann ertönte das erste zaghafte Trillern, und kurz darauf war das Leben in den Bäumen in vollem Gange.

Wir saßen da und warteten auf einen weiteren Angriff, und als dieser ausblieb, mussten wir aufstehen und uns bewegen, und so begann der informelle Wettbewerb im Leichenwerfen. Die Arbeit sollte die Gedanken von den Schrecken, die wir gerade erlebt hatten, ablenken. Zumindest vermutete ich das.

Innerhalb weniger Minuten gab es Regeln für das Spiel »*Orkweitwurf*«, und bald folgten Zweierteams und – natürlich – Wetten. Was hätte man auch sonst tun sollen?

Ich hatte etwa zwei Stunden mit den Verwundeten zu tun, half Chief Rapp und der Baroness sowie einigen anderen Rangern, die speziell für den Einsatz als Hilfssanitäter ausgebildet worden waren. Wie ich schon sagte, geschah dies alles, während der Hügel geräumt wurde. Niemand hatte eine Ahnung, was wir als Nächstes tun würden. Selbst die Unteroffiziere rechneten damit, den Befehl »Halten bis zur Ablösung« zu erhalten. Es war klar, dass sie sich trotz geringer bis gar keiner Munition darauf vorbereiteten, den Hügel eine weitere Nacht zu behaupten. Unabhängig von den aktuellen Ereignissen.

Captain Messerhand führte eine Patrouille an, um die Toten zu bergen, die Vermissten und Verwundeten zu finden und die C-17 zu erkunden.

Spoiler: Die Schmiede war futsch.

Ich brauchte den noch immer bewusstlosen PFC Kennedy nicht, um zu begreifen, dass diese seltsame lila Lichtshow in der Halbzeit der Schlacht vor dem letzten Angriff etwas damit zu tun hatte. Teleportationsmagie oder etwas anderes, das man früher für lächerlich hielt. Als ob sie, die großen Drahtzieher dieses Angriffs, die »Magie«, die in dieser Welt real war, benutzt hätten, um unsere Schmiede von hier wegzubringen. Chief McCluskey? König Triton? Ich erinnerte mich an das unangenehme Gefühl, wie das Ferne nah wurde und das Nahe sich in die Ferne schob, als alles passierte. Das Geräusch eines Ankers im Universum, der fällt und dann zurück in einen unbekannten Raum gezogen wird, den wir nie sehen sollten. Von dem wir nie erfahren durften.

Was auch immer das gewesen war, wie auch immer mein Gehirn diese Signale interpretiert hatte, es musste etwas mit der Entführung der Schmiede während der Schlacht zu tun haben.

Später entdeckten die Scharfschützen sie zuerst.

Diejenigen von uns, die den Verwundeten halfen und Leichen wegräumten, bemerkten den Aufruhr. Die Scharfschützen – nicht Thor, der reinigte gerade die Waffen – bemerkten ein Ziel dort unten am Fluss. Einen Reiter auf einem grauen Schecken. Er stand am gegenüberliegenden Flussufer.

»Hoffentlich tritt sie nicht auf eine Mine«, murmelte Tanner, während er einen dieser Drachen-Hund-Menschen von der Seite des Hügels hievte. »Denn das wäre wirklich schlimm für sie.«

Sie. Ja, genau. Jetzt, wo ich die Gestalt studierte, bemerkte ich die weibliche Gestalt. Ranger hatten gute Augen, und natürlich erkannten sie den Unterschied. Ich musste mich konzentrieren, um die Details auszumachen. Aber sie hatten sie entdeckt und als »sie« identifiziert. Andererseits hatten die Scharfschützen die besten Sehhilfen der Welt. Wahrscheinlich haben sie jeden Zentimeter von ihr durch ihr Zielfernrohr betrachtet.

Ich konnte mich kaum damit beschäftigen. Ich war gerade dabei, einen Tropf für einen der Ranger hochzuhalten, denn das war die Unterstützung, die Chief Rapp brauchte. Professionelle Infusionshalter.

Aber dann kam der Anruf beim First Sergeant, der die Hügelspitze betreute, dass er mich mit Tanner hinunterschicken sollte. Jemand anderes würde meine superwichtige Aufgabe des Infusionshaltens übernehmen müssen, denn jetzt … würde ich ein paar Sprachen ausprobieren. Lassen Sie mich durch, ich bin Linguist.

Nicht wenige der Ranger warfen mir einen bösen Blick zu, weil ich rundergehen mit einer Frau plaudern sollte. Dass sie ein gefährlicher Wer-Hexen-Vampir-Succubus sein könnte, schien sie nicht zu stören. Jeder von ihnen war davon überzeugt, dass er bei ihr landen konnte, und ging wahrscheinlich gerade seine besten Anmachsprüche durch. Zehntausend Jahre in der Zukunft erinnerten einige der Ranger langsam daran, dass es neben unbegrenztem

Kaffee und Dip noch andere Dinge gab, die sie entbehren mussten.

Moment mal. Was wäre, wenn es hier in der fantastischen Zukunft nur Orkfrauen gäbe?

Spoiler: Das hätte sie nicht aufgehalten.

Trotzdem zog ich den langen Strohhalm. Ich Glückspilz. Ein paar witzige Interaktionen mit der süßen Co-Pilotin stimmten mich ziemlich zuversichtlich, was meine Zukunft anging, wenn ich es schaffte, nicht in Stücke gehackt zu werden. Solange Sergeant Thor mit einem Auge an seinem Zielfernrohr klebte, konnte ich wahrscheinlich die ganze Konkurrenz um die Wiederbesiedlung dieser Welt ausstechen.

Tanner und ich schnappten uns unsere Ausrüstung, denn er kam mit, weil ich jetzt als wertvoll und schutzbedürftig galt. Es wäre nicht gut, wenn einer der toten Orks, die da draußen auf dem Feld lagen, plötzlich wieder zum Leben erwachte und den einzigen Kerl abstach, der einen Haufen verschiedener Sprachen beherrschte.

Als wir den Hügel verließen, sah ich Volman, der nichts weiter tat, als hilflos zwischen den Verwundeten zu sitzen. Deep State war nicht verletzt. Er war in einen Poncho eingewickelt, den ihm jemand gegeben hatte, und hockte einfach da und starrte ins Leere wie ein Überlebender eines Erdbebens. Er gab sich damit zufrieden, dass sich andere um sein Überleben kümmerten.

Ich wurde daran erinnert, dass der Sergeant Major von mir erwartete, etwas gegen ihn zu unternehmen. Und nicht nur *etwas*. Sie wissen schon … Ihn tatsächlich töten. Ich hatte gehofft, die Sonne würde über einem Ork-Schwert aufgehen, das in seinem Kadaver steckte, und dieses kleine Problem wäre für mich gelöst. Doch da hatte ich kein Glück, denn die Sonne ging stattdessen über seiner erbärmlichen Gestalt auf, die in einen Poncho gehüllt bei der Verletztensammelstelle kauerte.

Es könnte sein, dass ich den Ernst der Lage untertreibe. Aber ich hatte eine Ausbildung durchlaufen, die mir verdeutlichte, warum die von mir erwartete Aktion im Hinblick auf die laufende Mission notwendig war. Ich behaupte nicht, dass ich das toll fand, sondern sage nur, dass ich die Gründe dafür verstanden habe. Trotzdem hatte ich es noch nicht getan. Das musste ich berücksichtigen. Diesen Moment der Wahrheit.

Nicht weit vom Gipfel des Hügels entfernt konnte ich die Reiterin und ihr Pferd sehen. Sie hatten die Untiefen des Flusses durchquert und es geschafft, nicht von den Minen oder anderen Sprengsätzen, die in den drei Nächten der Schlacht nicht gezündet worden waren, in die Luft gesprengt zu werden. Die Frau befand sich nun am Ufer in der Nähe der ursprünglichen Verteidigungsstellungen von Kurtz' Waffensektion. Sie unterhielt sich mit Captain Messerhand, dem Sergeant Major und dem Piloten. Ein Sicherheitsteam der Ranger hatte den Bereich um das Treffen abgesperrt.

Doch bevor wir dazu kommen, muss ich kurz das Schlachtfeld beschreiben, wie es an diesem Morgen nach drei durchkämpften Nächten aussah, als wir den Hügel hinunterkamen und die Insel überquerten.

Ich weiß gar nicht, warum ich das überhaupt tue. Diesen Bericht schreibe. Für wen denn? Für was? Werde ich meine Kriegsmemoiren auf der anderen Seite der Insel verkaufen? An wen? Soweit wir wissen, gibt es zehntausend Jahre in der Zukunft keine Verlage mehr. Und selbst wenn wir, sagen wir mal, in die Gegenwart zurückgehen, die wir verlassen haben. Sehen wir einmal davon ab, dass die Welt in jenem Moment anscheinend dem Untergang geweiht war und dass das, was wir jetzt sehen, die bittere Bilanz dieser lange zurückliegenden Seuche ist, die alles zerstört hat. Lassen wir all das außer Acht und nehmen wir an, dass die Welt noch zwanzig bis hundert Jahre Zeit hat, damit ich den Rest meines Lebens in relativer monsterfreier Normalität verbringen kann. Wer um alles in der Welt würde glauben, dass die Dinge, die ich hier aufschreibe, tatsächliche Erinnerungen sind und nicht nur die Hirngespinste eines verrückten Science-Fiction-Autors?

In der Zeit zurückzureisen ist nicht einmal im Entferntesten möglich. Dieses QST-Tor … Das gibt's hier nicht. Und während des Briefings im großen Hangar bei Area 51 haben sie ausdrücklich klargestellt, dass Zeitreisen nur in eine Richtung funktionieren. Vorwärts immer, rückwärts nimmer. Es gab kein Zurück. Offenbar war Bob Dylan da etwas auf der Spur.

Und wenn schon? Ich fahre mit einem Karren und einem Maultier von einer entfernten menschlichen Siedlung zur nächsten, beladen mit mühsam von Hand vervielfältigten Kodizes meiner Schriften, um zu sehen, wer daran interessiert sein könnte?

»Kann einer von euch feinen Leuten lesen? Nein? Ah! Nun, diese hier eignen sich auch hervorragend als Kaminanzünder.«

Im Ernst. Wer würde es je kaufen? Wer würde es überhaupt lesen?

Die Antwort ist: niemand.

Niemand wird das hier glauben.

Also … warum tue ich das? Warum schreibe ich das alles auf?

Die einzige Antwort, die mir einfällt, ist, dass es jemand tun muss. Jemand muss das alles schriftlich festhalten. Eine Aufzeichnung anfertigen. Die Fakten dokumentieren. Mit allem Drum und Dran. Und so … nominiere ich mich und den Mont-Blanc-Füller, den mir meine Mutter als sarkastisches, aber sehr teures Geschenk gemacht hat, um mir zu sagen, dass ich mein Leben mit dem Eintritt in die Army vergeude.

Tja, wer zuletzt lacht, Mama. Zehntausend Jahre später lebe ich immer noch, und ich bin wahrscheinlich der größte Schriftsteller der Welt, da ich wahrscheinlich auch der einzige Schriftsteller der Welt bin.

Trotzdem, es ist ein Titel. Und der gehört jetzt ganz allein mir.

Spiel, Satz und Sieg, Mom.

Selbst das ist nicht der wahre Grund, warum ich das alles aufschreibe. Das ist nur der Versuch, alles loszuwerden. Alles, was ich nach drei Tagen des Kampfes um Leben und Tod gefühlt habe.

Nein, der wahre Grund ist, dass, wenn man Chief Petty Officer McCluskey alles glauben kann, was er uns erzählt hat, alles aufgeschrieben werden muss.

Ich wette, dass er uns eine Menge Lügen aufgetischt hat. Aber um sie glaubhaft zu machen, hat er uns ein paar Wahrheiten präsentiert, mit denen wir sie runterspülen konnten. Ein Profi-Lügner wird Ihnen sagen, dass das der beste Weg ist. Ein Körnchen Wahrheit hilft jeder Lüge auf die Sprünge.

Wenn man also alles analysiert, was SEAL McCluskey uns einreden wollte … würde ich sagen, dass der Teil über den Zusammenbruch der Technologie wahrscheinlich ziemlich genau war. Und warum? Weil er nichts dabei hatte. Keine Schusswaffen. Kein Smartphone. Keine Uhr.

Außerdem waren die Monster, die uns seit drei Tagen angriffen, auf eine gewisse geordnete Weise vorgegangen, die auf Zivilisation und Kultur hindeutete. Stämme. Königreiche. Warlords. Sie waren organisiert. Aber sie besaßen nicht mehr als grobe Technologien aus der Eisenzeit. Die raffinierteste Technologie, die gegen uns eingesetzt wurde, war eine Balliste. Eine riesige Armbrust, die, glaube ich, von den Römern für Belagerungszwecke erfunden wurde. Oder eine andere hellenische Zivilisation hat sie erfunden und die Römer haben sie abgekupfert. Das war ihr Ding. Wenn ich etwas googeln könnte, würde ich es herausfinden. Aber das letzte Google-Update ist wohl schon ein paar Tausend Jährchen her.

Somit ist das ein weiterer Grund für diesen Bericht … um das erworbene Wissen zu bewahren. Ich weiß nicht, was ich tun werde, wenn mir der Platz in diesem schicken Tagebuch ausgeht, das ich in meinem Rucksack mitgenommen habe, während alle anderen Ranger ihre Lieblingswaffen und Ersatzmunition in die Zukunft schmuggelten. Ich werde plündern. Papier selbst herstellen, auch wenn die Schmiede das sicher draufgehabt hätte. Aber natürlich ist sie jetzt in einem riesigen lila Geist wer weiß wohin verschwunden.

Also … Ja.

Letztendlich schreibe ich das alles auf, um die Toten zu würdigen. Ich habe ihre Namen vorne in dieses Tagebuch geschrieben. Das ist wichtig. Wenn überhaupt, dann tue ich es für die Ranger. Ich erzähle, was sie getan haben, was die alten Griechen ἔργον nannten, also *Taten*, und ich werde ihr Andenken nach dem Tod bewahren. Das ist das

Mindeste, was ich tun kann. Wenn es die Toten nicht gäbe, wäre ich nicht hier. Keiner von uns wäre es.

Deshalb tue ich es. Das hier. Diese Darstellung der Fakten. Mit allem, was dazugehört. Das ist der Grund, warum ich hier bin.

Doch zum Punkt … das Schlachtfeld. Am Morgen danach, als ich den Hügel hinunterkam, um unseren mysteriösen Gast zu treffen.

Ich sah Folgendes.

Als wir den Hügel hinabstiegen, mussten wir den Graben an der Westseite des Hangs verlassen. Er war derart mit toten und verrottenden Orks und anderen seltsamen Kreaturen verstopft, die von unserem wilden Maschinengewehrfeuer in Stücke gerissen worden waren, dass wir ihn nicht länger passieren konnten. Der Gestank war selbst mit dem Wind überwältigend. Wir zogen unsere Shemags hoch und gingen vorsichtig weiter bergab.

Unten konnte ich den größtenteils verbrannten Kadaver des einäugigen Riesen sehen, den PFC Kennedy – als *Merlin der Prächtige* oder wie auch immer er sich da nannte – mit dem Drachenkopfstab des toten Zauberers vom Hügel gepustet hatte. Der größte Teil des Brustkorbs und der Eingeweide war verbrannt. Es hatte den Kopf in den Nacken gelegt und starrte mit dem milchigen Auge himmelwärts. Die Tatsache, dass der Schädel nicht verbrannt und das Gesicht im weitesten Sinne des Wortes noch menschlich war, machte das Horrorspektakel irgendwie noch viel schlimmer.

Als wir an verschiedenen Gemetzeln wie dem halb verbrannten Riesen vorbeikamen, murmelte ich zu mir selbst, dass dies das Schlimmste war, was ich je gesehen hatte.

Und dann, etwa zehn Schritte später, sah ich etwas viel Schlimmeres und sagte das Gleiche.

Wir erreichten den Fuß des Hügels und hielten uns von der Senke fern. Dort unten gab es viele Leichen oder Leichenteile, und wieder waren wir nicht ganz sicher, ob auch wirklich alle tot waren. Außerdem schienen die Fliegen unten im trockenen Bachbett zahlreicher und vor allem dicker zu sein. Vielleicht, weil die Luft dort kalt und modrig war. Wir folgten einem sandigen Pfad, der uns an Granatenkratern vorbeiführte, in denen Mörser auf die angreifenden Orks, Goblins und anderen missgestalteten Ungeheuer, die versuchten, den Hügel anzugreifen, den stählernen Tod gebracht hatten.

Einige waren gegen die Bäume geschleudert und dort von kahlen Ästen aufgespießt worden. Das war ziemlich eklig. Als wären die großäugigen und übel zugerichteten Leichen nur schlechte Installationen von psychotischen Kunststudenten, die ihren post-postmodernen Verstand verloren hatten. Vom Mörserfeuer gefällte Bäume waren auf andere Orks gefallen und hatten sie zerquetscht. Größtenteils. Wir kamen an einem großen Baumstamm vorbei, an dem eines der Ranger-Teams beim Rückzug gekämpft hatte. Überall auf dem Sand lag verbrauchtes Messing. Die Orks im Umkreis von fünf Metern wiesen Schusswunden auf. Ein Stück weiter kamen wir an einem Troll vorbei, der von einer Carl Gustaf getroffen und ausgeweidet worden war. Ein 84-mm-Geschoss direkt in den Bauch.

Der Geruch beinhaltete eine besondere Note der Verwesung.

»Den hat Brumm auch erwischt«, murmelte Tanner und spuckte einen Dip-Strahl auf den schwarzen haarigen, missgestalteten Körper des zermalmten Trolls. Er war riesig. So breit wie drei Männer, Schulter an Schulter, fast jedenfalls. Und er stank zum Himmel. Er trug kolossale Stiefel, die mit Schlamm und Schleim bedeckt waren. Nicht weit davon entfernt lag ein massiver Knüppel, der aus dem Stamm eines dunkelhölzernen Baumes gefertigt war. Seine Gesichtszüge sahen beinahe komisch aus, wären da nicht in der Totenstarre verewigte Grimasse und die vergilbten und kaputten Zähne gewesen, die vor Schmerz zusammengebissen waren, als hätte er hier draußen zwischen den Bäumen einen sehr qualvollen Tod erlitten. Über den tiefliegenden Augen wölbten sich warzenüberzogene Fleischfalten. Die Nase war lang und geformt wie eine missratene Kartoffel, seine Haut schwarz wie die eines Gorillas. Und sie war mit Eiterbeulen übersät, die auch nach dem Tod noch nässten.

»Das ist krank«, sagte Tanner, als eines der Geschwüre in der morgendlichen Stille leise aufplatzte und die grünlich-gelbe Ladung in den Sand sickerte, um sich mit dem erstarrten Blut und den getrockneten Eingeweiden zu vermischen.

Die Fliegen liebten das.

Ich war nur froh, dass das schreckliche Viech tot war. Zum Glück hatte Brumm eine solche Vorliebe für die Carl Gustaf. Ich würde einem dieser Monster hier draußen in der Dunkelheit nur sehr ungern begegnen, erst recht nicht allein.

Wir kamen an weiteren Reihen und Wellen von toten Orks vorbei, die abgeschossen worden waren, als sie auf die Verteidigungsanlagen der Ranger vorrückten. Was mir dabei auffiel, war, dass sie entsprechend ihrer Art eingeteilt waren. Als ob sie in Kampfeinheiten organisiert worden wären. Wenn man sah, wie sie am Ende des Visiers auf einen zukamen und in jeder Hinsicht den Albtraummonstern glichen, die sie ja auch waren, mit grüner Haut, Klauen, Reißzähnen und uralten Stammeskampfschreien, war es naheliegend, sie alle als Monster zu klassifizieren. Aber hier im Morgenlicht konnte man sehen, wie die Ranger, als sie sich auf den Hügel zurückzogen, Gruppen von ihnen entweder mit plötzlicher überwältigender Feuerkraft oder aus dem Hinterhalt getötet hatten. Oder sie hatten gezielte Mörsertreffer inmitten ihrer wogenden Ansammlungen gelandet. Und sie hatten sie grüppchenweise erwischt. Gruppen aus ungefähr gleichen Arten, die zusammenarbeiten.

Wir kamen an Plänklern mit Kurzbögen vorbei. Sie wurden auf dem Vormarsch durch eine kleine Lichtung von einem Hinterhalt aus automatischem Ranger-Feuer erwischt. Wir stießen zuerst auf die Patronenhülsen, draußen im Wald und im hohen Gras. Sie waren überall. Tanner registrierte es und schilderte mir den ganzen Kampf, da er ihn gesehen hatte.

»Diese Typen haben von hier aus angegriffen. Also … Da drüben sollte es mehr Messing geben, wenn sie den Hinterhalt richtig ausgeführt haben.«

Tanner hätte wahrscheinlich Unteroffizier sein können, wenn er nicht zwei Ex-Frauen und drei Trunkenheitsfahrten auf dem Buckel gehabt hätte. Das machte er so oft wie möglich deutlich.

Wir haben Tanners Hypothese überprüft. Sie haben alles richtig gemacht. Ein Stück weiter fanden wir noch mehr Altmetall. Und die toten Orks lagen stinkend in der Morgenhitze da, um es zu beweisen.

Dann untersuchten wir die Plänkler. Sie wurden auf der Lichtung niedergeschossen. Aufgeblähte Bäuche, zertrümmerte Knochen. Pfützen aus geronnenem Blut und Hirnmasse im Sand. Blutspritzer im hohen Gras, das sich hier unten im stillen Gestank des von Leichen erfüllten Inselmorgens kaum bewegte.

Die Fliegen leisteten wirklich ganze Arbeit.

Später fanden wir Infanteristen. *Schwere Ork-Infanterie*, wie wir sie nannten. Es handelte sich um große Orks mit Rüstungen, die aus eisernen Sturmhauben und schuppenförmigen, schlecht zusammengesetzten Brustpanzern bestanden. Große schwere Schilde. Geschmiedete Äxte, statt mit Knochen oder Stein bewehrte Keulen, und Speere. Schwerter, die sie nicht gezogen hatten.

Die Granaten hatten sie zerfetzt. Und dann noch mehr Schüsse.

Als wir schließlich am Flussufer herauskamen, sah ich den Sicherheitsperimeter der Ranger, der von einem Sergeant des Feuerteams kontrolliert wurde. Der Rest kniete auf einem Bein und blickte nach außen. Und in der Mitte standen Captain Messerhand, der Command Sergeant Major und der Pilot.

Der Sergeant Major sah uns und winkte uns herüber. Dann erinnerte ich mich wieder daran, dass ich Volman zwangspensionieren sollte. Den Kerl, der derzeit als Ballast unter den Verwundeten saß und irgendeinen neuen Plan schmiedete, um allen das Leben noch schwerer zu machen, als es das ohnehin schon war.

»Sie spricht kein Englisch, Talker«, sagte der Command Sergeant Major, sobald ich Captain Messerhand, den Piloten und ihn erreicht hatte, um die Situation zu erklären. »Sie müssen mit ihr reden und herausfinden, was sie will. Der

Captain wird zuhören, und wenn Sie übersetzen können, wird er Ihnen Anweisungen geben, wie Sie reagieren sollen. Verstanden, PFC?«

»Verstanden, Sergeant Major.« Aber es gab ein Problem. »Ich weiß nicht einmal, ob ich verstehe, was sie sagt, Sergeant Major. Also …«

»Tun Sie einfach Ihr Bestes«, verlangte der Captain, der aussah, als hätte er eine leichte Verdauungsstörung statt der ausgemachten Übelkeit, unter der wir anderen litten. Der Geruch hier unten am Fluss, wo die Leichen der Feinde, darunter auch der Riese, den Brumm in der ersten Nacht getötet hatte, im Wasser lagen und verfaulten … Es stank wie ein Sack voll Durchfall. Keine schöne Vorstellung. Aber wie ich schon sagte, dies ist ein Bericht über das, was tatsächlich passiert ist, und das heißt, keine Beschönigungen.

Es roch wirklich übel, und die Fliegen waren so lästig, dass ich ungern das Tuch vor dem Mund abnahm, damit sie meinen Mund sehen konnte. Das war das Standardprotokoll für Dolmetscher. Man muss sicherstellen, dass sie sehen können, wie sich die Lippen bewegen. Das ist besser für die Kommunikation mit Menschen, zwischen denen bereits eine Sprachbarriere besteht. Im Kampf führten Sprachbarrieren zu Missverständnissen. Und Missverständnisse führten dazu, dass Menschen getötet wurden.

Daher sollte man die Missverständnisse verringern und die Kommunikation so klar wie möglich gestalten.

Ich musste den Shemag, der meinen Mund bedeckte, abnehmen, um sprechen zu können, ohne dabei Fliegen zu verschlucken, und hatte ich schon erwähnt, dass der ganze Fluss roch wie das Klo eines Taco Bell nach einem All-you-can-eat-Dienstag?

Stimmt, habe ich. Ich weiß.

Ich wollte es nur noch einmal wiederholen.

Das musste wirklich gesagt werden, und ich glaube, damit ist es jetzt auch getan. Selbst jetzt … Ich kann es ehrlich gesagt immer noch riechen, während ich dies schreibe, und wir sind nicht mal mehr in der Nähe des Flusses. Es war schlimm. Wirklich schlimm.

Ich ging mit Captain Messerhand ans Flussufer, um mit der ersten Person zu sprechen, die nicht versucht hatte, uns zu ermorden oder uns in den Rücken zu fallen, seit wir hier angekommen waren. Was nicht heißen soll, dass sie es später vielleicht noch tun würde. Ich empfand es offen gesagt als beruhigend, den Captain bei mir zu haben, denn ich war mir ziemlich sicher, dass er sie töten könnte, selbst wenn sie ein Wer-Vampir-Succubus wäre.

Später, als PFC Kennedy auftauchte, erklärte er mir, dass das durchaus denkbar war. Eine Möglichkeit. Wer-Vampir-Succuben. Wer hätte das gedacht?

Ihr grauer Schecke graste in der Nähe im nicht mit Blut bespritzten Gras. Erstaunlich, dass es überhaupt noch eine Stelle gefunden hatte. Die Frau stand mit gesenkten und vor sich verschränkten Händen da. Eine völlig unbedrohliche Haltung. Sie war vermummt, und als wir näher kamen, konnte ich sehen, dass der Umhang, der so grün war wie der Wald um uns herum, eine Rüstung bedeckte, die ich beinahe übersehen hätte. Sie war in einem matten, fast durchscheinenden Silberton gehalten und bestand aus einer Art feinem Kettengeflecht. Dazu trug sie hohe Lederstiefel, die gut verarbeitet und geschmeidig aussahen. Einen Moment lang hoffte ich – pure Hoffnung –, dass alles, was McCluskey uns erzählt hatte, eine Lüge war und dass es hier in der fantastischen und barbarischen

Zukunft tatsächlich menschliche Zivilisationen gab … oder zumindest Kaffee.

Wie schon gesagt, in dieser Hinsicht bin egoistisch.

Dann zog sie ihre Kapuze zurück, und wir trafen unsere erste Elfe.

KAPITEL 26

Ich werde Sie nicht mit allen Einzelheiten darüber langweilen, wie ich herausgefunden habe, dass wir eine gemeinsame Sprache haben. Eigentlich sogar zwei Sprachen. Koreanisch und Deutsch. Eine Art Mittelhochdeutsch, um genau zu sein. Nachdem ich ein wenig herumprobiert und zuerst einer anderen unbekannten Sprache gelauscht hatte, die sie sprach, ehe mir etwas vage Vertrautes aufgefallen war, konnte ich schließlich einen Treffer verzeichnen. Ich seufzte laut, als sie diese erste Sprache benutzte, und verfluchte mich dafür, dass ich die erfundene Tolkien-Sprache nicht gelernt hatte, in der sich die nerdigsten meinen akademischen Zeitgenossen gerne über andere lustig machten, die sie nicht beherrschten, denn sie klang sehr ähnlich. Aber abgesehen von ein paar Wörtern und Sätzen, an die ich mich zu dem Zeitpunkt nicht erinnern konnte, sprach ich kein Tolkien oder wie auch immer sie es genannt hatten.

Außerdem war ich müde.

Ich hatte in den letzten drei Tagen kaum geschlafen, weil ich versucht hatte, nicht von einer Orkhorde getötet zu werden, den finsteren Auftrag des Command Sergeant Majors auszuführen – na ja, oder zumindest darüber nachzudenken – und mich hinter die feindlichen Linien zu begeben, um entweder Schützengräben auszuheben oder um mein Leben zu rennen. Und dann war da noch Kurtz, und der Kerl zermürbte einen allein durch seine Anwesenheit. Nicht durch irgendetwas, was er sagte, denn er sagte nicht viel, oder durch irgendetwas, was er tat, obwohl er immer etwas tat. Ein Unteroffizier, wie er im Ranger-Buche steht. Er zermürbte einen, weil er Kurtz war und die Welt hasste und damit auch dich, weil du dazugehörst. Die Last seines Hasses war wie ein dreißig Kilo schwerer Stein im Rucksack. Eine Weile stellt sie kein Problem dar … aber auf Dauer wird es anstrengend. Und irgendwann fragt man sich dann, warum er überhaupt da drin ist. Und man hasst ihn.

Sehr ermüdend. Sehr müde. Ich war so müde.

Mein Geist arbeitete bestenfalls mit halber Leistung, und ich hatte meine miese morgendliche Ration immer noch nicht aufgegessen, als der Befehl kam, den Berg hinunterzugehen. Nicht, dass ich besonders hungrig gewesen wäre. Man musste schon ziemlich abgebrüht sein, um auf dieser nach Durchfall und Tod stinkenden Insel, zu der dieser Ort geworden war, etwas essen zu können. Es gab Ranger, die im Augenblick genau das taten. Aber ich hatte den Verdacht, dass es sich dabei nur um einen weiteren inoffiziellen Wettbewerb der Ranger handelte, bei dem es darum ging, wer von ihnen am härtesten war. Sie empfanden einen heimlichen Nervenkitzel dabei. Wäre es mir möglich gewesen, hätte ich eine Line Instantkaffee gezogen. Aber das war das Härteste, was ich bereit war zu tun.

Was ich damit sagen will, ist, dass ich nicht gerade in Bestform war.

Nachdem ich auf dem Weg den Hügel hinunter an all dem Gemetzel vorbeigekommen war, an den zerschmetterten und zerstückelten Orks und dem ausgeweideten Troll mit den eitrigen Geschwüren, fühlte ich mich genau so, wie ich mich einmal nach einer Nacht in Vegas gefühlt hatte, in der ein Freund sagte, dass wir kein Hotelzimmer brauchen würden. Wir würden einfach »Ladys aufreißen«, die eins hätten.

Haben wir aber nicht.

Und ich schlief in einer Sitzecke neben einem All-you-can-eat-Buffet, bis sie mich um acht Uhr morgens rauswarfen, als sie die Maschine, an der man sich Waffeln selber machen konnte, vorbereiteten. Sie setzten mich vor die Tür, und ich blinzelte in das grelle Tageslicht von Las Vegas und fühlte mich, als wäre ich nichts weiter als eine wandelnde Hülle, aus der die Stadt und jeder schreckliche Mensch in ihr das Leben ausgesaugt hatten. Genau so fühlte ich mich, als ich auf das Treffen mit dem Elfenmädchen in Rüstung zuging, das auf ihrem grauen Reittier durch unseren metaphorischen Zaun gekommen war.

Ich war nicht in Topform. Um es vorsichtig auszudrücken.

Aber in dem Moment, als sie die Kapuze ihres waldgrünen Umhangs herunterließ, hatte ich ein neues Problem, mit dem ich fertig werden musste.

Sie war umwerfend schön.

Für eine Elfe. Andererseits war sie die einzige Elfe, die ich je getroffen hatte, sodass vielleicht alle so aussahen. Wenn dem so war … sah die fantastische Zukunft gar nicht so schlecht aus. Wenn ich das Kaffeeproblem löste, könnte ich es schaffen.

Perfektes herzförmiges Gesicht. Atemberaubende silberne Augen. Jap. Silberne durchscheinende Augen. Andersweltlich. Blasse, makellose Haut. Und natürlich lange, spitze Ohren, die bei jedem Geräusch im Wald zuckten – und selbst das war irgendwie süß und sexy. Es sprach eine schräge Seite in mir an, von der ich bis dato nicht einmal wusste, dass sie existierte. Sie hatte glattes schwarzes Haar, so schwarz, dass es fast blau war. Volle Lippen.

Weiblich. Gefällt mir.

Jetzt war ich also nicht nur hungrig, unterkoffeiniert, müde, zu Tode verängstigt und hatte die Zeit meines Lebens, sondern wahrscheinlich auch verliebt. Begierde war auch noch mit im Spiel. Ich war dem Gefühl, ein Ranger zu sein, wohl so nahe wie nie zuvor.

Und es wurde Zeit für ein Gespräch.

Zuhören. Sprachen zu sprechen, kann ziemlich hektisch sein. Nicht so hektisch, wie eine 240er zu laden, auszurichten, zu schießen, eine Störung zu beheben, nachzuladen, die verbleibenden Momente deines Lebens buchstäblich in der restlichen Länge des Munitionsgurts eines Maschinengewehrs zu sehen, während man einem überwältigenden feindlichen Angriff gegenübersteht, wie man ihn zuletzt im Koreakrieg und seiner speziellen Form der Hölle, menschlichen Angriffswellen, gesehen hat, aber trotzdem auf seine eigene Art hektisch. Man muss mit offenen Karten spielen. Andernfalls gibt es Missverständnisse und Tote. Die Frage ist dann meistens nur, auf welcher Seite.

Doch keine der Situationen, in der ich je übersetzt hatte, wies diese besonderen Parameter auf. Ich war müde, launisch, ein bisschen scharf, und … meine Blutkoffeinwerte waren gefährlich niedrig. Ich brauchte Kaffee. Dringend.

Abgesehen davon befanden wir uns auch noch zehntausend Jahre in der Zukunft.

Okay. Seien Sie also nachsichtig mit mir. Ich konnte nicht auf Abruf sofort Tolkien sprechen. Und nichts von dem, was ich in all den efeubewachsenen Instituten gelernt hatte, deutete darauf hin, dass ich das wirklich brauchen würde. Hätte ich wetten müssen, welche fiktive Sprache mir in Zukunft am dienlichsten sein könnte, hätte ich Klingonisch gesagt. Und ich hätte mich geirrt.

Während ich also einige Sprachen, die ich kannte, vor mich hinplapperte und gängige Redewendungen ausprobierte, war es *Anyong haseyo*, auf das sie zuerst reagierte. Oder besser gesagt, worauf sie antwortete. Was man von *Sprechen Sie Koreanisch?*, was ich zuerst versucht hatte, nicht behaupten kann. Auf die förmliche Begrüßung, die Nicht-Koreaner gegenüber Koreanern verwenden, kam jedoch eine Antwort.

Und als ich sie fragte, ob sie Koreanisch spreche, hatte sie keine Ahnung, was »Koreanisch« ist. Das sagte ihr gar nichts.

Aber von da an klappte es mit der grundlegenden Kommunikation, und da tauchte dann auch das Mittelhochdeutsche in ihrem Sprachgebrauch auf. Sie bezeichnete es als *Grawasprēkō*, also entweder Dunkle oder *Graue Sprache*.

Aber als wir wieder zum Koreanischen zurückkehrten, das sie nicht einmal koreanisch nannte, brach sie das ganze Gespräch ab und warf in offensichtlicher Verwirrung – und Frustration – die Hände in die Luft. Ich gebe zu, das war irgendwie ziemlich sexy. Insel voller Leichen hin oder her, ich war verliebt in sie.

Ich werfe das hier nur ein, weil ich jetzt Zeit habe, darüber nachzudenken, während ich alles aufschreibe. Überlegen Sie mal, warum ich mich so Hals über Kopf in sie verliebt habe. Weil sie genau in diesem Moment, in dem wir an einem stinkenden, vor Leichen überquellenden Fluss miteinander sprachen, nach drei Tagen, in denen andersweltliche Monster versucht hatten, uns alle zu töten, das Gegenteil von allem war, was uns umgab.

Das konnte ich von Anfang an erkennen.

Sie war gütig. Unschuldig. Fast rein. Sie hatte etwas, das von all dem Bösen, das tot um sie herumlag, unberührt blieb und wodurch sie in starkem Kontrast zu ihrer Umgebung stand. Sie war *gut*. Das strahlte sie aus und damit erfüllte die Luft ringsum. Wie eine Art New-Age-Hippie-Vibe. Und vielleicht hatte ich, abgesehen von meiner selbstsüchtigen Kaffeeabhängigkeit, Angst, oder hatte die ganze Zeit Angst gehabt, dass neben all den anderen Dingen, die zehntausend Jahre in der Zukunft fehlten, auch das Gute diese Welt schon lange verlassen war.

Wenn ich jetzt so darüber nachdenke, leuchtet es ein, dass ich zwischen akutem Zukunftsschock und der Befürchtung, dass ich den Rest meines Lebens in einer Hölle ohne Kaffee und ohne das Gute leben würde – was, trotz der erheblichen Überschneidungen, nicht dasselbe ist –, so reagiert habe, als ich vor mir auf einmal ein echtes, lebendiges … heißes Fantasy-Mädchen stehen sah. Wie eine starke und gutherzige Heldin aus einem Epos über Ritter und Einhörner, einem typischen Artus-Heldenlied. Und ein Augenschmaus obendrein. Das hat definitiv nicht geschadet.

Und die Fantasy-Braut war echt. Und heiß. Wirklich heiß. Und ich war nützlich! Ich beherrschte Sprachen! Ich verbuchte das als Gesamtsieg.

Als wollte ich irgendwie sagen: »*Seht alle her, ich bin jetzt offiziell nicht mehr nutzlos.*

Ich unterhalte mich mit dem heißen Feger.«

Dann schaute ich wieder hoch zu den Idioten auf dem Hügel, die ihre Gewehre auf mich richteten und durch ihre Visiere schauten. Dann lächelte ich, damit sie wussten, dass ich wusste, dass sie es wussten. Dass sie heiß war und dass ich als Erster mit ihr sprach.

Ich drehte mich wieder zu ihr um und starrte in ihr ernstes, aber herzliches Gesicht. Und irgendwie kamen mir da beinahe die Tränen. Denn es bedeutete, dass das Gute noch nicht tot war. Es war noch am Leben, auch wenn sie die letzte Flamme darstellte, die es hier in dieser verrückten, verkorksten Zukunft in sich trug.

Doch ich hielt es für das Beste, nicht vor ihr zu weinen, da wir uns gerade erst kennengelernt hatten. Und außerdem hätte Captain Messerhand, der das ganze Gespräch wie jemand verfolgte, der darauf wartet, dass zwei Zulassungsbeamte ihm grünes Licht für seinen Papierkram geben, damit er weiterarbeiten kann, wahrscheinlich meine Halsschlagader mit einem Karateschlag durchtrennt, wenn er gesehen hätte, dass ich anfing zu weinen, obwohl er kein einziges Wort verstand. Und sei es nur aus dem Grund, dass es der ganzen Einheit peinlich war.

Ich hielt mich also zurück – respektive meine Tränen.

Später erzählte mir der Captain, dass er ein wenig Koreanisch gelernt hatte, als er Infanteriezugführer in der DMZ war. Aber er versicherte mir, dass das, was er wusste, für den Erstkontakt völlig unangemessen war.

Da stand sie nun in ihrem waldgrünen Umhang, der ihre wohlgeformten, aber gut gepanzerten Reize kaum verbarg. Das ernste und niedlich verwirrte Gesicht. Sie stampfte sogar frustriert mit einem Stiefel auf und brachte damit das ganze Gespräch zum Stillstand.

»Wie«, begann sie stockend. Unsere Versionen des Koreanischen waren kaum mehr als entfernte Cousins und Cousinen, aber sie waren immer noch enger miteinander verwandt als unsere Versionen des Englischen. Also wurschtelte ich mich irgendwie durch. Ich bin eben ein Profi. »Wie …«, fuhr sie fort, »wieso … sprichst du … Schattenkanto?«

Ich stellte klar, dass ich nicht verstand, was mit *Schattenkanto* gemeint war. Sie ging ein paar der Sätze durch, die wir gerade auf Koreanisch gesprochen hatten, obwohl ihr das Wort für die koreanische Sprache wieder nichts sagte. *Hanguk-eo*.

»Heißt das, *Hanguk-eo* ist … *Schattenkanto*?«

Sie dachte einen Moment lang darüber nach, biss sich auf die Oberlippe und hob eine Alabasterhand an die Stirn, um eine lästige Fliege zu verscheuchen. Hey, noch etwas Nettes, das mir an ihr aufgefallen ist. Um sie herum war der Gestank verschwunden. Es war, als würde er sich weigern, in ihre Nähe zu kommen. Oder besser gesagt, ihre Anwesenheit hat ihn vertrieben. Nur diese eine Fliege schaffte es mit einem Kamikazeflug, in ihre Nähe zu gelangen. Sie war allerdings schwerfällig und langsam und verpasste es nur knapp, von ihrer Hand getroffen zu werden. Ich vermute, dass sie froh war, wieder verschwinden und zu all den saftigen Leichen fliegen zu können, die sich im Fluss tummelten.

Bei den anderen, dem Sergeant Major und dem Sicherheitsteam, wimmelte es von Fliegen, und die Ranger mussten sie ständig wegwedeln.

Dann nickte sie, und übersetzt sagte sie: »Ja. Die heiligste Sprache der … Schattenelfen. Wird niemals … außerhalb der … heiligsten Versammlungen … und Jagden gesprochen.«

Sie starrte mich eindringlich an, als überlege sie, ob ich nur ein Phantom des Morgennebels und des Dunstes war, der vom nahen Fluss aufstieg. Als ob sie einfach nicht an mich glauben konnte, weil das ihre Weltanschauung zum Einsturz brachte.

»Woher … kannst du … unser …Schattenkanto?«, fragte sie aufgebracht.

KAPITEL 27

In diesem Moment beschloss Deep State Volman, aufzutauchen und unsere neue Freundin und mögliche Verbündete anzuschreien. Das heiße Elfenmädchen. Um ehrlich zu sein … Das hat uns nicht gerade gut aussehen lassen.

Er hat sie sofort als »freundlich« identifiziert, wahrscheinlich, weil wir nicht auf sie geschossen haben, und anstatt zu versuchen, nicht nur herauszufinden, wie, sondern auch, warum sie den Spießrutenlauf der feindlichen Orks, die sich dort jenseits des Flusses versteckt hielten und auf eine neue Nacht warteten, in der sie angreifen konnten, überstanden hatte, beschloss er, sie für seinen kleinen Machtkampf zu vereinnahmen. Den er ganz allein, innerlich, gegen alle anderen in der Truppe führte.

»Entschuldigen Sie«, sagte Volman mit der staatsmännischen Feierlichkeit eines New Yorker U-Bahn-Schaffners, als er sich an dem Sicherheitsteam der Ranger vorbeidrängte, das versucht hatte, ihn aufzuhalten. Der Command Sergeant Major nickte müde und ließ ihn passieren, ohne ihm einen Kehlkopfschlag zu verpassen. Er kam durch das hohe Gras auf unsere hoffentlich neue Freundin zugestapft und hatte anscheinend die Absicht, alles so schnell wie möglich zu ruinieren.

Er brüllte Fragen und Befehle in alle Richtungen, um den Eindruck zu erwecken, dass er das Sagen hatte. Sein plötzlicher Überfall war verblüffend und polarisierend, und um ehrlich zu sein konnte ich sehen, dass er den Captain und den Command Sergeant Major einen Moment lang unvorbereitet traf. Zumindest schienen sie nicht zu wissen, wie sie sich verhalten sollten, als das bürokratische Chaos ausbrach.

Mir war ziemlich klar, wie der Command Sergeant Major vorgehen *wollte*.

Ruhestand. Aus dem Weg geräumt. Tot. Zumindest hätte ich schon längst für eins dieser Attribute sorgen sollen. Das warf nicht gerade ein gutes Licht auf mich.

»Wer ist sie?«, rief Volman, als er sich ihr näherte. »Wollen Sie uns nicht vorstellen, Gentlemen?«

Es war klar, dass er keinen von uns wirklich für einen Gentleman hielt. Einschließlich des Captains und des Piloten, die es eigentlich sein sollten.

Und dann …

»Ma'am. Ma'am. Ma'am«, bellte er sie an. Seine Stimme klang wie die eines nervigen Hundes mitten in der Nacht. »Ich arbeite für die Regierung der Vereinigten Staaten von Amerika und bin die ranghöchste diplomatische Autorität hier.« Die Betonung lag auf den Personalpronomen. »Ignorieren Sie diese Männer. Sie arbeiten für mich. Können Sie mir sagen, wo Ihre Vorgesetzten sind, damit ich diplomatische Beziehungen aufnehmen kann?«

Dem Captain rief er fast im gleichen Moment zu: »Ich habe hier jetzt das Sagen, Captain.« Und das alles mit einer intensiven Feindseligkeit, die wir gestern Abend an der Front, als die Uhr fünf vor Vernichtung stand, besser gebrauchen konnten, als die Horden versuchten, uns alle zu überrennen und uns die Kehle durchzuschneiden.

Er zeigte mit dem Finger auf mich, als er näher kam, und bellte: »Sie, Sie können doch Sprachen, Private First Class. Fangen Sie an, genau das zu übersetzen, was ich sage. Wortwörtlich. Und zwar sofort, sonst lasse ich Sie wegen Hochverrats auf der Stelle erschießen. Also provozieren Sie mich nicht, PFC! Sonst werden Sie mit den Konsequenzen leben müssen.«

Der Command Sergeant Major warf mir einen Blick zu, von dem ich ehrlich gesagt nicht genau wusste, was er bedeuten sollte. Es war eine Kombination aus »*Tun Sie's nicht*« und »*Sie sind jetzt auf sich allein gestellt.*«

Der Captain sah aus, als wolle er Deep State einen Kehlkopfschlag verpassen. Wiederholt. Zwar bewegte sich kein einziger Muskel von Captain Messerhand, aber man konnte sehen, dass sein ganzer Körper vor Wut angespannt war, die sich jeden Moment gewaltsam Bahn brechen konnte. Und man brauchte sich nicht auszumalen, wie er es anstellen würde. Wie er Deep States Kehlkopf mit einem schnellen Schlag, durchschlagskräftig wie ein Presslufthammer, zerquetschen würde. Um dann einfach weiterzumachen, aus Spaß oder weil er ein paar Probleme hatte, die er lösen musste. Denn das war einfach ein Automatismus bei ihm. Dass andere Menschen durch seine Hand starben, war etwas, das er sich ohne Probleme vorstellen konnte. Er brauchte nur zu entscheiden, dass der Beast Mode im Rahmen der Mission oder der Umstände halbwegs vertretbar war, und dann würde es geschehen.

Es waren für uns alle drei lange Tage gewesen.

»Sagen Sie ihr das …«, fuhr Deep State Volman fort und bemerkte dabei nicht die mörderischen Blicke, die ihn derzeit fixierten. Er war wirklich die ahnungsloseste Person, die ich je gesehen hatte. Er hatte offensichtlich geahnt, dass sein Moment, die Kontrolle zu übernehmen, genau jetzt gekommen war. Dass ein neues Element im Spiel war, und dass er die volle Kontrolle haben musste, und dies war seine Chance. Wenn es ihm gelänge, den Captain von außen unter Druck zu setzen, dann würden sich die Dinge vielleicht in die Richtung entwickeln, die er sich wünschte. Und das war seiner Meinung nach die einzige Richtung, in die sie sich entwickeln konnten. Es gab keinen Spielraum für andere Entscheidungen als seine. Man konnte uns überhaupt nicht trauen.

Nur seine elitäre Brillanz konnte diese Krise bewältigen, und jetzt war der Moment gekommen, mit dem Krisenmanagement zu beginnen.

Typisch Regierung.

»Sagen Sie ihr, dass ich der ordnungsgemäß ernannte Vertreter des Präsidenten der Vereinigten Staaten von Amerika bin«, erklärte Volman, und seine Stimme klang in der Fliegen-geschwängerten Stille schrill und barsch. »Und dass … Sagen Sie ihr … dass wir sofort diplomatische Beziehungen mit ihrem Volk aufnehmen müssen. Hat sie denn ein Volk? Sagen Sie ihr, dass sie und ihre Leute von nun an nur noch mit mir direkt verhandeln werden! Ist das klar, PFC?«

Anscheinend war in seinem Oberstübchen das Vernunftlämpchen durchgebrannt. Seine Stimme klang brüchig und heiser, als er mir praktisch ins Gesicht schrie, was er übersetzt haben wollte. Bei mir kam vor allem Spucke an. Er war wutentbrannt und schwitzte, und ich konnte sehen, dass die Ereignisse der letzten drei Tage und wahrscheinlich besonders der letzten Nacht seinen

Verstand stark durcheinander gebracht hatten. Da war was durchgebrannt. Er hatte Angst. Er war ganz allein. Und er wollte unbedingt die Kontrolle übernehmen.

Außerdem war er von Rangern umgeben. Leuten, die sogar Strafverfolgungs- und Regierungsbehörden Probleme bereiten konnten, rein hypothetisch gesprochen natürlich, wenn ihre Energien nicht sinnvoll kanalisiert wurden. Nicht die Art von Personen, die man sich als Feinde wünscht.

Das hätte Deep State Volmans größte Sorge sein müssen, aber der ahnungslose Idiot war überhaupt nicht besorgt. Er dachte nicht einmal an die gut ausgebildeten Killer, die ihn umgaben.

So dumm zu sein ist schon fast eine Leistung.

Er hatte von nun an das Sagen, auch wenn das bedeutete, dass wir alle getötet würden. Das war klar. Ich konnte sehen, wie der Sergeant Major und der Captain mich beobachteten. Sie warteten, was ich tun würde. Versuchten, meine Gedanken zu lesen, so gut sie konnten, denn ich schien ein wichtiger Teil der Interaktion zu sein. Dann bemerkte ich, wie der Sergeant Major mir leicht zunickte. Und ich dachte, ich wüsste, was das heißen sollte. Oder zumindest hoffte ich das. Und nun war es an der Zeit, herauszufinden, ob meine Vermutung richtig war.

»Das ist unser Dorftrottel«, sagte ich auf Koreanisch zu dem heißen Elfenmädchen. Dann drehte ich mich um und verbeugte mich ehrfürchtig vor dem Idioten Volman-San. Damit gab ich ihr hoffentlich zu verstehen, dass er derjenige war, den ich als »ma-eul babo« bezeichnete. Volman hörte auf zu hecheln und schwoll an vor plötzlichem Stolz, als offensichtlich wichtige Person anerkannt worden zu sein. Ein Ausdruck unverhohlener Überlegenheit überzog sein Gesicht, als er sich in meiner vorgetäuschten Bewunderung sonnte. Er hatte endlich gewonnen. In seinem Kopf. Auch wenn er keine Ahnung hatte, was ich sagte, weil er kein Koreanisch sprach.

Ich drehte mich wieder zu ihr um und fuhr mit dem »Übersetzen« fort.

»Wo wir herkommen, glauben wir, dass diese bedauernswerten Unglücksraben unserer Fürsorge und unseres Respekts würdig sind. Sie schimpfen oft zusammenhangslos vor sich hin, wenn sie nicht gerade auf sich selbst defäkieren oder versuchen, in die Sonne zu starren, bis sie blind werden. Ich entschuldige mich vielmals für diese Unterbrechung, Miss. Mit etwas Geduld wird er früher oder später bestimmt einer unsichtbaren Ziege hinterherjagen, von der er behauptet, sie würde ihm ein magisches Füllhorn voller Bohnen schenken, oder irgendeine andere Albernheit anstellen. So ist er einfach. Er ist ein schlichter Geist, also nimm es ihm bitte nicht übel.«

Sie sah mich mit leichtem Erstaunen an. Nur ganz leichtem. Und dann drehte sie sich um und verbeugte sich vor Deep State Volman, um sich der Pantomime anzuschließen.

Ich muss zugeben, dass der erstaunte Blick, mit dem sie mich musterte, ziemlich sexy war.

Volman hielt sie nicht davon ab und bat mich wenig überzeugend, sie davon abzuhalten. »Sagen Sie ihr, dass sie das nicht tun soll.« Er tat so, als sei er verärgert. »Wir sind eine Demokratie. Wir verbeugen uns nicht. Aber Sie sollten ihr vielleicht dafür danken, dass sie gekommen ist, um uns zu retten.«

Ich nickte Volman zu, um ihm zu vermitteln, dass ich das alles tatsächlich übersetzen würde. Wortgetreu.

Dann wandte ich mich an die Elfe. »Alle nennen mich Talker. Ich spreche für mein Volk, wenn es die Sprachen, denen wir begegnen, nicht versteht. Wie ist dein Name? Er fragt, ob du seine magische Ziege gesehen hast. Es gibt keine magische Ziege. Er ist ein Idiot, der in tiefe Löcher fällt und nicht den Verstand hat, herauszuklettern. Er kann einem schon leidtun. Uns auf jeden Fall.«

Sie starrte mich einen Moment lang an. »Man nennt mich … Last of Autumn … in meinem Volk. Das bedeutet ‚die Letzte des Herbstes‘. Sag ihm, ich habe keine Ziege gesehen … Ich würde eine … magische Ziege erkennen … wenn ich eine sehe.«

Ich drehte mich zu Volman um.

»Sie ist bereit, mit Ihnen zu verhandeln. Ihre Leute gehören nicht zu den Feinden, die uns in den letzten drei Nächten angegriffen haben. Ich habe keine Ahnung, was ihre Absichten sind.«

Deep State Volman dachte einen Moment lang darüber nach. Dann bellte er: »Fragen Sie sie, ob es in der Nähe eine Stadt, ein, äh, ein Flüchtlingslager oder irgendeinen Ort mit ‚Zivilisation‘ gibt, wo wir uns hinter ein paar Mauern in Sicherheit bringen können, bis ich offizielle Verhandlungen aufnehmen kann. Sagen Sie ihr, dass die Ranger keine Munition mehr haben und nicht mehr kampffähig sind. Wir haben Verwundete und brauchen sofort Nahrung und Sicherheit. Sagen Sie ihr, dass unsere Lage äußerst kritisch ist.«

Dann packte er mich an der Schulter, und seine Hand war wie eine eiserne Klaue.

»Sie sollten ihr das besser wortwörtlich mitteilen, Private, weil ich es rausfinden werde, wenn Sie das nicht tun.«

Ich muss doch bitten. Ich bin ein PFC. Private First Class, Kumpel. Siehst du das Abzeichen? Das kriegt man nicht einfach so geschenkt.

»Verstanden«, antwortete ich. »Be-stätige.«

Be-stätige ist die inoffizielle, aber irgendwie doch offizielle Art, jemandem, der einen höheren Rang hat, direkt ins Gesicht zu sagen, wie sehr man ihn nicht leiden kann. Entweder über Funk oder persönlich. Das liegt daran, dass man keinen Ärger bekommt, wenn man es sagt, aber jeder genau weiß, was es bedeutet.

Er warf mir einen Blick voller Verachtung zu, die er ständig in sich destillierte. Wäre ich eine Kakerlake gewesen, hätte er nicht gezögert, mich plattzutreten und mich von seinen Hobbyabenteurer-Timberlands abzustreifen.

Ich drehte mich wieder zu Autumn um. Last of Autumn.

»Er hat einen seiner schlechten Tage. Er behauptet, dass die Ziege, die er sucht, magische Wünsche gewährt und dass er sich, wenn er sie findet, allen Käse wünschen wird, den es je gab … und auch, wie ein Vogel zu fliegen, damit er den Mond berühren kann. Er ist als kleines Kind auf den Kopf gefallen.«

Ich lächelte und hoffte, dass Deep State Volman das leichte Ruckeln meines Kopfes und das Aufreißen meiner Augen nicht als Zeichen dafür sah, dass alles, was aus seinem Mund kam, dummer Unsinn war und von ihr als solcher behandelt werden musste.

Entsprachen die Gesichtsausdrücke von Nicht-Menschen wie Elfen unseren eigenen? Ich hatte keine Ahnung. Aber sie schien sich für den Moment damit abzufinden.

»Wir …« Ich deutete auf alle anderen, außer auf Volman, der das allerdings nicht bemerkte. »Wir fragen uns, was … du hier machst. Wir sind sehr erfreut, dich kennenzulernen.« Ich tat weiter so, als würde ich das mitteilen, was ich von Deep State aufgetragen bekommen hatte. »Wie du sehen kannst, haben wir hier eine große Schlacht geschlagen. Wir haben keine Ahnung, warum diese …« Ich deutete auf die verstümmelten Leichen der Orks, die im Fluss trieben oder erschossen entlang der Ufer lagen, »uns angegriffen haben.«

Ich nickte Volman zu, um ihm zu signalisieren, dass ich seine Worte wortgetreu und vollständig übersetzt hatte. Was selbstverständlich nicht der Fall war.

Autumn, Last of Autumn, schaute sich um.

»Mein Volk versteckt sich vor … denselben Feinden, die … gegen euch vorgegangen sind. Ich weiß nicht, wer ihr seid. Ihr seid merkwürdig … und kommt aus keinem der uns bekannten Länder … Das ist … deutlich zu sehen. Aber … wir sind … Feinde des Schwarzen Prinzen … Jeder, der mit ihm verfeindet ist, kann … möglicherweise … ein Verbündeter von uns werden? Ich muss eure … Absichten herausfinden.«

Sie hat nicht »herausfinden« gesagt. Oder »Feinde«. Jedenfalls nicht diese speziellen Worte. Sie sprach ja kein Koreanisch, sondern Schattenkanto-Kauderwelsch. Und beim Übersetzen geht es nicht nur darum, Wörter auszutauschen. Man muss auch Nuancen und Nebenbedeutungen einfangen. Sogar den Stil. Es ist genauso eine Kunst wie die Wissenschaft. Ohne übertreiben zu wollen.

Aber das ist das Wesentliche von dem, was sie sagte, so gut ich es wiedergeben kann.

Ich wandte mich wieder an Volman.

»Sie sagt, wir sind in Schwierigkeiten, Sir. Sie und ihr Volk sind Feinde der … Orks.«

Volman schnitt eine Grimasse.

»Zunächst einmal … Private. ‚Ork‘ ist kein offizieller Begriff. Ich habe es als rassistische Beleidigung eingestuft und würde es vorziehen, sie als ‚Aufständische‘ zu bezeichnen, bis wir ihre Kultur richtig verstehen können. Slang und Verunglimpfungen sind ein schlechter Ausgangspunkt bei einem Volk, das eines Tages unser Verbündeter sein könnte, auch wenn Ihr Captain alles daran setzt, sie zu Feinden zu stilisieren.«

»Ihre Worte.«

Volman sah Autumn direkt an und redete so laut, als wäre sie sowohl taub als auch dumm. Ich nutzte die Gelegenheit, um dem Sergeant Major und dem Captain zuzuzwinkern. Ich ließ sie wissen, dass ich nicht für Volman übersetzte. Zumindest wollte ich ihnen das durch ein einziges kurzes Zwinkern vermitteln. Ich war mir ziemlich sicher, dass dem Captain noch nie von einem PFC zugezwinkert worden war und dass, falls es doch mal einer getan hatte, dieser PFC jetzt in einem flachen Grab im Wald begraben lag.

Selbst jetzt, während ich dies schreibe, schäme ich mich für das Zwinkern. Allerdings gibt es im Ranger-Handbuch kein Handzeichen, das besagt: »Keine Sorge, ich übersetze nicht wirklich das, was dieser Spinner will.«

Vielleicht wird es ja Eingang in die aktualisierte Version finden.

»Ich muss mich sofort mit Ihrem Vorgesetzten treffen«, sagte Volman so laut und so schrill wie möglich. Als ob er sie jetzt auch herumkommandieren wollte. »Können Sie mich zu ihr oder ihm bringen – es tut mir zutiefst leid, wenn ich Ihre Pronomen nicht verstehe –, damit ich Hilfe für mein Volk anfordern kann?«

Er machte Handzeichen. Zwei Finger »liefen« auf seiner Hand hin und her, um Bewegung anzuzeigen. Die ausgestreckten Finger fuhren um den Kopf wie eine Krone, um anzuzeigen, dass jemand das Sagen hatte, womit er sich einschloss. Als er »mein Volk« sagte, streckte er einen Arm aus, um sowohl die Leichen als auch die Soldaten unter »seinem Kommando« mit einzubeziehen. Er tat dies mit der gleichen Herzlichkeit eines Gebrauchtwagenverkäufers auf einem dieser zwielichtigen Parkplätze, die sich in der Nähe jeder Militäreinrichtung befinden. Den Orten, an die wir nicht gehen dürfen und wo jeder seine Verlängerungsprämie für einen neuen – im Sinne von gebrauchten – Camaro ausgibt, um vier weitere Jahre lang mit seinen besten Freunden an aufregende Orte zu fahren und interessante Menschen zu töten.

Auch das habe ich wieder »übersetzt«.

»Wie ist unsere Situation?«, fragte ich sie, ohne auf eine Antwort zu warten. »Ich bin mir ziemlich sicher, dass meine Anführer gerne mit euren Leuten zusammenarbeiten würden. Aber … ich weiß nicht, ob wir einen weiteren Angriff überleben können.«

»Sie kommen … heute Nacht wieder«, erwiderte sie und sah mit ernster Miene auf die toten Orks. Und dann: »Ich biete euch … die Gemeinschaft meines Volkes und einen Platz an unseren … Herdfeuern. Unser verstecktes Zuhause ist … ein Tagesmarsch … wenn wir nachts reisen. Ja. Eure … Situation hier … ist sehr … schlimm. Sie werden heute Nacht mit noch mehr Kriegern zurückkommen. Die Stämme des Netherzauberers, der … mit dem Schwarzen

Prinzen verbündet ist … sind zahlreich und … unendlich. Sie werden niemals aufhören. Mein Volk hat sehr … gelitten. In den Ödlanden des Ostens sollen sie«, sie deutete wieder auf die Orks, »so zahlreich sein wie der Sand am Meer. Sie werden euch vernichten … mit der Zeit … wenn ihr nicht … von diesem Ort flieht. Jetzt.«

Ich wandte mich wieder an Volman.

»Sie sagt, wir müssen bald aufbrechen, um ihr Volk zu erreichen, und dass sie uns Gastfreundschaft und Schutz gewähren werden. Sie sagt, die Or…« Ich besann mich, aber nicht schnell genug. »Die Aufständischen werden zurückkommen und uns noch heftiger angreifen. Wahrscheinlich noch heute Nacht.«

»Gut.« Volman schlug die Hände zusammen, als hätte ihm gerade jemand seine Seele verkauft. Oder einen neuen gebrauchten Camaro. »Sagen Sie ihr, dass ich innerhalb einer Stunde startklar bin. Ich muss nur noch meine Sachen vom Hügel holen.«

Dann wandte er sich an den Captain.

»Ich befehle Ihnen, hier zu warten und diese Position zu halten, bis ich mit diesen Leuten verhandeln und unsere weiteren Beziehungen regeln konnte. Dann werde ich zurückkehren.«

Dann war ich wieder an der Reihe.

»Sie begleiten mich, Private.«

Ohne eine Antwort des Captains der Ranger abzuwarten, stapfte er wieder durch den Wald und drängte sich an der Sicherheitskette der Ranger vorbei, die vom Sergeant Major den Wink erhielt, den Mann einfach gehen zu lassen. Ohne Kehlkopfschlag.

Ich wandte mich an die Elfe namens Last of Autumn.

»Er sagt, er hat gerade diese magische Ziege gesehen und wird sie für euch einfangen. Er dankt dir, dass du ihm bei seiner Suche geholfen hast, und hält dich für eine Prinzessin. Wenn du mich einen Moment entschuldigen würdest, ich muss ihn wegbringen, bevor er sich wieder einnässt. Ich werde in ein paar Minuten zurück sein. Bei meinen Freunden bist du in Sicherheit. Ich denke, wir werden deine Hilfe sehr gut gebrauchen können. Und deine Freundschaft, Autumn.«

Ihre Miene ließ sich leicht zuordnen. Sie errötete. Es war erstaunlich, wie ihre Wangen Farbe bekamen, und ließ sie lebendig aussehen, noch lebendiger als zuvor. Sie war peinlich berührt. Als hätte ich ihren *Spitznamen* anstelle der richtigen Version verwendet. *Autumn* statt *Last of Autumn*. Aus linguistischer Sicht kein Hexenwerk.

»Ich meine ... Last of Autumn.«

Sie nickte förmlich und senkte dann den Kopf.

Ich folgte Volman zurück auf den Hügel. Tanner wollte mitkommen, aber ich winkte ab und zuckte mit den Schultern, als hätte ich keine Ahnung, was los war. Was nicht der Fall war. Ich wusste besser als jeder andere, was mir bevorstand. Außer vielleicht der Command Sergeant Major.

Tanner blieb zurück und schaute mir nach.

»Es ist Zeit, Junge«, murmelte der Command Sergeant Major, als ich an ihm vorbeiging.

KAPITEL 28

Es war ja nicht so, dass ich die eindeutigsten Anweisungen bekommen hätte. Und ich konnte mir gut vorstellen, wie alles schiefgehen konnte, wenn ich die Blicke gerade falsch gedeutet hatte. Das sagte ich mir, während ich Volman folgte, der sich jetzt schnell bewegte, schwer atmend durch das Unterholz stapfte und über zerstückelte Leichen stolperte. Er redete ununterbrochen darüber, was wir als Nächstes tun würden. Was wir erreichen würden, jetzt, da die Dinge endlich nach seinen Vorstellungen liefen. Wir würden mit einer Unbekannten losziehen, in der Hoffnung, dass sie eine Freundin sei, sodass Volman »die Kontrolle über die Situation übernehmen« konnte, so seine Auffassung. Er hatte sogar Pläne für eine Botschaft. Davon plapperte er die ganze Zeit vor sich hin.

Er war zweifellos verrückt geworden.

Er hatte Wahnvorstellungen.

Der Mann war übergeschnappt. So viel war klar.

Und das machte ihn gefährlich für uns. Für die Mission. Für unser Überleben. Gefährlicher, als er es gewesen war, als der Sergeant Major mir zum ersten Mal gesagt hatte, ich solle ihn *in den Ruhestand schicken*. Es war eine Sache, zu versuchen, sich unter die Ranger zu mischen und Uneinigkeit zu schüren. Mit ein paar Punkten hatte er durchaus recht. Die Dienstzeit von allen war abgelaufen.

Technisch gesehen seit zehntausend Jahren minus ein paar Zerquetschte. Mit genügend Zeit hätte er die Querulanten ausfindig gemacht und allen das Leben erschwert. Zumal es so aussah, als ob wir das hier nur durch Zusammenhalten überleben würden.

Was auch immer *das hier* war.

Als wir zum Hügel zurückgingen, erklärte mir Volman, dass ich nicht mehr in der Army sei, sondern als offizieller Mitarbeiter des Außenministeriums abgestellt wurde und nun ihm und nur ihm unterstellt wäre. Damit wäre ich Gehaltsklasse GS-4. Er beförderte mich also ohne großes Zeremoniell und sagte mir, ich sei ihm etwas schuldig. Sehr viel. Er klang halb wütend. Wenn nicht sogar richtig wütend.

Er drängte sich durch das Gebüsch und die Bäume, ohne sich um die verunstalteten Orks, Trolle, Riesen und anderen missgestalteten Bestien zu kümmern, denen ich noch gar nicht begegnet war. Es war, als würde man durch eine Leichenhalle gehen, die sich in ein Gruselkabinett verwandelt hatte, das von zwielichtigen Schaustellern mit einem sehr kranken Sinn für Humor betrieben wurde.

Das war eine ganz neue Art von Katzenjammer.

Volman stand etwa fünf Meter vor mir. Ich hatte mein Gewehr umgehängt, zog leise die Pistole des Sergeant Majors und schraubte den Schalldämpfer an, als er sich plötzlich mit großen Augen umdrehte und sich hinter einen größtenteils zersplitterten Baumstamm plumpsen ließ, der irgendwann in der Nacht zuvor von einer Mörsergranate getroffen worden war. Wir hatten eine kleine Lichtung erreicht, die unter Beschuss geraten war, als die Lage verzweifelt aussah.

Das tat sie noch immer.

Ein abgetrennter Arm lag im Sand, aber er schien ihn nicht zu bemerken. Er war nicht menschlich. Riesig, muskulös, grün. Ein mit Stacheln besetzter Lederhandschuh, der abgesehen vom Blut tadellos aussah.

Und ich stand da mit einer schallgedämpften Pistole in der Hand und starrte Volman an. Meine Absichten waren offensichtlich.

Oder zumindest wären sie das für mich gewesen, wenn ich mich plötzlich paranoid und gestresst umgedreht und einen Kerl mit einer schallgedämpften Pistole gesehen hätte, der ein paar Meter hinter mir stand. Mir wäre klar gewesen, dass ich gleich angegriffen werden sollte. Ermordet. Getötet. Zwangspensioniert. Aus dem Weg geräumt. Ziemlich offenkundig. Da ich allerdings der Auftragskiller schlechthin war … stellte ich natürlich sicher, dass ich alle meine Karten ausspielte, bevor ich den Abzug drückte. Wie zum Beispiel mit einer geladenen, schallgedämpften Waffe direkt vor der Zielperson zu stehen, die genau sehen kann, was als Nächstes passieren wird. Sie wissen schon, wie die Profis eben.

Da stand ich also, auf frischer Tat ertappt.

Und er entschied sich, den Ernst der Lage einfach zu ignorieren.

Er hat sich nur für eine kurze Pause auf den Baumstamm gesetzt und sofort sein iPhone gezückt. Verloren in seiner endlosen Welt der Bildschirme. Wütend hämmerte er mit beiden Daumen auf die digitalen Tasten ein.

Wir waren ungefähr einen halben Kilometer von den anderen entfernt. Vom Team unten am Fluss. Von den Leuten auf dem Hügel. Es wimmelte nur so von Fliegen, und der Tag war heiß und wurde immer heißer, wie wir es seit unserer Ankunft nicht erlebt hatten. Volman wischte sich den Schweiß von der Stirn, während er eine Checkliste für die diplomatischen Beziehungen zu Autumns Leuten erstellte, zumindest soweit ich sein Gemurmel verstehen konnte.

»Hat sie gesagt, wie sie heißt?«, fragte er scharf und wartete die Antwort nicht ab, bevor er eine weitere Frage stellte, ohne vom Display aufzublicken. »Hat sie gesagt, wie ihr Volk heißt? Wir müssen anfangen, sie für unsere Ziele zu gewinnen, wenn wir uns hier einnisten wollen. Das hat oberste Priori…!«

Ich drückte ab.

Er hatte mich mit der Pistole gesehen, also ging ich davon aus, dass sein Hirn eins und eins zusammenzählen würde. *Hey, der Typ mit der schallgedämpften Pistole hat gerade auf mich geschossen. Ich hätte nicht gedacht, dass er das tun würde. Aber, na ja, ist wohl so.*

Doch sein Blick besagte etwas anderes.

Er schaute einfach nur überrascht. Das war nicht Teil des Plans, den sein fiebriger Geist ersonnen hatte. Das war in seinen Augen keine Option.

Aber da hatte er sich geirrt.

Ich hatte ihm nicht in den Kopf geschossen. Ich wollte nicht das Risiko eingehen, ihn selbst aus nächster Nähe zu verfehlen. Meine Hand, die die Pistole des Sergeant Majors hielt, hatte die ganze Zeit gezittert. Ich hatte kein Vertrauen in mich. Und wenn ich mich in diesem Tatsachenbericht jetzt ruhig anhöre, wie ein cooler Attentäter, so war ich es damals nicht. Glauben Sie mir. Mein Mund war trocken, und ich war kurz davor, ohnmächtig zu werden oder mich zu übergeben … Kurz bevor ich ihn erschoss.

Falls ich cool wirkte, lag das nur an der Müdigkeit. Ich war gerade apathisch genug, um das jetzt zu tun.

Also zielte ich mit der Waffe auf seine Brust und feuerte, während er plante, die Welt auf Kosten aller anderen zu erobern.

Zuerst dachte ich, ich hätte ihn verfehlt, denn die Kugel warf ihn nicht um oder zurück, wie man es aus Filmen kennt. Oder bei den Pappkameraden auf dem Schießstand. Er saß einfach nur da. Und dann konnte ich sehen, wie sich Blut auf seinem L.L.-Bean-Abenteurerhemd ausbreitete, und ich beobachtete, wie er zu mir aufsah, den Mund verzog, als wollte er schreien, aber er tat es nicht. Konnte es nicht.

Das iPhone fiel in den Sand.

Und ich wusste, dass es richtig war, das zu tun. Ich beschloss in diesem Moment, dass ich diesen »Ich habe Gewissensbisse wegen der schlimmen Dinge, die ich getan habe« - Bullshit nicht mehr mitmachen würde.

Also ordnete ich das unter der Rubrik »*Akute Notwendigkeit*« ein, um mich nicht schlecht zu fühlen.

Und ich erinnerte mich daran, wie knapp es gestern Abend gewesen war. Und dass ich einer der Toten sein könnte. Dass ein paar Ranger zusammen gekämpft hatten und heute Morgen noch am Leben waren und mit den Körpern ihrer Feinde Weitwurf spielten, das musste doch etwas wert sein.

Volman war auf die Knie gesackt und öffnete und schloss immer noch lautlos den Mund, als ich noch zweimal feuerte. Meine Hand war jetzt ruhiger. Der erste Schuss traf den oberen Brustkorb links der Mitte. Die Stelle, wo das Herz und die großen Arterien sind.

John hatte das als Pumpe und Rohre bezeichnet.

Das war stets die beste Wahl.

Ich glaube, Volman war bereits tot, als ich ein paar Sekunden später den nächsten Schuss abgab. Er lag am Boden. Das Gesicht war zum Glück dem Sand zugewandt. Ich schoss ihm ein letztes Mal in den Hinterkopf und betrachtete das Thema als erledigt.

Dann drehte ich mich um und ging zurück zum Flussufer, wo der Sergeant Major und der Captain warteten. Und Autumn.

Aber das war nicht ihr Name. Ich hatte einfach angefangen, sie in meinem Kopf so zu nennen. Und das hatte eine starke Reaktion bei ihr hervorgerufen.

Last of Autumn.

Sie hatte gesagt, dass ihre Leute sie so nannten. Als wären sie … ich weiß nicht … als wären sie Indianer, die einst die amerikanische Prärie durchstreiften. Edel und wild zugleich.

Der beim Büffel steht und *Sitting Bull*. Als wären sie etwas Besonderes und Nomaden zugleich. Wir hätten den Versuch unternehmen sollen, sie besser zu verstehen. Vielleicht hätten sie das dann ebenfalls getan. Das hätte beiden Seiten viel gebracht.

Ich schaute nicht zu Volman zurück. Aber ich wusste es. Er war das Gegenteil von ihr. Und was ich getan hatte, war notwendig.

KAPITEL 29

Wie versprochen. Die ungeschminkte Wahrheit.

KAPITEL 30

Auf dem Rückweg zum Flussufer nahm ich den Weg durch die Senke in der Nähe von Sergeant Kurtz' alter Stellung, schon allein, um den Fliegen zu entgehen, die in der aufsteigenden Hitze des Tages dort oben, wo die meisten Leichen lagen, besonders aktiv waren. In diesem Moment stieß ich auf den vergessenen und verlassenen Jabba. Unseren Gefangenen. Den ich für den Sergeant Major verhört hatte.

Der kleine Goblin saß niedergeschlagen in der Senke. Ganz allein. Er hatte es nicht geschafft, sich von den Kabelbindern und Ketten zu befreien, mit denen er gefesselt worden war, und keiner seiner Kameraden hatte sich die Mühe gemacht, ihm vergangene Nacht während des Angriffs zu helfen, als der größte Teil der Insel in ihrer Gewalt gewesen war. Vielleicht haben sie ihn hier in der Dunkelheit gar nicht gesehen. Armer Jabba.

Er sah mich die Schneise entlangkommen und beobachtete mich misstrauisch, während er sich gegen das massive Stück Totholz in dem mit Felsen bedeckten, trockenen Bachbett kauerte. Ich konnte sehen, dass er auf jede erdenkliche Weise versucht hatte, sich zu befreien. Aber vergeblich.

Ich näherte mich ihm behutsam.

»Wie kommt es, dass dich dein Stamm nicht hier rausgeholt hat?«

Ich fragte das zuerst auf Arabisch und versuchte es dann noch einmal auf Türkisch. Ich glaube, er hat beides verstanden, denn er zuckte mit den Schlappohren, von denen eines in einer längst vergangenen Schlacht verletzt worden war. Der Blick seiner Knopfaugen war von Misstrauen geprägt. Sie waren groß und braun, und die frühere Bösartigkeit war nun verschwunden. Auf eine gewisse Weise wirkten sie fast melancholisch. Nachdenklich. Resigniert. Als ob er auf ein Urteil wartete und vermutete, dass ich hier war, um es zu verkünden. Wie ein Hund, der drei Tage zu lange im Zwinger ausharren musste.

Die bittere Erkenntnis, dass er seinem Schicksal ausgeliefert war. Das war's. Es hatte fast etwas Menschliches, das in dem Gesicht des kleinen Monsters zu sehen.

»Nicht mehr Attacka. Sklave jetzt. Sugburahshazz sagen … sagen, Jabba jetzt Sklave von Sugburahshazz und Howling Rock Clan. Sug sagen … er zurückkommen, wenn alle tot, und markieren Jabba mit heißem Dolch. Dann Jabba nicht mehr Krieg. Jabba dienen Sugburahshazz. Jabba leben, bis großer Topf Futter will. Dann …«

Er streckte die Krallen aus. Als wollte er sagen: *Und dann war's das.*

Ich sah ihn einen langen Moment lang an und versuchte, nicht darüber nachzudenken, was ich gerade getan hatte, denn es geschah zwar aus den richtigen Gründen, war jedoch moralisch nicht zu rechtfertigen. Dennoch gehörte es zu den Dingen, die getan werden mussten. Daher habe ich es getan.

Ich würde damit leben können. Gut sogar.

»Ich glaube nicht, dass … Sugbur …«

»Sugburahshazz«, ergänzte das kleine Wesen. »Sugburahshazz Anführer von Kriegsclan. Sein großer Gobbie. Größer als Nomashahazz, die Krummnase. Groß. Größer als alle.«

Er schien fast stolz darauf zu sein. Dass es große »Gobbies« gab, auch wenn er es nicht war. Es spendete ihm momentan Trost, und er tat mir leid. Denn ich glaube nicht, dass die anderen, die er genannt hatte, jemals mit so etwas wie Stolz an ihn gedacht hatten. Das war nur eine Vermutung. Aber ich wette, sie war richtig.

»Ich glaube nicht, dass er zurückkommen wird, Jabba.«

Ich blickte in Richtung des Hügels und erinnerte mich an all die toten Feinde, an denen wir auf dem Weg hinunter zum Fluss vorbeigekommen waren. Sogar hier, in der trockenen Senke, konnte ich die Massen von Ungeheuern riechen, die dort draußen niedergemäht, durchschossen, in die Luft gejagt, mit Mörsern beschossen und auf jede andere erdenkliche Art und Weise von den verzweifelten Rangern zu Tode gebracht worden waren.

Sugburahshazz und der Rest des Clans wurden wahrscheinlich gerade zum Orkweitwurf benutzt. Falls sie es überhaupt so weit geschafft hatten.

»Nicht zurückkommen?«, fragte Jabba leise.

Ich schüttelte den Kopf. »Ich glaube nicht.«

»Du lassen Jabba sterben?«

Wieder schüttelte ich den Kopf.

Er schloss die Augen und entblößte dann seinen Hals. Es war offensichtlich, dass ich ihn seiner Kultur entsprechend jetzt aufschlitzen sollte. In Anbetracht der Reißzähne der Orks und der nadelscharfen Zähne der kleineren Goblins, rissen sie einem wahrscheinlich eher einfach die Halsschlagader auf. Ich tippe mal, das ist ihre bevorzugte Hinrichtungsmethode.

»Was hältst du davon, Jabba …«

Er öffnete ein großes wässriges Auge und starrte mich an. Der Hals war immer noch entblößt und versteift. Sein footballförmiger Kopf und die Ohren neigten sich von mir weg.

»Ich lasse dich am Leben«, bot ich an.

Jabba blinzelte mit beiden Augen, ließ den Kopf herumschnellen und schnüffelte. Seine Ohren zuckten, und seine Zunge zuckte wie bei einer Schlange hervor.

In diesem Moment kam mir ein Gedanke. *Er ist so etwas wie ein Haushund.* Ich hatte eigentlich vorgehabt, ihn einfach zurücklassen, bis er herausfindet, wie er sich befreien kann, aber dann dachte ich … vielleicht könnte ein Akt der Barmherzigkeit das, was ich gerade getan hatte, wieder gutmachen. Das, was ich zu ignorieren versuchte und was mir im Hinterkopf herumschwirrte.

Und ich dachte auch, wenn er wie ein Hund ist … dann könnte ich ihn vielleicht … nur vielleicht … abrichten. Außerdem war er eine Informationsquelle. Auf seine eigene Art wusste er viel mehr als wir über diese nicht-ganz-so-schöne neue Fantasywelt, die uns umgab. Er wusste etwas über die Spieler und die Standorte der Feinde. Und wer von uns konnte das schon von sich behaupten? Feinde der »Gobbies« entpuppten sich möglicherweise als Freunde der Ranger.

»Du machen Jabba Sklave?«, fragte das kleine Wesen verzweifelt.

»Nein«, antwortete ich. »Du bleibst nur an der Kette, bis ich dir vertraue. Du trägst die Ausrüstung. Wenn du den Rangern hilfst und dich benimmst, gebe ich dir zu essen und beschütze dich vor allen. Abgemacht?«

Jabba nickte energisch. Dann hielt er inne, als ihm ein neuer Gedanke kam. Ein neuer Gedanke, der einen Schimmer von Schalkhaftigkeit über seine fast comichaften Züge huschen ließ. Man konnte an seinem ausdruckstarken Gesicht erkennen, wie er sich dessen bewusst wurde, was ihn als Belohnung für seine Dienste erwarten würde. Und dass es ihm sehr wichtig zu sein schien.

»Jabba mehr ... Mondgott-Trank? Für helfen Ranjers?«, flüsterte er, als würde er über etwas Hochheiliges sprechen.

Jeder Muskel in seinem Körper spannte sich erwartungsvoll an. Sein Körper war ein einziges Fragezeichen. *Darf ich, darf ich, bitte?*

»Ja«, sagte ich. »Es ist noch etwas übrig. Sei brav ... und sag mir alles, was ich wissen will ... Keine Lügen. Und es gibt noch mehr Mondgott-Trank für Jabba.«

»Ja, ja, ja«, keuchte Jabba, plötzlich atemlos. »Jabba machen alles. Alles, was Krieger will. Stehlen, töten, abstechen mit Grüngift. Jabba machen alle Tricks für Soldatenmann. Mondgott-Trank jetzt für Jabba Jabba?«

Ich schüttelte den Kopf.

Er hatte zweimal seinen eigenen Namen benutzt, und ich fragte mich, was das zu bedeuten hatte. Ich lernte gerade eine Menge über Goblins. Und von diesem hier würde ich eine hautnahe und persönliche Einzellehrstunde über sie bekommen. Wenn das mal nicht nützlich für das Kommandoteam war.

»Nein. Nichts von alledem, Jabba. Nur schleppen und artig sein. Nicht stehlen ... oder töten ... oder vergiften. Keine Tricks. Nur Informationen. Den Rangern helfen. Dann gibt es eine Cola ... äh, ich meine ... Mondgott-Trank.«

KAPITEL 31

Ich ließ den eifrigen kleinen Goblin zurück und machte mich auf den Weg zum Flussufer. Als ich aus dem dichten Gestrüpp am Ufer hervorkam, war das kleine Rangerteam immer noch in einem groben Kreis formiert, um Ausschau zu halten und die Sicherheit zu gewährleisten. Der Captain unterhielt sich über sein Funkgerät mit anderen Elementen der Kompanie. Ich hatte das Gefühl, dass ein Befehl in der Luft lag. Mit anderen Worten, der Captain bereitete alle auf unseren nächsten Einsatz vor. Ich hatte keine Ahnung, ob wir mit dem wenigen, was uns noch geblieben war, ausharren und kämpfen oder abhauen sollten.

Der Sergeant Major untersuchte gerade Autumns Pferd. Die Elfe stand nachdenklich in der Nähe, wartete und beobachtete, was wir als Nächstes tun würden. Offensichtlich war sie über die aktuelle Situation beunruhigt. Ich wandte mich an den Command Sergeant Major und flüsterte ihm leise zu: »Alles erledigt, Sergeant Major.«

Er sah zu mir auf, während er die Flanke des Pferdes streichelte, und einen Moment lang war ich mir nicht sicher, ob er wusste, was ich meinte. Deep State Volman war im wohlverdienten Ruhestand. Beseitigt. Tot. Er redete weiter leise mit dem Schecken und sagte ihm, er solle keine Angst haben. Offensichtlich kannte er sich mit Pferden aus.

»Was ist erledigt?«, fragte er nach einem Moment geistesabwesend und studierte den Hals des Tiers. Er flüsterte ihm immer noch etwas zu. Sagte ihm, dass es ein schönes Pferd sei. Und dass es nichts zu befürchten hatte. Die Ohren des Pferdes zuckten in der Hitze, und ich spürte, dass es dem Sergeant Major nicht ganz glaubte, aber es ertrug die aufmunternden Worte geduldig, wenn nicht gar stoisch. Weil es das wollte. Sicherlich konnte es den Tod in der Luft riechen.

Ich lehnte mich nahe heran.

»Deep State, Sergeant Major. Im Ruhestand.«

Es schnürte mir die Kehle zu, als ich mich plötzlich fragte, ob ich einen schrecklichen Fehler gemacht und versehentlich jemanden umgebracht hatte, weil seine Worte falsch bei mir angekommen waren. Hatte ich überreagiert und die Situation falsch eingeschätzt? Das wäre übel. War ich zu weit gegangen, viel zu weit sogar, indem ich die Sache selbst in die Hand genommen hatte? Was, wenn ich tatsächlich eine Art Soziopath war, unfähig, andere Menschen zu lesen, und ich …

… nun, ein Problem auf die Art und Weise gelöst hätte, wie Soziopathen gewöhnlich Probleme zu lösen pflegen.

Was, wenn ich das Monster war?

»In Ordnung, Talker«, erwiderte der Sergeant Major über den Rücken des Pferdes hinweg. Meine Atmung normalisierte sich langsam wieder. »War nur eine Frage der Zeit«, fuhr der ranghöchste Unteroffizier so leise fort, dass es niemand hören konnte. »Alles in Ordnung?«, erkundigte er sich nach einer Sekunde, sah mir direkt in die Augen und schien nach etwas Ausschau zu halten. Gewissensbissen, Schuldgefühlen, einem Psychopathen?

Ich nickte und trat einen Schritt zurück. Sein kurzes Kopfnicken gab mir zu verstehen, dass ein bisschen von allem darin liegen könnte. Was wahrscheinlich normal war und bedeutete, dass ich wahrscheinlich kein Psychopath war.

Einen Moment später kam Captain Messerhand herüber, nachdem er sein Gespräch mit der Einheit auf dem Hügel beendet hatte. Er unterstrich mit seiner sagenumwobenen Messerhand seine Sätze. Bekräftigte seine Anweisungen

»PFC«, sagte er zu mir. »Sie müssen sie begleiten.« Er streckte seine Messerhand in Richtung Autumn aus. Last of Autumn. Das musste ich mir merken. Ich wollte keinen schwerwiegenden kulturellen *Fauxpas* begehen, keine peinliche oder taktlose Handlung oder Bemerkung in einer gesellschaftlichen Situation, die jeden Elfen in dieser verrückten Welt gegen uns aufbringen würde, nur weil ich die erste Botschafterin, die uns begegnet war, nicht richtig angesprochen hatte. Im Französischen bedeutet *»faux pas«* wörtlich übersetzt *Fehltritt*. Wer wusste schon, in was für einen politischen Schlamassel wir da hineingeraten würden und wie schnell sich die Dinge ins Gegenteil verkehren konnten, wenn wir nicht alles richtig machten? Allerdings hatten wir es hier mit knurrenden, blutrünstigen Orks zu tun und mit eindeutig gut bewaffneten und gerüsteten Elfen, die zumindest eine Art von Kavallerie besaßen.

Das sind die Dinge, über die ein Linguist sich so den Kopf zerbricht, wenn er sich inmitten von konkurrierenden Kulturen wiederfindet. Und wenn ich »*Kopfzerbrechen*« sage, dann meine ich eigentlich »*fürchten*«.

Sich fürchten, die eh schon angespannte Lage noch angespannter zu machen.

»Kein Problem, Sir«, sagte ich zum Captain und ging zu Autumn, um die Dinge wieder in Gang zu bringen, nachdem Volman kein Thema mehr war. Korrigiere … Last of Autumn. Wenigstens das habe ich richtig hinbekommen, als ich das Gespräch mit ihr wieder aufnahm.

Langer Rede kurzer Sinn: Sie konnte uns helfen. Sie konnte uns nicht nur in das Gebiet ihres Volkes bringen, sondern wollte es auch. Aber wenn wir das angehen wollten, dann mussten wir uns beeilen. Das Tageslicht rann uns durch die Finger, und die »dunklen Mächte« – ihre Worte – beherrschten die Nacht. Sie benutzte das koreanische Wort für *Dunkelheit* und das mittelhochdeutsche Wort für *Macht*.

Eoduun Maht.

Ein Lichtblick war, dass sie Wege kannte, wie uns die Orks nicht durch die »Nachtzeiten« folgen würden.

Ich ging zurück zum Captain und berichtete von ihrem Angebot. Und dann stand ich da und hörte zu, was der Sergeant Major und der Captain besprachen. Der Sergeant Major schilderte unsere Lage.

»Wie ich bereits sagte, Sir«, begann er, »ist diese Stellung jetzt nicht länger haltbar. Die Lage ist nicht gerade rosig – laut Statusberichten ist jeder Ranger nur noch zu fünfzig Prozent kampffähig. Wir konnten drei Carl-Gs aus dem Flugzeug bergen. Wir haben keine Munition mehr, und die Mörserteams sitzen ebenfalls auf dem Trockenen. Sie sind jetzt im Grunde nur noch überqualifizierte Gewehrschützen, Sir. Das ist die Lage. Wir können diesen Ort nicht annähernd so halten wie letzte Nacht. Uns würde noch während der ersten Welle die Munition ausgehen. Dann heißt es, Äxte und Schwerter, Sir. Ich schlage vor, wir bauen uns ein paar Flöße und fliehen zu Wasser, dann greifen wir von da aus an. Darin sind die Ranger Meister, und es wird etwas Abstand zwischen uns und dem Feind schaffen. Was bei Einbruch der Dunkelheit eine gute Sache wäre, Sir.«

Der Captain schwieg. Mit gesenktem Kopf lauschte er und musterte den Dreck unter seinen Stiefeln. Als hätte er einen unsichtbaren Sandkasten da unten, der ihm genau das zeigte, was der Command Sergeant Major beschrieb. Die ungeschminkte bittere Wahrheit über unsere missliche Lage. Und alles, was er auf dieser imaginären Geländekarte sah, bestätigte, was ihm gesagt wurde.

Es sah nicht gut aus.

»Captain«, fuhr der Sergeant Major fort. »Diese Männer sind Profis. Meisterschützen. Kämpfer. Wahre Ranger. Auch wenn nur die Hälfte von ihnen das Abzeichen trägt, leben sie doch alle die Schriftrolle, und das ist es, was zählt. Aber sie sind nicht in der Lage, effektiv zu kämpfen, und damit meine ich den Nahkampf, wie ihn die alten Griechen und Römer führten. Wie die Kräfte, denen wir gegenüberstehen. Wenn wir das versuchen, dann wir das trotz all unserer Schießkünste ein sehr kurzer, sehr einseitiger Kampf. Ehrlich gesagt, Sir … bin ich der Meinung, dass wir das Feld räumen und uns irgendwo verkriechen sollten, bis wir uns über die aktuellen Ereignisse im Klaren sind und eine Art von Schlachtplan aufgestellt haben. Ich persönlich bin dafür, diesen rotznäsigen SEAL zu finden und ihm die Kehle durchzuschneiden, bevor wir unsere Schmiede mit maximaler Gewalt zurückerobern. Aber … vielleicht bin ich bei diesem Thema auch etwas befangen, Sir.«

Der Captain dachte eine Sekunde darüber nach und nickte dann. »Ich stimme mit Ihrer Einschätzung überein, Sergeant Major. Das Problem ist, dass wir keine Ahnung haben, wohin dieses … Mädchen …« er deutete auf Last of Autumn, »uns führen wird. Sie sagt …«

Er sah zu mir hinüber.

»PFC, meinte sie nicht, wir wären einen vierundzwanzigstündigen Marsch von ihren Freunden entfernt?«

Ich bestätigte mit einem Nicken.

»Das sind vierundzwanzig Stunden Marsch durch feindliches Gebiet, Sergeant Major, ohne eine Vorstellung von der effektiven Kampfstärke unserer potenziellen Verbündeten zu haben, mit denen wir uns treffen werden. Ich sehe hier keine klare Vorgehensweise. Korrigieren Sie mich, wenn ich falsch liege, Sergeant Major. Wenn wir hingegen den Fluss nehmen, sind wir ungeschützt und bewegen uns ins Ungewisse – und, wie es scheint, weg von unseren Verbündeten.«

Keiner der beiden Männer sagte etwas.

Und dann tat ich etwas Dummes. Ich ergriff das Wort.

»Sir. Command Sergeant Major. Ich weiß, ich sollte nichts dazu sagen, aber-«

»PFC«, hielt mich Captain Messerhand auf, bevor ich weitersprechen konnte. »Ich bin mir Ihrer Fähigkeiten bewusst, und da Sie im Moment der Einzige sind, der mit einem möglichen Verbündeten kommunizieren kann, möchte ich jede sachdienliche Einschätzung, die Sie haben, nutzen, um eine Entscheidung zu treffen, die sich auf unser aller Zukunft auswirken wird. Denn auch wenn diese Stellung schwer zu halten sein könnte, so halten wir sie zumindest im Moment. Wir ziehen da raus und kämpfen, weichen aber aus, wo wir können. In der Dunkelheit, wie ich hinzufügen möchte. Wir nehmen alles mit, was wir an Vorräten aus dem Flugzeug haben. Und unsere

Verwundeten. Das ist keine gute Ausgangslage für den Kampf. Vor allem, wenn man kein klares Ziel vor Augen hat. Keine Aufklärung. Keine Informationen. Nichts.«

Er sah mich an. Und dieser Blick gab mir zu verstehen, dass ich besser etwas Wertvolles zu sagen hatte, denn er war geneigt, hier auf der Insel zu bleiben und den Feind so lange zu töten, bis wir ihn davon abgebracht hatten, uns weiter zu belästigen.

»Fahren Sie fort, PFC.«

Ich schluckte schwer und spürte, wie meine Kehle staubtrocken wurde, als ich eben antworten wollte, denn nichts lässt einen hartgesottenen Berufssoldaten weniger überzeugend wirken als ein spontaner Stimmbruch vor einem Ranger Captain. Dann fiel mir auf, dass ich mich nicht daran erinnern konnte, wann ich das letzte Mal etwas getrunken hatte. Ernsthaft … Ich brauchte einen Kaffee. Ich hätte für Kaffee getötet.

Dann dachte ich an Volman, der tot zwischen den Orks lag, unter denen ich ihn verborgen hatte.

Und der Gedanke war nicht mehr so lustig wie zuvor. Das mit dem *Töten für Kaffee*.

Trotzdem hätte ich in diesem Moment für einen frisch gebrühten Pour-over-Kaffee in einem Hipster-Coffee-Shop getötet. Zumindest einen Ork. Darauf könnte ich mich einlassen.

»Sir«, sagte ich, »sie scheint aufrichtig zu sein. Und irgendwie … Ich weiß nicht … gut, falls das etwas zählt. Als wäre sie nur hierhergekommen, um uns zu helfen. Ich kann erkennen, dass sie und ihre Leute wahrscheinlich auch Hilfe brauchen. Es würde mich nicht wundern, wenn sie in der gleichen Situation stecken wie wir. Ich habe zwar keine Ahnung, wozu ihre Leute fähig sind, aber … Sehen Sie nur richtig hin. Das Pferd ist gesund und in guter Verfassung. Sie trägt eine geschmiedete Rüstung, was auf ein höheres technisches und kulturelles Niveau als das unserer Angreifer hindeutet. Und sie sagt, ihr Volk kennt Orte, wo die Orks nicht hinkommen können. Im Moment … klingt das so, als sollten wir besser dort sein, Sir.«

Und dann hielt ich den Mund und trat einen Schritt zurück, um zu signalisieren, dass ich nichts Dummes mehr zum Gespräch beizutragen hatte und es mir zutiefst leidtat, dass ich sie unterbrochen hatte, vor allem, wenn der Sergeant Major kurz davor war, mich wegen des schweren und unverzeihlichen Vergehens, ungefragt während einer Besprechung des Führungsstabs dazwischenzureden, zu Tode zu drillen.

»Talker hat recht, Sir«, murmelte der Sergeant Major und verschränkte nach einem Moment nachdenklich die langen Arme. Dann betrachtete er das Pferd der Elfe. »Ich erkenne ein gutes Pferd, wenn ich eines sehe, Sir. Und das ist eins. Gut behandelt und gut gepflegt. Das Pferd ist sehr unruhig wegen all dem hier. Das bedeutet, dass ihm die vielen Leichen nicht behagen. Oder die Gerüche, die der Wind von der anderen Seite des Flusses herüberweht. Und noch etwas … Sehen Sie sich das Mädchen mal genau an.«

Dieser Aufforderung kamen wir alle gerne nach.

»Die Fliegen kommen nicht in ihre Nähe, Captain«, fuhr der Command Sergeant Major fort. »Sie hat etwas an sich, eine Aura. Ich weiß nicht, was es ist … aber im Moment ist sie unsere einzige Verbündete, Sir. Und wie ich schon sagte, jetzt, wo wir die Schmiede verloren haben, sind wir auf das angewiesen, was uns noch geblieben ist. Das reicht vielleicht für ein Feuergefecht. Hinzu kommt, dass die Männer unter vier Tagen Schlafentzug leiden und mit einer Ration pro Tag auskommen müssen, außerdem erreichen wir in der Tat einen akuten und kritischen Leistungsabfall. Wenn wir an einen sicheren Ort gelangen, können wir vielleicht einen Plan ausarbeiten, um die Schmiede von diesem SEAL zurückzuerobern, Sir. Aber im Moment … sind wir zu nicht viel mehr fähig, als tapfer an Ort und Stelle zu sterben. So sehe ich die Fakten, Sir.«

Der Captain senkte den Kopf, wandte sich von uns ab und starrte wieder auf den unsichtbaren Sandkasten unter seinen Füßen. Er ging durch den echten Sand und das blutbefleckte Gras hinunter zum plätschernden Fluss, der nur ein paar Schritte entfernt war, als ob es dort eine einfache Lösung unserer Probleme geben könnte. Doch es gab keine, und das wussten wir alle. Und ich glaube, jeder war froh, nicht an seiner Stelle zu sein. Nicht die Entscheidung treffen zu müssen, die uns höchstwahrscheinlich alle umbringen würde. Ich für meinen Teil war es jedenfalls.

Einen Moment lang starrte der Captain einfach nur ins Wasser. In ein paar Stunden würde es Mittag sein. Und früher oder später wurde es dunkel.

Dann würden sie kommen.

Schon wieder.

Dem Sergeant Major zufolge hatten wir *nicht mal genug Munition für ein ganzes Feuergefecht.*

Ich für meinen Teil fand das eher ernüchternd.

Wir würden es entweder hier mit ihnen aufnehmen müssen … oder versuchen, ihnen da draußen aus dem Weg zu gehen. Man konnte sehen, dass Captain Messerhand in diesem Augenblick genau das dachte. Es war klar, dass es für den Anführer keine offensichtliche Entscheidung gab, keine Entscheidung, mit der er seine Männer nicht erneut in Gefahr brachte. Auf die eine oder andere Weise würden noch mehr Menschen getötet werden. Vielleicht sogar wir alle, wie eine verlorene römische Legion, die ein wenig zu weit in barbarisches Terra Incognita vorgedrungen und nie zurückgekehrt war. Jenseits des Vertrauten, für immer verschwunden. Auf ewig. So könnte es uns ergehen. Und er sah jeden Hinterhalt, der uns dort draußen erwarten würde, und wusste, dass wir, sobald wir die Insel aufgegeben hatten, keinen Rückzugsort mehr haben würden. Dort draußen wären wir umgeben von Feinden, bis wir einen sicheren Ort erreicht hätten. Falls ein solcher Ort überhaupt existierte.

Aber andererseits … waren wir hier nicht auch umzingelt?

Er drehte sich um und setzte sich den Kampfhelm auf.

»Sergeant Major. Bereiten Sie unseren Rückzug von der Insel vor. Wir werden Patrouillen organisieren und einen Gewaltmarsch im Schleichgang durchführen, mit Flankenschutztrupps, die uns ringsum absichern. Die Späher werden unbemerkt die Lage auskundschaften.«

Dann sah er mich an.

»PFC …« Er starrte mich lange an, als würde er zehn Pläne auf einmal im Kopf durchgehen. Und dann …

»Talker. Sie soll unsere Route beschreiben und versuchen, eine Karte zu erstellen. Die werden wir heute Nacht da draußen brauchen.«

KAPITEL 32

Wir verließen die weitgehend mit grünen Kadavern bedeckte Insel in der Mitte des Flusses in der nautischen Abenddämmerung. Der Anführer der Scouts, Sergeant Hardt, sagte mir, dass dies die perfekte Zeit für einen Pirschgang sei, weil man da am schwierigsten zu sehen ist und die Nachtsicht noch ein wenig zu wünschen übrig lässt.

Die Ranger verbrachten den Tag damit, so viele verwertbare Vorräte wie möglich aus den Trümmern der C-17 einzusammeln und zu organisieren, dann die Verwundeten für den Transport vorzubereiten, sich auszuruhen und die Ausrüstung für den Nachtmarsch bereitzumachen. Wie ich später bei der Einsatzbesprechung erfuhr, waren wir auf der Flucht. Wir würden fast vierundzwanzig Stunden unterwegs sein, tief im feindlichen Gebiet, ohne jede Pause.

Alles, was wir nicht unmittelbar für den Kampf brauchten, wurde in unseren Rucksäcken verstaut. Auch wenn ich geglaubt hatte, ich wüsste, wie ich meine Ausrüstung lautlos einsatzbereit machen konnte, hatte ich in den letzten zwei Stunden auf der Insel festgestellt, dass ich in diesem Bereich noch viel lernen konnte. Sergeant Thor behob die größten Pannen und ließ mich in voller Montur Hampelmänner machen, nur um mir zu zeigen, wie leise man sein kann, während man gleichzeitig aktiv war und beispielsweise herumschlich und Leuten in den Rücken stach. Der Trick ist, eine Menge Panzertape zu verwenden und darauf zu achten, dass alles gut sitzt, aber nicht zu eng. Außerdem verzichtete man auf eine Menge nutzloser Ausrüstung, die zwar cool aussah, aber nichts bewirkte.

Wir bewegten uns schnell und geräuschlos, wobei wir die Regeln der gesunden Distanz anwandten, wie sie für die Fortbewegung im Zusammenhang mit Aufklärungsmissionen gelten. Wir konzentrierten uns auf schnelles Vorankommen. Wir mussten so schnell wie möglich zum Ziel gelangen, aber gleichzeitig war es aufgrund des Zustands unserer Kampftruppen und des aktuellen Munitionsstands wichtig, dass wir dem Feind nicht näher kamen, als wir mussten. Normalerweise hatten wir Späher vorne, hinten und an den Flanken. Aber heute gab es nicht genug Scouts. Ein Spähtrupp weit vorne war alles, was uns zur Verfügung stand.

Die entscheidende Komponente für das Gelingen der Mission war, unsichtbar zu bleiben. Das bedeutete, dass die Tarnung, der Geräuschpegel und die Lichtdisziplin perfekt sein mussten, oder zumindest so perfekt, wie es möglich war. Die Unteroffiziere rieten uns, kein VapoRub mehr zu benutzen, um den Leichengeruch zu lindern, und uns stattdessen Gras und Blätter unter die Nase zu reiben, um den Todesgeruch aus unseren olfaktorischen Sinnesorganen zu vertreiben, sobald wir den Fluss überquert hatten. Wahrscheinlich würden wir den Feind noch riechen können, denn er stank meist sehr streng.

Umgekehrt mussten wir unseren eigenen Geruch überdecken, was bedeutete, dass wir uns in Blättern wälzten und uns so waldig wie möglich machten. Unsere

Crye-Sturmuniformen, die mit Blut und anderen Körperflüssigkeiten bedeckt waren, wurden abgelegt. Der Feind schien einen ziemlich guten Geruchssinn zu besitzen, sodass wir kein Risiko eingehen wollten. Mir kam der Gedanke, dass ich mich mit Jabba zusammentun sollte, um zu sehen, wozu er sensorisch so imstande war.

Ich hatte den größten Teil des Tages damit verbracht, an der Verständigung mit Last of Autumn zu feilen und eine grobe Karte für die Route zu unseren drei Zwischenzielen und unserem Endziel, einem Ort, den sie die »Verborgene Höhle« nannte, zu erstellen. Am Nachmittag kamen der Captain, der Sergeant Major, die Zugführer und Platoon Sergeants zum Flussufer, um die Einsatzbefehle zu erhalten. Last of Autumn und ich gingen mit ihnen die Route durch, die sie mir vorgegeben hatte, und gaben die Wegmarken an, an denen wir uns orientieren würden. Dann traten wir zurück und der Captain erklärte uns, wie wir vorgehen würden.

Wir würden als Patrouille im Gänsemarsch vorrücken. Die Teams würden sich in Zehnergruppen zusammenschließen und sich in Sichtweite zueinander bewegen. Der Abstand zwischen den Teams betrug zwanzig, zwischen den Zügen fünfzig Meter. Die Sichtlinie durfte unterbrochen werden, solange die Kommunikation aufrechterhalten wurde. Die Kommunikation zwischen allen Elementen war während des Vormarsches entscheidend.

Alle außer den Spähern, die sich dreihundert Meter weiter vorne befinden würden, und dem hinteren Sicherheitsteam, das auch die Nachhut bildete, würden prall gefüllte Rucksäcke und zusätzliche Ausrüstung mit sich führen. Alles, was wir nur irgendwie mitnehmen konnten. Antibiotika und Kisten mit allen wichtigen medizinischen

Gegenständen. Mehr Munition. Sprengstoff. Einfach alles. Die Teams waren Packesel, und ein Gefecht sollte um jeden Preis vermieden werden, um sich so schnell und so unauffällig wie möglich zu bewegen. Nur keine Konfrontation. Kontakt mit dem Feind war zu jeder Zeit zu vermeiden. Wenn die Dinge aus dem Ruder liefen, würden wir uns in einem Kampf wiederfinden, aus dem wir uns vielleicht nicht mehr befreien konnten.

Es würde drei Sammelpunkte auf dem Weg zu unserem Endziel geben, und der Captain und der Sergeant Major würden sich ablösen, um diese Punkte mit den Sicherheitsteams vor dem Haupttrupp zu erreichen und dafür zu sorgen, dass die Sammelpunkte sicher waren und sich an Orten befanden, die abseits der ausgetretenen Pfade lagen. Die Nachtsichtgeräte waren größtenteils tot. Die Batteriekapazität erreichte kritisches Niveau. Die Funkgeräte waren noch funktionsfähig, aber die Kommunikation über visuelle Markierungssignale der vorderen Einheiten wurde in den PARN-Plan aufgenommen. Primär-, Ausweich-, Reserve- und Notfallplan. Wir würden die Funkgeräte benutzen, solange sie noch funktionierten, zu visuellen Hand- und Armsignalen und danach zu visuellen Markierungen auf dem Boden oder in den Bäumen wechseln. Schließlich, wenn sonst nichts mehr ging, würde das Geräusch von Waffenfeuer jeden wissen lassen, dass unsere Tarnung aufgeflogen war und dass wir Feindkontakt hatten. In diesem Fall würde das Worst-Case-Szenario in Kraft treten. Die Einheit, die Feindkontakt hatte, sollte diesen halten und hoffentlich allen anderen Teams die Möglichkeit geben, den Feind zu umgehen und in Richtung des Endziels zu entkommen. Wenn sie überlebte, konnte sie sich in Sicherheit bringen, mussten jedoch dafür sorgen, dass nicht die gesamte Gruppe in einen offenen Kampf geriet. Irgendjemand musste es ja schaffen.

Der Captain würde den Rückzug von der Insel überwachen, während der Command Sergeant Major das Hauptkontingent zum ersten Sammelpunkt auf der Spitze eines Passes in den Hügeln nördlich von uns führte. Sollte der Feind uns ausfindig machen und von der Insel verfolgen, würden der Captain, der den verbliebenen Sprengstoff an sich nahm, und eine kleine Gruppe, die die Nachhut bildete, versuchen, dem Rest von uns Zeit zu verschaffen, um den Pass hinaufzukommen und auf der anderen Seite zu verschwinden.

Aber, und Captain Messerhand war sich darüber im Klaren: »Dies ist ein Rückzug. Wir werden uns zurückziehen und einen Kampf vermeiden. Wir tauchen ab.«

Als Nächstes übernahm der Sergeant Major, legte das Signal und die Kommunikation für die Route fest und organisierte den Marschbefehl. Ich war überrascht, als ich erfuhr, dass ich bei den Spähern sein würde, und zwar einzig und allein zu dem Zweck, die Verständigung mit der Elfe zu erleichtern, die uns den Weg zeigen und als unsere einheimische Führerin fungieren würde.

Wir befanden uns bereits auf dem ersten Hügel, der zu der Kammlinie führte, die wir in dieser Nacht überqueren würden, als ich im letzten Licht des ausklingenden Tages zurückblickte und den aufsteigenden schwarzen Rauch des Scheiterhaufens sah, den die Ranger für ihre Toten errichtet hatten, bevor sie sich endgültig von der Insel zurückzogen, um die sie so hart gekämpft hatten. Das war der letzte Punkt des Einsatzbefehls gewesen. Der Wikinger-Abschied. Die Gefallenen hatten dem 75. Ranger-Regiment gedient und gut gekämpft. Jetzt stiegen sie recht buchstäblich in den Himmel. Sie würden nicht vergessen werden, und ihre Namen stehen in meinem Tagebuch unter einem Satz aus dem Ranger-Credo, den ich während meiner kurzen Zeit bei der Grundausbildung gelernt hatte: »Ich werde niemals einen gefallenen Kameraden in die Hände des Feindes fallen lassen.« Daran musste man sich halten, sonst hätte der Sergeant Major riskiert, dass der Korpsgeist flöten geht. Das Credo war alles, was wir jetzt noch hatten, vor allem angesichts der schwindenden Vorräte an Munition, Sprengstoff, Kautabak und, ach ja, Kaffee. Irgendetwas musste diese Truppe zusammenhalten, und genau dafür ist das Ranger-Credo da. Genau deshalb wird es als Mantra bei allen Veranstaltungen und in allen Situationen rezitiert, in denen es angebracht ist – und es ist aus dem einen oder anderen Grund immer angebracht. So sehr, dass viele Ranger Teile davon auf ihren Körper tätowiert, an den Rand ihrer Bibeln gekritzelt oder in Teile ihrer Ausrüstung eingraviert haben. Als der Command Sergeant Major das Feuer entfachte und diese Worte in seinem westtexanischen Dialekt vortrug, nutzte er sie genau für den Zweck, für den sie bestimmt waren.

Sie würden nicht vergessen werden.

Ich betrachtete die schlanke Rauchsäule und sah, wie das hintere Sicherheitsteam im letzten Licht des warmen Tages den Fluss überquerte. Der Frühling war da. Und bald wäre es Sommer.

Ich fragte mich nur, ob wir das noch erleben würden.

KAPITEL 33

Die Spähtrupps der Ranger-Kompanie brachen vor allen anderen auf. Das war die Aufgabe der Späher. Rausgehen und auskundschaften. Feststellen, worauf wir stoßen würden, damit wir es töten oder ihm ausweichen konnten. Ihre Aufgabe war es, das Unbekannte bekannt zu machen, bevor es zu einem Problem wurde. Und natürlich war alles, was uns derzeit umgab, unbekannt.

Die Route, die Last of Autumn für uns ausgearbeitet hatte, war ziemlich einfach, und wenn sie funktionierte, würden wir den Feind schnell hinter uns lassen und uns auf den Weg zu ihrem Volk machen können. Der erste Abschnitt des Marsches war der schwierigste Teil. Dafür gab es zwei Gründe. Der erste Grund war, dass der Feind in den ersten Marschstunden während der Nacht die besten Chancen hatte, uns zu finden und zu vernichten, da wir uns noch näher an unserer letzten bekannten Position befanden. Der zweite Grund war, dass es auf dem Landweg nur bergauf ging. Wir trugen Verwundete und jedes Stück Ausrüstung, das nicht niet- und nagelfest war, auf dem Rücken. Wer wusste schon, was wir brauchen würden, wenn wir am Ziel waren? Also nahmen wir so viel mit, wie wir tragen konnten, ohne die Kampfkraft ganz zu verlieren. Und noch ein bisschen mehr.

Wir überquerten den Fluss vom Westufer aus und machten dann einen kurzen Fußmarsch durch einen mit Leichen übersäten Wald, in dem der Feind sein Unwesen getrieben hatte. Die meisten dieser Gegner waren in der zweiten Nacht durch indirektes Feuer getötet worden. Wir erklommen eine Reihe von Hügeln, die diesen Rand des Flusstals säumten, und nutzten den Bergrücken, um zu einer steilen Schlucht weiter nördlich vorzudringen. Laut Last of Autumn gab es in dieser engen Schlucht einen schmalen Pfad, den die Schattenelfen, Last of Autumns Volk, gelegentlich benutzten, dies aber seit einiger Zeit nicht mehr getan hatten. Der untere Teil dieses Pfades hieß Phasenlinie Fox, der Sammelpunkt auf der Strecke Domino. Wir würden ihn gegen Mitternacht erreichen, wenn wir nicht auf irgendwelche Hindernisse stießen.

Phasenlinie Eagle befand sich auf der Spitze des Passes, entlang dessen der Canyon nach oben führte. Hinter der Passhöhe lag der »Hexenteich«, wie er in Last of Autumns Sprache genannt wurde. Ein kleiner Bach, der dort entspringt, wird schließlich zu einem Fluss, der bergab zu einigen Ruinen in der Ebene darunter führt. Die Ruinen oder, wie sie es nannte, der Palast des Philosophenkönigs, waren der Zielpunkt der Zusammenkunft entlang der östlichen Seite des Flusses. Anschließend würden wir den Fluss hinter uns lassen und den Oberen Karwald betreten, wo sich irgendwo die Verborgene Höhle der Schattenelfen befand .

Im Grunde genommen ging es nach Norden zu den Hügeln, dann ostwärts zur Schlucht, wieder nach Norden entlang eines kleinen Flusses und dann noch mal nach Osten in einen Wald, den sie den Oberen Karwald nannten.

Sie wies darauf hin, dass alles gefährlich sei, bis wir den Karwald erreichten. Ich teilte dies dem Sergeant Major mit. Seine Miene deutete an, dass dies offensichtlich war, er machte sich aber nicht die Mühe, einen Kommentar abzugeben, sondern war reif genug, um zu sagen: »Gut zu wissen«.

Klar, sagte ich zu mir selbst, als ich meinen Rucksack fertig machte, offensichtlich war alles gefährlich. Was habe ich mir nur dabei gedacht?

Sie zeigte uns die Sterne, nach denen wir uns orientieren konnten, und schon bald machten sich die Teams in der zunehmenden Dunkelheit auf den Weg, dicht nacheinander gestaffelt.

Ich war dem Spähtrupp und unserer elfischen Fremdenführerin zugeteilt worden. Das Scout-Team bestand aus fünf Rangern und Sergeant Thor, dem Scharfschützen, der aufgrund seiner Ausbildung und Erfahrung als professioneller Sumpfjäger hinzugezogen worden war. Es gab nur eine Hürde. Während ich mit Autumn am Operationsplan für den Streckenmarsch arbeitete, erinnerte ich mich an Jabba und ging los, um ihn zu holen. Als ich zurückkam und einen Goblin am Ende eines 550er-Seils und mit einer Kette um den Hals hinter mir herschleppte, hatte die Elfe blitzschnell ein Ninjaschwert gezückt und war mehr als bereit, das kleine Wesen damit zu zerstückeln. Komisch, keiner von uns hatte ihre Waffe vorher bemerkt. Und jetzt war sie da und bedrohte uns alle, als ich mich mit dem angeketteten kleinen Jabba näherte, der angesichts dessen, was er als Todfeind ansah, ausflippte. Last of Autumn. Jabba kroch hinter mich, um Deckung und Schutz zu suchen, während sie etwas auf Tolkien-

Elbisch rief, von dem ich nur vermuten kann, dass es so etwas wie *»Stirb, Goblin-Abschaum«* bedeutet.

Sie schien ziemlich wütend zu sein. Und ja, auch jetzt war sie sexy. Auf ihrem Gesicht spiegelte sich pure dunkle Sturmwolkenwut wider, und ich war mir ziemlich sicher, dass es keine angenehme Erfahrung sein würde, dir abzubekommen. Ein paar Minuten später mischte sich der Sergeant Major ein und fragte mich, was zum Teufel ich da täte.

»Das ist unser Gefangener«, sagte ich ihm. »Der, den ich verhört habe, Sergeant Major. Ich nehme ihn mit.«

Der Sergeant Major warf mir einen Blick zu, der vermuten ließ, dass er verblüfft oder beunruhigt war oder beides, weil das feindliche Element immer noch lebte, nachdem die relevanten Informationen extrahiert worden waren und der Nutzen der Kreatur sich damit erschöpft hatte. Aber da wir uns in angenehmer und vor allem offener Gesellschaft befanden, war es klar, dass wir nicht so direkt sein konnten, wie wir es beim Thema des nun verstorbenen Deep State Volman gewesen waren.

Nebenbemerkung: Niemand hatte Volman bis dato erwähnt oder vermisst.

Die Sache wurde schließlich geklärt, als ich erklärte, dass der Goblin bereit war, mit uns zu kooperieren, und uns im weiteren Verlauf der Mission wertvolle Informationen liefern könnte. Aber Last of Autumn wollte nichts mit Jabba zu tun haben, und ihr ganzes Verhalten änderte sich nach dem Vorfall dauerhaft, obwohl ich ihr immer wieder erklärte, dass der Jabba ein *joein* war, also ein Gefangener auf Koreanisch.

Ihr überschäumender Hass auf ihn hatte ihre zarten, ruhigen und schönen Gesichtszüge innerhalb eines

Augenblicks in die eines feurigen Racheengels verwandelt. Eines Racheengel, den ich nur ungern treffen würde, wenn ich auf der falschen Seite der Gleichung und vor der Spitze ihres glänzenden rasiermesserscharfen Ninjaschwerts stünde.

Äußerst interessant, dieses Schwert. Sie war ziemlich schnell damit. Nicht McCluskey-schnell, aber doch auf Ninja-Niveau. Die Waffe war nicht wie die, die die Ranger mitgenommen hatten, um sie zu benutzen, sobald die Munition zur Neige ging. Was sie auf Jabba richtete, sah eher aus wie eine sagenumwobene Waffe. Etwas, das direkt aus einer epischen Erzählung über Schlangen und Wikinger stammte. Aber gleichzeitig auch etwas, mit dem ein todbringender Ronin tausend Samurai auf einem einsamen Rachefeldzug ermorden könnte. Das Schwert war wunderschön und definitiv gut gearbeitet. Ein schickes Teil. Nicht wie McCluskeys schwarzes Schwert, aber doch in der gleichen Kategorie von handwerklicher Finesse. *Frostfeuer*, hatte der SEAL es genannt.

In diesem Moment wollte ich sie fragen, ob sie diesen König Triton kannte, aber … das schien mir kein guter Zeitpunkt zu sein, zumal sie mit einer sehr gefährlichen Waffe herumfuchtelte, mit der sie gerade Gobbie-Blut vergießen wollte.

Sie zischte den Goblin immer wieder an und nannte ihn auf Grausprech einen *»Diener der Finsternis!«*

Jabba schüttelte energisch den Kopf, als wollte er auf dem Polizeirevier erklären, dass er nur *zufällig* mit den Typen unterwegs war, die von den Bullen gesucht werden. Er war die Unschuld in Person, nur mit blutverschmierten Händen.

Jabba brabbelte sogar das Äquivalent von »*Kein Stress*« auf Türkisch.

Es war alles irgendwie lustig. So lange, bis sie jemandem mit der Klinge ein Auge ausstach, und dann wäre wahrscheinlich alles aus dem Ruder gelaufen. Ein paar Jahre später wäre es sicher ziemlich lustig gewesen. Für die Überlebenden, meine ich.

Wie gesagt, alles wurde geklärt, und Tanner wurde herbeigerufen, um sich um den Gefangenen zu kümmern. Ich befahl Jabba, alles zu befolgen, was Tanner sagte, und erklärte Tanner ein paar Sätze auf Türkisch, um den kleinen Goblin herumzukommandieren.

Bei Einbruch der Nacht war der Goblin mit zwei riesigen Seesäcken beladen und trug die zusätzliche Ausrüstung der Waffenabteilung, als wir die Flussinsel verließen. Keine leichte Aufgabe. Sie fütterten ihn mit Essensresten, als wäre er ein Hund, und um ehrlich zu sein, schien der kleine Goblin nicht viel dagegen zu haben. Brumm hatte ihm sogar beigebracht, auf und ab zu springen und sich zu drehen. Sie ließen den Goblin an der 550er-Leine mit einer Kette um den Hals; er sollte sich erstmal auf dem Weg verdient machen. Diese fetten Seesäcke waren brachial schwer. Oh, und außerdem trug er in jeder seiner schlaksigen Klauen eine 7,62er-Trommel. Er war unfassbar, ja, fast schon komödiantisch überladen, aber wie ich schon sagte, schien es ihm nichts auszumachen. Im Gegenteil, er grinste breit. Vermutlich hatte ihn jemand von einem Energydrink probieren lassen, den er mitgeschmuggelt hatte. Nachdem er eine vermutlich fast tödliche Dosis Koffein und Vitamin B12 zu sich genommen hatte, schien der kleine Goblin direkt froh zu sein, bei uns zu sein, was einmal mehr beweist, dass Energydrinks für eine Mission absolut entscheidend sind.

Private Soprano war von Jaspers Team abkommandiert worden, das ausgeschlachtet wurde, um andere Trupps, die Verluste erlitten hatten, aufzufüllen. Soprano war jetzt Specialist Ricos Hilfsschütze.

»Seht euch diesen Kerl an«, sagte der neue zweite Mann an der Waffe lachend. Seine komische italienische Sprechweise war verschwunden und durch ein tiefes *Bronx-Patois* ersetzt worden, das seine Heimatstadt ebenso verriet wie der Dialekt den Command Sergeant Major.

Der übertriebene Akzent, der seinen Freunden im Schatten des Yankee-Stadions wahrscheinlich die Knie schlottern ließ, feierte ein Comeback. »Ey, yo, kleiner Affenmann!« Jabba war nur wenig kleiner als Soprano. »Er ist zu lustig, um ihn zu töten. Ey … Äffchen, wenn du beißt, spalte ich dir den Schädel, *sì, capisce?*«

Die Scouts machten sich auf den Weg in die Nacht, durch den dunklen Wald hinauf zu den Ausläufern des Gebirges, und setzten sich mit Last of Autumn und mir in der Mitte ihrer Patrouille in Bewegung. Wir folgten den Kundschaftern, die ihren Kurs absteckten. Sie hatte Kontakt zu »Hard«, oder wie er offiziell hieß, Sergeant Hardt. Hardt und Kurtz waren aus dem gleichen Holz geschnitzt. Durch und durch kompetent. Absolut keine Persönlichkeit. Zu jedem eine Meinung, der schwächer war als sie selbst. Spoiler: Jeder war schwächer. Beide besaßen ein Ranger-Abzeichen, und ich hätte meinen ganzen Vorrat an Instantkaffee darauf verwettet, dass sie sich die auch noch auf den Arsch tätowiert hatten.

Alles, was ich vom Anführer der Ranger-Scouts zu hören bekam, als ich mich mit Autumn bei ihm meldete, war: »Versuchen Sie, nicht zu viel Lärm zu machen, und stellen Sie sicher, dass sie mich versteht und umgekehrt, sonst kriegen Sie Probleme, PFC.«

Während der Patrouillenbesprechung mischte sich Thor ein und sagte Hardt, dass ich »einsatzbereit« sei, was Hart ein wenig zurückwarf. Wenn auch nur ein bisschen. Aber man konnte sehen, dass er eine kurze Zündschnur hatte und keine Fehler von mir duldete, die das *Chi* seiner Abteilung blockieren könnten.

Auf Mandarin bedeutet chi wörtlich übrigens »Luft« oder »Atem«. Im übertragenen Sinne bezieht es sich auf die Lebensenergie in allen lebenden Dingen. In der Pinyin-Umschrift wird es als *Qi* geschrieben. *Chi* oder *ch'i* in der Wade-Giles-Umschrift.

Das wollte ich nur mal dazu angemerkt haben.

Ich wollte auf keinen Fall das Chi von irgendjemandem stören. Bewaffnete Kerle, die draußen in der unbekannten Dunkelheit umgeben vom Feind operieren brauchen einen möglichst guten Energiefluss. Vor allem, wenn ich hier draußen bei ihnen war. Ein gestörtes Chi bedeutete wahrscheinlich, dass wir alle von etwas Mythischem und Bösem zerhackt und/oder erstochen wurden. Ich war fest entschlossen, diesem Schicksal aus dem Weg zu gehen, bis ich wenigstens irgendwo eine letzte anständige Tasse Kaffee getrunken hatte. Inzwischen hatte ich die Phase »Hauptsache Koffein« dieses kleinen Abenteuers erreicht. Hätten man uns an der schlechtesten Tankstelle der Welt einen Kaffee angeboten, der irgendwann in der letzten Woche aufgebrüht worden war … ich hätte zugeschlagen und wäre sehr dankbar dafür gewesen.

Wir starteten in der nautischen Abenddämmerung, wie ichvermutlich schon erwähnt habe, und kurz vorher flüsterte Last of Autumn ihrem Pferd ein paar Tolkien-Worte ins Ohr, woraufhin es dem Patrouillenkeil folgte, allerdings so weit Abstand hielt, dass es fast außer Sichtweite war. Ab und zu schaute ich mit dem kaum funktionierenden Nachtsichtgerät zurück und sah das Pferd in der Nähe eines Dickichts stehen, fast unsichtbar, aber immer noch brav hinter uns hertrabend. Ich war mir nicht einmal sicher, ob es ein Hengst war. Aber er oder sie war ein Profi in Sachen Unauffälligkeit.

Sobald wir unterwegs waren, wurde Funkkontakt hergestellt und die nachfolgenden Teams machten sich auf den Weg. Die Scouts unter Sergeant Hardt wussten, was sie taten. Sie liefen ständig hin und her, kletterten auf höhere Positionen und prüften die Sichtverhältnisse entlang der Strecke. Unsere Rucksäcke waren maßlos überladen, aber als Späher waren wir nicht so schwer beladen wie der Rest der Kompanie. So konnten wir uns schneller und leiser bewegen. Und leise waren sie definitiv. Aber auch sie trugen Waffen und Ausrüstung, und wenn die Luft ruhig genug war und es keine Hintergrundgeräusche wie rauschendes Wasser oder Wind in den Bäumen gab, konnte man gerade noch ihre gedämpften, hektischen Bewegungen hören, wenn sie in Zweierteams leise von Baum zu Baum huschten. Deckung suchten und beobachteten. Sie flüsterten in ihre Kehlkopfmikrofone.

Aber Autumn – Last of Autumn – ich zwang mich, ihren richtigen Namen zu benutzen, weil es ihr unangenehm und peinlich war, dass ich mich daran gewöhnt hatte, ihren Spitznamen zu verwenden – Last of Autumn bewegte sich ohne einen Laut. Vollkommen lautlos. Sie ließ die leisen Späher wie Elefanten klingen, die durch totes Gras trampeln. Und das, obwohl sie eine Rüstung trug. Diese silberne feinmaschige Tunika unter ihrem waldgrünen Umhang. Manchmal, wenn ich voranging und Sergeant Hardts Gestalt im graugrünen Schein unserer kostbaren Nachtsichtgeräte verfolgte – die Späher trugen Akkus und Solarladegeräte bei sich, aber das würde dennoch nicht ausreichen –, konnte ich sie überhaupt nicht hören und musste mich umdrehen, um nachzusehen, ob wir sie irgendwie verloren hatten. Stattdessen stellte ich fest, dass sie vor mir hergelaufen war, ohne dass ich sie überhaupt bemerkt hatte. Sie konnte sich unheimlich schnell bewegen. Und ihr Umhang … In der Nachtsicht wirkte er manchmal wie eine Art aktives Tarnsystem, das sich an die Sicht des Betrachters anpasste, um sie mit dem Hintergrund verschmelzen und fast unsichtbar werden zu lassen. Man musste schon genau hinsehen, um sie zu entdecken. Bei einem Halt, als Sergeant Hardt und der Vorhutmann die Spitze eines Hügels und die darunter liegende Schlucht überprüften, in die wir hinabsteigen wollten, nahm ich mein Nachtsichtgerät ab, damit sich meine Augen an das menschliche Nachtsehen gewöhnen konnten, und versuchte, sie dort zu finden, wo ich sie gerade mit dem elektronisch unterstützten Nachtsichtgerät noch gesehen hatte.

Aber da war nichts.

Sie war vollkommen unsichtbar in der dunklen Sternennacht im Schatten der stillen Hügel.

Und dann stand sie plötzlich neben mir und flüsterte auf Schattenkanto: »Sag … Sergeant Hardt … hierher. Im Kreis … um mich.«

Sie hatte einen dunklen Eschenholzbogen und einen Köcher voller silbergefiederter Pfeile in den Händen, die sie aus einer der spärlich bepackten Satteltaschen ihres Pferdes genommen hatte.

»Defensive?« Ich wollte klären, was sie von mir verlangte, damit ich es an Hardt weitergeben konnte, der voranging und jetzt zurückkam, um uns zu alarmieren, dass wir in Kürze einsatzbereit sein müssten. Sergeant Thor stand mit seinem Gewehr auf der Spitze des Hügels und hielt Wache.

»Um euch zu … zu …« Sie suchte nach dem richtigen Wort und fand es nicht. »Um euch zu … informieren. Nein … um eure … Gemeinschaft zu erleuchten.«

Ah. Sie wollte uns etwas sagen. Etwas erklären. Aber als ich mich mit Sergeant Hardt in Verbindung setzte, dachte ich mir, dass sie es mir einfach sagen und ich es dann an alle weitergeben könnte. Vielleicht hatte sie das Konzept unserer Funkverbindung noch nicht verstanden.

Ich funkte Hardt an, und er bestätigte, dass er kommen würde. Die Späher schlossen sich zu einem engen Patrouillenkreis zusammen. Einen Augenblick später waren sie alle da, zusammen mit Sergeant Thor, der sich durch das Gestrüpp und das abgestorbene hohe Gras an der Seite des Hügels zwängte. Das Gewehr aufrecht und in der Hocke neben Hardt, mir und Autumn.

Ich vermittelte ihr, dass wir alle hier waren und sie mit dem fortfahren konnte, was sie uns zu sagen hatte.

Und dann übersetzte ich. Die Kurzfassung: Sie hatte herausgefunden, dass unsere »Magie« zum Sehen im Dunkeln nicht so gut war. Ihre Worte. Außerdem konnte sie an unserem Flüstern erkennen, dass wir in einer, wie sie es nannte, eigenen magischen »Schattensprache« kommunizierten. Wie ihre, aber anders. Offenbar gab es in dieser Welt Entsprechungen. Kein Funk. Aber irgendetwas. Sie verstand, dass wir miteinander kommunizierten.

Dann sagte sie: »Ich kann … es besser machen mit … Ich kann …« Sie hielt inne und suchte nach den richtigen Worten. »Die Gemeinschaft der Jäger.«

Sie bat uns, die Nachtsichtgeräte abzunehmen, und fragte, ob sie mit dem, was sie »besser machen« nannte, fortfahren könne.

Sergeant Hardt seufzte hörbar, sichtlich genervt von dem abergläubischen indigenen Gefasel, das er nun zu ertragen gezwungen war. Er wusste, dass sie ein VIP war und dass Captain Messerhand ihr eine gewisse Autorität verliehen hatte. Es war also das Beste, mitzuspielen.

Sie kniete sich hin, als wir unsere Nachtsichtgeräte hochklappten, um zu zeigen, dass wir uns fügten.

»Okay, Talker … Was jetzt?«, zischte Hardt verbittert und mit einer gehörigen Portion Ungeduld. »Die Uhr tickt, und wir müssen vor den Folgeteams bleiben.«

»Sie sind bereit«, sagte ich zu Autumn. »Leg los.«

Ich hatte keine Ahnung, was »*besser machen*« bedeutete, und war mir ziemlich sicher, dass sich meine Version ihrer Sprache für die Ranger dumm anhörte. Außerdem hatte ich das Gefühl, dass es gleich sehr merkwürdig werden würde.

Sie schloss die Augen, und ich konnte sehen, wie sich ihre vollen Lippen im Mondlicht unter den Sternen bewegten. Hatte ich schon erwähnt, dass sie so exotisch schön war wie nichts und niemand, den ich je zuvor gesehen hatte? Zumindest seit Langem nicht mehr. Sie flüsterte einen Moment lang, wiegte sich und hob dann die Hände, die … in einem sanften Blau zu leuchten begannen.

Jawohl.

Zauberkram.

Die Ranger sahen erstaunt und ungläubig zu, wie sie die geballten Fäuste öffnete und kleine geisterhafte blaue Glühwürmchen aus ihren Handflächen flogen und anfingen, uns alle zu umkreisen und auf uns niederzuregnen …

Ich konnte spüren, wie Sergeant Hardt innerlich tausend Tode starb, als er gezwungen wurde, sich von Feenstaub berieseln zu lassen.

Noch nie habe ich jemanden gesehen, der so erbärmlich aussah. Für ihn war das eine Verletzung der Lärm- und Lichtdisziplin auf höchstem Niveau. Unter normalen nichtmagischen Umständen würde so etwas damit bestraft werden, dass der Rest des Spähtrupps mich bis zur Bewusstlosigkeit verprügelt.

Ich meine … Wie soll ich es sonst nennen? Es war Feenstaub vom Typ Tinkerbell. Es war verrückt. Und gespenstisch schön zur gleichen Zeit. Von allen Dingen, die ich in meinem sehr kurzen Leben, das wahrscheinlich nicht mehr lange dauern würde, erleben durfte, war das eines der coolsten, die mir je passiert waren. Das war echte Magie. Ein Wunder, in unseren Augen. Es war wie hauchdünnes Mondlicht, das Wirklichkeit wurde, und etwas Besonderes. Etwas, das wir nie erlebt hätten, wenn die Welt nicht untergegangen wäre. Etwas Wundervolles, das wir in der Asche all dessen fanden, was für uns verloren war. Geisterhafter blauer Feenstaub, der über und um uns alle herumschwebte. Bibbidi Babbidi-bu.

Und die Mondsichel am dunklen Himmel intensivierte plötzlich ihre Leuchtkraft auf das Niveau der Mittagssonne am schönsten Tag des Jahres.

Wir. Konnten. Sehen. Wie. Nie. Zuvor.
Alles.

Als wäre es helllichter Tag und viel besser, als es unsere normalen Augen mit oder ohne technische Unterstützung jemals vermochten.

Ich habe nie Psychopharmaka oder andere Halluzinogene genommen, aber ich wette, die Erfahrung war ähnlich. Unsere Augen waren weit geöffnet und gleichzeitig entspannt. Als ich Hardt und Thor ansah, wirkten ihre Pupillen riesig. Richtige Teller. Alle starrten verblüfft umher. Jedes Detail, jede Oberflächenstruktur … Alles erschien so klar, wie wir es nie für möglich gehalten hätten. Unser graugrünes Nachtsichtgerät wurde nun durch etwas ersetzt, das die US Army und die DARPA wahrscheinlich als Nachtsichtgerät der sechsten Generation mit weißer Phosphoreszenz bezeichnen würden.

Die Art von außerirdischer Technologie, die nur die Delta-Leute nutzen durften, wenn man den verrückten Verschwörungstheorien Glauben schenkte.

Aber wesentlich verrückter.

Ich schaute am Pferd vorbei den Hang hinunter und war verblüfft, als ich feststellte, dass sich mein Blick weit nach unten zum Fluss hin ausdehnte, der bei normaler Sicht völlig außer Reichweite lag. Ich ertappte mich dabei, dass ich die Gesichter der Ranger musterte, die vom Fluss heraufkamen, und hatte das Gefühl, ich könnte die Hand ausstrecken und sie berühren.

Weit Entferntes konnte plötzlich aus nächster Nähe betrachtet werden.

Ich brauchte einen Moment, um das alles zu verarbeiten. Es war ein Moment, in dem ich wirklich ausflippte und vom Rande des Universums fiel, weil es sich irgendwie unangenehm anfühlte. Aber dann beruhigte es sich, und ein Gefühl höchster Ruhe überkam uns wie aus dem

Nichts. Ich hatte den ganzen Anstieg über geschwitzt, und dann war mir eiskalt, als der Schweiß trocknete und wir darauf warteten, dass Hardt und der Mann an der Spitze unseren nächsten Schritt abklärten. Das sollte die ganze Nacht so weitergehen. Und jetzt? Jetzt wurde es warm. Behaglich. Glückselig. Aber ich nahm immer noch jedes Geräusch kilometerweit um uns herum wahr. Mein Gehirn verarbeitete alles, als wäre ich eins mit der Macht oder so. Dieser Matrix-Moment, wo er plötzlich *Kung-Fu* kann.

Ziemlich cool, nicht wahr?

Dann konnte jeder im Scout-Team die Gedanken der anderen hören.

KAPITEL 34

Anfänglich war es ziemlich unheimlich, die Gedanken von allen im Scout-Team zu hören. Aber wir haben das schnell in den Griff bekommen, und dann war es irgendwie cool. Es war ja nicht so, dass man die *exakten* Gedanken der anderen verstand. Aber man konnte erkennen, wessen Ausrüstung scheuerte oder wer pissen musste. Sergeant Hardt erfuhr von seinem Spitznamen und war nicht gerade erfreut darüber. Er fand auch heraus, wer ihn hasste. Und das waren so ziemlich alle. Überraschung. Er antwortete: »Glaubt mir, ich hasse euch alle doppelt so sehr, wie ihr mich zu hassen glaubt.«

Das Versprechen, zu einem späteren Zeitpunkt schwere Vergeltung zu üben, wurde zwar nicht ausgesprochen, aber vermittelt. Zum Glück war ich nur Gast in der Scout-Sektion. Hoffentlich würde ich dem verhängnisvollen Drill entgehen, wenn wir die nächste Pause davon bekamen, um unser Leben zu rennen und auf alles zu schießen.

Hardt hörte mich prusten. Es war mir gerade entwischt, als ich mich über das Kurtz'sche Maß an Verachtung wunderte, das er aufbringen konnte. Selbst wenn ich also der Vergeltung entging, war ich mir ziemlich sicher, dass Sergeant Kurtz informiert und gebeten werden würde, mich angemessen und umfassend zu drillen, sobald wir nicht mehr um unser Leben kämpfen oder rennen mussten.

Aber das war alles noch Zukunftsmusik. Wir wurden wahrscheinlich eh alle vorher getötet. Somit hatte sich das vermutlich erledigt.

Nachdem wir geklärt hatten, wie wir mit unserer neuen elfischen Superkraft kommunizieren konnten, mit der uns Last of Autumn überrumpelt hatte, machten wir uns wieder an unser neues unglaubliches Nachtsichtgerät. Die Elfe nannte es »Mondsicht«.

Die Gedanken der anderen zu hören, erwies sich schnell als taktischer Vorteil, da man eine Art Hintergrundrauschen der Sinne derjenigen empfing, mit denen man über die Gedankensynthese kommunizierte. Mit anderen Worten, man konnte vor dem geistigen Auge sehen, was die andere Person, an die man gerade dachte, sah, während man gleichzeitig seine neue beeindruckende Sicht benutzte. Und wusste, was sie hörte. Und natürlich auch dachte. Für Scouts, die mit subvokalen Kehlkopfmikrofonen arbeiten, war das großartig.

Und es erwies sich ziemlich schnell als nützlich.

Bei der Erkundung der Route entdeckten Sergeant Hardt und der Frontmann eine Patrouille von Orks, die sich durch die Klüfte zwischen den Hügeln bewegten. Sie waren die Klamm hinaufgekommen, die wir gerade geradlinig überqueren wollten. Wir hatten Gesellschaft, und wir alle sahen es selbst in einer Art fantastischer Aufzeichnung der Erinnerungen von Sergeant Hardt. Es waren acht Orks, die die Schlucht entlangkamen und versuchten, vor uns zu gelangen und uns mit einem Hinterhalt den Weg abzuschneiden. Plänkler. Lederrüstungen, Hörner, Jagdbögen. Kleine Dolche. Sie rannten wie ein Rudel Wölfe, die hinter einer unsichtbaren Beute herliefen. Sie hatten etwas Stammesmäßiges und

Ursprüngliches an sich, und es war faszinierend und verstörend zugleich, ihnen zuzusehen. Jedenfalls für mich. Sofort konzentrierten sich die Gedanken aller anderen Ranger über die Gedankensynthese darauf, sie zu töten. Und zwar gründlich.

Diese Orks waren in der Mondsicht noch hässlicher. Dort unten in der Schlucht zwischen den beiden Ausläufern gab es einen hohen Weidenbaumbestand, und die Orks hatten sich in den dunklen Gefilden verkrochen und waren nicht wieder herausgekommen. Daher befanden sie sich höchstwahrscheinlich immer noch dort und warteten auf einen Haufen Soldaten, die in ihren Hinterhalt stolperten.

»Der Captain sagt, wir sollen nicht angreifen«, sprach Sergeant Hardt in unseren Köpfen, der die mentalen Kommunikationsfunktionen der Verschmelzung schnell im Griff hatte. »Aber so, wie ich das sehe, müssen wir den nächsten Abschnitt des Bergrückens dort drüben überqueren.«

Ich übersetzte für Autumn. Das hatte sie aber gar nicht nötig. Irgendwie machte der geistige Austausch durch die Gemeinschaft der Jäger ihr die Parameter unserer Mission und das, was Hardt ausdrücken wollte, klar. Es schien die Sprache für den Moment zu transzendieren. Im Gegenzug kamen ihre Gedanken als Bilder zurück, weniger in Wortform. Irgendwie fragte ich mich, warum sie damit nicht einfach im Lager angefangen hatte, denn dann hätten wir nicht ewig um eine gemeinsame Sprache ringen müssen. Vielleicht bieten sie einem die Mondsicht erst an, *nachdem* sie entschieden haben, dass man keine Probleme macht.

Auf jeden Fall konnte ich jetzt ihre Gedanken sehen. Leider betrafen sie mich nicht in einer romantisch aufregenden Weise. Kurz gesagt, sie war bereit, die Orks mit ihrem Bogen zu töten.

Wir sahen, wie sie die Waffe abzufeuern gedachte. Sie schoss Pfeile durch die Kehlen der furchtbaren Orks, während sie bergab vorrückte und ihren Hinterhalt von der Flanke her attackierte. Als sie uns dann erklärte, wie wir den Angriff durchführen sollten, wies sie uns auf eine besondere Gefahrenquelle hin. Die Plänkler und Jäger, die wir in Hardts Darstellung der Ereignisse gesehen hatten, trugen alle ein einfaches Widderhorn am Gürtel. Anhand von Bildern wies sie deutlich darauf hin, dass wir im Falle eines Angriffs unbedingt die ganze Gruppe auf einmal ausschalten mussten, bevor sie ihre Hörner ertönen lassen konnten, um nahegelegene feindliche Einheiten zu alarmieren.

Sie machte deutlich, dass dies eine reale Möglichkeit war. Die Orks waren auf die Insel gekommen und hatten festgestellt, dass ihre Beute verschwunden war. Jetzt schwärmte diese dunkle Meute in alle Richtungen aus und versuchte, uns zu jagen und zu vernichten. Der Erste, der uns fand, würde Alarm schlagen. Dann würden die anderen in Massen aus allen Himmelsrichtungen ausschwärmen, und wir wären auf offenem Feld gefangen und könnten uns nicht mehr verteidigen. In ihrem Geist sah ich die weite Ausdehnung des gesamten Flusstals mit der Insel in der Mitte, von so etwas wie wabernden Schallimpulsen überlagert, um die alarmierenden Hörner anzuzeigen, die sich gegenseitig rufen. Ich sah eine Version des Sandkastens, an dem wir gearbeitet hatten, aber in einer Form, die es nur in ihrem Geist gab. Ihre Fantasieversion war wie die Karten eines antiken Generals auf einem Kampagnentisch ausgelegt. Etwas aus der Zeit der römischen Legionen und

Alexanders des Großen. Mit allen möglichen Symbolen und Runen, die ihr verschiedene Arten von feindlichen Einheiten anzeigten.

Schwere Ork-Infanterie.

Werwolf-Späher.

Goblin-Armee.

Ork-Bogenschützen.

Trolle und Riesen, die eine Art schwere Artillerietruppe bildeten und sich auch in Angreifer verwandeln konnte.

Dank der Symbiose zwischen ihrem Geist und unserem wurde all das für uns übersetzt, damit wir sie verstehen konnten. Und es gab noch andere Dinge, die sie uns zu sagen versuchte, die unser Geist aber nicht begreifen konnte. Zumindest nicht in ihrer Gesamtheit. Aber ich spürte, dass andere Zauberer, Hexen und dunkle Magier im Spiel waren, die für die andere Seite arbeiteten. Sie waren geschickt worden, um uns zu vernichten, sobald wir in der Falle saßen.

Aber ja, Werwölfe als Spähinfanterie. Das ging mir nicht aus dem Kopf. Sie befanden sich alle westlich von uns, auf der anderen Seite des Flusses, und jagten in der Dunkelheit im fahlen Mondlicht. Verrückt, nicht wahr?

Wenn auch nur eine feindliche Einheit den Rest der Horde alarmierte, dann würden diese *Oruu-Oruu*-Impulse in der Nacht das ganze mäandrierende Flusstal entlang ausbrechen. Sie würden uns einkesseln und schnell eliminieren.

»Okay, also wenn wir das machen wollen«, hörte ich Hardt wie in Trance sagen, »dann müssen wir das laut- und gnadenlos durchziehen. Denn wenn ich dich richtig verstanden habe, Last of Autumn, führt kein Weg an dieser

Gruppe vorbei, die sich da unten in den Bäumen in der Schlucht versteckt.«

Eine Sekunde später hörten wir ihre Botschaft in unserem Geist. Es war eine Botschaft ohne Worte, aber irgendwie war es immer noch ihre Stimme, und sie sagte ruhig und deutlich: »Stimmt.«

KAPITEL 35

Unter dem Sternenhimmel bewegte sich der Keil der Ranger langsam und leise durch das hohe, abgestorbene Gras auf der anderen Seite des Hügels. Der Wind hatte aufgefrischt, und zum Glück kam er über den Kamm, wogte das hohe Gras sanft hin und her und verwandelte die Hügel im Mondlicht in flüssiges Silber. Der Hinterhalt der Orks lag in Windrichtung.

Fünf Späher liefen mit schallgedämpften MK18 hinter der Elfe her, die die Speerspitze bildete und sie zum Ziel führte. Sergeant Hardt war direkt links hinter ihr und dirigierte das Team trotz der Geistverschmelzung mit Handzeichen. Manche Gewohnheiten lassen sich nur schwer ablegen. Aber auch Autumns Gedankenmagie tat ihr Übriges und identifizierte die Zielpositionen, als sie nahe genug dran waren, um die Baumkronen dort unten in der Schlucht zu durchdringen, unter denen der Hinterhalt vorbereitet worden war.

Alle Mitglieder des Ranger-Kommandos waren mit Hochgeschwindigkeitsausrüstung und Schalldämpfern für ihre Gewehre ausgestattet worden, denn wer wusste schon, wie die Welt zwei bis fünf Jahre in der Zukunft aussehen würde, wie es die ursprünglichen Missionsparameter vorsahen? Hätten sie geahnt, dass es zehntausend Jahre in die Zukunft ging, hätten sie uns vielleicht hochbelastbare taktische Äxte und Armbrüste mit Karbonbeschichtung gegeben. Aber das hat alle überrascht. Einschließlich der Leute, deren Aufgabe es war, keine Überraschungen zu erlauben. Der Einsatzplaner. Sie leben in einer Welt der Träume und des Schreckens, und wenn sie in weniger als fünfundvierzig Prozent der Fälle richtig liegen, werden sie als brillante Taktiker gefeiert, ohne Rücksicht auf die Zahl der Toten.

Wenn Sie das bei Starbucks ausprobieren würden, wären Sie nach Ihrer ersten Schicht als Barista gefeuert.

Na toll. Jetzt denke ich schon wieder an Kaffee.

Wie auch immer. Ich blieb zusammen mit Sergeant Thor, der sein MK11-Scharfschützengewehr auf kurze Distanzen ausrichtete, auf dem Hügel und hielt Wache. Wir würden versuchen, alle Splittergruppen, die den bevorstehenden Angriff der Scouts mit Mordgedanken im Herzen und im Geist überlebt hatten, von da oben aus zu treffen. Ich fungierte als Spotter, Thor schoss.

Die Einzelheiten des Geschehens erfuhr ich später von einem der Späher, als Sergeant Hardt eine Pause einlegen musste, um mit dem Captain zu kommunizieren und einen Lagebericht über den Zugriff abzugeben.

Die Späher hatten es gerade ins Dickicht geschafft, als Autumn das Feuer eröffnete.

Es waren acht Orks, die alle im Hinterhalt lagen und den Trampelpfad beobachteten, der entlang der Schlucht und direkt durch die kleine Baumgruppe zwischen den beiden Hügeln führte. Die Tangos hatten die Hänge nicht im Auge behalten und waren nur darauf aus, sich auf jeden zu stürzen, der den Pfad herunterkam. Sie waren völlig überrascht, als sie von der Seite angegriffen wurden.

»Es lief so ab«, erzählte mir der Scout. »Sie hatte die Ziele alle in unserer Sicht markiert, mit dieser verrückten Mondschau oder was auch immer das ist. Es war klar, welche wir treffen sollten, denn es wirkte, als würde der Mond ganz besonders auf die uns zugewiesenen Ziele herabscheinen. So wie bei einem Spiel, wo man weiß, mit wem man reden muss. Und …«, fuhr er ungläubig fort, »wir wussten es, Talker. Wir konnten es förmlich spüren, Bro, dass jeder von uns ein Prioritätsziel zu erledigen hatte. Fünf von uns, acht von ihnen.

»Wir sind also rein, und ich hab mich gefragt, wer sich um die restlichen drei kümmern wird. Ich meine, ich konnte sehen, dass sie jemandem zugewiesen waren, ich konnte nur nicht sagen, wer sie erledigen sollte. Wie auch immer, wir waren gerade dabei, uns leise einzuschleichen, als sie den ersten Pfeil abschießt, und so schnell, wie der weg war, hat sie schon den nächsten aus ihrem Köcher geholt, und das, ohne ein einziges Geräusch zu machen. Der schwirrt genauso schnell ab und erwischt den anderen. Sie trifft zwei, dann gab Hardt uns grünes Licht für den Angriff. In fünf Sekunden waren sie alle tot, einfach so. Jeder von uns hat einen erwischt und sie drei. So gut habe ich noch nie geschossen, und ich war früher Ausbilder am Schießstand. Glaubst du, sie hat unsere Treffsicherheit mit Mondlicht beeinflusst oder so, Talk? Einem steckte sogar ein Pfeil im Auge. Das war krank, wie in ‚kranker Shit‘, Walkytalky.«

Tolle Story, Bro. Ist Ihnen aufgefallen, wie oft er meinen Spitznamen und die Varianten, die er dafür kennt, benutzt hat? Ich fühlte mich wie ein Biologe im Kongo, der das Vertrauen der Killer-Gorillas gewonnen hat. Der Angriff war professionell abgelaufen, aber eigentlich freute ich mich mehr über die familiäre Verwendung meines Spitznamens. Ganz ehrlich, es sind die kleinen Siege, die das Leben lebenswert machen.

In der Stille nach dem Angriff folgten Sergeant Thor und ich Last of Autumns Pferd in das Dickicht, während wir darauf warteten, dass Sergeant Hardt den Commander auf den neuesten Stand brachte. Die Scouts konnten sich ausruhen und sich um ihre Ausrüstung kümmern. Da erzählte mir Corporal Delgado, wie alles ablief. Zehn Minuten später setzten wir uns wieder in Bewegung und machten uns auf den Weg zu den nächsten Hügeln entlang des Bergrückens.

Das hintere Sicherheitselement beobachtete und meldete, dass der Feind erneut auf die Insel zukam, und zwar in noch größerer Zahl als in der Nacht zuvor. Natürlich fand die Horde schnell heraus, dass wir nicht mehr da waren, und verstreute sich in großen und kleinen Gruppen in alle Richtungen, um unsere Fährte beziehungsweise uns aufzuspüren. Drei Teams hatten bereits knappe Situationen überstanden.

Unseres sollte das nächste sein.

Wir kletterten den letzten Hügel hinauf und hatten einen Panoramablick auf das mondbeschienene Tal, das sich hinter uns in Richtung Osten und Westen erstreckte. Wir standen noch unter dem Einfluss der Mondsicht und konnten alles sehen. Außerdem konnten unsere Augen diesen Trick mit dem Fokussieren anwenden. Von hier oben sah das tote Gras, das sich auf den hohen Hügeln regte, aus wie die Wellen eines silbernen Meeres bei starkem Seegang. Unten konnten wir die Ranger-Teams in den einzelnen Gruppen sehen, die sich auf demselben Weg abmühten, den wir heraufgekommen waren. Um uns herum bemerkten wir die feindlichen Häscher, die sich in alle Richtungen bewegten und versuchten, uns zu orten.

So weit, so gut. Aber der Spielraum für Fehler war denkbar klein.

Und dann entdeckten wir direkt unter und vor uns die Zentauren mit einem Trupp Ziegenmenschen – unten Ziege, oben Mensch, aber mit Widderhörnern, die aus fettigen dunklen Haarlocken herauswuchsen. Sie liefen in zwei Kolonnen hinter den Zentauren.

Wir hielten uns knapp unterhalb der Spitze des Bergrückens auf. Die Späher hatten totes Gras mitgenommen und ihre Ausrüstung damit getarnt, sodass wir zwar nicht völlig unsichtbar waren, aber auf diese Entfernung und zu dieser Nachtzeit unsichtbar genug sein sollten. Dieses neue Spähtrupp-Element aus Zentauren und Ziegenmännern hatte uns nicht entdeckt, aber wir hatten dank unserer gespenstischen Mondsicht einen guten Blick auf sie werfen können. Aus nächster Nähe, ob sie es wollten oder nicht.

Die Zentauren trugen glänzende Rüstungen am Oberkörper. Geschlagene Schildpanzer von recht anständiger Machart. Viel besser als die der orkischen Bodeninfanterie. Auf der Brust der Rüstung war der Kopf einer Figur eingeprägt, die man nicht unbedingt aus PFC Kennedys Spielen kannte. Jeder, der auch nur einen Grundkurs in altgriechischer Geschichte oder Mythologie belegt hatte, hätte den Kopf der Medusa schon von Weitem erkennen können. Sie war nicht so hässlich, wie sie auf alten Münzen und Statuen oft dargestellt wurde – sie hatte ein schönes Gesicht, soweit man das an einem Bild erkennen konnte, das in die Mittelplatte ihrer Rüstung gestanzt war –, aber die Schlangen ließen keinen Zweifel daran, wer das sein sollte. Sie waren wie lebende Tentakel, die sich über die Brustplatten schlängelten. Die Platte selbst sah aus, als wäre sie aus geisterhaftem weißem Marmor, und in der Nacht und mit unserer stark verbesserten Sicht schien sie beinahe aus der Unterwelt zu stammen.

Die Zentauren hatten grausame und hochmütige Gesichter, grinsten und riefen sich gegenseitig etwas zu, während sie vorwärts galoppierten. Sie führten den kleinen Spähtrupp der Ziegenmenschen an und gaben mit Speeren und Bögen bewaffnet den Weg vor. Als ob sie versuchten, unsere Fährte aufzunehmen. Es waren Jäger. Und sie waren kurz davor, uns zu finden. Wären wir nicht durch den Zusammenstoß mit den Orks aufgehalten worden, sondern wie geplant viel weiter voraus gewesen, hätten sie uns gefunden.

Etwas wie ein Film, tauchte vor unserem geistigen Auge auf, das uns Last of Autumn schickte. Wir sahen, wie die Zentauren kämpften. Wir sahen Bilder von ebendiesen Halbmenschen vor unserem geistigen Auge, die schnell durch eine Reihe von halb versunkenen Ruinen in einer Art Moorwald eilten. Rissige Marmorsäulen und zerbrochene Statuen von Elfen in großartigen und fantastischen Rüstungen, die oft auf wunderschönen Pferden ritten und lebensecht und anmutig wirkten, obwohl sie in Stein gemeißelt waren. Könige und Kriegsfürsten aus einem längst vergangenen Zeitalter, die von Ranken überwuchert waren und zwischen uralten Trümmerhaufen standen, halb von einem Wald vereinnahmt, der sich in Sumpf verwandelte. Die Gischt und der Schaum des brackigen, algigen Wassers wirbelten um die Hufe der Zentauren auf, als sie durch das Wasser kamen und Elfen niederschossen, lebendige Elfen wie Last of Autumn. Nur waren es Männer mit leichtem Brustharnisch und schwereren Schwertern als dem, das sie trug. Das Ninjaschwert. Sie fungierten als Verteidiger, und die Zentauren kamen schnell heran, als wollten sie eine Siedlung überfallen.

Sie schossen die männlichen Elfen nieder, und es war kein besonders fairer Kampf. Auf jeden Elfenkrieger kamen drei Zentauren. Die Elfen kämpften heldenhaft, manchmal ragten fünf oder sechs Pfeile aus ihrer Brust, während sie ihre Schlachtrufe brüllten und mächtige Schwerter schwangen. Doch am Ende unterlagen sie der Übermacht, und nur wenige Augenblicke später verschleppten die grausamen Zentauren, halb Pferd, halb Mensch, kleine Elfenkinder und ließen abgeschlachtete Elfenfrauen im trüben Wasser und blutigen Gras in der Nähe der zerstörten Ruinen zurück.

Schon in dieser kurzen Vision konnte man spüren, wie der feurige Hass in Last of Autumn loderte. Und ich konnte sehen, dass er die ganze Zeit da gewesen war, als wäre er Teil ihrer DNA. Aber irgendetwas sagte mir, dass der Rest der Scouts, die das mitansahen, diesen Teil nicht mitbekamen. Ich kann es nicht anders beschreiben, als dass ich es einfach wusste. Es war, als ob alle den Zirkus beobachteten und ich das Kind in den Schatten bemerkte, das Taschen klaute oder unter der Tribüne mit Streichhölzern spielte. Ein kleines, dunkles, verletztes Etwas. Und es war auf Rache aus. Und Rache ist eine der gefährlichsten Kräfte, die es gibt. Wahrscheinlich sogar gefährlicher als alles, was uns hier bisher begegnet war.

Mein Verstand sagte mir, dass ich mich daran erinnern und es nicht vergessen sollte. Es war … ein wichtiges Detail über sie. Aber *Detail* schien nicht das richtige Wort zu sein.

Dann sprach sie mit mir auf Schattenkanto. Sie benutzte Worte, sprach direkt zu mir. Sie bewegte sich fast lautlos durch das tote Gras und kniete neben mir, während wir alle die zentaurische Jagdgesellschaft beobachteten, die sich auf den Kamm zubewegte.

»Sie sind böse. Sehr … gefährlich. Jäger für den Schwarzen Prinzen aus … Crow's March. Diener von Sultria. Ich muss sie jetzt weglocken … oder sie werden uns finden.«

Das war der andere Teil. Sie erklommen den Bergrücken auf einer fast parallelen Linie zu unserer. Wir konnten sehen, wie sie sich über einen Felsausläufer, der von den Höhen herunterkam, nach oben arbeiteten. Die Ziegenmänner, die ihnen folgten, sahen sogar noch bösartiger aus als die Zentauren an der Spitze der Truppe. Sie wirkten eher wie brutale Piraten als wie die feinen, hämisch grinsenden, hochmütigen Pferdemänner. Ihre Fratzen wirkten wie pure Perversion. Haarige, teuflische Ziegengesichter. Sie trugen goldene Ohrringe und kurze Entermesser zusammen mit einer Reihe von Dolchen und kleinen Hiebwaffen. Sie meckerten und schrien im Mondlicht. Es war klar, dass sie heute Nacht auf Unruhe aus waren.

Wer von ihren Kameraden war das nicht?

Sergeant Hardt schätzte die Situation schnell taktisch ein, und Autumn stimmte seiner Beurteilung zu. Wenn sie uns entdeckten, würden die berittenen Zentauren von hinten mit ihren Bögen auf uns schießen, während die kleinen Ziegenmänner schnell herankamen, um uns im Nahkampf aufzuschlitzen.

Die könnten wir vielleicht abwehren. Sie würden den Kontakt mit unseren »Knallstöcken« wahrscheinlich nicht überleben, und das würde mehr als nur ein paar von ihnen in einem Kampf am Hügelhang zu Fall bringen. Aber sie würden nicht nur versuchen, uns Einheit für Einheit zu bekämpfen. Sie würden in ihre *Oruu-Oruu*-Hörner blasen. Oder irgendeine Abwandlung davon. In kürzester Zeit würde die ganze Horde da draußen, die nach uns suchte, direkt auf die Route zusteuern, die der Rest der Ranger benutzte, um zu der Schlucht zu fliehen, die nach oben und aus diesem verwunschenen Tal herausführte. Wir könnten uns sehr schnell verzetteln, und das wäre nicht gut.

»Ein direkter Angriff ist ein No-Go«, erklärte Sergeant Hardt.

Das Problem war, dass sie sich uns dort oben einfach in den Weg stellen würden, wenn wir untätig blieben und sie auf höheres Gelände gelangten, . Oder sie entdeckten die anderen Teams, die sich durch die Hügel bewegten, und bündelten ihre Kräfte, um ihnen den Fluchtweg zu versperren, während sie gleichzeitig die Anhöhe hielten. Irgendwie musste man mit ihnen fertig werden, und zwar schnell. Abgesehen davon, das Feuer hier oben entlang der Kammlinie zu eröffnen und Aufmerksamkeit zu erregen, schien es nicht viele Möglichkeiten zu geben.

Einen Moment später tauchte die Lösung in Last of Autumns Geist auf. Ihr geschecktes Pferd trat bereits aus dem Schatten des Unterstands hervor, in dem es gewartet hatte.

»Ich muss sie … weg von euch … locken. Zurück ins Tal. Sie … werden hinterherjagen, weil sie denken, dass wir … mein Volk … jetzt zu Hilfe kommen. Sie … wollen dieses Schicksal nicht.«

Ich habe dies an Sergeant Hardt weitergegeben. Ihren Plan, sie auf eine sinnlose Verfolgungsjagd zu locken. Den Scouts eine Gelegenheit geben, den Kamm zu sichern.

Zumindest hatte unsere Kompanie mit der gesicherten Anhöhe eine bessere Ausgangsposition, falls es zu einem weiteren Kampf kommen sollte. Der Rest der Truppen könnte aufschließen und sich dort verschanzen, und wir könnten unser zweifelsohne letztes Gefecht führen. Wenn es sein musste.

Dann fügte ich spontan etwas hinzu. Etwas, um das sie nicht gebeten und an das ich nicht gedacht hatte, bis ich es einfach herausposaunte. »Ich muss mit ihr gehen, Sar'nt. Sie muss mit dem Rest des Trupps in Verbindung bleiben, und ich bin der Einzige, der mit Ihnen kommunizieren kann, wenn ihr Trick nicht mehr funktionieren sollte.« Gemeint war die Mondsicht-Sache. »Wenn das bei den anderen Teams aus irgendeinem Grund nicht funktioniert.«

Hardt musterte mich eindringlich und meldete sich dann dem grübelnden Sergeant Thor, der die Zentauren dort unten beobachtete. Er plante, wie viele er abschießen und wie schnell er es tun konnte, um vielleicht wenigstens noch einen letzten neuen Highscore aufzustellen. Ein leichter Nachtwind kam auf und verwandelte das tote Gras um uns herum erneut in wogende Wellen. Wir konnten den strengen Geruch der Ziegenmänner riechen.

Last of Autumn schüttelte den Kopf, als sie herausfand, dass ich sie bei ihrem Versuch, sie auf abzulenken, begleiten wollte.

»Wenn sie dich sehen … euresgleichen … wissen sie, dass wir ein … Bündnis geschlossen haben. Sie wissen, dass eure Leute in diese Richtung ziehen … Dann bringen sie ihr ganzes schreckliches Heer hierher … und halten euch auf. Wenn nur ich … ausspähe … schlagen sie vielleicht nicht einmal … Alarm. Vielleicht wollen sie mich auch nur für sich selbst haben … und sagen nichts … zu den anderen.«

Schweigen.

Der Schecke war aufgetaucht, und die Zentauren und Ziegenmenschen hatten uns noch nicht entdeckt. Aber es war nur eine Frage der Zeit, bis sich das änderte, wenn sie weiter bergauf zogen. In ein paar Minuten mussten sie uns sehen. Wir konnten den essigsauren Weingeruch im abgehackten Atem der Ziegenmänner riechen, die mit ebenso großen Rucksäcken wie wir unterwegs waren. Sie meckerten und blökten kläglich, wie es Ziegen tun. Ob dieser verbesserte Geruchssinn von den Auswirkungen dessen herrührte, was Autumn uns mit der Mondsicht gegeben hatte, oder ob sie einfach nur derart stanken, wusste ich nicht. Vielleicht waren sie gewaltige Trunkenbolde. Falls es so etwas in dieser düsteren Fantasiewelt gab.

»Sie hat recht, Talker«, sagte Sergeant Hardt. »Sie bleiben bei uns. Sie scheint auf sich aufpassen zu können.«

Aber das war das Gegenteil von dem, was das Ranger-Credo verlangte. Man brauchte immer einen Partner. Jemanden an seiner Seite oder hinter sich.

Ich hatte bereits an den Ring gedacht. Tatsächlich hatte ich während des Marsches überlegt, wie ich ihn einsetzen konnte. Aus taktischer Sicht. Ich hätte mich fast freiwillig gemeldet, ihn zu benutzen, als wir unten in der Schlucht auf den Hinterhalt der Orks gestoßen waren. Aber wozu? Sollte ich mich unter sie schleichen und ganz allein blutrünstige Orks töten? Als der Zauberer uns direkt angriff, hatte ihm der Ring herzlich wenig genutzt. Sonst besäßen wir jetzt nicht seine Sachen. Oder? Das galt es also zu bedenken. Ich würde einen oder zwei töten können, bevor der Rest es herausfand. Keine guten Aussichten, selbst mit einem

MK18-Karabiner und den besten bösen Absichten, die man gegen diese dunkle Bande nur haben konnte.

Die Wahrheit war, dass ich den Ring schon ein paar Mal hätte gebrauchen können. Bei Volman beispielsweise. Oder oben auf dem Scharfschützenhügel. Obwohl ich nicht davon überzeugt bin, dass er in beiden Fällen hilfreich gewesen wäre. Und ehrlich gesagt ist mir der Gedanke nicht in den Sinn gekommen, als sich die Gelegenheit bot. Man sollte meinen, wenn man einen magischen Ring in der Tasche hat, der einen unsichtbar machen kann, würde man ständig daran denken. Wenn man einen Zauberhammer hat, sieht alles wie ein Zaubernagel aus. Oder? Aber so ist es nicht. Ich habe ihn sogar ständig vergessen. Also nein, man denkt nicht ständig daran. Zumindest in meinem Fall nicht. Zu meiner Verteidigung, ich hatte schon genug um die Ohren.

Doch nun …

»Okay, Leute … Wartet mal«, sagte ich.

Ich holte den Ring aus der Tasche und steckte ihn an. Und ich muss unsichtbar geworden sein, denn Sergeant Hardt murmelte fluchend: »Wo ist Talker hin?«

»Ich bin genau hier.«

Ich streifte den Ring ab.

»Wir haben ihn einem HVT abgenommen«, erklärte ich. »Er macht einen unsichtbar. So was funktioniert jetzt. Hier, Sar'nt.«

Ich sah, wie Last of Autumn mich misstrauisch musterte. Ich spürte, dass es an der Zeit war, mich durchzusetzen und sie dorthin zu begleiten, wo sie hinwollte. Der Ring brachte mir bei den Rangern eine Art temporärer Autorität ein. Nicht etwa durch die damit verbundene Magie, sondern eher dank des einfachen Kunstgriffs, sich ein paar

Sekunden Ehrfurcht zu verschaffen, um einen Schwindel durchzuziehen und seinen Willen durchzusetzen – im Guten wie im Schlechten.

Linguisten wenden diesen Trick oft an. Wenn man Sprachen beherrscht, die andere nicht sprechen, kann man mit einigen wirklich fragwürdigen Dingen durchkommen.

Natürlich nur aus Jux und Dollerei.

»Also … Ich gehe mit ihr«, sagte ich. »Dann schütteln wir sie ab und kommen gleich zurück. Sie setzen die Mission fort, Sar'nt Hardt. Roger?«

Da ich just, nachdem ich das gesagt hatte, unsichtbar geworden war, konnte er nur ein widerwilliges »Roger« murmeln. Und das war ein ziemlich cooler Trick, wenn man so darüber nachdenkt.

KAPITEL 36

Die Zentauren waren gerade dabei, die letzten Meter des Bergrückens zu erklimmen, als sie Last of Autumn entdeckten, wie sie zügig davonritt, aber nicht mich. Sie sahen Last of Autumn auf ihrem Pferd, wie sie im Mondlicht davonraste, zurück in den dunklen Wald entlang des Flusstals. Sie bemerkten nicht, dass ich hinter ihr saß und mich unsichtbarerweise mit allem, was ich hatte, an ihr festhielt.

Ich war einmal auf einem Pferd geritten.

Ein einziges Mal.

Jetzt ritten wir mit halsbrecherischer Geschwindigkeit den Abhang eines meiner Meinung nach sehr gefährlichen Hügels mit starkem Gefälle hinunter. Wenn das galoppierende Pferd in ein Kaninchenloch trat, würden wir uns alle das Genick brechen.

Ich hätte ihr gesagt, sie solle langsamer machen, aber diese Blöße wollte ich mir nicht geben.

So hielt ich mich einfach fest und versuchte, nicht runterzufallen. Ich drehte den Kopf in der Dunkelheit und im Wind und sah, wie die Zentauren sich aufbäumten, als wollten sie Autumn, ihre fliehende Beute, besser sehen, und dann in einem Wirbel aus Dreck umdrehten, um ihr den Hügel hinunter zu folgen. Die Ziegenmänner hatten bereits kehrtgemacht und trabten mit schwungvollen Bocksprüngen auf uns zu, so schnell sie nur konnten.

Es war offensichtlich, dass jede Fraktion innerhalb der feindlichen Jagdtruppe die Elfe als Erstes erwischen wollte, aber nicht nur das – jede Kreatur wollte sogar ihre eigene Rasse ausstechen, um sie vor allen anderen zu erreichen, während sie wie wild den Hang hinuntergaloppierte und zurück in den dunklen Wald unter uns ritt.

Die ersten Pfeile flogen, und keiner von ihnen war besonders gut gezielt. Die Zentauren besaßen großen Langbögen für weite Distanzen. Die Art von Bögen, mit denen mongolische berittene Bogenschützen einst die halbe bekannte Welt in Schutt und Asche gelegt hatten. Aber in diesem Fall bedeutete Qualität nicht gleich Treffsicherheit. Angesichts der Vision, die Autumn uns gezeigt hatte, rechnete ich allerdings nicht damit, dass sie noch einmal danebenschießen würden. Die gehörnten Ziegenmänner hingegen wirbelten krude Schleudern um ihre Köpfe, während sie den Hügel hinunterhüpften und -sprangen, und ließen dann kleine tödliche Steine mit ziemlicher Präzision auf uns fliegen.

Einer pfiff knapp an meinem unsichtbaren Gesicht vorbei, als wir davonjagten.

Unser Plan ging auf. Die Jägertruppe, die oben auf dem Kamm direkt in die Späher der Ranger hineingelaufen wäre, machte sich nun auf die Jagd auf diese wertvolle Beute. Und der Bonus: Sie informierte die anderen feindlichen Elemente nicht mit ihren *Oruu-Oruu*-Hörnern.

Sie wollte sie für sich selbst.

In Verbindung mit der Erinnerung, die sie uns in der Mondsicht gezeigt hatte, jagte mir das kalte Schauer über den Rücken.

Sie waren das, was ich mir unter dem Bösen vorstellte.

Zwei Minuten später erreichten wir die dichten Baumbestände am äußeren Rand des Waldes an den Hängen, die zu dem gewundenen Fluss hinunterführten. Zweifellos hatte Sergeant Hardt das Oberkommando über unseren Plan auf dem Laufenden gehalten. Wenn niemand eingriff, bestand die Hoffnung, dass der Feind sich weiter in alle Richtungen verteilte und damit nicht mehr in der Lage war, seine Kräfte gegen unsere Hauptgruppe einzusetzen, bevor wir den Aufstieg durch die enge Schlucht zur Phasenlinie Domino erreichten. Wenn wir bis Mitternacht zum Sammelpunkt Fox, den Grund der Schlucht, gelangten und mit dem Aufstieg begannen, war das für mich schon ein Sieg. Der Feind würde den Rangern über einen gefährlichen Pass folgen müssen. Die Ranger würden ihnen das allerdings sehr schwer machen. Jetzt hingegen, wo wir die Nacht unter dem niedergehenden Halbmond entlang der offenen und ansteigenden Ausläufer des Canyons durchquerten, hätten alle Elemente, die mit Verwundeten und überladener Ausrüstung auf freiem Feld erwischt wurden, einen ziemlich harten Kampf vor sich. Umzingelt, versteht sich.

Diese Art von Kampf führt kein Ranger gerne.

Aber unabhängig vom Ausgang des Kampfes würde die Hölle los sein. Der Feind würde teuer bezahlen. Wenn man sie erwischte, würden die Ranger in einem Wimpernschlag in den Berserkermodus wechseln. Der Feind würde es sehr bedauern, selbst wenn es ihm letztendlich gelänge, den Kampf für sich zu entscheiden und zu gewinnen.

Wir, Last of Autumn und ich, hatten einen Vorsprung, aber es war klar, dass die Zentauren schneller waren. Schließlich waren sie Pferde ohne Reiter. Sie kamen schnell voran und überholten die Ziegenmänner, die sich gegenseitig traten, schubsten und stolperten, um uns zuerst zu erreichen, und dabei lauthals blökten.

Um uns herum fielen Pfeile durch die Bäume, und schon bald verlangsamte sich unser Vorankommen. Last of Autumn und ihr Pferd schlängelten sich durch den dichten Wald und stießen auf einen Pfad, der tiefer hineinführte. Es war ein alter Pfad, der offenbar schon lange nicht mehr benutzt worden war. Schatten tauchten vor uns auf – riesige Bäume, die mich zu sehr an die grimmigen Trolle erinnerten, denen wir in der Nacht zuvor gegenübergestanden hatten. Totholz und abgestorbenes Gestrüpp lagen auf dem Weg, und der Regen hatte ihn an einigen Stellen ausgewaschen. Ich fragte mich, wer diesen Weg angelegt hatte. Und dann sah ich nach oben, zu meiner Linken, zum Waldrand. Einige der Zentauren hatten Abfangrouten eingeschlagen und holten uns ein, indem sie das offene Gelände außerhalb des Waldes nutzten, um vor uns zu gelangen.

Und natürlich kamen zu der Last, die Last of Autumns Pferd eh schon trug, noch mein Gewicht und die Ausrüstung, die ich nicht bei den Spähern gelassen hatte. Dennoch donnerte das große Tier vorwärts in die Dunkelheit des Waldes und bemühte sich, unseren verzweifelten Verfolgern zuvorzukommen.

Der erste Zentaur, ein großer, gemeiner Kerl mit einem fast zimperlichen Gesicht, rauschte durch die Bäume des oberen Waldes, den Speer im Anschlag und keinen Bogen in der Hand. Er machte einen unglaublichen und fantastischen Satz über einen umgestürzten Baumstamm und landete auf dem Pfad vor uns. Aber sein Schwung beförderte ihn weiter bergab, und als ich zurückblickte, rappelte er sich auf wie ein gestürztes Pferd, oder versuchte vielmehr, aufzustehen, die Hufe unter die Beine zu bekommen und so schnell wie möglich unsere Verfolgung aufzunehmen.

Ein Pfeil aus dem Nichts pfiff an meinem Ohr vorbei und verschwand in der Nacht, während wir tiefer in die Dunkelheit vorstießen.

Ein massiver Baum lag quer über dem alten, verfallenen Pfad vor uns, und Autumn trieb ihr Pferd in den Wald, um ihn zu umgehen. Wir wurden langsamer und folgten einer Abzweigung, die ins Flusstal hinunterführte.

»Großartig«, sagte ich über den Wind und das Donnern der Hufe hinweg, die ein atemberaubendes Staccato hinlegten. »Wir haben sie abgehängt. Was nun?«

Sie erwiderte einen Moment lang nichts, dann zügelte sie ihr Pferd und wir rutschten buchstäblich einen unvorstellbar steilen, mit totem Laub bedeckten Hang hinunter. Steiler als alles, was ich je einem Pferd zugetraut hätte. Schon gar nicht in der Dunkelheit. Gejagt von Pferdemenschen-Bestien. Mit Speeren und bösen Absichten.

Um uns herum nichts als Staub und Mondlicht, und wir prallten gegen nicht wenige hervorstehende Äste. Ich hielt mich an ihr und gleichzeitig an meiner Waffe fest. Wenn es zu einem Kampf käme, würde ich sie brauchen.

Wir erreichten das Ende des Abhangs, sie glitt vom Pferd und verlangte: »Folge mir!«

Die Bedeutung war klar. Wir würden versuchen, sie zu Fuß abzuschütteln, während das Pferd seine unbeladene Kraft nutzte, um in eine andere Richtung davonzugaloppieren.

Sie hatte ihren Bogen gespannt und einen Pfeil angelegt. Dann tätschelte sie den Schecken, murmelte ein paar Tolkien-Worte, die ich nicht verstand, und entließ ihn in die nächtliche Düsternis des Waldes, wie ein Unterwassermonster, das auf Nimmerwiedersehen in die schattigen Tiefen abtaucht.

Wir rannten durch die Bäume, und ich konnte das Scheppern meiner Ausrüstung hören, obwohl ich sie dank der Hilfe der Scouts deutlich geräuschloser gemacht hatte. Aber im Vergleich bewegte sich Autumn vollkommen lautlos. Wenigstens war ich unsichtbar. Ich hatte den Ring noch an. Aber ich wusste, dass sie mich hören konnte, und sie sagte mir immer wieder, ich solle ihr in diese oder jene Richtung folgen. Oder ich solle auf diesen Ast oder dieses Loch achten. Es war offensichtlich, dass sie wusste, wohin sie ging.

Ich hatte keine Ahnung.

»Wohin gehen wir?«, keuchte ich, als sich mein Herzschlag langsam wieder stabilisierte.

»Zu einem Ort, an dem wir ihnen auflauern können«, antwortete sie.

Dann rief sie mir etwas auf Schattenkanto-Koreanisch zu. Plötzlich. Eine Warnung.

»*Pass auf!*«

Ein weiterer Zentaur tauchte wie aus dem Nichts aus der Dunkelheit um uns herum auf. Ich war so sehr damit beschäftigt, ihr zu folgen, dass ich das vierbeinigen Gepolter seines plötzlichen Ansturms durch eine Baumschneise nur schemenhaft wahrnahm. Er kam zu unserer Rechten aus dem Wald, und sie drehte sich um und schoss ihren Bogen ab. Zweimal. Schnell. Einen Pfeil nach dem anderen. Beide silbergefiederten Schäfte schlugen in den muskulösen Bauch des Pferdemanns ein, direkt unter den Platten der Torsopanzerung des Zentauren. Das Wesen taumelte, und seine Vorderbeine sackten weg, bevor es kopfüber gegen einen Baum prallte.

Ich bin mir ziemlich sicher, dass ich gehört habe, wie sein Schädel beim Aufprall zerbrach.

»Komm jetzt«, flüsterte Autumn in meinem Kopf. »Wir sind so nah dran. Hier draußen wollen wir nicht erwischt werden.«

In der Ferne konnte ich weitere Verfolger hören. Und die Geräusche der meckernden Ziegenmänner, die auf allen vieren durch das Unterholz zu dem Gebiet rannten, durch das Autumn uns führte. In meinem Geist sah ich ihre lüsternen Blicke und ihr zähnefletschendes Lächeln, die Hörner gesenkt und ohne jegliche Skrupel, während sie darum kämpften, uns als Erste zu finden.

Was dann?

Das wollte ich gar nicht wissen.

Ich war fest entschlossen, dass sie Autumn nicht kriegen würden.

Krümmt ihr auch nur ein Haar und ihr bekommt die volle Dröhnung. Jedenfalls so viel, wie ich noch Kugeln hatte. Ich versprach ihnen das und machte mich bereit, diese Mistkerle anzugreifen. Ich war auf Anschlag, und sie standen kurz davor, eine Abreibung zu bekommen.

Autumn hatte ihr Tempo verlangsamt, und wir rannten über eine Reihe von in den Fels gehauenen Stufen. Sie waren mit totem rötlichem Laub bedeckt, und es sah so aus, als wäre das schon seit einiger Zeit der Fall. Meine Mondsicht nahm all das wahr, was meine normalen Augen nicht sehen konnten. Und ich bezweifle, dass das neueste Nachtsichtgerät der Army irgendetwas gesehen hätte. Hier gab es nicht genug Licht, als dass es hilfreich gewesen wäre.

Die Trittsteine schlängelten sich den Hügel hinunter, und ein paar Minuten später konnte ich den fernen Fluss hören. Die Frage war nur, ob wir außer den Feinden, die uns heute Nacht hierher verfolgt hatten, noch auf andere Wesen stoßen würden. Wenn ja, würden die Dinge sehr schnell außer Kontrolle geraten.

Ein Haufen Ziegenmänner entdeckte uns und sprang den oberen Teil des Weges hinunter. Sie blökten wie hungrige Böcke, wenn der Bauer das Futter bringt. Autumn drehte sich um und schoss auf einen, wobei der Pfeil direkt durch den Bauch des dickbäuchigen Viechs ging.

Ich nahm den zweiten ins Visier und feuerte einen gezielten Schuss ab. Er brach zusammen und rollte durch das tote Laub den Hügel hinunter.

Überall um uns herum konnte ich ihre Bewegungen wahrnehmen. Sie hatten sich zu einem Jagdhalbrund aufgefächert. Meine Schüsse hatten sie nicht im Geringsten aufgehalten. Wenn überhaupt, trieb sie das an, noch schneller zu uns zu kommen und die Schlinge um uns zuzuziehen.

Oder um sie, besser gesagt. Sie konnten mich ja nicht sehen. Vielleicht hatte ich Glück, dass sie auf das Geräusch meines Knallstocks nicht mit einem *Oruu-Oruu* reagierten. *Knallstock-Zauberer hier.* Holt ihn euch. Aber ich bezweifle, dass sie wussten, wie sich unterdrücktes Feuer anhört, und ich nehme an, dass sie verwirrt waren, weil dieses Geräusch von einer Elfe kam, soweit sie es erkennen konnten.

Und sie wollten sie für sich haben.

Unbedingt.

Sie ergriff meine Hand, obwohl ich unsichtbar war, und zog mich durch eine hohe Wand aus Sträuchern, auf die wir gerade zusteuerten. Als hätte jemand die riesige wilde

Hecke einst hier gepflanzt und sie vor langer Zeit ihrem Schicksal überlassen. Und obwohl sie wild und verworren geworden war, hatte die Hecke nie die Erinnerung an ihre einstige Aufgabe als Mauer aufgegeben.

Autumn konnte mich trotz des Rings sehen. Ich nahm ihn vom Finger und steckte ihn zurück in meine Tasche, wobei ich den Klettverschluss zumachte, um sicherzugehen, dass der Ring schön brav an seinem Platz blieb.

Sie schnitt die dicken Ranken durch, während wir uns durch die Hecke schoben. Das rasiermesserscharfe Ninjaschwert in einer Hand. Sie hackte sich einen Weg nach vorne und durch das Gewirr von sich windenden Ästen und scharfen Blättern frei. Ihr Atem ging in kleinen, zarten Stößen. Den Bogen in der anderen Hand. Pfeifende Steine flogen in die Gestrüppwand um uns herum, die Ziegenmänner schrien und riefen sich gegenseitig etwas zu, als sie spürten, dass ihre Beute in die Enge getrieben worden war.

Und dann bahnten wir uns einen Weg auf die andere Seite und standen vor einer schillernden alten Ruine, die von oben in helles Mondlicht getaucht war.

Zweifellos war es vor allem die Mondsicht, die den weißen Marmor so schön erscheinen ließ. Dennoch war sie mit nichts vergleichbar, was ich je zuvor gesehen hatte. Es handelte sich um ein eingestürztes Gebäude oder einen Turm, dessen Bruchstücke eine Art Krone bildeten. Für mich bestand kein Zweifel daran, dass dieser Ort uralt war und auf den vergangenen Ruhm eines epischen Zeitalters hinwies, das wir nie kennenlernen würden.

»Was ist das …«, murmelte ich dümmlich, als ich ihr dorthin folgte. In Ehrfurcht vor seinem Geheimnis und seiner dunklen Pracht. Ich vergaß die messerschwingenden kleinen Ziegenmänner, die hinter uns durch das Unterholz krabbelten. »Es ist unglaublich«, fügte ich hinzu. Hilfsbereiterweise.

Über Funk konnte ich den Sergeant Major hören. Es klang verzerrt und bruchstückhaft. Aber er versuchte definitiv, mich zu erreichen. Und das bedeutete wahrscheinlich, dass es wichtig war.

»Das …«, begann sie atemlos und schritt schnell vorwärts, um in den Kreis aus knochenweißem mondbeschienenem Stein zu gelangen, der die Einfassung der zerbrochenen Krone des fantastischen einstigen Turms bildete, der in der fernen Vergangenheit in sich zusammengefallen war. Ich eilte hinter ihr her, die MK18 im Anschlag, und scannte die Zugangsstellen durch die Hecke. Ich wartete darauf, dass kleine Ziegenmänner hindurchkamen. »Dies ist der Tempel des … Verborgenen Königs. Die Elfen, die einst hier lebten … beteten dort … am Flussufer.«

Wir gingen durch die Überreste eines fabelhaften eingestürzten Torbogens. Er sah aus wie aus einer prachtvollen Kathedrale und war mit Runen übersät, die man sorgfältig in den Stein gemeißelt hatte. Unscheinbar und jenseits von allem, was ich je für möglich gehalten hätte, ohne eine Art fortschrittliche industrielle Gravur- oder Ziseliermaschine. Und ich wusste nicht einmal, ob es so etwas in unserer Zeit gab. Ich meine, konnten die Menschen in unserer Zeit, selbst damals, solche fantastischen Details von Hand erschaffen?

Ich hatte diese Art von Symbolen schon einmal gesehen. Damals wusste ich es noch nicht, aber als ich später darüber nachdachte, wurde es mir klar. Jetzt kann ich Ihnen sagen, dass es sich um Tolkien-Elbisch handelte. Aus längst vergangenen Zeiten. Die erfundene Sprache, mit der sich meine sprachbesessenen Kollegen verlustiert hatten. Und doch gab es hier Wände voller gemeißelter Texttafeln in dieser uralten und erfundenen Sprache, als wäre sie echt. Das einzig wahre Medium des Informationsaustauschs einer riesigen Kultur, die diese Länder einst beherrscht hatte. Kein Hobby aus einem verstaubten alten Buch. Im Inneren des urzeitlichen Tempels war fast alles, was von den alten Mauern noch existierte, mit unzähligen Reihen dieser Schrift bedeckt. Sie war überall, und sie war endlos.

Und bedeutungslos für mich.

Aber nicht ohne Bedeutung.

Irgendein ewig lernendes Hintergrundsprachprogramm in meinem Geist kam zu dem Schluss, dass ich diese Sprache entschlüsseln musste, wenn ich die Geheimnisse dieser Welt lüften wollte.

Ich hätte laut aufseufzen können. Aber um ehrlich zu sein … ich mag Herausforderungen. Ich liebe das Rätsel der Sprachen. Es war also nicht so schlimm, wie ich anfangs dachte. Ich war einfach nur müde, und da ich mitten in der Nacht von Ziegenmännern gejagt wurde, konnte ich mir kein Ende vorstellen, das nicht wirklich schlimm für uns alle war.

»Komm mit«, sagte sie noch einmal. Und fast so schnell, wie Chief McCluskey an jenem Tag in der C-17 mit dem Schwert umgegangen war, es vom Tisch genommen und die rasiermesserscharfe Klinge an den Hals des Special Operators gelegt hatte, stach sie ihr Schwert in den Schmutz, wo vor langer Zeit eine Steinplatte hochgezogen worden war, und fast gleichzeitig zückte sie einen Pfeil und feuerte ihn mit einer einzigen fließenden Bewegung auf einen Ziegenmenschen ab, der sich von mir unbemerkt durch die Hecke eingeschlichen hatte.

Der Pfeil durchbohrte seine Kehle. Der Ziegenmann fing an zu würgen und Blut zu spucken. Sekunden später war er tot, das Blut sickerte durch seine schmutzigen Finger und schwarzen Nägel, und seine Augen rollten in seinem gehörnten Schädel zurück.

Kein schöner Anblick.

Ich suchte jeden Sektor durch das Visier meiner MK18 ab, das auf eine Art und Weise mit der Mondsicht zusammenarbeitete, die sich wahrscheinlich niemand je hätte vorstellen können. Nachtsichtgeräte und Zielvorrichtungen zu benutzen ist furchtbar. Im besten Fall. Man muss schon ein absoluter Meisterschütze sein, um diese Erfahrung genießen zu können. Aber mit der Mondsicht und ihrem seltsamen Teleskopblick war es, als würden meine Augen selbst zum Zielsuchgerät. Unsere Sinne waren definitiv geschärft worden.

Ich konnte die Hufe der Ziegenmänner hören, die hinter der Mauer aus Sträuchern herumscharrten. Sie flüsterten wie Dämonen in Horrorfilmen, wenn sie jemanden in den Wahnsinn treiben, ohne gesehen zu werden. Es war halb Zischen und halb bösartiges Kichern.

»Hier runter«, flüsterte Autumn mir zu.

Ich drehte mich um und stellte fest, dass sie am Rande eines zentralen Brunnens stand. Ein riesiges, klaffendes Loch, in dem uralte rissige Marmorstufen in dunkle Tiefen hinabführten.

»Was ist da unten?«, fragte ich.

Sie drehte sich um, ihr Gesicht war in der Dunkelheit schön und verängstigt zugleich. Ich konnte jedes Detail erkennen, und sie war faszinierend. Ihre Augen glichen endlosen silbernen Universen voller Sterne, in die man hineinstarren und in denen man sich vielleicht für immer verlieren konnte. Aber sie hatte Angst, und das machte mir Sorgen. Vielleicht war dies doch kein so guter Plan gewesen. Und wahrscheinlich wusste sie das.

Die Ranger konnten nun den ersten Sammelpunkt auf der Strecke erreichen. Wir hatten es geschafft. Wir hatten den Feind abgelenkt. Oder zumindest hatten wir unserer Seite ein wenig mehr Zeit verschafft, um der Flucht aus diesem verwunschenen Flusstal einen Schritt näher zu kommen. Und so, wie es im Moment aussah, war jede Etappe, die uns dem Ziel näher brachte, ein Sieg. Ein Schritt nach dem anderen. Ein Fuß vor den nächsten, bis man irgendwo ankommt. Direkt aus dem Lehrbuch von Drill Sergeant Ward.

Meinetwegen, sagte ich mir und fragte sie, was da unten im Brunnen unter der Tempelruine war, da wir da anscheinend runter gehen würden. Also gut. Dann machen wir das. Auch nicht schlimmer als die Alternativen.

»Ein Dämon«, antwortete sie und blickte zu mir hinauf. Und dann stiegen wir in die Dunkelheit hinab.

KAPITEL 37

Die alte Ruine, in die wir hinabkletterten, wirkte wie ein fantastischer Tempel aus den Nebelwelten vergessener Legenden und längst vergangener Mythen. Etwas Erstaunliches, das ein wütender Titan einst in die Tiefen der Erde geschmettert hatte, um die Sterblichen an ihren Platz zu verweisen. Ein Ort, den man nur in den Mega-Blockbustern über Welten wie die, in denen sich die Ranger jetzt befanden, sehen konnte. Es war zu überwältigend und ehrfurchtgebietend, als dass man sich darauf einlassen konnte. Jeder schummrige Korridor und jeder leuchtende Lichtschacht enthüllte eine Statue, die auf verlorene Geschichten hinwies, über die ich nie mehr erfahren würde. Dinge, die für die nächsten zehntausend Jahre und die nachfolgenden zehntausend Jahre ein Geheimnis bleiben würden. Es war, als würde man das letzte Fragment eines großen Buches finden und lesen, das sonst für immer verloren gewesen wäre. Man bekam nur einen Teil der Geschichte mit. Und selbst dieser Teil war episch.

Das Seltsamste an der Sache war, dass ich dieses Gefühl kannte …

Es war wie ein wundervolles, verlassenes Einkaufszentrum, in dem man vor zwanzig Jahren schon einmal gewesen war. Ewigkeiten her. Ein Ort, an dem man sich freitagabends nach der Schule mit den Mädchen traf, um sich im nunmehr verstummten Kino in der Nähe der düsteren Spielhalle, die nie wieder surren und piepen würde, den Blockbuster des Jahres anzusehen. Dort, wo man einst ein neues Basecap in einem der sieben verschiedenen Läden mit Fanartikeln kaufen konnte – der Höhepunkt unserer großen Vergangenheit. Man schaut sich die Essenstände an und versucht, sich all die Geschichten, Leben, Lieben und Dramen vorzustellen, die sich einst zwischen den mittlerweile mit Laub bedeckten Fliesen und umgestürzten Stühlen, beschmutzt vom durch das eingestürzte Dach eindringende Regenwasser, abgespielt haben. Jetzt sind die Läden verdunkelt und hinter verschlossenen Gittern verborgen, die sich nie wieder öffnen werden.

Das waren wir. *Sic transit gloria mundi.*

In imaginären Welten gibt es bestimmt tapfere Helden. Das sagten mir sowohl meine Erinnerungen an die längst vergessenen Einkaufszentren unserer Jugend vor zehntausend Jahren als auch die Eindrücke aus dem Hier und Jetzt. Wie eine Mahnung, dass Vergänglichkeit sein muss, wenn wir dem Winter des Alters ins Auge blicken müssen. Die Realität der Dinge, wie sie waren und wie sie jetzt sind.

Vielleicht übertreibe ich mit dem, was ich da unten gesehen habe. Manchmal werde ich ein wenig schwülstig in meiner Prosa. Ich bin auch erst seit Kurzem Schriftsteller. Vielleicht sogar der einzige Schriftsteller der Welt, in der wir gelandet sind. Also lassen Sie bitte Nachsicht walten. Ich muss mich erst noch ein bisschen ausprobieren. Wie man eine Geschichte erzählt, zum Beispiel. Einkaufszentren gab es eigentlich vor meiner Zeit. Aber ich hatte Fotos davon gesehen. Habe mir die Retro-Filme mit Schauspielern in meinem Alter angesehen, die sich an die Generation meiner

Eltern richteten. Und ich sah, wie sie auf meine Mutter wirkten, bis zu dem Punkt, an dem ich es fühlte. Ich wusste, was sie spürte. Wenn ich darüber nachdenke, was sich unter der Ruine des Tempels befand, in den Last of Autumn mich hineinführte … Das war so ähnlich. Erinnerungen an Erinnerungen, die ich nie haben würde. Ich bekam dieses Gefühl, wie wenn man die vage Harmonie eines Liedes aufschnappt, das man einst kannte, aber weiß, dass es noch mehr gibt, an das man sich nicht erinnern kann. Ein Lied, das man geliebt, aber schon lange nicht mehr gehört hat.

Der Tempelbrunnen könnte einst eine Art offener unterirdischer Garten gewesen sein, der unter die Hauptebene abgesenkt war und sich zu einer großen Gitterkuppel aus gemeißeltem Stein hin öffnete. Jetzt war diese Kuppel eingestürzt und auf den filigranen alten Marmorfußboden gestürzt, der schmutzig und mit Moos und riesigen gefiederten Farnen bewachsen war. Seltsame nekrotische violette Pilze wuchsen und pulsierten dort unten in der Tiefe und verströmten ein schwaches und ausgesprochen unheilvolles Zwielicht. Als gäbe es dort unten eine Art teuflischer Intelligenz. Etwas, das böswillig wie willenlos war. Dunkelmütig, aber ohne Selbstzweck. Und hungrig. Sehr hungrig.

»Du sagtest, hier beteten die Elfen? Aber dein Volk nicht?«, flüsterte ich, als wir die Marmorstufen hinuntergingen, vorbei an verfallenen Statuen schöner Frauen, die den Ohren nach zu urteilen Elfen waren und Fackeln, Bücher und Weizen in den Händen hielten. All das war in Stein gemeißelt. Abgenagt vom Zahn der Zeit, verunstaltet und beschädigt.

Sie schaute angestrengt in die Dunkelheit hinab. Wahrscheinlich versuchte sie gerade, einen Weg durch das

Labyrinth der Zerstörung zu finden. Selbst die besonderen Fähigkeiten, die ihr die Mondsicht verlieh, schienen hier unten gegen die überwältigende Dunkelheit und das Unheil anzukämpfen, das seinen Ursprung irgendwo weiter unten hatte. Als ob das, was da in der Tiefe unsichtbar lauerte, sich nicht offenbaren wollte.

Noch nicht.

Sie blieb stehen wie eine Katze, die einen Vogel jagt, schaute dann über die Schulter zu mir zurück, schüttelte den Kopf und legte einen zarten Finger auf die Lippen. Mit gestrecktem Schwert ging sie weiter hinunter.

Die Ziegenmenschen und Zentauren über uns waren immer noch zu hören, wie sie die Ruine umkreisten und sich gegenseitig dazu herausforderten, uns nachzugehen. Wir konnten das Stampfen ihrer Hufe hören und wie sie sich ihre dunklen Pläne zuflüsterten. Sie waren sich sicher, dass sie uns in die Enge getrieben hatten, wenn man der dunklen Freude in ihren Stimmen Glauben schenken konnte. Ich hatte keine Ahnung, welche Sprache sie sprachen, aber ich hörte eine Spur von Deutsch. Oder was Last of Autumn *Grawasprēkō* nannte. Graue Sprache.

Sie hatte Jabba in dieser Sprache verflucht. Bedeutete das, dass es die Sprache des Feindes war? Ich speicherte das als Information ab, falls ich jemals zu den Rangern zurückkehren würde. Ich würde das vertiefen und herausfinden müssen, was es bedeutet. Was es implizierte. Aber offen gesagt … In diesem Moment, als ich in den finsteren Brunnen unter den Überbleibseln der alten mondbeschienenen Tempelruine hinabstieg, war ich nicht davon überzeugt, dass ich dort lebend wieder rauskommen würde.

Vor allem, wenn da unten ein Dämon war.

Stimmte das? Gab es überhaupt Dämonen? Hatte es jemals welche gegeben?

Ja, antwortete eine Stimme in mir auf sämtliche drei Fragen, die ich mir selbst stellte, und ich wusste, dass sie recht hatte.

Wir erreichten ein Hauptgeschoss unterhalb des Tempels, und ich es war nicht so dunkel und geheimnisvoll, wie es zunächst schien. Helle Strahlen erstaunlich blauen Mondlichts fielen an den Stellen, an denen das Dach eingestürzt war, in die Düsternis und verliehen dem Ganzen eine gewisse postapokalyptische Schönheit.

Ich wunderte mich über diese ganze Welt und all ihre Geschichten, die ich nie erfahren würde. Ich wollte sie alle wissen. Vielleicht war das der Grund, warum ich hier war. Um die Geschichten dieser Orte zu hören. Um sie aufzuschreiben. Oder zumindest eine. *Unsere Geschichte.* Damit es den Rangern nicht wie dieser vergessenen und versunkenen Ruine erging, die hier draußen im Wald für immer untergegangen war. Geheimnisse, die für immer in Vergessenheit geraten waren. Ich würde mein Bestes tun, um das zu verhindern. Solange ich bei den Rangern blieb, würde ich alles festhalten. Die Taten. Die Helden. Die Mythen und Legenden. Und versuchen, auf irgendeine Weise dem unerbittlichen Mahlstrom der Zeit zu trotzen.

In diesem Moment kam mir ein Gedanke. Dass ich arrogant war. Weil ich annahm, dass nur, weil ich es nicht wusste, es auch niemand sonst tat. Dass Last of Autumn, die diesen Ort kannte und wusste, dass sie hierher kommen musste, seine Geschichten nie gehört hatte. Ich nahm mir vor, weniger zu lamentieren und mehr zu lernen.

Es herrschte eine fast erdrückende Stille hier unten im Halbdunkel unterhalb der zertrümmerten oberen Ebenen.

Sie führte mich einen Gang entlang und flüsterte: »Die Satyrn sind ausgezeichnete Spurenleser. Sie werden uns folgen. Hier lang.« Mit ein bisschen humanistischer Bildung war es ziemlich einfach, herauszufinden, wer die Satyrn waren. Die Ziegenmenschen, allerdings deutlich mordlustiger als ihr griechisches Äquivalent Pan. Aber was war mit den Zentauren? Die Pferdemenschen hätten doch wohl keine Chance, hierher zu gelangen.

Wie aufs Stichwort hörte ich das Trappeln eines Zentauren am oberen Ende der verfallenen Treppe. Für sie war die Elfe ein Preis, für den man auch eine Torheit begehen konnte.

Ich folgte ihr, und schon bald schlängelten wir uns durch einen schmalen Gang, der mich, hätte ich nicht auf der Gästeliste ihrer Mondsichtparty gestanden, blindlings ins Stolpern gebracht und wahrscheinlich in einen bodenlosen Abgrund befördert hätte.

Ja, genau. Dort unten gab es Abgründe, und von den Vorsprüngen aus war kein Boden zu sehen. Die Art von Ort war das.

»Was ist mit diesem Dämon?«, fragte ich leise. Die Stille erinnerte an ein lebendiges Wesen, das pulsierte und atmete.

Sie antwortete nicht.

Bald kamen wir in einer unterirdischen Höhle heraus, die selbst eine Art Grube war. Ein kleiner Wasserfall stürzte von hoch oben kaskadenartig an der Seite des verfallenen Schachts hinunter und verschwand in der Dunkelheit. Es gab kein Plätschern. Kein Geräusch von irgendeinem Becken dort unten in der tiefen Dunkelheit, in dem das Wasser aufgefangen wurde. Zumindest konnte ich es von dem Felsvorsprung aus nicht hören, auf dem wir uns bewegten.

Das Mondlicht spiegelte sich im herabfallenden Wasser und sorgte für eine bessere Beleuchtung, und das war gut so, denn der Vorsprung an der Seite des Schachts war viel zu schmal, um ihn im Dunkeln mühelos begehen zu können. Und auch im Hellen war es nicht leicht. Ich fragte mich, ob die Zentauren es schaffen würden. Ich konnte die Hufe hören, die sich ihren Weg durch die oberen Ebenen bahnten.

Wir näherten uns einem Spalt in der Wand auf der anderen Seite des Schachts. Weit unterhalb von uns. Der Vorsprung hatte ein leichtes Gefälle und fiel korkenzieherförmig ab. Und je näher wir diesem Spalt kamen, je weiter wir uns um den Schacht herum bewegten, desto stärker wurde der Gestank. Und der war schon zu Beginn ziemlich streng. Irgendetwas an diesem Spalt fühlte sich nicht richtig an. Dieser Riss in der Wand kam mir vor wie eine infizierte Wunde in der Aura dieses Ortes. Trotz der Tempelruine und den Höhlen darunter wirkte der Riss irgendwie abgetrennt. Als wäre er etwas Eigenständiges und viel Schlimmeres. Ich wusste das. Ich spürte es. Etwas Verfaultes und Verdorbenes befand sich dort drinnen, und seine kalte Feindseligkeit lungerte in meinem Geist.

Der Dämon.

Das hatte sie gesagt. Last of Autumn. Via Hirnfunk.

Sie zeigte darauf und flüsterte das Wort noch einmal. Diesmal laut. Sie wies auf den Riss im Felsen. Den verhängnisvollen Spalt.

»Dämon.«

Mein Plan, falls jemand gefragt hätte, wäre gewesen, genau das Gegenteil von dem zu tun, was wir gerade taten. Doch wir liefen auf dem Felsvorsprung geradewegs hinunter zu der Stelle, an der die Öffnung in der Wand klaffte.

Mich hat aber niemand gefragt.

Ich legte den Wählschalter der MK18 auf *Kill*. Ich entschied mich für die Vollautomatik anstelle der Halbautomatik, da Munitionsreserven und geladene Magazine, oder »Kill Sticks«, wie die Ranger sie nannten, nicht gerade im Überfluss vorhanden waren. Trotzdem hatte ich vor, schwer zu töten zu sein.

Sei der Grausamere, hatte der Sergeant Major gesagt.

Wir schlichen, ich so geräuschlos wie möglich, Autumn ohne einen Ton, auf den zerklüfteten Spalt in der Höhlenwand zu. Dann blieb sie stehen.

Sie stellte sich an die raue Felswand und flüsterte etwas. Ich konnte es in der pochenden, bösartigen Stille kaum verstehen. Es war ein Tolkien-Wort, aber ich hatte keine Ahnung, was es bedeutete. Doch was dann geschah, war trotzdem ziemlich cool.

»*Málo*.« Das war das Wort. Sie sagte es leise. So leise, dass ich es kaum hörte. Als wolle sie niemanden – oder etwas – aufwecken. Und dann, wie aus dem Nichts, schob sich die Höhlenwand nach innen, entlang zweier silbriger Streifen, die vor einer Sekunde noch nicht da gewesen waren. Dahinter war es dunkel, und sie schaute mich erneut an. Glück und Erleichterung zeichneten sich auf ihrem sonst so ernsten Gesicht ab, und dann schlüpften wir durch den Spalt in der Wand.

Eine Sekunde später, als die Zentauren und Satyrn in den Höhlenschacht hinunterkamen, schloss sich die verborgene Tür hinter uns.

KAPITEL 38

Wir befanden uns in einer Nische. Etwa in der Größe eines Büro-Lagerraums. Aber eines geheimen Lagerraums hinter der realen Geheimtür, durch die wir gerade gegangen waren. Wie aus einem Krimi, der in einem Spukhaus spielt, oder aus einer Fantasy-Geschichte über verlorene und verborgene Königreiche, die längst unter der Erde schlummerten. Oder einem Piratenroman, denn in dem Raum befanden sich Schatztruhen und ein breiter Holztisch, auf dem seltsame Phiolen und Flaschen mit verschiedenfarbigen Flüssigkeiten standen, die alle schillernd leuchteten.

Plötzlich kam mir ein seltsamer Gedanke. Vielleicht enthielt eine dieser Flaschen Kaffee. Ich hoffte es inständig. Und ich sprach es auch scherzhaft aus, obwohl es mein voller Ernst war.

Sie hatte keine Ahnung, was ich meinte, und ich musste gegen einen kurzen Anflug von Schwermut ankämpfen, als mir klar wurde, dass es vielleicht keinen Kaffee mehr auf der Welt gab. In diesem Augenblick beschloss ich, dass ich in diesem Fall Kaffeebohnen finden, anbauen, ernten und meinen Kaffee selbst herstellen würde.

Ich hatte keine Ahnung, wie man das macht.

Aber … ich könnte es lernen.

Als ich mich umdrehte, um zurückzublicken, sah die Geheimtür von dieser Seite wie eine normale Tür aus. Eine silberne Tür. Auf der anderen Seite hatte sie wie ein Teil der Felswand ausgesehen, an der wir entlanggelaufen waren. Darauf schimmerte eine silberne Linienfolge, die in der Dunkelheit magisch schillerte und aus Runen bestand, die ich nicht verstand, sowie dem Bild einer Mondsichel unter einem schneebedeckten Berg.

»Was ist das für ein Ort?«, flüsterte ich in den engen Raum.

Sie saß auf einem Schemel und starrte an die Decke, während sie in ihrem Umhang kramte und etwas herausholte, das in wohlriechende Blätter eingewickelt war. Kuchen. Sie reichte mir einen und machte sich dann fast mit Heißhunger über ihren her. Sie musste einen hohen Stoffwechsel haben – das hätte ihre Schnelligkeit und ihren offensichtlichen Bedarf an Kalorien erklärt. Sie aß schnell und starrte immer noch nach oben, als könne sie die Zentauren und Satyrn sehen, die auf unsere Ebene herunterkamen. Ihre langen Ohren zuckten ein- oder zweimal bei einem Geräusch, das ich nicht wahrnehmen konnte, und ich erkannte, dass sie sie und ihren höchstwahrscheinlich fantastischen Gehörsinn nutzte, um die aktuelle Position unserer Feinde zu bestimmen.

Mir war ziemlich klar, was sie getan hatte. Sie hatte sie direkt zu dem Spalt geführt, der weitaus mehr als nur ein Riss in der Höhlenwand war. Er fühlte sich wie etwas viel Schlimmeres an. Wie eine Tür, durch die man nicht gehen wollte und durch die man vielleicht nicht mehr hinauskommen konnte, wenn man sie einmal passiert hatte.

Und dann hatte sie uns in einen geheimen Raum neben vor ihrer Falle geschleust.

Das war clever. Ranger-clever.

Draußen, über uns, hörte ich das dumpfe Trappeln von Zentaurenhufen. Das zischende Kichern der jagenden Ziegenmänner. Die Satyrn, so hatte sie sie genannt. Sie waren befanden sich in der Nähe der Tür, aber die Stille zwischen uns und ihnen war wie ein unsichtbares Etwas, das man fühlen und nicht sehen konnte. Wie ein gedämpftes weißes Rauschen im Kopfhörer. Ich musste annehmen, dass es irgendeine Art von Magie war. Irgendeine besondere Eigenschaft der Tür. Aber ich staunte viel mehr darüber, dass sie, vor allem die Zentauren, aber auch die Satyrn, mit ihren Hufen den schmalen Vorsprung hinunterkamen. Und dann, als ob es eine Reaktion auf meinen Unglauben geben müsste, dass sie so etwas versuchen würden … fiel einer von ihnen dort draußen vom Vorsprung. Ein Zentaur. Er wieherte und jaulte vor Angst, während er für eine gefühlte Ewigkeit in die tiefen dunklen Abgründe stürzte.

Sie schien meine Gedanken zu lesen.

»Nein«, sagte sie leise, als unter den Zentauren und Ziegenmenschen energisches Geplapper ausbrach. Einige sprachen sich zweifellos dafür aus, dass sie jetzt umkehren sollten. Andere waren wütend und brüllten in ihrer unbekannten Sprache. »Hier drin können sie uns nicht hören.«

Und nach einigen Augenblicken machten sie sich wieder auf den Weg, draußen an den Seiten des Schachts entlang. Sie waren fest entschlossen, Unheil anzurichten und zu bekommen, weswegen sie hergekommen waren, koste es, was es wolle.

Der erste Zentaur kam gerade an der gut versteckten Geheimtür vorbei und ging weiter an der Höhlenwand entlang zum Riss in der Wand.

»Dieser Ort war ... ein heiliger Ort ...«, sagte sie. »Für die Drachenelfen, die als Erste kamen ... nach dem Großen Untergang. Sie bauten den Tempel darüber und ... erforschten die Heiligtümer und Katakomben darunter. Riesig und weitläufig. Sie taten Dinge ... Dinge ... die nicht getan werden sollten. Nicht ... gewusst.«

Irgendetwas rasselte da draußen im Hauptschacht. Es klang wie eine Klapperschlange im trockenen Wüstengestrüpp, wenn man ganz allein unterwegs ist und plötzlich merkt, dass man sich in jemandes Zuhause befindet. Zeit, vorsichtig zu sein. Achtung. Gefahr. Sie warnen einen, entweder abzuhauen oder den Konsequenzen von Biss und Gift ins Auge zu sehen, während man im Sterben liegt. Ich kannte dieses Geräusch. In meiner Kindheit war ich oft mit meinem Vater im Südwesten gewandert und zelten gegangen, Grand Canyon, Yosemite, volles Programm. Dieses Geräusch klang für mich sehr nach der Klapperschlangenwarnung. Aber gleichzeitig auch nicht. Es war irgendwie anders. Irgendwie falsch. Das Rasseln begann fast langsam und verführerisch. Wie ein nahöstliches musikalisches Vorspiel zu einem klagenden Wüstengesang. Aber nur ein paar Sekunden lang. Dann wurde es losgelöst und wild, als ob plötzlich Elektrizität um uns herum in der Luft läge. Und der Klang des Rasselns ging in einem seltsamen Zischen und Stöhnen unter, das in jeder erdenklichen Hinsicht falsch klang. Mir lief der kalte Schweiß den Rücken runter, während unsichtbare langbeinige Spinnen in mein Gehirn krochen. Es hörte sich wirklich verstörend an. Aber ich wusste auch ... und jetzt wird es seltsam ... Ich wusste, wo sich die Nahtstellen im Universum abzeichneten. Ich konnte hören, wie es sich für die Zentauren und die Ziegenmänner anhörte.

Plötzlich hatte ich die schlimmsten oder seltsamsten Kopfschmerzen aller Zeiten. Nur für einen Augenblick. Nahezu blitzartig. Dann waren sie wieder weg. Es war, als stünden mein Geist und mein Gehirn in Flammen, nur für diese eine Sekunde. Das war aber nicht das Schlimmste. Das plötzliche Fieber … Das war normal oder was ich jetzt als normal erkannte. Mein Kopf rauchte immer vor Gedanken und Ideen und Träumen, so wie jeder menschliche Geist da draußen. Mentales Fieber war ein normaler menschlicher Prozess. Und dann plötzlich, als dieses Stöhnen und Röcheln aus der dunklen Spalte drang … Ich wusste genau, dass es aus der dunklen Spalte kam … Als es stöhnte und jammerte … klagte über die Sehnsucht nach einer Leere, die es das *Äußere Dunkel* nannte. Vergessen. Zerstörung. Heimat.

Dort draußen, als das Fieber des normalen Denkens zurückkehrte und der ultimative *appel du vide* aus meinem Geist verschwand, konnte ich die Tentakelgeräusche und die wiehernden Schreie der Zentauren hören, wie sie gefangen, umschlungen und dann erwürgt wurden … um schließlich zu dem hungrigen Ding im Inneren der Spalte gezogen zu werden. Das uralte Wesen des Vergessens. Das Böse schlechthin. Der Dämon.

Das mit alldem nichts zu tun hatte.

Die Satyrn versuchten zu fliehen, aber die peitschenden Tentakel griffen auch sie an, quollen aus dem Spalt und schlängelten sich in die Leere der Höhle hinaus, auf der Suche nach Seelen, nach allem, was sie verzehren konnten, um den Schmerz zu lindern, der die Sehnsucht des Dings im Spalt nach Vergessen war. *Das Äußere Dunkel.*

Meine plötzlichen schlimmsten und seltsamsten Kopfschmerzen waren verschwunden, und mir blieb nur die Erinnerung daran, wie ich auf dem Höhepunkt des ganzen geglaubt hatte, meinen Platz im Universum zu verlieren. Ich war mir in diesem schrecklichen halben Moment zwischen den Existenzen sicher gewesen, dass das Ding in der Spalte tausend lidlose Augen besaß. Und jedes einzelne davon hatte mich in dem kurzen Moment vor dem Schlachten direkt angeschaut. Vor der Fütterung. Der Raserei. Erinnerungen an die Schönheit des Nichts. Seine Augen waren unendlich und uralt. Sie hatten andere Schrecken gesehen, die jenseits der Vorstellungskraft eines gesunden und rationalen Geistes lagen. Andere zerstörte Welten. Andere endlose Leeren.

»Geht es dir gut?«, erkundigte sie sich, als ich schweißgebadet wieder zu mir kam.

Na ja. Jetzt war ich wieder in dem kleinen geheimen Raum in der Wand im Schacht, und die Geräusche der Rasseln und Peitschen waren aus dem Universum verschwunden. Als ob sie sich aus der Realität zurückziehen würden. Die Zentauren und die Satyrn gaben keinen Laut von sich. Und ich wusste, dass sie es nie wieder tun würden.

Autumn schien besorgt zu sein, während ich nur da saß und in meinem eigenen kalten Schweiß badete. Ich wusste lediglich, dass ich diese Art von Kopfschmerzen nie wieder haben wollte. Oder die Rasseln und … den eindringlichen Ruf der Leere hören wollte.

Nope. Nie wieder. Nein, danke.

»W-was …«, stotterte ich in dem Versuch, etwas zu sagen. Ich wollte nur ihre Stimme hören. Als wüsste ich, dass ihr Klang ein Anker in einem Universum darstellte, von dem ich plötzlich erkannte, dass es gar nicht so leer war, wie ich es mir in früheren Zeiten vorgestellt hatte. Und gerade jetzt brauchte ich ihre Stimme, diesen tröstlichen Fels in der Brandung, um nicht in irgendeine Leere zwischen den Spalten abzurutschen, wo echte Monster wie das Ding gerade an dunklen und unerforschten Orten lauern und von endloser Zerstörung träumen.

»Was war das W-Wort …«

Sie sah mich an, und ich spürte, wie ich auf einen Abgrund zuschlitterte, hinter dem nichts war. Ein riesiges Nichts, aus dem man sich niemals befreien würde. Und kein Halt, an dem man sich festklammern konnte.

»F-f-für die … Tür!«, stieß ich schließlich hervor. Dann endlich redete sie, und je mehr sie das mit ihrer sanften Stimme tat, so voller Trost und Ruhe, desto mehr holte sie mich von diesem Abgrund zurück, und zwar für immer. Und langsam fühlte ich mich besser. »Ö-ö-öffnen.«

Ein Anflug von Verwirrung streifte für einen Moment ihre schönen Züge. Und dann verstand sie, worum ich sie bat. Die Bedeutung eines Wortes, das ich gehört hatte. Meine eigene Art von Anker. Das Spiel der Sprachen.

»*Málo*«, sagte sie. »Das ist … Hochsprache … für *Freund*.«

»Ist d-das die Sprache der D-d-Drachenelfen?«

Sie nickte.

Auch ich nickte und zwang mich zu dem Akt der Kommunikation, als wäre es ein Griff, an dem ich mich festhalten könnte, um mein Abgleiten aus dem Universum über den Rand der Ewigkeit aufzuhalten, wo das Ding in der Spalte wartete.

Hochsprache, dachte ich und spürte, wie mein Geist dorthin fand, wo er sein sollte, und nicht etwa andere Orte anstrebte. Die Richtung dieses Randes und all der Vergessenheit dahinter. Den Abgrund hinter der Quelle des Universums.

Den Punkt, an dem es kein Zurück mehr gibt.

Die Tolkien-Sprache aus unserer Vergangenheit. Das Spiel der Sprachwissenschaftler. Hier nannte man es Hochsprache. Okay. Super. Damit könnte ich arbeiten, sagte ich zu meinem schwatzenden, zitternden Ich.

»G-g-g-gut.«

»Wenn wir mein Volk erreichen …«, begann sie und entkorkte eine der kleinen Phiolen, die auf dem breiten Tisch im Raum stand. Sie war mit einer leuchtenden smaragdfarbenen Flüssigkeit gefüllt. Aus der Öffnung drang ein sanfter Hauch von Rosmarin. Es leuchtete grün in der sanften und stillen Dunkelheit zwischen uns. Nur die magischen silbernen Streifen in der Tür spendeten ein wenig Licht, sodass wir etwas sehen konnten. Ich spürte, dass das Ding in der Spalte die Wirkung der Mondsicht unterdrückte. Als wäre seine Dunkelheit so etwas wie ein Strudel, der alles verschlingt, was in seine Nähe kommt. »Du darfst nur in *Grawasprēkō* oder in der Hochsprache sprechen. Niemals Schattenkanto. Niemals … mit … meinem … Volk.«

Ich fragte sie, warum.

»Nein. Es wird … nie gemacht. Es darf nicht … außerhalb … bekannt werden. Sonst gibt es … viele Tote.«

Ich versicherte ihr, dass ich das verstehe. Und dass sie mir Phrasen beibringen müsse, die ich in der Hochsprache verwenden könne. Sie sah einen Moment lang unsicher aus, aber dann lehrte sie mich, wie die Realistin, für die ich sie hielt – eine Art Ironie in einer Welt, die so fantastisch zu sein schien –, meine ersten Worte in der Hochsprache. Elbisch. *Ja* und *Nein*.

Ja: *lá*.

Nein: *alá*.

Ganz einfach. Wir konnten loslegen und lernen, und mein ängstlicher Geist, der sich auf ungeahnte Weise aufzulösen drohte, kehrte dorthin zurück, wo er hingehörte. Zu den Spielen und Rätseln der Sprachen. Für mich war die Welt schon einmal aus den Fugen geraten. Und die Sprache, Sprachen und das Studium derselben waren stets mein sicherer Hafen gewesen, solange ich mich erinnern konnte. Ein Schutz vor Unsicherheit und Chaos.

Ich holte tief Luft und flüsterte: »*Málo.*«

Sie nickte mir zu. Freund. Ihre schönen silbernen Augen leuchteten hell. Heller, als ich es je bemerkt hatte. Sie blinzelte einmal … und es war, als würde ich sie jetzt noch besser kennen. *Freund. Málo.* Das war ein mächtiges Wort hier. Für sie … bedeutete es mehr. Wie ein Schluck Wasser für einen Sterbenden, der lange Zeit ganz allein durch die Wüste zieht. Auf der Suche nach einer Oase, die er nur aus Gerüchten kennt.

Freundschaft.

Ein Schluck Wasser aus dieser echten Oase.

Ja.

Lá.

Wie ein Glücksspiel, das sich trotz aller Widrigkeiten irgendwie gelohnt hat. Das besagte der jedenfalls ihr Blick.

»Was ist mit den Drachenelfen passiert?«, fragte ich in die Stille hinein. Sie schüttelte traurig den Kopf und reichte mir das Fläschchen mit der schillernden smaragdfarbenen Flüssigkeit. Diese roch gut. Nach Rosmarin und Minze.

»Trink.« Sie sagte es erst auf Schattenkanto-Koreanisch, dann in Tolkiens Hochsprache.

Ich gehorchte. Sofort fühlte ich mich warm und gut. Erfrischt und nicht müde. Zugegeben, es war kein Kaffee. Aber es tat gut. Und während ich mich nach den endlosen

Ereignissen der letzten Tage müde, ausgelaugt und kalt gefühlt hatte, verschwand all der Müll eben dieser Tage und Nächte auf einen Schlag. Tatsächlich hatte ich das Gefühl, als hätte ich gerade eine großartige Nachtruhe und ein solides Workout am Morgen danach hinter mich gebracht.

Ich war ruhig und entspannt, und mein kaffeesüchtiger Geist wünschte sich, dass es mir immer so ging. Immer.

Sie beobachtete mich, während mein Kopf die Welle aus guten Vibes verarbeitete.

»Sind die Drachenelfen ...« Ich blickte hinauf zur Ruine über diesem geheimen Raum. Zum eingestürzten Tempel und der verfallenen Höhle darunter. Die Ruinen deuteten auf eine längst vergangene Herrlichkeit hin. »Sind sie jetzt weg?«

Sie nickte wieder. Traurig.

»War dies ihr Zuhause?«

Sie lächelte schwach, sah sich um und atmete tief ein, was entweder auf Frieden oder auf das Ablegen einer Last hindeutete, die sie ihr ganzes Leben lang mit sich herumgetragen hatte. Ich konnte es nicht bestimmen.

»Nein«, antwortete sie und machte sich daran, die alten, robusten Schatzkisten auf dem Boden zu öffnen und kleine seltsame Gegenstände herauszunehmen, darunter auch weitere Tränke. Sie bezeichnete die Smaragdphiole als Heiltrank. Erstaunlich! Wie gesagt, es war kein Kaffee, würde mir allerdings ausreichen, bis ich meine eigene Plantage gegründet hatte.

»Das gefallene ... Estragon ... war ihre Heimat. Aber ... nicht ... nicht mehr ...«

Ich stand auf und merkte, dass meine MK18 immer noch schussbereit war. Rasch sicherte ich sie wieder und überprüfte sie noch einmal. Ich kontrollierte auch meine Ausrüstung. Es war klar, dass wir bald aufbrechen würden.

»Nein«, wiederholte sie, während sie weiter herumkramte. »Der Drache… S'sruth, der Grausame … hat alle Drachenelfen vernichtet. Hat sie vertrieben. Sie gejagt. Er raffte ihre Reichtümer an sich und jetzt … schläft er unter den Ruinen … des Ewigen Palastes … der Ersten der Elfen … und bewacht seine unrechtmäßig erworbene … Beute.«

Sie zischte diese Worte regelrecht. Die Geschichte, die sie erzählte, veränderte ihre Persönlichkeit völlig. Sie wirkte auf einmal wütend und kalt, während sie weiterhin an den Truhen herumfuhrwerkte.

»Waren die Schattenelfen …« Ich wusste nicht, wie ich es ausdrücken sollte. *Freunde der Drachenelfen? Glücklich, dass ein anderer Stamm durch einen Drachen gestorben war?*

Ich wusste es nicht.

Oh, die Tatsache, dass es in dieser Welt Drachen gab, war mir nicht entgangen, das kann ich Ihnen versichern. Ich denke immer noch darüber nach, während ich diese Zeilen schreibe. Allerdings ist das jetzt etwas viel, um groß darauf einzugehen. Meinte sie einen Drachen, so wie man früher große Echsen wie den Komodowaran als Drachen bezeichnet hatte? Oder meinte sie einen *Artusdrachen*, den es mit dem Schwert zu erschlagen galt? Ich habe vergessen, welchem Ritter diese besondere Ehre zuteilwurde. Aber das war nicht nur in den Artus-Sagen so. Drachen tauchen in der Mythologie vieler alter Kulturen auf. Sie fielen mir oft auf, wenn ich Sprachen und ihre Ursprünge studierte. Sie kamen in der Tat so häufig vor, dass es mehr als nur Zufall war, und auf langen nächtlichen Spaziergängen von der Bibliothek nach Hause im Dunkel zwischen den

Straßenlaternen fragte man sich schon, was es mit ihrem wiederholten Auftauchen auf sich hat.

Zumindest, was die Sprachen betraf. Das große Puzzle.

Hatte es tatsächlich schon vor der Zeit, aus der wir gekommen waren, Drachen gegeben? Und waren sie im Zuge des Zusammenbruchs nach der Pandemie, vor der wir geflohen waren, wieder zurückgekehrt, um die Welt zu beherrschen und zu drangsalieren? Um sie sich zu *nehmen*, wie Autumn gesagt hatte. Sie benutzten Koreanisch, die verbotene Sprache Schattenkanto. *Gajda. Nehmen.* Das war ziemlich verblüffend. Der Drache hatte sich genommen, was ihnen gehörte. Den Drachenelfen. Und was hatte sie darüber gesagt, dass die Drachenelfen die Ersten nach dem »Ruin« waren? Und dass sie *Dinge wussten, die sie nicht wissen durften.*

Der Wissenschaftler in mir fand das alles ziemlich faszinierend. Auf meiner Festplatte tauchten bereits unendlich viele Fragen auf.

Der Soldat in mir hingegen, der eine MK18 mit weniger als der Grundausstattung für den Kampf bei sich trug … fand es ein wenig beängstigend.

Sie drehte sich zu mir um, zufrieden damit, dass sie alles, was sie brauchte, aus den beiden Truhen in dem kleinen Geheimraum neben dem …

… überspringen wir den Teil. Daran zu denken bereitete mir damals schon Kopfzerbrechen. Sogar jetzt noch.

»Die Schattenelfen sind Umherziehende«, sagte sie nach einem Moment. »Sie wandeln.« Sie zögerte nicht, als sie die richtigen Worte fand. Als hätte sie darüber nachgedacht und, wie sie erklären könnte, was für meine Fragen nötig war, während sie an den Truhen zugange war. Oder ob sie es mir überhaupt sagen sollte. »Vor langer Zeit vertrieben. Wir sind hierhergekommen, um vom Drachen zurückzufordern, was uns rechtmäßig gehört.«

Und dann drehte sie sich mit einem kalten Blick zu mir um und betrachtete mich in dem spärlichen silbernen Licht, das von der magischen Geheimtür in der Wand ausging.

»Und das werden wir auch.«

KAPITEL 39

Wir verließen die schönen, wenn auch zerstörten Ruinen. Es war kurz vor Mitternacht, soweit ich das beurteilen konnte. Vielleicht etwas früher. Die Scouts sollten bald in der Nähe des ersten Sammelpunkts an der Phasenlinie Fox sein. Am Grund der steilen Schlucht, um dann den Kamm zu erklimmen und diesem Tal zu entkommen.

Last of Autumn kannte den Weg, und wir traten in der Nähe des Flusses aus dem Wald. Das Funkgerät erwachte zum Leben, als der Captain gerade den Befehl gab, weiter vorwärtszugehen. Eine kleine feindliche Truppe hatte eines der Teams ausfindig gemacht, die für die Schwerverletzten verantwortlich war, und beschoss es aus dem Dunkeln heraus mit Pfeilen. Berichten zufolge sahen sie aus wie Orks. Ein kleiner Trupp, aber bald würden es mehr sein. Sie umzingelten sie in der Dunkelheit unterhalb einer der Hügelkuppen und wollten sie töten. Die Ranger errichteten hastig eine Verteidigungsposition, um den Verwundeten genügend Zeit zum Vorrücken zu geben.

Das Problem war, dass der Feind anscheinend einen Troll und eine Sturmtruppe aus stärkeren Orks angefordert hatte, um die Teams festzusetzen. Wie auch immer sie das genau gemacht hatten. Trommeln und Hörner? Magie?

Captain Messerhand und das hintere Sicherheitsteam kamen, um den Feind von der Flanke her anzugreifen und dem Team, das die Verwundeten transportierte, hoffentlich Zeit zu geben, sich in Sicherheit zu bringen und näher an den ersten Treffpunkt heranzurücken, wo es Scharfschützenunterstützung von weiter oben auf dem Kamm gab.

Ich erklärte Last of Autumn die Situation, während wir ihr Pferd bestiegen und am Rande des nächtlichen Waldes entlangritten. Mit einem einfachen Pfiff, hoch und melodisch klagend wie ein einsamer und immer fragender Nachtvogel, hatte Autumn den riesigen Schecken aus dem schattigen Dickicht herbeigerufen. Sobald sie die taktische Situation verstanden hatte, in der sich die Ranger auf dem Weg zum Pass befanden, deutete sie an, dass sie möglicherweise zu helfen wüsste.

Wir kamen an dunklen Baumhallen vorbei und durch stille Wäldchen mit uralten, mächtigen Laubbäumen, die lange Zeit sich selbst überlassen waren und nun in die Baumkronen des Urwalds an den Talseiten ragten. Es gab Hinweise auf weitere Ruinen, und mir ging durch den Kopf, wie viel wir verpasst hatten, während wir wieder zurück zur Marschroute unterwegs waren. Anscheinend hatten einst vor allem Drachenelfen diese Region bevölkert. Jetzt waren von ihnen nur noch die geheimnisvollen Fragmente ihrer Zivilisation übrig. Unvergleichliche Macht, die im Laufe der Jahre verloren ging und von der Wildnis überwuchert wurde.

Es war, als würde man nach Rom reisen und das Kolosseum sehen. Oder die Pyramiden. Aber andererseits, dachte ich mir, wenn es uns schon seit zehntausend Jahren nicht mehr gab – was laut der Astronavigationssoftware des Piloten in der Tat ungefähr die richtige Zeitspanne war –, dann könnten diese Ruinen älter sein als alles, was wir vor zehntausend Jahren in der Gegenwart für »alt« gehalten hatten. An jenem Tag in der Area 51 waren die Pyramiden bei Weitem nicht so alt gewesen wie das, was wir jetzt sahen. Wenn diese Drachenelfen als die Ersten nach dem Untergang betrachtet wurden, dann konnten diese Überreste von Tempeln und Palästen und Wer-weiß-was bis in die Jahre zurückreichen, kurz nachdem wir uns durch das QST-Tor von der Bildfläche verabschiedet hatten. Und wenn ja … Wie ließ sich das erklären? Was geschah, nachdem wir gegangen waren? Was passierte währenddessen, was die Schattenelfen als den Großen Ruin bezeichnen?

Was die Größenordnungen angeht, war das eine ziemlich verblüffende Vorstellung, wenn man nur einen Moment darüber nachdachte. Dass das Kolosseum und die Pyramiden im Vergleich zu diesen elfischen Ruinen noch sehr jung gewesen waren, wenn man die Ausgangspunkte der historischen Betrachtung berücksichtigte.

Wir hatten den Wald inzwischen verlassen. Aber wir mussten in Deckung gehen und einer feindlichen Patrouille aus Kreaturen ausweichen, die wie große humanoide Hunde aussahen. Sie trugen Speere und Stäbe. In der Klarheit der Mondsicht konnte ich erkennen, wie ihre Lefzen zuckten und sie den Nachtnebel nach Gerüchen absuchten. Irgendwann fingen sie an, einander heftig anzubellen und sich zu verteilen, als würden sie nach etwas suchen.

Zweifellos nach uns.

Last of Autumn blieb ganz ruhig auf ihrem Pferd sitzen und führte uns langsam und mit kontrollierten Bewegungen der Knie aus ihrem Suchbereich hinaus. Sie schien an diese Art von Begegnungen gewöhnt zu sein.

Und ich musste mich fragen … war sie eine Art Späher? Oder ein Killer?

Ich war nicht gerade ein Späher. Aber ich war jetzt offiziell ein Killer.

So viel hatten wir also gemeinsam.

Bald waren wir wieder in den Hügeln am Rande des Tals und näherten uns der steilen Schlucht, die zum Kamm hinaufführte. Das Feuergefecht weiter oben an den Hängen wäre auch ohne unsere neue Elfensuperkraft klar und deutlich auszumachen gewesen. Das nehme ich zumindest an. Aber natürlich machte die Mondsicht alles so viel einfacher. Wir lagen im Schatten eines Hügels und beobachteten die Schlacht über uns. Ich erklärte ihr die Aufstellung unserer Truppen, was wir zu erreichen versuchten und warum das so wichtig war. Als ich ihr sagte, dass wir versuchen, die Verwundeten zu retten, nickte . »Natürlich müsst ihr das.«

Und das war eine bessere Gemeinsamkeit, als Leute umzubringen. Respektieren der Verwundeten. Im Gegensatz zu den Goblins, die ihre Toten, Sterbenden und Gefangenen zurückgelassen hatten, Jabba und all die Totgesagten auf der Durchfallinsel, wusste ihr Volk, wie wichtig es war, niemanden zu vergessen. Das war ein wesentlicher Bestandteil des Lebensstils der Ranger. Keiner wurde zurückgelassen. Man kam lebendig nach Hause oder auf seinem Schild. Aber man würde es schaffen. Als wäre das mit einem Presslufthammer in ihre Granitstein-Festplatte codiert worden.

Vor uns fand ein Feuergefecht statt. Die Ranger des Sicherheitsteams hielten den Kamm, die Verwundeten wurden zu einem Bach hinuntergeführt, der durch eine Schneise zwischen zwei Hügeln floss. Wenn sie dem

Bachlauf folgen und sich dem Gefecht ausweichen konnten, hätten sie einen direkten Zugang zur Sammelstelle Eins.

Außer dem hinteren Sicherheitstrupp, der von Captain Messerhand angeführt wurde, war niemand gekommen, um den Rangern zu helfen, die versuchten, den Verwundeten Deckung zu geben und sich in Sicherheit zu bringen. Aber das war eine Entscheidung des Commanders gewesen. Der Sergeant Major war damit beschäftigt, alle anderen zur Phasenlinie Fox, dem Eingang zum Canyon, zu bringen. Dort war es eng genug, dass die Ranger, wenn sie eine Defensive im Stil der Schlacht bei den Thermophylen aufbauen mussten, dies dort besser tun konnten als sonstwo. Wenn sie sich zurückhielten und sich ein Gefecht auf einer Anhöhe lieferten, würde die ganze Kompanie bald auf offenem Gelände eingekesselt werden.

Während wir zusahen, kam das hintere Sicherheitsteam schnell heran, um eine Feuerstellung einzurichten und die feindlichen Bogenschützen festzunageln, die mit schwarz gefiederten Pfeile in die Senke und auf die Ranger zu schossen, die die Hügelkuppe hielten. Wir konnten das plötzliche Pfeifen des massiven Pfeilbeschusses hören, die auf die eingekesselten Ranger einschlug.

Da die Ranger jetzt keine Nachtsichtgeräte mehr nutzten – der Captain hatte mir gesagt, dass die Batterien fast alle leer waren – und auch keine Mondsicht, da diese nur den Spähern gegeben worden war, hatten sie keine Ahnung, woher die Trolle und die schweren Orktruppen kamen. Aber wir, Last of Autumn und ich, *wir* konnten die feindlichen Angreifer sehen, die sich zum Sturm auf den Hügel bereitmachten. Der Troll, ein Riese im Vergleich zu den anderen, die wir bisher gesehen hatten, aber schlank wie eine wandelnde Schlange, schob sich sogar auf dem

Bauch vorwärts, um nahe genug heranzukommen und uns wirklich zu überraschen. Die Orks, die um ihn herumkauerten, alle in schweren Rüstungen mit gehörnten Helmen und zweischneidigen Streitäxten, hielten sich ebenfalls geduckt, während sie sich keilförmig vorwärts bewegten, um zu uns zu gelangen.

Sie waren gut ausgebildet.

Jetzt standen drei Ranger auf dem Hügel, und sie feuerten auf Halbautomatik, aber in wenigen Augenblicken würden sie einer viermal so großen Streitmacht gegenüberstehen. Ein kurzer Vorstoß, selbst unter Beschuss, und der Troll und die schweren Orks wären über sie hergefallen, hätten Äxte geschwungen und sich ihren Weg gebahnt, um die Linie zu durchbrechen.

Ich meldete dem Captain, dass wir den neuen Angriffstrupp gesichtet hatten, und er antwortete mit »Negativ, kein Sichtkontakt«.

Ich konnte das Problem erkennen. Der Vorsprung des Hügels, von dem aus sie feuerten, schützte den feindlichen Angriffstrupp davor, gesichtet zu werden. Die Eingreiftruppe unter dem Kommando des Captains hatte sich auf einem Hügel weiter unten niedergelassen, um Feuerunterstützung zu leisten und den Feind hoffentlich von den Verwundeten abzulenken, die auf den nächsten Hügel verfrachtet wurden. Tatsächlich hätten der Troll und die Orks einfach direkt die Schlucht hinaufgehen und dem Verwundetenzug in den Rücken fallen können.

Jemand warf eine Granate in eine Gruppe von Bogenschützen. Sie detonierte und schaltete die Gegner für den Moment aus.

Aber dieser feindliche Angriffstrupp würde die drei Ranger auf dem Hügel in den nächsten Sekunden auslöschen, und niemand konnte etwas dagegen tun.

Der Captain entschied, dass sie die Unterstützungsposition aufgeben und direkt auf den Feind zustürmen würden. Das wäre übel. Die Ranger würden den Feind zwar von der Flanke her überraschen, aber aufgrund der Topografie des Hügels mussten sie direkt auf den Feind zugehen, bevor sie ihn mit direktem Feuer angreifen konnten. Dadurch wäre unser Kampfmultiplikator, den Schusswaffen gegenüber Nahkampfwaffen bieten, zunichte gemacht; so schnell, wie sich der Troll bewegte, musste der Nahkampf sofort beginnen. Und wenn sie an dieser Stelle eine Carl G benutzen würden, ohne Nachtsichtgerät und in der Dunkelheit, wäre das bestenfalls ein vergeudeter Schuss. Im schlimmsten Fall würde sie so nah explodieren, dass sie für die durchkommenden Ranger ein echtes Problem darstellte.

»Sag ihnen … sie sollen bleiben«, raunte mir Last of Autumn zu.

Sie sprang vom Pferd. Dann nickte sie mir zu, damit ich nach vorne rutschte und die Zügel nahm.

»Du musst ihn jetzt reiten.« Und dann hielt sie mir die Hand hin, damit ich sie wieder hochzog, um hinter mir zu sitzen. Ich hatte keine Ahnung, was sie da tat, und ich wusste ebenso wenig, wie man ein Pferd führte. Ist *führen* überhaupt das richtige Wort?

Aber eines kann ich Ihnen sagen. Als ich sie hochzog, spürten wir beide, wie wilde Elektrizität zwischen uns knisterte. Das elektrisierende Gefühl der ersten Berührung, wenn zwei Personen vielleicht etwas füreinander empfinden, aber nur vielleicht. Es war lebendig, und es schwang etwas Neues darin mit. Dieses Gefühl einer neuen Beziehung, wenn beide einfach nur aufgeregt sind und das, was zwischen ihnen ist, ihnen gehört, nur ihnen allein. Niemand sonst weiß davon, und wahrscheinlich nicht mal die beiden, weil sie es ja gerade erst entdeckt haben. Wie ein Geheimnis. Ein schönes Geheimnis, das man bewahren und gleichzeitig in die Welt hinausposaunen möchte. Ein Geheimnis, das keiner von uns wahrhaben wollte, weil wir mitten in einem Feuergefecht steckten. Kennen Sie das?

»Sag deinem … König«, sagte sie in mein Ohr, während wir vorwärts ritten. »Sag ihm … er soll bleiben, wo er ist. Ich werde mich um die … dunklen Schergen kümmern.«

Ha. Sie dachte, Captain Messerhand sei unser König. Na ja, wenn ich es mir recht überlege, war er das auch. Und die *dunklen Schergen*? Das klang bedrohlicher, als mir lieb war, in Anbetracht der Tatsache, dass wir direkt auf sie zuritten.

Ich funkte den Captain an.

»Warlord, hier ist Niner Alpha Niner …«

Mein offizieller Rufname war bescheuert.

»Autu… Äh … Indig sagt, sie kann es mit dem Troll aufnehmen«, fuhr ich fort. »Ich bitte Sie, die Position zu halten und in Bereitschaft zu bleiben. Wir nähern uns von Süden.«

Ihr Rufname – »Indig« – war auch ziemlich lahm. Von politisch korrekt ganz zu schweigen. Aber na ja.

Ach, und ich hatte gerade einem Captain der Ranger gesagt, was er tun sollte. Ziemlich cool. Schauen wir mal. Das dachte ich auch, als sie ihr Pferd anspornte und ich ihre Stimme im Kopf hörte.

»Ich werde den Troll töten, Talker. Aber du musst Angae unter Kontrolle halten. Er ist ein gutes Pferd. Aber er kann stur sein, wenn er seinen Willen durchsetzen will. Und sein Wille ist es, zu kämpfen. Immer.«

Mir wurde klar, dass Angae der Name ihres Pferdes war. Wen es interessiert: Das bedeutet Nebel auf Koreanisch. Mir wurde auch klar, dass sie mich zum ersten Mal mit dem Namen ansprach, den sie vermutlich für meinen richtigen hielt. Die Förmlichkeiten begannen zu bröckeln. Eis brach und schmolz. Es war kein Kaffee … aber es gab mir trotzdem ein sehr gutes Gefühl.

»Er wird auf dich hören. Aber sobald ich den Troll getötet habe, kann es passieren, dass ich einschlafe. Kannst du mich beschützen, während …«

»Ja!«, rief ich ihr über das Donnern von Angaes Hufen hinweg zu, auf dem wir den Abhang des Hügels hinunterrasten. Wir ritten direkt in den Rücken des hoffentlich ahnungslosen feindlichen Trupps aus Orks und Riesentrollen, die sich anschickten, unsere Ranger auszulöschen. Ganz zu schweigen vom Feuergefecht, das auf allen drei Hügeln tobte. »Du kannst mir vertrauen, Autumn.«

Und dann … spürte ich, wie sie mich fest an sich drückte. Mit einem Arm. In der anderen Hand beschwor sie einen glühenden Ball aus weißglühendem Plasma.

Es fühlte sich an wie destillierte Hoffnung. Die Umarmung. Nicht der Feuerball, der von Sekunde zu Sekunde größer wurde. Das war einfach nur cool.

Und ich fühlte mich lebendiger als damals, als ich nachts um zwei Uhr mit über zweihundertfünfzig Sachen auf der A3 Richtung Nürnberg unterwegs war, – mitten durch das, was man jetzt die Krähenschanze nennt –, mit einem gefährlich schönen Mädchen mit Todeswunsch auf dem Beifahrersitz. Letzteres sollte ich noch früh genug herausfinden.

Ich war immerhin so geistesgegenwärtig, mich aus dem RASP daran zu erinnern, dass wir von den Unterstützungskräften verlangen sollten, das Feuer zu verlagern, während wir direkt in die Mitte der Feinde ritten, um zu verhindern, erschossen zu werden. Die Tatsache, dass die Frontlinie durch ein schreiendes Pferd mit zwei Reitern gekennzeichnet war, von denen eine eine glühende Feuerkugel in der Hand hielt, half ihnen dabei, zu erkennen, auf wen sie nicht schießen sollten.

Die Ranger auf dem Hügel kam der Aufforderung nach, und Captain Messerhand stoppte das Feuerteam, mit dem er unterwegs war, als wir auf die sechs Troll-Angreifer zustürmten. Angae riss die nasse Grasnarbe auf, begleitet vom wütenden Stakkato seiner Hufe.

Die Orks hatten keine Ahnung, was ihnen drohte, bis wir ganz dicht herangeritten waren und Autumn den Plasmaball direkt auf den Troll schleuderte, der sich gerade auf die Klauenfüße erhob, um sich endgültig in die Reihen der Ranger zu stürzen. In einem Augenblick wurde der glühende Ball aus weißglühendem Feuer zu einem riesigen wogenden romulanischen Weltraumtorpedo aus sengendem Plasma und schlug in den seltsamen hageren Troll mit den taumelnden langen Armen und baumelnden Klauen ein. Dabei erleuchtete er die gesamte feindliche Streitmacht am Boden in einem plötzlichen gleißenden Lichtspiel. Jede ihrer finsteren Fratzen war dem überraschenden Feuerwerk zugewandt.

Und als der mächtige Plasmaball am Torso des Trolls explodierte, spürte ich, wie Autumns Arm, der mich festhielt, erschlaffte. Sie rutschte vom galoppierenden Pferd, und ich hörte sie in meinem Kopf »Talker!« schreien. Sie würde fallen und sich wahrscheinlich den schlanken Hals brechen. Während ich damit beschäftigt war, zu gaffen und zuzusehen, wie eine ganze feindliche Truppe in weniger als einer halben Sekunde durch den Feuerball, den sie gerade auf sie geschleudert hatte, ausgelöscht wurde.

Ich konnte sie gerade noch auffangen, da Angae unerwartet ausbrach, um dem plötzlichen Feuersturm zu entkommen, der die Orks und den Troll einhüllte. Unbeholfen. Aber ich schaffte es, sie festzuhalten.

Wir ritten an brennenden Orks vorbei, die in alle Richtungen rannten, weg von dem riesigen Troll, der gerade explodiert war, wobei sich seine Einzelteile ebenfalls in alle Richtungen verteilten. Den verbliebenen Orks brüllte ich das Rangerischste zu, was mir einfiel.

»Überraschung, ihr Loser!«

KAPITEL 40

Innerhalb einer Stunde war der erste Posten am Fuße der Schlucht gesichert, und die Teams kamen zurück, um sich auszuruhen, neu zu verteilen und wieder auf den Weg zur nächsten Phasenlinie am oberen Ende der Schlucht zu machen. Der Captain übernahm das Kommando, und der Command Sergeant Major ging zusammen mit den Spähern in Richtung Hexenteich vor.

Es war klar, dass der Feind uns, unseren Standort und unsere Marschrichtung kannte. Abgesehen von ein paar Versuchen, uns am Eingang der Schlucht von hinten anzugreifen, unternahm er allerdings kaum etwas, um uns direkt zu treffen, als wir uns zum Aufbruch bereit machten. Sie wussten, wohin wir gingen, und würden versuchen, uns auf einem anderen Weg zu erwischen, sobald wir auf den Berg überquert hatten.

Last of Autumn hatte sich von ihrem Ohnmachtsanfall erholt und mampfte hungrig einen weiteren ihrer in Blätter gewickelten Kuchen. Ich fragte sie, ob die Orks uns tatsächlich auf der anderen Seite abfangen könnten. Sie schien einen Moment lang abgelenkt zu sein, aber dann aß sie weiter und ging auf die taktische Situation ein, in der wir uns befanden.

»Das könnten sie«, sagte sie. »Aber wenn wir schnell sind, schaffen sie es nicht.«

Wir waren wieder mit den Spähern und dem Sergeant Major vereint und arbeiteten uns durch einen engen Spalt im Canyon hoch. Vor uns konnten wir im silbernen Mondlicht uralte, in den Fels gehauene Treppen sehen, die sich spiralförmig an der Steilwand hochzogen. Sie führten durch den zerklüfteten Einschnitt in diesem kleinen Berg, der eigentlich nur ein größerer Hügel war, und dann hinauf auf die Spitze des Grats viel weiter oben.

Der Weg wurde mühsam, und es ging nur schleppend voran. Die Route entlang der Stufen an der Wand verlief fast senkrecht. Wir hielten kurz an, als einer der Späher fast von einem Felsvorsprung in die Tiefe gestürzt wäre. Sergeant Hardt konnte den erschöpften Ranger gerade noch festhalten, bevor er an allen anderen vorbei nach unten stürzte.

Die Müdigkeit setzte uns allen zu. Selbst den Rangern. Drei Tage Kampf. Ein Nachtmarsch. Und jetzt eine Bergbesteigung. Und das alles auf der Grundlage des Versprechens, dass fast einen ganzen Tagesmarsch entfernt irgendeine Form von Schutz zu finden sein könnte.

Wenn man über das alles nachdachte, ging die Motivation flöten. Also ließ man es lieber sein. Einfach einen Fuß vor den anderen setzen.

Sergeant Hardt überholte mich, überprüfte jeden und kraxelte energisch nach oben. Er schien unermüdlich und ohne Unterlass in seinem Bestreben, aufs Ganze zu gehen. Doch er sah meine Miene, als ich mich unter der schweren Last, die ich für den Aufstieg übernommen hatte, krümmte. Und er bemerkte, wie ich im Geiste meine fatalistischen Chancenabwägungen durchging.

»Denken Sie nicht darüber nach, Talker.«

Das war alles, was er sagte. Kein bissiger Motivationsspruch. Keine Beleidigung. Nur ein einfacher Befehl, *nicht zu denken*. Zu Befehl, Sar'nt. Und es funktionierte.

Eine Stunde später hielt der Captain an und forderte uns auf, einen klaren Kopf zu bewahren. Es war kurz vor zwei Uhr morgens, und wir schleppten uns auf schmerzenden Beinen dahin. Jeder Schritt war wie eine Kniebeuge mit fast einem Zentner Ausrüstung auf dem Rücken. Bei diesem Tempo und unter diesen Bedingungen waren Fehler vorprogrammiert. Das Problem war nur, dass wir uns nicht einmal einen leisten konnten. Wir waren pleite und konnten keinen weiteren Kredit auf unser Leben aufnehmen.

Wir machten eine kurze Pause; alle Ranger lehnten sich auf einem vergleichsweise breiten Felsvorsprung in der Mitte des Aufstiegs mit dem Rücken an den kalten Felsen. Einige nutzten die Gelegenheit, um von der Kante zu pissen. Andere ließen sich einfach fallen und wechselten die Socken.

Ich glaube, ein Mann ist sogar eingeschlafen.

Und dann …

»Gentlemen, auf den letzten Energydrink der Welt!«, rief einer der Ranger-Scouts, während er eine solche Dose öffnete und die flüssige Ladung Koffein in sich hineinschüttete. Andere taten dasselbe. Diejenigen, die keinen mehr hatten, bekamen einen Schluck ab. Manche stopften sich frischen Kautabak – oder in meinem Fall Instant-Kaffee – in den Mund, und wir setzten unseren beschwerlichen Aufstieg nach oben fort.

»Keine große Sache«, bemerkte einer der Ranger-Scouts. »Jammert nicht rum. Das bisschen Steilwand.«

Andere hörte man ähnliche Worte sagen. Wir hatten nicht die Kraft, zu lachen. Aber es war trotzdem lustig. Ich erinnere mich an ein Gespräch zwischen zwei Rangern.

»Genau … Sobald das hier vorbei ist, höre ich auf. Morgen ist Schluss.«

»Das hast du inzwischen drei Tage hintereinander gesagt.«

»Na ja, wenn ich aufwache, ist ja auch heute. Und heute kann ich nicht kündigen. Erst morgen.«

»Irgendwas stimmt nicht mit mir. Ich weiß nämlich genau, was du meinst.«

Schon bald ging es fast senkrecht nach oben, und ein Blick zurück nach unten hätte schwere Schwindelgefühle und wahrscheinlich einen fatalen Sturz zur Folge gehabt. Wir näherten uns dem Gipfel des Aufstiegs. Von daher war es natürlich nur logisch, dass plötzlich ein Schwarm böser Vögel aus dem Dunkel auftauchte und um uns herumflatterte. Es war wie in diesem Film über Killervögel, die ahnungslose Städte verwüsten. Hitchcock, wenn ich mich nicht irre.

Zum Glück ist niemand abgestürzt. Ranger sind ziemlich gute Bergsteiger. Ich wiederum hatte Todesangst, sodass ich mir bei allem Zeit gelassen habe, weil ich die Gesetze der Physik für unantastbar und völlig unbarmherzig halte. Das Positive daran war, dass die Angst meine Müdigkeit vertrieb.

Aber wie gesagt, Schwärme von schwarzen Vögeln, Raben, wie jemand später sagte, schossen aus der Nacht und versuchten, uns von den Stufen zu stoßen, als wir das letzte Stück hinaufstiegen. Als wollten sie es verhindern, dass wir es bis nach oben schafften. Sie flatterten um uns herum, hackten auf unsere Ausrüstung ein und schnappten nach unseren Augen, und das alles, während sie uns wütend anschrien. Und genauso schnell, wie sie aufgetaucht waren, verschwanden sie auch wieder. Einen Moment lang war die schmale Schlucht von chaotischen Schreien erfüllt, ihren wilden Zwiegesprächen untereinander. Wollten sie uns vor etwas Schlimmerem warnen? Oder versprachen sie uns etwas viel Schrecklicheres? In diesem Moment war das schwer zu sagen. Die Szene eben glich fleischgewordenem Wahnsinn, und man konnte fast hören, wie sie etwas riefen, als sie versuchten, uns mit ihrem frenetischen Flügelstößen auf die Felsen unter uns zu stürzen. Eine Warnung. Ein Versprechen. Eine Drohung.

»Ihr seid hier nicht erwünscht.«

Immer und immer wieder das Geschrei von eintausend Vögeln, die alle gleichzeitig dasselbe riefen, aber nie in einer Art Chor. Jede Rüge war zornig und schroff. Es war der Inbegriff des Irrsinns, und ich zog mich in mich zurück, bückte mich, verharrte auf der Treppe und versuchte, nicht in den Tod zu fallen.

Andere Ranger schlugen nach ihnen und vertrieben sie. Denn das ist es natürlich, was Ranger mit allem machen. Ein paar haben sogar einen oder zwei erwischt und sie gegen die Felswand geknallt, was ein ziemlich deutliches Hand- und Armsignal für das Ausmaß an Ärger und Frustration war, das die Raben mit sich brachten.

In der Ranger-Schule spielen sie eine Zeitlang nur mit tödlichen Schlangen. Und warum? Für den Fall, dass der Feind eine Art Katapult erfindet, das tödliche Schlangen abschießt? Als sie mir den Teil erzählten, in dem sie sich die Dinger gegenseitig hin- und herreichen, hörte ich mich selbst denken: *Okay, dann wohl doch keine Ranger-Schule.*

Aber da war noch dieser andere Teil von mir, der gerne etwas lernt und Leistungsnachweise erhält. Dieser Teil ist ein richtiger Junkie, der auch Schlangen herumreicht, wenn er dafür ein Zertifikat bekommt.

Wahrscheinlich ist das noch ein Relikt aus Grundschulzeiten.

Kaum waren die gefiederten Schreckgespenster aufgetaucht, waren sie auch schon wieder weg. Über die Schlucht legte sich erneut bedrohliche Stille. Die Felsvorsprünge füllten sich für einen Moment mit ehrfürchtigen Rangern, Verwundeten und Überlasteten, die in die leere Nacht um sie herum starrten.

Dann kletterten sie gemeinsam weiter.

Für sie war das Alltag. Unabhängig von all dem übernatürlichen, jenseitigen Grauen. So sah der Alltag eines Rangers aus.

Oben kamen wir an einem Hang heraus, der in einen alten verwinkelten Weinberg mit längst abgestorbenen Weinreben führte. Kurze, verkümmerte Bäume standen zusammen mit den abgestorbenen Weinstöcken in lockeren Reihen, vom Wind verdreht und knorrig. Sie erinnerten mich an Olivenbäume, aber in der Dunkelheit war ich mir da nicht sicher. Die Rebstöcke sahen aus wie die Weinberge, die ich auf meinen Reisen vor der Army gesehen hatte. Im Winter. Nur abgestorben und windschief. Sie waren so gestutzt und geschnitten, dass sie an die Hörner von Dämonenschädeln erinnerten. Genau so ein Gefühl vermittelte mir dieser Ort. Dieses Gefühl von zeit- und endlosem Tod. Hier oben herrschte immer ein öder, trockener Winter. Hier gab es weder Leben noch Liebe. Das konnte man fast von Anfang an spüren.

Von der Spitze des Felsvorsprungs aus konnten die Späher mithilfe unserer starken Mondsicht die feindlichen Truppen im Tal unter uns sehen, die zu anderen Hügeln und Pässen entlang unserer Flanken ausschwärmten. Es war klar, dass sie zumindest eine grobe Ahnung hatten, wo wir waren. Und einen Plan, wie sie uns den Weg abschneiden konnten. Es waren schnelle, geschäftige, große, unförmige Massen, die wie ein Virus aussahen, der sich über das Land ausbreitet.

Und dann …

»Seht euch das an.«

Einer der Späher entdeckte es. Wir folgten der Richtung, in die er zeigte.

Da war ein weiterer Riese. Groß, nein, gigantisch. Godzilla-groß. Es war das Unwirklichste, was ich je in meinem Leben gesehen hatte, und ich dachte mir die ganze Zeit: *Das ist doch nicht echt.*

Aber das war es.

Wie eine Sage aus einer längst vergangenen Zeit, in der Titanen die Erde bevölkerten, Berge überschritten und Ozeane durchquerten, bewegte sich dieser Riese in weiter Ferne an der Bergkette entlang langsam auf uns zu. Er musste die Größe eines kleinen Wolkenkratzers haben. Und während wir hier versuchten, jede Stufe des Passes zu erklimmen, konnten wir die dumpfen Einschläge seiner gewaltigen Füße hören, die auf den Boden donnerten, während er sich näherte. Der Riese war noch meilenweit entfernt und bewegte sich langsam. Aber mit der Zeit würde er ankommen. Das war so absehbar wie unbestreitbar.

Er hatte ein großes, klobiges Gesicht und eine krumme Nase. Einen langen Bart. Er war in eine Robe gekleidet, und das auffälligste Merkmal, das wir erkennen konnten, war seine eiserne Krone. Wie die Krone eines altertümlichen Königs.

»Ich glaube, er trägt auch ein Schwert«, sagte jemand, der bessere Augen als die meisten hatte. Aber dieses Detail konnte nicht bestätigt werden. Jemand ging nach hinten, um herauszufinden, ob PFC Kennedy in der Lage war, unseren neuen Feind zu identifizieren, und wie wir mit nur noch drei Schuss für die Carl Gustaf mit so einem Riesen fertig werden sollten. Ein 84-mm-HEDP-Geschoss schien einer Kreatur dieser Größe ohnehin nicht viel anhaben zu können. Außer vielleicht, seine Aufmerksamkeit zu erregen, sodass es rüberkommen und einen niedertrampeln konnte, ohne einen weiteren Gedanken an das Thema zu verschwenden.

Die Ranger äußerten ihre Zweifel unverblümt und die einhellige Meinung lautete: »Was sollen wir dagegen tun?« Schnell gefolgt von: »Ich melde mich freiwillig, das Ding zu töten, wenn ich dafür vier Tage Freigang bekomme. Ein solider Kopfschuss mit der Carl G sollte genügen, Sergeant Major.«

Last of Autumn bekam alles mit. Sie war nach einer Vitaminspritze und einer intravenösen Rehydrierung durch Chief Rapp wieder auf den Beinen und zupfte an meinem Ärmel. »Es gibt nichts, was wir gegen Cloodmoor den Schrecklichen tun können. Niemand kann gegen ihn bestehen. Aber wenn wir den Philosophenpalast erreichen, dann … wird alles gut werden. Er kann den alten Fluss dort nicht überqueren. Das ist … Gesetz.«

Ich gab dies an Sergeant Hardt weiter, der es dem Captain mitteilte, und bald waren wir wieder unterwegs. Trotz der immensen Last unserer Rucksäcke eilten wir nun mit neuer Entschlossenheit voran. Wir gingen tiefer in den toten weitläufigen Weinberg hinein. Die fernen

Artillerieschläge der Riesenschritte wurden langsam lauter. Der Boden bebte mit jedem Mal ein wenig mehr.

Unsere einzige Möglichkeit bestand tatsächlich darin, zu fliehen.

Am Ende eines alten Weges durch die abgestorbenen Weinberge mussten wir bald auf ein heruntergekommenes Hexenhäuschen stoßen. Der Mond musste bald untergehen, und ich fragte mich, was dann aus der Mondsicht werden würde. War sie von Dauer, oder verblasste sie mit der Zeit? Es gab keine Zeit, um nachzufragen und es herauszufinden. Last of Autumn drängte uns, schnell weiterzugehen. Als ich sie fragte, welche Gefahren vor uns lauerten, von denen wir wissen sollten, bevor wir ihnen begegneten, meinte sie nur: »Die Gefahr hier … ist sich eurer … Anwesenheit bereits bewusst. Beeilt euch … Uns bleibt nur noch wenig Zeit …«. Und dann fügte sie leise in das Schweigen der Scouts, die weiter vorrückten und mit ihren Waffen die Sektoren sicherten, hinzu: »Es … wartet auf uns, Talker.«

Die Nacht war mittlerweile ungewöhnlich warm. Und daran war etwas faul. Wir befanden uns in höheren Lagen, und unten im Flusstal war es bereits feuchtkalt gewesen. Jetzt fühlte es sich hier oben wie eine Sommernacht an. Wir schwitzten unter unserer Ausrüstung, als wir uns durch die Überreste des alten Weinbergs bewegten. Das Gelände war hügelig, und wir folgten einem wenig genutzten Weg durch die abgestorbenen und verdrehten Rebstöcke, deren verdorrte Köpfe wie die Hörner von Comic-Dämonen aussahen, die in den trockenen Boden gepflanzt worden waren. Sie sahen beängstigend aus. Ein paar Minuten später entdeckten wir die marode Hütte, vor der Autumn uns gewarnt hatte. Sergeant Hardt rief einen Halt aus, und der Captain kam nach vorne, um die Situation zu beurteilen.

Soweit ich sehen konnte, waren wir problemlos in der Lage, uns einen Weg durch die abgestorbenen Ranken zu bahnen und das alte Häuschen ganz einfach zu umgehen. Doch Autumn hatte uns wissen lassen, dass dies der Flaschenhals auf unserer Route war. Wir müssten anhalten und »mit der alten Hexenfrau reden«, hatte sie gesagt. *Manyeo yeoja*. Ihre Worte in der Sprache, die ich nicht mehr benutzen durfte, sobald wir ihr Volk erreicht hatten.

Sergeant Thor, der die Hügel und die Hütte mit seinem Gewehr absuchte, bemerkte etwas Ungewöhnliches.

»Hey, funktioniert diese Mondsicht nicht bei der Hütte?«, polterte er in der Dunkelheit unseres Patrouillenkreises.

»Bestätige, Sar'nt«, sagte der designierte Scharfschütze der Scouts.

Aus irgendeinem Grund blieb die Hütte eine Quelle dunkler Schatten in der hellen Welt der Mondsicht. Ich versuchte, hineinzuzoomen und das Gebäude zu untersuchen, aber sie hatten recht. Die Schatten, die den verlassenen Ort umgaben, hüllten ihn in eine Art permanente Düsternis. Sie waren dick. Wie schwarzer Molton saugten diese dunklen Schatten das Mondlicht auf und gaben nichts davon zurück. Von hier aus konnte man nur eine alte heruntergekommene Behausung erkennen, die längst vergessen war und langsam verfiel. Eine einstürzende Veranda und eine einsame Kerze, die irgendwo im Obergeschoss brannte, dem einzigen Raum im oberen Stockwerk. Ein hoher Raum, ein Dachboden oder eine Kammer. Aber das Licht war ölig und dünn. Und es war das Gegenteil von der Gemütlichkeit, die eine solch einfache, primitive Beleuchtung oft ausstrahlt. Dann, als ich genauer hinschaute …

»Zielperson gesichtet«, murmelte Thor. »Alte Frau. Schaukelstuhl. Veranda. Ostseite. Sie sieht mich direkt an.«

Ich kniff die Augen zusammen und betrachtete die Veranda von unserer Position auf dem Pfad aus, der an der Hütte vorbeiführte. Und gerade noch, mit letzter Anstrengung … konnte man eine gebrechliche alte Frau in einem Schaukelstuhl sehen. Sie wippte langsam vor und zurück, begleitet von einem Knarren, das jetzt auch zu hören war. Es war weit nach Mitternacht und ging auf drei Uhr morgens zu. Das war definitiv unheimlich. Ich fragte mich, woher ich wusste, dass sie alt war. Aus dieser Entfernung und vor allem in der Dämmerung waren Merkmale und Details nicht zu erkennen. Erst recht nicht ihr Alter. Aber etwas an der Art, wie sie in dem knarrenden Stuhl leicht vor und zurück schaukelte, ließ einen denken … nein … *wissen* … dass sie alt war. Älter als alle anderen, die man je getroffen hatte. Irgendein Teil im Gehirn, den man nicht oft aufsucht, sagte einem das.

Dann huschte das Aufleuchten einer Zigarre über ihr zerfurchtes Gesicht, und der Rauch waberte um sie herum in die Nacht hinaus wie Nebelgeister. Sinnlich. Dank einer letzten zarten Brise zur späten Stunde, bevor der neue Tag anbrach, konnte man den herben Geruch des Zigarrenstummels riechen, die sie im Dunkeln rauchte. Es roch muffig und abgestanden.

Dann spürte man, wie sich die Erde leicht bewegte. Die toten Blätter der Weinstöcke um uns herum zitterten. Der gewaltige Riese kam näher, und die Erdstöße waren wie eine tickende, schreckliche Weltuntergangsuhr, erschaffen von unsichtbaren Kräften. Vielleicht blieben uns noch ein paar Stunden, bevor er uns einholte. Wie hatte Last of Autumn ihn genannt? *Cloodmoor?*

Der Schreckliche.

Was ist das denn bitte für ein Name?

Wie auch immer. Dieses Wesen, das auf uns zukam, machte das Sitzen und Schwitzen hier in den Reben zu einer gewaltigen Zeitverschwendung. Man fühlte sich festgefahren und wusste, dass es einen anderen Ort gab, an den man sich schnellstens begeben sollte, und der war ganz eindeutig nicht hier. Hierzubleiben war ein guter Weg, um irgendwann plattgestampft zu werden. Eher früher als später.

»Was sagt unsere Ortskraft, was wir tun sollen?«, fragte der Commander und kniete sich neben den Anführer der Spähergruppe. Wir kauerten in einer tiefen Erdfurche, und man spürte das eigene Herz und die Nerven wie etwas, das in der Brust außer Kontrolle geriet und in die Arme und Finger ausstrahlte. Ein nervöses Ding, das sich in einem ausbreitete, das man berühren und anfassen konnte und das rumschrie, wenn man versuchte, ihm zu sagen, es solle sich einfach entspannen.

Noch einmal, das waren Ranger. Sie hatten gerade eins der schwersten Gefechte hinter sich, die das US-Militär seit dem Koreakrieg erlebt hatte. Und jetzt flippten wir alle wegen einer alten Frau aus, die in einem Schaukelstuhl nach Mitternacht eine Zigarre rauchte. Sie machte selbst die Härtesten unruhig. Aber ich hatte keinen Zweifel daran, dass sie sich ihr entgegenstellen würden, selbst wenn sie dabei alle in Kröten verwandelt wurden.

Es war seltsam.

Ich übersetzte für Autumn und übermittelte dem Captain ihre Antwort.

»Sie sagt, wir müssen weitergehen und mit der alten Frau verhandeln, damit wir passieren dürfen. Sie wird uns drei Möglichkeiten anbieten. Wir müssen uns für eine entscheiden, um ihr Land zu durchqueren und den See auf der anderen Seite des Bergrückens zu erreichen. Andernfalls wird die alte Hexe uns das Leben schwer machen. Sir.«

Einer der Ranger zischte: »Im Ernst, Mann. Das ist doch Blödsinn. Lassen wir Sar'nt Thor sie einfach aus der Ferne erledigen!«

Der Captain überdachte die Lage. Er aktivierte sein Nachtsichtgerät und hoffte, dass noch etwas Saft in den Batterien war. An dem schwachen grünen Licht um seine Augen konnte ich erkennen, dass er Glück hatte. Aber was auch immer er sah, war scheinbar das Gleiche wie das, was wir mit der Mondsicht wahrnahmen.

»Holen Sie PFC Kennedy«, murmelte Captain Messerhand.

Ich hätte nie gedacht, dass ich das mal hören würde. Vor zwei Wochen war die Ranger-Kompanie noch wild entschlossen gewesen, Kennedy aus ihren heiligen Reihen zu vertreiben, aus irgendeinem geheimnisvollen Grund, den wahrscheinlich niemand, der kein Ranger war, verstehen würde. In jeder Einheit gibt es den einen Soldaten, den alle gefressen haben. Den Typen, der auf jedermanns Liste steht. Der immer Sonderdienste schieben muss. Und manchmal hat das einen guten Grund. Zu viele Zwischenfälle außerhalb des Stützpunktes. Zu viele Ratschläge an Vorgesetzte. Nicht knallhart genug. Und hier war er nun, der Captain der Ranger, buchstäblich der Beste der Besten, was Infanterieoffiziere angeht. Nüchtern und mörderisch. Und er ruft nach einem PFC, der wahrscheinlich das College abgebrochen hat, weil er ausprobieren wollte, ob er mit echten Waffen genauso gut ist wie in *Call of Duty*, wenn er nicht gerade Bücher liest oder Spiele mit Zauberern und Elfen spielt. Er war buchstäblich der Soldat, den Unteroffiziere wie Kurtz und Hardt am meisten hassten, mit den Pumpen, die sie am Leben hielten und die sich an der Stelle befanden, wo eigentlich ihr verbittertes schwarzes Herz hätte sein sollen.

Ich lachte vor mich hin und wusste genau, dass ich Angst hatte, denn das Lachen fühlte sich gut an. Und wild. Wie eine Art irres Aufbegehren gegen die Schlinge, die sich um unser aller Hals schloss in Anbetracht des drohenden Riesen, der uns alle niedertrampeln würde. Und dann fragte ich mich zwei Dinge. War das die alte Frau, die Sims, den die übrigen wegen seines grauen Haars und seiner abgezehrten Gesichtszüge nur noch »Grandpa« nannten, war das die, die er gesehen hatte? Diejenige, die das spanische Wort *gilipollas* benutzt und ihn in einen alten Mann verwandelt hatte, mit nichts weiter als einem Fluch und einem Fingerzeig.

Nebenbei bemerkt hatte Grandpa die Schlacht auf der Insel überlebt, sein Kumpel jedoch nicht. Verrückt. Jetzt nannten ihn alle so, und er machte unmissverständlich klar, dass ihm das überhaupt nicht gefiel, und erinnerte alle immer wieder wütend daran, dass er eigentlich erst zweiundzwanzig Jahre alt war. Technisch gesehen. Aber seine wütenden Proteste wirkten wie ein griesgrämiges Äquivalent zu »Runter von meinem Rasen«, was die anderen nur noch mehr zum Lachen brachte, weil sie nun mal gnadenlos und grausam sein können. Und weil es irgendwie auch ziemlich lustig war.

Unser alter Mann hatte jetzt sogar einen Buckel. Das war etwas, das Unteroffizieren über fünfunddreißig vorbehalten war, die ihre besten Jahre mit dem Buckeln in Reih und Glied verbracht hatten und jetzt in die Army-

Shops am Stützpunkt humpelten, um sich mit Bierkästen und Schundromanen von den ständigen Schmerzen abzulenken, mit denen sie leben mussten.

Und es war Sims, der alte Mann, der Kennedy zu den Spähern brachte, nachdem der Commander nach ihm gerufen hatte. Grandpa trug ihrer beider Gewehre, und Kennedy hielt mit seinen bleichen Händen den drachenköpfigen Stab des Zauberers fest umklammert. Das war eine Entscheidung des Commanders gewesen. Kennedy sollte den geheimnisvollen Stab jetzt als Waffe benutzen. Aber er durfte ihn nur auf Befehl einsetzen. Es war offensichtlich, dass er gefährlich war. Und Kennedy war der Einzige, der ihn bedienen konnte. Andererseits hatte es außer ihm niemand versucht. Das war also mehr eine Vermutung.

»Hey, Grandpa«, sagte Thor, als Sims PFC Kennedy zu den Spähern führte, die auf der trockenen Erde des toten Weinbergs kauerten. Offensichtlich war Kennedy immer noch nicht ganz auf der Höhe, nachdem er bei der letzten Stabbenutzung in Ohnmacht gefallen war.

»Halt die Klappe«, zischte der eigentlich rangniedrigere Specialist Sims. Aber weil er alt aussah, kam er damit durch, als wäre er schon zwanzig Jahre bei der Truppe. Sergeant Thor schnaubte und beließ es dabei. Es war offensichtlich, dass Grandpas neuer Rang irgendwo zwischen Unteroffizier und Warrant Officer liegen musste. Weil sein Haar grau geworden war, durfte er jetzt zu allen mürrisch und zänkisch sein, und sei es nur, weil er wie jedermanns Opa aussah.

»Sir«, sagte Kennedy und setzte sich in den Schneidersitz, den mächtigen Stab auf den Knien. Der Captain ignorierte das.

»PFC.« Der Captain begann das Gespräch so, als wäre es eine ganz normale militärische Unterhaltung. Zielvorgaben. Lagebericht. Üblicher Militärkram. »Wir haben es mit einer Hexe zu tun, PFC. Was können Sie uns über diese … diese Art von Feind sagen?«

Offensichtlich hatte der Captain es endlich akzeptiert.

Aber welche andere Wahl hatte er schon groß? Er war der ultimative Realist.

»Ähhhm …«, murmelte Kennedy, und ich war mir sicher, dass jeder anwesende Unteroffizier ihn plötzlich umbringen wollte, weil er es wagte, einen Offizier mit dem Äquivalent eines einsilbigen Grunzens anzusprechen. Doch dann erschütterte einer der Schritte des Riesen den Boden und schüttelte weitere tote Blätter von ebenso toten Ranken, und die unmittelbare Aufgabenstellung und die dazugehörigen Prioritäten wurden auch ohne Worte deutlich. Oder ohne korrigierende Bestrafung. Cloodmoor kam immer näher, und ich war mir sicher, dass er genau wusste, wohin und was er wollte. Direkt auf uns zu. Rangerbrei aus uns machen.

»Das ist wahrscheinlich ein Sturmriese.« PFC Kennedy warf einen verschwommenen Blick in Richtung des dunklen Horizonts. Der Mond ging unter, und von Osten zogen Unwetterwolken heran. Interessant. »Aber zu Ihrer Frage, Sir …« Seine Worte kamen langsam, als hätte er alle Zeit der Welt. Als wüsste er, dass er für die Leute, die ihn noch vor wenigen Tagen gehasst hatten, jetzt unglaublich wertvoll war. Dass er sie genau da hatte, wo er sie alle haben wollte.

Unglaublich. So schnell kann's gehen.

»Mal sehen …«, fuhr der PFC fort. »In den Anfangsversionen von Dungeons & Dragons, damals noch

Advanced genannt … und was *meiner* Meinung nach …« Aber dann musste er den mörderischen Blick des Captains gesehen haben, denn er unterbrach seinen Vortrag über Spiele, die man mit Stiften und Papier und seltsam geformten Würfeln spielt. »Richtig … die Fähigkeiten«, sagte er. »Sie, also die Hexen, Sir, sie können … einen verfluchen, Dämonen beschwören. Das wäre im Moment ziemlich schlimm. Mit denen möchte ich nichts zu tun haben. Sie verursachen Wunden. Verwandeln einen in irgendwas. Sie können einen hypnotisieren … Sie wissen schon … einen dazu bringen, sich in jemanden zu verlieben … oder so.« Er räusperte sich unbeholfen. Das Wort *Liebe* schien ihm unangenehm zu sein. Wahrscheinlich hatte er Bilder von sexy Anime-Hexen auf seinem Handy.

Er fasste sich wieder, als der Anführer der Scouts ihn mit einer weiteren Frage konfrontierte.

»Sind sie eher …«, setzte Sergeant Hardt an, der den Eindruck erweckte, dass er PFC Kennedy noch unangespitzter in den Boden rammen wollte als der Captain. »… gut oder schlecht, PFC?«

»Nun«, begann Kennedy und rückte seine Armeebrille zurecht, nicht ahnend, wie nahe er gerade dem Tod durch Hardt entronnen war. »Gut und böse ist in D&D relativ, Sar'nt. Und es heißt böse. Nicht schlecht, Sar'nt. Zumindest in den älteren Editionen. Aber ich glaube, die Unterscheidung, nach der Sie suchen, Sar'nt Hardt, ist rechtschaffen oder chaotisch. Wenn ich mich recht erinnere, sollten Hexen rechtschaffen sein. Aber wie gesagt, ich habe keine Ahnung, ob das, was wir hier vor uns haben, exakt auf dem Spiel basiert, das ich kenne. Es gibt einfach eine Menge Dinge, die sehr … ähnlich sind. Wenn Sie mich fragen, zumindest. Also, angenommen …«

Captain Messerhand hielt eine Messerhand hoch, um Kennedy das Wort abzuschneiden und die Unterhaltung zu beenden.

Der Private First Class hielt sofort inne. Was wahrscheinlich gut für ihn war, wenn er weiterleben wollte. Kennedy mochte eine Art Zauberer sein, aber Captain Messerhand war immer noch der befehlshabende Offizier einer Ranger-Kompanie. Und er hatte vermutlich längst vergessen, wie viel mehr Menschen er mit seinen Händen getötet hatte als alle anderen hier mit Gewehren, Sprengstoff und sogar angeforderten Luftangriffen.

»Wenn wir gegen sie kämpfen müssen ... wird sie dann Magie einsetzen, PFC?«

»Sie hat mich in einen ...«, platzte Sims plötzlich heraus wie ein verärgerter Kunde in einem Starbucks, der fälschlicherweise Kuhmilch in seinen Decaf-Soja-Latte bekommen hat. Seine entrüstete Unterbrechung war eindeutig gerechtfertigt. Für einen alten Mann jedenfalls.

Aber beendete den Satz nicht. Er sagte nicht »alter Mann«. Wahrscheinlich erkannte er im letzten Moment die Falle, die er sich selbst gestellt hatte. Den Spitznamen, der bereits festsaß und noch fester sitzen würde, wenn er die Worte auch nur einmal selbst aussprach.

Trotzdem ignorierten ihn alle. Das war Teil seiner erstaunlichen neuen Aller-Mann-Superkräfte. Der Command Officer beachtete ihn nicht einmal und veranlasste Sergeant Hardt auch nicht, Sims' freche Zunge herauszuziehen und sie ihm zu zeigen.

Wow, dachte ich mir nebenbei, *wenn Sims nur sein ... Greistum ... akzeptieren würde, könnte er bei den Rangern mit allem ungestraft davonkommen. Es wäre, als würde man* die Medal of Honor erhalten und in der Army bleiben. Jeder müsste einem ständig salutieren.

»Habe ich das richtig verstanden, PFC?«, fuhr der Captain fort. »Sie wird versuchen, uns mit irgendeiner Art von Magie anzugreifen, wenn die Verhandlungen schlecht laufen?«

In der darauffolgenden Stille unterstrich das Aufschlagen der massiven Füße des sich nähernden Sturmriesen, die irgendwo da draußen in der Dunkelheit auf die Erde prallten, den Ernst der Lage. Er zertrümmerte eine Menge von wer weiß was. Als ob es sich schon mal warm machte für uns.

Kennedy nickte zustimmend.

»Jep. Ich meine … Ja, Sir. Das ist ihr Ding. Hexen sind eine Unterart der Zaubererklasse. Das wird sie machen. Aber ich vermute, sie wird etwas von uns wollen, um uns passieren zu lassen, wenn ich die Situation richtig einschätze.«

Der Captain dachte einen Augenblick darüber nach. Man merkte, dass selbst er den Zeitdruck spürte. Wir mussten uns beeilen, um zu verhindern, dass wir von hinten zerquetscht und von den Seiten flankiert wurden.

»Können Sie gegen sie kämpfen?«, wollte der Captain vom PFC wissen. Dann bekam er den schlimmsten Ausdruck von Bauchkrämpfen, den ich je auf seinem Gesicht gesehen habe. Als könnte er nicht glauben, dass er das wirklich gefragt hatte. Er deutete auf den mächtigen Stab auf Kennedys gekreuzten Beinen. Habe ich schon erwähnt, dass der Rest von uns in Ranger-Standard auf einem Knie wartete? »Mit diesem Ding da?«

Dann sagte Kennedy das Rangerischste, was wahrscheinlich jemals aus seinem Mund kommen würde.

Er holte tief und unsicher Luft und sah Captain Messerhand direkt in die Augen.

»Ich fühle mich, als hätte man mir zweihundert Mal die Grippe angehängt, Sir. Aber ja, wenn sie uns Probleme beschert, mach ich der Alten so lange Feuer unterm Arsch, bis ihr der Hut qualmt. Wenn es das ist, was Sie wollen, Sir.«

Captain Messerhand gab seine Version eines flüchtigen Lächelns zum Besten. Es sah unnatürlich und fast krank aus. Aber es vermittelte, dass er von der Motivation seines Soldaten beeindruckt war. Ranger durch und durch.

»Gute Arbeit, PFC«, sagte er schließlich. »In Ordnung, wir rücken vor und verhandeln mit der alten Frau, und dann schauen wir, was sie will. Wenn etwas schiefgeht … verbrennen wir die Hexe.«

KAPITEL 41

Wir näherten uns der Hütte im hinteren Teil der Weinberge vorsichtig, aber bestimmt. Wir wollten uns nicht an sie heranschleichen, nachdem Last of Autumn uns gewarnt hatte, dass sie unsere Anwesenheit mit übernatürlichen Mitteln bemerkt hatte. Übernatürliche Mittel wurden allmählich in vielen Entscheidungsprozessen berücksichtigt. Die Ranger passten sich schnell an, damit sie dieses Defizit überwinden konnten.

Captain Messerhands Sicherheitsteam ging in einem Patrouillenkeil voran. Last of Autumn und PFC Kennedy folgten, und ich begleitete sie für den Fall, dass die Hexe irgendwelche toten Sprachen sprach, die doch nicht so tot waren.

Bisher hatte sich meine Absicht, nicht in allzu viele Konfliktsituationen zu geraten, als falsche Hoffnung erwiesen. Aber jeder Soldat wird Ihnen bestätigen, dass sein Rekrutierer bei irgendetwas gelogen hat. Meistens bieten sie einem Hawaii als ersten Dienstort an. Darauf fällt jeder rein.

In der Zwischenzeit donnerten und rumpelten die Schritte des nahenden Giganten in der Ferne wie ein unerbittlicher Countdown, der realer war als jede Weltuntergangskulisse in Filmen.

Wir mussten schleunigst hier weg.

Als wir uns näherten, wurde offensichtlich, dass die Hütte, ein ausladendes Bauwerk, das von außen betrachtet ein einziger zweistöckiger Raum hätte sein können, der die gesamte Fläche einnahm ... seltsam konstruiert wirkte. Die Winkel ergaben keinen Sinn. Optisch gesehen. Es sei denn, man konzentrierte sich darauf, dann taten sie es irgendwie, auch wenn ihr Anblick ein flaues Gefühl in der Magengrube hinterließ. Das Dach über der gefährlich schiefen ersten Etage hatte definitiv etwas Hexenhaftes. Es war schräg wie ein Hexenhut, schlecht gebaut und noch schlechter gewartet. Ein einzelnes schiefes Holzsprossenfenster starrte von dort oben auf uns herab. Der ganze seltsame Raum dahinter wurde nur durch das fahle Licht einer einsamen Kerze erleuchtet.

Mittlerweile konnten wir sie besser sehen. Sie war nur eine kleine dunkle Gestalt, die sanft in einem Schaukelstuhl wippte, tief im Schatten der dunklen Veranda. Das Dach war durchgebogen und sah aus, als würde es beim geringsten Wind, der durch die abgestorbenen Weinberge wehte, auf sie herabstürzen. Später sollte ich mich fragen, ob die Hütte sie beschützen wollte.

Und dann wurde ich zu einer Unterredung hinausgeschickt. Das Sicherheitsteam blieb stehen, die Waffen bereit und den Blick nach draußen in den toten Weinberg gerichtet. Das Glimmen ihrer Zigarre in der Dunkelheit erhellte unregelmäßig das Gesicht der Hexe, während sie Rauchgeister in die Nacht entließ.

Ich hatte kein gutes Gefühl bei der ganzen Sache.

Die Ranger sahen besser, weil sie gerade den letzten Saft aus ihren Nachtsichtgeräten quetschten. Ich dagegen dachte mir, wenn ich schon versuche, mit einer unfreundlichen Einheimischen zu kommunizieren, dann doch lieber ohne die alienhaften Nachtsicht-Glubscher. Ich hätte in diesem Moment die Mondsicht benutzen können, aber wie gesagt, dieser spezielle Trick, den Last of Autumn uns gezeigt hatte, funktionierte hier nicht so gut. Genau wie – wobei mir das gerade eben erst aufgefallen ist –, genau wie er in der düsteren Höhle unter der Tempelruine ausgefallen war. In der Nähe … dieses Dings in der Spalte, das die Zentauren und die Ziegenmenschen in seine endlose Umarmung des Vergessens gezogen hatte. Es lockte sie mit einem fernen Lied, das ich in meinem Geist kaum hatte ertragen können. Und ich wollte es nie wieder hören.

Der *Dämon*, hatte Last of Autumn gesagt.

Nicht drüber nachdenken, Talker.

»Finden Sie raus, was sie spricht, PFC«, befahl Captain Messerhand in den Wind und die Dunkelheit des Vorgartens zwischen der Hütte und den ächzenden Weinbergen, die vom zunehmend stärker werdenden Wind in leisen Besenschwüngen durchfahren wurden.

Der Wind frischte auf.

Huiiii.

Ich überquerte den hartgetretenen Boden und kam so nah an den Überhang der schattigen Veranda heran, wie ich mich traute. Dabei spähte ich in die Dunkelheit, um einen besseren Blick auf sie zu erhaschen.

Hatte ich schon erwähnt, dass der Riese immer näher kam? Unten im Tal ertönten in unheilvoller Regelmäßigkeit die Donnerschläge seiner Schritte.

»Beeil dich«, murmelte einer der Ranger wütend, als ich an ihrer Defensivformation vorbeiging, um allein mit einer Hexe zu sprechen.

Ich hatte überlegt, welche der acht Sprachen, die ich gut beherrschte, ich zuerst bei ihr versuchen sollte. Welche

Sprache könnte uns ins Gespräch bringen? Und das möglichst schnell? Die Zeit drängte, und wenn ich keinen unmittelbaren Erfolg bei ihr verbuchen konnte, würden wir wertvolle Zeit verlieren. Zeit, in der wir etwas Abstand zwischen uns und den unfassbar großen Koloss bringen konnten, der das Tal hinunterkam und von Sekunde zu Sekunde mehr den Eindruck erweckte, dass er tatsächlich direkt auf uns zuhielt.

Also, mein Gedankengang war folgender …

Ich dachte an den guten alten Grandpa. Oder einfach nur Sims, wie man ihn nannte, bevor ihn irgendeine schrullige alte Lady mitten im Kampf mit einem Fluch belegte, der ihn plötzlich alt werden ließ. Ich erinnerte mich an seine Begegnung in der zweiten Nacht auf der Insel. Als die Hexe an der vorderen Kampfposition aufgetaucht war und ihn in den alten Mann verwandelt hatte. Sie hatte Spanisch gesprochen. Einen ganz bestimmten Dialekt. Da würde ich also ansetzen. Vielleicht gehörten ja alle Hexen einer Gruppe an, einer Gewerkschaft, einer Gilde oder einem Berufsverband und sprachen dieselbe Sprache?

Und zu meiner großen Freude hatte ich auf Anhieb Erfolg.

Spanisch funktionierte.

»Entschuldigen Sie«, begann ich. »Aber wir müssen durch Ihr Land, und man sagte uns, wir bräuchten erst eine Erlaubnis. Von Ihnen. *Doña*.« Das war im Grunde der Kern meiner Eröffnungsrede. Auf den Punkt gebracht und höflich. Ich hatte überlegt, sie *Señorita* zu nennen. Manchmal mögen es ältere Frauen im Spanischen, wenn man ein bisschen flirtet. Aber sie war eine Hexe, und ich konnte mir gut vorstellen, wie alles, was ich tat, furchtbar schiefging und damit endete, dass ich in eine Kröte verwandelt wurde oder eben das Krötenäquivalent dieser Welt.

Ich konnte mir ebenso gut ausmalen, wie der Command Sergeant Major enttäuscht von mir war und mich zum neuen PFC Kennedy machte. Mit winzigen Krötenarmen Latrinengräben auszuheben, wäre hart. Und peinlich. Aber ich bin auch ein bisschen eitel. Das Beste wäre also, behutsam und respektvoll zu sein und zu sehen, wohin uns das führte.

Ich legte also mit meinem Eröffnungssatz los und wurde ein paar Sekunden lang mit nichts anderem belohnt als dem einsamen Knarren ihres Schaukelstuhls, der auf den verzogenen Brettern der morschen Veranda knarzte. Sie schaukelte einfach vor sich hin, die einsame Zigarre tanzte in der Dunkelheit, während sie in die Stille horchte, die zwischen uns herrschte.

Wenn die Castingzentrale noch eine Hexe brauchte, sollten sie sich die Nummer dieser Frau besorgen. Sie hatte die Rolle im Griff. Bis jetzt.

Aber sie ließ mich nicht lange warten. Vielleicht war sie auch besorgt wegen des drohenden Riesen, zumindest auf einer gewissen Ebene.

»Der große Junge wird bald hier sein, Soldat von der anderen Seite der Zeit«, erwiderte sie in einem sehr umgangssprachlichen spanischen Dialekt. Ihre Stimme klang krächzend und weinerlich.

Aber das waren doch immerhin mal Neuigkeiten. Sie war sich des Riesen zumindest bewusst, wenn nicht sogar besorgt seinetwegen. Aber … Was meinte sie in ihrem Hinterwäldler-Spanisch, das ich für diese schriftliche Aufzeichnung zu transkribieren und für Sie aufzubereiten versucht habe, mit »*Soldat von der anderen Seite der Zeit*«?

Da gab es noch Klärungsbedarf. Später natürlich. Im Moment war dafür keine Zeit. Nicht, wenn Cloodmoor der Großfüßige gleich seinen großen Auftritt feiern würde. Ich meldete dem Captain, dass wir miteinander im Gespräch waren, weil ich dachte, er wäre immer noch hinter dem Sicherheitsteam in der Mitte des Keils. War er aber nicht. Er stand direkt hinter mir. Keine sichtbare Waffe, zumindest wenn man die Messerhand nicht mitzählt. Allerdings hatte er zwei davon, also war er auf jeden Fall nicht unbewaffnet. Da stand er also. Fast so leise wie Last of Autumn war er mit mir nach vorne gekommen, um die Unterredung zu begleiten.

Was sich gut anfühlte, jetzt, wo sie in diesem gruseligen Oma-Hexen-Hinterwäldler-Spanisch mit mir gesprochen hatte. Ihn dort zu haben, meine ich. Die Luft war tatsächlich kühler geworden, als sie das Wort ergriffen hatte, das kann ich Ihnen versichern. Ihre Stimme war ein rostiges, altes Krächzen. Wie ein Scharnier, das eine ganze Dose WD-40 brauchte, um das Quietschen zu beseitigen. Ein Kind, das mit der Stimme eines imaginären Freundes spricht, die nicht gerade niedlich ist. Oder ein Clown, dem man am liebsten eine reinhauen würde, aus Gründen, die man nicht genau benennen kann. Die Stimme der Hexe war all das, und dazu noch alt und brüchig.

Captain Messerhand nickte mir zu und beobachtete sie weiter wie ein Tiger im Dunkeln. Ich bin großer Fan von Gedichten, und in diesem Moment erinnerte ich mich an eine Strophe aus einem alten Gedicht, das ich einmal gelesen hatte.

*Tiger, Tiger, Flammenpracht
in der Wälder dunkler Nacht:
Welcher Schöpfer, welcher Gott
Schuf dich, der Angst gebiert und Tod?*

Das war von Blake. Und ich musste jedes Mal daran denken, wenn ich den Captain nach der Nacht mit der alten Hexe sah. Damals, genau dort, vor ihrer baufälligen Hütte, wurde mir klar, dass er mehr als nur ein Soldat war. Er war der Anführer einer der tödlichsten Kampftruppen der Welt. Der Ranger. Er war ein Tier. Ein wildes Tier. Und man riskierte sein Leben, wenn man ihm in der Nacht begegnete.

Ich hätte nicht an ihrer Stelle sein wollen.

Aber sie hatte keine Ahnung, womit sie es zu tun bekam. Oder sie begriff selbst nicht, was ihre Voraussage, dass wir *Soldaten von der anderen Seite der Zeit* wären, bedeutete. Und wenn doch … hatte sie keine Ahnung, wie weit der Captain bereit war, für seine Männer zu gehen. Ich glaube, das wusste niemand. Aber sie …

Sie wusste schlichtweg nicht, wer vor ihr stand.

»Glaubt das Elfenmädchen etwa, sie kann euch durch mein Gebiet führen, ohne zu fragen?«, krächzte die alte Frau. »Ohne Wegzoll. Ohne Geschenke für Sarita. Keine Huldigung an die Trägerin so unglaublicher Kräfte?«

So legte die Hexe los. Sie lamentierte über belanglose Missstände und drohte mit dem Untergang. Sie deutete an, dass wir bei einer derart bedeutungsvollen Frau wie ihr offenbar einen schlechten Start gehabt hatten. Auf mich wirkte es wie eine Verhandlung. Wie ein lokaler Bauerntrampel, der einen genau da hat, wo er einen haben will, weil er der einzige Typ dort am Arsch der Welt ist, an dem man gerade festsitzt, der Reifen verkauft.

Das war mein Eindruck.

Aber sie fuhr fort mit ihrer Liste von Beleidigungen und versteckten Drohungen.

»Sie und ihre Art … das putzige kleine Elfenmädchen … sie kennen meinen Preis ganz genau. Es sind drei. Drei, aus denen ihr wählen könnt, wenn ihr versteht, Soldaten von der anderen Seite der Zeit.«

Sie hielt inne, um einen langen Zug vom Stummel ihrer stinkenden Zigarre zu nehmen, in der Düsternis unter dem Vordach teuflisch glühte. Das schweflige Glimmen beleuchtete einige ihrer krummen und hageren Gesichtszüge.

»Und du … triffst du die Entscheidung? Oder …« Sie richtete das glühende Ende der Zigarre auf jeden von uns. »Oder wollt ihr darauf verzichten und euren Frauen erzählen, ihr hättet überlebt und die alte Sarita nicht verärgert.«

Ich übersetzte für den Captain.

Ein langer Moment des Schweigens verging, während er regungslos in der Dunkelheit stand und ihr Angebot bewertete. Dann murmelte er einfach: »Fragen Sie sie, was sie will, PFC.«

In diesem Moment war ich mir ziemlich sicher, dass Captain Messerhand alles tun würde, was sie verlangte — eine Ziege opfern, den Augiasstall ausmisten, was auch immer —, nur um uns aus der Misere herauszubringen. Und wenn Sie sich jetzt fragen, warum wir dort standen und uns mit der alten Hexe beschäftigten, anstatt einfach ihr Hüttchen anzuzünden und weiterzuziehen … Nun, dafür gab es zwei Gründe.

Der erste Grund war, dass wir kaum noch Munition hatten und ins Ungewisse zogen. Ziemlich sicher würden wir irgendwann wieder zum Kämpfen gezwungen sein. Wenn wir auf offenem Gelände von den Jägern umzingelt wurden, die uns auf der anderen Seite des windgepeitschten Bergrückens, den wir überquert hatten, den Weg abschneiden wollten, würde es keine Verhandlungen geben. Wenn wir also eine Chance bekamen, eine Möglichkeit, etwas auszuhandeln, dann war es wahrscheinlich eine gute Idee, es zumindest zu versuchen. Das sparte vielleicht ein paar Kugeln.

Grund Nummer zwei war damals etwas schwieriger zu formulieren. Aber jetzt, nach dem, was passiert ist, verstehe ich ihn besser. Die alte Frau hatte etwas Gefährliches an sich. Entweder war es die Art und Weise, wie Last of Autumn sie mit einem fast übertriebenen Respekt behandelte, oder einfach die ganze Szene in der schiefen Hütte zwischen den toten Weinbergen, die sich kurz nach der Geisterstunde um drei Uhr morgens abspielte. Zwischen Mitternacht und Morgengrauen. Auf halbem Weg zwischen Himmel und Hölle. Es schwebte ein fast greifbares Gefühl von Macht in der Dunkelheit. Wir alle haben es gespürt. Spürten, dass es etwas war, was mit großer Sorgfalt angegangen werden musste, weil man nur einen Versuch hatte, auf die andere Seite zu gelangen, wo man vielleicht noch ein paar Stunden weiterleben konnte, bis man in irgendeiner Sackgasse die letzte Munition an Orks oder Werwölfen verschwenden musste.

Das Problem war nur, dass einer von uns eine andere Reaktion plante, einen ganz anderen Schritt als der Captain zur Rettung seiner Männer tun würde. Und wenn ich einer von uns sage, meine ich natürlich mich. Ich war immer noch im »Wir können über alles reden«-Modus.

Aber mit manchen Menschen, mit manchen Kreaturen, kann man nicht vernünftig reden. Sie wusste, dass wir in einer Zwickmühle steckten.

»Fragen Sie sie, was sie will«, knurrte der Captain in der Dunkelheit, dessen Augen wie zwei Kohlestücke in blauem Feuer leuchteten. Wie ein Tiger, der in der Nacht auf der Jagd ist. Als ob er in Trance wäre. Gelassen und meditativ. Die Ruhe vor dem Sturm. Die Art Zustand, in den sich Preisboxer vor einem großen Kampf begeben. Die Abgeklärtheit eines eiskalten Killers.

Ich tat, wie mir aufgetragen wurde, und fragte die Hexe, wie ihre Forderungen aussahen.

»Ich habe drei … Talker.«

Talker. Sie kannte meinen Namen. Meinen Spitznamen.

Das war total verrückt. Aber ich reagierte wie ein Profi und ließ mir nichts anmerken.

»Drei habe ich immer, und keine davon ist einfach«, fuhr sie fort. *Die alte Sarita*, wie sie sich selbst nannte. »Aber alle sind wahr. Du und deinesgleichen erfüllt eine und dürft weitergehen, ohne dass euch etwas passiert. Macht euch nichts draus, wenn der große Junge kommt. Ich denke, ich werde mich bald mit ihm befassen«, murmelte sie und lachte vor sich hin. Dann sagte ich ihr, sie solle fortfahren und uns sagen, welche Möglichkeiten wir hätten.

»Nun …«, sagte sie nach einem langen Zug an der fauligen Zigarre. »Ich beanspruche die Dienste eures besten Mordgesellen für ein Jahr. Er wird mein Sklave sein, und ich schicke ihn in den Osten, um den Hexenköniginnen von Kaspien eine Nachricht zu überbringen. Aber eins sollst du wissen, Soldat vor dem Ruin, ich schicke ihn, um eine dieser Schönheiten für ein altes Unrecht, das mir angetan wurde, zu töten. Sheeah die Stumme, sie muss sterben, das sage ich wahr. Er wird vielleicht nicht zurückkehren, derjenige, den du dafür auswählst, und wenn er es tut, wird er sich nicht an die Zeit erinnern, die er unter meinem Joch verbrachte. Und am Ende des Jahres gebe ich ihn euch zurück, und ihr seid schuldenfrei und könnt meinen Weinberg durchqueren. Die alte Hütte wird euer Passieren nicht bestrafen.«

Okay, sagte ich mir. Da gibt es einiges zu entschlüsseln. Aber ich machte mich ans übersetzen und versuchte, zu verdrängen, dass der Riese auf der anderen Seite des Tals immer näher kam. Mittlerweile fielen bei jedem seiner donnernden Schritte büschelweise abgestorbene Blätter von den verschlungenen Ranken zu Boden.

Und auch der Teil mit der Hütte, die uns nicht bestrafen würde, kam mir seltsam vor. Und beunruhigte mich. Aber auch darauf ging ich nicht ein.

»Okay. Ich habe es meinem Captain gesagt«, erklärte ich ihr. »Was ist unsere nächste Option?«

Sie spuckte einen nassen, schleimigen Batzen in die Dunkelheit und nahm noch einen Zug von ihrer fürchterlich stinkenden Zigarre, sobald sie ihren Rachen wieder frei gemacht hatte.

»Unten am See ist ein alter Tümpel. Ich sag dir was Wahres … Er ist tief, Talker. Tiefer, als irgendjemand je wissen wird. Ganz unten an den Wurzeln gibt es eine unterirdische Höhle und ein Volk, das noch nie entdeckt wurde. Es hat sogar einen König. Um seinen Hals trägt er eine alte schwarze Perle, die ich vor vielen Jahren verloren habe. Sie ist mächtiger als der Ring, den du versteckt hältst, Soldat. Es ist ein Juwel der Vernichtung von den

Alten von Estragon, die jetzt alle fort sind. Du und deine Männer tauchen hinunter, vernichten sie und bringen mir die schwarze Perle. Dann dürft ihr das Gold behalten, das dort unten liegt, falls ihr es findet. Die alten Elfen kamen hierher, lange bevor die Hütte hier ihr Zuhause fand. Vor der Zeit von Elmyra, die meine Lehrmeisterin in den Dunklen Künsten war, auf denen meine furchtbaren Kräfte beruhen. Sie lebte damals mit der Hütte. Aber vor all dem war dieser alte, tiefe, dunkle Teich ein glücklicher Ort für die Ersten. Die Elfen von Estragon kamen hierher, um sich etwas zu wünschen, und einige stiegen dort hinab und fanden eine alte Höhle, in der sie wie Eremiten lebten, bis sie blind wurden. Sie wurden zu einer neuen Rasse, die Wasser atmet wie die Froschmenschen der Kro-Ma-Taugh in den südlichen Ödlandsümpfen. Sie beten einen dunklen und zornigen Gott an, dessen kannst du sicher sein. Das wird nicht leicht, selbst für dich und deine Krieger … Talker. Aber wenn ihr das Gemetzel dort unten in den lichtlosen Tiefen übersteht, könnt ihr weiterziehen. So will es die Hütte.«

Ich übersetzte.

Wieder fiel mir auf, dass sie von der *Hütte* als einer Art Lebewesen sprach, das bei dieser Angelegenheit ein Wörtchen mitzureden hatte. Irgendetwas daran erinnerte mich an einen Mythos, den ich in meinem anderen Leben an der Universität einmal gehört hatte. Aber die Schritte des Riesen, die von Sekunde zu Sekunde lauter wurden, lenkten mich davon ab, all das nutzlose Wissen abzurufen, das ich irgendwann angesammelt hatte.

Als ich fertig war und ihr irrsinniges Angebot, dass wir in ein dunkles Becken hinunterschwimmen und uns den Weg durch eine Art Unterwasser-Verfolgungsjagd mit

Heimvorteil für den Gegner freischießen sollten, übersetzt hatte, dachte ich mir, es wäre am vernünftigsten, Sergeant Thor als eine Art Zombiekiller loszuschicken. Und selbst das hörte sich ziemlich verrückt an.

Ich bezweifelte, dass Captain Messerhand mitgehen würde …

Der Captain aktivierte sein Funkgerät. »Sergeant Major. Setzen Sie sich in Bewegung, die Straße hinunter und auf die andere Seite des Hügels. Wir kommen hier nicht raus … Sie müssen weitergehen. Bringen Sie die Verwundeten in Sicherheit. Wir treffen uns bei Sammelpunkt drei. Warlord out.«

Die Hexe gurrte in der darauf folgenden Stille wie ein Täubchen.

»Ahhhh … Nun gut … Wie ich sehe, hat der Captain seine Wahl getroffen … Talker. Wie dumm von ihm, dass er sich mit meinesgleichen anlegen will. Aber meine Reben dürsten schon seit geraumer Zeit nach frischem, warmem Blut, noch vor dem Zeitalter von Sût … und heute Nacht werden sie es wohl bekommen.«

Um uns herum ertönte ein trockenes Knistern und scharfes Knacken, das aus dem toten Weinberg kam. Die Reben, die Hörner der eingepflanzten Dämonen, drehten sich und bewegten sich, griffen nach uns, schlängelten sich heran und versperrten uns den Weg, der zurück zur Verbindungsstraße führte, die uns über den Kamm bringen würde.

Die Hexe gackerte. Natürlich.

Der Captain brüllte über den Hof, als ob er das Feuer auf ein feindliches Nest von schweren Maschinengewehren lenken wollte. »Talker, sagen Sie ihr, dass wir passieren, oder sie stirbt in den nächsten dreißig Sekunden.«

Captain Messerhand war nicht daran interessiert, ihre okkulten Spielchen mitzuspielen.

Aber die Hexe erwiderte den Bluff des Captains, als wäre es ein Pokerspiel, und forderte ihn in der Dunkelheit der Veranda mit ihrem altertümlichen Geheul heraus.

Sie gackerte vor Vergnügen und zeigte mit einem krummen Finger auf einen der Ranger. Ein grüner Strahl schoss daraus hervor und warf den Ranger zu Boden.

»Ich werde euch alle in Kreaturen der dunkelsten Finsternis verwandeln, und ihr werdet mir zu Diensten sein, bevor ich euch zum Schwarzen Prinzen schicke …«, schrie sie vergnügt.

Dann löste der Captain den Sicherungsstift der M14-Thermitgranate, die er mitgebracht und versteckt hatte, trat vor und warf sie direkt durch die offene Tür des alten Hauses. Ihrer … *Hütte*. Thermit explodiert irgendwie, aber nicht wirklich. Es brennt einfach sehr lange Zeit sehr heiß. Eine alte Holzhütte wie diese würde in Sekundenschnelle in Flammen aufgehen.

Die Hexe schrie plötzlich wie ein abgestochenes Schwein und eine Todesfee. Sie war aus ihrem Schaukelstuhl aufgesprungen und rannte auf die schwarze Leere der Tür zu, die zurück in die Hütte führte. Dorthin, wo der Captain das Thermit hingeworfen hatte.

Gleichzeitig zog der Captain schnell seine Pistole und feuerte auf sie, während sie weiterlief. Sie erreichte die Tür nie, sondern brach stattdessen in einem Haufen alter grauer Lumpen nahe der Schwelle und auf den verzogenen Brettern der Veranda zusammen und stöhnte leise, als die Flammen immer höher loderten in der … sich windenden Hütte?

Im Inneren breiteten sich die Flammen des intensiven und unerbittlichen Feuers der gezündeten Thermitgranate schnell aus. Gierig leckten sie an den Holzlatten und erfassten die alten Vorhänge, in die seltsame Symbole eingewebt waren. Das ganze Haus fing an, zu wackeln und zu beben.

Sie lag stöhnend auf der Veranda. Immer wieder sagte sie die gleichen Worte.

»Meine Hütte. Meine arme Hütte. Meine schöne Hütte.«

Wir zogen uns zurück, während die Ranger auf die näherkommenden Reben einhackten, und PFC Kennedy setzte den Drachenstab ein und sprengte einen flammenden Pfad durch die Hauptreihen und –büschel, der zurück zur Straße durch die Weinberge führte. Zu dem Zeitpunkt, als wir uns einen Weg zurück zu den Teams gebahnt hatten, die die Verwundeten entlang der Straße über den Kamm und auf der anderen Seite hinunter schleppten, war die Hütte bereits vollständig von lodernden Flammen verschlungen.

Und sie wand sich. Sie krümmte sich. Als würde sie im Feuer leiden, das sie verzehrte. *Sich vor Schmerzen krümmen* sind wohl die richtigen Worte. Ein lebloses Objekt. Das Schmerzen empfindet.

Ich verbuchte das als weiteren Eintrag in die Kategorie »Dinge, von denen ich dachte, ich würde sie nie sehen«. Ein brennendes Gebäude, das leidet, als wäre es ein lebendiges Wesen, während es von den sich ausbreitenden Flammen verschlungen wird.

Wir hatten den Bergkamm überquert und konnten die Hexe in den brennenden Ruinen weiterhin schreien hören. Ihre Rufe und ihr Stöhnen hallten über die schwelenden Weinberge. In meinem Kopf ertönte ihr kaltes, grausames

Krächzen. *»Du hast keine Ahnung, was der Mann gerade verbrannt hat, Talker. Darin waren Welten. Welten waren dort in meiner Hütte.«*

Und dann, als wir zwischen den dunklen Bäumen auf der anderen Seite des Bergrückens hinabstiegen, um vor dem schreitenden Riesen zum Bach zu gelangen, der uns hinunter an den Rand des Karwaldes führen würde, verstummte ihre Stimme, und alles, was ich hörte, war ihr Echo, das in den letzten Atemzügen der Nacht verklang.

»Du hast ja keine Ahnung. Talker. Darin waren andere Welten.«

Welten im Inneren der Hütte.

KAPITEL 42

Als wir den Hügel hinunter und auf die andere Seite des Bergrückens kamen, befanden sich die Ranger in voller Flucht, aber keineswegs unorganisiert. Ranger sind belastbarer, schneller und härter als jeder andere Soldat. Das wird ihnen während des Auswahlverfahrens eingeimpft. Die Weinberge und die Hütte hinter uns standen in Flammen, und die Schreie der sterbenden Hexe verklangen mit dem Ende der Nacht. Orks waren gesichtet worden, die versuchten, uns von Osten her den Weg abzuschneiden. Die Füße des Riesen erzeugten Donnerstöße. Die Unteroffiziere drängten alle, sich so schnell wie möglich fortzubewegen.

Sogar die Verwundeten.

Ich hörte Kurtz bellen: »Halten Sie Ihre Leute eng zusammen und in Sichtweite. Keiner wird zurückgelassen, Brumm!«

Über Funk meldete sich der Captain, der gerade einen neuen Plan in die Tat umsetzte. Wir hielten hinter dem Teich an, wo der Bach in einen Nebenfluss mündete, der ein größeres Gewässer im Norden am Eingang zum Karwald speiste. Wir wollten Flöße bauen, um die Verwundeten schneller flussabwärts transportieren zu können. Das Wasser floss hier oben ziemlich schnell, und so konnten wir einen gewissen Abstand zwischen uns und dem Feind schaffen. Hauptsächlich dem Riesen.

Ein Teil der schwereren Sachen wurde mit Rucksäcken und wasserdichten, mit Luft gefüllten Säcken zu Wasser gelassen. Das Sicherheitsteam und die Späher wurden im Laufschritt nach vorne geschickt, um dem schwimmenden Hauptelement voraus zu sein.

Ich kümmerte mich darum, ein Floß zu basteln und den Verwundeten »darauf« zu helfen, was nur bedeutete, dass sie sich daran festhalten mussten, während es flussabwärts trieb. Ambulante Verwundete, die dazu in der Lage waren, benutzten ihre Rucksäcke als Schwimmhilfen und zurrten sie zusammen. Wie gesagt, die Strömung war schnell, und wer wusste schon, ob es gefährlich werden würde. Aber wir hatten keine andere Wahl, und die Ranger waren Profis in Sachen Hindernisse und Navigation im Wasser.

Die Morgendämmerung würde nicht mehr lange auf sich warten lassen, und der unsichtbare Riese heulte unablässig, als er auf der anderen Seite des Bergrückens aus dem Tal aufstieg. Des Weiteren hatten die Scouts schnell ziehende Ork-Horden gesichtet, die von nahe gelegenen Pässen herunterkamen. Autumn sagte mir, dass die Werwölfe unsere Fährte aufgenommen hatten; sie konnte ihre Anwesenheit spüren und dass sie auf uns zukamen. Wenn wir nicht schnell handelten, würden wir sehr bald in einen Kampf mit ihnen verwickelt werden, und es gab keinen Grund zu der Annahme, dass es ein leichter Kampf werden würde.

Autumn starrte wie in Trance den Hang hinauf. »Sie sind jetzt in den Weinbergen.« Sie sagte mir, dass der Rauch sie zunächst verwirren würde, aber sobald sie ihn durchdrungen und den Fluss gefunden hätten, wären sie uns auf den Fersen.

Ich gab das alles an den Sergeant Major weiter, und er sagte mir nur, ich solle einen der verwundeten Ranger, Sergeant McGuire, nehmen und in den Fluss steigen. Es wäre meine Aufgabe, ihn festzuhalten. Ich benutzte viel Seil und einen Karabinerhaken, um sicherzustellen, dass er wirklich bei mir blieb.

Danach sah ich, wie Last of Autumn ihr Pferd bestieg und losritt, um den Spähern zu helfen, die die Flussufer sicherten, als die ersten Orks vor uns auftauchten.

Es war, als würde sich wieder eine Schlinge um unseren Hals legen.

Ich stürzte mich in die kalte Strömung und half dem Ranger namens McGuire, der in der letzten Nacht der Schlacht auf dem Hügel von einem Ballistenbolzen getroffen worden war. Sein Plattenträger hatte die Wucht des Schlags zwar abgefangen, doch dabei hatte er sich sämtliche Rippen gebrochen, und nun fiel ihm das Atmen schwer. Irgendwie – fragen Sie mich nicht, wie – hatte er den größten Teil des Rückzugs zu Fuß überstanden. Aber jetzt sollte er schwimmen, und es war meine Aufgabe, seinen Kopf über der Wasseroberfläche und ihn am Atmen zu halten. Chief Rapp organisierte die Rettungsaktion und brachte uns mit einem Team von Rangern zusammen. Der Special-Forces-Sanitäter riet mir, ich solle auf blutigen Auswurf achten, da dies ein Zeichen für einen möglichen Spannungspneumothorax sei. Das heißt, die Luft füllt die Lungenflügel und drückt auf das Herz, wodurch der Patient erstickt. Darauf musste man also auch noch achten. Wir schafften es, ihn sicher auf dem Floß zu verstauen, und stießen uns mit vier anderen Rangern in die Strömung ab.

Hinter uns, knapp über dem Kamm, heulte der Riese erneut verzweifelt auf, während die Morgendämmerung im Osten anbrach.

Das würde wirklich knapp werden.

Das Wasser war kalt und schnell, und die daraus aufragenden Felsen sahen für mich ziemlich gefährlich aus. Im ersten sanften Licht des neuen Tages waren sie blaugrau und zerklüftet. Die Strömung war dunkel und kalt, und unter der Wasseroberfläche gab es Strudel, die an den Stiefeln saugten, und man wusste, wenn man mit den Stiefeln an einem Felsen oder einem unterirdischen Ast hängenblieb, würde man aus dem Floß gezogen und zurückbleiben. Unabhängig davon, was die Ranger dachten oder sagten, wenn man runtergesaugt wird, dann bleibt man unten.

Ich wusste, dass es ernst wurde, als wir die erste Stromschnelle erreichten und unser improvisiertes Floß außer Kontrolle geriet und gegen einen großen Felsen prallte, der so hart war, dass es sich anfühlte, als würde es sich auflösen, während wir uns alle daran festklammerten. Die Ranger hielten es zusammen, aber wir hatten eindeutig die Kontrolle verloren. Ich klammerte mich an den röchelnden und keuchenden McGuire und versuchte einfach nur, seinen Kopf über Wasser zu halten.

Als wir aus dieser ersten Stromschnelle herauskamen, flogen Pfeile aus den dunklen Wäldern ringsum. In diesen schäumenden und wütenden Momenten entlang der Stromschnellen war die Sonne aufgegangen, und obwohl die Luft noch kalt war und wir bis auf die Knochen durchnässt waren, kündigte sich ein goldener Tag an.

Es wäre schön, wenn wir noch etwas davon miterleben würden.

Einer der Ranger schoss mit seiner Pistole auf einen missgestalteten Ork, der zum Ufer gekommen war, um einen Stachelspeer nach uns zu werfen.

Dann wurde ein anderer Ranger von einem Pfeil durchbohrt, und ein dritter Ranger stürzte sich auf das außer Kontrolle geratene Floß und packte den Verwundeten, bevor er abrutschte und unter Wasser geriet. Wir hatten keine Zeit gehabt, unsere Waffen für die Flussüberquerung wasserdicht zu machen. Jemand auf einem anderen Floß eröffnete das Feuer auf die schemenhaften Bäume, aus denen die mit dunklen Federn besetzten Pfeile kamen. Ob etwas getroffen wurde, war schwer zu sagen, denn wir wurden schnell flussabwärts getrieben und gleichzeitig gegen Felsen geschleudert und fast ertränkt. Ich war mir sicher, dass ich meine Ausrüstung verlieren würde. In den Wäldern um uns herum fanden Feuergefechte statt, und wir hatten keine Funkverbindung. Somit wusste niemand, was vor sich ging. Die Späher kämpften offensichtlich gegen die Ausreißer, die genauso müde sein mussten wie wir. Sie hatten eine viel längere Strecke zurücklegen müssen, um zu versuchen, uns hier den Weg abzuschneiden.

Und was ist mit der Magie?, fragte ich mich.

Ich kannte die Antwort nicht.

Mit der Zeit verlangsamte sich der Fluss, und wir erblickten Autumn und die Späher in der Nähe einer Flussbiegung an einem kleinen Sandstrand. Sie gaben uns das Signal, dort an Land zu gehen, während sich die hinteren Sicherheitsteams unter schwerem Pfeilbeschuss aus dem Flusslauf zurückzogen. Die Ranger auf meinem Floß drängten mit aller Kraft auf den Strand zu, und ich konnte McGuire am Leben erhalten, obwohl er halb ertrunken aussah und als wolle er auf der Stelle sterben.

Er versuchte, auf dem Sand zu stehen, aber seine Beine gaben nach. Doch er blieb bei Bewusstsein. Der Mann war zäh. Er hustete und sagte dann, es fühle sich schlimmer an als damals, als er im Nahen Osten angeschossen worden war. Wir gaben ihm einen Moment Zeit, um zu Atem zu kommen, während er stumm dalag, gegen die Tränen ankämpfte und Blut spuckte. Andere Flöße trieben an den Strand.

Einer der Ranger kam herbei, um Sergeant McGuire zu untersuchen. »Haben Sie das Tattoo, Sar'nt?«

»Welches Tattoo?«, fragte ich, völlig im Dunkeln tappend. Der Ranger arbeitete schnell, entschied sich aber gegen den nächsten Schritt. Wir verloren Zeit und mussten uns beeilen.

»Manche haben ein Tattoo zwischen der vierten und fünften Rippe, auf dem *Einstich hier* steht«, erklärte der Ranger, als er aufstand und sich bereit zum Weitergehen machte. »Wenn es schlimm wird, fängt er an zu ersticken und Sie müssen eine Nadeldekompression machen. Schon mal eine gemacht?«

Nope.

Hatte ich nicht.

Die Ranger hatten eine Eingrenzung errichtet und hielten die Orks mit Fernkampfwaffen in Schach. Einige Pfeile kamen dennoch nahe genug heran und landeten mit einem plötzlichen leisen Zischen im Dreck und im Sand entlang des Ufers. Gelegentlich schlug einer mit lautem *Thunk* auf Treibholz auf.

Ich nahm mir einen Moment Zeit, um unsere unmittelbare Umgebung abzusuchen, während die Ranger und ihre NCOs sich auf die nächste Etappe des Vormarsches vorbereiteten. Der kleine Bach war ein schlechter Halt, und wir standen kurz davor, eingekesselt zu werden. Es war an der Zeit, sich aus der Schlinge zu befreien, bevor sie sich um unsere Hälse schloss. Wir befanden uns auf offenem Feld zwischen dem Kamm und dem Wald. Der Fluss schlängelte sich in Richtung Osten und der aufgehenden Sonne, ein Nebenfluss, der den Hauptstrom der Wasserader speiste, die durch dieses Gebiet gen Norden verlief. Oberhalb des Flusslaufs befand sich eine große Prärie mit Gras und Wildblumen in allen Farben.

Und in unserem Rücken lauerte der unvorstellbare Anblick, der plötzlich die Aufmerksamkeit aller auf sich zog. Der Riese.

Im Morgengrauen hatte der gewaltige Cloodmoor den Bergrücken überquert. *Cloodmoor der Schreckliche*, so hatte sie ihn genannt. Autumn. Last of Autumn. Das Elfenmädchen, das uns aus der Patsche geholfen und uns bis hierher gebracht hatte. Alle sahen mit offenem Mund volle dreißig Sekunden lang zu, wie der gewaltige Cloodmoor die morgendliche Landschaft absuchte und uns weit unten entdeckte. Dann hob er jaulend einen riesigen Felsbrocken auf und schleuderte ihn einfach auf uns zu. Das Ding muss tonnenschwer gewesen sein, und wir konnten nur zusehen, wie der Felsen, der sich in einen Meteor verwandelt hatte, in hohem Bogen über den frühmorgendlichen Nebel auf uns zuflog.

Cloodmoor hat also scheinbar kein Problem damit, tonnenschwere Felsen zu schleudern. Notiert.

Zum Glück war der Riese kein besonders guter Werfer. Er warf einen Airball. Der Felsbrocken flog über den Fluss und in die grasbewachsene Prärie dahinter. Nördlich von uns. Wir drehten uns um und sahen zu, wie er über uns hinweg und in das wogende Gras segelte, und waren überrascht, dass er uns nicht zerquetscht hatte.

In dieser Richtung erhaschten wir den ersten Blick auf den Philosophenpalast. Dort, wo der Hauptfluss zum Anfang dessen führte, was wohl der Karwald sein musste, so wie ihn Last of Autumn beschrieben hatte. Jenseits des Flusses erhoben sich die fantastischen weißen Marmorruinen einer alten Festung, deren Mauern vor langer Zeit niedergerissen und zerstört worden waren. Riesige Blöcke aus weißem Stein lagen im Fluss, im langen Gras und zwischen den Bäumen. Noch mehr der gleichen Kathedralenarchitektur, die ich bei meinem Abenteuer mit Autumn im Inneren des Tempels gesehen hatte, ragte im Hauptteil der Ruinen vor uns auf. Hohe, zerstörte Türme, eingestürzte fantastische Säulen sowie die Skelette großer Kuppeln oder vielleicht sogar Observatorien, in deren Innerem noch immer glitzernde, kristalline Scherben im ersten Morgenlicht funkelten.

»Schnell ...«, sagte Last of Autumn neben mir und in mein Ohr. »Sag deinem König, dass ihr es bis dahin schaffen müsst. Und zwar bald. Ihr werdet ... in Sicherheit sein. Eure Späher ... Sie wissen es jetzt. Ihr werdet sicher sein ... auf der anderen Seite des Flusses Ashwyne.«

Cloodmoor bewegte sich schnell über den Kamm, zog sich hoch und warf schlecht gezielte Steine, als er auf uns zukam. Seine ganz eigene Version von Raketen. Die Entfernung zu den Ruinen in der Ferne betrug weit über einen Kilometer. Vielleicht zwei. Wir würden es nie –

Ein Felsen von der Größe eines Kleinwagens stürzte in den Fluss nahe des Strandes und ließ eine Gischtwolke aufbranden, als wäre gerade ein Gebäude gesprengt worden.

Eines der letzten Ranger-Flöße, die ankamen, entging dem Treffer nur knapp.

Die NCOs hatten bereits die Befehle der Späher und kannten das Ziel unserer nächsten Phasenlinie. Die Ruinen. Dahin mussten wir es irgendwie schaffen. Wenn wir dort nicht in Sicherheit waren, konnten wir wenigstens die Flussüberquerung nutzen, um uns ein letztes Mal zu verteidigen. Auf dem Weg dorthin würde es keine Kämpfe geben. Keine Gegenangriffe. Wir würden uns nur verteidigen, um so schnell wie möglich den nächsten Fluss zu erreichen.

Es war jetzt ein Wettlauf. Ein Wettlauf um unser aller Leben.

»Bewegung«, sagte Sergeant Kurtz verbittert, als er seine Abteilung vom Ufer abzog. Weglaufen war nicht sein Ding, und das sah man ihm an. Er blickte mir direkt in die Augen und hörte auch nicht damit auf, nachdem er mir befohlen hatte, weiterzugehen. Er wusste, dass ich ihm folgen würde. Es gab keinen anderen Ausweg aus dieser Situation. Aber es war offensichtlich, dass es ihm nicht gefiel. Ganz und gar nicht. Sergeant Kurtz wäre lieber geblieben und hätte Cloodmoor mit dem letzten Rest an Munition bekämpft, den man ihm geben konnte. Kurtz war ein Typ, der bis zum Tod kämpfte.

Als ob er wüsste, dass die Welt, egal in welcher Welt er sich befand, ihn hasste. Und er hasste sie, ohne mit der Wimper zu zucken, zurück. Aber Befehl war Befehl, und es war Zeit, zu fliehen.

Ich beobachtete die müden und durchnässten Ranger, die sich unter ihrer Last aus Waffen, Vorräten und überladenen Rucksäcken krümmten – auch Jabba, der aussah, als würde er bald vor Erschöpfung umfallen –, als sie durch das hohe, weiche Gras jenseits unseres Strandes marschierten. Andere Ranger-Teams hatten sich bereits so gut es ging auf den Weg gemacht. Der Captain und das hintere Sicherheitsteam warteten, bis alle aus dem Fluss gekommen waren.

»Das ist nichts anderes als die *Mog Mile*, Talker.« Es war Brumm. Die 249er immer noch im Schlepptau. Ich hielt McGuire aufrecht, der aussah, als könne er kaum stehen, geschweige denn eine Meile laufen.

Die Mogadischu-Meile.

Die legendäre Geschichte einer Gruppe von Rangern, die durch die Hölle rannten, mit Handfeuerwaffen, Panzerfäusten und einer erdrückenden Übermacht von Feinden im Rücken, um nach einer extrem missglückten Operation zu entkommen. Jedes Jahr wird sie in Fort Benning nachgespielt. Zum Gedenken an den Heldenmut, der an diesem Tag demonstriert wurde. Ein Fanal für das Rangertum. Nur ohne Schießerei und Tod.

Die *Mog Mile*. Danach würde es die Cloodmoor Mile sein. Aber das war zu diesem Zeitpunkt noch ungewiss.

»Schafft er es?«, wollte Specialist Brumm zu McGuire wissen. Dann beugte er sich zum sterbenden Sergeant hinunter. »Schaffen Sie es, Sar'nt? Wir sind fast da.«

McGuire konnte nur aufblicken, keuchen und dann … nickend bestätigen, dass er es versuchen würde.

»Wir werden es schaffen, Sar'nt«, sagte Brumm. »Nehmen Sie seinen anderen Arm, Talker. Ich übernehme diese Seite. Wir werden ihm helfen.«

Wir machten uns auf den Weg und bemühten uns, so gut es ging durchzukommen, während Felsbrocken wie Artillerieeinschläge vom Himmel regneten und bösartige Wölfe – aber zum Glück keine Werwölfe … zumindest noch nicht – aus dem grünen Äther des hohen Grases auftauchten, während die Ranger die bösartigen Killer niederschossen, bevor sie sich unsere Verwundeten holen konnten.

KAPITEL 43

Der Captain führte den Rückzug über die Prärie an, einen Rückzug, der sich zu einem Feuergefecht durch hohes Gras und über kleinere schlammige Nebenflüsse entwickelte, die das Feuchtgebiet in dieser Region durchschnitten. Vertiefungen in der Landschaft und andere Hindernisse ermöglichten es den Rangern, in Deckung zu gehen und in Bewegung zu bleiben, während die Orkhorde versuchte, uns festzunageln und einzelne Teams abzuschneiden.

Eins war uns allen absolut klar. Die Situation wurde extrem schwierig. Der angeschlagene Sergeant McGuire, Specialist Brumm und ich waren die Langsamsten. Teams, deren Männer die bewusstlosen Halbtoten einfach tragen konnten, liefen natürlich schneller als wir, aber aufgrund von Sergeant McGuires zerschmettertem Brustkorb mussten wir sehr vorsichtig sein. Am besten war es, wenn er sich mit unserer Hilfe aus eigener Kraft fortbewegte, während ich darauf achtete, dass er nicht an seinem eigenen Blut erstickte.

Wir kamen an Gruppen von Rangern vorbei, die ihre letzte Munition auf die anstürmenden Orks abfeuerten. Pfeile regneten in den Schlamm und das hohe Gras, während Projektile als unerbittliche Antwort ins Gebüsch zischten. Keine der beiden Seiten hatte Zeit, sich um die Felsenartillerie zu kümmern, die der riesige Cloodmoor darstellte, der jetzt den entfernten Bergrücken herunterkam, den wir letzte Nacht überquert hatten. Er heulte uns wütend an und versprach zweifellos, uns in Grund und Boden zu stampfen. *Oruu-Oruu*-Hörner verkündeten das bevorstehende Gemetzel.

Wir passierten Captain Messerhands Team und waren auf den letzten hundert Metern um den Fluss Ashwyne, als ein Felsbrocken gefährlich nahe kam, in der Nähe einschlug und uns buchstäblich ins stille Wasser schleuderte, als die Erde unter seinem Gewicht bebte.

Jemand aus einem anderen Team wurde zerquetscht. Der Felsbrocken, den der Riese geworfen hatte, rollte weiter, und Dreck und Schlamm flogen über uns hinweg.

»Kommt schon«, keuchte Sergeant McGuire, als wir versuchten, ihn auf die Beine zu hieven. »Wir … können … es…«

Er hustete einmal heftig und stöhnte, als er wieder auf eigenen Beinen stand. »… schaffen.«

Dann bekam ich die neue Bedrohung zu Gesicht, vor der Last of Autumn uns gewarnt hatte. Der größte Wolf, den ich je im Leben gesehen hatte, und zwei seiner Freunde sprangen aus einer anderen Richtung über das von Felsbrocken zerfurchte Gras und den aufgewühlten Schlamm heran. Sie kamen aus einer Richtung, die nicht von dem Team des Captains abgesichert wurde, das wir gerade passiert hatten.

»Achtung, Talker!«, rief Specialist Brumm, während er seine 249 mit einem Arm nach oben und vom Körper weg bewegte, um die Wölfe mit einer Salve abzuwehren, während er mit dem anderen Arm weiterhin McGuire festhielt. Die geifernden Wölfe mit den rotglühenden Augen rannten schnell auf uns zu, und die großzügige Portion Blei erledigte einen von ihnen, aber die anderen beiden rannten knurrend und schnappend weiter. Es war, als würde man von einer fliegenden Kettensäge getroffen. Ich hatte keine Ahnung, was in der Sekunde danach geschah, als ich versuchte, den verwundeten Mann festzuhalten und mich gleichzeitig zu schützen. Und selbst das war zu viel, um den Überblick zu behalten.

Der, der mich erwischt hatte, musste sich mit einer Geschwindigkeit bewegt haben, die der eines führerlosen Zugs ähnelte. Es warf mich und den verwundeten Sergeant ins schlammige Gras, hielt mich fest und knurrte, während mir sein Wolfsgeifer in langen, zähen Fäden ins Gesicht tropfte. Das Viech schnappte zu und ging mir sofort an die Kehle, und ich konnte nur noch versuchen, mich von ihm wegzuwinden, indem ich mich mit beiden Armen abstieß, während es mich mit seinen Zähnen am Plattenträger festhielt und mich kraftvoll von einer Seite zur anderen zerrte. Mein Körper fühlte sich an, als wäre er im Griff eines Reißzahntornados. Als wüsste der Wolf, dass er die schützende Außenschicht meiner Rüstung abziehen musste, um an das zu gelangen, was er unbedingt haben wollte und auf das er nicht verzichten würde.

Mein Blut. Meine Gurgel.

Ich kniff die Augen zu und rammte ihm meinen FAST-Helm in die Schnauze.

Und dann hatte ich einen überaus rationalen Gedanken.

Wenn ich dieses schnappende Grauen loslassen würde, hätte ich die Hände frei.

Mein Gewehr lag quer über meinem Oberkörper, auf dem sich der angsteinflößend große Wolf gerade mit seinem ganzen Gewicht stemmte. Somit hatte ich keine Chance, es hochzunehmen und ins Spiel zu bringen.

Mir blieben etwa zehn Sekunden Zeit, bevor er meinen Plattenträger loslassen und einfach auf meine nun völlig ungeschützte Kehle losgehen würde.

Aber meine Hände wären frei. Wenn ich es wollte.

Ich schnappte mir die Pistole des Sergeant Majors, froh, dass ich noch eine Patrone im Lauf hatte, riss sie aus dem Holster und stieß sie dem Wolf ins schwarze Fell am straffen Unterbauch. In den nächsten Sekunden entlud ich das Magazin in den Leib und die Eingeweide der Kreatur. Die Kugeln traten um die Wirbelsäule herum wieder aus, und blutige Cluster von Knochen und Gedärmen spritzten in den morgendlichen Nebel.

Der Wolf heulte kläglich auf, wie etwas, das schrecklich und schwer verwundet worden war, was auch den Tatsachen entsprach, dennoch weigerte er sich, von mir abzulassen, während ich trocken feuerte und die Sicherung wieder einrastete. Ich spürte, wie sein warmes Blut über meine gesamte Ausrüstung floss, als er in den Himmel blickte, die aufgehende Sonne noch einmal anknurrte, fast wütend, als sei es ein Versprechen oder ein Fluch, und dann keuchend starb.

Ich schob den schweren Kadaver von mir und kroch zu Sergeant McGuire, um mich zu vergewissern, dass Brumm den anderen Wolf mit seiner 249er erledigt hatte, was der Fall war, allerdings nicht, bevor der große Wolf mit seinen Krallen ein paar üble Spuren in Brumms Gesicht und Augen hinterlassen hatte. Der Ranger blutete so stark, dass ich nicht sagen konnte, ob er ein Auge verloren hatte oder ob ihm nur das Fleisch aus dem Gesicht gerissen worden war.

Er schnappte sich das Gewehr, das im Kampf irgendwie runtergefallen war, mitsamt der Schlinge, und trug es eine Sekunde später wieder um seinen Oberkörper.

»Los!«, rief er in Kurtz' Unteroffiziersbellen, ungeachtet der Horrorshow, die sein Gesicht jetzt war. »Zeit zu verschwinden, Talker!«

McGuire war entweder tot oder ohnmächtig, weil wir beide vom ankommenden Wolf durchgeschüttelt worden waren. Er war nicht mehr in der Lage, sich eigenständig zu bewegen. Ich beugte mich hinunter, um seinen Puls zu prüfen, wobei meine Ohren summten und die Hitze des Morgens mich für eine Sekunde fast in Ohnmacht fallen ließ. Sein Herzschlag war da, aber er sehr schwach.

Ein weiterer Felsbrocken schoss über den dunstigen Morgenhimmel und schlug in den Fluss ein, den wir überqueren mussten.

»Wir müssen jetzt los, Talker!«, rief Brumm. »Der Captain zieht sich zum Fluss zurück.«

Bevor ich zum Militär ging, hatte ich mich in Form gebracht. Ich wusste, dass die Army und die Ranger – alles, was ich wollte – eine körperliche Herausforderung sein würden. Vor allem für jemanden, der die meiste Zeit seines Lebens als Akademiker verbracht hatte. Aber die Leute sagten mir immer wieder: *»Nee, du wirst einfach nur als Linguist arbeiten. Kein Grund zur Sorge. Du sitzt in einem kleinen Kasten, hörst Übertragungen ab und übersetzt irgendwo in einem Büro. Dafür musst du dich nicht körperlich anstrengen.«* Und dann war da noch der Traum, Schlösser für John und die Agency zu knacken. Sie erinnern sich? Aber ich wusste, was ich wollte, und genau wie bei den Sprachen hatte ich festgestellt, dass es am besten war, auf das Schlimmste vorbereitet zu sein. Zum Beispiel, wenn man sich mit einem Einheimischen unterhält und der einem im Schnelldurchlauf alle möglichen Slangs und Umgangssprachen entgegenschleudert, die in den

Lehrbüchern über Doña Hernandez, die mit ihrem *bicicleta* zur *biblioteca* fährt, nicht behandelt wurden.

Also habe ich trainiert. Im letzten Jahr, als ich meinen Doktortitel machte, fing ich an, Triathlons zu laufen. Als Amateur, natürlich. Aber ich habe es durchgezogen, auch wenn es sich anfühlte, als müsste ich gleich sterben. Die gute Nachricht war, dass ich nach meiner Einberufung keine Probleme bei der Grundausbildung, der Luftwaffe oder dem RASP hatte. Das heißt nicht, dass es nicht hart war. Die Drill Sergeants und Ausbilder konnten einen, wenn sie es wirklich wollten, fertig machen. Sie fanden deine Grenzen. Das konnten sie wirklich gut. Ich kann diesen Punkt nicht genug betonen. Es war, als könnten sie Schwäche riechen und wüssten, was man nicht tun wollte. Und genau das haben sie dich machen lassen. Manchmal waren es nicht enden wollende Liegestützen. Oder stundenlang auf einem imaginären Stuhl an der Wand sitzen, während die Oberschenkel und Oberschenkelmuskeln brannten wie Feuer. Oder zum zweiten Mal hintereinander um den Flugplatz am Bataillonsstab herumrennen.

Mit anderen Worten: Sie konnten jedermanns Schwachstelle finden und einen direkt damit konfrontieren. Alles, was man tat, war, sich nicht dagegen zu wehren und zu beten, dass die Tortur eher früher als später ein Ende finden würde.

Ich packte den leblosen Sergeant McGuire genau so, wie man es mir im Erste-Hilfe-Kurs zur Lebensrettung in der Grundausbildung beigebracht hatte. Ich zog ihn hoch, beugte mich tief und legte ihn mir über die Schulter. Dann in die Hocke gehen und hoffen, dass man sich keinen Bandscheibenvorfall einhandelt. *Oh bitte*, dachte ich, während ich stöhnte und mich anstrengte, um die Füße unter mich zu bekommen, wobei Sergeant McGuires ganze Masse auf meiner Schulter ruhte, *bitte lass mich jetzt keinen Bandscheibenvorfall bekommen. Der letzte Chiropraktiker hat bestimmt schon vor ein paar Tausend Jahren das Zeitliche gesegnet.*

Glauben Sie mir, ich war genauso überrascht wie Brumm, als ich den Ranger-Sergeant über der Schulter hatte. Der Kerl war über zwei Meter groß und hatte wahrscheinlich hundert Kilo solide Muskelmasse. Zusammen mit seiner Ausrüstung wollte ich gar nicht an das Gewicht denken, das ich gerade schulterte.

Aber ehrlich gesagt fühlte ich mich wie ein Draufgänger, weil ich so weit gekommen war. Dann würde ich das auch noch schaffen.

»Los geht's«, grunzte Specialist Brumm, und er machte sich auf den Weg durch das hohe Gras und ließ die Blutspuren und toten Wölfe hinter sich.

Ich tat einen Schritt und wusste sofort, dass ich keine zehn Meter weit kommen würde, geschweige denn hundert.

Dann machte ich noch einen Schritt und dachte, vielleicht würde ich es doch nicht *nicht* schaffen. Was auch immer das heißen soll.

Ich stellte mir ein Footballfeld vor. Weiter brauchte ich nicht zu gehen. Das war alles. Einfach machen.

Während ich durch den Schlamm und das hohe Gras stapfte und dem Specialist folgte, balancierte ich den massiven Ranger auf meiner Schulter. Vor uns feuerte Brumm in das Gebüsch zu unserer Linken auf Ziele, die ich nicht sehen konnte und für die mir auch die Energie fehlte, um sie zu beachten. Er schrie mich an, ich solle mich beeilen, während er uns Deckung gab. Heißes Messing erwischte meine Arme, als ich an ihm vorbeiging, während er die 249er bediente. Er mähte Gras und dunkle unförmige Gestalten nieder, die versucht hatten, uns mit Speeren zu ermorden, von denen Krallen und ölige Krähenfedern baumelten.

Ein riesiger Stein pfiff heran und schlug im Gras rechts von uns ein. Die Erde bebte. *Oruu-Oruu*-Hörner ertönten so nah, dass ich davon überzeugt war, es müsse überall im Gras um uns herum ganze Stämme von bösartigen Killer-Orks geben. Wir mussten umzingelt sein. Aber ich ging einfach weiter. Ich setzte ein Bein vor das andere, um näher an die Endzone jenseits des Flusses zu kommen.

Meine Beine brannten, und ich hatte das Gefühl, nicht mehr viel länger durchhalten zu können. Um ehrlich zu sein war ich mir sicher, dass ich jeden Moment zusammenbrechen würde. Das nächste Hindernis würde ich nicht überwinden können. Auf keinen Fall, niemals. Drei Nächte voller Kämpfe. Eine Nacht und einen Tag auf der Flucht. Die Sache mit dem Spalt. Kein richtiger Kaffee. Vielleicht eine Ration oder zwei. Wenn wir den Fluss erreichen, war's das, versprach ich mir. Aus und vorbei, wenn und falls wir dort ankommen. Mit einem wahrscheinlich toten Mann auf dem Rücken durch die Pampa zu torkeln, war alles, was ich noch zu bieten hatte. Dann erinnerte ich mich daran, dass Kang Mercer während eines ganzen Feuergefechts durch die Schlucht getragen hatte, nur um an die Sicherheitslinie zu gelangen. Mit Rucksack und Gewehr obendrein. Er kämpfte und ging stets voran.

Ich fühlte mich schuldig, weil ich angekündigt hatte, wie weit ich zu gehen bereit war, beziehungsweise wo Schluss sein würde. So war Kang nicht. Und auch nicht die Ranger. Aber ich hatte keinen Sprit mehr.

»Besserer Mann …«, keuchte ich dem Anklagevertreter in meinem Kopf zu. Und hatte nicht die Kraft, den Rest auszusprechen, dass Sergeant Kang ein besserer Mann war, als ich mir jemals zu sein erhofft hatte damals während all dieser Trainings und Triathlons und der vielen Versuche, meine eigenen Bestzeiten zu schlagen, als würde das etwas bedeuten. Alles, was ich getan hatte, alles, um für diesen Tag bereit zu sein, an dem ich nicht bereit war.

Ich war nicht stolz darauf, mir mein Versagen einzugestehen, und erst da wurde mir klar, dass ich es geschafft hatte. Gerade, als mein inneres Plädoyer zu Ende war, hatten wir den Fluss erreicht.

Ranger strömten hinüber, als wir aus dem Schilf am Ufer auftauchten. Einige drehten sich um und schossen auf Orks, riesige Orks, die mit erhobenen, brutalen Streitäxten ins Wasser stürmten, bereit, jedem den Schädel einzuschlagen. Die Geschosse zerfetzten diese Bestien, die ins Taumeln gerieten und mit dem Gesicht nach unten ins Wasser fielen, als ein weiterer von Cloodmoors Felsen einschlug und eine riesige Wasserfontäne aufsteigen ließ.

»Auf geht's, Talk!«, rief mir Brumm zu, der immer noch den letzten Rest seiner Munition in kurzen Salven verfeuerte, während wir das schlammige Ufer hinter uns ließen. Er ging direkt neben mir, und ich wusste, dass er nicht aufgeben würde. Er würde so lange weitermachen, wie er konnte, so lange wie nötig, oder er würde bei dem Versuch, ein Hindernis zu töten, sterben.

Wenn ich schon gedacht hatte, dass das Gras und der nasse Schlamm in den Feuchtgebieten schwer zu durchwaten gewesen waren, dann kam noch etwas anderes hinzu, nämlich der Fluss, den wir überqueren mussten, mit dem toten Gewicht von Sergeant McGuire auf dem

Rücken. Es war, als würde man durch Leim waten. Ich hatte kaum noch Boden unter den Füßen und hätte McGuire fast verloren, als ich kurz ins dunkle Wasser tauchte. Aber Brumm war da, hielt mich fest und schoss mit dem letzten Rest Munition auf eine Gruppe von Orks mit Krummsäbeln und schmierigen Lumpen über den Reißzähnen. Brumm zog mich vorwärts durch das schlammige Wasser, und ich versuchte nur, die Beine unter Kontrolle zu bringen, meine Stiefel aus dem saugenden Schlamm zu ziehen und Sergeant McGuire nicht zu verlieren. *Schön weiterschleppen*, sagte ich mir. *Ein paar Meter noch, dann kannst du aufhören.*

Dann beschloss ich einfach, dass ich nicht aufgeben würde. Keine große Offenbarung. Keine Ahnung, dass ich noch zu viel mehr in der Lage war. Ich wollte einfach nicht aufgeben. Nicht heute.

Vielleicht würde ich morgen kapitulieren.

Aber nicht heute.

Heute wollte ich einfach meinen Job machen, bis alles schwarz wurde.

Das andere Ufer lag vor uns, und es fühlte sich an, als würden wir es nie schaffen. Aber ich wusste, dass ich es erreichen würde, und danach würde es wahrscheinlich etwas Neues geben, mit dem ich fertig werden musste. Ich schaute auf, Schweiß oder Blut rannen mir in die Augen, die immer schlimmer brannten. Da war ein alter Mann, groß und gebeugt oder irgendwie schief anzusehen, in Robe und mit einem langen, knorrigen Stab, der von den Ruinen des Philosophenpalastes zum Ufer schritt. Last of Autumn war abgestiegen und schoss Pfeile über den Fluss zurück, während sie sich vor dieser auffälligen Gestalt bewegte. Wenn ich hätte raten müssen, hätte ich auf einen Magier aus einem kitschigen Film oder aus den Spielen, die

PFC Kennedy spielte, getippt. Das Wort »Zauberer« stand ihm förmlich auf die Stirn gestempelt.

Ich spürte, wie sich ein Stiefel im Schlamm unter Wasser verfing, riss den Körper nach vorne und drehte mich, um mehr Hebelkraft zu bekommen, als ich zurück zum Ufer blickte, das wir gerade verlassen hatten.

Es gehörte den Orks. Pfeile flogen. Äxte wurden geschleudert. Wölfe sprangen ins Wasser. Die Ranger standen kurz davor, von ihnen überrannt zu werden.

Wir hätten es niemals geschafft.

Ich sah, wie Captain Messerhand einen bösartigen Ork mit einem Kampfmesser aufschlitzte und ihm die Kehle durchtrennte, als er versuchte, seinen Dolch in die Brust des Captains zu rammen. Die Kreatur starb und drehte sich von unserem Commander weg. Dann riss Messerhand seinen MK18-Karabiner in einer effizienten, fast maschinellen Art und Weise hoch, während er zwei weitere Orks, die mit Speeren auf ihn zukamen, ausschaltete. Trotz des Chaos der aktuellen Ereignisse war er voll bei der Sache und deckte seine beiden Angreifer aus zehn Metern Entfernung mit rauchenden Geschossen ein. Es war klar, dass er den Fluss nicht eher aufgeben würde, bis alle draußen waren.

Und ich auch nicht.

Ich war mir sicher, dass das auf uns alle zutraf.

Dann sah ich den Ork auf uns zukommen. Er bewegte sich schnell. Fast ungesehen von allen. Einschließlich Brumm, der zum Ufer robbte und mich und McGuire aus dem Wasser zog. Er bemerkte das sich schnell bewegende Raubtier nicht, das direkt auf uns zuhielt.

Der Ork würde uns erwischen. So sicher, wie die Sonne morgen wieder aufgehen würde, ob wir nun noch da waren, um es zu sehen, oder nicht.

»Halt!«, rief der alte Mann am Ufer und hob seinen knorrigen Stab in die Luft. Auch wenn ich wusste, dass er es in einer anderen Sprache als Englisch sagte. Es war irgendein Dialekt, eine Mischung aus Skandinavisch und Germanisch. Seine Stimme hörte sich an wie ein Donnerschlag, und sie jagte eine Schockwelle über das Wasser und schleuderte die Orks zu Boden und zurück ins hohe Gras. Sie knirschten mit den Zähnen und streckten die schmutzigen Klauen nach dem alten Mann aus, als sie durch die Luft segelten.

Die Ranger nahmen mir McGuire vom Rücken, während ich durch den Schlamm kroch, und Specialist Brumm half mir auf die Beine. Andere schossen auf die Orks, die sich in die Prärie und die Nebenflüsse zurückzogen. Ich richtete mich auf zittrigen Beinen auf und atmete schwer, während ich in meinem Rucksack herumfummelte und mit zitternden Händen nach – Sie ahnen es – einem Päckchen Instantkaffee suchte. Ich hatte Zeit. Mir war eine Pause vergönnt. Wer wusste schon, was als Nächstes kommen würde? Wahrscheinlich etwas Schreckliches. Dieser Ort, die Ruine, wie sie ihn nannten, war ein wirklich abscheulicher Ort. Einen von fünf Sternen. Nicht zu empfehlen.

Wovor wir als Nächstes um unser Leben rennen würden, konnte niemand wissen.

Und es gab keine Cafés, und ich war müde.

Ja, ich wusste, dass da draußen, wo wir gerade noch mit dem Leben davongekommen waren, immer noch ein Riese durch die fliehende Ork-Armee marschierte, die sich durch das hohe Gras und die schlammigen kleinen Flüsse davonmachte. Zweifellos stampfte er viele seiner eigenen Leute platt. Der Riese stemmte einen gewaltigen

Felsbrocken hoch, als würde er ihn in den nächsten Sekunden auf uns schleudern. Er sah groß genug aus, um jeden Ranger am Fluss zu zerquetschen.

»*Halt!*«, rief der alte, gebeugte Mann, während er den knorrigen Stab hoch über den schlaffen, kegelförmigen Zaubererhut hob. Das Wort hallte durch die Luft und wurde so heftig wie ein aufziehender Sturm. »Du kennst die alten Vereinbarungen, Cloodmoor Kinslayer! Du weißt, dass die Überquerung dieses heiligen Flusses die Erweckung der Eld bedeutet und die Vereinbarungen, die den totalen Krieg verhindern, für nichtig erklärt.«

Das sagte er alles auf Germanisch. Ich merkte nur am Rande, dass das die Sprache war, die ich hörte, denn ich war so sehr damit beschäftigt, die bräunlichen Krümel in das letzte warme Wasser in meiner Feldflasche zu bröseln, dass es mich nicht weiter interessierte. Meine Hände zitterten stark, als ich es mischte. Ich kippte die Mischung hinunter und spürte, wie mir aus den Mundwinkeln lief, wobei ich die Augen schloss, um den Anblick des hoch aufragenden Riesen auszublenden, der zweifellos nicht auf den kleinen Zauberer hören würde. Die Augen immer noch geschlossen, drehte ich mich um und blickte in die Morgensonne. Kaffee und Morgensonne. Gibt es etwas Besseres? Gibt es etwas Menschlicheres? Ich glaube nicht. Also genoss ich ihn wie ein normaler zivilisierter Mensch, der nicht mit Blut und Wolfsgedärmen bedeckt war. Wie jemand, der nach einer erholsamen Nacht gerade aufgestanden war und den Tag mit einer sinnvollen und kreativen Arbeit beginnen würde. Sprachen lernen. Nicht jemand, der im Schatten eines bedrohlichen Riesen stand, der den Felsbrocken in der Hand hielt, als würde er gleich den ersten Ball der Baseball-Saison werfen wollen. Direkt auf alle. Ein bisschen angeben, dem Publikum eine Show liefern.

Der Saisonauftakt vor zehntausend Jahren und eine gute Tasse Kaffee. Da war ich gerade. Nicht schlecht. Ich tat so, als hätte ich all das und noch mehr. So viel mehr. So vieles, das jetzt weg und vielleicht für immer verloren war. Aber in diesem Moment, in meinem Kopf, hatte ich alles. Und es gehörte immer noch mir.

Es würde keine Orgelmusik geben, wenn der Riese seinen Wurf ausführte. Wir würden getroffen werden, und zwar richtig. Und das wäre dann unser Ende. Für jeden von uns. Wir hatten so viel gekämpft, waren so weit gekommen, nur um vom gnadenlosen Riesen niedergestreckt und zerstampft zu werden.

Warum nicht?

Ich schloss die Augen, trank warmen Instantkaffee aus der Feldflasche und hörte dem alten Mann zu, der in einer toten Sprache seine archaischen und düsteren Warnungen angesichts unserer drohenden Vernichtung aussprach. Nein, es war kein Cold-Brew oder Pour-over. Oder eine schöne einfache Tasse Kaffee von Dunkin' Donuts. Aber es war meiner. Und es war Morgen. Und die Sonne schien mir ins Gesicht.

Es war das Gegenteil der letzten Woche.

Ich spürte, wie ein Schatten die Sonne verdunkelte.

Und dann … verklangen die Schritte des Riesen. Ich wandte mich wieder dem Kamm zu. Der alte Mann in der Robe sagte dem Riesen Cloodmoor etwas Ähnliches wie »Geh dahin zurück, wo du hergekommen bist.« Alles in einem toten nordischen Dialekt.

Die Ranger jubelten nicht. Dafür waren sie zu hart. Aber ihm Verwünschungen hinterherzuschicken, das konnten sie noch. Die anderen setzten sich in den Schlamm am Flussufer, einige holten ihre Rationen heraus. Chief Rapp kümmerte sich um Sergeant McGuire. McGuire würde es schaffen.

Und wir hatten es auch geschafft.

Offenbar waren wir in Sicherheit.

KAPITEL 44

Im Anschluss an die unerfreuliche Situation unserer Beinahe-Zerstörung, unserem letzten Aufbäumen Flussufer, verwandelte sich der Morgen in eine vorfrühlingshafte Idylle. Vielleicht war es nur ein Trick der Jahreszeiten. Ein Hinweis darauf, dass wir zu dieser Jahreszeit angekommen waren, die sich nicht entscheiden kann, ob es April oder Mai, Winter oder Frühling ist … oder vielleicht an einigen wirklich schönen Tagen sogar ein Versprechen auf den Sommer. Eine Lüge, dass alles wieder so sein wird, wie es in unserer Jugend war, an diesem letzten Tag vor den großen Ferien. Endlose Tage und lange warme Nächte lagen vor uns. Das hörte sich in diesem Augenblick wirklich schön an.

Ich war voller Blut – manches von mir, das meiste nicht –, schmutzig, müde, nicht wirklich hungrig, nass und fror, obwohl ich im strahlenden Sonnenschein stand. Und ich war noch am Leben.

Ja, die Silhouette von Cloodmoor, dem Unermesslichen, war noch zu sehen, marschierte aber langsam über dem Kamm wie ein unglaublicher Albtraum, der mit dem Morgenlicht nicht ganz verblassen wollte. Die Orks und die Wölfe waren im hohen Gras der Prärie verschwunden wie der Nebel der Morgendämmerung auf dem Wasser.

PFC Kennedy lag keine zehn Meter von mir entfernt flach auf dem Rücken, völlig erschöpft.

»Hey«, rief ich zu ihm hinüber. »Das war scheiße, was?«

»Ja«, krächzte Kennedy mit ausgetrockneten Lippen. »Das war übel.«

»Wenigstens sind die Werwölfe nicht aufgetaucht«, sagte ich und war wirklich dankbar, dass sie es nicht getan hatten. Ich habe eine Heidenangst vor diesen Viechern, seit ich das erste Mal einen dieser *American Werewolf*-Filme gesehen habe, *lange* bevor ich in die Pubertät kam.

Das veranlasste Kennedy, sich auf einen Ellbogen zu stützen. »Was redest du denn da? Du hast einen getötet, Talker.«

Ach ja? Daran konnte ich mich nicht erinnern. »Meinst du diesen großen Wolf?«

Kennedy nickte begeistert und erklärte atemlos, dass Werwölfe im Gegensatz zu Wolfsmenschen – die es wohl auch gibt – in der Regel eine Mischung aus Mensch und Wolf sind, aber ein geringer Prozentsatz von ihnen sieht einfach aus wie große, bösartige Wölfe mit mörderischen Augen. Das entsprach der Beschreibung dessen, was ich aus der Nähe gesehen hatte.

»Hm«, murmelte ich, drehte den Kopf und blinzelte ins Morgenlicht. »Ich habe einen Werwolf getötet.«

»Jap«, bestätigte Kennedy und sank wieder in sich zusammen.

Last of Autumn kam auf mich zu. Ihr Umhang war am Saum mit Schlamm bespritzt. Getrocknetes Blut in ihrem Gesicht. Nicht ihres.

»Komm … Es ist Zeit, den alten Vandahar kennenzulernen. Er ist ein Freund … meines Volkes. Ein *Halbard*.«

Dann fügte sie in Grausprech hinzu: »Ein Graubart.«

Ich sah mich um. Chief Rapp hatte McGuire stabilisiert und legte ihm eine Infusion. Jemand anderes war für das Halten zuständig. Die NCOs versammelten ihre Trupps, zählten die Verwundeten, die Munition und was von uns übrig war. Offen gesagt sahen wir aus, als hätte uns die Katze durch den Schlamm gezogen und drei Tage zu lange auf der Veranda liegen lassen.

Vögel flatterten umher, sausten durch das Sonnenlicht und schienen sich wenig um Schlachten oder Tote zu scheren, interessierten sich nicht für Berichte oder die Ängste kleiner Linguisten, dass es in dieser verrückten Welt vielleicht keinen richtigen Kaffee mehr geben könnte.

Den Vögeln war das alles egal.

Ich trank meinen Möchtegernkaffee aus Instantbröseln und dem letzten Wasser aus meiner Feldflasche. Wir würden bald Wasser finden müssen, und der Fluss, auf den ich blickte, war voll mit toten Orks und Wölfen. Das war ein Problem. Aber wahrscheinlich nicht mehr lange. Das Wasser bewegte sich schnell und trieb die Leichen mit der aufgehenden Sonne und dem verschwindenden Morgennebel fort. Und wir hatten Chlortabletten.

Ich nickte nachdenklich, auch wenn ich nicht wusste, warum. Das war einfach etwas, was ich tun konnte, anders als die Toten. Nicht mehr. Bewegung statt ewigem Stillstand. Leben anstelle von leblosem Dahintreiben.

»Geht es … dir gut?«, fragte Last of Autumn ernst, als sie näher kam. Das Elfenmädchen. Autumn. Sie starrte zu mir hoch, als wäre sie das einzige Gute, das es auf der Welt noch gab, und als suchte sie einen Freund. Auf ihrer Stirn klebte getrocknetes Blut. Sie bemerkte, dass ich sie ansah, und griff nach oben, um es wegzuwischen.

»Es war knapp …«, sagte sie eher zu sich selbst und rieb über die Stelle, da das Blut nicht abgehen wollte. »Aber … wir haben es geschafft.« Sie hielt inne. Dann fügte sie hinzu: »Talker.« Und lächelte.

Ich spürte, wie ich mich vom Rand einer Klippe entfernte, an der es mir nie wieder gut gehen würde, wenn ich darüber gegangen wäre. Ich verließ diese Klippe, auf der ich seit vier Tagen und Nächten zu stehen schien, und fragte mich, ob ich fallen oder einfach springen würde.

Geht es dir gut?, hatte sie gefragt. Aber die Bedeutung war … Wirst du wieder?

Ich nickte abermals. Diesmal nickte ich ihr zu. Als mir klar wurde, dass ich irgendwo ins Nichts starrte, konzentrierte ich mich auf sie. Ja, mir ging es … gut. Zumindest redete ich mir das so lange ein, wie ich konnte.

Ich packte meine Sachen zusammen. »Treffen wir uns mit …« Ich konnte mich nicht mehr an den Namen erinnern, den sie benutzt hatte. Aber ich wusste, dass sie den alten Mann gemeint hatte. Den Bilderbuch-Zauberer. Der Typen, der mit seinen Worten eine Schockwelle in Form eines Donnerschlags erzeugt hatte.

Sie bemerkte, wie ich versuchte, mich an seinen Namen zu erinnern.

»Vandahar. Er kann helfen … Manchmal«, fügte sie hinzu. Vorsichtig.

Vandahar.

Klang ein bisschen wie *Wanderer* oder so ähnlich. Oder wie die Provinzhauptstadt in Afghanistan. Eins von beiden. Präzise etymologische Abgrenzungen gestalten sich in der Ruine etwas schwierig.

Wir gingen über das Gras zwischen dem Fluss und den Ruinen und fanden den alten Zauberer auf einem Baumstamm sitzend, eine langstielige Pfeife rauchend.

Klar, was sonst?

Ich entdeckte den Sergeant Major, zuckte mit den Schultern und nickte ihm zu, um ihn wissen zu lassen, was ich vorhatte, während er die Unteroffiziere instruierte. Der Captain ging zwischen den Verwundeten umher, beurteilte und ermutigte sie, und die Zugführer erhielten neue Befehle. Die Reorganisation war im vollen Gange. Die Ranger würden trotz der Situation für den nächsten Kampf bereit sein, falls es so weit kommen sollte.

Der Zauberer blickte auf und bemerkte uns erst in letzter Sekunde, wie es schien, mit grimmigen Augen wie ein altersmüder Wachhund. Er hatte tiefe Falten auf den Wangen und hervortretende Tränensäcke unter den blauen Augen. Arktisch-blaue Augen, klar und leuchtend. Er wirkte viel älter und müder als die imposante Gestalt von vor wenigen Augenblicken, die unsere Feinde mit nur einem Wort zurückgedrängt hatte. Die sich ihnen am Flussufer mit nichts weiter als einem alten Stab entgegengestellt hatte.

Jetzt schien er nur ein alter Mann zu sein, der in einem Garten zwischen den Ruinen saß und an nichts anderes dachte als daran, wie der Tag verlaufen würde. Vielleicht auch mit einer alten Erinnerung, die er immer noch verarbeitete.

Sie ergriff auf Koreanisch das Wort. Schattenkanto, wie sie es nannte.

»Edler Vandahar, ich hatte keine Ahnung, dass Ihr hier sein würdet. Es war gut ... dass Ihr da wart.«

»Ich musste es tun«, erwiderte der alte Mann abwesend, während er an seiner Pfeife zog und sich auf den glühenden Tabak konzentrierte. Er saß im Schatten eines rankenbewachsenen Mauerstücks, das noch am äußeren Rand der Ruinen stand. »Die alten Pakte gelten nicht mehr so viel wie früher, jetzt, wo die Macht des Netherlords zunimmt.« Er blickte in die Ferne und nuckelte an seiner Pfeife, bevor er, fast wie zu sich selbst, hinzufügte: »Nichts besteht ewig.«

Die eisblauen Augen wurden wieder aufmerksam und ruhten auf Last of Autumn. »Es sind dunkle Zeiten, Kleiner Rabe. Was treibt dich hinaus, ganz allein, auf der Suche nach Fremden? Es gibt auf der Welt nicht mehr viele von deiner Art. Kann die Altmutter keinen ihrer Nachtkrieger für solch eine fruchtlose Aufgabe entbehren?«

Autumn nickte, und es wirkte wie eine ehrfürchtige Verbeugung. Sie akzeptierte, was der Älteste gesagt hatte, anstatt zu widersprechen – sofern sie denn anderer Meinung war –, und sei es nur der Form halber. Ein längst vergessener Hinweis auf das Morgenländische, das zehntausend Jahre später immer noch lebendig war.

Sie wartete den üblichen Moment des Respekts ab, um zu zeigen, dass sie den alten Mann zu Wort kommen ließ und ihm zugehört hatte. Ob sie nun mit ihm einverstanden war oder nicht.

Dann …

»Vor fünf Nächten erzählten uns die Feen-Drachen von der Ankunft dieser … Männer … vom … Himmel. Es gibt niemanden mehr, der in der Verborgenen Höhle jagen kann, Altvater. Und der König von Mourne zeigt sich nicht mehr.«

Sie hatte den Zauberer »*Altvater*« benutzt. Ein Ausdruck des Respekts. Aber irgendwie hatte es auch wie ein Seitenhieb gewirkt.

Und wer war dieser *König von Mourne*? Möglicherweise ein Feind von König Triton. Ein Rivale von Chief McCluskey?

»Ich bin durch List und Tücke durch die dunkle Schar gelangt«, fuhr Last of Autumn fort. »Ich erkannte, dass sie ehrenhafte Männer sind, Vandahar Halbard. Tapfer und nicht so wie die aus den Südstädten.«

Oh ho, dachte ich. *Südstädte. Menschen. Kaffee?*

Ja, ich weiß. Ich denke immer nur an das Eine.

»Nicht alle Orte in den sogenannten zivilen Gegenden sind voller Feiglinge, Kleiner Rabe«, erklärte der alte Mann. Seine Stimme war tief und klangvoll. Die Stimme eines geborenen Geschichtenerzählers. Ganz im Stile von Shakespeare im Park. Aber trotzdem alt und leise. »Mächtige und große Krieger dienen in den Legionen von Accadios, auch wenn ihre Herrscher in der Tat korrupt und eitel sind. Und die Östlichen Weiten sind voll von waghalsigen Abenteurern, die sich in verlassene Ruinen und sogar in die Risse der Zeit selbst wagen, um verlorene Schätze und Kostbarkeiten zu bergen, obwohl sie unter einem enormen Joch leben, Entbehrungen ertragen und gegen die erwachenden Sauren ankämpfen. Tapferkeit, Kleiner Rabe … In dieser alten Ruine ist noch etwas davon übrig. Und jetzt …«

Er blickte zu mir auf und wedelte dann mit seiner Pfeifenhand, wobei er den duftenden Rauch über die Ranger verteilte, die sich auf die nächste Mission vorbereiteten. Sie betrachteten die coolen Ruinen und den fast idyllischen Fluss.

»Nun! Es scheint, als gäbe es jetzt vielleicht mehr davon. Mehr Tapferkeit, meine ich. Reden sie überhaupt?«, fragte er verschmitzt. Er hatte eine angenehm vertraute, alte Art. Eine Mischung aus einem Großvater und einem sympathischen Hochstapler, der einem das Bier bezahlt und hintenrum den Geldbeutel leert. Jemand, dem man ein bisschen Vertrauen schenken konnte, aber vermutlich nicht viel. Selbst wenn man es wollte.

»Tun sie«, antwortete ich auf Germanisch.

In seinen Augen spiegelte sich spöttische Überraschung über meine Fähigkeit wider, die Sprache zu sprechen, mit der er Cloodmoor aufgehalten hatte.

Dann fügte ich auf Schattenkanto hinzu: »Wir sind Krieger aus …« Ich war mir nicht sicher, wie viel ich hier verraten sollte. Wahrscheinlich war es das Beste, nicht alle Karten auf den Tisch zu legen, bevor der Captain grünes Licht gab. »… aus der Ferne«, endete ich unbeholfen. »Wir haben keine Ahnung, warum sie …« Ich wandte mich der Ebene und den toten Orks zu, die im Fluss trieben. »… uns angegriffen haben.«

Ich hatte Schattenkanto benutzt, obwohl es laut Last of Autumn verboten war, in der Hoffnung, eine Gemeinsamkeit aufzuzeigen. Ich hatte das Gefühl, dass Grausprech die Sprache der anderen Völker war und als eine Art gemeinsame Kampfsprache verwendet wurde. Vielleicht war es sogar die Sprache ihrer Feinde. Und ich wollte bei einem offenbar mächtigen neuen Verbündeten keinen Fehlstart hinlegen. Andererseits, wer weiß, vielleicht beging ich damit ja einen noch größeren Fehler.

Es ist schwer, Linguist zu sein. Lassen Sie sich von niemandem etwas anderes einreden.

Der alte Mann blies Rauch aus und schien einen Moment lang darüber nachzudenken, während er an seiner langen Pfeife zog und auf den Fluss hinausblickte.

»Oh«, murmelte er. Fast zu sich selbst. »Ich glaube, du kommst von *sehr* weit her, junger Krieger. Sehr weit her … in der Tat.«

Wenn du wüsstest, dachte ich. Dann drehte er sich um, als ob er etwas gehört hatte, was mir entgangen war. Er betrachtete mich erneut und starrte mit diesen endlosen arktischen Augen durch mich hindurch. Ich konnte in sie hineinsehen, und obwohl ich nicht wusste konnte, was er sah oder was dort war, begriff ich, dass diese Augen seltsame Dinge gesehen hatten, wunderbare Anblicke, hoch oben im eisigen Norden. Etwas, das kein lebender Mensch jemals sehen würde. Diese Augen hatten viele der Geheimnisse der Welt erblickt. Das dachte ich, als ich in Vandahars Augen sah.

Vielleicht war es nur ein billiger Taschenspielertrick. Die eine Karte, die dieser drittklassige Shakespeare-im-Park-Schauspieler am Anfang und am Ende ausspielen musste. Oder … dachte ich mir … vielleicht war es in dieser Welt jetzt so.

Der alte Mann betrachtete mich weiter, während ich über diese Dinge nachdachte. Dann sagte er: »Und ich glaube, in dir steckt mehr, als du bislang weißt, junger Krieger. Viel, viel mehr.«

Er sog leise an seiner Pfeife und musterte mich mit seinen unheilvollen glasigen Augen, als sich der Captain und der Sergeant Major näherten.

»Sag deinem König«, er nickte Captain Messerhand zu, der ein paar Schritte entfernt stehen geblieben war »dass wir uns jetzt beeilen müssen, wenn wir die Höhle vor

Einbruch der Dunkelheit erreichen wollen. Sag ihm, dass ihr im Reich des Karwalds in Sicherheit seid. Der alte Gren Langfinger hat dafür gebürgt, auch wenn seine Art – also die Eld – heutzutage meistens schläft. Ich verstehe, dass du müde bist; es ist nur noch ein angenehmer Spaziergang bis zu unserem Ruheplatz. Für eure Gemeinschaft besteht keine Gefahr mehr. Und … es wird ein Fest geben, wenn wir ankommen.« Er untermalte diese Bemerkung mit einer großen Geste. »Unterwegs werden wir … Dinge besprechen. Und sehen, welche Karten uns in die Hand gegeben wurden. Und wie genau wir sie diesmal ausspielen können.«

Er wandte sich an Last of Autumn.

»Ich spreche immer noch mit ihr, Kleiner Rabe«, murmelte der alte Mann. »Sie hat mir von deiner Mission erzählt. Und sie hat mich gebeten, sie in Kürze aufzusuchen, um die Dinge in Ordnung zu bringen, wie es meine Art ist, wenn auch nicht immer rechtzeitig, so doch im entscheidenden, wenn nicht letzten Moment. Fürs Erste ist alles gut, mein eigensinniges Mädchen. Aber wir werden den Rest des Tages zu Fuß gehen müssen. Es ist an der Zeit, aufzubrechen.«

KAPITEL 45

In der Mitte der Ruinen, die wir schließlich erreichten, sprudelte eine alte Quelle. Der Philosophenpalast. Autumn zeigte uns, wo sie sich befand, und bald hatten die Unteroffiziere die Feldflaschen wieder aufgefüllt. Ich war damit beschäftigt, für den Sergeant Major und den Zauberer zu dolmetschen, während Letzterer versuchte, die vielen praktischen Fragen über die nächste Etappe der Route zu beantworten und darüber, was uns erwarten würde, bis wir irgendwo in einer Höhle in »Sicherheit« wären.

Der Sergeant Major wirkte skeptisch.

Vandahar Antworten waren im Grunde genommen stets dieselben. »Im Moment seid ihr sicher und steht unter dem Schutz des Waldes. Und ich begleite euch natürlich.«

Nachdem alle Fragen des Sergeant Major mit mehr oder weniger der gleichen Antwort bedacht worden waren, wurde ich entlassen, um meine Feldflasche aufzufüllen und mich mit den Spähern, die als Erste aufbrechen würden, auf den Weg zu machen.

Die Abstände zwischen den einzelnen Einheiten würden kurz sein. Trotz Vandahars Beteuerungen war Wachsamkeit angesagt.

Als ich an der Quelle inmitten der zerfallenen Prachtbauten ankam, befanden sich nur noch wenige

Teams in der Nähe. Hohe Waldriesen wuchsen durch den brüchigen Marmor und in den diesigen blauen Himmel. Die Luft war kühl und ruhig. Und als ich mich durch die verbliebenen Mauern und Säulen dessen schlängelte, was einst ein weitläufiger, lichtdurchfluteter Tempel gewesen sein musste, hörte ich die plätschernden, fast melodischen Töne des Wassers, das aus einem kunstvollen in den Boden eingelassenen Becken inmitten eines abgesenkten, mit Statuen übersäten Amphitheaters sprudelte. Hochmütig dreinblickende Elfenskulpturen in Plattenrüstungen, die Speere in der Hand hielten und strammstanden, viele von ihnen zerbrochen, gesprungen oder umgefallen, aber ein paar waren noch vollständig erhalten. Auf ihren beeindruckenden Brustpanzern krümmten sich mit Schriftzeichen verzierte Drachen. Sie trugen Helme wie die alten Spartaner und Kilts, die aus Leder und Metall zu sein schienen, wenn der Steinmetz einigermaßen realitätsnah gearbeitet hatte.

Kurtz und sein Team waren die Letzten, die sich Wasser aus der Quelle holten. Jabba war in der Nähe der Ausrüstung zurückgelassen worden, nachdem er gesagt hatte: »Jabba Angst vor Gruselort« oder etwas in dieser Art. Offenbar galt dieser ruhige, fast Spa-ähnliche meditative Ort des Friedens und der Stille, der wie eine naturgetreue Nachbildung des Albumcovers einer Ambient-Musikgruppe aussah, bei den Goblins als »gruselig«.

»Vertraust du ihm?«, fragte ich Tanner und nickte mit dem Kopf in Richtung der Ausrüstung und der Waffen. »Vertraust du Jabba?«

Tanner, der gerade aus einer Feldflasche Wasser trank, lachte eine Sekunde lang fast irrsinnig, bevor er sich zusammenriss und wieder den ganz harten Ranger gab. Dann rülpste er und entschuldigte sich tatsächlich, was untypisch war. »Tut mir leid, Talk. Aber Mann … Dieses Zeug schmeckt besser als die beste Limo, die du je getrunken hast, und es gibt dir das Gefühl, wie der erste Schluck eines wirklich erstklassigen Tequilas, nur ohne den ganzen Unsinn, der dabei herauskommt. Oder zumindest hoffe ich das, denn soweit ich weiß, gibt es hier keine Stripperinnen, die ich heiraten könnte.«

Er nahm einen weiteren großen Schluck, während ich mich zu dem in den Marmorboden eingelassenen Brunnen hinunterbeugte und wie gebannt auf das klare Wasser starrte. Das Plätschern und Sprudeln hatte eine hypnotische Wirkung, und es war faszinierend, es einfach nur anzustarren.

»Ja«, sagte Tanner wie aus weiter Ferne. »Wir vertrauen dem kleinen Kerl. Er ist sehr neugierig, aber wir haben ihn gut dressiert. Soprano ist so etwas wie sein neuer bester Freund.«

Ich hörte das alles. Aber ich starrte immer noch in den Brunnen, um zu sehen, wie tief er war … und ich konnte nichts sehen, nur etwas, das sich wie die Unendlichkeit anfühlte, da drin, da unten. Und um das klarzustellen, keine Endlosigkeit wie die Selbstvergessenheit, die ich in der Nähe des Dings in der Spalte gefühlt hatte, im letzten Tempel, in dem ich das Vergnügen gehabt hatte, mich verstecken zu dürfen, um nicht von Zentauren und Ziegenmenschen getötet zu werden. Nein. Diese Endlosigkeit war anders. Sie war wie eine alles umfassende Oase. Wie ein Urlaub am ersten Tag, an dem man im Paradies ankommt. Wenn man den Eindruck hat, alle Zeit der Welt zu haben, und noch lange nicht an die letzten Tage denkt, an denen man packen, sich fertig machen, auschecken und zurück zum Flughafen fahren muss, um wieder in die Realität zurückzukehren.

Ich hielt meine Feldflasche ins Wasser, bis sie voll war. Dabei tauchte ich einen Finger in den Brunnen, und das Wasser war kühl, aber nicht kalt. Mein Finger, der rissig und ausgetrocknet, mit Dreck und Kordit verkrustet war, fühlte sich ... plötzlich ... erfrischt an. Neu. Als hätte er gerade eine Massage bekommen und den Tag im Spa verbracht. Ich zog ihn heraus und betrachtete ihn, drehte ihn im warmen Licht des Morgens und der stillen Ruine.

Es war nicht so, als ob nur mein Finger sauber gewaschen worden wäre, obwohl das der Fall war, sondern fühlte sich an, als wäre er *regeneriert*. Die Furchen waren verschwunden, und die Narbe, die ich mir als Kind an einem Stacheldraht zugezogen hatte, über den ich gehüpft war ... Sie war weg. Seltsam. Hatte ich mich im Finger geirrt? Verwundert zog ich den Handschuh aus und sah nach. Da war keine Narbe. Dafür eine Menge Schmutz und eingebranntes Kordit.

Es musste also dieser Finger gewesen sein. Und ich war mir sicher, dass dort einmal eine Narbe gewesen war. Ich erinnerte mich, dass meine Mutter sie einmal gesehen und sich darüber aufgeregt hatte, weil es während des Aufenthalts bei meinem Vater passiert war. Nachdem sich ihre Wege getrennt hatten. Ich erinnerte mich noch gut, dass sie sagte: »Jetzt bist du nicht mehr perfekt.«

Ich weiß auch, dass ich darüber sehr wütend war. Doch eines Tages ... war ich es nicht mehr.

Es geschah, als ich an einem regnerischen Herbstnachmittag in einem Café in New York saß und Italienisch lernte. Ich war dort wegen eines Fortbildungsseminars an der NYU. Eine junge Mutter wippte ihr neugeborenes Baby auf dem Schoß, während sie darauf wartete, dass die Baristas ihr einen Kaffee zubereiteten. Dies war vielleicht das erste Mal, dass sie nach der Geburt ihres Kindes ausging, und sie hatte beschlossen, sich mit ihm einen Kaffee zu gönnen. Wie zwei Freunde, die sie hoffentlich immer bleiben würden. Sie und ihr Kind. Ich weiß noch, wie sie das Baby, einen pummeligen kleinen Jungen, auf dem Schoß schaukelte und immer wieder sagte: *»Du bist so perfekt.«*

So sind echte Mütter. Sie sehen uns als perfekt an, wenn der Rest der Welt es längst nicht mehr tut, weil wir keinen Welpenschutz mehr haben. An diesem Tag verstand ich meine Mutter. Was sie von Anfang an für mich empfunden hatte. Dass ich perfekt war. Für sie. Und dass es für sie ein unermesslicher Verlust war, wenn das Leben mir Narben und Schrammen zufügte. Ich gehörte ihr. Und wir hatten einmal genau denselben Moment erlebt, als es noch keine Narben gab. Als sie mich auf ihren Knien geschaukelt hatte und sich keine Sorgen machen musste, dass ihr Sohn von Orkhorden umzingelt sein könnte.

Aber Narben … Narben gehörten zu meinen besten Erinnerungen. Spaß ging oft mit einer guten Narbe einher. Da können Sie jeden Ranger um mich herum fragen.

So viel also dazu. In diesen endlosen Brunnen zu starren, der einem all die guten Dinge ins Ohr zu flüstern schien, die das Leben zu bieten hatte, und man an nichts anderes denkt. An alles. Oder zumindest so viel von allem, wie der menschliche Verstand verarbeiten kann.

Ich hörte jemanden über mir lachen, woraufhin ich mich umdrehte und Chief Rapp vor mir stehen sah.

»Er bewirkt irgendetwas, nicht wahr, PFC Talker?«

Ich nickte und hob die Feldflasche an die Lippen, doch ich wartete, bevor ich einen Schluck nahm. Zögerte. Würde es eine Narbe geben? Was war der Preis dafür? Noch weiter weg von der Perfektion als bisher?

»Ist es sicher?«, fragte ich den Special-Forces-Operator, als ich eine Sekunde lang verharrte.

Er lächelte, nickte und holte seine Feldflasche heraus.

»Ja, soweit ich das beurteilen kann. Ich habe schon dreimal nachgefüllt. Es scheint einen gewissen Endorphinschub und allgemein positive Gefühle auszulösen. Das ist gut. Das ist nichts Schlechtes, PFC Talker. Und es enthält definitiv eine Art alkalisierender Elektrolyte, was einen weiteren Vorteil darstellt. Auf den ersten Blick scheint es meinen Infusionen weit überlegen zu sein, und das ist auch gut so, denn davon gibt es nicht mehr allzu viele.

Aber ich will ehrlich zu Ihnen sein. Ich habe eine chronische Krankheit, die mir jeden Tag ein gewisses Maß an Schmerzen bereitet, PFC. Ich habe sie mir an einem Ort eingefangen, an dem wir nie hätten sein sollen, wenn Sie verstehen, was ich meine. Mir wurde gesagt, dass ich für den Rest meines Lebens damit leben muss. Und nach der ersten Flasche Wasser … vor siebenunddreißig Minuten …«

Er hatte auf seine riesige SF-Spezialuhr geschaut. Alle Super Friends, wie einige der Ranger die Special Forces nennen, wenn sie nicht gerade als *Grünmützen* bezeichnet werden, trugen eine. Normalerweise waren sie sündhaft teuer. Ranger mit niedrigerem Sold besaßen nie solche Uhren. Die meisten von ihnen begnügten sich damit, begehrliche Blicke auf die Einsatzhandschuhe von Oakley zu werfen, und selbst deren Preis war für sie unerschwinglich. Uhren von ausländischen Luxusmarken kosteten ein Vielfaches mehr als Oakley-Handschuhe.

»Ich spüre den Schmerz nicht mehr«, fuhr der Chief fort. »Außerdem hatte ich Narbengewebe von einer alten Schusswunde. Und auch das scheint achtunddreißig Minuten nach meinem ersten Schluck aus dieser Wasserquelle nicht mehr so sehr zu schmerzen. Meine Muskeln fühlen sich an, als wäre ich gerade massiert worden, obwohl wir jetzt alle humpeln sollten, als hätten wir einen Triathlon hinter uns – mit Kampfrucksack. Und nicht herumtanzen, als hätte ich gerade allen eine Vitamin-B-Spritze gegeben.« Der Chief grinste breit. »Das Wasser hat etwas an sich, PFC. Aber es ist sicher. Trinken Sie. Wenn der liebe Gott uns ein Geschenk schickt, werde ich nicht Nein sagen. Ich habe Dr. Van Strahnd gebeten, ein paar Proben zu nehmen. Vielleicht können wir sie analysieren und sogar … wer weiß …« Er lachte in sich hinein und füllte seine Feldflasche ein weiteres Mal. »Möglicherweise können wir sogar die chemische Struktur synthetisieren, falls wir die Schmiede irgendwann zurückbekommen.«

Ich nahm einen Schluck aus meiner Feldflasche. Es schmeckte süß und klar, aber nicht zuckrig. Keine billige Cola. Das war kein massenproduziertes Erfrischungsgetränk. Es schien die natürlichste Sache der Welt zu sein. Ich spürte für einen Moment eine Art *Wallung* in mir, und diese Wallung schien etwas Dunkles, Unglückliches aus meinem Körper und meiner Seele zu vertreiben. Ich rülpste und hatte das Gefühl, besser atmen zu können. Meine Lungenflügel und Nasenwege fühlten sich frei an, und die Luft um mich herum schmeckte süß und *verträumt*.

Anders kann ich es nicht beschreiben. Gute Vibes. Buchstäblich traumhaft.

»PFC Tanner sagt, es schmeckt wie der erste Schluck eines wirklich erstklassigen Tequilas«, berichtete ich, nachdem ich noch etwas getrunken hatte.

Darüber musste der Chief lachen.

»Na ja … Das ist wohl ein wenig übertrieben. Er hat wahrscheinlich noch nie das wirklich gute Zeug getrunken. Aber ja, ich verstehe, was er meint. Da fühlt man sich doch gleich irgendwie unbesiegbar.«

Die Baroness, oder Dr. Van Strahnd, wie sie offiziell hieß, kam mit ihrem Rucksack und ihrem Koffer herbei und machte sich daran, Proben in Fläschchen abzufüllen. Ich überließ sie und den Chief ihrer Arbeit und schloss mich wieder den Spähern an. Doch ich beobachtete sie noch einen Augenblick aus der Nische des Tempel-Amphitheater-Brunnens voller guter Laune, als den ich diesen Ort ansah. Sie gehörte zu den drei Zivilisten, die mit auf diese Reise gekommen waren. Einer war …

… weg.

Die beiden anderen hatten sich direkt neben den Rangern eingefunden und waren noch am Leben. Der Schmiedetechniker und die Baroness. Die Baroness war schrullig und enigmatisch, ja, geradezu unheimlich sexy. Und sie hatte überlebt. Sie hatte etwas Sonderbares an sich, aber ich konnte es nicht genau benennen.

Wenige Minuten später, als die Sonne langsam dem Höchststand entgegenstrebte, brachen die Ranger zur letzten Etappe ihres Marsches auf. In der Abenddämmerung würden wir unser Ziel, die Verborgene Höhle, erreichen.

Auf dem Weg dorthin gab es viele Gespräche. Und schon bald zeichnete sich ab, was als Nächstes passieren würde.

523

KAPITEL 46

Ungeachtet der Worte des alten Zauberers hielten Captain Messerhand und der Sergeant Major nichts von dieser »Hippie-Wandertags-Atmosphäre«, wie der Command Sergeant Major Vandahars Führung während der nächsten Etappe des Marsches unverblümt nannte.

Es war immer noch eine Kampfpatrouille. Lärmdisziplin und gute Rangerkenntnisse sollten zu jeder Zeit angewandt und gepflegt werden. Nur konnte man die Scouts, die normalerweise selbst für Ranger-Verhältnisse recht mürrisch und verbissen waren, nicht dazu bringen, die Klappe zu halten und keine Witze zu machen.

»Ich fühle mich wie ein Rockstar, Mann«, sagte einer von ihnen. Und dann fingen sie alle an, ihre Lieblingswitze über die Air Force wiederzukäuen und zu lachen.

Das war das erste Mal, dass Sergeant Hardt sie anschrie, sie sollten sich »zusammenreißen«. Offenbar war er immun gegen den Gute-Laune-Trank. Ich wette, Kurtz war es auch.

Dann tuschelten die Scouts, dass sie in Mexiko Surfen gehen wollten, wenn sie das nächste Mal Urlaub hatten, und dass sie etwas von ihrem Zauberwasser mitnehmen sollten, damit sie die ganze Nacht in den Cantinas verbringen und im Morgengrauen aufstehen konnten, um sich in die Wellen zu stürzen.

Das mag dumm klingen. Aber im Vergleich zu dem Gespräch darüber, wie ich meine Army-Lebensversicherung ausgeben würde, wenn ich sterbe, das ich mir einmal auf einem langen Marsch während der Grundausbildung hatte anhören müssen, klang der Exkurs der Ranger Scouts über einen endlosen Sommer in Form von dreißig Tagen Urlaub geradezu rational und vernünftig. Ich bekam immer noch Kopfschmerzen, wenn ich an diese Unterhaltung von damals dachte. Tanner erzählte mir, dass das »SGLV-Lotto« genannt wurde, wobei SGLV für die Soldaten-Gruppenlebensversicherung steht.

Ich ging fest davon aus, dass es immer noch Wellen an einem Ort gab, der auf der Karte einmal Mexiko hieß. Irgendwo musste es ja Wellen geben. Doch der exemplarische Strand, von dem die Späher so begeistert plapperten, war wahrscheinlich seit zehntausend Jahren *cerrado*. Geschlossen. Rote Fahne gehisst. Ich sagte nichts und lauschte der allgemein guten Stimmung, die sie nicht unterdrücken konnten, bis Hardt vom Operationskommando auftauchte und ihnen noch einmal befahl, »sich zusammenzureißen«. Und selbst dann konnten sie kaum aufhören, über Surfen, Fisch-Tacos und Tequila zu flüstern.

Gandalf, oder eher Vandahar der Weise oder was auch immer, trat neben mich, während ich die angeregten Ranger beobachtete, die sich auffächerten und die Gegend auskundschafteten. Sergeant Hardt führte sie mit einer nicht geringen Menge an Vitriol an.

»Der alte Brunnen von Illathor bringt sie dazu, sich so zu verhalten. Seine Macht ist tief und alt in einer Welt, die längst zugrunde gegangen ist.«

Wir sprachen Grawasprēkō. Graue Sprache. Aber meine Version. Das heißt, Vandahar sprach fließend in einem Dialekt, den ich als »modernes Deutsch« bezeichnete, der für jeden in dieser Welt aber eher altertümlich klang. Sein Wortschatz war ein bisschen extravagant, aber ansonsten – oder vielleicht gerade deswegen – hätte er sich wahrscheinlich gut in das Berlin oder Stuttgart eingefügt, das ich einst besucht hatte.

Der geheimnisvolle alte Mann steckte voller Überraschungen.

»So werden sie sich bis morgen fühlen. Sag deinem Hauptmann, er soll sich keine Sorgen machen. Es hat keine negativen Nebenwirkungen. Sie sind jetzt kampfbereiter als in den Tagen vor dem Kampf eurer Kompanie gegen die Guzzim Hazadi.«

Ich wusste von Jabba, dass die Guzzim Hazadi einer der Orkstämme waren, die uns angegriffen hatten. Es schien, als hätten sie eine Art Führungsrolle unter den gegnerischen Truppen inne. So langsam sollte ich mal mehr Informationen über diese Welt sammeln, und wenn ich neben dem Zauberer herlief, musste mir das doch gelingen. Daher blieb ich in seiner Nähe und folgte ihm, als er hinter den Spähern hertrottete.

Ich schaute nach hinten und sah, wie Last of Autumn ihr Pferd von den anderen Ranger-Teams wegführte, die sich bereits zum letzten Anstieg aufrafften. Ich winkte ihr zu, aber sie schien mich nicht zu bemerken. Sie wirkte in Gedanken versunken. Vielleicht war es auch die Müdigkeit. Sie hatte genauso lange gekämpft und gerackert wie wir. Jetzt schien sie erschöpft zu sein und sich damit zufrieden zu geben, einfach nur neben ihrem Pferd herzulaufen und sich nicht allzu sehr um eventuelle Feinde kümmern zu müssen.

Vandahar zündete sich seine Pfeife an, und eine Zeitlang gingen wir durch den alten Wald, während er vor sich hin murmelte oder auf verschiedene Bäume zeigte und sie mit Tolkien-Wörtern benannte. Das war die Hochsprache der Elfen. Ich hörte zu und versuchte, so viel wie möglich zu lernen. Autumn hatte mir einige der grundlegenden Wörter beigebracht, und obwohl ich die Sprache noch nicht fließend beherrschte, begann ich zu verstehen, was ich für die rudimentäre Kommunikation brauchte.

Der Marsch verlief größtenteils ruhig. Aber falls die Ranger eine Patrouille durch den Busch, ein Anschleichen an ein feindliches Ziel oder eine Kontaktaufnahme erwartet hatten, dann erlebten sie stattdessen das, was der Zauberer angekündigt hatte. Einen Spaziergang.

Einen friedlichen Spaziergang, bei dem es nichts zu befürchten – und, der Teil, den Vandahar nicht erwähnt hatte – *viel zu bestaunen* gab.

Das war der beste Teil des langen Marsches durch den geheimnisvollen Wald.

»Der Obere Karwald ist ein alter Wald. So alt wie die Zeit, als die Sterne vom Himmel fielen und die Ruine zu dem machten, was sie heute ist«, sinnierte der Zauberer, während wir an seltsamen Steinen und gewundenen Bäumen vorbeikamen, die nach Sandelholz rochen. Die Späher waren weiter vorn unterwegs. »Dies ist wirklich eine ganz andere Welt. In einer anderen Sprache, die im gegenwärtigen Zeitalter der Finsternis längst verloren gegangen ist, hieß sie einst der *Grüne Pfad*. In jenen Tagen herrschten die Drachenelfen über den Westen und konnten es sogar mit der wachsenden Macht der Sauren im Süden aufnehmen. Aber mittlerweile hat das vom Südlichen Karwald kommende Böse den alten Grünen Pfad fast vollständig umschlossen, und die meisten, die die Geheimnisse der großen Wälder noch kennen, betrachten die einzelnen Teile als ein Ganzes.«

Er blieb stehen, um einen Haufen wunderschöner Pilze zu untersuchen, die aus Gold zu sein schienen und nach frischer Wäsche rochen. Er bückte sich, rieb an einem und schnupperte.

»Sie sind noch nicht so weit. Noch ein Mond, dann sind sie reif und geben eine gute Mahlzeit ab.« Er stand auf und seufzte. Dann setzten wir unseren Weg durch den smaragdgrünen Wald fort.

Die Bäume um uns herum wurden immer höher, und das Blätterdach umhüllte langsam die ganze Welt. Bald schon war der Himmel verschwunden und es schien, als würden wir uns durch die riesige leuchtend grüne Krypta einer verborgenen Kathedrale bewegen. Unbekannte Vögel zwitscherten fröhlich und stießen melodische Rufe aus, während sie für uns unsichtbar hoch oben in den Bäumen herumflatterten, die noch monumentaler waren als die Mammutbäume von vor zehntausend Jahren.

Eine Stunde später hielten wir an den Überresten einer alten Steinbrücke, die über einen mit riesigen Seerosenblättern übersäten See führte. Hier roch es nicht wie in den Sümpfen nach Tod oder Verwesung. Stattdessen war die Luft schwer vom Duft der Magnolien und Jasminblüten, und im See schwammen und sprangen zahlreiche Fische umher.

»Setz dich eine Weile hierher, Junge«, sagte der Zauberer. Er hatte ein paar alte Steine entdeckt, auf denen uralte, längst von Moos überwucherte Runen eingemeißelt waren. Vandahar holte noch einmal seine Pfeife hervor und stopfte sie gemächlich. Als er fertig war, wandte er sich an Autumn, die weiterhin in unserer Nähe blieb.

»Geh mit den Spähern voran, Mädchen. Und pass auf, dass die Feen ihnen nicht das Leben schwer machen oder die hübscheren von diesen … Rangern … in eines ihrer verborgenen Löcher ziehen. Dann finden wir sie nie wieder, weil sie sie behalten werden.«

»Wer sind die … Feen?«, fragte ich.

Der alte Mann hantierte noch immer an seiner Pfeife herum. »Sie sind schlimmer als eine eifersüchtige Frau, wohlgemerkt nur, wenn sie einen finden, der ihnen gefällt.«

»Sind sie uns freundlich gesinnt?«, hakte ich nach, um eine schlüssigere Antwort zu erhalten. Wenn es hier irgendeine Gefahr gab, musste ich sicherstellen, dass der Captain davon erfuhr.

»Gefahr?« Der alte Zauberer lachte, nachdem seine Pfeife zum Leben erwacht war. »Ja. Ziemlich gefährlich. Sie haben diesen alten Wald schon lange vor der Zeit der Drachenelfen bewacht. Wie ich sehe, liebst du die alten Sprachen – weißt du, was *Fee* auf Eld Ruin bedeutet? Kennst du Eld Ruin überhaupt? Nein? Es bedeutet ‚von‘. Es bedeutet, dass sie … wie soll ich es ausdrücken … von irgendwo anders sind. Nach meiner langjährigen Erfahrung sind das Wesen, die man nicht leichtfertig aufwecken sollte. Aber sie sind offen gesagt auch diejenigen, die die Eld am Schlafen halten, was im Allgemeinen das Beste für uns alle ist, wenn man die Geschichte der Ruine kennt.

»Ja«, sagte er zu sich selbst und starrte ins smaragdgrüne Blätterdach, als das nächste Ranger-Team vorbeizog und dem Weg der Späher folgte. »Ja, das ist das Beste, wenn wir bedenken, welche Folgen es hätte, die Eld zu wecken. Das hätte uns gerade noch gefehlt, dass sie sich jetzt gegenseitig bekriegen. Schlimm genug, dass Cloodmoor nun unter der Herrschaft des Schwarzen Prinzen steht.« Daraufhin runzelte der Zauberer die Stirn. »Er stammt aus den alten Tagen und sollte es besser wissen. Auch wenn er der Geringste aus diesen Eld-Tagen ist.«

Vandahar verstummte. Er sprach mehr mit sich selbst als mit mir, wie es schien. »Stell dir vor, Bothmaug, der Verschlinger, würde aus seinem Gefängnis tief unten in den entlegensten Regionen des Grimmfrosts befreit werden. Dort, wo noch nie ein Mensch einen Fuß hinsetzte. Das würde ein Zeitalter des Krieges einleiten, nach dem es nur noch wenige Überlebende gäbe, die sich daran erinnern könnten. Es würde die Grundfesten abermals erschüttern.«

Ich stand auf und hatte das Bedürfnis, den Captain auf die Feen aufmerksam zu machen. Sie klangen wie etwas, das uns Sorgen machen sollte.

»Nein, Beherrscher der Sprachen«, hielt mich der alte Zauberer ab, als er meine Absicht erkannte. »Sie werden dir und den Deinen heute nichts antun. Sie riechen das Blut der Orks an euch. Wenn es etwas gibt, das die Feen eint, dann ist es ihr Hass auf Orks. Wenn ihr Orks tötet, habt ihr euch den heutigen Tag verdient. Ich habe bereits mit Marvella vom Versunkenen Teich gesprochen. Sie sagt, wir können zur Verborgenen Höhle weiterziehen, aber wir sollen uns beeilen. Es wäre das Beste, auf die Jungfer des Teiches zu hören und schnell zur Höhle zu gelangen.«

Und so ging das Gerede des Zauberers noch eine ganze Weile weiter. Etwas in seiner Stimme sagte mir, dass ich wissen sollte, wer diese Leute waren und welche Bedeutung sie hatten.

»Ja, ihr könnt sicher passieren, solange sich keiner von euch in die Niederungen dieses verwunschenen Ortes locken lässt. Abgründe und verborgene Orte, die selbst ich nicht betreten darf, es sei denn, die Umstände sind gravierend. Eld-Orte aus der Zeit, als die ersten Könige hervorkamen und ihre magischen Schätze in tiefen Gräbern und Grotten horteten, bewacht von grausamen Dienern der alten Eld, die selbst in diesen finsteren Tagen noch immer mächtig waren.«

Wenn er meine Befürchtungen zerstreuen wollte, hätte er nach »*Ja, ihr könnt sicher passieren*« aufhören sollen. Ich überlegte, wie ich den Sergeant Major erreichen konnte, um ihm mitzuteilen, dass seine Ranger sich nicht in die Wälder »locken« lassen durften. Ohne wie ein Freak zu klingen, der den Gute-Laune-Trank und die Wandertagsatmosphäre ein wenig zu sehr genoss.

»Wie sehen diese … Feen … aus?«, fragte ich nach einer kurzen Pause. »In meiner Welt, wo wir herkommen …«

Ich wollte eigentlich sagen, dass wir das Wort *Fee* kannten. Hatten wir es hier also mit bösartigen Tinkerbells zu tun, oder was? Aber der alte Mann unterbrach mich mit etwas noch Verblüffenderem.

»Deine Welt! Das *ist* deine Welt, Beherrscher der Sprachen. Ich weiß, wo ihr herkommt. Ich habe die verlorenen Seiten des *Buches von Skelos* studiert. Und ich bin viel älter, als ich erscheinen mag. Ihr und eure Art stammen aus der Vergangenheit, und ihr seid nicht die Ersten.«

Informationen!

Informationen, die darauf hinwiesen, dass es noch andere aus der in Area 51 gestarteten Mission geschafft hatten. Ich musste dem nachgehen. Wer hätte das gedacht … Talker, der Spion.

»Das wissen wir«, erwiderte ich. »Wir haben einen von ihnen getroffen. Einen von uns, der anscheinend schon seit mindestens zwanzig Jahren hier ist.«

»Aye«, sagte der Zauberer. »Ich kann mir denken, wen du meinst. Er ist ein übler Bursche. Der Rat war besorgt, dass ihr aus demselben Holz geschnitzt sein könntet.«

»König Triton?«, platzte es aus mir heraus, und der alte Zauberer, der sich anscheinend darauf vorbereitet hatte, eine fesselnde Geschichte über Mord und Intrigen zu erzählen, wahrscheinlich nur, um den Klang seiner Stimme zu hören, machte ein Gesicht, das andeutete, dass es sehr unhöflich von mir war, ihm das große Finale zu vermasseln.

»Ja. König Triton.« Vandahar stand mit einem Stöhnen auf. »Du hast den Geschichtenerzähler seines Rechts beraubt. Einen alten Mann seines Vergnügens.«

»Tut mir leid«, murmelte ich und meinte es auch wirklich so.

Der Zauberer steckte seine Pfeife weg, offenbar immer noch verärgert darüber, dass ich ihm seine Story verdorben hatte. »Aber … Ja. Genau, er ist einer aus der Zeit davor. Vor dem Großen Untergang und der Zeit der Titanen. Er ist verdorben, und jetzt dient er einem dunklen Meister.«

»Wir kannten ihn als Chief McCluskey. Er war ein SEAL. Und du meinst, er dient diesem … dem Dunklen Prinzen … den du vorhin erwähnt hast?«

Der Zauberer räusperte sich, und wir machten uns wieder auf den Weg, wobei wir uns einem anderen Team von Rangern anschlossen. Wir erreichten eine Reihe von bewaldeten Hügeln jenseits des stillen und duftenden Sees, an dem wir gesessen hatten.

»Nicht Dunkler Prinz, Beherrscher der Sprachen. Der *Schwarze* Prinz. Herr der Vampire und Herrscher über die ganze Krähenschanze. Aber nein, das ist nicht sein Herr, auch wenn wir vom Geheimen Rat schon lange vermuten, dass er vielleicht tatsächlich mit demselben Fluch geschlagen ist wie die Nachtwandler.

König Triton ist ein Vasall des Netherzauberers, der vom fernen Umnoth aus regiert und alles überwacht. Er ist erst kürzlich in diese Region der Ruine zurückgekehrt. Man erzählt sich, dass er im Krieg gegen Skeletos an der Seite der Schattenkompanien kämpfte und dabei war, als die große Mauer einstürzte und die Stadt in sich zusammenfiel.

Sein Herr schickte ihn daraufhin in den Westen zu Verbündeten des Schwarzen Prinzen und erteilte ihm den Auftrag, Krieg gegen Mourne zu führen. Das letzte Königreich der Elfen, das am Rande der Welt und jenseits des Verlorenen Meeres liegt.«

Es gab eine ganze Menge, worüber man den Überblick behalten musste. Aber es waren Informationen, und ich war mir sicher, wenn ich sie in eine Form bringen konnte, die der Captain und der Sergeant Major einleuchtend oder zumindest nicht verrückt fanden, würden sie uns helfen, uns in der Welt zurechtzufinden, in der wir uns befanden. Ich machte mir gedankliche Notizen, was zu klären und was zu untersuchen und zu vertiefen war, aber ich wollte den Redefluss des alten Mannes nicht bremsen. Also ließ ich den Zauberer weitermachen, während wir einer alten Straße durch die sonnenbeschienenen baumbestandenen Hügel folgten, die sich durch ihr Auf und Ab und zwischen fantastischen Bäumen hindurchschlängelte, die freundliche Gesichter zu haben schienen, wenn man nicht allzu genau hinsah. Ich war mir sicher, dass es sich nur um ein Lichtspiel handelte. Aber je mehr wir an anderen Bäumen mit der gleichen gespenstischen Ausstrahlung vorbeikamen, desto deutlicher wurde, dass die Bäume eher lebendige, empfindsame Wesen mit lächelnden, friedlichen alten Gesichtern in den knorrigen Stämmen waren. Sie hatten die Augen geschlossen, als ob sie träumten. Sie dösten im heißen Sonnenlicht, das durch ihre sanft dahinwogenden Blätterkronen fiel.

Aber vielleicht war das auch nur der Gute-Laune-Trank und der Hippie-Wandertag.

Dieser Tag war angenehm und das Gegenteil von allem, was wir bisher hier erlebt hatten. Sie wissen schon, als uns allen eine ganze Horde Orks am Ranger-Alamo den Garaus machen wollte. Dieser Wald war dunkel und geheimnisvoll, aber auf eine aufregende Art und Weise. Und vielleicht war daran ja auch etwas Gutes.

Der Zauberer sprach immer wieder von rätselhaften Ereignissen. Er deutete alten Groll an, den diese Welt gegen sich selbst zu hegen schien, aber irgendwann, als der Tag sich dem Nachmittag zuneigte, wandte er sich mir zu …

»Aber das sind Dinge, die sich lange vor deiner und eurer Ankunft hier inmitten der Ereignisse abgespielt haben, Talker. Und bald muss euer König entscheiden, wem er dienen will und für welche Sache eure Krieger kämpfen werden. Seid gewarnt: Es gibt keine Kompromisse. Entscheidet euch, oder das Schicksal wird für euch entscheiden. Das Dunkle nimmt zu, und das wenige Gute, das in dieser Welt noch übrig ist, schwindet.«

Er setzte seinen Weg fort, sprach aber weiter und erwartete, dass ich mit ihm Schritt halte.

»Die Schattenelfen, die euch hier Zuflucht gewährt haben, sind selbst Gäste und Ausgestoßene. Und um die

Wahrheit zu sagen, nicht alle von ihnen erwarten Gutes von euch. Nur das Mädchen, das dem Tod und den Reißzähnen die Stirn geboten hat, um zu sehen, ob ihr etwas … Licht … in die Gemeinschaft bringen könnt … nur sie glaubt daran. Die Tage der Schattenelfen sind gezählt, mehr als die der anderen Völker. Dies ist das Zeitalter der Menschen. Die Elfen haben sich seit dem Fall von Alt-Estragon versteckt. Vergiss, was sie über Mourne sagen. Es ist ein Reich des Todes mit törichten Vorstellungen von Ruhm und Ehre. Aber …«

Hier seufzte er und starrte auf die Ruinen eines Turms, den wir von unserem Aussichtspunkt am Rande eines Hügels sehen konnten. In Stein gemeißelte geflügelte Riesen stützten die Mauern. Die Spitze erinnerte an die ausladenden Zacken einer eisernen Krone. Es schien ein dunkler und schwermütiger Ort zu sein, anders als die anderen Ruinen und Stellen, an denen wir vorbeigekommen waren.

»Aber … ich muss zugeben«, fuhr Vandahar fort, »ihre Sache ist gerecht. Die der Schattenelfen. Sie haben viel vollbracht, um ein Versprechen zu erfüllen, auch wenn es für sie von Anfang an eine schlechte Vereinbarung war. Aber sie sind entschlossen, ihr Ziel zu erreichen, trotz aller Widrigkeiten und der mächtigen Kreaturen, die dem Netherzauberer dienen und sich gegen sie verschworen haben. Auch wenn sie allein sind, so haben sie mögliche Verbündete. Viele in der Ruine kämpfen gegen denselben Feind. Vielleicht, Beherrscher der Sprachen, bist du deshalb hierhergekommen … du und die Deinen … Vielleicht können diese … Ranger, wie ihr euch nennt … vielleicht können sie einen Weg finden und genug Alliierte in einem letzten Krieg gegen diese dunkle Macht vereinen, wie sie die Welt, die war, oder die Welt, die jetzt ist, nie zuvor gesehen hat. Vielleicht sind die Schattenelfen die letzte Flamme, die im Angesicht des herannahenden Sturms noch brennt. Womöglich werden sie den Königreichen der Menschen den Weg zeigen ...«

Dann wandte er sich Last of Autumn zu, die sich von den Spähern abgesetzt hatte und uns in einiger Entfernung folgte, seitdem wir die Feen sicher passiert hatten. Den Kopf gesenkt, als bete sie oder sei müde. »Sie scheint das zu glauben, und obwohl ich alt bin, Beherrscher der Sprachen, und meine Zeit abgelaufen ist, glaube ich das auch. Vielleicht wendet sich das Blatt nun. Und vielleicht sogar zum Guten.«

Er setzte sich erneut in Bewegung und murmelte »vielleicht« vor sich hin, als wir wieder in den Wald hinuntergingen.

KAPITEL 47

Es war ein heißer Nachmittag, und als sich der Wald erwärmte, erwachten seltsame und wunderschöne Schmetterlinge. Zumindest dachten wir zuerst, dass sie das wären.

Aber es waren keine Schmetterlinge.

Es waren winzige humanoide Gestalten mit riesigen bunten Schmetterlingsflügeln, die in Gelb- und Rottönen leuchteten. Sie kamen wie ein plötzlicher stürmischer und chaotischer Schwarm aus den Tiefen des Waldes, rasten an den müden Ranger-Teams vorbei, machten kehrt – und waren plötzlich überall.

Das gehörte zu den schönsten Dingen, die ich je im Leben gesehen hatte, und für einen Moment dachte ich nicht länger über Kaffee und das Fehlen von selbigem nach, wie ich es die ganze Zeit getan hatte, in der ich vor mich hin stiefelte. Dann setzte das Flüstern ein. Wie ein Chor, der ein leises Lied singt, das man kaum in Worte fassen kann, flüsterten sie. Sie flatterten herum und schwirrten um die erschöpften Ranger. Sie führten einen wirren Schmetterlingstanz auf, während sie mit den übergroßen Flügeln schlugen, nur um sich in der Luft zu halten. Einige landeten auf den Rangern, der Ausrüstung und den Waffen, andere setzten sich auf die Mündungen der Gewehrläufe. Sie flüsterten und kicherten miteinander.

Gandalf – ich meine, Vandahar – befand sich vor mir, und als sie sich ihm näherten, hob er seinen Stab und begann laut zu lachen. Wie ein Verrückter. Oder ein Zauberer. Was wohl ungefähr dasselbe ist. Aber es war ein lautes, gutes, warmes Lachen, und es war nach allem, was wir in dieser seltsamen Welt durchgemacht hatten, tröstlich, es zu hören.

Ich hörte den Schmetterlingswesen zu, die in ihrer rätselhaften Flüstersprache sprachen oder sangen – was auch immer es war –, aber es war zu leise und chaotisch, als dass ich einzelne Töne oder Silben hätte erkennen können.

»Was sagen sie?«, rief ich dem Zauberer zu. Wenn es jemand wissen würde, dann er.

Er ignorierte mich und lachte weiter über die farbenfrohe Windhose, in der wir nun alle gefangen waren. Sie wirbelte um den Zauberer und die müden Ranger, die zu Sitzgelegenheiten für die herumtanzenden, tuschelnden Schmetterlinge wurden. Und dann lachten auch die Ranger. Oder zumindest kicherten sie. Völlig erstaunt darüber, dass es solch zarte Kreaturen gab.

»Sie sind von … den Feen«, sagte Autumn dicht neben mir, während die wunderschönen Schmetterlinge um sie herumschwebten, in ihrem Haar und auf ihren verhüllten Schultern landeten, etwas flüsterten und dann plötzlich und eilig davonflogen. »Späher der Feen … für die Königin des … Seidenthrons.«

Ich staunte weiter über das rege Treiben der zerbrechlichen kleinen Gestalten. Winzige Persönchen mit Hauben und Schwertern und winzigen Hörnern, filigraner Kleidung und farbenprächtigen Schmetterlingsflügeln. Und ich staunte auch nach wie vor darüber, wie schön sie war. Last of Autumn. In diesem Moment. Ich sah ihr

Lächeln … und dann wurde mir klar, dass es trotz der sanften Nachmittagssonne ein trauriges Lächeln war. Melancholisch. Doch jetzt war sie glücklich, und sei es nur, weil sie eine Pause von einer größeren Last genoss, die sie mit sich herumtrug und von der sie nichts sagte. Ich wollte ihr diese Last abnehmen, oder besser noch, sie vernichten, damit die Traurigkeit, die sie in sich barg, verschwand und nie wieder zurückkehrte.

Oh-oh …, sagte ich mir. *Du bist ver…*

»Sie sagen … die Orks sind zurückgekehrt … wie auch der Rest der dunklen Heerscharen. Sie sagen auch … dass wir jetzt sicher sind. Aber … nur für heute«, sang sie fast.

»Sonst noch etwas? Eine Gefahr, die ihnen Sorgen bereitet?«, wollte ich von ihr wissen.

»Warum fragst du?«

»Du wirkst traurig.«

Sie lächelte, schüttelte den Kopf und wandte sich noch einmal dem kleinen Schmetterlingsvolk zu. Den Feen. Beziehungsweise ihren Spähern.

»Nein«, antwortete sie, nachdem sie einen Moment lang überlegt hatte. »Das ist ihre … Art. All ihre Anliegen … Berichte … drehen sich immer nur um den heutigen Tag. Immer. Sie sind Geschöpfe, die nur … im gegenwärtigen Augenblick leben. Sie denken nicht, dass der morgige Tag und seine Probleme … jemals kommen werden. Das Heute ist alles für sie. Die Vergangenheit ist nichts. Darum beneide ich sie.«

Ich hielt inne und studierte sie. Hielt Ausschau nach Informationen. Informationen, die ich nie mit jemandem teilen würde. Informationen, die ich nie benutzen würde, um sie zu verletzen oder zu manipulieren. Wissen um des Wissens willen.

Informationen, weil ich unbedingt mehr über sie wissen wollte. Über Last of Autumn. Nein – *Autumn*. Ich wollte der Kartograph sein, der die Karte all der Orte ihrer Seele erstellte …

Ja. Ich war kurz davor, mich zu verlieben.

Wäre ich Tanner gewesen, hätte ich Stripperin Nummer drei geheiratet und einen überteuerten Kredit für einen gebrauchten Mustang aufgenommen.

Ich hatte nicht einmal mehr an die süße Co-Pilotin gedacht, seit …

»Gibt es da etwas in deiner Vergangenheit?«, fragte ich. »Etwas, das dich traurig macht?«

Doch bevor sie antworten konnte, rief Vandahar: »Die Späher der Königin sagen, dass wir jetzt in Sicherheit sind, Ranger. Bald erreichen wir die Verborgene Höhle. Der Weg dorthin ist nicht mehr weit. Und dann wird es ein großes Festmahl und angenehme Unterhaltung geben.«

Erneut zogen die überlasteten Ranger, die Verwundete trugen oder ihnen beim Gehen halfen, müde und hungrig weiter. Aber der Tag war von einer neuen Leichtigkeit geprägt. Denn Sonnenschein, Schmetterlinge und lange Spaziergänge durch epische smaragdgrüne Wälder waren ein seltenes Vergnügen. Wie eine Tasse Kaffee am Nachmittag eines langen Tages, der viel zu früh begonnen hatte. Diese Erfahrung … gab mir das gleiche Gefühl.

Und schon war ich wieder scharf auf Kaffee.

Bravo, kleiner Junkie.

Aber ich konnte mir denken, dass die Ranger, die für Gefahrensituationen trainiert hatten, den plötzlichen Schwarm unerwarteter Schmetterlinge genauso sahen. Wie einen seltenen und überraschenden Glücksfall, der alles auf eine gewisse Art und Weise entschädigte. Eine magische Erfahrung, die nur denjenigen zuteilwurde, die gewissenhaft genug waren, sämtliche Qualen zu ertragen und zu überleben. Vielleicht war das die unausgesprochene Belohnung, nach der sie die ganze Zeit gesucht hatten, ohne es je zu wissen? Vielleicht war es das, was sie dachten, als sie durch den heißen Nachmittag im kühlen Schatten der Waldriesen wanderten.

Ich war lange Zeit an Last of Autumns Seite unterwegs. Ohne etwas zu sagen. Angae, ihr Schecke, folgte uns und blieb ab und zu stehen, um an Stellen mit saftig grünem Gras zu weiden.

»Warum?«, fragte ich und brach das Schweigen. Nicht mehr. Nur *warum*.

Sie wirkte kurz überrascht. Ich erkannte, dass sie wieder einmal in tiefe, fast fromme Kontemplation versunken war. Eine Art von Meditation.

»Ich … verstehe nicht«, gestand sie.

»Warum …« Ich zögerte, ob ich den vertrauten Namen aussprechen sollte. Um diese Barriere zu überwinden. Dieses Tabu zu brechen. Ich spürte, dass es etwas gab, das gesagt werden musste, und vielleicht war das die einzige Möglichkeit, das Thema in der offenen, warmen und nach Wald duftenden Luft zwischen uns anzusprechen. Ja, ich wollte … *mehr*. Von ihr. Mit ihr.

»Autumn. Warum bist du gekommen, um uns zu helfen, die Insel zu verlassen?«

Das war etwas Persönliches – zumindest hatte ich es gerade dazu gemacht –, aber es war auch etwas, das die Ranger betraf. Eine Information, die tatsächlich wichtig war. Und wenn wir aus dieser Sache herauskommen wollten, dann waren Informationen die Währung des Überlebens, nicht etwa Munition, Bohnen und Decken.

Ihr Mund verzog sich zu einem kleinen »O«, und sie blickte zwischen die Bäume. Die Sonne ging langsam unter. Die ersten kühlen Schatten legten sich über den Waldboden.

»Du …« Sie zögerte. »Ihr alle. Ihr wart … in Gefahr. Ich bin gekommen, um … einfach zu helfen.«

Dann biss sie sich auf die Lippe, und ich merkte, dass es noch mehr gab, das sie nicht zu sagen wagte.

»Das war noch nicht alles, oder?«

Sie nickte zögerlich.

»Dann sag es mir einfach. Und ich werde es meinem Anführer mitteilen. Und vielleicht können wir alle einen Weg finden, uns gegenseitig zu helfen. Uns. Den Rangern und deinem Volk.«

Sie holte tief Luft.

»Mein Volk. Mein Volk ist … nicht sehr zahlreich. Neunzehn sind übrig. Die meisten sind Kinder. Und eine sehr alte … blinde Frau. Und bald … muss ich in den Tod gehen.«

Wie bitte?

Ich blieb wie angewurzelt stehen, dort im Wald, umgeben von fantastischen, verschlungenen Bäumen, die in den heißen, dunstigen Nachmittagshimmel ragten. Man musste mir die Fassungslosigkeit deutlich angesehen haben, die ich tief in meinem Inneren spürte. Erstaunt darüber, dass sie dem Tode nahe war, obwohl sie so jung, schön und lebendig aussah.

Sie nickte.

»Ich muss gehen«, fügte sie hinzu.

Aber warum?, dachte ich.

Und dann fragte ich sie das.

»Weil … ein Versprechen … gebrochen wurde. Und jetzt … eine Chance, einen Fluch zu brechen … Eine Chance für das Leben … für die Kinder. Für alles, was von uns übrig ist.«

KAPITEL 48

Die Dämmerung setzte nun ein, und wir hatten es nicht mehr weit. Wir waren fast am Ziel. Fast am Ende des Marsches. Niemand sprach es aus. Keiner wollte es glauben. Aber man konnte es fühlen. Man schmeckte es. Der Wald war still, und vor uns lagen die massiven Bäume und ein uralter Hügel, den sie umgaben. Unser Ziel, laut Last of Autumn. Die Verborgene Höhle.

»Und das ist ihre Geschichte, Sergeant Major. Die ganze Wahrheit.«

Der Sergeant Major und ich gingen zwischen zwei Teams nebeneinander her. Schnell. Vielmehr legte er sein übliches Tempo vor und ich musste mich sputen, um Schritt zu halten. Der Sergeant Major wurde nie müde. Zumindest ließ er es sich nicht anmerken. Und jetzt hatte er einen großen Wanderstock, der so aussah, als könnte er eines Tages das Gleiche sein wie PFC Kennedys Zauberstab mit Drachenkopf.

»Sagen Sie das noch mal, damit ich das richtig verstehe, Talker«, verlangte er. Ohne seine Schritte zu verlangsamen oder schwer zu atmen. Wir näherten uns einem 240er-Team. Dann überholten wir es. Der Sergeant Major tauschte mit dem Gruppenführer einige kurze Worte aus, und dann waren wir in der Stille der Dämmerung vor ihnen. Vor uns konnten wir vage etwas erkennen, das wie Lampen mit grünem Feuer aussah, die im dämmrigen Licht des Waldes flackerten. »Sie sagt also, ihr Volk komme aus dem ehemaligen Asien. Und dass sie seit fast fünfhundert Jahren umherwandern, soweit Sie es verstanden haben, PFC. Und all das nur, weil sie ein Versprechen an den ehemaligen König dieses Ortes gebrochen haben. Jemanden, der über diese ganzen Ruinen herrschte?«

Ich ging ihre Geschichte noch einmal durch. Sie klang in der Tat fantastisch. Wie etwas, das man einfach nicht glauben konnte. Es überraschte mich also nicht, dass ich die Informationen mehr als einmal wiedergeben musste.

»So habe ich sie verstanden, Sergeant Major. Anscheinend haben die ‚Elfen‘ …« Und ja, ich habe mal wieder Luftanführungszeichen benutzt. Es kam mir immer noch etwas albern vor, über Goblins, Orks und Elfen zu sprechen, als wären sie real. »Anscheinend stammen alle ‚Elfen‘ auf der anderen Seite der Ruine – sie nennen übrigens die ganze Welt die *Ruine* – von dieser ersten Gruppe ab, die hier aufgetaucht ist und ihr Königreich in dieser Gegend errichtet hat, etwa tausend bis zweitausend Jahre, nachdem wir durch das QST gegangen sind, oder zumindest gab es irgendwelche Verflechtungen mit dieser Gruppe. Alles davor ist ziemlich undurchsichtig, denn die Schattenelfen verlassen sich auf die mündliche Überlieferung, sodass man sich nicht sicher sein kann. Jedenfalls gab es eine Art Bündnis zwischen all den verschiedenen Stämmen, die sich Elfen nannten. Als also dieses Königreich, das sich hier befand, und die Drachenelfen – sie nannten sich in ihrer Hochsprache Drachenelfen – von einem echten Drachen angegriffen wurden, der anscheinend aus den so genannten Wyrmlanden kam, die, soweit ich weiß, irgendwo in der Nähe von Russland liegen, oder dem, was einmal Russland war, geriet ihr Volk mit der hiesigen Herrschergruppe aneinander.

Die Geschichte besagt, dass die Schattenelfen, insbesondere ihr König, ein Kerl namens Nori, sich entschieden, den Drachenelfen nicht zu Hilfe zu kommen, als sie angegriffen wurden. Darum verfluchte der letzte König der Drachenelfen, ein Mann mit dem Namen Ullathor, der Verfluchte – in ihren Überlieferungen wird er auch der Letzte Drachenkönig genannt – die Schattenelfen für ihren Verrat an ihrem Blutpakt. Und seit dieser Zeit haben die Schattenelfen eine wahre Pechsträhne. Sie verloren ihr Königreich im Osten und wurden aus diesem Gebiet vertrieben. Sie wurden Söldner in Zentralasien und Indien, obwohl sie diese Orte jetzt natürlich anders nennen. Sie führten sogar einen Putsch durch und errichteten eine Militärjunta an einem Ort namens Kungaloor, bis sie auch ihn irgendwann in der Vergangenheit einbüßten. Keine Ahnung, wo das liegt. Klingt nach Thailand oder Kambodscha, aber das kann ich nicht bestätigen. Sie fertigen keine Karten an und schreiben nichts auf.«

»Kommen Sie zum Punkt, PFC Talker.«

»Verstanden, Sergeant Major. Jedenfalls sagt sie, die Krieger der Schattenelfen hätten vor langer Zeit beschlossen, dass die einzige Möglichkeit, ihr Schicksal zu wenden, nachdem sie Kungaloor verloren hatten, darin bestand, den Eid zu erfüllen, den der alte Nori geleistet hatte, und dem Letzten Drachenkönig zu Hilfe zu kommen. Auch wenn es dafür mehr als nur ein wenig zu spät war. Denn dieser Ullathor, der Verfluchte, war längst tot. Aber sie glaubten damals – und glauben auch heute noch –, dass, wenn sie den alten Drachen töten können, der Ullathor umgebracht und das ganze Königreich Estragon – so nannten die

Drachenelfen ihre Siedlung – ausgelöscht hat, der Fluch gebrochen wird und sie wieder eine Heimat haben können. Und was noch wichtiger ist: dass sie ihrem Drangsal ein Ende bereiten können.«

»*Drangsal?*«, wiederholte der Sergeant Major. »Ganz schön große Worte, die Sie da benutzen, Talker.«

»Ist mir bewusst, aber mich erinnert das alles ein bisschen an *Beowulf*. Das ist so eine alte Sage über Schlangen und Schwerter. Frühzeitliche Literatur, Sergeant Major.«

»Ich kenne *Beowulf*, PFC. Ich bin vielleicht Texaner, aber noch lange nicht dumm.«

»Tut mir leid, Sergeant Major. Es geht darum, dass sie den Drachen erschlagen müssen, sonst sind sie gezwungen, für immer umherzuziehen. Und so versuchen sie seit etwa einhundertfünfzig Jahren, ihn zu töten.«

»Und es gelingt ihnen nicht. Offensichtlich.«

»Nope. Sie hatten eine ziemlich gute Kampftruppe. Vor etwa dreihundert Jahren glichen die Schattenelfen einer Kreuzung aus französischen Fremdenlegionären und … nun ja, Ninjas. Sie waren unvergleichliche Krieger, die für ihren Sold kämpften und den Ausgang jeder Schlacht veränderten. So wie die *Sieben Samurai*.«

In weiser Voraussicht beschloss ich, dem Sergeant Major meine Kurosawa-Referenz nicht zu erklären.

»Da beschlossen sie, sich auf diese … äh … Mission zu begeben, Sir. Aber da wir ja gerade darüber reden, lief das offensichtlich nicht wie geplant. Ihre besten Krieger, Profi-Söldner, die in jedem Krieg im Nahen und Fernen Osten gekämpft hatten, wurden bei dem Versuch, den Drachen zu erlegen, getötet. Ausgelöscht, einfach so. Und dann … wird es ziemlich traurig. Für den Stamm wurde das zu einer Art Initiationsritus. Irgendeine alte Hexe hat sie zu diesem

Schritt bewogen. Wenn ein Krieger achtzehn Jahre alt wird, ist er gezwungen, sich dem Drachen innerhalb eines Jahres allein zu stellen, oder er fällt für immer in Ungnade. Sie sind bisher alle bei dem Versuch gestorben. Das heißt, es gibt keine Krieger mehr. Vor knapp zwanzig Jahren hatten sie eine kleine Festung im Osten, aber ohne Krieger, die sie verteidigen konnten, gelang es den einfallenden Zentauren aus der Krähenschanze, sie zu überfallen und zu vertreiben. Und nicht nur Zentauren. König Triton war auch dabei.«

»Der SEAL«, zischte der Sergeant Major.

»Soweit ich das beurteilen kann, Sar'nt. Deshalb sind sie jetzt hier, und der Wald scheint seine eigene … nennen wir es mal Politik zu haben. Offenbar geht hier eine Menge vor sich, was wir nicht sehen. Es gibt eine Fraktion im Wald, die auf der Seite der Schattenelfen steht. Und es gibt eine Gruppe, die glaubt, dass die Schattenelfen die unerwünschte Aufmerksamkeit der Feinde auf sich ziehen. Hauptsächlich der Gestalt, die als der Netherzauberer bekannt ist. Die meisten glauben, dass König Triton innerhalb eines Jahres eine ziemlich große Armee hierher führen und den Wald auslöschen und niederbrennen wird. Und warum? Offensichtlich muss er diesen Wald beseitigen, um das letzte Elfenreich zu erreichen. Einen Ort im Westen, den man Königreich Mourne nennt. Irland, vermute ich. Sie, also das Königreich Mourne, wollen in nichts von alldem verwickelt werden. Aber es sieht so aus, als wären sie das Hauptziel dieses Netherzauberers und der von ihm geschmiedeten Dunklen Allianz.«

»Dunkle Allianz«, murmelte der Sergeant Major. »Verstehen sich diese Elfen … aufgemerkt … Verstehen sich diese anderen Elfen mit *unseren* Elfen?«

»Negativ, Sergeant Major. Sie halten unsere Elfen wegen des alten Verrats für den Abschaum der Erde, oder besser gesagt der *Ruine*. Anscheinend betrachtet man sich im Königreich Mourne als die letzten wahren Elfen, und irgendwie lebt die königliche Blutlinie der Drachenelfen dort noch immer fort. Das ist eine Art Clan-Ideologie, Sergeant Major.«

»Genau wie in Afghanistan und überall sonst, wo ich je war.«

»Das weiß ich nicht, Sir. Dies ist mein erster Einsatz.«

»Nun, da sind Sie hier ja im Schlaraffenland gelandet, wenn Sie Kriegsgeschichten zum Erzählen haben wollen, Talker. Also – was geht uns das alles an?«

Ich holte tief Luft. Vor uns betraten die Ranger-Teams etwas, das man nur als eine Halle aus stattlichen Bäumen bezeichnen konnte. Die flimmernden grünen Fackeln wirkten im Dämmerlicht wie lebendige Magie. Die Luft roch süßlich, und trotz der unheilvollen und schwierigen Unterhaltung, die wir gerade führten, herrschte hier im Wald ein Gefühl des Friedens. Eines Friedens, der alles durchdrang. Es war wie das Gefühl beim Zelten im Wald, als man noch ein Kind war. Die erste Nacht am Lagerfeuer. Wie etwas, das man anfassen und berühren konnte. Wie eine Decke. Oder die Poncho-Liner, die jeder seinen »Woobie« nennt. Ein Stoff, in den man sich wie in liebevolle Hände hüllte, weil die Nacht und die Welt kalt und grausam waren. Und weil man trotzdem geliebt wurde.

Dies war ein Ort abseits dieser kalten und grausamen Welt, die ihr Möglichstes getan hatte, um uns alle zu töten.

»Das tut es nicht, Sergeant Major. Der Drache ist nicht unser Problem. Aber die Informationen deuten darauf hin, dass König Triton diese Festung jetzt als Operationsbasis nutzt. Die alte Festung der Schattenelfen, aus der sie vertrieben wurden. Und wenn das der Fall ist, dann ist das, so würde ich meinen, Sergeant Major, höchstwahrscheinlich der Ort, an dem wir unsere Schmiede finden werden.«

Der Sergeant Major nickte. Wenn ich jemals einen mörderischen Blick in den Augen eines Mannes gesehen hatte, dann da. In ihnen funkelte die pure Mordlust.

»Das ist gut, Talker. Das wird dem Captain gefallen. Was ist mit dem Mädchen? Warum ist der Drache im Moment so wichtig für sie?«

»Sie ist gerade achtzehn geworden, Sergeant Major. Sie ist die einzige und möglicherweise letzte Kriegerin ihres Stammes. Ansonsten gibt es nur noch Kinder und eine alte Frau. In diesem Jahr, bevor der Herbst zu Ende geht, muss sie sich dem Drachen stellen, um die Ehre ihres Volkes wiederherzustellen.«

KAPITEL 49

Wir hatten es geschafft.

Drei Tage lang hatten wir auf dieser Insel um unser Leben gekämpft. Tote. Verwundete. Kein Schlaf. Wenig Essen. Dann eine Nacht und einen Tag ohne Pause durch feindliches Gebiet , wobei wir alles, was wir tragen konnten, auf dem Rücken schleppten und obendrein noch ständig mit Feinden konfrontiert waren. Der Riese. Die Hexe. Die letzten hundert Meter, um den Fluss zu erreichen, die wir unter Artilleriebeschuss mit Felsbrocken und unter Abwendung von Angriffen gut organisierter Monster zurückgelegt hatten, die uns in ihre Kochtöpfe geworfen hätten, ohne groß darüber nachzudenken.

Aber wir hatten es trotz alledem geschafft.

Der Captain trat vor und wurde von den letzten Schattenelfen feierlich am Eingang der Höhle begrüßt.

Es stellte sich heraus, dass die Höhle keine Höhle war.

Es handelte sich vielmehr um einen uralten Tempel in einem wunderbar schlichten Stil, den man in den Hügel inmitten des riesigen Waldes in diesem Teil des Karwaldes geschlagen hatte. Und obwohl »die Höhle« vage Ähnlichkeit mit der kunstvollen und aufwendigen Architektur der Ruinen aufwies, an denen wir auf unserem Weg hierher vorbeigekommen waren, war sie doch nicht ganz identisch. Es war, als würde man eine ältere Version dieser anderen aufwändigeren und eleganteren Bauten sehen, die im Verfall begriffen waren. Dies war das weniger bemerkenswerte bewährte Original. Solide und verlässlich. Und obwohl es bewohnt war und im Schein des Feuers erstrahlte, die Luft erfüllt von dem Geruch von gebratenem Fleisch, konnte man erkennen, dass hier in der Vergangenheit lange niemand gelebt hatte. Und da war noch etwas anderes.

Dies war ... eine Quelle.

Ein Anfang von etwas.

Später, bei einem Bissen gebratenem Wildbret, das die jungen Jäger der Schattenelfen erlegt hatten, erzählte Last of Autumn Geschichten und Legenden, die besagten, dass der alte Tempel, versteckt unter den statuenhaften Laubriesen hier tief im Karwald, die Geburtsstätte der verlorenen Drachenelfen war.

»Vertrauen wir diesen Leuten?«, fragte Chief Rapp den Captain. Ich war dabei, als das Kommandoteam besprach, wie wir die weiteren Beziehungen zu unseren neuen möglichen Verbündeten handhaben wollten.

Der Captain war im Begriff, zu antworten. Aber er zögerte, als ob sein Verstand immer noch versuchte, die richtigen Worte zu finden. Er schien wirklich müde zu sein.

»Gemessen an dem Mädchen«, hob der Sergeant Major an, »können wir ihnen wahrscheinlich vertrauen, Sir. Es gibt keine Anzeichen von Feindseligkeit. Keine Spur vom Feind, seit wir den Fluss überquert haben, und ich habe das Gefühl, dass dieser ... nennen wir es mal Wald ... diese Orks, wie PFC Kennedy sie nennt, nicht wirklich duldet. Er kann sie nicht ausstehen. Meine Einschätzung ist, dass wir so sicher sind, wie es nur geht, und ehrlich gesagt gibt es nicht viel, was wir aktuell tun können. Die Reise hierher war selbst für Ranger nicht gerade einfach, Sir.«

Der Captain hörte zu und nickte dann nur müde. Er stimmte der Einschätzung zu, dass uns nicht viel anderes übrig blieb, als denjenigen zu vertrauen, die uns gegenüber scheinbar freundlich gesinnt waren.

Die müden Ranger, jedenfalls die, die das noch konnten, standen in einem groben Halbkreis um ihren Captain und hielten die Waffen bereit. Vor uns warteten im steinernen Säulengang, der den Eingang zu dem warm erleuchteten Tempel im Inneren des Hügels bildete, mehrere junge Elfen. Männlich. Ich schätzte sie auf ein Alter zwischen acht und vielleicht fünfzehn Jahren. Allerdings bin ich nicht mal gut darin, das Alter von Menschenkindern richtig zu schätzen, geschweige denn das von Elfenkindern. Auf jeden Fall waren sie noch nicht erwachsen. Sie sahen aus wie die Verlorenen Jungs von Peter Pan. Sie hatten sich mit Schlamm und weißer Farbe getarnt, aber ihre olivfarbenen Arme und nackten muskulösen Beine waren mit anderen Zeichen verziert. Ihre Kleidung bestand aus den Fellen der Tiere, die sie auf der Jagd erlegt hatten, sowie aus den Federn unbekannter Vögel, die in ihren verfilzten und zerzausten Haaren steckten.

Sie starrten uns mit mürrischer Verachtung an, wie es junge Burschen eben tun, die Bögen und Jagddolche fest umklammert. Sie schienen gefährlich zu sein. Für Kinder jedenfalls.

Einen Moment lang herrschte Schweigen, als der Captain sich vor uns an den Fuß der großen gehauenen Stufen stellte, die in den fast paläolithischen Tempel hinaufführten. Tief drinnen bewegten sich dunkle

Gestalten vor großen Feuern. Sie bereiteten sich eilig auf das vor, was uns jenseits der Schwelle erwartete.

Der Zauberer räusperte sich und trat neben den Captain, stützte sich auf seinen Stab, wartete und blickte sich um. Er lächelte die blutrünstigen Burschen an.

Die Stille wurde unangenehm. Und dann trat der älteste Junge – denn nichts anderes waren sie im Grunde, Elfen hin oder her, einfach nur Jungen, wie alle Jungen vor ihnen, ganz abgesehen von den langen, spitzen Ohren, den schlanken, muskulösen Körpern und den mandelförmigen Augen – der Älteste von ihnen trat vor und warf allen Rangern einen langen, verächtlichen Blick zu. Als ob er sie ignoranterweise dazu aufforderte, sich ihm entgegenzustellen.

Keiner der Ranger tat es. Schließlich hatten sie nicht den Befehl erhalten, zu töten und Chaos zu stiften.

Den Anführer der Elfenjungs schien das augenscheinlich zufriedenzustellen … und dann begann er, wie eine Eule zu schreien. Eine wütende Eule, wohlgemerkt. Er warf sich in die Brust, legte den Kopf in den Nacken, sog noch mehr Luft ein … und huh-huhte uns zu.

Ich fragte mich, ob das alles gleich furchtbar schiefgehen würde. Oder bereits schiefgegangen war. Ob die Schattenelfen, oder ihre Überreste, plötzlich und anders als Last of Autumn auf eine schreckliche Art und Weise fremdenfeindlich geworden waren. Ob sich dies zu einem schrecklichen Kampf von etwa vierzehn wilden Jungs gegen knapp hundert hartgesottene und erfahrene Killer entwickeln würde. Und mir.

Ich wollte es nicht hoffen.

Autumn … Last of Autumn … trat vor und stimmte denselben Schrei an, und ihre Stimme erhob sich in die frühe Dämmerung. Und dann, in einem wahnsinnigen chaotischen Ansturm, stimmten auch die anderen Jungen in diesen Chor ein. Es entwickelte sich ein einziges langes Gejohle. Ein unendlicher Ton. Gehalten. Getragen. Und seltsam urzeitlich.

Nach und nach harmonierten die wilden Jungen miteinander, passsten sich Autumns Ton an, ihre Augen verloren den wütenden Ausdruck und wandten sich der frühen Nacht und den funkelnden Sternen zu, die gerade noch durch die Wipfel der Leviathane über ihnen zu sehen waren. Und dann stimmten sie alle wieder in diesen einen Ton ein und hielten ihn, bis er langsam im Universum verklang.

Und die Ranger lauschten mit offenem Mund, verblüfft darüber, dass sie jemals etwas so Wildes und Primitives zu hören bekommen würden. So schön und uralt zugleich.

In diesem Moment kam die alte Frau heraus. Man bemerkte sofort, dass sie blind war. Sie wurde von einem jungen Mädchen geführt, bis sie oben an der Treppe stehen blieb und das Wort ergriff.

Der Captain winkte mich nach vorne, um zu übersetzen.

Sie sprach in der elfischen Hochsprache, und Last of Autumn warf mir einen warnenden Blick zu, damit ich ja kein Schattenkanto verwendete. Last of Autumn half bei der Übersetzung mithilfe von Grausprech und gelegentlichen Ergänzungen, wenn ich etwas nicht verstanden hatte.

Was auf fast alles zutraf, wenn ich ehrlich bin. Ich bin wirklich gut darin, Sprachen aufzuschnappen, aber zu meiner Verteidigung muss ich sagen, dass dies im Grunde immer noch Tag eins meines Tolkien-Crashkurses war. So gesehen habe ich meine Sache in Anbetracht der Umstände ziemlich gut gemacht. Nur fürs Protokoll.

Jedenfalls sagte die alte Frau mit der zitternden Stimme im Wesentlichen, dass wir an den heiligen Feuerstellen der Schattenelfen willkommen seien, weil Last of Autumn sich für uns verbürgt hatte. Daher könnten wir nun den Tempel betreten und uns satt essen.

Einer der Jägerjungen trat vor und zupfte an der Ausrüstung der Ranger herum. Zuerst wussten die Ranger nicht, was sie tun sollten. Als der Captain die Erlaubnis gab, wurden wir in den riesigen kathedralenartigen Raum geführt, der den alten Tempel im Hügel ausmachte. Die Verborgene Höhle. Der Geburtsort der verlorenen Drachenelfen, wie es schien.

Die Decke bestand aus einer offenen, mit Fresken bemalten Kuppel, auf der primitive Jägern sich an ihre Beute heranpirschten und mythologische Darstellungen prangten, die in meinen Augen unbedingt studiert und erklärt werden mussten. Durch die Öffnung in der Mitte der Kuppel konnten wir den nachtblauen Himmel und die Sterne sehen. Drei große Feuer waren in Vertiefungen auf dem riesigen Tempelboden entzündet, über denen die Kadaver von Wildtieren brutzelten. Auf niedrigen Tischen standen Schüsseln mit Speisen – meist in Tierfett und aromatischen Gewürzen gebratenes Gemüse – sowie zerlegtes Fleisch und frischgebackenes Brot bereit.

Jetzt übernahm Last of Autumn das Kommando, legte ihren Umhang ab und zeigte den Rangern, wo sie sich in Gruppen um die drei Lagerfeuer herum hinsetzen konnten. Die Schattenelfen verteilten das Essen und sorgten dafür, dass jeder Ranger eine grobe Holzschale bekam, die mit ein wenig von allem gefüllt war. Dann brachten sie Körbe mit frisch gebackenem Brot herbei, während andere bernsteinfarbenes Bier ausschenkten, das sie irgendwie kühl zu halten wussten. Einer meiner Sitznachbarn nannte es halb spöttisch, halb anerkennend Elfenweißbier. Die Ranger stürzten sich auf das Essen und die Getränke und machten sich schweigend daran, ihre Körper mit den dringend benötigten Kalorien zu versorgen. Als sie die ersten Schüsseln geleert hatten, wurden ihnen weitere serviert, und beim dritten Gang des spartanischen Menüs schliefen viele von ihnen inmitten gedämpfter Gespräche ein.

Autumn organisierte mit meiner Hilfe und der der Jungs Schlafplätze im ganzen Tempel, und innerhalb einer Stunde befanden sich die meisten Ranger in der Horizontalen. Manche schafften es nicht mal, ihre Ponchodecken über sich auszubreiten oder sich die Stiefel auszuziehen.

Als ich meine letzte Portion des unglaublich köstlichen Mahls aufgegessen hatte, kam der Sergeant Major zu mir und befahl mir, das Gespräch zwischen dem Captain und der Altmutter, wie sie genannt wurde, zu dolmetschen. Es wurde schon dunkel, als ich mich der Feuerstelle näherte, um die sie sich im Tempel versammelt hatten, während die beiden anderen Feuer und Fackeln gelöscht wurden. Vandahar war da, ebenso wie Chief Rapp. Und natürlich Autumn und der Sergeant Major. Überall im Raum schnarchten Ranger vor sich hin.

Einige der Unteroffiziere gingen noch umher und sahen nach dem Rechten. Ich fragte den Sergeant Major, ob er eine Nachtwache einrichten wolle, und er erwiderte: »Ich habe alles im Griff, Talker.« Das war nicht meine Aufgabe, ging mich also nichts an. Aber es schien, als ob alle fast schliefen.

An der Feuerstelle, wo sie auf mich warteten, stocherte der Captain in einer Schüssel mit Essen, an dem er wenig Interesse zu haben schien. Die Altmutter saß ihm gegenüber. Sie sah ihn nicht, lächelte aber trotzdem und fingerte nervös an ihrem knorrigen alten Stab herum.

Ich bemerkte, dass der Captain schwitzte.

Doch ich nahm an, dass das am Feuer lag. Dass er zu nahe an der immer noch glühenden Hitze saß.

Die nächste Stunde verbrachte ich damit, den einen die Situation der anderen zu erklären.

Offenbar befanden sich die Schattenelfen in einer schlimmen Lage. Als Stamm waren sie nicht überlebensfähig. Drei Mädchen, eine alte Frau und fünfzehn Jungen. Ihre Krieger waren tot, und sie waren praktisch Ausgestoßene in einem verwunschenen Wald, in dem jeder seine eigene turbulente Politik zu verfolgen schien. Einem großen Teil der Welt jenseits des Karwalds stand Krieg bevor. Die Ruine, wie die Welt jetzt genannt wurde.

Die Ranger waren neu an diesem Ort. Sie hatten nur noch wenig Munition und keine Bleibe.

Last of Autumn ging davon aus, dass die Eld des Waldes die Neuankömmlinge nicht mehr lange dulden würden. Der Wald schien ein wankelmütiger und grimmiger Ort zu sein. Obwohl er im Allgemeinen gut war, kümmerte er sich meistens um seine eigenen Interessen und war von der Anwesenheit der Schattenelfen allem Anschein nach nicht gerade begeistert.

Während ich übersetzte, bemerkte ich, dass der Captain sich immer wieder dünne Schweißperlen aus dem Nacken wischte und allgemein etwas blass und müde aussah.

Aber warum sollte er das auch nicht sein, nach dem, was er in der letzten Woche erlebt hatte?

Seine Augen hingegen waren immer noch die Augen jenes mörderischen Tigers, der mich an das Gedicht von

William Blake erinnerte. Ich hatte gesehen, was er der letzten alten Frau, Hexe hin oder her, angetan hatte, die sich ihm in den Weg stellen wollte. Er würde sich um das Wohl seiner Männer kümmern, koste es, was es wolle.

Aber die Altmutter war keineswegs wie diese Hexe. Genau genommen war sie keine wirkliche Anführerin, sondern nur ihre Mutter, und sie war so ratlos, wie es jeder andere in dieser Lage auch gewesen wäre. Sie wusste, dass ihr Stamm Hilfe brauchte, wenn er weiterhin ein Stamm sein wollte.

Ihr ganzer Plan für ihr Volk bestand im Grunde nur darin, auf ihre Gottheit zu vertrauen. Einem Wesen, das sie als den *Verborgenen König* bezeichneten.

Es wurde schnell, aber diskret klar, dass sie eigentlich von Last of Autumn angeführt wurden. Aus Respekt vor der Ältesten spielte sie diese Rolle aber lediglich passiv.

Das Gespräch endete schließlich damit, dass der Captain erklärte, die Ranger hätten eine Mission zu erfüllen, bevor sie irgendjemandem behilflich sein könnten. Sobald dies geschehen sei, würden sie, so der Captain, die Schattenelfen als Gegenleistung für ihre großzügige Gastfreundschaft unterstützen. Das Treffen endete ohne konkrete Ergebnisse und hinterließ einen etwas faden Beigeschmack, als beide Parteien sich trennten und nur Vandahar zurückblieb, der ins Feuer starrte und über die Lage nachdachte.

Es war jetzt Zeit zu schlafen, und als der Captain, der Sergeant Major und ich die Feuerstelle verließen – Chief Rapp war bereits gegangen, um nach den Verwundeten zu sehen –, drehte sich der Captain zu mir um und sagte mit schwacher Stimme und einem anfänglichen Räuspern: »Der Sergeant Major hat mir die Informationen über die Festung übermittelt, in die der SEAL unsere Schmiede gebracht haben könnte. Verfolgen Sie das zusammen mit der Einheimischen. Ich brauche so schnell wie möglich einen Standort und eine Karte. Finden Sie heraus, ob sie die Position der feindlichen Truppen innerhalb der Festung kennt. Wir werden diesen Ort angreifen, sobald wir ausgeruht sind, und ich muss wissen, worauf wir uns einlassen. Jedes Detail. Haben Sie das verstanden, PFC?«

Das hatte ich.

Dann meinte Captain Messerhand, er brauche frische Luft, und ging zum Ausgang des Tempels.

Der Sergeant Major und ich standen in der schummrigen Dunkelheit zwischen den rot glühenden Feuerstellen. Überall schlafende Ranger. Und er erzählte mir genau, was ich von Last of Autumn über die Mission in Erfahrung bringen musste, die der Captain zu planen gedachte. Ich hörte zu, stellte ein paar klärende Fragen, wo ich konnte, bis mich der Sergeant Major aufforderte, endlich schlafen zu gehen.

Doch bevor ich mich auf den Weg machte, drehte ich mich noch einmal zum Sergeant Major um, der auf dem Weg zum Haupteingang war, um für den Rest der Nacht Wache zu schieben.

»Ganz allein, Sergeant Major?«, fragte ich. »Die ganze Nacht lang?«

»Ja«, murmelte er. »Die Jungs sind fertig, Talker. Ich vermute, wir sind ziemlich tief hinter den feindlichen Reihen, soweit ich das beurteilen kann. Außerdem … schlafe ich zurzeit sowieso nicht viel.«

Ich bot ihm an, bei ihm zu bleiben, in der Hoffnung, er würde ablehnen.

Zum Glück ließ er mich gehen.

Aber da war noch eine letzte Sache. Ich war noch keine zehn Schritte gegangen, als ich mich noch einmal umdrehte und flüsterte: »Der Captain sieht entweder krank oder müde aus, Sergeant Major.«

Der Unteroffizier starrte mich durch die Schatten des alten Tempels an, während wir beide dem leisen Knistern und Knacken der duftenden Holzscheite lauschten.

»Könnte auch beides sein, Talker. Aber machen Sie sich keine Sorgen. Der Kerl ist zäher als ein Zwei-Dollar-Steak.«

KAPITEL 50

Operation Halsabschneider, wie Captain Messerhand unseren Versuch bezeichnete, die Schmiede zurückzuerobern, begann etwas mehr als zwei Wochen später im Morgengrauen.

Das Hauptkontingent der Ranger stürmte zum Tor von König Tritons Festung am nordwestlichen Rand des Zentralmassivs in dem, was wir einst Frankreich genannt hatten. Die Auvergne, um genau zu sein, obwohl sich die Topografie in den letzten zehntausend Jahren dank einiger zivilisationsvernichtender Meteoriteneinschläge erheblich verändert hatte.

Wir waren fast anderthalb Wochen lang auf dem Fluss unterwegs gewesen, nur um unser Ziel zu erreichen. Und mit »wir« meine ich die Ranger, die an der Offensive teilnahmen. Die Ranger, die in der Schlacht am Ranger-Alamo verwundet worden waren, blieben in der Verborgenen Höhle zurück. Wenn wir die Festung einnahmen, was die Absicht des Captains war, würde man sie holen, sobald wir sie gesichert hatten.

Falls wir sie sichern konnten, dachte ich. Ich will ganz ehrlich sein. Ungeschönt und unverblümt, wie versprochen.

Wir hatten drei Waffenkommandos, zwei Sturmtrupps mit je drei Sieben-Mann-Teams und die Scharfschützen. Fast siebzig Ranger für den Angriff auf *Barad Nulla*, wie die verfallene alte Festung in der elfischen Hochsprache genannt wurde. Der *Turm der Geheimnisse.*

Unter der geduldigen Anleitung von Last of Autumn wuchs ich in die Tolkien'sche Sprachmischung, die sie Hochsprache nannten, hinein und versuchte, sie immer besser zu beherrschen. Mein Grawasprēkō und mein Schattenkanto verbesserten sich ebenfalls, und die Verständigung zwischen mir und Autumn wurde immer einfacher. Das war ein Vorteil, für den es sich zu lernen lohnte, selbst wenn ich das Sprachenpuzzle nicht um seiner selbst willen schätzte.

Sie hatte so gut wie kein Interesse daran, Englisch zu lernen.

Laut Last of Autumn war die Festung einst, vor langer Zeit, ein uralter Wachturm der Drachenelfen. Sie nannten sie das Silberne Auge. Nach dem Untergang der Drachenelfen verfiel sie für lange Zeit und wurde nur noch von vereinzelten Räubern und Banditen als Schlupfwinkel genutzt. Doch als die umherziehenden Schattenelfen in dieser Gegend auftauchten, brachten sie alles in Ordnung und machten aus dem alten Ort eine Trutzburg. In ihrer schwindenden Blütezeit verdingten sie sich in den verschiedenen Kriegen entlang der Nordküste des Großen Meeres im Süden bei den Städten der Menschen. Das Große Meer war das, was wir einst als Mittelmeer kannten.

Doch die Schattenelfen setzten ihren wahnsinnigen Versuch fort, das umzusetzen, was sie fortan *die Prophezeiung* nannten. Ihre Mission, ihre Ehre wiederherzustellen, indem einer ihrer besten Krieger den Drachen unter den Überresten von Estragon tötete. Und natürlich kehrte niemand aus den Trümmern der alten Stadt und der Höhle des besagten Drachen zurück.

Übrigens, Estragon ist im Wesentlichen Paris, soweit ich das beurteilen kann.

Außerdem ist Estragon nur ein anderes Wort für Drache. Abgesehen davon, dass es auch ein Gewürzkraut sein kann.

Nachdem sich die Ranger in der Verborgenen Höhle ausgeruht hatten und von Chief Rapp medizinisch versorgt worden waren, wurden die Waffen und die Munition gezählt und die Teams zusammengestellt, um die Festung anzugreifen und die Schmiede wieder in Besitz zu nehmen.

Operation Halsabschneider.

Nur war es fast unmöglich, die Festung anzugreifen. Die Düsterspitze, wie sie von den Einheimischen genannt wurde, war vor langer Zeit am Rande einer Felsspitze errichtet worden, die auf drei Seiten einen steilen Abhang überragte. Das Haupttor war nur über eine schmale Straße zu erreichen, und wenn Angreifer nicht frontal angreifen wollten, mussten sie einen fast senkrechten Aufstieg über zweihundert Meter an den Seiten der steilen Klippen bewältigen – nur um anschließend den Sockel der undurchdringlichen hohen Festungsmauern zu erreichen. Direkt unterhalb der Felsen lagen die Überreste einer Stadt, die vor unbekannten Zeiten niedergebrannt worden war.

Natürlich waren sämtliche Verteidigungsanlagen der Festung auf die Straße ausgerichtet, die auf sie zuführte. Diese Befestigungen bestanden aus zwei großen Kampftürmen und einem massiven Torbau, der die erste Verteidigungslinie bildete. Die Orks, die König Triton auf den Türmen und am Tor dienten, waren für ihre unglaubliche Treffsicherheit bekannt. Sie trugen schwarze Lumpen und pflegten mit fast monastischer Hingabe die Kunst des Fernkampfes.

Normalerweise wäre dies für die Ranger kein Problem gewesen. Scharfschützen und schwer bewaffnete Sturmtruppler mit Sprengstoff hätten die Mauern unter Feuerschutz durchbrechen und mit den Verteidigern kurzen Prozess machen können, sobald sie drinnen waren. Dummerweise waren uns sowohl Sprengstoff als auch Munition ausgegangen. Jede der Unterstützungseinheiten verfügte über drei Gurte mit 7,62er Munition, aber Last of Autumn hatte uns versichert, dass die Mauern robust genug waren, um einer Belagerung und höchstwahrscheinlich auch 7,62er-Beschuss standzuhalten.

Mit anderen Worten, aus taktischer Sicht war es quasi unmöglich, dass siebzig Ranger mit wenig Munition und Sprengstoff diese Zitadelle einnahmen, ohne schwere Verluste zu erleiden, indem sie durch das Haupttor eindrangen, die ummauerten Abschnitte und die Wachtürme innerhalb der Festung eroberten, um die Düsterspitze oder *Barad Nulla* selbst zu erreichen, wo sich wahrscheinlich unsere Schmiede befand und wo Chief McCluskey, oder König Triton, wie er sich vermutlich nannte, sein Hauptquartier hatte.

Und wenn der SEAL unsere Schmiede besaß … dann war nicht abzusehen, welche Waffen er damit produzierte.

Eine Belagerung kam nicht in Frage.

Operation Halsabschneider war ein Überfall.

Eine Offensive, um das Ziel zu erobern. Wir mussten nur die Verteidigungsanlagen durchbrechen, alle töten und die Festung in Besitz nehmen.

»Und das ist unsere Spezialität«, sagte Captain Messerhand, während er den Teams den Ablauf unseres Angriffs am Reißbrett erläuterte. Er wirkte noch kränker. Schwach, dünn und zittrig, als hätte er vielleicht Malaria oder etwas in der Art. Chief Rapp zufolge hatten sich einige Ranger etwas eingefangen.

»Irgendein Grippevirus«, vermutete er und schwor sich, es mit so vielen retroviralen Medikamenten, wie er zur Verfügung hatte, zu bekämpfen. »Aber ich mache mir keine allzu großen Sorgen. Ranger sind jung und kerngesund. So, wie ich das sehe, ist es einfach an der Zeit, unserer Antivirus-Software das Ruinen-Update zu installieren. Das ist alles, Talker.«

Wie gesagt, wir waren anderthalb Wochen unterwegs und versuchten nach Möglichkeit, über Flüsse schnell ans Ziel zu gelangen. Frankreich – von den Königreichen der Menschen im Süden entlang des Mittelmeers jetzt das Wilde Land genannt – war ein ruhiger und geisterhafter Ort. Die meisten unserer Tage verbrachten wir damit, uns durch die endlose stille Wildnis zu schlagen und uns dann bei Einbruch der Nacht zu verkriechen, wenn wir annahmen, dass der Feind – oder einfach nur die Monster – besonders aktiv waren.

In manchen Nächten bot sich uns ein grauenhaftes Bild von dem, was diese Welt jetzt zu bieten hat. Aber dank unserer aufgestockten Spähertruppe konnten wir den Kontakt meist vermeiden und Munition für den Ernstfall sparen. Wir wussten, dass wir nur eine einzige Chance haben würden, die Wunderwaffe, die unsere Schmiede darstellte, zurückzuerobern, und wir alle hatten vor, genau das zu tun. Wenn wir auf dem Weg dorthin in einen Kampf verwickelt würden, hätten wir nur weniger Munition und Ressourcen, die wir für unser Ziel nutzen konnten.

Zum Thema »aufgestockte Spähertruppe«. Neben Last of Autumn und dem Zauberer Vandahar unterstützten uns jetzt auch die Verlorenen Jungs. Sie waren zwar jung und in ihrem Clan kaum mehr als Kinder, aber auch geborene Fährtenleser und Jäger. Innerhalb eines Tagesmarsches brachten sie Hardts Team bei, wie man sich in dieser erbarmungslosen neuen Welt bewegt, ohne gesehen zu werden, und wie man die gefährlichsten Kreaturen meidet.

Zum Beispiel …

Eine Jagdgruppe von Mantikoren, die einen ruhigen bewaldeten Hügel im Süden entlang unserer Route durchstreifte. Löwen mit ledrigen Fledermausflügeln und fast menschlichen Gesichtern. Massive Stachelschwänze, die, wie mir die Verlorenen Jungs und ihr Anführer Carver, wie er bis zu seiner Taufe an seinem achtzehnten Geburtstag genannt werden würde, versicherten, mit einem Gift gefüllt waren, das zwar nicht tötete, aber dafür sorgte, dass man sich den Tod herbeiwünschte. Man muss allerdings nicht allzu lange darauf warten – das Gift lähmt sein Opfer, und Mantikore fressen ihre noch lebende Beute gerne schnell auf, die nichts weiter tun kann, als hilflos mitzuerleben, wie sie zerrissen und verschlungen wird.

Oder …

Das Wesen, das uns bis zum Fluss gejagt hatte. Es war groß. Grausam. Eine zwei Meter große Kreuzung aus einer Eule und einem Grizzly. Die Verlorenen Jungs hatten uns gewarnt, uns nicht mit der Kreatur anzulegen. Als ob das nicht klar gewesen wäre. Ich habe sie nur einmal gesehen, aber sie hat mich zu Tode erschreckt, so viel steht fest. Sie gab schreckliche, unnatürliche Kreischgeräusche von sich, während ihre tödlichen Klauen riesige Bäume zerfetzten, als wären sie nur Streichhölzer.

Dann waren da noch die Arachnari. Große, graue, fleischige Spinnen … mit menschlichem Torso und Kopf. Und ja, es sah genauso schlimm aus, wie es sich anhört.

Sie waren in Stämmen organisiert und trugen primitive Speere bei sich. Wir mussten ihren Wald bei Tageslicht durchqueren, denn den Verlorenen Jungs zufolge kamen sie bei Sonnenschein nicht aus den dicken Ballen aus Spinnweben heraus, die ihr Zuhause darstellten und hoch oben in den Wipfeln der dunklen windschiefen Bäume in einem verwilderten Teil des Waldes hingen. Trotzdem fühlte sich die Luft dort heiß und kratzig an, so als ob einem Spinnen durch das Haar und über den Rücken krabbeln würden, deren Bisse höllisch juckten. Aber wenn man später nach den Bissen suchte, waren sie weg. Oder sie waren gar nicht erst da gewesen.

Last of Autumn sagte, das sei der Fluch der Arachnari. Sie sangen tagsüber, wenn sie in ihren netzartigen Höhlen schliefen, und verfluchten jeden mit den Geisterbissen all ihrer Kinder. Der Brut, die die Arachnari während ihrer dunklen Rituale verzehrt hatten, um am Leben zu bleiben. Die Bisse sollten einen mit der Zeit in den Wahnsinn treiben, wenn sich man lange genug im Wald aufhielt.

Und dann, nach Einbruch der Dunkelheit, kamen die Arachnari aus den Wipfeln herunter, um sich ihr Nachtmahl zu holen.

Die Ruine ist eine gefährliche Welt.

Ich habe mit Tanner über die Spinnenleute gesprochen. Darüber, dass dieser Ort so viele Gefahren barg, für die wir nie trainiert hatten. Fliegende Löwen, die einen vergifteten und dann bei lebendigem Leib auffraßen. Grizzly-Eulen. Spinnenmenschen, die die Geister ihrer toten Kinder herbeiriefen, um einem den Verstand zu rauben, sodass sie einen als Mahlzeit hochziehen konnten.

Tanner spuckte einfach auf den Boden. »Ja, aber wir sind schlimmer, Talker. Viel schlimmer.«

Er hatte sich zu viel mit Brumm und Kurtz herumgetrieben.

Im Morgengrauen am Tag des Überfalls stürmten die beiden Sturmtrupps und zwei Waffenkommandos, eines davon unter der Führung des Captains, das Haupttor. Sie hatten einen zwölfstündigen Nachtschleichmarsch hinter sich, um sich in Position zu bringen. Die Aufklärung durch Hardts Späher hatte ergeben, dass der südöstliche Turm schwer getroffen werden musste, wenn die Stoßtrupps nahe genug an das Tor herankommen sollten, um in die Bresche zu stürmen, die bald entstehen würde. Dieser Turm war ihren Informationen zufolge mit Orks besetzt, die Last of Autumn als Schwarzfalken bezeichnete. Hervorragende Bogenschützen und Scharfschützen, spezialisiert auf Giftpfeile, die einen nach Aussage der Verlorenen Jungs innerhalb von Sekunden töten konnten. Chief Rapp vermutete, dass eine Art Neurotoxin im Spiel war. Dafür hatte er jedoch kein Gegenmittel.

Aber wir hatten eine Carl Gustaf.

Zwei unserer drei verbliebenen Geschosse wurden beim Erstschlag eingesetzt. Das erste zertrümmerte das Tor mit einem Volltreffer einer 84-mm-HEDP-Granate in eine Million Stücke. Die zweite schlug ein ziemlich großes Loch in die Mitte des südöstlichen Turms und tötete zweifellos einige der Schwarzfalken-Bogenschützen, die dort die Schießscharten bemannten. Aber die toten Orks waren nur ein Bonus. Die Bresche war das Hauptziel.

Vandahars Feuerball übernahm den Rest.

Der Zauberer stand mitten im Kampf auf, nachdem das 84-mm-Geschoss seine Arbeit getan hatte, und schickte einen immer größer werdenden Ball aus sich ausbreitendem weißglühendem Plasma direkt durch das Loch, das sich gerade in der Wand des Turms gebildet hatte. Zuerst war das nicht sehr beeindruckend … Dann dehnte sich der Feuerball aus und detonierte auf allen vier Ebenen des südöstlichen Gefechtsturms. Er röstete und erstickte jeden der Bogenschützen im Inneren. Binnen Sekunden stand der gesamte Turm in Flammen, und schwarzer Rauch quoll aus der Spitze und den Seiten.

Im selben Moment eröffnete der Waffentrupp das Feuer auf die Mauern des Torhauses und den südwestlichen Turm mit der 240er, die auf einer Anhöhe vor dem Tor in Stellung gebracht worden war. Jeder der Schwarzfalken-Orks, der sich entschloss, die Brüstungen zu nutzen, um auf die herannahenden Ranger zu schießen, wurde in Stücke gerissen. Der Sergeant Major führte dieses Team an, während der Captain und Chief Rapp mit den Sturmtrupps vorrückten, um durch die Bresche vorzudringen.

Der erste Gruß von Carl Gustaf erledigte den Durchbruch.

Der zweite wurde auf den südöstlichen Wachturm abgefeuert.

Damit blieb nur noch ein letzter Schuss übrig.

Der Zauberer beschwor mächtige Lichtzauber, die an den Turmwänden tanzten und zuckten, um die Orks abzulenken und zu blenden. Derweil feuerten die Gegner durch die Schießscharten Pfeile ab und nahmen die angreifenden Ranger ins Visier, die bereits mit ihren einmagazinigen MK18-Karabinern, SAWs und anderen Waffen vorrückten, um in die Festung einzudringen. Letztere würden die Ranger zuerst einsetzen, um die knappe Munition für die MK18 für die harte Arbeit der Raumsicherung aufzusparen. Angeführt von Captain Messerhand, der immer noch nicht gut aussah, stürzten sich die Ranger mit Tomahawks, Kampfmessern, Äxten und Schwertern aus den letzten Waffenlagern der Schattenelfen auf die überraschten Ork-Bogenschützen, die zur Verteidigung herbeieilten, als das Morgenlicht nach und nach die Festung erhellte.

Oruu-Oruu-Hörner heulten warnend auf. In der Festung wusste man inzwischen, dass sie angegriffen wurden.

Gefährlich exponiert und im Nahkampf mit dem Feind verwickelt, nahmen die Ranger mit den letzten Granaten das Torhaus ein. Die wenigen Haupträume wurden schnell geräumt, und das Unterstützungsteam wurde nach vorne gerufen, um sich auf die nächste Verteidigungslinie vorzubereiten, die es anzugreifen galt.

An diesem Punkt forderte Operation Halsabschneider eine vorübergehende Unterbrechung der Offensive durch die Angreifer. Das taten die Ranger natürlich nur ungern. Sobald sie im Vorteil waren, wollten sie so schnell wie möglich viel Territorium erobern. Das System aus Toren und Mauern ließ sich ohne mehr Sprengstoff und mehr Munition jedoch kaum einnehmen. Die Konzentration auf das Torhaus ermöglichte es den Rangern, die Scharfschützen des Trupps in Stellung zu bringen, um die gegnerische Defensive anzugreifen und dafür zu sorgen, dass die Feinde sehr besorgt wegen der Geschehnisse am Haupttor waren.

Und genau hier wurde der einzige Konstruktionsfehler der *Barad Nulla* ausgenutzt. Wer auch immer die Festung gebaut hatte, dachte offenbar, dass alle Abwehrposten nach vorne ausgerichtet und verstärkt werden müssten. Und zwar nicht vorrangig. Sondern *ausschließlich*. Der Feind konnte niemals von hinten in die Düsterspitze eindringen, weil die beeindruckende Felsspitze so steil abfällt.

Das bedeutete, dass die »Türme« in Wirklichkeit nur halb errichtete hohe Halbkreise waren. Vorne die Turmmauer, nach hinten völlig ungeschützt. Die Verteidigungsposten in den einzelnen Türmen waren zur dahinter liegenden Düsterspitze hin offen.

Der größte dieser Türme, viel kleiner als die Düsterspitze, aber höher als die Verteidigungslinien der vorgelagerten Halbtürme, wurde laut Last of Autumn die Verschollene Bibliothek genannt. Aber die Altmutter hatte dazu *Tumna Haudh* gesagt.

Die Bodenlose Gruft.

Die alte verfallene Ruine der Verschollenen Bibliothek war in ihren Glanzzeiten ein Teil der Festung gewesen, aber laut der Altmutter stellte sie eigentlich etwas anderes dar. Etwas Älteres. Etwas viel Schlimmeres.

Während Captain Messerhand seine Angriffstrupps innerhalb des unter Beschuss stehenden Torhauses organisierte, sich mit dem Waffenteam in Verbindung setzte und auf das Signal wartete, zur nächsten Linie vorzudringen, wobei er eintreffenden Pfeilen und plötzlichen Gegenangriffen der Schwarzfalken-Orks auswich, die sich nun zu erholen begannen und sich zusammenraufen, betätigte klinkte er sich in den Funk ein.

»Rogue, hier ist Warlord. Wir befinden uns am Türstopp. Wir warten darauf, dass ihr zum Wohnzimmer vordringt.«

Aber er bekam keine Antwort.

Team Rogue, das aus Kurtz' Waffentrupp und den Scharfschützen bestand, war tief unten in *Tumna Haudh* beschäftigt. Wir hätten schon längst woanders sein sollen. Aber wir hatten zu tun. Sehr viel sogar.

Ich sage »*wir*«, weil ich bei ihnen war. Autumn und ich, um genau zu sein. Den ganzen Rest, der draußen am Tor und in den Türmen mit den Carl Gustafs, den Schwarzfalken und dem Feuerball der Zauberer passiert ist, habe ich erst später erfahren.

Währenddessen … Nun, wie gesagt, ich war beschäftigt.

Als »*Dungeon Crawl*« bezeichnete es PFC Kennedy. Wir kletterten durch die alten Gräber, die laut der Altmutter schon lange vor dem Bau von *Barad Nulla* existierten. Das war ein gefährliches, lichtarmes Unterfangen, bei dem wir durch eine Gruft voller Fallen und gespenstischer Säle krochen, in denen die verfluchten Toten fantastische Schätze bewachten und denjenigen, die dumm genug waren, zu versuchen, sie zu passieren, geschweige denn sie zu plündern, ein jähes wie grausames Ende bereiteten.

Aber was wir dort unten an Schätzen und Schrecken sahen, ging uns nichts an. Wir wurden zu Grabtürauftretern und stapelten Schädel. Im Wettlauf mit der Zeit brachten wir die Scharfschützen oben auf der Verschollenen Bibliothek in Position, wo sie auf die ungeschützte Rückseite der Verteidigungslinien schießen konnten, die die Ranger durchqueren mussten, um die Düsterspitze einzunehmen. Und um unsere Schmiede zurückzuerobern.

Das Problem war, dass wir zu spät zum Angriff kamen.

Und damit steckten wir in großen Schwierigkeiten.

KAPITEL 51

Sergeant Kurtz' aufgestockter Waffentrupp, jetzt als Team Rogue bezeichnet, sollte am Morgen des Überfalls auf die Festung *Barad Nulla* kurz nach Sonnenaufgang in der Verschollenen Bibliothek Scharfschützen bereitstellen … und war spät dran.

»Aufgestockter Trupp« bedeutete Kurtz und Specialist Brumm. Specialist Rico und PFC Tanner. Private Soprano als Hilfsschütze. Und ich, offiziell Linguist und inoffiziell Kurtz' Spielzeug. Soll heißen, in der Befehlskette war er für mich verantwortlich.

Ich war dort, um mit der Einheimischen – Last of Autumn – zu kommunizieren und außerdem, so der Sergeant Major, »haben Sie diesen schicken unsichtbar machenden Ring, Talker. Könnte sich da unten in der Dunkelheit bei diesen Krabbeltieren als nützlich erweisen. Vielleicht auch nicht. Aber ich befürchte, die Untoten können im Dunkeln sehen. Könnte also sein, dass Sie besonders vorsichtig sein müssen, wenn Sie da unten rumstochern. Wie ich schon sagte: Seien Sie der Grausamere, Junge, das ist in jedem Kampf von großem Vorteil.«

PFC Kennedy gehörte auch zu Team Rogue, denn als Quelle möglicher Informationen darüber, wie die Welt der Ruine laut einem alten Spiel, das die meisten von uns nie gespielt hatten, aussehen könnte, wurde er zunehmend in jedes Detail der Einsatzplanung einbezogen. Seine erfundenen Namen, seine Strategien für imaginäre Monster, die jetzt vielleicht gar nicht mehr so imaginär waren, und seine allgemeine *Nerd-Nostalgie* steckten alle an. Es kam immer häufiger vor, dass ein knallharter Ranger-Sergeant, der PFC Kennedy in jeder anderen Disziplin in die Pfanne gehauen hätte, in Bezug auf eine bestimmte Phase der Einsatzplanung, für die er verantwortlich war, fragte: »*Was hat Kennedy dazu zu sagen?*«

Ich hatte sogar schon mit angesehen, wie der Command Sergeant Major, der normalerweise kühl und gefasst blieb, bei einem der Unteroffiziere des Sturmtrupps völlig ausrastete, der es wagte, diese Frage zu stellen.

Was hat Kennedy dazu zu sagen?

Er war zur Wunderwaffe der Abteilung geworden.

Dann kam die Scharfschützenabteilung, die Teil von Kurtz' Aufstockung war. Drei Sniper und drei Spotter. Sie würden die schmutzige Arbeit am Ziel erledigen. Sergeant Thor leitete diese Abteilung. Seit wir in dieser Welt, dieser Ruine, waren, hatte sich der Sergeant jeden Tag mehr und mehr in seine Vorstellung von einem Wikinger-Kriegsherrn verwandelt. Nächtliche heidnische Zeremonien mit Fackeln und Rationskeksen wurden zu einer regelrechten Routine. Man munkelte, er habe sich umgehört, ob jemand wisse, wie man tätowiert. Offenbar wollte er seinen Bizeps mit Häkchen versehen. So eine Art laufende Tötungsstatistik. Die meisten Ranger hatten keine Ahnung vom Tätowieren, aber mehr als ein paar waren bereit, es zu versuchen. Ich konnte mir gut vorstellen, wie Sergeant Thor sich mit seinem eigenen Karambit-Messer in den Bizeps schnitt und die Wunde mit Asche einrieb. Aber trotz alledem war er immer noch derselbe gutmütige und freundliche Kerl, der sich, wenn er nicht bei uns gewesen wäre, wahrscheinlich irgendwo in Neuseeland in unglaublich gefährliche Wellen gestürzt hätte, die sich sonst niemand zu reiten getraut hätte, um dann nachts in der örtlichen Bar Mädels aufzureißen.

»Wenn das hier vorbei ist, Talk«, sagte er eines Nachmittags auf dem Weg nach Süden, wo es heiß war und die Bienen in einem wunderschönen Lavendelfeld in der Nähe eines alten Bestands wilder knorriger Olivenbäume summten. Der Tag war so lebendig und schön, dass einen die Umgebung an ein Landschaftsgemälde von Van Gogh erinnerte. »Wenn das hier vorbei ist, sind wir technisch gesehen, na ja …«, fuhr er leise und gedämpft fort. »Weißt du, genau genommen ist unsere Dienstzeit dann ausgelaufen.«

Auslaufen der Dienstzeit. Stimmt. Etwa zehntausend Jahre zu spät. Technisch gesehen waren wir schon vor neuntausendneunhundertneunzig Jahren und ein paar Zerquetschten aus dem Dienst entlassen worden. Wir waren der Army nichts mehr schuldig. Aber sehr wohl der Truppe, den Rangern, dem 75. Regiment, allen. Unser aller Leben hing seinerzeit am Ranger-Alamo voneinander ab, und daran hatte sich nicht viel geändert. Aber ja, technisch gesehen hatte *Sar'nt Thor* recht. Wir konnten alles tun, was wir wollten.

Ich musste wieder einmal an Kaffee denken. Das war es, was *ich* wollte. Aber ja … Wir könnten …

»Ich dachte, ich mache mich auf Richtung Norden.«

Wir liefen durch das Feld mit den Wildblumen und dem Lavendel, die Sonne brannte auf uns herab, und Sergeant Thor starrte in die Ferne, als könnte er alles sehen. Jede verrückte Sache, von der er träumte. Alles, was er sich vorgenommen hatte, sobald die Operation vorbei war. Jedes epische Abenteuer. Jede Wikingerbraut. Wahrscheinlich wollte er einen dreiköpfigen Dämonenhund mit seinem Tomahawk und einem geflochtenen Bart bezwingen. Den Thor-Highscore aufstellen.

»Ich habe mir überlegt …«, fuhr er fort. »Ich könnte versuchen, zu diesem Grimmfrost zu gehen, von dem der alte Kerl immer erzählt.« Vandahar. »Mal sehen, ob ich es bis dorthin schaffe.«

Hol dir den Highscore, Tiger. Irgendwo da oben.

»Mhm«, murmelte ich. Denn es gab nichts anderes, was man auf so etwas antworten konnte.

»Du könntest mitkommen, Talk. Man weiß ja nie … Sprachen könnten sich da oben als nützlich erweisen. Wir könnten Warlords werden. Wir würden Dinge sehen, die niemand sonst je gesehen hat. Du weißt schon, Könige des Nordens und so.«

Könnten wir, ja. Ein mögliches Szenario – die Betonung liegt auf *möglich*. Oder wir könnten draufgehen … Oh, ich konnte mir ungefähr hundert verschiedene Todesarten vorstellen. Dreiköpfiger Dämonenhund. Vampir-Eisbär. Andere Wikingerfürsten, die die Nummer eins im Spiel der Wikingerfürsten bleiben wollten. Sturz in eine Gletscherspalte, in der etwas Schreckliches lauerte. Die Möglichkeiten waren endlos.

»Und was ist mit unseren Waffen?«, fragte ich nach einem Moment. »Sie werden mit der Zeit kaputt gehen, falls der Nanopest immer noch nicht die Puste ausgegangen ist.«

»Nee.« Er schüttelte sein Gewehr. *Mjölnir*. Auf Altnordisch bedeutete das übrigens der *Schleifer* oder *Malmer*. Oder der *Blitzmacher* in Altkirchenslawisch – je nachdem, welchen Linguisten man frägt. Er legte es sich über die Schultern, als wäre es nur eine Hantelstange, mit der er Kniebeugen machen wollte, und nicht ein mächtiges Waffensystem, das eine Munition verschießt, an der eine ganze Garnison zugrunde gehen würde, während der Rückschlag des Gewehrs seine wohldefinierten Brustmuskeln massiert. »Wir werden mit unseren Tomahawks kämpfen. Vielleicht finden wir sogar den echten *Mjölnir*. Blut und Stahl, Talker. Das ist alles, worum es geht.«

Der Letzte im Team Rogue war unser Zauberer. PFC Kennedy verbrachte einen Großteil des langen Weges nach Süden in Vandahars Gesellschaft, und sie unterhielten sich leise über zahllose dunkle und geheimnisvolle Dinge. Es war klar, dass er etwas über das lernte, was man in dieser Welt *Magie* nannte, und als ich zuzuhören versuchte, starrte mich der alte Zauberer einfach an und sagte schroff: »Das ist nichts für dich.«

Seine Stimme wurde nach der anfänglichen Zurechtweisung schnell wieder weicher.

»Du besitzt noch andere Talente, die du noch nicht kennst, Beherrscher der Sprachen. Mit der Zeit werde ich dir vielleicht zeigen, wo sie liegen, sobald ich sie selbst besser verstehe. Aber im Moment müssen wir uns um dringendere Angelegenheiten kümmern.« Dann widmete er sich wieder Kennedys Unterweisung.

Als ich den alten Mann später darauf ansprach, winkte er einfach mit einer langen, knochigen Hand ab. Der Rauch seiner Pfeife waberte durch die Luft.

»Die Ruine verwandelt viele in das, was sie später sein werden. Sie offenbart. Selbst jetzt …« Er blickte in Richtung des Kommandoteams in der Nähe, als wir uns für die Nacht einrichteten. Der Captain, der Sergeant Major und Chief Rapp. Sie besprachen einige Aspekte der bevorstehenden Operation, während wir die Nachtwache aufnahmen. »Sie verrichtet ihr aufschlussreiches Werk bei … einigen von euch. Seid vorsichtig. Sehr vorsichtig, Talker. Die Wahrheit darüber, was wir alle wirklich sind, wird früher oder später ans Licht kommen.«

Er beobachtete Captain Messerhand, als würde er versuchen, etwas zu sehen, das nicht so leicht zu erkennen ist. Oder vielmehr, als würde er darauf warten, dass etwas erscheint. Unser Commander sah immer noch aus, als hätte er eine schwere Grippe. Aber die Art und Weise, wie er Tag und Nacht arbeitete, ließ das nicht vermuten. Er war immer und überall dabei. Schuftete härter als jeder andere, und das die ganze Marschroute über. Richtete seine Zugführer und Unteroffiziere ständig neu aus und gab ihnen taktische Impulse. Durch seine ruhige, schweigsame Art ermutigte er die Ranger im Allgemeinen, und sei es nur durch seine kompetente Anwesenheit. Ich hatte ihn spät in der Nacht gesehen, wie er zwischen den verschiedenen Wachpunkten in unserem Kreis hin und her pirschte, um sich zu vergewissern, dass alle in Sicherheit waren. Er schien rastlos zu sein. Und wieder einmal dachte ich an Blakes Gedicht über den Tiger.

So viel also zu Team Rogue. Kurtz' Waffentruppe. Die Scharfschützen. Autumn. Kennedy, der Zauberlehrling, und ich. Und unsere Aufgabe war es, den Feind zu überraschen. Alles hing davon ab, dass Team Rogue zur richtigen Zeit mit der richtigen Ausrüstung auftauchte und einsatzbereit war. So hatte es jedenfalls der Sergeant Major formuliert.

Schießereien von verfallenen Türmen in Festungen auf Berggipfeln, die von Orks und lebenden Toten bewacht wurden, waren für ihn nur »Arbeit«.

»Rogue«, hatte er gesagt, als wir uns an jenem letzten Tag vom Hauptelement trennten, bevor wir in die Berge dessen vordrangen, was auf der Landkarte einmal die Auvergne in Frankreich gewesen war. »Ihr müsst nur zur richtigen Zeit mit der richtigen Ausrüstung auftauchen und einsatzbereit sein. Der Rest ist egal.«

Offenbar war *Rogue* eine »Charakterklasse«, die man im Spiel Dungeons & Dragons spielen konnte, obwohl PFC Kennedy pedantisch erklärte, dass sie in der ersten Ausgabe dieses Spiels einfach *Dieb* und später *Schurke* genannt wurde. Und irgendwann während der Missionsplanung war die Bezeichnung für unseren Angriff auf die Düsterspitze oder das, was die Elfen einst *Barad Nulla* genannt hatten, gefallen.

Tanner versicherte mir, dass nicht wenige der Ranger Dungeons & Dragons spielten oder gespielt hatten, auch wenn keiner das Wissen so verinnerlicht hatte wie Kennedy. Aber die meisten behielten ihr Hobby für sich, da die hartgesotteneren Ranger wie Kurtz Spiele, die kein Sport waren, als eine Art Schwäche ansahen, die durch mehrere Runden um das sechs Kilometer lange Flugfeld auf der Basis ausgemerzt werden musste.

Als die Ranger oben auf dem Felsen an diesem Morgen in bewährter Überfallsmanier das Haupttor stürmten, unterstützt von einem Waffentrupp und einem Zauberer, der Feuerbälle werfen konnte, befand sich Team Rogue bereits seit zwölf Stunden in der ersten Phase *seiner* Mission.

Stichwort Hintertür. Sergeant Thor erklärte, dass es sich dabei im Grunde um einen »Wall Shot« handelte, eine Bezeichnung der Ranger für das Eindringen durch einen Mauerdurchbruch, entweder einen vorhandenen oder einen von uns geschaffenen. Wir bezeichneten es als »Hintertür«, weil wir die Festung aus einer ganz anderen Richtung angriffen.

Nämlich von unten.

In den zwei Planungswochen, nachdem wir die Verborgene Höhle tief im Karwald erreicht hatten, erzählte uns Last of Autumn alles, was sie und die Schattenelfen über die Düsterspitze wussten. Wir mussten diese Festung einnehmen, wenn wir eine Chance haben wollten, hier in der Ruine zu überleben. So viel war klar. Wenn die Pandemie, die die Welt vor zehntausend Jahren ausgelöscht hatte, immer noch wütete – und Chief McCluskey hatte angedeutet, dass dies der Fall war, auch wenn man ihm nicht unbedingt trauen konnte –, *falls* sie aber immer noch wütete, dann würden unsere Waffen und unsere Ausrüstung innerhalb kürzester Zeit auseinanderfallen. Alles, bis hin zu unseren Schutzanzügen. Und selbst andernfalls gab es immer noch das Problem mit der Munition. So oder so, die Zeit war knapp, und wir hatten offen gesagt auch nicht mehr viel zu verlieren.

Auch die Fertiggerichte waren uns ausgegangen. Die Elfen hatten uns beigebracht, wie man sich vor Ort Nahrung beschafft.

Die Schmiede könnte das alles ändern. In den fähigen Händen des Technikers Josh Penderly, der wusste, wie man sie bedient, und der Baroness, einer der Entwicklerinnen dieser fantastischen Maschine, die die wissenschaftlichen Grundlagen dahinter kannte … konnte die Schmiede alles für uns herstellen. Laut der Baroness wären die beiden in der Lage, die gesamte Ranger-Einheit in weniger als einem Monat mit brandneuer Ausrüstung und voller Kampfmontur auszustatten. Das war unsere beste Chance, in der Ruine zu überleben, bis wir uns etwas überlegt hatten.

Chief McCluskey hatte das gewusst. Er hatte erkannt, wie mächtig die Schmiede war und welche Bedeutung sie hier, zehntausend Jahre in der Zukunft, haben würde. Ich vermutete, dass er versuchen würde, die Ruine damit zu beherrschen, sobald er sie zum Laufen gebracht hatte. Er kannte ihren Wert. Deshalb hatte er fünf- bis zehntausend seiner Soldaten als Kanonenfutter bei dem Versuch verheizt, sie uns am Ranger-Alamo abzunehmen. Wahrscheinlich hat er seit Jahren darauf gewartet, dass eine der Spezialeinheiten von Area 51 auftaucht.

Aber wie bereits erwähnt, hatte uns Last of Autumn im Tempel alles, was sie über die Festung wusste, die wir nun einzunehmen versuchten, ausführlich beschrieben. Und wir erkannten schnell, dass die Ranger mit der geringen Menge an Munition, die sie noch hatten, die Festung auf keinen Fall über den Haupteingang einnehmen konnten. Der Ring von Verteidigungsanlagen, den die Ranger durchqueren mussten, um die Düsterspitze selbst zu erreichen, war zu groß. Die Erfolgsaussichten waren nicht gerade überwältigend. Sobald sie das Haupttor durchschritten hatten, mussten sie das offene Gelände zwischen den ineinandergreifenden Verteidigungsanlagen ohne Feuerschutz oder Deckung durchqueren. Danach galt es, den Ring hinter sich zu bringen, bevor sie auf die nächsthöhere Ebene der Verteidigungsanlagen stießen, die ihnen den Weg nach oben zu ihrem eigentlichen Ziel versperrten.

Der Schmiede.

Oder zumindest dorthin, wo wir hofften, dass die Schmiede sein würde. Die Düsterspitze. *Barad Nulla.*

Doch als die Altmutter mir und Last of Autumn am nächsten Tag eine Schale ihres wohltuenden Gemüseeintopfs kredenzte und wir die Festung mit Kreide auf den Tempelboden zeichneten, murmelte die alte, blinde Frau, die zugehört hatte, zuerst die Worte »*Tumna Haudh*«.

Last of Autumn hatte ihrer Ältesten einige klärende Fragen gestellt und lange Antworten erhalten. In all den Jahren, seit die Schattenelfen aus der Festung geworfen worden waren und aufgrund ihres Verrats fliehen mussten, waren Gerüchte über die Bodenlose Gruft, *Tumna Haudh*, bei den wenigen verbliebenen Kriegern und dem Rest des Stammes der erneut umherziehenden Schattenelfen verboten. Es war nicht erlaubt, von diesem Bösen zu sprechen. Für ihre Kinder wurde es zu einem Ort der Geheimnisse und des Schreckens. Der Heimat von Teufeln und Schreckgespenstern. *Iss deine Kräuter und Pilze, kleiner Schattenelf, sonst geht es für dich nach Tumna Haudh.*

Das war zumindest das, was ich aus der Übersetzung zwischen Grausprech und Tolkien herauslesen konnte. Schattenkanto wäre einfacher gewesen, aber das war natürlich für Außenstehende verboten, sodass wir es nicht benutzen konnten. Das geschah an unserem dritten Tag in der Verborgenen Höhle, als ich immer noch Schwierigkeiten mit dem Tolkien hatte. Ich weiß noch, dass die Ranger, nachdem sie sich einen ganzen Tag lang ausgiebig ausgeruht hatten, von Chief Rapp in den Wäldern zu Tode gedrillt wurden. Ich konnte dem teilweise entgehen, weil ich mit Autumn zusammenarbeitete, aber als der First Sergeant beschloss, die Teams nach einem Mittagessen aus gemischten Kräutern und Früchten am

Gewehr zu trainieren, hat es mich auch erwischt. Eine Stunde später brannten meine Arme und Beine.

Die Army war der Meinung, es gäbe zwei Heilmittel für alles, was einen plagt: Ibuprofen und körperliches Training. Und wenn die Army das so *sah*, dann behandelten die Ranger das als göttliche Weisheit, die von ganz oben kam. Dummerweise waren sie jedoch Ketzer und glaubten, dass endlose Sporteinheiten alles heilten. Diese verfluchten Crossfit-Jünger.

Das war eine Abweichung von der Doktrin, die, wie ich angedeutet habe, fast schon Kult-ähnliche Züge annahm. Zumindest dachte man das, wenn man bei endlosen vierzigminütigen Bergsteigerübungen dem Tode so nahe war, dass man sich sicher war, nie wieder laufen zu können, sobald die Schmerzen aufhörten, was nie der Fall war.

Mal ehrlich, bei wie vielen Ärzten waren Sie, die Sie erst untersucht und dann mit zweihundert Liegestützen traktiert haben? Na, wie viele waren es? Also, ich würde nicht zu diesem Arzt gehen. Das ist ein schlechter Arzt.

Das Kommandoteam wusste, dass wir diese Mission erfüllen mussten, und es wusste auch, dass die Ranger bereit sein mussten für die eine Chance, die wir bekommen würden, um gemeinsam unser aller Leben zu retten. Es gab also keinen Urlaub, keine Pause, keine Auszeit, nachdem wir in der Verborgenen Höhle angekommen waren. Nur diese eine vierundzwanzigstündige Ruhephase nach drei Tagen und einem Tag- und Nachtmarsch, bei dem wir immer wieder angegriffen worden waren. Ein Tag der Ruhe, dann hieß es weiterrangern. Das wiederum bedeutete, dass man versuchen musste, jeden anderen Ranger zu übertrumpfen, der natürlich seinerseits dasselbe bei allen anderen versuchte … und so weiter. Sie verstehen schon.

Die Waffen wurden mehrmals geprüft und gereinigt. Ausrüstungsinspektionen wurden durchgeführt. Und natürlich gab es medizinische Versorgung und körperliches Training. Wenn die Ranger abends in die Verborgene Höhle zurückkehrten, waren sie zu müde, um zu reden. Am nächsten Tag würde alles von vorne losgehen. Ein paar Tage später machten wir uns auf den Weg in Richtung Süden, wo unser Ziel lag.

»Die Zeit drängt, Talk«, sagte der Sergeant Major am ersten Marschtag. »Wir haben einen abtrünnigen SEAL zu beseitigen.«

Wir waren wieder im Spiel.

Nachdem Autumn mir erklärt hatte, was sie über die *Tumna Haudh* wusste, und die Altmutter die Lücken füllte, hatten wir etwas, mit dem wir zu Captain Messerhand gehen konnten. Als unsere mit weißer Kreide auf dem alten Tempelboden angefertigte Karte der Festung allmählich Gestalt annahm, war klar, dass die Bodenlose Gruft unsere beste Option darstellte, um unsere Chancen zu verbessern.

Laut dem Captain brauchte man eine Erfolgschance von fünf zu eins, um eine feindliche befestigte Stellung einzunehmen. Wir waren uns ziemlich sicher, dass wir diese Quote bei Weitem nicht erreichten. Wir hatten keine Ahnung, wie viele feindliche Kräfte sich in und um die Düsterspitze, *Barad Nulla*, befanden. Aber wir wussten, wie wenig wir hatten.

Die einzige Gruppe von Rangern, der es nicht an Munition mangelte, waren die Scharfschützen. Sie hatten jede Menge Kisten mit ihrer hochspezialisierten Langstreckenmunition zur Verfügung. Aber Scharfschützen gegen das Hauptportal einzusetzen, würde nicht viel nützen, denn der Feind hatte ziemlich dicke Mauern, hinter denen er sich verstecken konnte, und es war klar, dass er unsere für sie fremdartigen Knallstöcke bald durchschauen würde. Die Scharfschützen der Ranger verfügten nur über eine begrenzte Menge an Spezialmunition, die leichtere Mauern durchdringen konnte, und eine Burg ist keine Lehmhütte in Dritte-Welt-Bauweise. Dieser uralte Steinhaufen hatte Kriegen, Belagerungen und dem Untergang der Welt, der Ruine, über mehrere tausend Jahre hinweg getrotzt. Das Bauwerk war für die Ewigkeit bestimmt. Wir mussten also dort angreifen, wo seine Schwachstelle lag.

Das vordere Tor bestand aus Holz. Die Carl G konnte dort explosive Arbeit leisten. Aber sobald wir das taten, wussten sie, dass wir da waren. Somit mussten wir zur gleichen Zeit aus einer Richtung angreifen, aus der sie uns nicht vermuteten. Normalerweise würde das bedeuten, dass Ranger aus C-17-Maschinen springen und schreien: »Überraschung, Loser!« Dann schießen sie in der Regel alle mit Maschinengewehren über den Haufen und lachen lauthals, während sie sich über deiner Leiche abschlagen. Wahrscheinlich würden sie auch die Wasserreserven vergiften und die Versorgungsleitungen zerschießen, um ein paar Bonuspunkte einzustreichen.

Aber das konnten wir nicht tun. Unser Vogel rostete am Boden vor sich hin und fiel auseinander, und zwar auf einer Insel, die wahrscheinlich im Frühjahr oder im nächsten Winter einfach vom Regen überschwemmt werden würde. Diese C-17 würde nie wieder fliegen. Außerdem waren Fallschirme auch rar gesät.

Sobald wir verstanden hatten, was *Tumna Haudh* eigentlich war, wussten wir, was wir zu tun hatten. Wir würden sie direkt unter ihren Füßen angreifen. Wir schlugen zu wie plötzliche Hitzeblitze und bewegten uns wie ein heißer Donnerschlag, bevor der Feind herausfinden konnte, was eigentlich geschah. Wenn wir es richtig anstellten, hatten wir Zugang zu den Überresten eines Turms, der eine perfekte Position für die Scharfschützen darstellte, um die Verteidigungsstellungen, die die Angreifer durchdringen mussten, auszuschalten. Die Sniper konnten die Verteidiger von der Rückseite der Festung aus anvisieren. Sie konnten ihnen buchstäblich in den Rücken fallen – beziehungsweise schießen.

Warum nicht *alle* durch die *Schlafenden Hallen* bringen, fragen Sie? Schlafende Hallen? Dazu komme ich gleich noch. Also, warum nicht so? Warum nicht die ganze Truppe durch die Hintertür reinschmuggeln und dann herausspringen und uns meuchelmordend den Weg nach *Barad Nulla* bahnen? Weil die Schlafenden Hallen wirklich gefährlich sind. Tatsächlich hatte es keine bekannte Person, kein Wesen und schon gar keine Armee jemals geschafft, den Aufstieg über die Mauer zu überleben, die diese Felswand darstellte. Und man hatte es versucht. Den Schattenelfen zufolge war es so gefährlich, dass Chief McCluskey, als er die Festung einnahm, diesen Weg nicht einmal in Betracht gezogen hatte. Er war unpassierbar. Voller Fallen. Und auf eine Weise gefährlich, die sie nicht erklären konnten oder wollten, was ihn nur noch bedrohlicher und abschreckender erscheinen ließ. Unter den Schattenelfen rankte sich ein regelrecht fanatischer Aberglaube um diesen Ort.

»Mehr Männer«, hatte Vandahar beigetragen, während er über die Kreideumrisse nachdachte, an seiner langstieligen Pfeife nuckelte und uns zuhörte, wie wir versuchten, der Altmutter Informationen zu entlocken, »bedeutet da unten mehr Tote. Viel, viel, viel mehr. Am besten geht man vorsichtig und langsam durch die Schlafenden Hallen unter der Festung. Es ist wirklich sehr gefährlich.«

Es war klar, dass auch er in keiner Weise daran interessiert war, diesen Weg zu nehmen.

»Ich werde mit deinen Männern gegen das vordere Tor angehen. Ich kämpfte an der Seite der Walküren, als ich jung war. Jetzt werde ich an eurer Seite kämpfen, und vielleicht … vielleicht können wir wirklich etwas verändern, sollten wir den Sonnenaufgang nach dem Tag noch erleben, an dem wir unseren Angriff durchführen. Und das möchte ich euch anbieten, Krieger. Triton ist ein Diener des Dunklen Herrn im Osten. Des Herrschers über Umnoth und den Schlund. Es ist durchaus möglich, dass er sich mit den Träumenden in den Tiefen der Schlafenden Hallen zusammengetan hat. Und obwohl sie keine gemeinsamen Ziele haben, sind sie genauso böse wie er. Sie könnten ihn vor dem Angriff warnen. Wenn das der Fall ist, wird er seine Truppen um den alten Turm positionieren und ihn umzingeln lassen, um euch alle zu töten, wenn ihr beabsichtigt, sein Heer zu überraschen. Obwohl … wenn er das tut … dann könnte das vielleicht sogar gut für unsere kleine Überraschung sein. Denn wenn es nur eine kleine Truppe ist, die es durch die Schlafenden Hallen versucht, und wenn sie scheitert, was sie höchstwahrscheinlich tun wird, dann wird die Festungswache, die sie abfängt, nicht in der Nähe der Tore oder der Hauptverteidigung sein, und das könnte jenen von uns, die durch das Hauptportal eindringen, einen … leichten Vorteil verschaffen.«

Er sagte das alles laut, aber er dachte nur vor sich hin. Egal, ob jemand zuhörte. Er konzentrierte sich ausschließlich auf das Studium der Kreidekarte und seinen duftenden Pfeifenrauch. Beides gleichermaßen, würde ich sagen.

»Und außerdem«, sagte er nach einem weiteren Moment, »werdet ihr einen Zauberer unter euch haben.« Er wandte sich an PFC Kennedy. »Er kennt die Wege des Nano. Das Wissen um seine Handhabung. Mit etwas Zeit könnte er sogar so mächtig werden wie Salazon, der Verrückte. Oder sogar noch größer, wenn die Ereignisse … sagen wir mal … nach unseren Vorstellungen verlaufen. Ich werde ihm noch ein wenig mit auf den Weg geben, und dann werden wir ja sehen, was er daraus macht. Große Erfolge erwachsen oft aus kleinen Anfängen.«

Auf dem Marsch hinunter in die Auvergne, das Zentralmassiv des alten Frankreichs, oder das, was die Völker der Ruine das Wilde Land nannten, wurde der Plan verfeinert und durchgespielt. Stoßtrupps gegen das Haupttor. Feuerunterstützung und Konsolidierung an der Phasenlinie. Zwölf Stunden zuvor kam Team Rogue zum Einsatz.

Wir hatten uns drei Tage zuvor vom Hauptverband abgespalten und folgten einem kleinen Bach durch die Berge bis zum Fuß der Felswand zweihundert Meter unterhalb der Festung. Dort, im uralten Stein hinter einem plätschernden Wasserfall, befand sich die schwere Tür, die den Zugang zur Bodenlosen Gruft ermöglichte. Sie wurde von Schädeln mit Reißzähnen und in den Stein gemeißelten Runen bewacht, die uns laut Autumn vor dem warnten, was wir im Begriff waren zu tun.

»Hier steht …«, begann sie zögernd. »Hier lauern die Toten. Und … ihr werdet diesen Ort nie wieder verlassen.«

Tumna Haudh.

Was war das eigentlich? Dieses System von Gräbern im uralten Gestein unterhalb der hohen Festung. Denn wie uns die Altmutter während der Planungsphase der Operation Halsabschneider gesagt hatte, war dieser Komplex viel älter als die Festung darüber. Zusammen mit Vandahar hatte sie die alten Texte einer Gruppe studiert, die sich »Die Gelehrtenkönige von Atlantea« nannte und die seit etwa fünftausend Jahren nicht mehr existierte, seit »die Sterne vom Himmel fielen«, und berichtete darüber.

Die Schlafenden Hallen waren die uralte Ruhestätte einer Sekte abenteuerlustiger Kriegsherren, die in den Zeitaltern hier herrschten, bevor die Drachenelfen ihre formelle Regentschaft antraten. In der Hochsprache waren sie einst unter dem Namen *Ilnar* bekannt. Oder Nicht-Männer. Die Männer, die nicht waren. Nochmals, ich habe mich durch das Zusammenmixen von mehreren Sprachen und Dialekten in Hoch-Tolkien durchgefuchst. Daher kann es sein, dass ich etwas falsch verstanden habe. Aber soweit ich weiß, wurden sie als Männer betrachtet, die … nicht waren.

Vandahar brachte etwas Licht ins Dunkel.

»In den Aufzeichnungen, die der Schriftgelehrte Sustoc im Zeitalter des Blutes angefertigt hat, waren sie einfach rücksichtslose Männer«, sagte der alte Zauberer und widmete sich wieder seiner Lieblingsbeschäftigung: Pfeife rauchen und Geschichten erzählen. »Grausame Räuber und Plünderer, die aus fernen Gefilden kamen und diese Länder überfielen, noch bevor die Elfen von Estragon sich daran machten, diese verfluchte Stadt in den Stein zu hauen. Die Vorsilbe *Il-* ist in der Hochsprache ein negierendes Präfix, es hat also eine negative Konnotation, Beherrscher der Sprachen. Der alte Sustoc vermutete demzufolge, dass die

Ilnari sich schlicht von der Lebensweise der Allgemeinheit abgewandt hatten.

Wie ihr vielleicht nicht wisst, waren Menschen in dieser Region der Welt in jenen verlorenen Tagen wenig bekannt. Und als die *Ilnari* ankamen, wurden sie zu mächtigen Männern, die die primitiven Stämme und kleinen Kriegsherren jener wilden Zeit beherrschten. Sie trachteten nach dem Verbotenen. Der dunklen Magie der Vorzeit, durch die sie grenzenlose Macht erlangen konnten. In verschiedenen Texten und sogar im *Buch von Skelos* wird angedeutet – zumindest in den Fragmenten, die ich gesehen habe –, dass die *Ilnari* nach dem ewigen Leben strebten, damit sie ihre Eroberung der Ruine fortsetzen konnten, denn sie waren in jenen schrecklichen Tagen sehr mächtig.

Und dann kamen die Elfen des künftigen Estragon an die Macht. Ein abtrünniger Krieger der Smaragdlampe, der ihr bekanntester und berüchtigtster Held werden sollte, Throm der Ausgestoßene, kämpfte am Schlangenfluss gegen die *Ilnari* und besiegte ihre verderbte und niederträchtige *Saura-Armee*. Doch die alten Texte lassen vermuten, dass die *Ilnari* ihre Niederlage vorausgeplant hatten, indem sie von keinem Geringeren als Sût dem Unsterblichen selbst die Wege des Schwarzen Schlafs erlernten, um in einem anderen Zeitalter wieder auferstehen zu können, wenn Throm der Ausgestoßene und sein sagenumwobener Speer *Tildë* aus der Welt geschieden sein würden. Leider sind die Silberlanze und ihr Träger den Weg des *Buches von Skelos* gegangen. Das ist sehr bedauerlich, denn sie wären in diesem trostlosen Zeitalter dringend vonnöten.«

der Zauberer malte ein kurzes Zeichen in die Luft, mit dem er wohl das Böse abwenden wollte, dann starrte er wieder ins Feuer und fummelte an seiner Pfeife herum. Er wirkte traurig und allein, so wie er dasaß.

»Und *Saura* bedeutet …«, erkundigte ich mich.

Er schaute mich mit aufgerissenen Augen an, als wäre ich der Dorftrottel, der sich gerade an seinem eigenen Zeh verschluckt hatte und ihn nun deswegen konsultierte. Dann: »Ich darf nicht vergessen, wie viel du nicht weißt, mein Junge. *Saura* bedeutet in der Hochsprache faul, verdorben, diabolisch böse. Wegen der Sauren, die nun nicht mehr unter den Sanden des Südens schlafen und warten, versteht sich.«

Und was bedeutete das alles für die Mission? Was erwartete uns dort unten in den Schlafenden Hallen?

Das hatte ich den alten Zauberer auch gefragt. Er dachte einen Moment lang darüber nach. Einen sehr langen Moment.

»Das Böse«, flüsterte er. »Unermüdlich, unerbittlich … böse.«

Okay, dachte ich. Ranger können ziemlich gut unermüdlich *und* unerbittlich Gewalt ausüben. Darin sind sie wahrscheinlich sogar die Besten.

Bis jetzt stand es unentschieden.

KAPITEL 52

Wir gingen die sich schlängelnde, mit Felsbrocken übersäte Schlucht weit unter dem Gipfel der schwarzen Steilwand hinauf, stillen Wasserbecken folgend, und überquerten den plätschernden Bach mehrmals, wobei wir uns immer weiter in Richtung des mutmaßlichen Eingangs zur Gruft der *Ilnari* bewegten.

Tanner war mit seiner schallgedämpften MK18 bestens ausgerüstet. Im Gegensatz zu den Angriffsteams, die das Tor in etwas mehr als zwölf Stunden erreichen würden, hatten wir den Luxus überschüssiger Munition. Wir würden uns einen Weg durch ein Labyrinth voller Fallen und Feinde bahnen müssen. Dafür bekamen wir fünf Magazine. Pro Person. Die Scharfschützen hatten so viel Munition, wie sie nur brauchen konnten. Für die 240er schleppten wir anderthalb Munitionsgurte mit. Sergeant Kurtz folgte mit seiner Handfeuerwaffe, noch im Holster an seiner Ausrüstung verstaut. Seine Schrotflinte trug er auf dem Rücken neben dem Rucksack. Als Teamleiter würde er als Grenadier fungieren und für eventuelle Sprengstoffeinsätze verantwortlich sein, die erforderlich wurden. Die beiden Kanoniere, Specialist Rico und Private Soprano, der als Hilfsschütze einsprang, folgten ihm mit dem leichten Maschinengewehr. Brumm bildete das Schlusslicht des gesamten Teams, die SAW im Anschlag zur rückwärtigen

Sicherung. Er hielt uns den Rücken frei und beobachtete den wirbelnden Nebel, der sich an diesem Abend gebildet hatte, als wir uns den Höhlen unterhalb der Festung näherten.

Die Verlorenen Jungs hatten gesagt, dass die Wälder und Berge voller Ork- und Goblinstämme waren, die im Dienste von König Triton standen. Alias: Chief McCluskey. Zumindest war das unsere Vermutung.

Zwischen dem vorderen Räumkommando unter Kurtz an der Spitze und Specialist Brumm in der Nachhut befanden sich die Scharfschützen und ihre Spotter, die ihr gesamtes Handwerkszeug dabei hatten. Dann folgten Last of Autumn und ich. Kennedy war bei den Scharfschützen, er trug seinen Stab, als wäre es eines ihrer Hochgeschwindigkeits-Scharfschützengewehre, und blieb für sich. Er murmelte leise für uns unzusammenhängende Phrasen vor sich hin, die ihm der Zauberer Vandahar beigebracht hatte. Immer und immer wieder. Er übte.

»Sind das Zaubersprüche oder so was?«, fragte Tanner in einer der Pausen, die wir auf dem Weg zum Eingang einlegten.

Kennedy schüttelte den Kopf. »Eher so eine Art Anleitung, wie ich mich auf das konzentrieren kann, was er mir beigebracht hat. Anscheinend kann es aus dem Ruder laufen, wenn ich es nicht im Griff habe.«

Ich wusste, was Kennedy meinte. Die Situation, von der er sprach, erinnerte mich an eine Redewendung der Army, die ich zum ersten Mal in der Grundausbildung gehört hatte. Ironischerweise heißt diese Redewendung übersetzt *»den Zauberer treffen«*. Sie beschreibt jenen Moment, in dem eine Kombination aus körperlichem und/oder geistigem Stress dazu führt, dass man zusammenbricht und völlig durchdreht. Hartes Training schafft das auch manchmal, aber kognitiver Stress ist meist der Hauptausschlaggeber. Der »Zauberer« ist die Person, der man metaphorisch die Hand geben muss, um Grenzen zu überwinden – geistige oder körperliche. Kennedy trainierte seine Konzentrationsfähigkeit, sodass er, wenn es an der Zeit war, den Zauberer zu mimen und ihnen am Zielort die Hölle heiß zu machen, auch bereit sein würde, den Zauberer zu *treffen*. »Wie funktioniert das?«, wollte Tanner von PFC Kennedy wissen, während die anderen im Nebel auf irgendwelchen Steinen saßen, ihre Ausrüstung justierten und sich auf die nächste und letzte Etappe zum Ziel vorbereiteten. »Also … du machst dies und das, fuchtelst ein bisschen mit den Händen rum und dann kannst du ein riesiges Truthahnessen erscheinen lassen? Thanksgiving mit allem Drum und Dran? Ich könnte etwas anderes als das ewige Elfenfutter vertragen, verstehst du, was ich meine?«

Kennedy lächelte schmallippig.

»Nein«, antwortete er leise, die glasigen Augen hinter seiner Anti-Baby-Brille blickten in die Ferne. »Eher wie das, was die Ausbilder in der Grundausbildung zu uns gesagt haben. Du weißt schon … motivierende Sprüche. Er meinte, so könne man sich besser konzentrieren, wenn man den Blitz reitet.«

Tanner lachte los. Einer der Scharfschützen sagte ihm, er solle die Klappe halten, und erinnerte ihn daran, dass sie eigentlich auf Patrouille waren. Tanner nickte, warf Kennedy aber einen Blick zu, der besagte: *Du weißt doch, wie die Scharfschützen sind.* Er beugte sich zu mir rüber und flüsterte: »Die sind einfach nur scharf darauf, Oswalds

Highscore zu knacken, sobald wir in der Festung sind. Das darf ihnen keiner vermasseln, nicht wahr, Talk?«

Da war was dran.

»Hat der alte Kerl das wirklich so genannt?«, fragte Specialist Brumm von der Seite, während er seine M249 inspizierte. Brumm hasste Scharfschützen. Das war eine bekannte Tatsache. Seiner Meinung nach hatte das Erschießen von Menschen auf eine andere Weise als von Angesicht zu Angesicht und aus nächster Nähe etwas Feiges an sich. Jeder, der sich nicht auf engem Raum die Hände schmutzig machen wollte und dabei die ganze Zeit über Ockhams Rasiermesser des Todestrichters lief, war ein Versager und seiner Kameradschaft nicht würdig.

Brumm putzte penibel und fast liebevoll die Teile seiner Waffe. Er wollte bereit sein, wenn es an der Zeit war, mit den zwei Trommeln, die ihm noch blieben, ordentlich Radau zu machen. Danach würde er wahrscheinlich jeden Lebenswillen verlieren. Es würde keine Tomahawks und Abenteuer im großen weißen Grimmfrost für ihn geben. Das Wichtigste auf der Welt war, die Schmiede wieder in Betrieb zu nehmen, damit er seine 249er füttern konnte. Zumindest was ihn anging.

»So nannte man es nämlich früher im Süden, wenn einer hingerichtet wurde«, fuhr er fort. »Hab ich in einem Stephen-King-Buch gelesen. Den Blitz reiten. Elektrischer Stuhl und so.«

Kennedy sah auf und verzog das Gesicht.

»Nee«, sagte er schließlich. »So hat er es nicht gesagt. Er benutzte Worte, die man von einem Zauberer erwarten würde. *Macht* und *Energie, die Säulen der Erde*, die *Großen Tiefen von Morlon* und so weiter. Wo auch immer Morlon ist. Aber ich muss es ernst nehmen. Das letzte Mal, als es mich umgehauen hat, war … ziemlich beängstigend. Aber … so fühlt es sich an, wenn man es tut. Es fühlt sich an, als würdest du auf einem riesigen Blitz reiten, von dem man gar nicht mehr absteigen will. Weißte?«

Zwei Sachen.

Die meisten Ranger waren nicht mehr so streng mit PFC Kennedy. Mit Ausnahme von Kurtz natürlich. Er würde es PFC Kennedy nie leicht machen. Selbst wenn Kennedy die Medal of Honor bekäme und Vier-Sterne-General wurde, würde Kurtz trotzdem einen Weg finden, ihn mit Verachtung zu strafen. Der Sergeant war gerade damit beschäftigt, die Strecke zu überprüfen, sonst hätte er Kennedy wahrscheinlich wegen seines Gequatsches angeschrien und ihm befohlen, den Rest des Zwischenstopps in einer gehaltenen Liegestütze zu verbringen. So war Kurtz eben. Der Sergeant hielt nie an, brauchte nie eine Pause und wollte eigentlich nur, dass die Leute ihre Arbeit entsprechend seiner unmöglichen Standards erledigten. Tanner hat mir einmal erzählt, dass Ranger Typen wie Kurtz manchmal als »Cyborg« bezeichnen. Eine Tarnschicht menschlichen Fleisches über einem metallenen Endoskelett.

Aber ungeachtet der wahrscheinlich ewigen Verachtung des Sergeants hatte sich Kennedy in der Truppe eine Art neuen stillen Respekt erworben. Die Ranger wussten nicht genau, was sie mit ihm anfangen sollten, aber alle wussten, was er dem massigen Riesen beim Angriff auf den Scharfschützenhügel am Ranger-Alamo angetan hatte. Daher zollten ihm die Ranger ein gewisses Maß an Respekt. Die Frage war nur, ob er ihn sich bewahren konnte.

Die andere Sache war, dass Vandahar, wie eingangs erwähnt, mit Kennedy sprechen konnte, ohne dass ich dabei sein musste, um hin und her zu übersetzen. Und auch mit allen anderen. Innerhalb von drei Tagen verstand der alte Zauberer Englisch, und am Ende der Woche sprach er es fließend, wenn auch etwas hochtrabend. Er benutzte große, klangvolle, fast antike Wörter, die wir ihm nie beigebracht hatten. Zumindest fiel es mir schwer, mir vorzustellen, welcher Ranger Wörter wie *fulminant* oder *sibyllinisch* benutzt hätte. Oder *kleinherzig. Vitriolisch. Nebulös. Verlebendigen. Sykophantisch.* Woher er diese Wörter hatte, wusste ich ehrlich gesagt nicht. Aber der Linguist in mir fand das äußerst faszinierend.

Es war, als hätte der ehrwürdige Zauberer unsere Sprache mit dem Geiste aufgesogen, ohne sie wie ein Trottel Wort für Wort lernen zu müssen. Wie ich, um genau zu sein. Er zapfte direkt das universelle konzeptionelle Wissen der Sprache an, fand einfach das richtige Wort, das er in unserer Sprache brauchte, und benutzte es dann.

Es war bizarr. Aber ich hatte das Gefühl, dass ich in der Ruine noch viel seltsamere Dinge sehen würde, wenn wir nur lange genug überlebten, um sie zu Gesicht zu bekommen.

Einige Stunden später hatten wir den letzten Rest des nebligen Tages hinter uns gebracht, und kurz nach Einbruch der Dunkelheit betraten wir die Höhle am Fuß der Felswand. Wir hatten die ganze Nacht Zeit, um auf dem Turm, der über uns thronte, Stellung zu beziehen und uns dann beim Captain zu melden, während die Hauptstreitkräfte mit dem Angriff auf das vordere Tor begannen. Wir legten die Kriegsbemalung an. Mit den letzten Tuben Tarnfarbe bestrichen wir jedes freiliegende Stück Haut und verpassten unseren Gesichtern ein geisterhaftes Aussehen. Vielleicht würden diese untoten

Verlierer bei unserem Anblick ja vor Angst weglaufen. Oder uns als entfernte Verwandte akzeptieren. Es konnte auf jeden Fall nicht schaden – außerdem hatte es unter diesen Bedingungen auch einen gewissen psychologischen Effekt.

Wir wollten die Untoten so fertig machen, wie sie es beim ersten Mal schon verdient gehabt hätten.

Der Funkverkehr war lückenhaft. Die Batterien, zumindest die wenigen noch geladenen, waren in Benutzung. Aber wir konnten uns keine Fehler oder Missverständnisse bei der Kommunikation erlauben. Sobald wir also den Angriff hörten, sollten wir den Turm vom Keller aus einnehmen, und die Scharfschützen würden sich daraufhin um ihren Highscore kümmern. Das 240er-Team würde den Turm absichern, damit die Scharfschützen ihre Arbeit machen konnten.

Aber das kam später. Als wir uns der Höhle näherten, war die Landschaft um uns herum in der trüben Dämmerung und im Nebel des letzten Tages völlig still. Totenstill.

»Der Nebel ist … gut«, flüsterte Last of Autumn dicht neben mir. »Er macht … ruhig.«

Kurtz warf ihr einen Blick zu, als sein Team die letzten Felsbrocken vor der Steilwand erreichte, die in die Nebelschwaden ragte. Hoch oben lag die Festung, das wussten wir, aber es war so still wie auf einem Friedhof, und wir konnten keine der Mauern oder Strukturen dort oben sehen.

Die Stille trug übrigens nicht dazu bei, dass ich mich besser fühlte. Vergessen Sie die Tatsache, dass wir im Begriff waren, in ein Grab der angeblich lebenden Toten einzudringen, nur um mitten in einer Schlacht herauszukommen und alle zu überraschen. Vergessen Sie das. Wir betraten einen Ort, den allem Anschein nach noch nie jemand überlebt hatte. Selbst der SEAL McCluskey hatte sich für einen anderen Weg als unseren entschieden, um die Festung anzugreifen.

Aber viele Möglichkeiten blieben uns nicht. Eigentlich hatten wir nur die eine.

Wir umgingen den kleinen Wasserfall und arbeiteten uns hinter der dünnen Wasserwand über die nassen Felsen vor. Dahinter fanden wir die Vordertür zur Gruft und damit die Hintertür zur Festung darüber. Jetzt mussten wir nur noch den Aufstieg durch die mit Fallen versehenen Gänge überleben und es in zwölf Stunden nach oben schaffen. Hoffentlich schneller.

Kurtz befahl uns, alle unnötige Ausrüstung abzulegen. Jedenfalls galt das für den Stoßtrupp bestehend aus Kurtz, Tanner, Brumm und Sergeant Thor. Der Rest von uns würde die zusätzliche Ausrüstung und Munition zur Unterstützung des Sprengkommandos tragen. Zum Glück hatten wir Jabba dabei.

Ach ja. Das habe ich ja noch gar nicht erwähnt. Er war zu einer Art freundlichem Hund geworden, der uns begleitete. Und er konnte eine unglaubliche Menge an Ausrüstung tragen. Was ihm nichts auszumachen schien, solange man ihm ab und zu ein paar Leckerlis ins Maul schob. Ich hatte noch zwei Coladosen übrig, aber die wollte ich mir aufheben. Normalerweise nahm er die Bonbons oder die Kekse aus unseren Rationen oder was auch immer jemand anderes sonst so mitgeschmuggelt hatte. Was bei Rangern allerdings meist nicht sehr viel war. Sie zogen ihre Waffen und Dips Süßigkeiten. Aber es schien immer etwas für ihn dabei zu sein.

Wir hatten unsere Ausrüstung ohnehin schon reduziert, bevor wir den Hauptverband verließen, aber jetzt war unser Setup noch minimalistischer. Wir hatten keine Nachtsichtgeräte. Die Batterien waren längst leer. Aber Last of Autumn hatte uns versichert, dass sie ihren besonderen Trick – die Gemeinschaft der Jäger – anwenden würde. Das tat sie auch, als wir durch den Höhleneingang in die Grabkammer traten. Wir verschwanden, als das letzte fahle Tageslicht verblasste, und schlüpften zwischen großen schwarzen Felsen hindurch, um die Vordertür der Gruft zu erreichen. Wieder einmal beobachtete ich, wie Sergeant Kurtz sich quälte, während bläulich schimmernder halbdurchsichtiger Feenstaub auf ihn herabregnete.

Selbst nach all den unglaublichen Dingen, die er erlebt hatte, wollte er immer noch nicht Teil dieser fantastischen Welt sein, auf keine Art und Weise. Es war, als würde sich sein Geist dagegen sträuben zu glauben, dass diese unmöglichen Unmöglichkeiten tatsächlich real und wahr waren. Er gehörte zu der Sorte Mensch, die lieber in einem Dritte-Welt-Höllenloch stationiert war, wo jeder versuchte, einen mit modernen Waffen und jeder Menge böser Absichten zu töten. Das konnte er verstehen. Feenstaub und Mantikore … nicht so sehr. Wenn Tanner recht hatte, konnte seine Cyborg-Software das einfach nicht akzeptieren.

Kurz nach Ende der Zeremonie, als wir die Gedanken des anderen hören und Dinge im Dunkeln sehen konnten, ergriff Tanner das Wort. »Gemeinschaft bereit, Sar'nt. Es kann losgehen.«

In diesem kurzen Moment, in dem wir die Gedanken der anderen lesen konnten, bemerkte ich zwei Dinge. Kurtz wollte Tanner ermorden, da er die Grenzen zwischen dieser unglaublichen Welt und dem Schwarz-Weiß-Militär, an das er so sehr glaubte und das er sich zurückwünschte, für immer überschritten hatte.

Und das, was Last of Autumn … gedacht … geträumt … hat.

Was ich sah, ergriff mich. Wie damals, als wir uns zum ersten Mal berührten. Diese wilde Energie war eine ganz eigene Magie, viel magischer als Kennedys Reitblitz.

Ich sah, was sie dachte.

Sie und ich. Irgendwo in einem kleinen Boot. Wir segelten durch die südlichen Gewässer dieser Welt. Zu den Städten der Menschen. In der Ferne, vor uns auf dem Wasser, das wir überquerten, sah ich eine Stadt. Nicht so wie die, die wir hinter uns gelassen hatten. Nicht wie New York oder Los Angeles. Paris oder London. Sie sah aus wie eine mittelalterliche Stadt. Festungen und gedrungene Türme. Rauch und Segelschiffe, die im Hafen lagen oder auf das Meer hinausfuhren. Sie leuchteten im goldenen Morgenlicht des ersten Tages. Ich konnte das Klatschen der Wellen an der Seite des alten Bootes hören. Das Knarren der Takelage. Der Wind kam von der Seite, ebenso wie die Möwen, die von Backbord herbeiflogen und unser notdürftig geflicktes Segel umkreisten. Ich stand an der Pinne. Ich war da. Und ich konnte den Wind spüren, das Salz riechen und das Wasser um uns herum hören. Nur wir beide.

Autumn saß vorne, in der Nähe des Segels, und trug ein silbernes Kleid und ihren grünen Umhang. Keine Rüstung. Keine Waffen. Sie saß einfach nur da und betrachtete die Stadt, auf die wir zusegelten. Der Wind wirbelte ihr das Haar ins Gesicht, und sie streckte die Hand aus und strich es weg. Dann zeigte sie auf die fantastische Stadt, drehte sich um und lächelte mich an. Ein Lächeln, das nichts anderes war als Hoffnung auf all die guten Dinge, die das Leben zu bieten hat. Das Gegenteil von ihrem Blick, als sie mir vom Drachen erzählt hatte.

Da waren nur wir. In ihrem Traum. Und ... wir waren frei.

Als ich die Augen wieder öffnete und die leuchtende Welt sah, die die Mondsicht der Gemeinschaft der Jäger enthüllt hatte und die das Innere der dunklen Höhle in ein transzendentes bläuliches Licht tauchte, nicht unähnlich dem eines Nachtsichtgeräts – das allerdings besser war als alles, was sich die US Army je hätte erträumen können –, sah ich Autumn im Kreis kniend sitzen, den wir gebildet hatten. Die blassen Hände im Schoß gefaltet. Die Augen immer noch geschlossen. Sie lächelte nur. Lächelte beim Gedanken an einen Traum, der sich nicht um Drachen drehte oder um das, was wir vorhatten.

Als wäre das eine mögliche Zukunft.

Dann wäre ich nicht mehr Last of Autumn, sondern einfach nur Autumn, hörte ich sie in ihrem Geist sagen. *Und ... es gäbe nur noch uns.*

KAPITEL 53

Wo vorher Dunkelheit herrschte, sahen wir jetzt alles. Und wir sahen, dass die Eingangstür, abgesehen von den Runen, die Autumn uns vorgelesen hatte, eine einzige riesige Warnung war und einem riet, sich fernzuhalten. Der Boden war mit Knochen übersät. Das war das Erste, was wir zu Gesicht bekamen, als die Mondsicht uns erlaubte, genau zu erkennen, wo wir uns befanden. Knochen. Weiß und ausgeblichen. Sie waren überall. Jeder einzelne von ihnen war zerbrochen, zersplittert, in manchen Fällen gar pulverisiert. Es dauerte eine Weile, bis wir verstanden, was genau wir hier erblickten, aber zwischen all den eingeschlagenen Schädeln und den zertrümmerten Schien- und Oberschenkelknochen lagen uralte Waffen jeder Art.

Auch diese waren völlig zerstört. Zerbrochene und zertrümmerte Waffen zwischen zerbrochenen und zertrümmerten Knochen von etwas, das einmal ein Mensch gewesen sein könnte … manchmal aber auch definitiv nicht.

Schwerter und Äxte. Einige waren rostig, andere leuchteten hell im leuchtenden Blau unserer Mondsicht. Aber nichts war unversehrt. Alles war zu irgendeinem Zeitpunkt bis zu einem gewissen Grad zerstört worden.

»Was zur Hölle …«

Es war Brumm. Seine Stimme klang trocken und leise. Ich wandte mich von Autumn ab, die noch immer über ihre Träumerei von unserer Flucht lächelte, und folgte dem Blick des Kanoniers nach oben, während er einen kautabakschwarzen Strahl ausspuckte und ihn über den Schädel eines gehörnten und mit Reißzähnen versehenen Humanoiden verteilte, der mit Rissen übersäht vergessen auf dem Kavernenboden lag.

In die felsige Decke darüber war etwas gemeißelt, das an eine Sphinx erinnerte. Nur, dass ihr Kopf ein grinsender Menschenschädel war. Die Skulptur nahm den größten Teil der Höhlendecke ein und sah aus, als wäre sie vor langer Zeit aus dem Stein dort oben herausgearbeitet worden. Aber da war noch mehr.

Hinter dem Schädel der gewaltigen Sphinx befanden sich zwei gekreuzte Pfeile. Massiv und quer über die ganze Decke. Aus dem Schädel ragte ein Schwert heraus, dessen Griff bis zum Boden der Höhle darunter reichte, und darin waren die Überreste einer altersschwachen Tür zu sehen. Der Eingang zur Gruft. Es handelte sich um eine riesige Bronzetür, die jedoch im Laufe der Zeit Grünspan angesetzt hatte und nun zerbrochen im Rahmen lag.

Wir alle, auch die Scharfschützen hinter uns, starrten das unglaubliche Kunstwerk über unseren Köpfen an. Wenn wir die Gruft betreten wollten, mussten wir also unter dem Schädel hindurchgehen und durch eine Öffnung im Schwertgriff treten.

»Hm«, murmelte Kurtz.

Danach sagte niemand mehr etwas. Wir warteten alle darauf, dass Kurtz eine Erklärung abgeben würde. Aber er tat es nicht. In der Höhle war es still wie auf einem

Friedhof, nur das Rauschen des Wasserfalls am Eingang war zu hören.

Die Grabesstille wirkte irgendwie ironisch. Schließlich war es ja eine Gruft.

»Was nun, Sar'nt?«, fragte Tanner.

Wieder sagte der Sergeant einen langen Moment lang nichts. Dann: »Ich weiß es nicht«, flüsterte er fast zu sich selbst. »Aber … das kommt mir irgendwie bekannt vor.«

Ich wusste, was er meinte. Es war fast so – und vielleicht lag das an der Gemeinschaft der Jäger und der momentanen Fähigkeit, die Gedanken der anderen lesen zu können –, aber es war fast so, als könnte ich sehen, wie sein Geist an dem Problem arbeitete, das Bild der Skelettsphinx über uns zu entschlüsseln. Ich sah, wie er in seinem mentalen Büro in Aktenordnern blätterte und versuchte, die Informationen zu finden, die das Bild der Statue in der Höhle auf seiner Festplatte wachgerufen hatte.

Oder vielleicht war das die Sache, die Vandahar angedeutet hatte. Mein Talent. Meine Offenbarung. Vielleicht war die Tatsache, dass ich in seinen Geist schauen konnte, genau das. Denn ich hatte nicht das Gefühl, dass irgendjemand sonst in Kurtz' mentalem Archiv nach Hinweisen suchte. Nur ich. Ich war dort.

Ich habe gesehen oder gefühlt – so genau weiß ich das nicht –, wie er ein 4187 weglegte. Das ist ein Formular, das man bei der Army ausfüllt, um einen Spezialausbildung zu machen. Man kann es auch aus einem anderen Zweck ausfüllen. Aber aus irgendeinem Grund ging es in diesem Fall um einen Antrag auf eine Spezialausbildung. Er nahm es kurz in die Hand, weil es interessant war, und legte es dann gedanklich beiseite, weil er dachte, es sei nicht das, wonach er suchte. Ich konnte das alles praktisch vor mir sehen.

Vielleicht lag es daran, dass mein Vorrat an Instantkaffee auf drei Päckchen geschrumpft war. Vielleicht hat die Rationierung und meine daraus resultierenden niedrigen Blutkoffeinwerte, die daher rührten, dass ich nicht mehr so oft die üblichen exzessiven Mengen zu mir nahm, eine Art unglaublicher neuer geistiger Kräfte freigesetzt. Wenn dem so wäre … würde ich mich immer noch für Kaffee entscheiden. *Du* verbiegst Stahlträger mit deinem Geist, Magneto? Toll. *Ich* gönne mir lieber einen soliden Pourover aus Costa Rica, wann immer es geht. Netter Versuch, Satan.

Ich ging hinüber und hob das 4187er-Formular auf, das auf dem Boden von Kurtz' Geist lag.

Studierte es.

Antragsteller beantragt Teilnahme an der Auswahlphase des Q-Kurses. SF.

Es leuchtete mir förmlich vom Blatt entgegen. Als ob mich die Worte zwingen würden, sie zu lesen.

Aber ich hatte immer noch keine Ahnung, worum es ging. Was das Bild eines Skeletts mit zwei Pfeilen und einem Schwert im Kiefer mit den Special Forces, den Green Berets oder Chief Rapp zu tun haben sollte. Doch ich wusste, dass dieser unscheinbare Wisch unter all den Dingen, die sein müdes Gehirn zu finden suchte, alles für ihn zusammenfügen würde. Er hatte ihn einfach verworfen. Aber mein Geist sah, dass er das war, was er brauchte, um das Rätsel zu lösen.

Dieser Ort war unheimlich.

»Special Forces«, sagte ich zu Sergeant Kurtz in der gleißenden Dunkelheit, während er das faszinierende Bauwerk über uns studierte.

Kurtz drehte sich zu mir um. Seine Miene spiegelte pure Mordlust wider. Und das war auch gut so. Kurtz kannte nur zwei Gesichtsausdrücke. Mörderisch und verächtlich. Mörderisch bedeutete, dass er einen als etwas Wichtiges betrachtete. Es bedeutete, dass ich einen Volltreffer gelandet und sein Schlachtschiff versenkt hatte. Oder in diesem Fall, dass ich die Punkte für ihn verbunden hatte.

Er nickte langsam, als sich alles zusammenfügte.

Dann betrachtete er wieder die Statue.

»Das ist nicht unbedingt das SF-Logo. Aber es ist … auf seltsame Weise ähnlich. Ich habe sogar schon mal gesehen, dass sie einen Totenkopf zwischen die Pfeile gesetzt haben. Normalerweise mit einem grünen Barett. Inoffiziell. Aber … Ja … Es ist so etwas wie das Emblem der Special Forces.«

Die anderen Ranger stimmten zu, sobald sie es erkannten.

Dank mir.

Sogar Kennedy meldete sich zu Wort. »Das Lateinische … *De Oppresso Liber* … Das fehlt allerdings. Aber wenn man den großen, seltsamen Schädel ausklammert, stimmt es fast haargenau überein. Vielleicht ist eine andere Abteilung von Area 51 vor uns hierhergekommen?«

»Nun«, meinte Tanner. »Dann müssten sie durch das QST gegangen und schon vor langer Zeit vor Ort gewesen sein. Sie haben das nicht über Nacht gemacht. Auch nicht in den letzten zwei Wochen. Das ist schon eine ganze Weile hier.«

Der SEAL hatte von zwanzig Jahren gesprochen. Waren andere schon vorher eingetroffen? Jahrhunderte zuvor?

Ich erinnerte mich an Last of Autumn, vielleicht durfte ich nach dem Traum von dem Boot und der Stadt auch nur Autumn sagen. Genauer gesagt erinnerte ich mich an sie und Vandahar, wie sie die Geschichten über die uralte Vergangenheit der Ruine erzählten. Der alte Zauberer sagte, die *Ilnari* seien vor den Drachenelfen aufgetaucht. Und soweit mein Geschichtswissen, das ich seit unserer Reise durch das QST erworben hatte, reichte, war das über achttausend Jahre her.

Sie hatten das ewige Leben gesucht. Hatten einen Pakt mit den Sauren geschlossen. Mit jemandem namens Sût der Unsterbliche.

»Kommt schon … Zeit, zur Tat zu schreiten. Die Nacht läuft uns davon«, sagte Kurtz. Und so war es auch.

Das Angriffsteam bewegte sich auf die gebrochene Bronzetür zu, die sich im Griff des Schwertes befand, das aus dem schief grinsenden Schädel herunterragte. Technisch gesehen war die Tür offen, aber die Ranger formierten sich trotzdem und gingen hinein, so wie sie es in der Häuserkampf-Ausbildung gelernt hatten. Einen Moment später wurde Entwarnung gegeben und der Rest von Team Rogue betrat die Gruft.

Wir hatten gerade mal dreißig Sekunden Zeit, bevor die erste Falle ausgelöst wurde. Im Inneren sahen wir an den Wänden die Schemen von etwa zehn sechsarmigen Skeletten. Vielleicht in den Stein gemeißelt, vielleicht freistehende Statuen. Sie waren groß. Jeder ihrer knochigen Arme hielt ein wie ein Krummsäbel gebogenes Schwert. Ihre schwarzen Augenhöhlen, die tief in den Stein eingelassen waren, starrten seelenlos nach vorne, während sie mit ihrem lippenlosen Lächeln auf unseren nächsten Schritt zu warten schienen.

Das war es, was ich in den Sekunden sah, bevor sie zum Leben erwachten. Oder zum Unleben. Oder was auch immer.

»Ziemlich gruselig, Sar'nt«, hörte ich Tanner in der Stille des Totenreichs sagen.

In diesem Moment traten die Dinger einfach aus ihren Plätzen in der Wand, und alle sechs Arme schwangen die Schwerter. Unglücklicherweise fingen die Skelette nicht an, mit den Schwertern herumzufuchteln und raubtierhafte Kreise um uns zu ziehen, bevor sie angriffen, wie es vielleicht in einem Film der Fall gewesen wäre. Um den Helden die Möglichkeit zu geben, eins nach dem anderen zu erledigen. Nein. Sie stürzten sich alle gleichzeitig auf uns, kamen geradewegs auf uns zu, alle sechs Schwerter schwingend. Insgesamt sechzig Schwerter, falls ich Ihnen das Rechnen ersparen soll. Es war wie ein unerwarteter Tsunami von Killer-Skeletten.

Ich hörte, wie Jabba winselnd davonhuschte, während er Munitionstrommeln und den maßlos überladenen Rucksack trug, den Soprano für ihn vorbereitet hatte.

Die Vorgabe für das Team lautete, weder die 240er noch eine der anderen nicht-schallgedämpften Waffen zu benutzen, während wir uns auf unser Ziel oben auf der Verschollenen Bibliothek zubewegten. Wir wollten die Sache ruhig angehen. Wenn McCluskey Schüsse aus den Gewölben hörte, selbst wenn sie fünfhundert Meter unter ihm fielen, würde er wissen, dass er angegriffen wurde. Dann würden die Ranger, die das Haupttor attackierten, höchstwahrscheinlich auf eine gewappnete feindliche Streitmacht stoßen.

Kein Überraschungsfaktor mehr für uns. In diesem Fall mussten wir der Inbegriff von »*stillen Profis*« sein. Jeder aus dem Team hatte sich im Elfenlager eine Garotte gebastelt, und viele waren regelrecht erpicht darauf, sie bei dieser Operation einsetzen zu können. Wahrscheinlich in der

Hoffnung, endlich »Tod durch Strangulieren« von ihrer Bucket List streichen zu können.

Ranger. Ihr schlimmster Albtraum. Und einer der Hauptgründe, warum man sich als Bösewicht aus der Dritten Welt besser nicht mit den Vereinigten Staaten von Amerika anlegt.

Für etwas anderes als einen Überraschungsangriff hatten wir keine Munition. Und wir hatten nur einen Versuch, es zu schaffen.

Das Angriffsteam griff sofort mit reflexartigem Unterdrückungsfeuer an. Ihre Waffen befanden sich bereits in gesenkter Bereitschaftsstellung, und sie gingen sofort zum gezielten Schnellfeuer über. Ausbildungs-Standard. Kein wildes Geballer in die ungefähre Richtung des Feindes. Diese Männer hatten nicht nur für Überfall- und Räumungsoperationen trainiert, sondern auch für Situationen, in denen jeder im Gebäude nichts als schlechten Atem und noch schlechtere Absichten hatte. Dazu kamen AK-47 und Sprengstoffgürtel.

Wild um sich schlagende, rennende Skelette zerbarsten plötzlich zu staubigen Knochensplittern, als die Schützen in den wenigen Sekunden, die ihnen zur Verfügung standen, bevor die Skelette in »Nahkampfreichweite« kamen, auf sie schossen.

PFC Kennedys Worte.

Der Raum war breit, vielleicht dreißig Meter, was bedeutete, dass die Skelette fünfzehn Meter bis zur Mitte des Raums zurücklegen mussten, wo wir uns befanden. In der gegenüberliegenden Wand vor uns ragten zwei Bronzetüren wie die erste auf, nur dass diese noch intakt waren.

Niemand brauchte den Rangern zu sagen, dass sie nicht nach dem Standardprotokoll des kontrollierten Doppels vorgehen mussten. Zwei in die Brust und dann zwei in den Kopf. Die Skelette hatten keinen Torso, sondern nur knöcherne Brustkörbe. Aber Schädel hatten sie allemal.

Ich stand neben Autumn und hatte eins der Skelette im Visier. Sie hob die Hand, in der sie ein kleines silbernes Kreuz hielt, und richtete es direkt auf die drei Skelette, die auf uns zurannten.

Ich musste erst einmal zielen, bevor ich abdrückte. Ein sich bewegendes Ziel, das wirre Haken schlägt, ist nie leicht zu treffen. Wenn man sich dann allerdings noch in einer Gruft befindet und dieses heranrasende Ding zufällig das Gerippe eines sechsarmigen Kriegers ist, der mit glänzenden Säbeln herumfuchtelt, während man noch Sekunden zuvor dachte, es handele sich um in die Wand gemeißelte Reliefs ... Dann wird es schon ein bisschen schwieriger.

Aber nur ein bisschen.

Schließlich hatte Chief Rapp unsere Schießkünste auf dem Weg hierher auf das nächste Level gebracht. Er organisierte kleine Schießstände und Trockenübungen, wann immer er konnte. Er gab uns wertvolle Tipps und zeigte uns Techniken, die der Grund dafür waren, dass die Schützen der Special Forces zu den Besten der Welt zählen. Nicht umsonst werden sie in der Army als die Super Friends bezeichnet. Was hauptsächlich daran liegt, dass sie auch in Extremsituationen höchstprofessionelle Schützen sind.

Und in so einer Extremsituation befanden wir uns definitiv. Maximaler Gänsehautfaktor. Selbst für so manchen Ranger, da will ich Ihnen nichts vormachen.

Ich drückte den Abzug und sah zu, wie Rippen und Sternum in staubigen Explosionen zersplitterten. Wahrscheinlich habe ich auch das Schlüsselbein des Skeletts gestreift, und die Knochensplitter flogen in alle Richtungen, ganz zu schweigen von dem Gemetzel ringsum, das die Ranger mit ihren Waffen anrichteten.

Auf einmal brannten alle drei Skelette, auf die Autumn ihr silbernes Kreuz richtete, wie altes Papier, das an den Rändern Feuer fängt, von wo es sich nach und nach ausbreitet. Auch bei ihnen arbeiteten sich die Flammen von außen nach innen vor. Ich weiß noch, dass ich so etwas einmal gemacht habe, als ich als Kind eine Piratenkarte von der Ranch meines Vaters basteln wollte, die ich jedes Jahr besuchte. Sie sollte alt aussehen, wissen Sie? Aber die Skelette verbrannten nicht nur peripher, sondern verwandelten sich vollends in staubgraue Asche.

In Sekundenschnelle waren die Skelette tot. Mal wieder.

Einer der Spotter hatte einen ziemlich heftigen Schnitt quer über die Wange und die Kopfhaut davongetragen, als eines der Skelette und seine sechs Säbel ihm etwas zu nahe gekommen waren. Es floss viel Blut.

»Sichert den Raum«, knurrte Kurtz Brumm an. »Und haltet die Augen offen, ob noch mehr aus den Wänden kommen.«

Dann begab er sich mit Sergeant Thor zu dem Verwundeten und begutachtete seine Verletzung.

»Halb so wild«, sagte Kurtz nach ein paar Sekunden. »Nichts, was ein bisschen Sekundenkleber und Panzertape nicht wieder zusammenflicken könnten.«

KAPITEL 54

Die Bronzetüren, die in die inneren Kammern der Gruft führten, waren eine harte Nuss, die es zu knacken galt. Nach vielen Inspektionen und Vorsichtsmaßnahmen in Bezug auf Fallen, die wir jetzt schlicht als USBV – Unkonventionelle Spreng- und Brandvorrichtungen – bezeichneten, wurde schließlich beschlossen, eine der drei mitgebrachten Sprengladungen zu verwenden, um einzudringen. Das war alles, was der Ranger-Trupp noch hatte.

Denn wir mussten entweder die Schmiede zurückerobern oder lernen, in unserem bronzezeitlichen Umfeld zurechtzukommen, also buchstäblich spartanisch zu sein. Und das taten wir bereits bis zu einem gewissen Grad. Die meisten Ranger trugen jetzt entweder gefundene Waffen oder die Tomahawks, die einige der echten Rogers' Ranger so gerne verwendet hatten, bei sich. Typen wie Kurtz und Thor auf jeden Fall. Ich hatte ein Schnappmesser. Das schäbige alte Kurzschwert hatte ich nach einer Weile weggeworfen. Es war fast stumpf und von unzähligen Kerben entstellt. Wahrscheinlich hatte es irgendein rangniedriger Wicht wie Jabba getragen, bis die Ranger auf dem Scharfschützenhügel ihm den Gnadenstoß versetzten.

»Was erwartet uns auf der anderen Seite der Tür, wenn wir sie aufgebrochen haben, Kennedy?«, zischte Kurtz, als wir uns bereit machten, das Allerheiligste der Gruft zu stürmen, indem wir die bronzene Flügeltür sprengten. Ich konnte förmlich spüren, wie weh es ihm tat, dass er Kennedy diese Frage stellen musste.

Kennedy machte ein Gesicht, als wollte er fragen: *Woher soll ich das wissen?«*

Aber unser Zauberlehrling wusste es besser. Er wusste, dass Kurtz hier auf Messers Schneide stand. Zentimeter entfernt von einem gefährlichen Absturz. Man sollte ihn besser nicht provozieren.

»Nun, Sar'nt«, begann Kennedy mit leiser Stimme, was seine Art zu sprechen war und wahrscheinlich ein weiterer Grund dafür, dass die Ranger ihn nicht als einen der ihren ansahen. »Das hier ist das, was man in Dungeons & Dragons einen Dungeon nennt, also einen Kerker, technisch gesehen. Aber um genau zu sein … ist es eigentlich eine Art von Dungeon, Sar'nt.«

Kennedy bemerkte trotz all seiner Macht und offensichtlichen Intelligenz nicht den mörderischen Ausdruck in Kurtz' Augen.

»Und um was für eine *Art* Dungeon handelt es sich hier, Sie Schlaumeier?«, wollte Kurtz wissen. Mit genervter Betonung auf »Art«.

»Um eine Gruft, Sar'nt«, antwortete PFC Kennedy schnell.

Der Todesblick intensivierte sich.

»So weit waren wir ja schon. Aber was bedeutet das *konkret*, PFC, außer dass hier unten seit tausend Jahren tote Menschen im Dreck begraben liegen?«

»Na ja, im Grunde genommen tun sie das nicht, Sar'nt. Sie sind nicht begraben. Sie wurden … zur Ruhe gebettet und …«

Kennedy fing Kurtz' Blick Kurtz auf, doch er hob die Hand, um Kurtz entweder vor einer fauchenden Tirade oder einer Dezimierung der Einheit abzuhalten.

»Das ist wichtig, Sar'nt«, sagte Kennedy und versuchte, dem Sturm zuvorzukommen, »denn … ‚zur Ruhe gebettet‘ bedeutet, dass diese Skelette, die aus den Wänden kamen, nicht unter der Erde sind. Nicht begraben. Sie sind da drinnen« – er deutete auf die Türen – »und warten höchstwahrscheinlich in einer Art untotem Dämmerschlaf darauf, dass wir reinkommen und sie stören. Dann werden sie uns auf irgendeine Weise angreifen.«

Kurtz hörte dies, nickte verständnisvoll und stellte eine weitere taktische Frage nach der Position unserer Feinde. »Werden wir es mit ähnlichen Feinden wie diesen Skeletten zu tun bekommen? Auf freiem Feld und bereit zum Abschuss? Oder gibt es noch andere Arten von … Einheiten …, auf die wir hier unten treffen könnten?«

»Ich weiß es nicht, Sar'nt«, gestand Kennedy. »Diese Welt ist nicht eins zu eins auf mein Spiel übertragbar. Ich meine … zugegeben, es gibt Ähnlichkeiten. Und die Untoten warten sicher schon und sind bereit. Das ist irgendwie ihr Ding. Der Totenschlaf, nennen wir es mal so, ermöglicht ihnen das. Normalerweise bewachen sie irgendwelche Schätze, die wir dann plündern könnten, um an nützliche Dinge wie Tränke oder magische Gegenstände zu gelangen. Aber das bringt andere … Probleme mit sich. Aber ja, es gibt verschiedene Arten von Untoten. Einige davon kommen nur in Grabstätten vor. Das ist es doch, was Sie wissen wollten, Sar'nt, oder? Es gibt verschiedene Arten, auf die wir treffen könnten. Das ist sicher.«

»Wie zum Beispiel …?«

Kennedy schluckte schwer und nahm seinen Stab mit dem Drachenkopf in die andere Hand, während wir alle dastanden und unseren nächsten Schritt planten.

»Nun, da wären die Skelette. Offensichtlich. Zombies sind per Definition auch Untote. Gruftschrecken. Sie sind so was wie … untote Krieger. Sonnenlicht schadet ihnen, und ich glaube, ich kann mit dem Stab da etwas machen. Aber sie sind keine richtigen Geister. Die könnte es auch geben – Geister. Banshees, also Todesfeen. Geisterklasse. Ich weiß nicht, ob unsere Waffen denen überhaupt etwas anhaben können. Normalerweise braucht man magische Waffen, um mit dieser Monsterklasse fertig zu werden. Die Klasse ist so was wie ihre Kategorie.«

»Magische Waffen?«, fragte der Sergeant nach einem Stoßseufzer. Hatte ich schon erwähnt, dass seine Fingerknöchel schon weiß anliefen? Er hatte seine Mechanix-Handschuhe noch nicht angezogen.

Es sind die kleinen Details, die mich faszinieren. Ich kann einfach nicht anders.

Kennedy nickte und schaute sich um, fast peinlich berührt, laut über solche Themen sprechen zu müssen. Es war offensichtlich, dass wir uns auf unangenehmes Terrain begaben. Er war nicht gerade stolz auf seine Spielleidenschaft, auch wenn er sie offensichtlich liebte. Ich verstand das. In der zivilen Welt hätte man Kennedy sagen können, er solle doch einfach mal seinen Spleen ausleben. Meine Erfahrung beim Militär hatte mich jedoch gelehrt, dass die Dinge hier anders standen. Konkurrenzdenken und Alphatierverhalten wurden gefördert. Andersartigkeit wurde mit Misstrauen beäugt. Die Woche, in der Kennedy sich als eine Art Experte etabliert, und die Autorität, die er inoffiziell erlangt hatte, schienen sich vor Kurtz' messerscharfem Blick wie Nebel aufzulösen. Doch Kennedy machte weiter, weil er wusste, dass es für unsere Mission wichtig war. Und damit hatte er recht. Es bestand die Möglichkeit, und die Wahrscheinlichkeit war ziemlich hoch, dass wir bei dem Unterfangen sterben würden. Erinnern Sie sich an die Geschichte, dass bisher niemand, der die Schlafenden Hallen betreten hat, davon berichten konnte?

Wir benötigten also jeden Vorteil, den wir kriegen konnten. Und Informationen darüber, was uns erwarten könnte, waren alles, was wir hatten.

Das Training auf dem Weg nach unten bestand nicht nur aus Trockenschießübungen mit Chief Rapp und Häuserkampfstrategien, sondern auch aus Monsterbestimmungskursen unter der Leitung von PFC Kennedy, der jeden Abend nach dem Marsch Hof hielt, manchmal unterstützt von Last of Autumn und Vandahar. Die Ranger-Sergeants, und das ist ihr Verdienst, ertrugen diese nerdige Unterweisung und bewerteten das Thema taktisch, wobei sie sehr erfinderisch wurden, wenn es darum ging, wie man mythische Bestien wie Minotauren und Erdkolosse am besten töten konnte. Für Hardt und Kurtz, die selbsternannten Hüter des Ranger-Hardcore, war es etwas schwieriger; während dieser Sitzungen wirkten sie eher wie Kinder, die in Anzüge gezwängt und an einem Tag, der prädestiniert wäre zum Angeln oder für Lausbubenstreiche, unwillig zur Sonntagsschule geschickt wurden. Doch zu ihrer Verteidigung sei gesagt, dass auch sie durchhielten.

Kennedy wiederholte also den Stoff, den wir bereits behandelt hatten. Eine Auffrischung für den Truppenführer und alle anderen, die die Informationen beim ersten Mal vielleicht nicht ganz so gut verinnerlicht hatten. Vielleicht wollte Kurtz aber auch einfach nur eine zweite Gelegenheit bekommen, sowohl die Informationen als auch den Private zu hassen, der sie vermittelte.

»Eine magische Waffe ist so etwas wie …«, fuhr PFC Kennedy fort, »… wie ein Schwert von großer Macht. Wie bei König Artus oder Thundarr der Barbar. Oder – oh ja, das könnte wichtig sein – es könnte einfach aus Silber sein. Das ist sehr effektiv gegen Lykanthropen, aber wahrscheinlich auch gegen Geister. Ich kann mich nicht erinnern. Wenn wir unsere Smartphones aufladen könnten, hätte ich alle meine Bücher da drauf. Oh, Moment. Ich schätze … mein Stab hilft auch.«

Ich hatte keine Ahnung, wer Thundarr war. Conan sagte mir was. Ich hatte den Schwarzenegger-Film gesehen. Das Drehbuch stammte von Oliver Stone. Ich hatte mal einen Kurs über Filmwissenschaft belegt. Allerdings wusste ich nicht, dass es mehrere berühmte Barbaren gab. So wie diesen Thundarr. Aber anscheinend hatte er ein cooles Schwert. Nach coolen Schwertern Ausschau halten, notiert. Gut zu wissen.

»Was ist ein Lykantrupp?«, fragte Thor. Seine Augen funkelten, als er dem jungen PFC zuhörte. Als wäre das Töten von etwas Neuem etwas, an dem er gerade Gefallen gefunden hatte. Ein bisschen wie beim Sammeln von Pokémon. Nur dass man sie alle im Kampf tötete, anstatt sie in kleine rot-weiße Bällchen zu sperren.

Kennedy drehte sich in der finsteren, mit Skelettknochen übersäten Kammer. Dank der Gemeinschaft der Jäger konnten wir uns in der Dunkelheit sehen.

»Lykan*throp*, Sergeant. Werwölfe, Werbären, Werratten. So was in der Art.«

»Werbären?«, wiederholte Thor. »Ich dachte, das gibt es nur bei Wölfen. Wolfsmenschen, richtig?«

Kennedy nickte. »Werbären sind möglich.«

Der Wikinger-Sergeant murmelte ein fast unhörbares »Cool«. Als hätte er gerade die neueste Renn-Ducati im Ausstellungsraum gesehen und wüsste jetzt, wohin sein nächster Einsatzbonus fließen würde.

»Was noch?«, fragte Kurtz.

Kennedy blickte zur Decke der Gruft hinauf und holte tief Luft. »Äh … Grul. Die könnte es geben. Sie sind wie Ghule, die ziemlich streng nach Tod riechen. Ghule sind so etwas wie … tote Menschen, die im Leben wirklich böse waren. Leute, die gehängt wurden. Verflucht, könnte man sagen. Die lungern einfach rum und ernähren sich von Leichen.«

»Klingt lustig«, bemerkte Tanner. Keiner lachte.

»Dann Mumien und Vampire natürlich«, fuhr Kennedy fort.

Ich hatte niemandem verraten, dass McCluskey sich als Letzterer entpuppt hatte. Das Kommandoteam hatte das Gefühl gehabt, es könnte die Glaubwürdigkeit verlieren, wenn verbreitet wurde, dass der SEAL gesagt hatte, er sei ein Vampir, und so war das Wissen nur wenigen Auserwählten zugänglich geblieben. Ich konnte Captain Messerhands Argumentation nachvollziehen. Die Ranger, so knallhart und abgebrüht sie auch sein mochten, hatten bereits mit einer Menge verrückter Dinge zu tun. Da brauchten sie nicht auch noch blutsaugende SEALs.

Ich hielt das für eine falsche Entscheidung. Nachdem ich die Ranger beobachtet und unter ihnen gelebt hatte, wäre die Ankündigung, dass sie einen zum Vampir gewordenen SEAL beseitigen mussten, meiner Meinung nach in etwa so gewesen, als würde man kostenlos Dip und Energydrinks ausgeben.

Ihr Tag wäre schlagartig besser geworden.

Wie auch immer, jetzt war es an der Zeit, alles offenzulegen. Wie schon gesagt … Wir brauchten sämtliche Informationen, wenn wir hier lebend rauskommen wollten. Wenn McCluskey ein Untoter war, dann bestand höchstwahrscheinlich eine Art Bündnis, eine Wahlverwandtschaft, wie auch immer man es nennen will, mit dem, was uns hier unten erwarten könnte. Wahrscheinlich konnte er mit ihnen in irgendeiner Form kommunizieren. Also erzählte ich ihnen, was ich über Chief McCluskey wusste, den Mann in Schwarz, der am zweiten Tag der Schlacht am Ranger-Alamo über den Fluss gekommen war. Ich erzählte ihnen, dass er angedeutet hatte, eine Art Vampir zu sein, und dass diese Verwandlung irgendwann in seinen zwanzig Jahren in der Ruine stattgefunden hatte, wenn man seiner Geschichte Glauben schenken konnte. Unter den Rangern war bereits bekannt, dass der Fremde, dieser Mann in Schwarz und wahrscheinliche König Triton, ein SEAL aus einer der Einheiten in der Area 51 war. Lediglich die Tatsache, dass es sich bei ihm auch noch um einen Vampir handelte, war ihnen neu.

Ein nebensächliches Detail.

»Logisch«, murmelte Tanner, und der Rest der Ranger pflichtete ihm bei.

»Lichs!«, rief Kennedy plötzlich aus, während er sich den Kopf über imaginäre Monster zermarterte, die er einst mit seinen Würfeln getötet hatte. »Die könnte es geben. Das ist aber eher unwahrscheinlich. Sie haben ein sehr hohes Level. Im Prinzip sind das Zauberer, die aus Machtgier verrückt geworden sind und sich in unsterbliche Skelette verwandelt haben, damit sie länger leben, magische Untersuchungen durchführen und noch mehr Macht erlangen können.«

»Du meinst wie … die *Ilnari*«, warf ich ein und unterbrach die »Merk dir alle Untoten, die du töten kannst, oder stirb im Kampf gegen den einen, den du verpasst hast«- Blitzrunde, die Kennedy gerade ausrichtete. »Die *Ilnari*, die nach Dingen suchten, die laut Vandahar nicht erforscht werden sollten. Die Geheimnisse des ewigen Lebens. Die Nicht-Menschen. Könnten das die Lichs sein?«

Kennedys zarter Mund formte ein kleines »o«, und ich konnte an seinem entrückten Blick erkennen, dass er die Fakten abwog, um herauszufinden, ob meine Hypothese tatsächlich richtig war.

»Ja«, antwortete er leise. »Das klingt sehr wahrscheinlich.« Und dann fügte er hinzu: »Und wenn das der Fall wäre … Dann hätten wir ziemlich große Probleme, Talker. Wenn es hier unten Lichs gäbe, wäre das eine Nummer zu groß für uns. Ich meine, rein hypothetisch gesprochen.«

* * *

Wenn das irgendjemanden zum Nachdenken bewegt hatte, so sah man es demjenigen zumindest nicht an. Kurtz kümmerte sich nicht um Lichs oder Wer-Ghule, die man nur mit einer Art *Excalibur* töten konnte. Er wollte sie alle umbringen und den Rest den Regeln überlassen.

Wer hat eigentlich gesagt, dass es Regeln gibt?

»Wenn es blutet, kann es getötet werden«, murmelte Brumm. Woraufhin Tanner antwortete: »Ich glaube nicht, dass diese Dinger noch Blut haben, Brumm. Schau dich um. Siehst du welches? Ich nicht.«

Brumm spuckte als Antwort einen Strahl Dip-Saft aus, der auf den Knochen eines weiteren Skeletts landete.

Laut Sergeant Kurtz würden wir unsere Zielzeit auf alle Fälle einhalten können.

»Wir schaffen es«, sagte er und schob Patronen in seine Rampage. Die kurzläufige Schrotflinte, die er auf die Mission geschmuggelt hatte. »Die Zeit läuft. Alle Mann aufstehen.«

Ein paar Minuten später knackten wir explosiv die Bronzetüren. Kopfhörer schützten unser Ohren, zumindest bis zu einem gewissen Grad. Wir zogen uns zurück, um der Druckwelle zu entgehen, und gaben Jabba und Autumn wegen ihres ausgeprägten Gehörs und ihrer langen Ohren einen zusätzlichen Gehörschutz, bestehend aus gewickelten und zusammengeknüllten Shemags. Das vierköpfige Team ging als Erstes rein, und ich konnte in den Sekunden, nachdem sie den Eingang gestürmt hatten, ziemlich gut sehen, wie alles ablief.

Ach ja, und die Tür dröhnte durch die Explosion wie ein Gong, der das Ende der Welt ankündigte. Diesen Teil hatten wir nicht vorausgesehen. Ruhe in Frieden, Überraschungsangriff auf andere Teile des Komplexes.

Es waren Gruftschrecken. Zumindest vermutete das der Zauberer PFC Kennedy am Ende des kurzen und sehr heftigen Kampfes, mit dem wir konfrontiert waren. Sergeant Kurtz hatte den Sprengsatz an den Türen angebracht, zwei riesigen dicken Bronzeplatten, in die seltsame arabisch anmutende Runen gekritzelt waren und die uns den Weg versperrten. Ich kann kein Arabisch lesen. Ich kann es sprechen, aber es zu lesen ist eine ganz andere Sache. Kurtz ließ die Ladung an etwas anbringen, das wir für ein Schloss hielten, da es wie eine Art großes Siegel aus sich windenden Schlangen in Form eines Keltenknotens aussah. Nur waren es keine keltischen Schlangen. Es war ein Fluss, und er kam mir vage ägyptisch vor.

»Hier«, sagte Last of Autumn, die unsere Gedanken durch die Gemeinschaft der Jäger lesen konnte. Sie folgte dem Gespräch anhand unserer gemeinsamen Bilder und Fragen. Dann deutete sie auf eine Lücke in den Fugen, die sich über drei Viertel der Länge der beiden Türen erstreckte. »Das ist das Schutzsiegel. Zerstört es, und die Tür könnte ihren Zweck verlieren.«

Wir gingen durch, wie es ablaufen sollte, und probten das weitere Vorgehen. Kurtz würde von der Teamleiterposition drei aus sprengen. Tanner würde von der ersten Position aus nach links stürmen. Brumm als Nummer vier nach rechts. Thor als Nummer zwei ebenfalls auf der linken Seite. Jeder deckte seinen Sektor ab. Beide Teams verbargen sich unter Explosionsschutzdecken.

»Denkt dran: Überraschung, Schnelligkeit, maximale Gewalt«, zischte Kurtz, als wir uns formierten.

Das musste keinem zweimal gesagt werden. Schließlich hatten wir das in der Ausbildung oft genug durchexerziert. Außer, dass Kurtz »*kontrollierte Gewalt*« durch »*maximale Gewalt*« ersetzt hatte. Das war Kurtz' Methode. Die Angreifer würden die Kontrolle über den Raum übernehmen und alles töten, was sich ihnen in den Weg stellte.

»Kein Double-Tap, es sei denn, es hat kein Herz. Und wenn das nicht funktioniert, schießt auf sie, bis sie die Form verändern oder Feuer fangen«, sagte Kurtz, als wir uns staffelten. Der Rest von uns würde nachkommen, sobald wir grünes Licht bekamen, oder die Unterstützung übernehmen, wenn es brenzlig würde. »Wenn es so ist wie bei den Skeletten, keine Schüsse in die Brust. Konzentriert euch auf den Schädel.«

Die Sprengladung, ein fünfzig Zentimeter langer Streifen aus Sprengstoff mit 2400er Körnung, der speziell dafür entwickelt worden war, Metalle extrem effizient zu durchschlagen, explodierte … und zerstörte die Verriegelung, die das in die antike Bronze der Tür eingearbeitete Siegel aus sich windenden Schlangen bildete. Doch die beiden riesigen Platten, die den Rest des Portals bildeten, rührten sich nur einen Zentimeter vom Fleck. Eine Sekunde später entlud sich ein jäher magischer Blitz wie ein Donnerschlag, den man rückwärts abspielt. Zumindest kam es mir so vor. Alles, was man riechen konnte, erinnerte an verbranntes Ozon.

Kurtz trat vor und versuchte, eine der Türen aufzutreten. Sie bewegte sich. Minimal.

»Talker, Soprano, zu mir!«, rief er.

So hatten wir es besprochen. Für den Fall, dass sich die Türen beim Versuch, sie aufzubrechen, nicht bewegen würde, sollten Soprano und ich von der Formation aus nach vorne laufen und versuchen, sie physisch zu öffnen, damit unsere Angreifer eindringen und den Raum räumen konnten.

In der Sekunde, in der er unsere Namen rief, verstand ich den »Todestrichter«, von dem die Veteranen im Zusammenhang mit Einbruchsoperationen gesprochen hatten. Ich hatte das als Übung während der Grundausbildung gemacht. Damals spürte ich einen gewissen Nervenkitzel, der allerdings durch die Tatsache gedämpft wurde, dass es nur Training war.

Diesmal war es echt.

Sehr echt sogar.

Wir hörten den Ruf des Sergeants und rannten nach vorne. Ohne nachzudenken. Mein Herz schlug nicht nur, es raste. In meiner Brust pochte es so stark, dass ich merkte, wie mir das Blut in den Ohren rauschte. Hätte ich etwas zu sagen gehabt, hätte ich wohl kaum ein Wort herausgebracht.

»Werft euch mit dem Rücken dagegen!«, rief Kurtz, als wir uns näherten. Er zeigte uns mit seinen Angriffshandschuhen deutlich, wo er uns haben wollte. Dann befahl er: »Unten bleiben!«

Die Kerle mit den scharfen Waffen stürmten über uns hinweg. Am besten, man steht ihnen nicht im Weg.

Wir prallten mit unserem ganzen Körpergewicht gegen die beiden Türen. Der schmächtige Soprano und ein Linguist, der nicht viel mehr wog. Die Zeit drängte, und ich spürte, wie ich wie ein Rammbock gegen die Tür schlug, um sie aufzustoßen. Wenn es da drin Feinde gab, hatten wir nur ein paar Sekunden Zeit, um die Ranger hineinzubringen und sie alle zu töten, bevor unsere Gegner herausfanden, dass etwas nicht stimmte. Die Frage war nur: Wer oder was war der Feind? Welcher neue Schrecken wartete auf uns, mit dem wir nicht gerechnet hatten? Man konnte nicht alles vorausplanen. Das Unbekannte, und das war das Unheimlichste, war eben genau das. Unbekannt. Und genau das machte es so gefährlich. Wie der Todestrichter, nur auf Drogen. Diesmal gab es keine Pappkameraden, auch keine Dschihadisten. Diesmal würden wir etwas finden, das noch nie jemand gesehen hatte. Oder zumindest … niemand, der noch lebte.

Niemand aus unserer Welt.

Die Türen waren schwer. Unglaublich schwer. Soprano und ich drückten mit unserem ganzen Körpergewicht dagegen, und sie öffneten sich langsam mit einem leisen Ächzen, aber es dauerte ewig.

Wenigstens fühlten die zwei entsetzlich langen Sekunden, in denen wir völlig ungeschützt waren, sich so an.

»Runter!«, schrie Kurtz, als die Soldaten den Raum stürmten und das Feuer eröffneten. Ich schlug auf dem Boden auf und roch nichts als den alten Staub in meinem Gesicht und meiner Nase. Ähnlich wie der Geruch von alten Büchern in den Regalen der ehrwürdigen Bibliothek einer jeden Eliteuniversität. Ein Geruch, der mir sehr vertraut war. Aber dieser hatte etwas Verrottetes, Fauliges … fast schon Giftiges an sich, als ich dort auf dem Boden lag und heiße leere Messinghülsen auf mich niederprasselten. Ich musste niesen, während über mir die schallgedämpften Doppelschüsse fielen.

Es hatte eine fast rhythmische Kadenz. *Zwei für dich. Und noch zwei in dein Gesicht.*

Das Erstaunen war groß. Ich war mir nur nicht sicher, auf wessen Seite es größer war.

Die Geschwindigkeit war hoch. Die Ranger eröffneten den Kampf gegen die Gruftschrecken, wie uns Zauberer Kennedy später benannte.

Dazu maximale Gewalt. Die gab es natürlich auch. Das ist es, was Ranger am besten können.

Als Kurtz und Brumm sich auf unsere Seite des Raumes begaben, ihre Hauptfeuerrichtung beibehielten, um den Vorraum, den wir stürmten, abzudecken, und die Waffen von unserer Seite aus auf die gegenüberliegende Wand richteten, sahen die Gruftkreaturen tatsächlich aus wie verfaulende Ritter aus einer verlorenen und längst vergangenen Zeit. Gehörnte Helme und verdorrte

Rüstungen. Zahnloses Grinsen in verwesten Schädeln, an denen noch vereinzelte ledrige Fleischfetzen klebten. Schwere dunkle Breitschwerter.

Die explosive Detonation der Sprengladung hatte sie aus ihrem langen Schlummer geweckt. So viel war klar. Sie lagen in antiken Sarkophagen aus massivem Gold, die in zwei Reihen auf dem vertieften Boden der Krypta angeordnet waren. Lange steinerne Rechtecke mit einer seltsamen schnörkeligen arabischen Schrift, die in das Gold ziseliert und dann mit Türkis- und Aquamarinsteinen besetzt worden war. Schwere goldene Deckel, die vor langer Zeit beiseitegeschoben worden und auf dem umliegenden Boden zerschmettert waren.

Ich blickte auf und sah, wie die Ranger diese Monster mit wuchtigen Treffern traktierten. Zerfetzte papierne Stücke von altem mumifiziertem Fleisch flogen umher. Rüstungen lösten sich von schimmeligen Leichen. Doch nach wie vor erhoben sich die Gruftschrecken aus ihren goldenen Särgen und stürmten mit rot glühenden Augen auf die feuernden Ranger zu, die sich tief im Inneren der modrigen alten Gruft befanden.

Genau. Sie haben richtig gehört. Ihre Augen glühten wie höllenrote Glut. Und als Zugabe gaben sie schrille Zischlaute von sich, die sich anhörten wie die Stimmen ertrinkender Geister, die einen in einen Strudel aus Mondlicht hinabziehen wollten.

Die abgefeuerten Geschosse der Ranger trafen die Gruftschrecken, aber das schien ihnen nichts auszumachen. Zumindest drei liefen einfach weiter. Brumm entlud eine volle Ladung aus seiner SAW und zerlegte einen von ihnen in seine Einzelteile, als er versuchte, nach ihm zu greifen.

Sergeant Thor ließ seine Hauptwaffe fallen, als der Gruftschrecken, der sich ihm näherte, die Fünf-Meter-Marke überquerte. Er nahm die Hände vom Scharfschützengewehr, holte mit einem Tomahawk aus und schlug damit ein-, zwei-, dreimal kreisförmig ausholend auf den untoten Krieger ein, der den Fehler gemacht hatte, ihm zu nahe zu kommen.

Die Hiebe bewirkten bei dem Untoten wenig, außer dass sie sein Vorwärtskommen für eine Sekunde ins Stocken brachten. In keiner Weise hinderten sie ihn daran, das alte Stück Stahl, das aussah wie eine Art uraltes Breitschwert, hochzureißen. Die Kreatur stieß einen keuchenden Atemzug aus und schwang dann ihr schweres Schwert in Richtung des Ranger-Scharfschützen, der immer noch mit dem rasiermesserscharfen Tomahawk darauf einschlug.

Doch Sergeant Thor sprang rechtzeitig weg. Hustend und röchelnd wich er zur Seite aus, und das verkrustete Schwert des Gruftschrecken schlug auf dem Boden der antiken Krypta auf, wo es Funken sprühte, als es auf den alten Stein traf.

Thor nutzte den Fehlschlag seines Gegners, indem er auf einen Arm des Wesens einhackte und den Tomahawk mit voller Wucht in das untote Ding rammte. Drei schnelle Hiebe und er hatte das ledrige, mumifizierte Fleisch durchdrungen und den brüchigen Knochen darunter erreicht. Ein weiterer Schlag, und das längst tote Körperteil sackte auf den Boden der Grabkammer.

Der aus dem Gleichgewicht geratene Gruftschrecken versuchte, das schwere Stück Stahl, das sein Schwert war, aufzuheben und stolperte davon, wobei er Flüche und Verwünschungen ausstieß, die ich kaum aus dem in meinen

Ohren hybridem Arabisch übersetzen konnte, während der erbitterte Schusswechsel um mich herum weitertobte.

»Dieb!«

»Eindringling!«

»Nur der Tod erwartet dich hier!«

Ich erhob mich vom Boden, und Kurtz stand vor mir und hackte auf den Gruftschrecken ein, als dieser zu Boden ging, während seine verbliebenen knochigen Gliedmaßen unkontrolliert umherschlugen. Sergeant Thor bemerkte nicht, dass immer mehr von den Dingern aus den antiken Wandmalereien herauskamen. Überall um uns herum öffneten sich Geheimtüren.

Ich hob mein Gewehr und schrie »Feuer frei!«, um eins von den Wesen zu erledigen, das aus Sergeant Thors totem Winkel kam.

Der beste Schuss, den ich je abgegeben habe.

Vielleicht dank der Gemeinschaft der Jäger?

Oder war es die Chief-Rapp-Schule für Treffsicherheit und Special-Forces-Schießkunst?

Ich weiß es nicht. Aber ich habe das Wesen äußerst effektiv ausgeschaltet, indem ich zielte und ihm direkt in den Schädel schoss. Ich sah, wie eine meiner 5,56er-Kugeln den alten Kriegshelm durchschlug und durch den morschen Knochen am Hinterkopf des Gruftschrecken wieder austrat.

Zu meiner Rechten hörte ich das ohrenbetäubende Gebrüll von Sergeant Kurtz, der seine Schrotflinte abfeuerte und die Neuankömmlinge aus dem Weg räumte, indem er alte Knochen und Rüstungen mit dem konzertierten Schrotstrahl seiner Mini-Zwölfkaliber zermalmte. Später, nach dem Kampf, waren die Gruftschrecken nicht nur dezimiert, sondern recht buchstäblich dem Erdboden gleichgemacht. Er hatte ein ganzes Magazin verbraucht, um drei von ihnen zu erledigen, und ging dann mit der Rampage an die Arbeit, als die Dinge außer Kontrolle gerieten.

Keine Ahnung, wie lange das alles dauerte. Vielleicht … fünfzehn Sekunden. Wahrscheinlich dreißig, seit wir die Tür mit der Sprengladung aufgebrochen hatten.

Zehn zerstörte Körper um uns herum. Mindestens.

Der Kampf war vorbei, und die zerstückelten Leichen der Gruftschrecken lagen verstreut im prunkvollen Vorraum.

Der Trichter.

Und dann die Offenbarung …

Die Gemeinschaft der Jäger enthüllte trotz der schlechten Lichtverhältnisse alles in diesem Raum.

Aus dem Inneren der wunderschönen goldenen Sarkophage schimmerten uns funkelnde Edelsteine entgegen. Einige der Waffen auf dem Boden schienen in einem fast azurblauen Mondlicht zu leuchten.

Ich hörte Autumns Stimme in unseren Köpfen, die uns sagte: »Hier gibt es mächtige, berühmte Waffen.« Und wir konnten dank der Gemeinschaft erkennen, dass sie auf die glühenden Waffen auf dem Boden deutete.

Aber mich faszinierten vor allem die Szenen, die man mit getrockneten Farben, die vor langer Zeit angerührt worden waren, an die Wand gemalt hatte. Wie eine Mischung aus Hieroglyphen und Höhlenmalereien. Sie erzählten mir eine Geschichte über die Ruine.

Sie erzählten uns, was mit der Special-Forces-Einheit geschah, die viel zu früh hier aufgetaucht war, bevor sie sich in längst vergangenen Zeiten zu Kriegsherren aufschwang.

KAPITEL 55

Ich denke oft über das nach, was ich an den Wänden der unterirdischen Kammer gesehen habe. Die ocker- und petrolfarbenen Bemalungen, die Ereignisse von vor über achttausend Jahren darstellten, als die *Ilnari* die Ruine bevölkerten.

Als ein Team der SF ODA – Special Forces Operational Detachment Alpha – viel zu früh und gleichzeitig viel zu spät zu der Party kam. Und was aus ihnen geworden war.

Der Rest unseres Teams war damit beschäftigt, die Umgebung zu sichern und uns auf den nächsten Durchbruch vorzubereiten. Kennedy, Soprano und einer der Scharfschützen interessierten sich für den Inhalt der fantastischen goldenen Sarkophage. Allein in diesem ersten Raum befanden sich unermessliche Reichtümer. Edelsteine und Stammesschmuck aus Silber und Gold. Die Pfandhäuser außerhalb der Basis, in denen wir eigentlich nicht unsere Ausrüstung verhökern sollten, hätten einen guten Preis für dieses Zeug gezahlt. Jeder Ranger hätte sich wie der König der Welt gefühlt. Es gab Säcke voller Münzen, in die das Bild desselben stammesähnlichen Special-Forces-Totenkopfes mit gekreuzten Pfeilen eingeprägt war.

Einer der Scharfschützen hob einen Edelstein auf und starb dreißig Sekunden später, indem er einfach umkippte und in einen plötzlichen Schock verfiel, wobei sein Körper ohne erkennbaren Grund konvulsierte. Kurtz hatte keine Ahnung, was mit ihm los war, versuchte aber verzweifelt, den Mann zu retten, indem er ihm eine Spritze mit einem antichemischen Wirkstoff verpasste, weil das vielleicht etwas bewirken würde. Das tat es jedoch nicht, und nach einem Moment hörte der Körper des Mannes auf zu zittern und zu zucken.

Es war Autumn, die den Tod diagnostizierte.

»Gift«, flüsterte sie. »Er ist … vergiftet worden.«

Sie kniete sich hin und durchsuchte den Schatz, den der Scharfschütze aus Sarkophag geholt hatte. Mit ihrem kleinen gebogenen Dolch trennte sie einen Edelstein von den anderen. Es war der strahlendste Smaragd, den ich je gesehen hatte.

»Auf diesem hier liegt ein Fluch«, informierte sie mich.

Ich sah zu dem toten Scharfschützen auf dem Boden hinüber. Er war lila angelaufen. Tot infolge von Sauerstoffmangel. Aber nicht nur wegen Atemversagen. Es war gleichzeitig im ganzen Körper passiert. Als hätte seine gesamte Zellstruktur plötzlich beschlossen, dass Sauerstoff Gift sei. Jede Zelle war abgewürgt worden. Jede einzelne.

»Vielleicht durch die Seuche«, überlegte Tanner laut. »Ich habe so etwas auf YouTube gesehen, kurz bevor sie es aus dem Netz genommen haben. Könnte ein Überbleibsel der Nanopest sein.«

»Lasst alles stehen und liegen und macht euch bereit zum Aufbruch«, befahl Kurtz wütend. »Sergeant Thor … ist Ihre Abteilung damit einverstanden, ihn hier zu lassen, bis unsere Mission beendet ist? Dann kommen wir später hierher zurück, um ihn zu holen. Ich übernehme das persönlich.«

Thor, der breitbeinig neben der Leiche stand wie der Priester einer Gewichtheberreligion, der sich anschickt, eine Predigt zur Segnung des Gewehrs und zur Vermehrung der Muskelmasse zu halten, das Gewehr quer über der massiven Brust und der Ausrüstung hängend, die großen Hände über der tödlichen Waffe verschränkt, nickte ab, dass das für den Moment reichen würde.

Man würde sich um die Toten kümmern. Aber erst zu einem späteren Zeitpunkt. Nachdem das Töten und die Vergeltung erledigt waren.

Ich saugte so viel von den Wandfresken der Krypta in mir auf, wie ich nur konnte, bevor es Zeit war, weiterzugehen. Denn was ich da sah, war wie ein Blick auf unsere Zukunftsvision. Das, was aus der Einheit werden könnte.

Wenn wir die falschen Entscheidungen trafen.

Tanner stimmte mir zu.

»Wie ein Blick in den Spiegel, Talk«, murmelte er in die geschäftige Stille der Umgebungssicherung hinein. Tanner. Der Kerl, der nur mitgekommen war, weil er dachte, es sei eine gute Möglichkeit, die beiden Ex-Stripperinnen loszuwerden und der unvermeidlichen Anzeige wegen Trunkenheit am Steuer zu entgehen, die er sich vor einem Monat und zehntausend Jahren eingehandelt hatte. Jetzt philosophierte er über die dunkle Kunst, die wir an den Wänden eines Grabes dechiffrierten.

Es war klar, dass die toten − beziehungsweise die jetzt wieder toten − fast skelettartigen Krieger, die PFC Kennedy Gruftschrecken genannt hatte, Diener der *Ilnari* gewesen waren. Die Abbildungen erzählten ihre Geschichte.

Könige, die eine Meeresküste im eisigen Norden beherrschten.

Blockhäuser, die aussahen wie Schiffsrümpfe, vor Packeis und zerklüfteten Bergen.

Handel mit Getreide aus dem Süden. Handel mit dunkelgesichtigen Männern in Löwenfellen, mit glänzenden Speeren bewaffnet. Als ob die Männer in Wirklichkeit Löwen wären, die wie Menschen gingen.

Das könnte ein Problem werden, dachte ich. *Wenn wir keine Munition mehr haben.*

Dann kamen die *Ilnari* und versklavten die Eiskönige. An den Wänden war von Krieg und Feuer die Rede. Schlachten, die gewaltig gewesen sein müssen, in der Größenordnung des alten Sezessionskriegs. Die untere Hälfte der Wand war mit strichmännchenhaften Leichen übersät, die von den *Ilnari* und ihren sonderbaren, grimmig dreinblickenden Kriegern zu Tode gebracht worden waren. Und die Heerscharen von Kriegern, die ihrem Banner und ihrem Ruf folgten.

Wenn man genau hinsah, erkannte man, dass es in all diesen Szenen der Eroberung und Gewalt zwölf wiederkehrende Figuren gab. Zwölf *Ilnari*.

Ein Alpha-Detachment der Special Forces besteht aus zwölf Männern. Tanner gab mir den Tipp, als wir die Zeichnungen studierten, die irgendwo zwischen ägyptischen Hieroglyphen und frühbronzezeitlichen Höhlenmalereien angesiedelt waren. In der Zwischenzeit drängte Kurtz darauf, sich darauf vorzubereiten, die nächste Tür zu knacken und weiterzugehen. Es war eine einfache Tür aus verrottendem Holz, die tiefer ins Innere der Gruft führte. Ob es uns nun gefiel oder nicht, das war der einzige Weg, den wir nehmen konnten.

Brumm stand bereits an dieser Tür. Er bewachte sie, bis wir uns entschlossen, es zu probieren.

An einem Teil der Wand war eine Karte angebracht. Eine grobe Karte der Welt, wie man sie damals kannte. Die zwölf wiederkehrenden Figuren, die *Ilnari*, hatten vor achttausend Jahren weite Teile Nordeuropas erobert, bevor die Drachenelfen an die Macht gelangten. Es gab Kriege gegen eine Art Eismänner aus dem Norden. Kriege gegen die Orks und Trolle des Südens, die dargestellt waren wie wilde Heiden, die einen achtarmigen Gott verehrten, der ansonsten aber genauso aussah wie sie. Ein Kampf in zerklüfteten Bergen gegen gigantische, geifernde Trolle mit riesigen Reißzähnen.

Viel Tod. Viel Feuer.

Aber trotz alledem haben sie, die *Ilnari*, in der Bronzezeit der Frühen Ruine ihr eigenes Königreich geschaffen, nachdem alles, was wir einst gekannt hatten, den Weg des Dodo gegangen war.

Wir schritten die Zeichnungen entlang der Mauer ab und sahen, wo die Eiskönige, die die Gruftschrecken zu Lebzeiten waren, besiegt und anschließend einer ägyptisch anmutenden Echsengestalt geopfert wurden, die aufrecht wie ein Mensch ging.

Ich fragte mich, ob dies die Sauren waren, von denen der alte Vandahar erzählt hatte. *Saura*. Verdorben. Böse. Abscheulich.

»Talker!« Kurtz zischte mich an. Er war dabei, alle zu organisieren. »Wenn sie nicht gerade einen Grundriss an die Wand gemalt haben, dann ist das nicht weiter wichtig.«

Ich hatte in der nordwestlichen Ecke des Raumes angefangen, und als ich die Mitte der zweiten Freskenwand erreichte, sahen die zwölf *Ilnari* nicht mehr aus wie Angehörige der US Army in zeitgenössischer Montur, ähnlich der, die wir trugen, sondern opferten ihre Feinde dem bösen Echsenpharao. Als Belohnung wurden sie mit wundersamen Kräften und Waffen ausgestattet und von den Völkern, die sie in Ketten gelegt und versklavt hatten, wie Götter behandelt.

Ich hatte noch genug Zeit, um einen flüchtigen Blick auf die dritte Wand zu werfen, bevor Kurtz »Waffen hoch« rief. Die Malereien dort wirkten irgendwie schemenhaft. Zumindest dachte ich das im ersten Moment. Doch wie sich herausstellte, hatten die Farben und Pigmente dort nur einen dunkleren Ton. Und was ich an diesem Teil der Wand sah, war Tod, Zerstörung und etwas, das wie die Hölle auf Erden aussah. Oder die Ruine, wie sie jetzt genannt wurde.

Die zwölf Götter thronten über dieser Wand wie der grimmige Tod, der über eine reiche Ernte von Leichen und Zerstörung wacht. Die Geschichte auf dieser Seite war keine gute.

Wie ein Blick in den Spiegel, hatte Tanner gesagt. War das prophetisch? Eine Vermutung? Oder nur die Weisheit eines Soldaten, der viel erlebt und gesehen hatte und es anhand der Narben beweisen konnte?

Schließlich ist Weisheit kein Privileg der Generäle.

KAPITEL 56

»Das war ein Grab der Sklavenkönige«, sagte Autumn, als wir den nächsten Gang zügig durchquerten, nachdem Kurtz' Team ihn von Sprengfallen befreit hatte.

»Woher weißt du das?«, fragte ich. Wir sprachen über den Raum, den wir gerade verlassen hatten. Dort hatte man den Gruftschrecken wieder einmal den Garaus gemacht. Untote null, Ranger zwei.

»Da waren alte … Nebelmarkierungen der Drachenelfen. Man kann diese Art von Zeichen nicht lesen oder sehen.«

Sie deutete auf ihre Augen. Ein Hinweis darauf, dass sie Dinge wahrnahm, die uns verborgen blieben, und diese »Nebelmarkierungen« deshalb sehen konnte.

»Was sind das für Markierungen?«, fragte ich.

Sie sah sich um und versuchte, die richtigen Worte auf *Grausprech* zu finden. Nichts passte, und so wechselten wir wieder zu Schattenkanto, da keiner von ihrem Volk in der Nähe war.

»Die Sprache der Geister«, antwortete sie knapp. »Sie ist überall … hier.«

Vor uns bereitete sich das Team darauf vor, in den nächsten Raum am Ende des langen Gangs einzudringen. Wir befanden uns tief im Höhlenfundament der Festung. Es war still und drückend hier unter der Erde. Und man sollte lieber nicht daran denken, wie viel Fels über einem lag.

An den Wänden gab es noch mehr Petroglyphen, aber selbst mit der Gemeinschaft der Jäger war es viel zu dunkel, um sie zu studieren. Ich erhaschte nur bizarre Fragmente, die keinen Sinn ergaben. Aber gereizt haben sie mich trotzdem. Was soll ich sagen? Ich bin ein Informationsjunkie. Addiert man das zum Kaffee und meinem Leistungsanspruch, bin ich wirklich ein Wrack. Zum Glück sind die meisten meiner Abhängigkeiten positiver Natur. Mit dem Rauchen habe ich aufgehört. Bis auf gelegentliche Rückfälle.

Die nächste Tür, die vor uns lag, sah ganz gewöhnlich aus. Aber der Gang war zu schmal für einen Durchbruch mit vier Mann. Stattdessen ging Kurtz mit erhobenen Waffen hinter Brumm und seiner SAW hinein.

Fast augenblicklich hörten wir kurze, kontrollierte Feuerstöße – charakteristisch für Brumms Souveränität im Umgang mit seiner Waffe. Kurtz benannte Ziele, während der Rest des Teams nachrückte, und schon war die Schießerei in vollem Gange. Sie unterstützten Brumm bei seinem Angriff auf die unsichtbaren Feinde.

Manchmal fällt es mir beim Aufschreiben schwer, mich daran zu erinnern, wozu ich eigentlich da war und was ich in der Gemeinschaft der Jäger erlebt habe. Ich war beispielsweise dabei, als Kurtz und Brumm sich daran machten, einen Ork zu erwürgen und ihn gleichzeitig abzustechen … allerdings nicht körperlich. Es ist auch schwer, sich genau zu erinnern, was laut ausgesprochen und was über die Verschmelzung unserer Sinne kommuniziert wurde. Wir konnten die Gedanken der anderen hören, Dinge sehen, die andere sahen, aber es war fast unmöglich, sich dabei auf seine eigenen Aufgaben zu konzentrieren. Das erforderte noch einiges an Übung.

Und dann war da noch Kurtz, der zu sehr Ranger war, um etwas anderes als die bewährten und antrainierten Protokolle anzuwenden.

Was ich jedoch mit Sicherheit weiß, ist, dass alle Mumien bereits tot waren, als ich dort ankam. Offensichtlich funktioniert die 5,56er-Munition bei Mumien hervorragend. Und es war Tanner, der Sergeant Thor gefolgt war und mich wissen ließ, was dort drinnen ablief, nachdem sie eingedrungen waren.

Es war inzwischen unbestritten, dass ich zum offiziellen Archivar des Ranger-Kommandos aufgestiegen war. Die Ranger kamen ständig zu mir, um Informationen von meinem Server herunterzuladen. Vielleicht lag es nur daran, dass der Sergeant Major mich de facto zum Informationsträger gemacht hatte. Aber ich glaube, es ging um viel mehr, oder, wenn ich jetzt so darüber nachdenke, um etwas viel Einfacheres als das. Die Ranger wollten, dass Protokoll geführt wird. Ihre Taten festgehalten werden. Vielleicht war es aber auch nur etwas, das ihnen durch das Leben nach den Maximen der Ranger-Schule eingeimpft worden war. Etwas, das man ihnen eingebläut hatte, sodass sie kämpfen und überleben und es wieder tun konnten, bis jeder, der sich ihnen widersetzte, tot war. Sie wollten eine Aufzeichnung für den letzten und endgültigen AAR. After-Action-Report. Ranger schreiben nach allem, was sie tun, einen AAR, um nach Möglichkeiten zu suchen, es nächstes Mal noch besser zu machen. In diesem Fall strebten sie das ebenfalls an, jedoch mit einem zusätzlichen Schwerpunkt auf der Erfassung des »Wer«-Teils der 5 Ws – wer, was, wann, wo und warum.

Die Frage nach dem »*Wer*« stand an erster Stelle.

Seit unserer Ankunft häuften sich die Verluste auf unserer Seite. Und wenn sich unsere Situation nicht radikal änderte, würde es wahrscheinlich eher früher als später noch mehr Tote geben. Festzuhalten, was ihnen zugestoßen war oder was sie im schlimmsten Fall mit der Nachwelt geteilt wissen wollten, hatte auf unserem Weg nach Süden, um die Festung anzugreifen, eine Art informellen Stellenwert eingenommen. Das war zu meiner Aufgabe geworden, und ich übernahm sie gern.

Daher war der Download, aber auch der Upload von Informationen, Geschichten und persönlichen Berichten inzwischen Standard. Und dafür kamen sie zu mir. Sie erzählten mir etwas Interessantes und erwarteten, dass es in unsere Geschichte einfließen würde, sobald ich es mir in der Nacht notiert hatte. Dementsprechend gibt es in diesem Bericht eine Menge, was Sie nicht erfahren werden. Zumindest im Moment noch nicht. Vieles steht in einer Art Stenogramm hinten in dem Notizbuch, das mir meine Mutter seinerzeit als eine Art sarkastische Anklage gegen meine Entscheidung gegeben hat, unbedingt zum Militär gehen zu wollen.

Es gibt noch viele Geschichten, und sie werden niedergeschrieben, wenn wir an einem sicheren Ort sind und ich mehr Papier habe. Oder Papyrus. Vielleicht auch eine Tontafel. Oder eine Höhlenwand und etwas Holzkohle. Wie auch immer.

Wie die Geschichte von Sergeant Kang, der in der Dunkelheit am Fuße des Scharfschützenhügels Kehlen aufschlitzt. Was nicht hierher in diese Gruft gehört. Aber hier ist sie.

Er war einer der Letzten, die zu mir kamen und mir ihre Geschichte erzählten. Selbst für einen Ranger ist er sehr schweigsam. Aber kurz bevor wir unser Ziel im Süden erreichten, suchte er mich eines Abends auf und murmelte: »Ich möchte dir etwas sagen.«

Dann schwieg er ein paar Minuten lang, während wir dort saßen. Ich spürte, dass er darüber nachdachte. Die Geschichte, die er erzählen wollte, musste haargenau stimmen. Die Geschichte über das, was ihm passiert war und was er getan hatte.

Ich wartete. Das gebietet der Anstand.

Und schließlich legte er los. Es war eine verrückte Geschichte. Er war während des Kampfes auf irgendwelche Kreaturen gestoßen, von denen wir nichts wussten. Ein Wesen, das aussah wie ein Gehirn mit Tentakeln. Er konnte es in seinem Geist schreien hören, als er mit seinem Tantō-Messer wie ein Wilder auf die Stelle einstach, wo sich seiner Meinung nach die Nieren befinden sollten, nachdem er sich angeschlichen hatte. Dann stellte sich raus, es war ein Mann mit einem Gehirn als Kopf und Tentakeln, die aus seinem Mund kamen. Es trug eine lange Zaubererrobe. Kang meinte, dass sie ziemlich schick aussah.

Als das Wesen starb, bescherte es Sergeant Kang eine Vision. So hat er es genannt. Eine Vision. Eine Vision von einer feurigen Landschaft, in der es keine Liebe oder Freundlichkeit mehr gab und wahrscheinlich auch nie gegeben hatte. Kang sagte, es sei ein brennender, gewalttätiger, einsamer Ort gewesen, was er instinktiv spürte, als er es in der plötzlichen Offenbarung sah, die ihn überkam. Er sah das alles nur einen Moment lang, während das Blut der Kreatur schon auf seinen Handschuhen klebte.

Sergeant Kang sagte mehrfach, er hätte gewusst, dass es kein Teil dieser Welt war. Und er sagte, dass der Ort, an dem seine Vision spielte, dieses tote Flammenmeer, das sich in eine vulkanische Wüste verwandelt hatte, wo die bleichen Schädel prähistorischer Riesen, die nie auf unserer Welt gewandelt waren, unter einer roten sterbenden Sonne verdorrten, »wahrscheinlich die Hölle war … falls es sie gibt.«

Ich hörte zu. Später machte ich mir dann Notizen. Ich versprach, alles für ihn aufzuschreiben. Er erzählte mir auch, dass er eine kleine Schwester hat, die nach Hollywood gegangen ist, um sich dort einen Namen als Schauspielerin zu machen. »Eigentlich ist sie Kellnerin. Sie hat noch nicht den großen Durchbruch geschafft, aber das kommt schon noch. Sie ist gut. Und hübsch ist sie auch. Nicht so wie ich.«

Sergeant Kang ist gebaut wie der Tasmanische Teufel. Die Figur aus den Looney Tunes, nicht das Tier. Ein gedrungenes, umgedrehtes Dreieck aus Muskeln und Klamotten, dem man nicht auf der falschen Seite der Front begegnen möchte. Er würde jeden in Grund und Boden stampfen, ungeachtet seiner Erscheinung. Ja, er war nicht hübsch, aber ich habe gesehen, wie er einen verwundeten Mann durch eine Schlacht getragen hat, während er den albtraumhaften Geisterreitern die Stirn bot, die uns auf den Fersen waren.

Er hat keine Miene verzogen. Stattdessen kümmerte er sich einfach weiter um das Überlebensproblem.

»Wenn jemals jemand zurückkommt …«, fuhr er fort. Er flüsterte diesen Teil. »Sag ihr einfach, dass es mir leidtut. Okay, Talker? Wir beide hatten nur uns. Und ich wollte sie nicht … allein lassen. Das tut mir leid.«

Er nannte mir ihren Namen.

Jade Kang.

So etwas landete also in dem Tagebuch, das alle nur noch *das Logbuch* nannten. Dazu eine Menge anderer Geschichten, letzter Worte und Dinge, die nach dem Tod getan werden sollten.

Wie der Ranger aus dem Gewehrtrupp, der einem Oger aus nächster Nähe eine Splittergranate in den Schlund geworfen hat, als sie in der zweiten Nacht der Schlacht an der Phasenlinie Charlie überrannt wurden. In dem nächtlichen Gefecht hatte er das Magazin seiner Primärwaffe bereits in die unförmige wütende Kreatur entleert, und es war keine Zeit mehr, ein neues einzulegen. Entweder die Granate oder seine Sekundärwaffe, dachte er, als der Oger näher kam, um ihn in Stücke zu reißen. Und wenn die MK18, die er benutzte, wie er sagte, »schon keine Wirkung zeigte, wie sollte dann meine poplige Pistole etwas ausrichten können?«

Also zog er eine Splittergranate, zog den Stift und beförderte sie direkt ins offene Maul des Ogers. Der machte sich gerade bereit, seine riesige, kühlschrankgroße, doppelschneidige Streitaxt zu schwingen, die vor Blut triefte und mit den Schädeln von Goblins gespickt war wie ein Voodoo-Weihnachtsbaum. Der Ranger landete den Treffer, und der riesige Oger schluckte die Granate einfach herunter und grinste.

Was offensichtlich kein schöner Anblick in der Dunkelheit ist, wenn man mitten im Kampf um sein Leben steht.

Eine halbe Sekunde lang sah der Kriegs-Oger genauso überrascht aus wie der Ranger. Dann folgte das furchtbare Grinsen, und er setzte seinen Angriff fort. Im nächsten

Moment detonierte die Granate in seinem Bauch und trennte effektvoll seinen Rumpf von den Beinen. Der aufgeblähte Leib des Monsters flog in alle Richtungen davon.

Und das war's dann.

Solche Geschichten eben. Geschichten, die die Lebenden von den Toten unterschieden. Was in dieser Art von Situation – nennen wir sie einfach *Krieg* – das Einzige ist, was zählt, oder?

Und zu guter Letzt, zumindest fürs Erste, die Geschichte, die Tanner mir über das Feuergefecht in der Mumienkammer erzählte, nachdem Brumm und Sergeant Kurtz reingegangen waren. Das kommt in diesen Teil der Aufzeichnungen, weil er von Team Rogues unfreiwilligen Abenteuern unterhalb der Festung handelt.

Später setzte Last of Autumn das letzte Puzzlestück des Raumes zusammen, in den wir vorgedrungen waren. Sie erzählte mir, dass er in der Nebelschrift »die Kammer der Obersten Konkubine« von jemandem genannt wurde, den sie *Raze* nannte. Es könnte aber auch *Reyes* gewesen sein. Und das hätte leicht der Name irgendeines Special Forces Operators aus der MOS-18 sein können. Aber das waren in Ermangelung weiterer Informationen nur Spekulationen.

Ich sammelte nur.

Für wer weiß wann. Oder wen.

Solche Fragen stellt man sich am besten gar nicht erst. *Immer schön einen Fuß vor den anderen*, wie Drill Sergeant Ward vor langer, langer Zeit gesagt hätte.

Nur meinte er damit die bestiefelten Füße bei einem Marsch während der Grundausbildung in einem langen heißen Juli. Doch sein Credo war auch, dass die Grundausbildung eines Tages vorbei wäre und es bald Herbst und wir beim AIT, also fortgeschrittenem Einzeltraining, sein würden, und dann würde alles anders, wenn nicht sogar besser werden. Der Drill Sergeant hatte genug junge Soldaten ausgebildet und wusste, wie sehr sie während ihrer Zeit in der Hölle die Gewissheit brauchten, dass auch dies vorübergehen würde.

Das hatte er einem auch gesagt, wenn irgendein anderer fieser Ausbilder mit einer Vorliebe für besonders qualvolle Korrekturstrafen einen an die Wand gestellt und sich dann jemand anderen zum Quälen gesucht hatte. Dann musste man fünfundvierzig Minuten lang auf einem unsichtbaren Stuhl sitzen, während einem die Beine und Oberschenkel brannten und man um Gnade flehte. Drill Sergeant Ward wäre vorbeigekommen, um jemand anderen im Auge zu behalten, und hätte einem mit seinem breiten Mississippi-Akzent zugebrummt: *»Dis too shall pass«* – Auch das geht vorbei.

Und dann, irgendwie, fand man ein winziges Stückchen mehr Willen in sich, um es noch ein bisschen länger auszuhalten. Wenn auch nur in der Hoffnung, dass es eines Tages vorbei sein würde. Auch wenn heute nicht dieser Tag war.

Also … Das geschah in der Kammer der Obersten Konkubine von *Raze*, der vielleicht einmal ein Special Operator namens Reyes gewesen war. Wahrscheinlich ein E-7, bis er einen Deal mit dem Echsenteufel einging und ein *Ilnar* wurde. Ein Nicht-Mann. Wer weiß das schon?

Aber inzwischen war ich sehr neugierig darauf, es herauszufinden, und ich hätte wetten können, dass die Geschichte an irgendeiner Wand hier unten in diesem gewaltigen Untergrundkomplex stand, tief unter der

Festung oben auf der Klippe, in der wir bald darauf erwartet wurden.

Brumm rückte vor, das Auge am Zielfernrohr seiner 249er, berichtete Tanner, und machte sich daran, Mumien mit kurzen Salven auszuschalten. Mumien, die aus ihren steinernen *Sarkophagen* kamen, einem Steinsarg, der typischerweise mit einer Skulptur oder Inschrift verziert ist und mit den alten Zivilisationen Ägyptens, Roms und Griechenlands in Verbindung gebracht wird. Nur dass diese nicht ganz so endgültigen Ruhestätten aufrecht stehend in die Wände des unterirdischen Säulenraums eingelassen waren. Und obwohl die Mumien eine menschliche Gestalt hatten, waren sie zwar groß, aber nicht so groß wie ein Oger. Was auch immer unter dem Haufen Klopapier steckte, musste im Leben etwas über zwei Meter groß gewesen sein. Und war es im Tod immer noch. Sie hatten Echsenköpfe und Krallen. Wie eine Kreuzung aus Alligatoren und Dinosauriern. Sehr reptilienhaft. Eingewickelt in uralte und schmutzige Verbände. Zischend und stöhnend kamen sie herbei, um sich an jenen zu rächen, die es gewagt hatten, ihren äonenlangen Schlaf zu stören.

Was das anging, hatten sie uns etwas voraus. Das mussten die Sauren sein. Oder zumindest waren sie es zu Lebzeiten. Inzwischen waren sie in schmuddelige, mit arabischen Schriftzeichen bekritzelte Bandagen gehüllt. Sie trugen schwere goldene Armbänder und ägyptisch anmutende Wendelringe um die dicken Reptilienhälse.

Insgesamt waren es acht. Acht massive Steinsarkophage, bedeckt mit arkanen, magischen Symbolen und seltsam verschlungenen Schriftzügen, die beim längeren Betrachten in den Augen wehtaten. Sie hatten offenbar nur darauf gewartet, dass jemand in das Heiligtum eindringt, denn sobald Brumm durch die Tür war, stürzten sie sich aus allen Ecken des Raumes auf ihn. Specialist Brumm eröffnete das Feuer, während Kurtz sich absetzte und mit seinem Gewehr den nächsten Sektor scannte.

Thor kam herein, wählte ein Ziel in seinem Sektor und feuerte, wobei er die erste Mumie, die er mit seinem Gewehr traf, förmlich zerlegte. Brumms verschossene Patronen prasselten in gleichmäßigen Abständen auf den Steinboden, während die Mumien ohne Rücksicht auf die Wirkung des Beschusses immer näher kamen.

Die einzige Möglichkeit, sie auszuschalten, bestand darin, sie zu nichts weiter als Grabgeflüster und Lumpen zu verarbeiten. Das wurde rasch deutlich. Mumien wurden aus kurzer Distanz in Stücke geschossen. Nur so ging man auf Nummer sicher.

Tanner, der als letzter Mann in den Raum trat, übernahm seinen Sektor und attackierte die mumifizierten Toten. Kurtz schrie: »Feuert weiter, bis sie am Boden liegen!« Denn mit kontrollierten Doppeln war es bei Echsenmumien nicht getan.

Ein großer Messingkessel glänzte im Licht des Feuers, das darunter loderte. Ja, da unten brannte ein Feuer, und wir haben nichts gerochen. Woher bekamen sie das Brennmaterial? Wie lange brannte es schon? Aber verglichen mit dem dunklen Grauen des restlichen Raumes war es fast ein Ort, an den man sich in Sicherheit bringen wollte. Das rosige Licht, das von diesem Feuer ausging und sich in die Dunkelheit und gegen die dicken, mit Hieroglyphen bedeckten Säulen ergoss, zwischen denen die Echsenmumien herumstolperten, um an die Ranger heranzukommen, wirkte fast wie eine Oase der Geborgenheit.

»So hat es sich angefühlt, als ich das erste Mal hineinging, Talk«, sagte Tanner, als er die Geschichte erzählte. »Als wäre das der sicherste Ort im Raum, und ich wollte einfach nur dorthin gehen, als plötzlich diese Viecher aus der Dunkelheit kamen. Dann fing ich an, sie in meinem Kopf zu hören. Und diese weinende Frau.«

Jep, richtig gehört. Die Ranger schossen diese Kreaturen praktisch zu Kleinholz, bevor sie mit ihren ausgestreckten Mumienkrallen nach ihnen schnappen konnten. Und um die Sache noch interessanter zu machen, attackierten die Mumien sie auch noch mental.

Die Mumien brüllten.

»Aber es war kein Brüllen, das man hören kann, Talk. Es war wie ein Flüstern … aber wie man das hören kann, wenn man einen Gehörschutz trägt und Kurtz schreit, man solle sie erledigen, bevor man sich dem nächsten Ziel zuwendet, weiß ich nicht. Aber im Kopf hörte es sich an wie ein Tosen. Wie der Ozean, oder alle Ozeane der Welt, alle auf einmal. Wie ein Aufprall auf die Felsen unter einer Klippe, von der man weiß, dass man nicht hinunterspringen sollte … aber … irgendwie will man es doch. Oder wie ein bodenloser Brunnen, der kein Ende hat. Es erfüllt deinen Geist mit … du weißt schon … mit Verzweiflung. Als ob man keinen Grund mehr zum Leben hätte.«

Verzweiflung?

Ein interessantes Wort für Tanner, den sonst so fröhlichen und unbekümmerten Ranger. Immer schnell mit einem Witz bei der Hand, wenn er damit durchkommen kann. Jetzt sprach er über schlechte Entscheidungen, als wären sie realer, als ihm lieb war.

»So wie wenn die Freitagsformation nie endet, weil die Sicherheitsbesprechung von dem Blödsinn bestimmt wird, der letztes Wochenende passiert ist. Und du weißt, dass die Unteroffiziere das ganze Wochenende über in der Kaserne sein werden. Diese Art von … Du weißt schon, Talk … Hoffnungslosigkeit. Das Gefühl, dass es keine Freude mehr gibt.«

Ja, ja. So ein Wochenende kann für Ranger ganz schön hart sein. Aufgrund der Einsätze und der Ausbildung hatten sie nur selten freie Wochenenden. Die wenigen wurden daher umso wichtiger.

Aber die Ranger hatten im Mumienraum ein Ziel und schossen wie Profis. Kein Bündel Bandagen würde lange gegen übermäßig heftigem, großzügig verteiltem Beschuss standhalten können.

Brumm ließ nicht locker. Er erledigte sie genauso wie den seltsamen Doppelgänger, der uns damals angegriffen hatte, als wir unser Missionsziel auf der anderen Seite des Flusses erreichten. Was in diesem Moment gefühlt eine Million Jahre her war.

Die Mumien gingen zu Boden, obwohl die Ranger dem psychischen Angriff ausgesetzt waren, der sich anfühlte, als ob sie in einen Brunnen der Dunkelheit starrten und, wie Sergeant Thor es ausdrückte, der sich in Tanners Bericht einschaltete, »springen wollten, nur um herauszufinden, was dort unten in der Schwärze dieses bodenlosen Brunnens war.«

Kurtz warf Sergeant Thor einen ebenso bestürzten wie ungläubigen Blick zu, als er das erwähnte, aber keiner der beiden ging näher darauf ein.

Und das war der Zeitpunkt, an dem die eigentliche Falle im Raum zuschnappte. Als das Geräusch von Schüssen auf engstem Raum, das Klirren von Messing auf Stein und das polternde Echo des Gewehrfeuers verklungen war, hörte Brumm sie als Erster.

»Hier lebt noch wer, Sar'nt!«, rief er. Seine 249er war wieder oben und folgte der Gestalt, die er im Schatten gegenüber der hell brennenden Feuerstelle entdeckt hatte. Sogar ich hörte es, und ich stand vor der Tür. Unglaublicherweise weinte da eine Frau. Schluchzte leise. Trauerte.

Autumn hörte es auch.

»Sag ihnen, sie sollen warten«, forderte sie eindringlich. Und ich sagte es ihnen, und sie schrie ihre Warnung auch über die Gedankenverschmelzung. Aber für die Ranger war das neu. Genauso wie Autumn. Oder diese seltsame und bizarre Unterwelt, die wir gerade bestaunten. Es war, als würde man durch eine Geisterbahn fahren. Aber eine echte. Eine, die einen umbringen wollte.

Und meine und ihre Warnung kamen nicht schnell genug.

Einer der Scharfschützen war bereits unterwegs. Sie hatten das Ziel im Visier. Der Raum war gesichert. Und dieser Scharfschütze, ein Kerl namens Marcos, ging zum Kessel, um das Umfeld zu sichern. Er stürmte direkt in den Lichtkreis und stürzte dann durch den Boden, als wäre er gar nicht da. Er schrie im Fallen.

»Ich drehte mich um«, berichtete Tanner später, als er mir alles erzählte. Er rauchte eine seiner letzten kostbaren Zigaretten, die er mitgebracht hatte. Der Anlass rechtfertigte es. Wir teilten sie uns. Er sah müde und schmutzig aus im schwachen Licht, in dem wir standen, während Kurtz herauszufinden versuchte, ob Marcos für immer weg war. »Ich drehte mich um …«, wiederholte Tanner versonnen, der die Szene offenbar deutlich vor Augen hatte, »und

sah, dass das große Lagerfeuer in der Kupferschale …«
Er meinte damit den Kessel. »… einfach weg war. Es war
eine Grube. Da war nie ein Licht. Da wurde mir alles klar.
Es war nur ein Trick. Wie in einem Horrorfilm, in dem
die Hauptfigur feststellt, dass alles nur eine Lüge ist. Die
Dinge, die wir sahen, waren nicht echt.«

Eine Illusion.

Danach – nach Marcos –, als wir die Frau hörten, einer
in ein Leichentuch gehüllten dunklen Schattengestalt, die
in einer schummrigen Ecke weinte, warnte Autumn uns
erneut, uns »ihr« nicht zu nähern.

»Stört … diese Kreatur nicht«, warnte uns Autumn.
»Sie ist … eine weinende Tote. Ein Geist. Ein sehr wütender
Geist.«

Während die Ranger erstaunt auf die überirdische
Gestalt blickten, die dort in ihrem Eckchen weinte, und
in die Fallgrube auf der anderen Seite der Kammer, sah
ich, was passieren würde. Was passieren würde, wenn sie
versuchten, ihr zu helfen oder sie zu trösten. Autumn zeigte
es mir.

»Ja«, sagte Last of Autumn in meinem Verstand.
Sie sah und kommentierte das, was ich mir gerade
zusammenreimte. »Sie würde dich in die Grube treiben …
wenn du ihren Kummer störst.«

Das war die Falle, die die *Ilnari* hier schon vor wer weiß
wie langer Zeit hinterlassen hatten. *Schändet unsere Gruft,
und unsere Geisterkonkubine wird euch direkt in die Grube
scheuchen, wenn die untoten Mumien euch nicht schon vorher
dazu verleitet haben, von selbst hineinzuspringen.*

Wir verließen diesen grauenvollen Raum.

Autumn hatte die Bewusstseinsverschmelzung der
Gemeinschaft genutzt, um Kurtz zu versichern, dass der

Scharfschütze Marcos nicht mehr unter den Lebenden weilte.

Die Grube war zwar nicht bodenlos, aber es war ein langer Fall. Ein *sehr* langer Fall.

»Das ist so ziemlich die beschissenste Falle überhaupt«, stellte Tanner fest, während wir dem Pfad tiefer in die Gruft unter der Festung folgten.

»Kommt schon«, drängte Kurtz verbittert. »Uns läuft die Zeit davon.«

KAPITEL 57

Als wir weiter in die unterirdische Gruft vordrangen, kamen wir an Räumen vorbei, die einen Zweck zu haben schienen, den wir nicht ausmachen konnten. Lange düstere Hallen, die wie Ossuarien aussahen. Gewölbe voller Statuen von seltsamen Fabelwesen und grimmigen Kriegern, die über die Ruhestätten der Toten wachten. An manchen Stellen war es schwer zu sagen, ob wir durch den massiven Felsen unter der Festung nach oben kletterten oder tiefer in die Klüfte hinabstiegen, die noch weiter unten liegen mussten.

»Altmutter … erzählte von einem zentralen Schacht … der in die oberen Ebenen führt«, sagte Autumn, als wir kurz vor Mitternacht eine Pause einlegten. »Sie sagte, sie sei einmal hineingegangen und habe eine fantastische Kuppel gesehen.«

Das wussten wir natürlich schon. Und sie wusste, dass wir es wussten. Wir hatten der Altmutter, Last of Autumn und Vandahar jeden einzelnen Tropfen an Informationen über *Tumna Haudh* abgepresst. Wir haben sogar von Jabba eingeholt, was wir konnten, obwohl der kleine Trottel überhaupt nichts wusste. Vandahar und Autumn konnten allerdings nicht viel mehr erzählen. Aber genug. Es war das Wissen um diesen zentralen Brunnen, das uns überhaupt erst auf die Idee gebracht hatte, dass diese Idee funktionieren könnte. Eine Hintertür. Wenn wir diesen

Zentralschacht erreichen und benutzen konnten … Nun, dann wäre das wie ein Expressaufzug zu der Penthouse-Suite, die eigentlich ein wahnsinniges Feuergefecht hinter den feindlichen Linien am Fuße der Düsterspitze war, aber das klang ziemlich gut im Vergleich zu dem, was uns hier unten erwartete.

Bis dahin hatten wir übrigens schon einen weiteren Kampf hinter uns. Gegen riesige, fleischige schwarze Spinnen, die in unserer Mondsicht schmierig aussahen. Die gigantischen Spinnentiere hatten sich in einem verfallenen Thronsaal eingenistet, an dem wir natürlich vorbei mussten. Durch ein lange zurückliegendes Erdbeben war dort eine Spalte entstanden, in der sie sich niedergelassen und den Raum mit ihrem geisterhaften Gespinst gefüllt hatten, dessen seidige Fäden einen fast schillernden Kontrast zur Dunkelheit bildeten, in der wir uns wiederfanden.

Tanner, der lautlos etwa zwanzig Meter vor Kurtz schlich, entdeckte die ersten Spinnweben, die den Zugang zum Raum versperrten. Wir tasteten uns vor, kamen aber nicht zu nahe heran. Das war der Moment, in dem eins der massigen Ungetüme, eine schwarz glänzende Spinne von der Größe eines Wasserbüffels, den Eingang des staubigen und vergessenen Raums ausfüllte und uns wütend anfauchte.

Oder ihre Brutkameraden warnte.

Tanner wich fluchend zurück und machte Kurtz darauf aufmerksam, in was wir fast hineingestolpert wären. Obwohl das riesige schwarze Ding erst aus seinem Netz herauszukommen schien, blieb es dann doch in den Spinnweben und in der Dunkelheit sitzen und wartete nur darauf, dass wir dumm genug waren, es zu verfolgen. Als ob es denken könnte. Die Spinne schien zu wissen, dass wir diesen Weg einschlagen oder einen erheblichen Umweg in Kauf nehmen mussten. In den Schatten hinter ihr waren noch andere Spinnen zu sehen. Sie zischten und heulten sich gegenseitig an. Ein seltsames, fast hundeähnliches Gebell ging von ihnen aus, und dann flüsternde Zischlaute, die direkt in die Tiefen des Gehirns vordrangen.

Stell dir vor, dachte der düstere Teil meines Verstands. *Stell dir vor, du tappst in ihre Falle und kannst nirgendwohin fliehen.* Für mich war das eine schreckliche Art zu sterben.

»Sie sind smart. Wenn sie Jäger sind, könnten sie uns hier festnageln«, meinte Sergeant Thor, während Kurtz die Situation taktisch einschätzte und versuchte, unseren nächsten Schritt zu planen, wobei er in der Dunkelheit auf seine billige Uhr schaute. Es gab keinen klaren Weg an ihnen vorbei. Die anderen Gänge, an denen wir vorbeigekommen waren, schienen alle nur noch weiter in die Tiefe zu führen. Das war definitiv nicht der richtige Weg für das, was wir in ein paar Stunden zu erledigen hatten.

Es war jetzt kurz vor Mitternacht. Wir hatten weniger als sechs Stunden Zeit, um an Ort und Stelle zu sein, bevor der Angriff im Morgengrauen begann. Kurtz hatte recht. Die Zeit lief uns nicht nur davon. Sie rannte um ihr Leben.

»Keine Ahnung, wie viel Munition wir verbrauchen würden, nur um durchzukommen«, murmelte Kurtz vor sich hin. »Aber das können wir uns nicht leisten.«

Tanner hielt sein Gewehr auf die große, im Netz lauernde Spinne gerichtet, die uns herausforderte, während Brumm uns nach hinten mit der 249er absicherte. Wenn es nicht möglich war, sich durchzukämpfen, mussten wir wohl zur letzten Kreuzung zurückkehren, einen Gang in die dunkleren unteren Ebenen nehmen, die wir nur flüchtig gesehen hatten, deren Anblick jedoch kein schöner gewesen war, und dann versuchen, irgendwie eine Treppe zu finden, die nach oben führte und uns ans Ziel brachte.

PFC Kennedy schlich den engen Gang entlang, um zu Kurtz aufzuschließen. Er drängte sich an den Scharfschützen und Autumn vorbei. Vorbei an Rico und Soprano mit den 240er. Kennedy hielt seinen knorrigen, alten, drachenköpfigen Stab in der Hand, so wie Vandahar seinen trug. Das war nicht bloß eine Gehhilfe, sondern eine Art arkanes Amtszeichen für Zauberer.

»Sar'nt …«, flüsterte Kennedy. »Spüren Sie den Luftzug?«

Kurtz zog einen Einsatzhandschuh aus und hielt die Hand hoch. Er wandte sich um und sah Kennedy an.

»Ja. Und?«

»Wenn es hier unten mehr Luft gibt … dann kann ich sie vielleicht ausräuchern, ohne dass wir ersticken?«

Es war als Frage formuliert. PFC Kennedy war nicht derjenige, der Kurtz hätte vorschreiben können, was wir zu tun hatten oder was ein besserer Plan sein könnte. Es war das Beste, Kurtz die Entscheidung treffen zu lassen. Kennedy wurde immer weiser. Ich hatte das Gefühl, dass einige seiner anfänglichen Probleme im Bataillon darauf zurückzuführen gewesen waren, dass er sich für schlauer als alle anderen hielt. Zumindest kam es so rüber.

Kurtz blickte zurück zum Lager der Spinnen und dachte über PFC Kennedys Vorschlag nach. Das riesige Geschöpf, das darin lauerte, beäugte uns wie ein hungriger Killer, der alle Zeit der Welt hatte und in Ruhe dort sitzen und auf seine nächste Mahlzeit warten konnte. Doch Zeit war für uns ein Luxusgut. Kurtz dachte zweifellos darüber nach, was Thor gerade angedeutet hatte – dass wir festgenagelt waren. Umzingelt. Wahrscheinlich hatten die Spinnen andere Möglichkeiten, aus dem Raum zu entkommen, der schließlich ihnen gehörte, da sie sich schon lange dort verschanzt hatten. Selbst jetzt konnten sie in jedem Moment hinter uns auftauchen oder aus irgendeinem Riss in der dunklen Decke springen, den wir übersehen hatten. Dies war ihre Welt, und wir waren hier nur Gäste.

»Aber nicht gleich so ein Napalm-Inferno wie beim Riesen«, warnte Sergeant Kurtz, der die Decke über sich studierte und noch einmal den Luftzug testete. »Verbrennen Sie sie einfach, oder verjagen Sie sie, damit wir durchkommen.«

PFC Kennedy nickte.

»Verstanden, Sar'nt.«

Wir zogen uns an eine Stelle zurück, an der mehr Platz und frische Luft im Durchgang war, und Kennedy ging mit Kurtz hinter sich vorwärts. Ein paar Minuten später rochen wir geröstete Spinnen.

Das war kein schöner Geruch.

Kennedys magisches Stabfeuerzeug überzog die riesigen, ekligen Spinnen mit flammenden Peitschenhieben. Die Netze fingen Feuer und waren im Nu verbrannt. Später erzählte mir Kennedy, dass er, sobald die Spinnen anfingen zu kreischen, was wirklich verstörend war, und sich zurückzogen, sie mit etwas beschoss, das er *magische Raketen* nannte. Winzige Feuerbälle, die er aus seinen Händen und Fingerspitzen abschoss – nicht aus dem Stab – und die dann in die massigen, vor Angst erstarrten Spinnen einschlugen, um sie bei lebendigem Leib zu grillen.

Der alte Zauberer hatte ihm diesen Trick beigebracht. Kennedy gluckste amüsiert, als er mir diesen Teil erzählte. Grinste selig, während er sich die klobige Army-Brille hochschob. Wie ein Kind, das Ameisen mit einem Lupenglas verbrannt hat und nun vergnügt seinen Freunden davon erzählt.

Aber ich möchte es nicht werten.

Als die Raketen einschlugen, zerfetzte es die Spinnen in giftigen, furzartigen Explosionen. Der Geruch war entsetzlich, und ihr verdampfendes Gift ließ Kurtz' und Kennedys Augen und Atemwege brennen, weil sie so nah dran waren. Sie zogen sich zurück, und während wir alle darauf warteten, dass das Nest endlich ausbrannte, bestand der Sergeant darauf, dass beide eine Atropin-Spritze bekamen, um etwaigen Nebenwirkungen zuvorzukommen.

Mit roten tränenden Augen führte uns Kurtz dann in die rußigen Überreste des alten Thronsaals. Die verbrannten Spinnenkadaver, die haarigen Beine nach oben gestreckt und pechschwarz vom Feuer, lagen tot in einer Ecke des Raumes, wo sie sich zusammengekauert hatten, um den Flammen zu entkommen und ihre Wunden zu versorgen. Auch die verkohlten Körper humanoider Kreaturen lagen überall herum. Waren sie vielleicht in den Netzen gelagert worden? Opfer, die die Spinnen in der Vergangenheit in ihre Höhle gezerrt hatten, um sie später zu verspeisen.

»Jetzt wissen wir«, erkannte Sergeant Thor, der auf ein Knie gestützt die ausgetrocknete und verbrannte Leiche dessen, was wahrscheinlich mal ein Ork mit Reißzähnen gewesen war, studierte, »dass wir in die richtige Richtung gehen.«

»Wie das?«, zischte Kurtz in die Stille, während wir alle dastanden und den Schaden und das Grauen betrachteten. Seine Stimme war heiser vom verbrannten Gift, das er und Kennedy in ungesunden Dosen eingeatmet hatten.

Natürlich war es nicht so, dass Gift Kurtz jemals hätte aufhalten können.

»Diese Orks sind wahrscheinlich von oben aus der Festung gekommen, um nach einem Schatz zu suchen«, sagte Sergeant Thor. Er pflückte ein Bein von einem der größeren, noch rauchenden Spinnenkadaver ab. Das erinnerte mich daran, wie ich einmal eine dieser Alaska-Königskrabben gegessen hatte. Allerdings war dieser Anblick weit weniger appetitlich. »Auf Abenteuersuche. Ist es nicht das, was Sie in deinen Spielen machen, Kennedy? Unten in den Verliesen nach Schätzen suchen. Das ist doch der Dungeon-Teil des Spiels, nicht wahr? Nennt man das nicht Abenteuer?«

»Richtig, Sar'nt«, bestätigte Kennedy zögernd. »Man geht auf ein Abenteuer. So nennen wir es.«

»Also«, fuhr Thor fort. »Warum sollten Monster nicht dasselbe tun können? Sie gehen auf Abenteuer. Sie wollen etwas finden. Diese Jungs haben nur nach Feierabend ein bisschen Trophäenjagd betrieben, wenn sie nicht die Festungsmauern bewachen mussten. Oder sie wurden hierher geschickt, je nachdem. Wie auch immer, das beweist uns, dass wir auf dem richtigen Weg sind. Wenn sie hierher kamen und von diesen Viechern erwischt wurden, dann ist das die Richtung, die wir einschlagen müssen. Also, auf geht's, Ranger … Erleben wir ein Abenteuer.«

Stille senkte sich auf uns herab. Thor hatte recht. Es war ein furchtbarer Ort. Aber wir befanden uns in einem Abenteuer.

Juhu, dachte ich mir. *Was für ein Abenteuer! Nicht das, wofür ich mich verpflichtet habe.* Und … *Ich wette, Kaffee gehört nicht zu den Schätzen, die wir hier unten finden werden.*

Ja, ganz schön egoistisch, ich weiß.

»Zeit zum Aufbruch«, sagte Kurtz, und schon waren wir auf dem Weg aus dem Raum und durch ein Labyrinth unterirdischer Gänge, die sich in alle Richtungen erstreckten, hinein in ein riesiges Areal, in dem es rein gar nichts gab. Eine Kaverne, wie eine riesige öde und leere Zisterne, gefüllt mit seltsamem grünem Nebel, der immer in der Ferne waberte. Strebepfeiler stützten die Decke hoch über uns. Wir waren durch eine Luke eingestiegen, die vor langer Zeit herausgerissen und beiseite gelegt worden war.

»Das ist wahrscheinlich eine Art Wasserreservoir«, meinte einer der Scharfschützen, als wir umherwanderten und ihn untersuchten. »Sie konnten es in Belagerungssituationen mit Wasser auffüllen. Oder einfach nur, um die Gräber darunter zu schützen.«

Keiner widersprach dieser Hypothese.

Wir durchsuchten den ganzen Bereich, bis wir Sprossen an der Wand entdeckten, die zu einer Falltür weit oben an der Decke hinaufführten.

»Sieht gefährlich aus«, sagte Tanner, als wir alle dastanden und nach oben starrten. »Jetzt rächt sich wohl, dass ich nicht zum Militär-Kletterkurs gegangen bin.«

Die Ranger hielten die Köpfe immer noch gesenkt. Das taten wir alle. Der ganze Ort war unglaublich gruselig. Aber soweit wir das beurteilen konnten, gab es keinen anderen Ausweg aus diesem Reservoir. Wenn es das denn war. Und direkt nach oben … Na ja, da wollten wir ja auch hin.

»Ich steige hoch«, erklärte Private Soprano. Der Hilfsschütze. Er hatte den Kurs absolviert und war ein erfahrener Kletterer. »*Sergente*?«

Kurtz musterte ihn. Soprano war der Kleinste und wahrscheinlich der Agilste. Abgesehen von Jabba.

Kurtz stimmte dem Plan zu, woraufhin Soprano seine Reservemunition für die 240er ablegte und sie mir gab. Er machte sich bereit, die Sprossen auszuprobieren, überprüfte seine Ausrüstung und vergewisserte sich, dass seine Pistole im Holster steckte und sein Gewehr gut auf seinem Rücken platziert war. Mit dem Lauf nach oben. Der Rest der Ranger bildete einen Kreis, um sicherzustellen, dass wir nicht jeden Moment in einen Hinterhalt gerieten.

Von Geistern.

Die Atmosphäre hier unten war angespannt. Wie auf einem Friedhof, wo man sich eigentlich nicht aufhalten sollte. Jeden Moment konnte etwas Schlimmes passieren. Aber hey, da spricht der Optimist in mir. Von irgendwoher kam ein Luftzug, und obwohl wir über zwei Stunden damit zubrachten, die Zisterne nach einem Ausweg abzusuchen, fanden wir nie den Ursprung dieser staubigen und fauligen Luft. Es roch, als käme sie von irgendwo da unten und nicht von oben, wo wir eigentlich hinwollten.

»Sicher, dass wir auf dem richtigen Weg sind?«, fragte Tanner Sergeant Thor vorsichtig. Aber der große Scharfschütze antwortete nicht und beobachtete nur weiterhin die neblig-grüne Dunkelheit um uns herum. Er wartete auf diese ruhelosen Geister und war sich sicher, dass er sie mit Gewehr oder Tomahawk erledigen würde.

»Die Zeit läuft«, mahnte Kurtz erneut, als Private Soprano sich zum Aufstieg bereit machte. Er schnürte seine Stiefel noch einmal neu. »Und jetzt rauf zu dieser Tür, Ranger. Sobald Sie oben sind, werfen Sie ein grünes ChemLight runter, wenn alles in Ordnung ist, und wir klettern hinterher. Falls der Weg aus irgendeinem Grund versperrt ist oder wir nicht da oben reinstürmen können, ein rotes. Verstanden?«

Soprano nickte und drehte sich um, damit er ein letztes Mal seine Ausrüstung überprüfen konnte. Als er fertig war, flüsterte er mir halblaut etwas zu.

»Hey. Weißt du, warum ich zu den Rangern gegangen bin, *mi amico*?« Die Stimme des Sohnes italienischer Einwanderer, der zum Ranger wurde, war brüchig und er atmete schnell. Ich glaube, er war nervös. Verständlicherweise. Es war ein ziemlich weiter Aufstieg bis zur Decke, um die Falltür zu erreichen, und wenn er von dort oben herunterfiel, würde das schlimmstenfalls den Tod bedeuten oder im besten Fall eine ziemlich schwere Verletzung. Und in unserer Situation, hier unten im Dunkeln und in einer staubigen alten Gruft voller unheimlicher Toter, wäre es aussichtslos, ein Notarztteam zu finden, geschweige denn einen ordentlichen Chiropraktiker.

»Ich bin eingetreten, weil *mia famiglia* … Weißt du, Talker, wir sind in … ah … wie soll ich sagen … wir sind im *Familiengeschäft*. Daheim in Sicilia.«

Aha. Mir wurde klar, dass wir gerade eine Bestandsaufnahme machten. Der letzte Wille, das Testament, mit dem sich die Ranger in letzter Zeit so viel beschäftigt hatten. Ich setzte mein Zuhörergesicht auf, aber vorher sagte ich noch: »Du wirst nicht fallen, Soprano. Denk nicht darüber nach.«

Weil *ich* es sicher nicht tun würde, wie ich nicht hinzufügte. Wenn ich an der Reihe wäre, oder besser gesagt, falls. Fallen ist scheiße. Der Physik ist es egal, wie schwer du dich verletzen könntest. Das ist reine Mathematik.

Aber ich sagte es so, als wäre ich mir sicher, dass er nicht fallen würde. Das konnte ich natürlich nicht wissen. Aber es zahlt sich aus, positiv zu denken, wenn man sich in tiefen Gruften wiederfindet, von denen man nie gedacht hätte, dass man sie einmal betreten müsste.

Jetzt legte er sich die gesamte Kletterausrüstung an. Seile. D-Karabiner. 550er-Schnur. Das ganze Zeug. Die Ranger waren immer bereit zum Klettern. Das war eine Selbstverständlichkeit.

»Ich bin eingetreten«, sagte er schwer atmend. Seine Stimme rasselte in der gedämpften Dunkelheit. »Weil meine Familie Teil der Cosa Nostra ist. Kein großer Teil. Eher klein, um genau zu sein. Aber, weißt du … In Sizilien haben wir zwar ein paar nette Geschäfte gemacht. Aber … ah … verstehst du, *mi amico*, wir müssen expandieren. Meine Onkel, die die wahren Bosse sind, nun, es ist so … Sie dachten, es wäre schön, wenn unsere Familie ein paar mehr Kompetenzen hätte. Gewalt. Kämpfen. Hinterhalte. Das könnte in der Heimat sehr hilfreich sein. Im Moment sind wir darin nicht so gut. Also … Onkel Andrea, er hat *Black Hawk Down* gesehen. Den Film, du weißt schon.«

Ja. Den kannte ich.

»Eines Tages sagte er zu meinem Vater: ‚Schicken wir Giacomo nach Amerika und er lernt, ein Army Ranger zu sein. Dann kommt er zurück und zeigt uns, wie man tötet. Diese Typen sind echt hart.‘«

Klingt logisch, dachte ich.

»Natürlich war mein alter Herr nie in der Mafia. Er ist nach Amerika gekommen, um sich dem zu entziehen. Er war *Carabinieri* in der Stadt. Der Schreibtischhengst auf dem örtlichen Revier. Sein Traum war es, dass ich Opernsänger werde. Er sagte zu mir: ‚Wir gehen nach Amerika, Giacomo, und du lernste Singen wie Pavarotti. Und dann musst du nie mehr zur Familia.‘ Damit meinte er La Cosa Nostra, denn wenn ich ein großer Opernsänger wäre und zurück nach Sizilien käme, hätte ich freie Bahn. Der einzige Ausweg aus der Familia ist, entweder Priester zu werden oder an der Oper zu singen. *Sì?*«

Er sah zu mir auf und lächelte, zufrieden darüber, dass seine Ausrüstung einsatzbereit war.

»Du hörst ja meine Stimme, Talker. Ich bin kein guter Sänger. Aber ich muss dir gestehen, dass ich irgendwie ins Geschäft einsteigen *wollte*. Mein Onkel sieht sich Black Hawk Down an und hat Träume, mir geht es so, wenn ich *Goodfellas* gucke. Schöne Anzüge. Teure Autos. Viele hübsche Mädchen. Reisen. Also bin ich der Army beigetreten. Ranger geworden. Ich lernte all die Techniken, die uns zu Hause in Sizilien bekannt machen würden. Die Familie, meine ich.«

Soprano hielt inne und fummelte an seiner Ausrüstung herum. »Deshalb mache ich das hier, Talker. Ich wollte die Ausbildung zum Ranger absolvieren und dann zurückgehen und allen zeigen, wie wir die Scagliottis in die Schranken weisen können. Das ist eine rivalisierende Familie. Hat uns Sopranos immer das Leben schwer gemacht. Du weißt ja, wie das ist.«

Er spuckte auf den Boden und fügte dann hinzu: »Ich sehe doch, dass du mich für verrückt hältst. Aber bitte trag es trotzdem in das *Registrare* ein, okay?«

Das Logbuch.

Ich versprach, dass ich das tun würde.

Es schien Soprano nicht in den Sinn zu kommen, dass die Fehde zwischen den Scagliotti und den Camilieri wahrscheinlich schon seit zehntausend Jahren Geschichte war. Genauso wie der letzte Jahrgang der Ranger-Schule.

Aber warum einen Traum ruinieren?

Kurtz wartete am Fuße der alten Sprossen.

»Danach werden Sie mich doch sicher für die Ranger-Schule empfehlen, nicht wahr, *Sergente* Kurtz?«, fragte Soprano, während er an der ersten Sprosse in der Wand ruckelte. Sie testete.

Sergeant Kurtz warf mir einen ungewohnt verschwörerischen Blick zu und verdrehte hinter Sopranos Rücken die Augen.

»Ja«, murmelte er. »Na klar, Soprano.«

Der kleine Mann war etwa ein Viertel der Sprossen hinaufgeklettert, die zur Decke der Zisterne führten, oder was auch immer dieser Ort war, als Tanner mir in der Dunkelheit zuflüsterte: »In einer normalen Einheit wäre er der Typ, der jeden Monat die 4187er-Formulare für die Ranger-Schule in der S-1 ausfüllt.«

Der Rest des Aufstiegs fiel PFC Soprano nicht schwer. Er bewegte sich wie ein Affe, und wenn eine Sprosse fehlte, schaffte er es allein durch schiere Armkraft bis zur nächsten und zog sich hoch. Beeindruckend, wenn man bedenkt, wie viel Ausrüstung er dabei hatte.

Er war schon ziemlich hoch, bestimmt fünf Stockwerke, als er endlich bei der Falltür ankam. Dann sahen wir zu, wie er sein Messer zog, es umdrehte und damit gegen den Boden der Luke klopfte.

Das leise Geräusch, das wir da unten hörten, klang merkwürdig. Später würde ich eins und eins zusammenzählen, aber in diesem Moment, als der kleine Ranger unter der Falltür hing und auf Sprossen balancierte, die vor wer weiß wie vielen Jahrtausenden in die Wände eingelassen worden waren, war die Analyse des Geräuschs nicht das Erste, woran ich dachte.

»Ist abgeschlossen«, vermutete Tanner. Der Mann hatte ausgezeichnete Augen. »Ich glaube, er knackt das Schloss.«

»Woher hat der Kerl ein Dietrich-Set?«, fragte Kurtz.

Wenn jemand gefragt hätte: Ich hatte auch eins. Aber das sollte ja ein Geheimnis bleiben. Ich hatte eine ziemlich genaue Vorstellung davon, wo Soprano seins herhatte. Wahrscheinlich aus einem Geschenkpaket aus Sizilien. Wenn sein beruflicher Werdegang wirklich auf das Familienbusiness hinauslief … Na ja, ich habe während meines Studiums ein paar mediterrane Noir-Krimis gelesen, um ein Gefühl für Französisch und Italienisch zu bekommen. Jean Claude Izzo war hervorragend. Schade, dass er vor seinem Tod nur drei Kriminalromane geschrieben hat. Aber ich wette, das Schlossknacker-Kit war eine Aufmerksamkeit von Onkel Vito.

Sei ein guter Junge und komm wieder, wenn du alles über die Ranger gelernt hast. Black Hawk Down, mi bambino.

Später erfuhr ich, dass die meisten Ranger in der Lage waren, Schlösser zu knacken und Fahrzeuge kurzzuschließen, wie es bei den Einsätzen zur Einnahme von Flugplätzen üblich war. Soprano knackte das Schloss in etwa dreißig Sekunden. Fünfzehn Meter hoch, beladen mit Ausrüstung und auf ein paar schmalen Sprossen stehend. Keine leichte Aufgabe, um es vorsichtig auszudrücken.

»Ich hab's!«, zischte er nach unten zu uns anderen.

Kurtz brachte ihn zum Schweigen.

Soprano schlug sich mit der flachen Hand vor die Stirn. Theatralisch, versteht sich. Dann legte er einen seiner kräftigen Finger auf die Lippen. Aber als er wieder sprach, tat er es im selben lauten Comic-Flüstern.

»*Sergente*!«, sagte er und bedeutete uns armfuchtelnd, von unten wegzugehen. »Mit diese Tür stimmt etwas nicht. Platz machen, *si prega*?«

Wenn's geht.

Wir wichen zurück, und er öffnete die Falltür.

Jeder andere wäre bei dem, was dann da oben geschah, ums Leben gekommen. Davon war ich fest überzeugt, als eine unerwartete Steinlawine durch die Falltür herabstürzte. Und jeder da oben, außer Soprano … und ein paar von uns da unten, wäre ebenfalls tot. Zermalmt vom herabstürzenden Gestein, das sich wie ein Wasserfall auf die Stelle ergoss, wo wir eben noch gestanden hatten.

Als sich der Staub verzogen hatte, erwartete ich, Sopranos zerschmetterten Körper inmitten des Gerölls liegen zu sehen. Das tat ich aber nicht. Stattdessen baumelte er mit einer Hand von der Decke herab. Er hatte eine Stelle gefunden oder geschaffen, an der er sich festhalten konnte, um nicht in den sicheren Tod zu stürzen.

Man hatte uns gewarnt. Hier wimmelte es von Fallen.

Er schwang sich durch die Falltür, kletterte hinauf und verschwand in dem schwarzen Rechteck darüber. Zwei Minuten später fiel ein Seil herunter und reichte bis auf den Boden. Dann purzelte ein grünes ChemLight zu uns herab, und Kurtz fing es souverän mit einer behandschuhten Hand auf.

Es war Zeit für uns, nach oben zu gehen.

KAPITEL 58

Nachdem das gesamte Team durch die Falltür in der Decke der Zisterne geklettert war, was eine Weile dauerte, ging es auf 0300 zu. Wir alle spürten zunehmend, dass die Zeit knapp wurde. Wenn wir es nicht schafften, unsere Posten einzunehmen, um den Angriff auf das Haupttor zu unterstützen, würde dieser Angriff in die Hose gehen, wie Tanner es ausdrückte. Die Ranger unter Captain Messerhand hatten weder die Munition noch die Mannstärke, um durchzukommen. Aber das würde sie nicht daran hindern, es zu versuchen.

Die Frage war nur: Wie viele Fallen und Feinde mussten wir hier unten noch überwinden?

Die Antwort kam prompt, als wir auf der anderen Seite der Falltür standen. Einer nach dem anderen kletterte das Seil hoch und zog seine Ausrüstung hinterher. Ich gehörte zu den Letzten, weil ich im Augenblick nicht so wichtig war. Seien wir ehrlich, niemand hatte großes Interesse daran, einen Dialog über Begegnungen mit irgendetwas Unheimlichem oder Krabbelndem, das wir hier unten finden würden, anzufangen.

Sobald ich es geschafft hatte, wurde mir klar, warum die Ranger, die vor mir hoch waren, auf der anderen Seite der Falltür zu Ruhe und Heimlichkeit mahnten.

Wir hatten den zentralen Brunnen gefunden. Den, von dem die Altmutter gesprochen hatte. Unseren Expressaufzug zur Penthouse-Suite.

Oder zumindest standen wir auf einer Seite davon. Wir befanden uns in einem langen Gang, der an einem Rand des Brunnens entlanglief und so weit reichte, wie wir mit unserem verbesserten Sehvermögen sehen konnten. Es war weniger ein Gang als vielmehr eine Galerie. Ähnlich einem sakralen Gebetsraum, wie man ihn in einem alten Kloster finden könnte. Oder einem einstmals fürstlichen Schloss, das schon lange der Verzweiflung und Verwüstung anheimgefallen war. Kahl und spartanisch, in Schatten und Düsternis gehüllt. Gespenstisch und vergessen.

Die Innenseite des Gangs mündete direkt in den Brunnen. Den riesigen und massiven Brunnen. Eine regelrechte Schlucht aus unterirdischem, leerem Raum. Aber nicht rund. Eher wie eine umgedrehte leere Pyramide, die unter der Erde liegt. Auf der anderen Seite dieser Schlucht konnten wir weitere Gänge oder Galerien erkennen, die übereinander lagen wie eine riesige unterirdische Stadtlandschaft. Einige Abschnitte der ausgedehnten Nekropole waren eingestürzt und auf andere gesackt, wodurch das Innere der Gräber dort drüben freilag. Weit weg und für immer unerreichbar. Und weit oben, vielleicht sechs oder sieben Stockwerke höher, ragte die von der Altmutter beschriebene Kuppel empor. Sie war wie die Sixtinische Kapelle oder die Hagia Sophia mit Fresken bedeckt. Aber es war so dunkel, dass zumindest ich dort oben keine Details erkennen konnte, nicht einmal mit der Gemeinschaft der Jäger.

Es war alles absolut fantastisch und auf bizarre Weise faszinierend.

Aber das war nicht der Grund für unsere lautlose Zurückhaltung. Was uns misstrauisch machte, waren die Fackeln in den oberen Ebenen, die sich an den sichtbaren Seiten des Brunnens entlang bewegten. Sehr viele Fackeln. Sie tauchten rudelweise auf. Und hier kam uns die Mondsicht der Gemeinschaft der Jäger sehr gelegen, denn sie konzentrierte sich auf die Lichtquellen, die dort oben auf und ab wippten, fokussierte und zoomte heran und nutzte diese Fackeln als Ankerpunkte.

Orks. Und zwar jede Menge davon.

Viel zu viele, als dass wir sie hätten bekämpfen können.

Kurtz war sofort bei der Sache.

Zuerst fluchte er. Dann: »Wir dürfen hier unten nicht in einen Kampf geraten. Die Zeit läuft, wir müssen uns ranhalten.« Er blickte in die Runde und vergewisserte sich, dass wir ihn richtig verstanden hatten. »Wir werden uns so weit es geht durchschleichen. Ein Angriff ist der letzte Ausweg. Ich wiederhole … nur im Falle einer ernsten Gefahrensituation.«

Er sah mich an.

»Sie. Sie haben dieses … Ring-Ding. Das macht Sie doch unsichtbar. Richtig?«

Ich bestätigte es.

»Können Sie damit umgehen?«

Positiv.

Er nickte. Dann schmiedeten wir einen Plan. Wir würden uns nach oben bewegen und der Galerie folgen, auf der wir uns befanden. Wenn sie wie die war, die wir auf der anderen Seite sehen konnten, hätten wir die Möglichkeit, über Treppen und lange, schräge Rampen auf höhere Ebenen zu gelangen. Und in den Wänden der umgedrehten Pyramide, die der Brunnen war, würden sich Gräber befinden, in denen man sich verstecken konnte. Wenn es dem Feind gelungen war, in diese Ebenen hinabzusteigen, dann waren viele der bösartigeren Bewohner der Gräber vielleicht bereits beseitigt worden. Betonung auf »vielleicht«.

Sergeant Kurtz schlug im Wesentlichen vor, sich direkt durch die feindlichen Reihen in den Bibliotheksturm zu schleichen. Tanner würde an der Spitze bleiben, und ich sollte mich an seine Fersen heften. Falls nötig, würde ich den Ring aktivieren, während sich das Team versteckte, und es würde an mir liegen, einen Weg durch die Ork-Patrouillen vor uns zu finden.

Auf dem Papier klang das absolut sinnvoll. Es wirklich zu *tun*, hörte sich allerdings gehörig verrückt an. Zumindest erschien es mir so.

Als wir die Orks beobachteten, wurde offensichtlich, dass sie dort oben in den oberen Ebenen der Gruft nach etwas suchten.

»Vielleicht haben sie die Schüsse gehört.« Brumm spuckte in die Tiefe.

Wir machten uns auf den Weg.

Die erste Stunde verlief ruhig. Wir kamen gut voran, während wir an den düsteren Überresten der in die Wände eingelassenen Gräber vorbeizogen. Totenköpfe und eingemeißelte Runen zierten diese Orte wie Warnungen, sie unter Androhung des Todes nicht zu betreten. Manchmal bahnten wir uns auch einen Weg durch Räume voller alter Waffen und Truhen, die an staubige alte Soldaten erinnerten, die stramm standen. Kennedy wies darauf hin, dass sich in diesen Truhen wahrscheinlich Schätze befanden, wenn es so war wie im Spiel.

»Wahrscheinlich auch Fallen«, murmelte jemand. »Ich dachte, Zauberer wären schlau.«

»Du meinst eine hohe INT«, konterte Kennedy. *Intelligenz.* »Wie auch immer, wenn ich der Zauberer bin … dann ist Soprano der Dieb.«

»Ich bin kein Dieb«, protestierte Soprano unter der Last seiner Munition für die 240er. »Ich bin noch nie beim Stehlen erwischt worden.«

»Der Dieb«, erklärte Kennedy geduldig, »spürt Fallen auf und entschärft sie. So wie du es mit der Falltür gemacht hast.«

Soprano nickte, dann stimmte er zu. »Dann bin ich eben der Dieb. Okay. *Bene.*«

Die erste Orkhorde, auf die wir trafen, konnten wir leicht umgehen.

Man konnte den Gestank schon von Weitem riechen. Ziemlich streng. Wir verschwanden in den Ruinen einer kleineren Gruft, deren Tür irgendwann in der Vergangenheit aufgehebelt worden war, um sie gründlich zu plündern. Die Ranger formierten sich in dem engen Grab, die Waffen bereit für Mord und Totschlag.

»Wenn nur einer kommt, um nachzusehen«, flüsterte Kurtz, als sie sich näherten, »dann ziehe ich ihn weg und erledige ihn. Verhaltet euch ruhig, bis ich den Befehl zum Angriff gebe.«

Kurtz hatte seine Garrotte schon gezückt. Brumm war bereit, ihn mit einem klappbaren Sieben-Zoll-Karambit-Messer zu unterstützen, das er neben der Tür zu der dunklen Gruft in der Hand hielt. Seine andere Hand blieb frei, um Kurtz' potenzielles Opfer festzuhalten, sobald das Würgen begann. Aber die Orks passierten den Eingang ohne Zwischenfälle. Es mussten mindestens dreißig gewesen sein. Wir warteten, überprüften den Weg vor uns und setzten dann den Marsch durch die Ebenen fort.

Das nächste Ausweichmanöver fand auf halber Höhe einer gigantischen Treppe statt. Wir näherten uns den obersten Ebenen und der Kuppel darüber. Die Fackeln, die die Orks brennen gelassen hatten, und unsere erweiterte Sicht zeigten mir mehr von der fantastischen Kuppel und den Bildern, die ihre Oberfläche zierten.

Zwölf grimmige Gestalten waren darauf zu sehen. Sie sahen weniger wie aus der Zeit gefallene Special Operators aus, sondern eher wie die Ringgeister aus den *Herr der Ringe*-Filmen. Sie trugen schattenhafte Rüstungen und dunkle Umhänge. Ihre Gesichter waren lichtlose Leeren, die sich falsch anfühlten, wenn man sie länger ansah. Das Einzige, was man in diesen ausdruckslosen Gesichtern erkennen konnte, wenn man näher kam, waren rotglühende Augen, die in den riesigen Brunnen hinabstarrten. Zuerst dachte ich, dass es sich bei den roten Augen um ein fantastisch leuchtendes Farbpigment handeln musste, das vor langer Zeit mit einer bestimmten Technik aufgetragen worden war, die den glühenden Augen eine bedrohliche, geringschätzige Verachtung für den Betrachter verlieh. Doch als ich mit meinem verbesserten Sehvermögen näher heranzoomte, konnte ich erkennen, dass es sich nicht um bloße Farb- und Lichttricks handelte. Es waren absurd große Edelsteine. Eingefasst in die darüber liegende Kuppel. Größer als alles, was ich je zuvor gesehen hatte. Und wahrscheinlich ein Vermögen wert.

»Sieh dir das an«, sagte Tanner auf halber Höhe der staubbedeckten Treppe, die wir am Rande des Brunnens hinaufstiegen. Wir befanden uns neben einer prächtigen riesigen Schale, die in das Geländer eingelassen war und wohl einst als immenser Kessel gedient haben musste, um den Weg für die Begräbniszüge zu beleuchten, die alle dann und wann weitere Helden in die Dunkelheit der Gruft brachten, wo sie für immer schlafen konnten.

Aber irgendwie sagte mir mein Verstand noch, als ich das dachte, dass das nicht richtig war. Dieser Ort war etwas anderes.

Hier unten gab es keine Helden.

Das war nicht diese Art von Ort.

Hier, flüsterte mir eine Stimme in meinem Geist zu, *wartet das Böse auf seine nächste Chance.*

Die Chance auf was?, fragte ich mich.

Ich war mir sicher, dass ich die Antwort gar nicht wissen wollte.

Und dann hörten wir die Orks, die sich dem oberen Ende der Treppe näherten. Sie sangen ihre Marschlieder. Ja, das hatte ich nicht erwähnt, aber die Orks sangen in einer Art Kadenz aus Grunzen und Schreien und einigen Worten, während sie umherzogen. Es klang tief, rau und bedrohlich.

Am ehesten kann ich es mit einer Art dämonischem Mumble-Rap vergleichen. Die Ork-Soldaten machten die Grundgeräusche, während ein Sprecher, ihr Marschoffizier, eine Art gesprochene Poesie über Gewalt, Chaos und Mord vortrug. Zumindest schien das der Tenor der wenigen Worte zu sein, die ich auf Türkisch und Arabisch verstehen konnte.

Aber wie gesagt, diese Orks kamen direkt vom oberen Treppenabsatz auf uns zu, und es gab keinen Ort, an den das Hauptteam hätte gelangen können, bevor der Feind die Treppe betrat, nach unten schaute und einen Haufen Ranger mit mörderischem Absichten erblickte.

Im Kopf sah ich ein sofortiges Feuergefecht. Soprano und Rico bauten auf den Stufen bereits die 240er auf. Thor hatte sein Scharfschützengewehr auf dem großen kalten Kessel ausgerichtet. Die anderen Scharfschützen schlichen sich in den Schatten und machten sich schussbereit. Brumm stand weiter unten und sicherte uns mit seiner SAW nach hinten ab.

Denn es würde unweigerlich laut werden, und auf den Ebenen unter und über uns liefen mindestens zehn weitere Orkbanden herum. Daran war nicht zu rütteln, und auch nicht an dem, was passieren würde, sobald wir uns zu erkennen gaben und nicht mehr im Stealth-Modus operieren konnten.

Binnen kürzester Zeit wären wir umzingelt und hätten keine Munition mehr. Dann würden wir unsere Unterstützungsposition nicht erreichen. Der Angriff würde scheitern.

Ich steckte mir den Ring an. Den hatte ich schon bereitgelegt. Dann lief ich an Tanner vorbei und sagte: »Bleibt unten!«, während ich eine tönerne Urne aufhob.

Stimmt, das habe ich auch noch nicht erwähnt. Überall, auf jeder Ebene, standen uralte und verstaubte Urnen in allen Formen und Größen. Es waren in der Tat so viele, dass man sie nach einer Weile nicht mehr wahrnahm. Und wo keine Urnen waren, standen groteske, geradezu obszöne Kerzenständer. Szenen von Vergewaltigungen und Plünderungen. Sich windende Dämonen und Schlangen. Drachen. Also schnappte ich mir eine mittelgroße Urne und rannte die Treppe hinauf, so schnell ich konnte. Direkt auf die marschierenden Orks zu, die uns gleich entdecken würden. Einhändig schleuderte ich die Urne nach links in die Dunkelheit. In einen dunklen, gewölbeartigen Gang, der unseren kreuzte. Ich war schon fast an der Spitze der Orkkolonne, als ich das tat. Stand direkt vor einem Trupp wilder, knurrender Orks, die mich nicht sehen konnten. Das hoffte ich zumindest. Reißzähne. Dunkel glitzernde, bösartige Augen. Waffen. Speere. Kurzschwerter. Äxte. Rüstungen aus Leder. Stacheln. Narben und seltsame weiße Tattoos. Nicht zu vergessen ihr entsetzlicher Mundgeruch.

Die Urne zerschellte in der Dunkelheit zu unserer Linken. Meiner Linken. Ihrer Rechten. Und sie blieben stehen. Ihr Anführer erteilte einen Befehl. Sofort schwärmten die Orks aus, die Waffen bereit, um auf der Stelle zuzuschlagen.

»Ich bin hier«, flüsterte Autumn in meinem Geist. Sie hatte sich bis knapp unter die oberste Treppenstufe vorgearbeitet. Fast unsichtbar in ihrem Umhang und versteckt hinter einer Statue eines knurrenden Minotaurus mit einer riesigen Streitaxt. Goldene Münzen und erloschene Kerzen lagen rund um den Sockel der Statue.

»Ich werde sie jetzt überlisten«, raunte sie mir zu.

Ich hörte ihre Stimme und die Stimmen von geisterhaften anderen, anderen Schattenelfen, die wie die Verlorenen Jungs klangen, viel weiter links und unten in diesem schummrigen Gang voller stiller Gräber. Einen Moment später kamen Pfeile sirrend aus der Dunkelheit angeflogen und peitschten an den Köpfen der Orks vorbei. Die Orks knurrten und tobten angesichts des Angriffs, stießen Kriegsschreie auf und hämmerten auf ihre gewaltigen Brustkörbe ein.

Ihr Anführer rief: »*Eifrit!*«

Was im Arabischen eine Diminutivform für einen Dschinn ist. *Efreeti.*

»So nennen sie uns«, flüsterte Autumn in meinem Geist. »Es bedeutet ‚kleine Dämonen‘.«

Ich beobachtete, wie die Orks, die davon überzeugt waren, dass die Elfen von rechts angriffen, sich lose organisierten und in den dunklen Gang stürmten. Schlachtrufe und Kriegsgeschrei ertönten. Ihre Trompeter schmetterten das altbekannte *Oruu-Oruu*, um in der großen Nekropole, die diese Gruft war, Alarm zu schlagen und zum Kampf aufzurufen.

Überall um uns herum antworteten andere Hörner auf das dringliche Signal. Sie rückten an. Die Orkhorden waren im Anmarsch. Aber im Moment jagten die Orks, die uns fast entdeckt hatten, Irrlichter. Schattenelfen-Irrlichter. Das bedeutete, dass wir einen Moment Zeit hatten, um voranzukommen und dem, was passieren würde, auszuweichen.

Nur einen Augenblick …

»Die Luft ist rein«, sagte ich atemlos zu Tanner und spürte, wie mir das Herz in der Brust raste, während entweder Angst oder Adrenalin durch meinen Körper strömten. »Wir müssen jetzt los.«

Handzeichen, und das Team war in Bewegung. Wir eilten vorwärts und setzten uns mit Kurtz in Verbindung, um einen kurzen Lagebericht abzugeben. Nur noch ein paar Stufen und wir würden die Kuppel erreichen. Wenn wir Glück hatten. Und laut der Altmutter befand sich die Festung genau über dieser Kuppel.

Wir waren fast am Ziel.

KAPITEL 59

Wir waren sogar noch näher dran, als die Schießerei begann.

»Benutzt eure Sekundärwaffen!«, rief Kurtz, als wir die letzte Ebene unter der weitläufigen Kuppel erreichten. Wir hatten gerade eine Reihe gewundener Treppen erklommen, die uns durch die letzten Ebenen des Brunnens führten, Bereiche, die für Lagerung und Bauarbeiten reserviert zu sein schienen. Hier lagen viele Schädel, Mumien, Werkzeuge und erloschene Kerzen herum. Der Ort hatte etwas Unheilvolles an sich.

Und glauben Sie mir, normalerweise bin ich ein rationaler Mensch der Wissenschaft. Aber manche Dinge sind einfach *falsch*. Und dieser ganze Ort fühlte sich wie ein einziges großes Falsch an.

Irgendwo weiter unten in irgendeinem System von versteckten Räumen, geheimen Tunneln oder unentdeckten Hallen, zu denen wir nie auch nur annähernd einen Zugang gefunden hatten, befanden sich die letzten Ruhestätten der *Ilnari*. Der Operators. Aber diese Entdeckung musste bis zu einem anderen Tag warten. Im Moment führten wir ein Feuergefecht und versuchten, uns einen Weg nach draußen und in den Turm zu bahnen, um rechtzeitig bei unseren Kameraden zu sein.

Die Zeit rannte uns nicht mehr davon. Sie war längst abgelaufen. Kurtz erinnerte uns schon gar nicht mehr daran. Er war nur ein verzweifelter Mann, der sein Bestes tat, um uns ans Ziel zu bringen. Seine Ranger brauchten Team Rogue unbedingt dort, wo es sein sollte, wenn der Angriff stattfand. Und da waren wir nicht.

Das war inakzeptabel. Die Mission war so kurz vor dem Scheitern, wie es Kurtz noch bei keinem seiner Einsätze erlebt hatte. Das einzig Positive war, dass wir den Feind in Schach hielten, was bedeutete, dass wir zumindest einen Teil der Gegner vom Haupttor fernhielten.

Die Scharfschützen kämpften gegen Gruppen von Orks, die uns von hinten attackierten, während sich das Feuergefecht in die oberen Katakomben verlagerte. Pfeile mit Krähenfedern flogen aus dem Schatten und dem Feuerschein und trafen Wände und Ausrüstung. Sergeant Thor war getroffen worden, aber nicht schwer. Das sagte er zumindest. Kurtz, Tanner und Brumm bahnten uns den Weg vorwärts. Wir waren zweimal in Sackgassen gelandet und hatten es gerade noch geschafft, da der Feind versuchte, seine Truppen wie eine Schlinge um uns zu postieren, in die wir jedoch nicht hineingeraten wollten.

Es waren weder die Dunkelheit noch die Tiefe, die einem dieses klaustrophobische Gefühl vermittelten. Es war der Feind. Und aus irgendeinem Grund machte einen das wütend. Als wollte man sich nur noch den Weg nach oben freischießen und etwas frische Luft einatmen, falls es in dieser ruinierten Welt, in der wir gelandet waren, überhaupt noch welche gab.

In der letzten Sackgasse hätten sie uns fast gehabt. Wie aus dem Nichts kam eine Gruppe in graue Lumpen gekleideter Orks, wahrscheinlich sechs an der Zahl, mit

Messern aus einer Geheimtür, die wir im Eifer des Gefechts nicht bemerkt hatten.

Laut dem zauberkundigen PFC kam das in Kennedys Spielen durchaus häufiger vor. Geheimtüren. Sie waren versteckt, und man konnte sie finden.

Kurtz und Konsorten hatten nur noch ein paar Magazine. Die würden wir allerdings für den Kampf in der Festung brauchen, um die Umgebung zu sichern, damit die Scharfschützen in Ruhe arbeiten konnten, sobald der Angriff begann. So hackten die Ranger und ich plötzlich auf die Orks ein, die aus der Geheimtür auftauchten, und zwar mit unseren neu erworbenen »legendären Waffen«, die wir vom Boden der Krypta mitgenommen hatten. Der Krypta voller Gruftschrecken, die einst in den längst vergangenen Zeiten der Vergessenen Ruine Eiskönige gewesen waren.

Last of Autumn hatte uns erzählt, dass die Waffen von Drachenelfen hergestellt wurden. Glänzende und schöne, breite, blattförmig geschwungene Klingen. Sie waren leicht zu handhaben, unglaublich scharf und durchschlagskräftiger, als man gedacht hätte. Das lag anscheinend an der Magie.

Wir waren gerade einer Gruppe von Orks entkommen, die uns die letzte Treppe hinauf verfolgte, und in diesen finsteren Gang eingebogen, als wir plötzlich in einer fackelbeleuchteten Sackgasse standen. Ich bemerkte, dass unsere Waffen auf einmal in einem sanften blauen, kalten Licht leuchteten. Die Waffen der Drachenelfen.

»Orks!«, rief Last of Autumn in dem bisschen Englisch, das sie bei uns aufgeschnappt hatte. Aber es klang mehr wie »Oaks!«

»Da kommen sie«, knurrte Brumm. »Jetzt geht es ums Ganze, Sar'nt.« Er meinte damit die Orks hinter uns, die uns aufgespürt hatten und uns in diese Sackgasse gefolgt waren.

Rico und Soprano schlugen vor, die 240er zu benutzen, um uns den Weg zurück zur Treppe zu bahnen. Aber Sergeant Kurtz wollte die letzten beiden Trommeln, die wir noch hatten, für die Verteidigung des Turms oben aufheben. Mit einer Todesmaschine wie der 240er, die im Innenhof der Festung aufgebaut war, konnten wir den Turm absichern und die Verteidiger vor unserer Position überwältigen. Die Munition zu vergeuden bedeutete, dass die Scharfschützen die ganze Arbeit erledigen mussten, während der Turm anfällig für einen Gegenangriff war. Und das konnte sehr unangenehm enden.

Es war eine Frage des Ressourcenmanagements. Wie setzt man die Kampfmittel angesichts der aktuellen taktischen Lage am besten ein?

In diesem Moment öffnete sich eine Ritze in der mit Runen bedeckten Wand, diesen seltsamen ägyptischen Hieroglyphen, die überall zu sehen waren, und heraus schlüpften diese Ork-Ninjas. Und ja, genau so nenne ich sie.

Ork-Ninjas.

Sie trugen wallende, schmutzgraue Lumpen, sogar vor den Gesichtern. Alles, was man sehen konnte, waren ihre glühenden Augen und die Reißzähne. Sie bewegten sich lautlos, barfüßig und gingen auf einmal auf uns los. Es war eindeutig ein Selbstmordattentat. Einer von ihnen wisperte so laut, dass ich es hören und übersetzen konnte.

Er sagte zu seinen Mitstreitern: »Mein Leben für das Schattenreich.« Und sie alle flüsterten eine Antwort auf Orkisch zurück, die ich nicht verstand.

Kurtz hob seine MK18 und blockte einen Hieb des Anführers gerade noch rechtzeitig ab. Dann trat er dem Geschöpf in die Eier – anscheinend hatten Orks welche, denn er ging stöhnend zu Boden und erinnerte dabei an einen Riesen mit heftigen Darmbeschwerden. Kurtz wich zwei Schritte zurück, zog die Drachenelfenklinge und rammte sie dem nächsten grimmigen Ork, der ihn angreifen wollte, direkt in die Brust. Es war, als hätte sich der Ork einfach auf Kurtz' neues Schwert aufgespießt, so glatt und mühelos fuhr es in ihn hinein. Der verdutzte Ork keuchte und starb, und Kurtz zog die Klinge genauso leicht wieder heraus.

Dann kam der Rest der Orks auf den Rest von uns zu. Tanner schoss einem direkt in den Kopf, dann wechselte er die Position und feuerte erneut, wobei er einen anderen direkt zwischen die kleinen Augen traf.

Sein Schuss war, genau wie die der anderen, ein Volltreffer. Zu den in Chief Rapps Meisterschule erlernten Fähigkeiten war noch ein gewisser Feinschliff durch die Gemeinschaft der Jäger hinzugekommen, was zu einer seltsamen Matrix-artigen Treffsicherheit führte, über die selbst die Ranger erstaunt waren.

»Hoffentlich bleibt das so«, bemerkte Tanner.

»Das ist kein Glück. Alles Können. Aber verschrei's nicht«, murmelte Brumm.

Jetzt kämpften wir. Und ich war mittendrin, ob es mir gefiel oder nicht. Ich hatte beschlossen, nur zu schießen, wenn es unbedingt sein musste, damit ich mir meine Munition notfalls für die richtigen Killer aufheben konnte. Habe ich schon erwähnt, dass ich eigentlich nur mitgekommen bin, um zu übersetzen? Trotzdem konnte ich meinen Teil beitragen. Ich hatte den interessanten kleinen

Elfendolch schon parat, um Munition zu sparen. Auch hier glaubte ich nicht, dass ich ihn wirklich brauchen würde. Die Klinge war nicht lang. Eher in der Größenordnung eines römischen Gladius. Und wie gesagt, sie fühlte sich leicht an, aber wenn man sie schwang, wurde sie mit zunehmendem Momentum schwerer oder vielmehr, wenn man zustieß. Es handelte sich um eine Art relativistischen Effekt, der hier in der Ruine als Magie galt.

Ich war schon fast am Ende der Sackgasse, als die flüsternden Orks mit ihren bösen Dolchen aus der Geheimtür auf uns zukamen. Ohne nachzudenken, schlitzte ich den ersten auf, der sich mir näherte, versenkte meine Klinge in seinem Kopf und schnitt durch Gehirn und Knochen und dann die Luft.

So etwas passiert nicht mit normalen Messern und Klingen. Diese neigen dazu, abzuprallen oder bei so tiefen Schnitten einfach stecken zu bleiben.

Aber dies waren magische Waffen.

Wir hatten die sechs Orks innerhalb von Sekunden erledigt: Kurtz zwei, Tanner zwei, ich einen, und ich glaube, Soprano hat einen mit seinem Gewehr erschossen. Es ging alles ziemlich schnell. Und war sehr brutal.

»Die sein böse!«, rief Jabba, während er sich hinter seinen Rucksack kauerte. Das war seine übliche Position, sobald ein Kampf im Gange war. »Dunkle Schlächter. Nicht gut. Nicht gut«, rief der kleine Goblin in seinem Ranger-Englisch und -Türkisch, wenn er das richtige Wort nicht fand. Er hüpfte herum und zeigte dabei auf etwas. »Die kommen aus dem Land des Nichts.«

Den letzten Teil sagte er auf Arabisch.

»Was sagt er?«, fragte Kurtz, als weitere Orks von hinten auf uns zukamen. Der Sergeant wollte von mir irgendeine

Information, warum der kleine Kerl so ausflippte. Aber das »*Land des Nichts*« hatte keinen inhaltlichen Bezug, klang verrückt und hatte nichts mit der unmittelbaren Bedrohung zu tun. Daher antwortete ich: »Er sagt, wir stecken in Schwierigkeiten.«

Kurtz brüllte Thor an. »Ballern Sie uns eine Schneise zurück zur Treppe. Wir müssen uns irgendwie einen Weg nach draußen bahnen.«

Zwei Scharfschützen waren auf dem Weg hierher gestorben. Einer durch einen … Fluch. Der andere durch einen Sturz. Damit waren es noch vier. Was dann geschah, war erstaunlich, denn als ich mich von den blutigen Überresten der Orks, die wir gerade zu Tode gehackt hatten, abwandte, während das Adrenalin durch meinen Körper schoss und mir das Gefühl gab, gleich einen Herzinfarkt zu bekommen, in eine Grube zu fallen, aus der ich nie wieder herauskommen würde, oder einen unglaublichen Preis zu gewinnen, von dem ich immer noch nicht wusste, welchen, konnte ich Dutzende von Orks sehen, die den dunklen, von Säulen gesäumten Gang hinunterliefen, durch den wir überhaupt erst in diese Sackgasse gelangt waren.

»Verstanden!«, brüllte Thor. »Scharfschützen, *als Erster töten, als Letzter sterben*. Vorrücken und in Deckung gehen.«

Die Scharfschützen hatten bereits unsere Rückseite abgesichert, zwei auf jeder Seite des Korridors, mit Brumm als Anker auf der linken Seite. Jetzt befahl Thor, dass sie sich in Gruppen an den Säulen entlang direkt auf den Feind zubewegten und schossen, wobei sie mit ihren großen Gewehren präzises Schnellfeuer auf die herannahenden Orks abgaben. Wenn sie hier nicht lebend rauskämen, wäre es auch egal, ob sie ihre Munition verbrauchten oder nicht. Jeder Schuss würde uns ein paar Meter mehr

Zeit verschaffen, um die Treppe zu erreichen, zu der wir zurückkehren mussten.

Nein, es war keine ideale Situation für Scharfschützen. Sie mochten es nicht, in die Enge getrieben zu werden. Aber wenn das der Fall war, drehten sie völlig ab.

Die Scharfschützen hielten nicht nur den Korridor, sie rückten auch vor und schossen dabei auf die Feinde. Sie gaben einander Deckung und luden nach, während der Scharfschütze hinter ihnen einsprang und die nächste Welle von Orks mit Kugeln durchlöcherte. Große Gewehrkugeln, die knurrende Orks fast aus nächster Nähe zerstörten und dann die nächste Bestie in der Reihe vernichteten. Zertrümmerte, deformierte Gesichter und verbeulte Schädel explodierten, während andere Kugeln mitten in stinkenden, massigen Körpern landeten und sie wegschleuderten, nur um von einem anderen, noch teuflischeren Ungeheuer mit einem Haufen böser Absichten abgelöst zu werden.

Thor führte sein Team an, als Kurtz rief: »Treppe voraus. Bravo! Sekundärwaffe benutzen!« Das bedeutete für uns, dass wir unsere fast leergeschossenen Gewehre an den Riemen hängen lassen und zu unseren Handfeuerwaffen greifen sollten, um uns den Weg nach oben und nach draußen zu bahnen. Und dafür hatte jeder eine Menge Munition. Tatsächlich benutzte man seine Pistole nur selten.

»Außer im Nahen Osten oder wenn das Essen in der Kantine mal wieder schlecht ist«, bemerkte Tanner später.

Oder um etwas zu neugierige Staatsdiener um die Ecke zu bringen, wie ich nur innerlich hinzufügte.

Vor uns gingen die Scharfschützen auf der mit Leichen übersäten Treppe in Position und überblickten den riesigen Raum des Gruftbrunnens. Sie würden nach links schwenken und unsere Nachhut sichern, während die Angreifer, also Kennedy, Autumn, Jabba und ich, auf die nächste Ebene hinaufstürmten, immer noch auf der Suche nach einem Ausweg aus diesem Irrenhaus.

Die schlechte Nachricht: Eine Menge Orks kamen die Treppe von den Ebenen unter uns hinauf.

»Wir werden Druck von hinten bekommen, Sar'nt, wenn wir versuchen, den Turm einzunehmen!«, rief Brumm, während er den Scharfschützen Deckung gab, die sich nun zurückzogen.

»Köpfe runter!«, schrie Kennedy und schickte eine Salve magischer Raketen in eine Gruppe von Orks, die unablässig Pfeile auf die Scharfschützen abfeuerten.

Die Sternschnuppen flogen mit allerlei Lichtshow-Pyrotechnik davon, bevor sie die Orks heimsuchten, in die Luft sprengten und dort unten Feuer legten.

Autumn drehte sich um und feuerte drei schnelle Pfeile ab, die einen der größeren Anführer trafen, der seine Truppen unten für einen großen Vorstoß auf uns sammelte. Ein Pfeil drang in sein Auge ein. Zwei blieben zitternd in seiner Brust stecken. Die kleineren Orks um ihn herum brüllten vor Wut und bleckten die Zähne in unsere Richtung.

Es herrschte allgemeine Verwirrung, und das verschaffte uns ein paar Minuten Zeit. Wir waren dabei, uns einen Weg nach draußen zu bahnen, aber wir steckten definitiv in Schwierigkeiten.

Und dann erreichte Kurtz das obere Ende der Treppe und rief: »Ich sehe Tageslicht! Hier geht's lang!«

Ich spürte, wie ich schneller zum Ausgang rennen wollte. Wir hatten das obere Ende der Treppe erreicht, und

Kurtz war wieder da und trieb die Scharfschützen in die letzte Kammer vor uns. Ein paar Sekunden später stand ich tatsächlich vor einer breiten Treppe, die steil nach oben in allem Anschein nach frühmorgendliches Licht führte.

Wir hatten es geschafft.

Die Scharfschützen zogen an uns vorbei und brachten sich schnell im Turm über diesem Keller in Stellung. Kurtz versuchte, Captain Messerhand über Funk zu erreichen. Unseren Uhren zufolge kamen wir zu spät zur Party. Aber nur knapp.

»Keine Funkverbindung zu unseren Leuten!«, rief Kurtz.

»Ich höre Schüsse!«, meldete einer der Scharfschützen vom Fuß der Treppe. Dort hatten sie sich formiert und warteten auf den Befehl, den Turm zu stürmen, sobald der Sergeant mit der Situation zufrieden war.

»Jetzt sind wir dran, *Sergente*«, verkündete Soprano fast schon aufgeregt darüber, die 240er bereit machen zu können. Sie würden sich im Erdgeschoss positionieren, während die Scharfschützen in die zerstörten oberen Stockwerke vorstießen.

»Beobachtet den Innenhof!«, befahl Kurtz, und einer der Scharfschützen ging los, um einen Blick zu erhaschen. Als er zurückkam, ertönten die *Oruu-Oruu*-Hörner, während von unten, wo wir gerade herkamen, bedrohliche Trommeln geschlagen wurden. Zudem hörte ich von oben in der Festung entferntes Geschützfeuer.

Der Angriff war in vollem Gange.

»Ich kann nicht sagen, was los ist«, sagte der Scharfschütze, als er von der Erkundung zurückkam, »aber es sieht so aus, als ob sie gegen die sekundären Stellungen vorgehen und die Verteidiger dort an den vorderen

Befestigungslinien stehen. Wenn wir da hochgehen, wird das eine einzige Schießbudennummer, Sar'nt.«

Brumm spuckte auf den Boden, während er den schmalen Gang hinter uns bewachte, der den Zugang zur Treppe nach unten gewährte. Dort wurden die Hörner und Trommeln immer lauter. »Sie kommen, Sar'nt Kurtz.«

In seinen Augen stand keine Angst. Aber man konnte sehen, dass es ernst war. Und das hieß schon etwas bei diesem SAW-Schützen, der einem angreifenden Riesen in die Augen geschaut hatte, bevor er eine Carl Gustaf auf ihn abschoss.

»Wie viel Munition noch, Brumm?«, fragte Kurtz.

Brumm neigte seine Waffe und musterte sie.

»Hundertfünfzig Schuss, dazu eine Granate, mein Elfenmesser und eine halbe Dose Copenhagen. Ich werde sie aufhalten können … Sergeant.«

Kurtz verzog das Gesicht. Er sah nicht glücklich aus. Dann wechselten die beiden einen Blick, von dem ich keine Ahnung hatte, was er bedeutete. Das sollte ich erst später herausfinden.

»Los, Sar'nt.« Brumm nickte seinem Vorgesetzten zu. »Ich übernehme das. Waffe bereit.«

Kurtz zögerte einen Moment und nickte dann, um Team Rogue den Befehl zu geben, den Turm der Verschollenen Bibliothek einzunehmen und dem Feind von hinten einzuheizen. Aber nicht, bevor er seine MK18 abnahm und sie mit seinem letzten Magazin für Specialist Brumm zurückließ. Er lehnte sie gegen die Wand. Dann erhielt Team Rogue den Befehl, vorzurücken.

Endlich waren wir mit von der Partie.

Scharfschützen. Autumn, deren Augen vor Rachsucht funkelten. Kennedy, gelassen, aber tief durch die Nase atmend, als wolle er Sauerstoff tanken – oder Mana. Rico und Soprano, die routiniert daran arbeiteten, ihre Bestie ins Spiel zu bringen, jetzt, wo der Befehl erteilt worden war. Kurtz war schon weg, und ich konnte das Geräusch seiner Schrotflinte hören, die auf jemanden schoss, der das Pech hatte, genau dort zu sein, wo die wütenden Ranger als Nächstes hinwollten.

Kurtz war als Erster gegangen. Denn echte Ranger weisen den Weg.

Ich zog meine restlichen Magazine heraus. Zwei waren noch übrig. Und reichte sie Brumm.

»Willst du, dass ich bleibe?«, fragte ich.

Brumm schüttelte nur den Kopf. Er starrte wachsam in den Gang, mit dessen Sicherung er beauftragt worden war. Anscheinend war er nicht wie Thor darauf aus, den Highscore zu knacken. In seiner Miene las ich etwas anderes. Seine Brüder, die Ranger, verließen sich darauf, dass er hier unten die Stellung hielt, wo sie ihn am meisten brauchten, und das war ihm überdeutlich bewusst. So konnte der Rest die anderen retten, die da draußen am Torhaus festsaßen und versuchten, unter Beschuss und im Angesicht einer erdrückenden Übermacht vorzurücken.

»Danke, Talk«, krächzte er mir trocken zu. »Geh hoch … Hilf Kurtz. Das wird krass. Kümmere dich um ihn.«

Er nahm die Magazine, und dann war ich weg.

Als ich die ganzen Schlacht im Morgengrauen überblickte, sah es übel aus. Beide Lager gaben ihr Bestes, um die andere Seite auszulöschen. Aber jetzt waren die Ranger dabei, das zu tun, was sie am besten konnten. Nämlich genau dort zu sein, wo man sie nicht haben wollte.

KAPITEL 60

Tiger, Tiger, Flammenpracht
in der Wälder dunkler Nacht:
Welcher Schöpfer, welcher Gott
Schuf dich der Angst gebiert und Tod

Als ich es aus dem Keller des verfallenen Turms nach oben in die eigentliche Schlacht um die Festung geschafft hatte, herrschte überall Chaos. Aber anscheinend war es für die Ranger, die im Torhaus festsaßen, noch ärger. Und es wurde von Sekunde zu Sekunde schlimmer.

Die Ranger steckten im ersten Innenhof fest und konnten nicht zur nächsten Verteidigungslinie vorrücken. Der Pfeilbeschuss der Schwarzfalken-Bogenschützen erreichte das Torhaus und setzte mehrere Ranger darin fest. Die Schwarzfalken waren ausgezeichnete und unerbittliche Präzisionsschützen. Präzisionsorks, konnte man wohl sagen. Vandahar hatte einen mächtigen Blitz auf das nächste Tor in der zweiten Reihe abgefeuert, aber irgendeine Art von magischem Abwehrschild bewirkte, dass der Blitz reflektiert wurde und mit einem plötzlichen Donnerschlag in den Morgenhimmel schoss.

»Hmm«, soll der empörte alte Zauberer gemurmelt haben, als er mit unserem Angriffsteam unter schwerem Beschuss in Deckung ging. »Das verheißt nichts Gutes.«

Die Angriffstrupps versuchten es nun mit der Carl Gustaf und dem letzten 84-mm-Geschoss, das die Einheit dabei hatte. Der Sergeant Major und seine Gruppe suchten nach einer Scharte im Torhaus, von der aus sie feuern konnten, ohne von den mönchartigen Bogenschützen, die König Triton ihnen entgegenschickte, festgenagelt zu werden.

Und es gab auch noch ein Problem mit dem letzten Geschoss. Es war ein FFV441-HE-Geschoss. Dabei handelt es sich um ein Luftdetonations-Geschoss, das als Anti-Personen-Munition eingesetzt wird. Man feuert es auf eine Gruppe von Feinden oder ihre Stellungen, zielt knapp über ihre Köpfe und betätigt einen Fernzünder, woraufhin Stahlkugeln in alle Richtungen explodieren. Gegen Personen mit einfacher Schutzausrüstung kann es verheerend sein, aber gegen Strukturen wie die Mauer der nächsten Verteidigungslinie innerhalb der Festung, wo die Ranger eine Bresche schlagen mussten, würde es wahrscheinlich nicht viel ausrichten können.

An dieser Stelle sollte Team Rogue ins Spiel kommen. Wir sollten die feindliche Verteidigung von hinten angreifen und dazu bringen, genügend Kräfte von der Hauptverteidigung abzuziehen, um sich um uns zu kümmern, damit die Angreifer am vorderen Tor sich durch die Befestigungslinien vorarbeiten konnten.

Aber wir kamen wie gesagt zu spät.

Die Ranger saßen in der Klemme und taten ihr Bestes, um nicht vom Pfeilbeschuss in menschliche Nadelkissen verwandelt zu werden. Sie hatten nur noch ein Magazin für die Primärwaffen und feuerten zurück, wann immer sie freie Schussbahn auf die im Schatten verborgenen Orkwächter hatten. Verwundete Männer mit Pfeilen im Körper, wo die

ESAPI-Platten sie nicht geschützt hatten, wurden aus dem Schussfeld gezogen und klammerten sich an die Hoffnung, dass das Gift, vor dem sie gewarnt worden waren, nicht so schlimm war, wie sie gehört hatten. Danach blieben nur noch ein paar Magazine für ihre Sekundärwaffen und natürlich die Waffen, die sie auf dem Schlachtfeld am Ranger-Alamo gefunden hatten.

»Es ist so weit, Jungs«, hörte man den Sergeant Major sagen, während er sich zwischen den kauernden Teams bewegte, die unmittelbar davor standen, den Befehl zu erhalten, über offenes Gelände anzugreifen und zu versuchen, an die nächste Mauer zu gelangen, sie zu erklimmen und die Verteidiger zu überwältigen, ungeachtet eines Nebenangriffs, der nicht wie geplant ablaufen würde. Keine Ablenkungsmanöver, sondern den Plan einhalten, denn das war alles, was uns blieb. Und natürlich herrschte überall schwerer Pfeilbeschuss. Sie drangen durch die Breschen und Fenster ein, landeten pfeifend in den Möbeln und dem Rest der kargen Einrichtung oder prallten an Plattenträgern ab und zerbrachen. Manche bohrten sich auch in das Fleisch der Ranger, die fluchend das Feuer mit ihrer schwindenden Munition erwiderten.

Jemand eröffnete das Feuer mit einem halbleerem Magazin in seiner SAW, verschoss alles, was er noch hatte, und schaltete damit eine Gruppe von Bogenschützen aus, die einen guten Winkel zum Torhaus erwischt und bereits mehrere Ranger niedergeschossen hatten.

»Das wird ihnen eine Lehre sein«, sagte der Ranger, warf die 249 beiseite und zog sein Tomahawk heraus. Er gehörte zu den wahren Gläubigen der Ranger-Religion. Und es schien, als hätte er sein ganzes Leben auf diesen Moment gewartet, ob nun bewusst oder nicht.

Es würde ein Massaker geben, wenn sie offenes Gelände unter Beschuss überquerten. Daran gab es keinen Zweifel. Aber falls sie es bis zur Mauer auf der anderen Seite schafften, gab es noch ein paar Sprengladungen, und jemand konnte dort eindringen.

»Dieses Walhalla, von dem ihr immer redet, ruft uns, Ranger«, murmelte der Sergeant Major, während er sich im Inneren des Torhauses von einer Versteckmöglichkeit zur nächsten bewegte. Dabei organisierte er, wer vorrücken konnte und wer zu viele Pfeile im Körper stecken hatte.

»Auf die eine oder die andere Weise«, beendete der Sergeant Major den Satz. Jetzt warteten sie nur noch auf den endgültigen Einsatzbefehl des Captains.

In der Nähe des Hauptangriffspunktes vor dem Torhaus sollten die Späher und Captain Messerhands Sicherungsteam den Vorstoß über das offene Gelände anführen. Sergeant Hardt warf einen Blick auf den Commander und stellte fest, dass der Captain nicht besonders gut aussah. Einer der Scouts sagte mir später: »Verdammt, Talk. Er sah aus, als würde er sich gleich übergeben.«

Aber niemand kam auf die Idee, dass Messerhand vor lauter Angst so blass aussehen könnte. Das wurde nicht einmal in Betracht gezogen. Alle wussten, dass er an einer Art von Virus erkrankt war, den keiner der anderen aufgeschnappt hatte.

»Wir hatten alle Angst, Talk«, fuhr der Scout fort. »Das gebe ich offen zu. Das ist auch keine Schande. Aber als Ranger macht man es trotzdem, egal ob man sich fürchtet oder nicht. Es hätte keinen Unterschied gemacht, wenn Messerhand Angst gehabt hat. Er hätte es trotzdem getan, Angst hin oder her. Aber er hatte keine. Er war nur sehr krank. Als hätte er eine schlimme Lebensmittelvergiftung oder so. Und jetzt, zum denkbar ungünstigsten Zeitpunkt, sah er aus, als würde er auf der Stelle sterben, Talk.«

Aber so kam es nicht.

Messerhand war in der Tat krank. Tatsächlich sah er so aus, als müsste er sich jeden Moment übergeben, und nach Aussage derer, die in seiner Nähe waren, schwitzte er wie ein Schwein und war kreidebleich.

»Er war wütend und wurde von Sekunde zu Sekunde wütender, weil im Torhaus alles schief lief«, berichtete der Scout. »Sein Team-Sergeant hatte einen Pfeil direkt in die Kehle bekommen. Der Mann war am Boden und lag vermutlich im Sterben, aber der Chief, der selbst voller Blut war, versuchte trotzdem, ihn zu retten. Es war schlimm, Talker. Wirklich schlimm.

Dann sagte der Captain, wie zu sich selbst: ,Ich glaube, mir wird schlecht.' Aber das klang überhaupt nicht nach ihm. Es hörte sich eher an wie … Ich weiß nicht. Wie ein Knurren oder so. Wie ein unzufriedenes Tier. Ich drehte mich um und suchte den befehlshabenden Offizier, weil er uns wahrscheinlich durch die Todeszone führen musste, wo wir alle in wenigen Sekunden sterben würden, und als ich zum Captain zurückblickte, der sich in eine Ecke verzogen hatte, um sich zu übergeben, sah ich plötzlich einen verdammten Werwolf vor mir, Talker!

Außer, dass es nicht wirklich ein Werwolf war, Mann. Eher ein… ein Wer-*Tiger*. Wie ein Mensch, der sich plötzlich in einen Tiger verwandelt hatte. Orangefarbene Streifen, weißes Fell. Tigergesicht. Große weiße Reißzähne. Aber er lief wie ein Mensch, nur mit riesigen Krallen. Und ich schwöre, er kam direkt auf mich zu und hatte mörderische Augen, wie eine Raubkatze. Es wurde also immer schlimmer, und wir waren geliefert. Dann rannte der Captain einfach los, sprang direkt durch die Bresche, ohne Rücksicht auf das Kreuzfeuer, genau an der Stelle, wo wir gerade rausgehen wollten, schneller als alles, was ich je gesehen habe, und er war in ein oder zwei Sprüngen an der Wand der nächsten Verteidigungsanlage. Er bewegte sich wie eine Mischung aus Katze und Mensch und nutzte seine Krallen, um die Spitze der Befestigungsanlagen zu erreichen, wo die Orks auf uns schossen. Er kletterte einfach die Mauer hoch wie eine Katze. Hast du das schon mal gesehen? Ich schon. Und stell dir vor, die Orks waren genauso überrascht wie ich und der Rest der Truppe, als der Captain – und ich wusste, dass er es immer noch war, weil überall an seinem neuen Tigerkörper Fetzen seiner Ausrüstung hingen – sie plötzlich einfach in Stücke riss wie Wolverine in X-Men. Krallen und Zähne, volles Programm.

Er ging einfach auf sie los wie ein Running Back, der nicht zu bremsen ist. Nicht, dass ich jemals einen von denen in meinem Fantasy-Football-Team gehabt hätte. Er schlitzte ihnen die Kehlen mit seinen riesigen Klauen auf, einem Kerl biss er sogar den Kopf ab. Einem Ork, meine ich. Und einmal, in all dem Chaos, als er gerade ihre Verteidigungslinie verwüstet hat, habe ich gesehen, wie er zwei Schwerter in die Hand nahm und einfach auf ein paar Orks zugelaufen ist, um dann wie ein Kreisel durch sie hindurchzuwirbeln. Allerdings ein Kreisel mit zwei scharfen Schwertern, denn es spritzte viel Blut durch die Luft, und ich sage dir … Er riss ihnen die Gliedmaßen mit einem Schlag vom Leib.

Und jeder nur so: ‚Was zum …‘, und dann aktivierte der Sergeant Major sein Mikro und sagte: ‚An alle Einheiten, Angriff, Angriff, Angriff.‘

Dann ging es richtig los. Die Angriffsteams durchbrachen die nächste Mauer ohne Probleme, weil die Orks mit Pfeil und Bogen entweder versuchten, den Captain zu erschießen, was unmöglich war, oder ihr Leben zu retten, indem sie sich aus dem Staub machten. Somit hatten wir genug Zeit, um über die Mauer zu kommen und ihre Reihen zu infiltrieren. Danach habe ich den Captain aus den Augen verloren, weil wir uns von Raum zu Raum kämpften, aber ich hörte, wie die Orks in anderen Teilen der Verteidigungsanlagen um ihr Leben schrien.

Es war fantastisch, Talk. Ihre Schreie drangen kaum zu mir durch, weil der Tiger so laut gebrüllt und geknurrt hat, was, ehrlich gesagt, so ziemlich das Unheimlichste war, was ich je im Leben gehört habe. Das war nicht wie im Zoo, wo er in seinem Gehege sitzt. Ganz und gar nicht. Wenn du da draußen mit ihm zusammen im Dschungel bist und es keinen Zaun zwischen euch gibt, Talker, dann ist das wirklich unheimlich, Mann.«

KAPITEL 61

Als ich aus dem Keller der Turmruine, die auch die Verschollene Bibliothek war, herauskam, waren die Scharfschützen bereits dabei, die Ork-Bogenschützen und die in der Festung postierte Infanterie zu überwältigen, während Sergeant Thor mit *Mjölnir* kämpfte. Konstantes Schießen in einer zielreichen Umgebung. Die armen, dummen Orks hatten keine Ahnung, was mit ihnen geschah, als ihnen die Köpfe weggepustet wurden.

Einer ihrer Anführer fand schließlich heraus, was vor sich ging, und befahl der Ork-Infanterie, die zur Unterstützung der vorderen Verteidigungslinie in Bereitschaft stand, einen Großangriff auf die Verschollene Bibliothek, die an die aufragende dunkle Spitze der furchterregenden *Barad Nulla* selbst grenzte. Dieser Angriff endete schlimm, als Rico und Soprano das gesamte Element systematisch niedermachten. Es war das Traum-Szenario eines Maschinengewehrteams. Organisierte Gruppen mit wenig bis gar keinem Bewegungsspielraum und fast keiner Deckung boten dem Team die perfekte Möglichkeit, den Feind ins Kreuzfeuer zu nehmen und so die Wirkung der MGs zu maximieren. Das war genau das, wofür Maschinengewehre gemacht sind.

Kennedy feuerte eine Salve magischer Raketen auf Ork-Bogenschützen ab, die versuchten, unsere

Scharfschützen im oberen Bereich der Verschollenen Bibliothek anzuvisieren, denn wie die anderen »Türme«, mit Ausnahme der Düsterspitze, war auch sie kaum mehr als eine kaputte Hülle und den Elementen preisgegeben. Diese Bogenschützen fingen Feuer und gingen in Flammen auf, um schwarzen Rauch hinter sich herzuziehen, als sie von ihrer Warte fielen. Kennedy verlagerte die Position, um Rico und Soprano vom Boden aus zu unterstützen.

Weitere Ork-Trupps waren im Anmarsch, die *Oruu-Oruu*-Hörner ertönten und die Ork-Captains riefen ihre Untergebenen erneut zum Angriff. Soprano und Rico befanden sich mitten beim Magazinwechsel, da sie vorher eine Menge Munition verschossen hatten, um den ersten Angriff zu vereiteln. Leider ging dabei etwas schief, sodass eine große Gruppe von Orks bis zu den Turmeingängen gelangen konnte. Kurtz und Tanner versuchten vom Eingangsbogen aus, sie zurückzuhalten. Sie wechselten die Feuerposition und setzten alles daran, die Stellung zu halten, damit die Fehlfunktion der 240er so schnell wie möglich behoben werden konnte.

Tanner, dessen 5,56er keine Munition mehr hatte, zog seine Sekundärwaffe, als ein riesiger Ork durch die Öffnung polterte. Er schoss der Kreatur auf der Stelle den Schädel weg. Die nächsten beiden bekamen den Rest des Magazins ab, bevor Tanner sich zurückzog, um nachzuladen. Kurtz feuerte wie eine Maschine und vernichtete jeden Ork, der es wagte, die unerwartete Gelegenheit auszunutzen. Er zerfetzte sie förmlich mit seinen Schrotladungen.

Rico erbat einen Positionswechsel der 240er, um die Offensive zu unterbinden, aber Kurtz winkte ab. Ich hielt mich dort bei Tanner und Sergeant Kurtz auf. Nachdem ich mein letztes Magazin verbraucht hatte, wechselte ich zu meiner Pistole. Rico und Soprano feuerten kurze Salven auf eine Gruppe von Orks ab, die versuchten, über die zerstückelten Überbleibsel der letzten Welle zu steigen, die im Hof verstreut lag. Auch Last of Autumn war bei uns und schoss mit ihrem Bogen, wo sie nur konnte. Sie traf jedes Mal ins Schwarze. Der Hof da draußen war mit Leichen übersät. Ork-Leichen.

Der Plan sah vor, dass ich mir den Ring überstreife und mich mit dem Captain und dem Angriffsteam am Tor treffe, um den Angriff zu koordinieren. Aber der Feind kam jetzt in Scharen auf uns zu, entweder um uns zu bekämpfen oder um durch unsere Verteidigungslinie zu fliehen. Für mich gab es keine Möglichkeit, durchzukommen und mich mit dem Hauptelement zu treffen, auch nicht als Unsichtbarer.

»Bleiben Sie hier«, rief mir Kurtz zu, als die Orks erneut angriffen. »Die Haupteinheit kann die Scharfschützen jetzt wahrscheinlich schon hören.«

Durch einen Spalt in der Turmruine konnte ich sehen, dass in einem der Türme nahe dem Haupttor ein Feuer ausgebrochen war. Dichter schwarzer Rauch stieg in den Morgenhimmel empor.

In diesem Moment entdeckte ich McCluskey.

Der SEAL war in seiner schwarzen Mittelaltermarkt-Montur unterwegs, und sein dunkler Umhang wehte hinter ihm, als er die letzte Verteidigungslinie passierte und direkt auf den Turm von *Barad Nulla* zulief.

Ich hätte fast »Seht doch« oder etwas ähnlich Dämliches gerufen, da drehte sich Autumn lässig um, richtete ihren gerade gespannten Bogen aus und schoss direkt auf den rennenden SEAL.

Dann drehte sie sich zu mir um, setzte ihren Bogen ab und zog ihr Ninja-Schwert aus der Scheide.

»Ich habe eine Bitte an dich, Talker«, sagte sie so ruhig, als wären wir nicht gerade mitten in einer Schlacht. Draußen im zentralen Hof, der über dem Tal und im Schatten des bedrohlichen alten Turms lag, krümmte sich der verwundete SEAL in seinem Schurkenoutfit vor Schmerzen, weil sie ihm gerade einen Pfeil mit Silberfedern verpasst hatte.

Benommen nickte ich ihr zu. Mein Geist arbeitete langsam, aber ich verstand, was gleich passieren würde. Sie wollte ihn sich schnappen. Und ich wusste, dass ich Nein sagen sollte. *Warte. Lass uns das als Team machen.*

»Wenn ich umkomme …« Sie sprach zu mir auf Schattenkanto. »Eure Ranger müssen … in die Ruinen von Estragon hinabsteigen und den Drachen vernichten. So muss sich keiner aus dem Stamm mehr … S'sruth dem Grausamen stellen. Die kleinen Elfen, die ihr Verlorene Jungs nennt … Mein Bruder ist ihr Anführer. Er wird eines Tages herrschen … wenn ich nicht mehr bin. Und er wird im Kampf gegen den Drachen sterben, so wie wir alle … im Angesicht des Wyrms. Töte S'sruth, und du rettest die Schattenelfen … und unsere Schuld … wird getilgt sein. Auch wenn ich dann nicht mehr da bin.«

Bevor ich »Nein« oder »Stopp« rufen konnte, war sie schon weg; sie sprang aus einem kaputten Fenster in der Mauer der Verschollene Bibliothek und rannte dem Vampir entgegen, der sich gerade ihren Pfeil aus Aschenholz und Silberfedern aus dem Körper zog. Er schrie die Sonne an, krümmte den Rücken und sah Last of Autumn auf sich zukommen. Dann lächelte er und zog seine Klinge. *Frostfeuer.*

Und ich hörte Last of Autumn schreien, als sie zum Angriff überging: »Ich bin die Königin der Schattenelfen, niederträchtiger Lump. Ich bin die Rache, Triton. Ich bin die Rache!«

KAPITEL 62

Die nächste Welle von Orks stürmte auf den Turm zu, während ich einfach nur dastand und ab und zu von den heißen Messinghülsen der 240er neben mir getroffen wurde. Es war eine knappe Kiste, und genau in diesem Moment sah es so aus, als würden wir überrannt werden. Ein Pfeil sauste durch die Hauptöffnung, vorbei an Tanner und Kurtz, die dort die Stellung hielten, und verfehlte mich nur knapp. Er zerschellte am Stein hinter mir.

»Runter, Talker!«, rief Tanner. »Sie brechen durch.«

Aber ich sah nur, wie Last of Autumn in den Schatten von *Barad Nulla* rannte, um gegen den mächtigen Vampir zu kämpfen, der früher einmal einer von uns gewesen war. Damals vor langer Zeit.

»Auf den Boden mit ihm!«, rief Kurtz. Und während er sich in die Türöffnung bewegte, feuerte und leere Patronenhülsen aus seiner Waffe auswarf, stürzte sich Tanner auf mich und riss mich zu Boden.

»Du willst doch heute nicht sterben, oder, Talk?«, fragte der gerissene PFC, der, wenn ich es mir recht überlege, mein bester Freund in der Einheit war. »Ich brauche dich hier, Bruder.«

Das erweckte mich wieder zum Leben. Es sagte mir, was ich zu tun hatte. Wir, wir alle, steckten da zusammen drin. Wir waren Brüder. Und wir hatten eine Schwester.

Sie hatte uns von der Insel runtergebracht, letzte Königin der Elfen hin oder her.

Ich drehte mich kurz auf den Rücken und beobachtete, wie die Scharfschützen weiter oben im Turm, dessen mittlere Stockwerke und das Dach längst eingestürzt waren, immer noch gegen die Verteidiger an den vorderen Stellungen kämpften. Dann stand ich auf und sah mich nach Autumn um.

Vor meinen Augen spielte sich der erstaunlichste Schwertkampf ab, den ich je gesehen hatte. Er war beeindruckender als Piraten, Ninjas oder Superhelden. Wenn die Ranger hier in der Ruine bleiben wollten, mussten sie unbedingt den Kampf mit Handwaffen erlernen. Sie mussten von ihr ausgebildet werden oder von demjenigen, der sie unterrichtet hatte.

Der SEAL, Mike McCluskey aus Michigan, König Triton, Diener des Netherzauberers, oder was auch immer er jetzt war, bewegte sich wie lebendiger Rauch, als er mit der Elfe auf Leben und Tod kämpfte. Last of Autumn. Königin der Schattenelfen. Sie lief schreiend auf ihn zu, das Schwert zum Schlag erhoben. Sein schwarzer Schurkenumhang wirbelte hoch und verhüllte seine Bewegungen, während sich sein Körper in eine Art flüssigen Rauch verwandelte und Autumn bedrohlich entgegenrauschte. Dann nahm er wieder die Gestalt von McCluskey an, der mit der dunklen Klinge seiner Waffe in wilder Wut auf sie einhieb. Er wirkte beherrscht, kämpfte allerdings wie eine wilde Bestie, die in die Enge getrieben wurde.

Und dann war da noch Autumn. Sie war genauso schnell, wenn nicht sogar schneller als der Vampir-SEAL. Ihre Bewegungen erinnerten an Pfeile im Morgenlicht, die sie mit ihrer strahlenden Waffe auf den sich verwandelnden

Vampir schleuderte. Ihre blitzartigen Klingenhiebe hätte den Vampir eigentlich vernichten sollen, aber stattdessen schnitt sie nur in die Rauchschwaden, während der Kampf dem Turm immer näher kam.

Das war sein Ziel. Ich konnte es erkennen. McCluskey wollte sich zum Turm zurückziehen, obwohl er unerbittlich angriff.

Ich hatte seine Strategie durchschaut.

Und ich begriff.

Ich erinnerte mich, dass er erwähnt hatte, er würde sich im Sonnenlicht nicht wohlfühlen und hätte er Talismane und Zaubersprüche zu seinem Schutz, aber käme sich bei Tageslicht trotzdem wie ein Grippekranker vor.

Ob das stimmte? Ich wusste es nicht. Aber es war die einzige Information, auf der meine Entscheidung basieren konnte.

Im Inneren des uralten und furchterregenden Turms würde er Dunkelheit vorfinden. Völlige Dunkelheit. Etwas, das der Nacht nahe kam oder zumindest weitaus besser für ihn war als direktes Sonnenlicht. Vielleicht wollte er sich sogar einschließen und auf die Nacht warten.

Und im Moment sah es so aus, als würde er Autumns rachsüchtige Wut nutzen, um sie in den Turm zu locken. In sein Netz. In eine Falle.

McCluskey ließ eine Reihe von schwindelerregenden Angriffen auf Autumn los, die das Kräftegleichgewicht des Kampfes verschoben und sie zurück und in die Knie zwangen, während sie ihr Schwert hin und her schwang und alles tat, um sich zu schützen. Dann verwandelte sich McCluskey wieder in Rauch und flog auf den Eingang von *Barad Nulla* zu, eine offene schwarze Tür in die Dunkelheit.

Last of Autumn brauchte Hilfe.

Ich ging durch dieselbe beschädigte Öffnung wie sie und eilte auf die beiden zu, wobei ich meine Handfeuerwaffe zog. In letzter Sekunde nahm McCluskey wieder seine finstere Schurkengestalt an, verwandelte sich von schwarzem Rauch in einen Menschen, und ich feuerte, ohne zu wissen, ob ich überhaupt Treffer landen konnte. Er lachte, als ob er gewonnen hätte, und verschwand im Inneren des Turms.

»Geh da nicht rein!«, rief Autumn mir von den Steinplatten des Innenhofs aus zu. Er hatte sie niedergeschlagen und beinahe bezwungen. Vielleicht hatte er sie sogar verletzt. Ich konnte es nicht sagen. Ich war blind vor Wut.

Ein Tor wurde herabgelassen, um den Turm zu versiegeln, und ich rannte auf die Finsternis auf der anderen Seite zu. Auf das Herz von *Barad Nulla*.

Das würde wahrscheinlich nicht gut ausgehen.

Ich steckte mir den Ring an und gelangte gerade noch unter dem Tor hindurch. Dann drehte ich mich um und sah, wie Last of Autumn in letzter Sekunde ebenfalls hineinrutschte, kurz bevor das Tor uns einschloss und wir uns in der völligen Dunkelheit auf der anderen Seite wiederfanden.

Und in der Stille. Aber es war keine richtige Stille. Ein wahnsinniges Flüstern in der Dunkelheit und die Geräusche von Kreaturen mit Krallen, die auf und ab krabbelten. Ich spürte Spinnweben, alt, heiß und staubig. Ich schlug auf meinen Plattenträger, weil ich mir sicher war, dass eine schwarze, pelzige Spinne darüber krabbelte.

Ich hörte sie in meinem Geist. Autumn.

Das ist Magie, Talker. Die Dunkelheit, meine ich. Sie hebt die Gemeinschaft der Jäger auf. Die Mondsicht. Aber ich kann ein wenig sehen.

Warum hast du ihn ganz allein angegriffen?, fragte ich sie. *Die Ranger hätten dir helfen können. Und wenn die Gemeinschaft hier nicht funktioniert, wieso kann ich dann noch mit dir reden?*

Der Vampir lachte in der Dunkelheit. Es war ein grausames Lachen, hervorgebracht von einem verstörten Geist. Es erklang hoch über uns. Weit entfernt, aus den oberen Stockwerken des großen, massiven Turms. Aber gleichzeitig schien der Rauch in dem trockenen Lachen präsent zu sein, ganz nah in der undurchdringlichen Finsternis.

Dies war ein sehr seltsamer Ort.

»Ich werde dich umbringen, kleine Quasselstrippe«, flüsterte McCluskey. Er schnaubte spöttisch. »Ich wusste von Anfang an, dass du ein Problem darstellst. Aber ich wusste nicht, warum. Ich konnte es nicht genau sagen. Das gute alte Bauchgefühl, verstehst du? Das ist es, was Menschen wie mich von den Amateuren abhebt. Die Profis von euch Schafen. Weißt du, was ich meine, kleiner Möchtegern-Ranger?«

Ich wollte ihm an den Kopf werfen, dass er kein *Mensch* mehr war. Er hatte vor langer Zeit eine Grenze überschritten und seine Menschlichkeit an irgendeinem trostlosen Ort abgelegt und zurückgelassen. Ich schätzte, dass es an diesem Ort wahrscheinlich einen Haufen toter SEALs gab, die sich darüber wunderten, dass sie von einem der ihren erledigt worden waren. Aber meine Stimme versagte, und mir kam nichts Starkes oder Mutiges oder die Lippen.

Also konzentrierte ich mich darauf, ein neues Magazin in meine Pistole einzulegen. Zumindest war es jetzt meine Pistole. Früher hatte sie dem Sergeant Major gehört. Jetzt gehörte sie mir. Nachdem sie Deep State Volman … aus dem Weg geräumt hatte … schienen wir wortlos beschlossen zu haben, dass ich sie behalten durfte. Und ich war sowieso nicht hier, um mich mit ihm zu unterhalten. Ich war hier, um ein weiteres Hindernis zu beseitigen, das den Erfolg der Mission gefährdete. Und eine Pistole mit vollem Magazin würde das um einiges einfacher machen, auch wenn ich spürte, wie der Druck immer größer wurde.

»Okay«, murmelte ich und merkte, wie ich mich damit abfand. »Damit kann ich leben.«

Du bist etwas Besonderes, Talker, hörte ich Autumn in meinem Kopf. Ihre Stimme war ruhig und gelassen. Und intim. Als wären wir auf einer Ebene miteinander vertraut, die wir mit der Sprache allein nicht erreichten. *Man nennt das, was du tun kannst, Talker von den Rangern … sainikku. Eine Kraft des Geistes, die Welten übergreift. Vandahar hat es gespürt. Du hast eine seltene Gabe. Die meisten wissen nicht einmal, was sie ist oder was sie bewirkt. Es gibt viele Gründe, sie zu fürchten, nicht nur, weil sie unbekannt ist. Aber manchmal werden in der Ruine … manchmal … werden sogar gute Dinge enthüllt. Einige eurer Ranger werden mit der Zeit zu dem, was ihnen bestimmt ist. Das liegt an der Ruine und dem, was sie tut. Sie enthüllt, Talker. Sie zeigt uns, was wir wirklich sind.*

Und …

Ich verfolgte ihn, weil er es war, der mein Volk nach dem Verrat an den Toren von Barad Nulla vor langer Zeit jagte. Er hat eine Schuld zu begleichen, und ich bin hier, um sie für mein Volk einzutreiben.

Okay. *Sainikku.* Das klang ähnlich wie das japanische Wort *Saionikku. Psionik also.* Hm. Doch dafür war jetzt keine Zeit. Ich würde Vandahar bitten müssen, es mir zu erklären, aber das hatte er wahrscheinlich mit seinen rätselhaften Worten gemeint. Aber zuerst musste ich uns hier rausholen. Sie hier rausbringen, ohne dass wir beide den Tod fanden.

Plötzlich war der Drang, den Vampir zu töten, nicht mehr so stark wie das Verlangen, Autumn zu retten. Ich konnte ihr ansehen, dass sie davon ausging, heute hier zu sterben. Und sie wusste, wenn sie dem Feind ihres Volkes einen tödlichen Schlag versetzen konnte, bevor das passierte …

Nun, dann war das etwas Großes für sie. Das war etwas, wofür es sich zu sterben lohnte.

Das war vielleicht die Psionik, die mir das sagten. Ich hatte keine Ahnung. Ich wusste nur, dass sie genau das dachte. Dass ihr Tod jemand anderem die Chance auf eine bessere Zukunft geben könnte. So wie alle Helden denken.

Aber ich wollte nicht, dass sie stirbt. Ich wollte nicht, dass an diesem Tag irgendjemand starb.

Ich hatte andere Pläne.

Bring den anderen Kerl um. Alle schaffen es heute nach Hause. Das waren *meine* Pläne. Das waren meine Gedanken.

Ich hatte eine Leuchtfackel. Fünf sogar, wenn man es genau nahm.

Nicht, sagte sie, als sie meine Gedanken las und meinen Plan durchschaute.

Ich zog die Fackel, zündete sie an und warf sie auf den Boden, während ich die Dunkelheit um uns herum absuchte und die M18 zückte. Das war die Waffe, die der Sergeant Major mir gegeben hatte. Seine Waffe.

Ich hoffte inständig, dass ich noch unsichtbar war.

Eine große Tonscherbe kam aus der Dunkelheit über uns angeflogen und landete nicht in meiner Nähe. Er hatte es auf Autumn abgesehen. Sie bewegte sich schnell auf den Fuß einer langen Treppe zu, die sich an der Wand des massiven und leeren Turms nach oben schlängelte.

Obwohl ich jetzt, da die Fackel brannte, sehen konnte, dass er nicht völlig leer war.

Die Schmiede war hier. Sie stand mitten im Hauptraum und wurde durch das zischende rote Licht der rauchenden Fackel enthüllt.

McCluskey eröffnete das Feuer mit einer automatischen Waffe. Er hatte die Schmiede seit zwei Wochen in seinem Besitz. Das war zu erwarten gewesen. Wir hatten damit gerechnet, dass er versuchen würde, sich eine Waffe zu verschaffen.

Er schoss auf Autumn, weil er sie sehen konnte. Ich war immer noch unsichtbar. Die Kugeln schlugen in ihre Rüstung ein und schleuderten sie gegen die Wand neben der geschwungenen Treppe, die in die Dunkelheit hinaufführte. Im gleißenden Licht der zischenden Fackel sah ich, wie sie kreidebleich wurde, als sie an der Wand hinunterrutschte und auf der Treppe in sich zusammensackte.

Und ich sah auch McCluskey dort oben in der Dunkelheit, der über einen hohen Balkonsims lugte und auf sie herunterlachte. Seine Reißzähne ließen ihn wie ein abscheuliches Monster aussehen. Er war kein Mensch mehr.

Ich feuerte die Waffe des Sergeant Majors aus einer für einen Präzisionsschuss lächerlichen Entfernung ab, aber ich sah sehr scharf, als ich den Abzug betätigte, und aus irgendeinem Grund, den ich mir nicht erklären konnte, hatte ich dabei ein gutes Gefühl. Oder die Gemeinschaft der Jäger funktionierte noch immer auf irgendeiner Ebene. Oder Chief Rapps Special-Forces-Schießtraining hatte mich einfach so gut gemacht.

Was hatte Brumm gesagt? *Das ist kein Glück. Alles Können. Verschrei's nicht.*

McCluskey ließ die Waffe fallen, griff sich an den Kopf und verschwand wieder in der Dunkelheit, wobei der hohe Balkon mir die Sicht auf ihn versperrte. Ich fluchte, als ich hörte, wie er vom Sims wegstolperte. Seine schweren schwarzen Stiefel scharrten über den Stein, als er vor Schmerz stöhnte und schrie.

In diesem Moment wünschte ich mir, ich hätte Silberkugeln. Halfen sie gegen Vampire oder Werwölfe?

»Elender Drecksack!«, brüllte er mir entgegen, und sein Wutschrei hallte von den hohen Wänden wider.

Ich rannte die Treppe hinauf zu Autumn und kniete mich neben sie, um sie auf Wunden zu untersuchen.

»Ich glaube nicht … dass es ernst ist«, keuchte sie.

Rasch zündete ich eine Fackel an und strich mit den Händen in der Nähe von Herz und Lunge über ihre Rüstung.

»Was ist mit ihm?«, versuchte sie zu fragen. Aber sie schien keine Luft zu bekommen.

»Er ist getroffen«, antwortete ich. »Ich weiß nicht, wie schwer.«

Ich erinnerte mich, dass McCluskey gesagt hatte, er würde schnell heilen. Und dass er schon mal gestorben und wieder auferstanden wäre. War es nicht das, was Vampire taten?

An meinen Handschuhen klebte ein wenig Blut. Ich zog einen aus und untersuchte die Stelle. Sie war rot. Aber nicht dunkelrot. Keine Arterie getroffen oder beschädigt. Ich schob ihren Umhang zurück und untersuchte die Wunde. Das Geschoss hatte ihre feine silberne Rüstung nicht durchschlagen, sondern nur die filigranen Kettenglieder zerstört, die sich wie Seide anfühlten. Ihre Rüstung erinnerte an kugelsichere Kevlarplatten. Ich vermutete, dass sie magisch war. Dennoch hatten ihr die beiden Kugeln, die sie getroffen hatten, wahrscheinlich einige Rippen gebrochen. Magische Rüstung hin oder her, Physik bleibt nun mal Physik.

»Leg dich hin«, bat ich sie. »Versuch einfach zu atmen, Autumn.«

Ihre Lider flatterten eine Sekunde lang, als würde sie gleich ohnmächtig werden, während ich versuchte, es ihr bequemer zu machen. Dann schlug sie die Augen wieder auf. Sie sah mich an. Genau wie in der Vision, die ich von uns in einem kleinen Segelboot hatte, das in Richtung Süden zu den Städten der Menschen fuhr.

Sie schluckte schwer und rang nach innerer Entschlossenheit, um durchzuhalten.

»Ich muss ihn jetzt töten, Autumn«, sagte ich ihr, warf ein Magazin aus und legte ein neues ein. »Warte hier.«

KAPITEL 63

»Ich kann dich hören … Also komm hoch, Soldatenjunge«, verlangte der Vampir in der Dunkelheit, als ich die Treppe im Turm von *Barad Nulla* erklomm. »Hier wartet eine schöne Überraschung auf dich.«

Ich war unsichtbar. Aber das bedeutete nicht, dass man mich nicht hören konnte.

McCluskey hörte sich nicht gut an. Er klang wie ein Junkie, der von einem schlimmen Trip runterkommt. Ich konnte ihn stöhnen und husten hören. Ich trug noch den Ring. Und ich ging die Treppe hinauf. Mit der Pistole in der Hand und in der Bereitschaftsposition, die ich im RASP gelernt hatte. Ich hielt den Finger gerade und nicht am Abzug, bis ich wieder freie Sicht auf McCluskey hatte. Dann würde ich noch einmal auf ihn schießen, bis er die Gestalt veränderte oder Feuer fing. Seine Stimme kam immer näher, während er sprach, und ich lief weiter. Auf diese Entfernung würde ich nicht danebenschießen. Und offenbar brauchte man keine Silberkugeln oder Pflöcke ins Herz, um in der Ruine einen Vampir zu töten. Anscheinend funktionierten Schusswaffen ganz gut.

»Du hast mich ganz schön erwischt. Das muss ich dir lassen, kleiner Soldatenjunge«, sagte er, als wären wir alte Freunde, die eine schöne Erinnerung austauschten. »Ich glaube, ich habe ein Auge verloren. Die Kugel steckt noch in meinem Schädel.«

Er lachte wie ein sterbender Mann.

»Aber ich habe schon Schlimmeres erlebt.« Seine Stimme war so nah, als ich mich dem oberen Ende der Treppe näherte, dass ich sicher war, ich müsste ihn in ein oder zwei Schritten sehen. »Ich werde es überstehen. Du hingegen …«

Ich hörte, wie er den Stift einer Granate zog, die über den Boden direkt auf mich zurollte, während ich auf der obersten Stufe verharrte.

»… nicht«, endete er.

Vielen Dank, Schlaumeier.

Ich stürzte mit dem Gesicht voran die Treppe hinunter und küsste den alten, staubigen Stein, als die Granate hinter mir explodierte. Hätte sie es die ersten paar Stufen hinunter geschafft, wäre ich erledigt gewesen. Stattdessen detonierte sie auf der Empore, auf der ich erst Sekunden zuvor angekommen war.

Noch während das dumpfe Dröhnen der Explosion im Turm widerhallte, war ich erneut auf den Beinen, stieß mich von den Steinen ab und lief tiefer in die Dunkelheit hinein. Schnell aktivierte ich noch eine Leuchtfackel und warf sie nach vorne.

Ich entdeckte ihn im höllischen orangenen Licht. Nur für eine Sekunde. Sein blasses Gesicht war von der Kugel in seinem Schädel entstellt worden. Er lachte wie ein Verrückter.

»Du willst also jetzt mit den großen Jungs spielen!«, schrie er mich an.

Er verwandelte sich in Rauch und stürzte sich auf meine Waffe. Immer noch Rauch. Immer noch McCluskey.

Ich spürte seine kalten Hände an meiner Kehle und beugte mich über die Balkonbrüstung. Ich hatte die Waffe mit einem Ruck zurückgezogen, um sie von ihm fernzuhalten, und er hatte stattdessen nach meiner Kehle gegriffen. Das bedeutete …

Er konnte mich sehen.

Vielleicht hatte eine Nebenwirkung der Granatenexplosion den Ring deaktiviert. Vorübergehend? Oder dauerhaft?

»Wie gefalle ich dir jetzt, Soldatenjunge?«, fragte der Ghul und blickte mir hämisch ins Gesicht. Seine Reißzähne waren ausgefahren, und ein breites, gieriges Grinsen umspielte seine Lippen. Er würgte mit seinen eiskalten Klauen das Leben aus mir heraus.

Ich rammte ihm die M18 in die Körpermitte und drückte ab. Drei Schüsse, und er verwandelte sich in Rauch und flüchtete von mir. Ich holte schnaufend Luft, als sich eine Falltür in der Decke öffnete. Er heulte auf wie ein verwundetes Tier, als helles Tageslicht in die Dunkelheit hinabschoss.

Die Kreatur, die ich die Leiter hinaufsteigen sah, rauchend und vor Schmerzen schreiend, sah aus wie eine Kreuzung aus einem Dämon und McCluskey. Geifernd, obszön. Und gequält vom Sonnenlicht.

Ich schnappte nach Luft, was mir gar nicht so leicht fiel, und stürzte zur Leiter. Er durfte nicht entkommen. Ich würde es jetzt zu Ende bringen.

In diesem Moment hörte ich hinter den dicken Mauern von *Barad Nulla* etwas aus dem Zeitalter der Dinosaurier kreischen und brüllen. Etwas, das so unnatürlich und eiskalt war, dass meine Beine wie angewurzelt stehen blieben, weil es keine gute Idee war, ins Licht zu steigen und McCluskey zu folgen.

Ein riesiger Schatten verdrängte das Sonnenlicht auf der Leiter, und McCluskey verschwand dort oben in der Dunkelheit, während ein gewaltiger Sturm am Turm vorbeizog und seine Mauern um mich herum erzitterten.

Aber er musste sterben. Wenn auch nur, um Autumn zu retten. Er hatte uns alle verraten. Nicht nur die Schattenelfen, lange bevor wir überhaupt aufgetaucht waren. Auch die Ranger. Und die Toten verlangten, dass er für seine Vergehen zur Rechenschaft gezogen wurde. Ich habe die Namen der toten Ranger in das Tagebuch geschrieben, das mir aus dem Allbekannten in diese Fremde gefolgt war. In die Ruine von allem, was einmal war.

In die Ruine der Gegenwart.

Ich blickte auf und sah den riesigen Schwanz einer Eidechse am Himmel über der Falltür. Nur ein kurzes Aufblitzen des völlig Unmöglichen. Ich bin nicht dumm. Ich kann ziemlich schnell eins und eins zusammenzählen.

»Komm hoch und lerne meinen Freund S'sruth kennen, Soldatenjunge«, verlangte McCluskey wild lachend, der sich da oben außer Sichtweite befand.

Nein, danke, sagte mein Kopf, als meine Arme und Beine sich bereits ans Klettern machten. Ich umklammerte die M18 und versuchte, mich daran zu erinnern, wie viele Schüsse ich schon abgefeuert hatte. Dann fiel mir ein, dass ich ein neues Magazin eingelegt hatte.

Als ich McCluskey oben auf *Barad Nulla* gegenüberstand, war er schon halb erledigt. Er lehnte an der Brüstung. Sein Schwert *Frostfeuer* war gezückt, aber es hing schlaff in seinem blassen und zittrigen Griff, und er sah nicht so aus, als könnte er es in nächster Zeit gegen jemanden einsetzen.

Ich hätte meine Waffe gehoben und auf McCluskey geschossen, aber da war ja noch der riesige Drache, grün und golden, der sich um uns herum am Himmel bewegte. Er sah völlig anders aus als alles, was ich je zuvor gesehen hatte. Sein dreieckiger gehörnter Kopf war das pure teuflische Böse, seine Augen glichen hellen, glühenden Smaragden, in denen eine Art loderndes Feuer funkelte. Sein Bauch war goldschimmernd, glänzend und riesig, die Schuppen auf seinem Rücken und an den Seiten erinnerten an riesige grüne Panzerplatten und glitzerten in der Morgensonne. Zwei gewaltige ledrige Flügel hielten die riesige Echse in der Luft.

Sie heulte triumphierend auf, und ich spürte, wie alles, was ich für Stärke hielt, aus mir herausfloss. Ich war überrascht, dass ich überhaupt noch stehen konnte. Als ich auf die Pistole des Sergeant Majors hinunterblickte, fühlte sie sich klein und nutzlos an.

McCluskey lachte wie ein Verrückter, der es irrsinnigerweise genoss, erwürgt zu werden.

Der Drache kam direkt auf uns zu und brüllte wie eine Bestie aus dem Zeitalter der Finsternis, lange bevor der Mensch je auf der Erde wandelte. Als würde ihn unsere Anwesenheit beleidigen.

Ich war erledigt.

Im Rücken spürte ich die Kante der Brüstung, als ich dem lachenden, wahnsinnigen SEAL auf der Spitze des seltsamen Turms direkt gegenüberstand. In diesem Moment fragte ich mich, ob ich einfach weiter zurückweichen und in den Tod stürzen sollte, bevor ich von einem Drachen getötet wurde.

»Rückseitiger Sprengbereich frei!«, rief jemand, eine Stimme von unten, wo der Kampf noch immer tobte. Ich drehte mich um und sah den Sergeant Major weit unten und mitten auf dem mit Leichen übersäten steinernen Hof, umgeben von seinem Team. Sie bekämpften die Orks, die in alle Richtungen flohen.

Der Sergeant Major hatte die Carl Gustaf auf der Schulter und richtete sie stoisch nach oben in unsere Richtung. Seelenruhig. Genau wie auf der kleinen Zeichnung im Handbuch, wie man richtig zielt und die Waffe abfeuert, egal, was um einen herum passiert. Ich warf mich auf den Boden des Turms, und eine Sekunde später sauste das hochexplosive Projektil der Carl Gustaf kreischend und rauchend über uns hinweg und explodierte in der Nähe des heranfliegenden Drachen.

Der Drache kreischte vor Wut, als die Antipersonenmunition durch seine Panzerung und sein Fleisch drang. Sämtliche Trommelfelle, ob mit oder ohne Gehörschutz, erzitterten beim Wutgeheul des Drachen vor Schmerz.

Das riesige Wesen war verletzt, sein Körper durchlöchert, die Flügel zerrissen und zerfetzt von unzähligen kleinen Kügelchen, die eigentlich dazu gedacht waren, menschliche Gegner zu vernichten.

Der Drache schwebte näher heran und starrte mich mit seinen fremdartigen Augen an, um McCluskey dann mit vom Dach zu reißen, sich mit einem Schlag seiner riesigen ledrigen Flügel zu drehen und seine grün-golden glitzernde Masse in den Morgenhimmel zu schleppen. Er brüllte vor Wut über die Hunderte von Wunden, die er gerade erlitten hatte. Aber er flog trotzdem fort.

Ich lag da und sah zu, wie der Drache am Himmel immer kleiner wurde.

Ich wusste, dass ich eigentlich tot sein müsste.

Aber ich war es nicht.

KAPITEL 64

Autumn und ich stützten einander, als wir den Turm von *Barad Nulla* humpelnd verließen. Die Orks waren tot. Oder sie sprangen von der Felsspitze, auf der sich die Düsterspitze befand, in den Tod. Die Ranger ließen keine Gnade walten. Und die Orks, Krieger auf ihre eigene Art, wollten das auch gar nicht. Es war wie eine Schlacht aus der Bronzezeit.

Die Verlorene Jungs standen da, nahmen mir Autumn ab und starrten mich erbost an. Und kurz bevor sie verschwunden war, warf sie mir einen Blick zu.

Es war genau derselbe Blick wie in der Vision auf dem Segelboot. Ich weiß nicht, wie ich ihn nennen soll. Aber es ist der Blick, der besagt, dass es mehr gibt als Pflicht, Dienst und dieses Leben, in dem wir gefangen sind. Etwas, das nur uns gehört. Einmal, bevor ich Stephen Kings Bücher gelesen hatte, beklagte sich ein Studienkollege über das Institut, an dem wir beide arbeiteten. Er wollte weggehen, um in der Dritten Welt Wohltätigkeitsarbeit zu leisten. Er gab alles auf für ein Stück Land in der Steinzeit und ein paar Menschen, denen er sich widmen konnte. Ich ahnte, dass da mehr dahinter steckte. Als ich ihn fragte, warum er gehen wollte, antwortete er nur: »*Es gibt noch andere Welten als diese.*«

Er sagte mir, ich solle die Dunkler-Turm-Reihe lesen. Dann würde ich es verstehen. Das tat ich nicht. Aber ich las die Bücher trotzdem und erkannte den Satz wieder. Und jetzt, als ich sah, wie sie von den Verlorenen Jungs weggeführt wurde, wusste ich, was sie mir vermitteln wollte. Wären wir jemand anderes gewesen, hätte zwischen uns mehr sein können. Wäre sie nicht ihre Königin und dazu bestimmt, sich dem Drachen zu stellen, der mich gerade fast getötet hätte. Noch dazu alleine. Stattdessen hätten wir auch diese Leute im Boot sein können. Die zu den Städten der Menschen segeln. Das war das genaue Gegenteil von David Bowies Song »Heroes«.

Wir könnten einfach wir selbst sein, wenn auch nur für einen Tag auf einem Boot.

Und vielleicht übermittelte mir dieser letzte Blick: *Alles ist möglich, Talker. Geträumtes und bislang Ungeträumtes.*

* * *

Es war Tanner, der mich entdeckte, als ich auf den verfallenen Turm der Verschollenen Bibliothek zuging. Er sah ziemlich mitgenommen aus. Ihm liefen die Tränen über die Wangen, und in seinen wütenden Augen lag all der Schmerz der gesamten Welt. Niemand brauchte mir zu sagen, dass es schlimm war. Ich wusste es auch so.

»Er ist tot, Talk«, schrie er mich an, schluchzend und brüllend zu gleich. »Und ich will das alles nicht mehr!«

Ich brauchte nicht zu fragen, wen er meinte. Ich wusste es. Aber ich tat es trotzdem.

»Brumm«, jammerte Tanner und wischte sich mit dem schmutzigen Ärmel seiner Uniform über die rotgeränderten Augen. Ohne sich dafür zu schämen. Tanner, der Geringste aller Ranger. Der das alles schon einmal erlebt hatte. Der dreimal wegen Trunkenheit am Steuer erwischt worden war, zwei Stripperinnen geheiratet hatte, PFC auf Lebenszeit war. Der dachte, man müsse nicht hart sein, um ein Ranger zu sein. Man musste einfach nur Ranger sein und könne auch Spaß haben. Und man durfte auch mal weinen, wenn ein Kumpel es nicht schaffte.

»Sie haben ihn da unten erwischt«, schluchzte Tanner, als er näher kam.

»Nein«, murmelte ich, als ich mich an Tanner vorbeidrängte und auf den Turm und die dort versammelten müden Ranger zuging. Ich hatte das Gefühl, die Welt würde mich wieder einmal herausschleudern. Denn viele Menschen, vor allem ich, hätten vor Brumm sterben sollen. Brumm, der den Riesenmit den Worten *Schönen Gruß von Carl Gustaf* getötet hatte, als wäre das nichts Besonderes. Brumm, der keine Angst gehabt hatte, als der Rest von uns sich fast in die Hosen schiss.

»Ja.« Tanner schimpfte auf etwas, jemanden. Alles. »Er hat den Großteil von ihnen getötet, aber irgendwann ging ihm die Munition aus. Am Ende hat er einfach alles genommen, was er in die Finger bekam. Sie haben ihn aufgeschlitzt. Es ist übel, Talk.«

»Nein.«

Nein.

Ich war noch auf dem Weg zur Verschollenen Bibliothek, als Kurtz herauskam. Er hielt Brumm in den Armen. Brumm starrte mit leeren Augen in den Himmel. Er war wirklich übel zugerichtet worden. Er war tot.

Nein.

Weil … man will nicht, dass es so ist.

Kurtz zitterte. Aber er weinte nicht. Er sah aus wie ein Mann, der versucht, sich festzuhalten, während die Welt ihn wie ein Rodeobulle abschütteln will. Er sah aus, als würde er von einer Flut mitgerissen werden.

»Sie waren Brüder, Talk«, rief Tanner, als ich auf die beiden zustolperte, wobei Tanner die Tränen nicht unterdrücken konnte und unablässig weiterfluchte.

Kurtz entfernte sich vom Turm und trug seinen toten Soldaten wie ein ehrenhafter Unteroffizier hinaus. Wie ein Ranger. Und ich wusste, dass er weitergehen würde, bis er am Eingangstor ankam, und dann würde er hindurchgehen und womöglich nie wieder zurückkommen.

»Derselbe Vater«, jammerte Tanner. »Nur andere Mütter.«

Ich drehte mich zu Tanner um. Was sagte er da? Ich hatte ja keine Ahnung gehabt, dass Kurtz und Brumm tatsächlich blutsverwandt waren. Dass Brumm nicht nur ein Mini-Sergeant Kurtz war, der sich als Ranger aufspielte, sondern sein kleiner Bruder war. Dass er versuchte …

»Sie traten den Rangern bei, um zusammen zu sein. Sie lebten als Kinder in verschiedenen Bundesstaaten und trafen sich nur einmal jeden Sommer. Das …« Tanner fing so heftig an zu weinen, dass ich kaum verstehen konnte, was er sagte, während er mir und ich Kurtz folgte. Aber es hatte irgendetwas damit zu tun, dass sie in Kontakt blieben. Jeden Tag miteinander sprachen. Über Amateurfunkgeräte. »Schalte ein« war eine Art Code zwischen ihnen gewesen. Zwischen Brüdern.

Eine Art Botschaft, dass sie trotz allem — unterschiedlichen Müttern, die aus Trotz den Nachnamen änderten, Unterhalt und Scheidung, schreckliche Eltern,

Armut, das Leben und andere Umstände – immer noch Brüder waren, egal was passierte.

Schalte ein.

Das gibt es in jeder Familie. Worte und Ausdrücke, die ich nie verstehen werde, egal wie sehr ich mich bemühe. Worte, die nichts bedeuten. Worte, die alles bedeuten.

Ich fühlte mich nutzlos.

Und dann musste ich ebenfalls weinen. Ich konnte nicht mehr hinsehen, weil es zu viel war. Weil wir doch eigentlich gewonnen hatten.

Doch es fühlte sich an, als hätten wir verloren.

Andere Ranger näherten sich jetzt, wo die Kämpfe vorbei waren, beobachteten, wie Kurtz Brumm zum letzten Mal hinaustrug. Sie verstummten, als sie sahen, wie der Beste von ihnen seinen toten Bruder fortbrachte, um ihn allein zu begraben.

Und dann … kam Chief Rapp.

Er trat auf den Hof, und seine Ärmel und sein Plattenträger waren voller Blut. Ranger-Blut. Ich hörte seine Stimme durch die Luft hallen. Ob es Trauer oder etwas anderes war, weiß ich nicht. Es war einfach ein Schrei. »Oh nein!« Er ließ seine Schnellfeuerwaffe los, die er an der Schlinge um den Hals trug, und rannte auf Kurtz zu, wobei er die massigen Arme und Hände ausstreckte und immer wieder »Oh nein!« sagte.

»Lassen Sie mich zu ihm, Sergeant«, brüllte der riesige Special-Forces-Operator. Aber Kurtz, der viel kleiner war, schüttelte nur den Kopf, und ihm kamen die Tränen, aber er presste die Lippen fest aufeinander. Sie waren versiegelt. Würden für immer geschlossen bleiben. Seine Miene spiegelte reine Wut und Zorn und unendlichen Kummer wider. Endlose Pein.

Jemand sagte dem Chief, dass Brumm tot sei.

»Vielleicht!«, rief der Chief. »Vielleicht«, wiederholte er, und seine volle Stimme hallte über den Hof. Irgendwo fielen Schüsse, als die Ranger, die noch immer die Festung sicherten, die letzten Orks niedermähten. »Oder vielleicht«, fuhr der Chief fort, jetzt an uns alle gewandt, »vielleicht ist dieser Ort hier anders als der, von dem wir kommen. Vielleicht gibt es hier irgendeine Art von Magie. Und möglicherweise noch etwas mehr.«

Er versuchte, Kurtz Brumms leblosen Körper abzunehmen, aber Kurtz drückte seinen toten Halbbruder an sich und hielt ihn fest, als wäre er ein Schatz, von dem er sich nie trennen würde. Er brüllte etwas Unverständliches in seiner dumpfen Wut.

»Neeeeeeeeeeeiiiiiiiiiiiiiiiiiiiiiinnnnnnnnn!«

»Ich weiß«, beschwichtigte Chief Rapp ihn in seinem Mississippi-Akzent. Er überragte Sergeant Kurtz um einiges und hatte bestimmt doppelt so viel Masse und Muskeln wie der knallharte Ranger-Waffensergeant.

»Setzen Sie ihn ab, und lassen Sie es mich noch einmal versuchen.«

Er nahm Kurtz den Toten ab und legte ihn auf den Boden. Kurtz war immer noch wütend und schien dennoch zu hoffen, dass das Universum sich dieses Mal geirrt hatte. Nur dieses eine Mal. Vielleicht hatte er noch ein wenig Hoffnung.

Oh bitte, dachte ich. Nur dieses eine Mal. Lass mich nur dieses eine Mal … falsch liegen.

Der Chief kniete sich neben Brumm auf den blutigen Boden und untersuchte ihn gründlich. Dann nahm er ihm den Helm und das Gewehr ab, löste den Träger, hob die Hände in den Himmel und intonierte Worte. Er erinnerte dabei an einen schwarzen Prediger, der am letzten aller Sonntage das Wort an Gott richtete. Mächtig. Kraftvoll. Unglaublich.

»Es gibt Magie!«, rief er. Als würde er zu uns allen sprechen. »Das war schon immer so! Jetzt glaube ich mehr denn je daran.«

Er ließ die Hände sinken und starrte Brumms leblosen Körper an. Wir schwiegen alle und wussten nicht, was als Nächstes passieren würde.

»Er schafft das!«, brüllte der Chief und schlug mit den Fäusten auf Brumm ein. Es war beinahe, als wollte er etwas, das nicht richtig passte, mit Gewalt zurück an seinen Platz zwingen.

Denn so durfte es nicht sein.

Und dann ließ er Brumm von den Toten auferstehen.

Brumm erwachte wieder zum Leben, als hätte man ihm einen Stromschlag mit einem Defibrillator verpasst. Er schnappte nach Luft und starrte jeden Ranger, der in fassungsloser Stille um ihn herumstand, mit großen Augen an.

Der Chief wich zurück, hob die Hände und betete. Oder huldigte. Er dankte Jesus. Die Ranger fingen an zu schreien und zu jubeln.

Kurtz hielt seinen Bruder in den Armen und flüsterte etwas.

Schalt ein, kleiner Bruder.

Schalt ein.

Wir hatten gesiegt. Die Festung gehörte uns, und die Schmiede war wieder in unserer Hand.

Und der Tod war betrogen worden. Wenn auch nur für heute. Und wenn auch nur um einen Mann.

EPILOG

Einige der Ranger machten sich daran, ihre Rationen direkt auf dem mit Leichen übersäten Hof zu essen, auf dem sich das Blut der Orks zwischen den Steinen sammelte. Vandahar war ebenfalls da, und der alte Zauberer nahm seinen verrückten Zaubererhut ab und lachte fröhlich über das, was wir vollbracht hatten. Die Orks waren besiegt. Der Drache war vertrieben. Brumm war wieder unter den Lebenden. Das Lachen des alten Mannes war herzhaft und aufrichtig. Und es machte in dieser tristen Welt Lust auf mehr.

Es hieß, Captain Messerhand sei verschwunden. Aber die Verwundeten wurden versorgt. Und die Toten. Es gab Tote, denen selbst Chief Rapp nicht mehr helfen konnte. Der behauptete steif und fest, dass nicht er es gewesen war, der diese Macht besaß.

Vielleicht war Brumm ein Wunder.

Vielleicht war es Magie.

Vielleicht ein Glückstreffer. Ein Geschenk des Universums. Oder … von wem auch immer.

Wie dem auch sei. Wir würden nehmen, was uns gegeben wurde, wo immer wir es fanden. Aber ich konnte nicht behaupten, dass ich keine Fragen hätte.

Ich hatte so viele Fragen.

Aber jetzt war nicht der richtige Zeitpunkt dafür.

Der Sergeant Major trat zu mir.

»Kommen Sie schon, Talker. Zeit für die Nachbesprechung. Und ich muss Ihnen etwas zeigen.«

Er wies mir den Weg. Ich folgte seinem langbeinigen Marschschritt. Ich hatte viele seltsame Dinge gesehen. Einen Drachen. Eine Wiederauferstehung. Geister und Tod. Mit Schätzen gefüllte Gräber. Einen Vampir. Ein wunderschönes Elfenmädchen, das mir einen Blick zuwarf, der mir vermittelte, dass *alles möglich sei.*

Und das alles am heutigen Tag. Dabei war es erst kurz nach 0700.

Wir hielten die Festung. Sie gehörte jetzt uns. Die Verlorene Jungs und ihre Königin, Last of Autumn, schlugen ihr Lager in der Nähe der Verschollenen Bibliothek auf. Endlich hatten sie ihr verlorenes Eigentum zurückerobert.

Der Sergeant Major führte mich zu einem kleinen Turm, der über dem Vorsprung der Felswand ragte. Er befand sich in der Nähe der inneren Verteidigungsanlagen und war nicht zur Verteidigung gedacht. Wir gingen hinein und standen in einer Küche. Einer normalen mittelalterliche Küche mit einem Herd, Töpfen und Pfannen aus gehämmertem Kupfer, einem einfachen alten Tisch und ein paar seltsamen Stühlen. Ein riesiges offenes Fenster gab den Blick auf das schöne Tal unterhalb des Abhangs frei. Der Tag färbte sich grün und golden, und ich konnte sehen, wie die Falken dort draußen die ersten Aufwinde des Tages nutzen. Sie riefen sich gegenseitig zu, dass heute ein guter Tag werden würde.

Ich versuchte, das Bild des Drachen zu vergessen, der auf der Spitze des Turms über mir schwebte. Und wie nahe ich in diesem Moment dem Tod gewesen war.

Der Sergeant Major kramte in seinem Rucksack herum, und ich erkannte sofort seine Kaffeemaschine wieder.

Er hatte also Kaffee?

Hatte er mir etwas vorenthalten?

»Sehen Sie sich das an …«, sagte er und öffnete eine kleine Holztür im hinteren Teil der Küche. Grobe Stufen führten hinunter in einen kleinen Keller. Dort hingen Schinken, es gab Brote in Körben. Dinge in Gläsern. Lebensmittel, hoffte ich. Aber nein, besser als Essen.

Es gab Kaffee.

Säckeweise.

Ich konnte ihn noch nicht sehen, aber ich konnte ihn riechen. Denn ich bin süchtig.

Es stellte sich heraus, dass es fünf Säcke waren. Fünf große Säcke. Alle waren grob mit etwas gestempelt, das im Grunde »*Produkt aus Portugon*« auf etwas ähnlichem wie Portugiesisch bedeutete. Das konnte ich übersetzen. Das ist auch eine meiner Sprachen.

Ich schleppte den Sack hoch, während der Sergeant Major ein paar Eier besorgte und etwas Schinken abschnitt. Dicke Scheiben.

Es dauerte eine Weile, bis wir die Küche hergerichtet hatten. Feuerholz. Wasser aus einem nahen Brunnen. Ich mahlte den Kaffee mit einer seltsamen kleinen Mühle, die ich in der Küche gefunden hatte. Der Sergeant Major briet Eier und Speck in einer Kupferpfanne. Schließlich zogen wir die Stühle heran und setzten uns an den groben Tisch in der winzigen mittelalterlichen Küche. Direkt neben das offene Fenster.

Ich kostete den Kaffee und sah den Falken bei der Jagd zu.

Es war … der allerbeste Kaffee. Echter Kaffee. Frisch gemahlen und gebrüht, genau hier. Von mir.

»Gut?«, erkundigte sich der Sergeant Major in seinem texanischen Nuscheln, während er sein Rührei in sich hineinschaufelte. »Ich schätze, wir hätten auch Toast machen können«, fügte er hinzu.

»Ja, Sergeant Major. Das ist … wirklich gut. Und es bedeutet …«

»Das bedeutet eine Menge. Wirklich, Talker. Es bedeutet, dass es da draußen Menschen mit einer Zivilisation gibt, mit der wir uns identifizieren können. Aber das ist ein Thema für einen anderen Tag.«

Ich musste immer wieder daran denken, dass Brumm tot war. Und dann wieder lebte. Ich fragte den Sergeant Major danach.

Er aß weiter, und dann nahm er einen Schluck von seinem Kaffee, da er schneller fertig war als ich, und lehnte sich einen Moment lang zurück, um die Falken zu beobachten. Er angelte sein Kindle aus seiner Cargotasche und legte es auf den Tisch der rustikalen Festungsküche. Ich ahnte bereits, dass dies sein Leseplatz werden würde. Hier würden wir ihn finden können. Genau wie zuvor in seinem kleinen Kreis aus Steinen und Feuer draußen auf der Insel, die fast unser Alamo gewesen wäre.

»Daran könnte man sich gewöhnen«, sagte der Sergeant Major eher zu sich selbst und starrte aus dem Fenster auf das Tal und das goldene Sonnenlicht hinaus, während der Tag immer wärmer wurde. »So viel steht fest.«

Er schaute mich an. Ich wartete immer noch auf eine Antwort. Aber ich hatte nicht vor, sie von einem Sergeant Major zu verlangen.

»Wissen Sie, was der alte Shakespeare gesagt hätte, PFC Talker?«

Ich wusste es nicht, daher schwieg ich. Shakespeare hatte eine Menge gesagt. Die Chancen standen also gut, dass ich mich irrte. Und ich mag es, recht zu haben. Das ist auch eine Art von Sucht.

»Er sagte … *Es gibt mehr Dinge zwischen Himmel und Erde, Horatio, als eure Schulweisheit sich träumen lässt.* Das ist aus Hamlet. Einem alten Theaterstück. Aber ich habe darüber nachgedacht, seit wir die ersten Orks in der Landezone gesehen haben. Diese Welt ist ein seltsamer Ort. Vielleicht ist es nicht mal unsere. Vielleicht ist sie es doch. Aber ich habe seltsame Träume, seit wir hier sind.«

Er hielt inne. Und lange Zeit tranken wir nur unseren Kaffee. Schließlich beugte er sich vor, und ich merkte, dass unsere Pause zu Ende ging. Heute würde es eine Menge zu tun geben. Wir mussten die Festung durchkämmen. Blut abwaschen. Verteidigungsanlagen und Wachen aufstellten. Quartiere organisieren. Die Schmiede wieder funktionstüchtig machen. Mehr Orkweitwurf stand ebenfalls auf dem Plan, sowie viele andere Dinge, die noch zahlreiche Tage beanspruchen würden.

»Sie kennen doch dieses … Meme«, fuhr der Sergeant Major fort, während er die Falken da draußen studierte. »Diese Bilder mit Text, mit denen ihr jungen Leute gerne kommuniziert, anstatt euch einfach anzurufen. Sie kennen bestimmt das Bild, auf dem ein Haufen Kerle in voller Fallschirmspringer-Montur zu sehen ist, die in der Abenddämmerung oder im Morgengrauen oder wie auch immer abspringen. Und da steht, *Jemand betet gerade und bittet um Hilfe. Und Hilfe ist unterwegs. Zwei Minuten bis zur Landung.* Kennen Sie das, Talker?«

Jap, das kannte ich.

»Vielleicht ist genau das passiert. Was Shakespeare zu sagen versuchte. Jemand hier an diesem Ort … brauchte Hilfe, Talker. Und das Universum, oder was auch immer, hat beschlossen, Ranger herzuschicken. So sehe ich das Ganze. Ich war dieser Kerl. Ich bin in einem Höllenloch gelandet, um einen Tyrannen zu stürzen und den Leuten aus der Unterdrückung zu helfen. *De Oppresso Liber*. Aber was der gute alte Shakespeare über die Natur des Universums und all das sagen wollte, war: Es gibt Geheimnisse, an die wir nicht einmal gedacht haben, Talker. Gründe, die wir noch nicht verstehen. Wissen Sie, was ich meine?«

Ich holte tief Luft.

Ich hatte Kaffee. Mehr brauchte ich eigentlich nicht, wenn ich es mir recht überlegte. Alles andere war nur ein *Verlangen*. Aber Kaffee. Kaffee war ein *Bedürfnis*.

Jetzt konnte ich mich dem stellen, was als Nächstes kam. Drachen, Vampire, Wer-Captain-Messerhand-Tiger. Was auch immer die Ruine zu bieten hatte. Es würde garantiert noch mehr kommen. Und ich war überzeugt davon, dass der Captain zurückkehren und uns anführen würde, auch wenn er zu etwas anderem geworden war. Etwas Grausamem. Und er hatte uns auf die einzige Art und Weise angeführt, die ihm in diesem Moment möglich war. Indem er unsere Feinde wie ein wildes, berserkerhaftes Tier angriff.

»Talker …«, sagte der Sergeant Major, als ich aufstand und nach einer Möglichkeit suchte, mich nützlich zu machen und den Rangern zu helfen, noch einen weiteren Tag hier in der Ruine zu überleben.

Ich erwiderte seinen Blick. Er schaute mich einen Moment lang eindringlich an, um mir zu vermitteln, dass das, was er mir gleich sagen wollte, die Wahrheit war. Dass ich mich daran messen konnte. Und dass ich damit überleben konnte.

»Gute Arbeit, Ranger.«

* * *

In dieser Nacht träumte ich auf Elbisch.

Ende

DAS RANGER-CREDO

In Anerkennung der Tatsache, dass ich mich freiwillig als Ranger gemeldet habe, und in voller Kenntnis der Gefahren meines gewählten Berufs, schwöre ich, immer danach zu streben, das Ansehen, die Ehre und den Korpsgeist der Ranger hochzuhalten.

Ich bin mir bewusst, dass ein Ranger ein Elitesoldat ist, der zu Lande, zu Wasser oder in der Luft an vorderster Front in den Kampf eingreift, und akzeptiere die Tatsache, dass mein Land von mir als Ranger mehr Leistung, Schnelligkeit und Kampfgeist erwartet als von jedem anderen Soldaten.

Niemals werde ich meine Kameraden im Stich lassen. Ich werde immer wachsam, körperlich stark und integer sein und mehr als nur meinen Teil der Aufgabe übernehmen, was immer sie auch sein mag, ich gebe stets hundert Prozent plus X.

Durch meine Worte und meine Taten werde ich der Welt zeigen, dass ich ein speziell ausgewählter und ausgebildeter Soldat bin. Meine Höflichkeit gegenüber vorgesetzten Offizieren, die Sauberkeit meiner Kleidung und die Pflege meiner Ausrüstung sollen für andere ein Vorbild sein.

Energisch werde ich den Feinden meines Landes entgegentreten. Ich werde sie auf dem Schlachtfeld besiegen, da ich über das beste Training verfüge und mit aller Kraft kämpfen werde. Aufgeben ist keine Option. Ich werde niemals einen gefallenen Kameraden in die Hände des Feindes fallen lassen und unter keinen Umständen werde ich mein Land in Verlegenheit bringen.

Ich bin bereit, die nötige Tapferkeit aufzubringen, um so lange zu kämpfen, bis wir das Ziel erreicht haben, und die Mission zu Ende zu bringen, auch wenn ich der einzige Überlebende bin.

Ranger, weist den Weg!

9 781949 731958